**17세 주방 입문
어느 삼류 주방장의
트로트 이야기**

"셰프보다 가수보다 못한 인생…"
그런데 어쩐지 그가 만든 음식, 노래가 진짜 같았다.
삼류 주방장의 인생을 끓여낸 트로트 이야기가
오늘의 청춘에게 묻는다.
"무엇이든 시작해봐. 너도 칼부터 잡아볼래?"

17세 주방 입문
어느 삼류 주방장의 트로트 이야기

2025년 9월 25일 초판 인쇄
2025년 9월 30일 초판 발행

지은이 김종만 | 교정교열 정난진 | 펴낸이 이찬규
펴낸곳 북코리아 | 등록번호 제03-01240호
주소 13209 경기도 성남시 중원구 사기막골로 45번길 14 우림2차 A동 1007호
전화 02-704-7840 | 팩스 02-704-7848
이메일 ibookorea@naver.com | 홈페이지 www.북코리아.kr
ISBN 979-11-94299-42-4 (03810)
값 35,000원

* 본서의 무단복제를 금하며, 잘못된 책은 구입처에서 바꾸어 드립니다.

17세 주방 입문
어느 삼류 주방장의
트로트 이야기

김종만 지음

트로트 감성과 재능을 물려주시고
평생 고생하신 어머니께 이 책을 바칩니다.

축하의 글

대한민국 식품명인 제89호 '가리구이' 명인
천초갈비 개발자 가보정 대표 김외순

 김종만 주방장의 직업과 인생이 고스란히 담긴《어느 삼류 주방장의 트로트 이야기》출판을 진심으로 축하드립니다.
 물고기처럼 수초처럼, 살기 위한 본능으로 이리저리 흔들리고 때로는 몸부림치며 걸어온 주방장의 인생길은 우리 모두의 모습과 닮아 있어 더욱 공감되고 깊은 울림을 줍니다.
 진실과 노력을 간직하며 살아온 그 모든 순간에 아낌없는 격려와 박수를 보냅니다. 늘 도전하고 연구하는 김종만 주방장의 뜨거운 열정을 항상 응원합니다.

축하의 글

평안남도 무형유산 제1호 평양검무 예능보유자
무용학 박사 도연 임영순

《어느 삼류 주방장의 트로트 이야기》 출판을 진심으로 축하드립니다.
평양검무 이수자이자 김종만 선생의 예술적 혼이 담긴 이 소설이 이제 작가 김종만으로 불리게 될지 모를 만큼 빛나는 결실을 맺었습니다. 먹고 살기 위해 우연히 시작한 주방장이라는 길에서, 트로트와 한국무용에 이어 소설까지 도전하며 끊임없이 정진하신 김종만 셰프님의 인생길에 찬사와 박수를 보냅니다.
지난 20여 년간 틈틈이 글을 쓰며, 심지어 코로나19라는 어려운 시기에도 좌절하지 않고 오히려 기회 삼아 땀과 열정으로 주방 구석에서 글을 완성하셨다는 이야기에 그 의지와 정성에 절로 고개가 숙여집니다. 작가로서 내딛는 그 길에 함께 동행할 수 있어 큰 기쁨입니다.
이제 당신은 더 이상 '삼류 주방장'이 아닌, 진정한 예술인, 일류 주방장, 작가입니다. 그동안의 모든 노고에 깊이 감사드립니다.

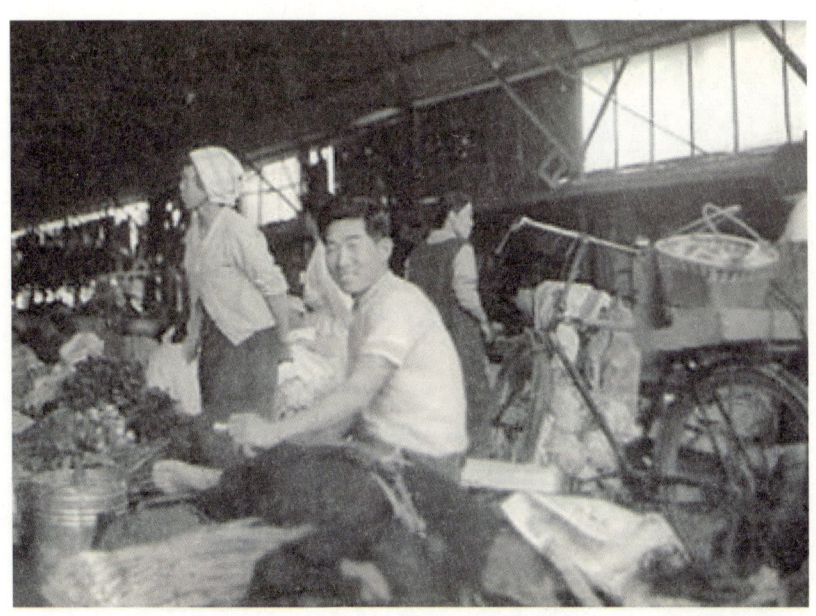

▲ 군산 역전 구시장에서 몇 해 고생 끝에 어렵게 한 자리 차지하신 아버지 (1960년대)
▼ 군산 월명공원 수시탑 앞에서. 앉아 계신 분이 외할머니, 뒷줄 왼쪽부터 이모, 엄마, 아빠와 다섯 살 김종만 (1968년)

▲ 외할머니 칠순잔치. 뒷줄 오른쪽 세 번째가 엄마, 맨 왼쪽이 순철이 외삼촌 (1960년대)

▼ 여동생이 태어난 후 군산 월명공원에서 찍은 가족사진 (1971년)

◀ 부안에서 과수원 하던 시절 아빠와 함께 (1964년)
▶ 여동생과 엄마 (1972년)
▼ 군산 역전 시장 쌀가게에서. 영화광이었던 아버지 뒤편으로 대양극장 포스터가 보인다. (1960년대)

▲ 스무 살 어느 꽃피는 봄날 영동 삼원가든에서 (1983년)

▼ 육송가든 그룹사운드 '블랙이글스' 결성. 맨 왼쪽 흰색 티셔츠 차림이 김종만 (1984년)

◀ 수원왕갈비집 야장에서 (1984년)
▶ 육송가든 육부 시절. 군대 영장을 받고 고민 속에 많이 말랐다. (1985년 여름)
▼ 트라보호텔 창사 10주년 모범사원 직원투표 현장에서 열창하는 모습 (1986년)

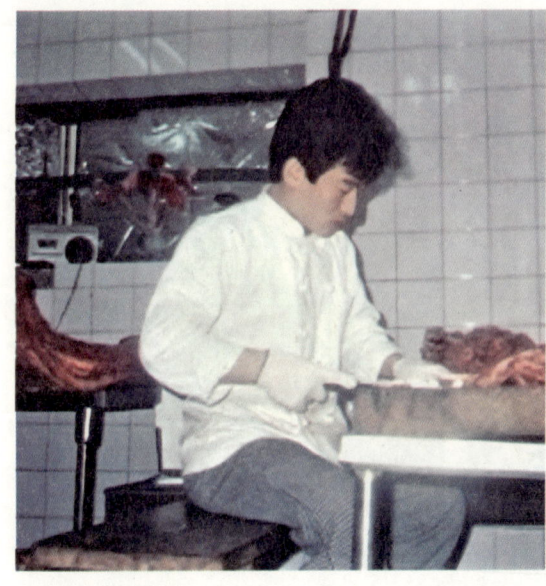

◀ 트라보호텔 육부실에서 한우갈비 작업 중인 스물여섯 살 김종만. 뒤편으로 카세트 플레이어가 보인다. (1989년)
▶ 트라보호텔 한식수장 시절. 당시 스물여섯 살 청년이었다. (1989년)

◀ 트라보호텔. 김종만과 한소정 결혼하다. (1990년)
▶ 아내와 함께 차린 첫딸 지은이의 백일 잔칫상 (1992년)

◀ 경기농협본부 제1회 경기도 농산물 큰잔치 시식회 행사 (2004년)

▲ 수원행궁 앞 수원왕갈비 맛 알리기 무료시식회 행사 (2004년)

▼ 수원갈비 관광한마당 축제에서 갈빗대를 도끼질하는 모습 (2005년)

◀ 팔달문시장 안내소 앞에서 진행한 효원의 도시 수원의 효도 급식.
왼쪽 요리복이 김종철 (2005년)

▶ 수원 팔달문시장 어르신 효도 급식 봉사 (2006년)

▼ 수원갈비문화원 창립 기념 수원갈비 알리기 행사. 세계문화유산 수원화성
신풍루 앞. 왼쪽이 김종만. (2006년)

▲ 한국음식세계화대전 대상 수상
(2007년, aT센터)

▼ 팔달문시장 효도급식 행사장에서
〈노란 샤쓰의 사나이〉를 부른
한명숙 님과 함께 (2007년)

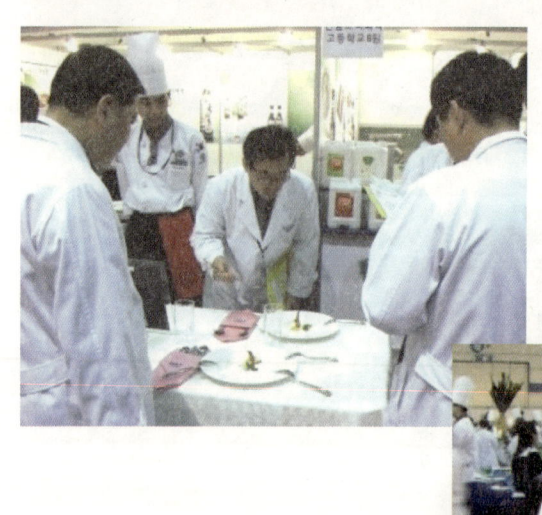

▲ 경기요리학원에서 열린 무료 요리강좌 (2008년)

▼ 서울국제요리대회 및 서울식품박람회에서 심사위원으로 활동 (2008년, 삼성 코엑스)

▲ 월간 외식경영 칼럼. 신촌 연남동 서서갈비 이대현 사장님과 함께 (2008년)
◀ 수원왕갈비 컨설팅으로 참여한 GBEX 2009 경기도소상공인창업박람회 (2009년, 일산 킨텍스)
▶ 수원갈비스토리 창업 (2009년, 세계문화유산 행궁동)

▲ 김용문 한식전공장의 초청으로 혜전대학에서 진행된 수원갈비 특강. 전통 방식으로 재현한 수원왕갈비. 도끼로 갈빗대를 자르고 전통 방식 그대로 양념을 버무린다. (2009년)

▼ 한우협회 제2회 한우전문점 경영 컨설팅 교육 중 한우 준선호 부위 요리강좌 (2009년)

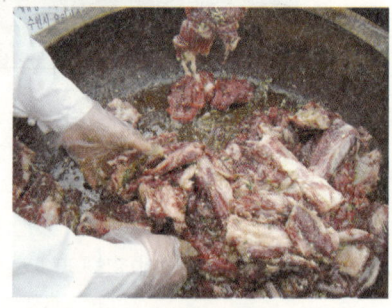

▲ 영덕군 외식업자 요리강좌 (2009년)
▼ KBS 프로그램 〈스펀지〉 '갈비로드 이것이 바로 갈비다!' 편에 출연한 수원갈비스토리 오너 셰프 김종만 (2011년)

▲ 예비군 훈련 쉬는 시간에 테이프로 듣던 노래 멘토 이박사와의 첫 만남 (2011년)

▼ 수원화성 맛촌상인회 엉터리난타 공연. 가운데가 김종만. (2012년)

1960년대 다섯 살 때 어머니가 장사하던 군산역 광장에서 보았던 공연을
이젠 수원시 팔달문시장에서 김종만 직접 하고 있다. (2012년)

▲ 방송 출연 이후 줄 서서 먹는 맛집으로 거듭난 수원갈비스토리. 방문하신 손님들께 김종만 앨범 〈수원성에서〉를 무료로 제공하고 있다. (2014년)

▼ 전주대사습 '장원 대통령상' 최영길 명창과 함께. 〈춘향전〉,〈쑥대머리〉를 사사받았다. (2014년)

▲ 수원연극제 참가.
2014년에는 심 봉사를, 이듬해에
맹 진사 역을 맡아 열연을 펼쳤다.
(2014년, 2015년)
▼ 〈슈퍼스타K〉 출전. 예심장인
올림픽 체조경기장에서 (2015년)

세계문화유산 행궁광장에서 열린
2015 수원연극제에서 〈시집가는 날〉의
맹 진사 역을 맡아 열연을 펼쳤다.
(2015년)

세계문화유산 수원화성 방문의 해 기념 KBS〈전국노래자랑〉수원시 편.
7전 8기 천 대 일의 경쟁을 뚫고 최우수상을 거머쥐었다. 22살 방위 퇴근 때 도롯가에서
즐겨 부르던〈연상의 여인〉가수 윤민호가 뒤에 초대가수로 서 있다.
이젠 그 앞에서 앵콜송을 부른다. (2016년)

▲ KBS 〈노래가 좋아〉에 출전하여 〈안동역에서〉를 부르는 김종만 부부 (2017년)
▼ KBS 〈아침마당〉 이헌호 PD의 '도전! 꿈의 무대'에 오른 '46곡 앵콜송의 신화'
인기대상 김종만 (2019년)

LA 빌트모어호텔에서 열린 미주 한인의 날 117주년 축하 기념행사에서 교포 위문차 노래하는 김종만. LA 빌트모어호텔은 임영웅이 콘서트를 열었던 장소이기도 하다. (2020년)

◀ 가게를 방문한 유재석 씨와 둘째 딸 유진이 (2019년)
▶ 고두심 선생님과 함께 (2023년)
▼ 세계문화유산 수원화성에 마련된 김종만 콘서트장 앞에서 (2023년)

▲ 미주한인 축하공연 사회를 맡았다. (2024년)

◀ KBS〈아침마당〉"도전! 꿈의 무대" 자랑스런 방위 46곡 앵콜송의 신화 최고 인기상 수상 (2019년)

▶ 한 동네 사는 친구 김오곤 한의사와 함께 (2024년)

세계문화유산 수원화성 행궁동 경로잔치. 2014년부터 10년째 축하공연 봉사를 하고 있다. (2014~2025년)

▲ 라스베이거스 방문. 왼쪽부터 웰컴 사인, 세븐 매직 마운틴, 스펙터클 라스베이거스 호텔쇼에서 (2024년)

▼ 시인과 요리사의 집 수원갈비스토리에서 김종만, 한소정(시낭송가, 필명 정다운) 부부 (2025년)

머리말

　흔히 사람들은 자신의 인생 이야기를 할라치면 소설책 몇 권 분량은 나올 것이라고들 한다. 평범한 인생도 자신의 관점으로 바라보면 그만큼 특별해지기 때문이다. 그러나 내가 지금 여기에 풀어놓고자 하는 것은 생존을 위해 택해야만 했던 수많은 직업, 그중에서도 특별했던 '주방장'들에 관한 이야기다.
　먹고살기 힘들어 탈주하듯 고향을 떠나 대도시로 몰려갔던 어린 사내들이 있었다. 하지만 그곳에는 어리다고 봐주는 것 하나 없이 더욱 혹독한 고생길이 펼쳐져 있었다. 주방장! 아마 머잖아 이 단어도 자취를 감출 것이다. 지금은 이렇게 촌스럽고 아날로그적인 단어보다는 셰프라는 근사한 이름으로 불리고 있지 않은가. 어쨌든 가난에서 벗어나고자 시골에서 학교도 제대로 다니지 못하고 먹여주고 재워주는 식당 주방으로 흘러온 사내들. 그들이 주방보조에서 주방장이 되기까지 겪어야 했던 질곡의 세월은 이루 말할 수 없었다. 제대로 된 인간 대접도 받을 수 없어 한식집에서는 '국자'라 불렸고, 중국집에서는 '프라이팬'이라 불렸다. 그러나 어두운 환경 속에서도 음식을 만드는 데 진심이었던 그들은 정제되지 않은 언어와 순수함으로 자신들만의 삶을 그려냈다.
　나는 함께 축구를 하며 실없는 농담을 주고받을 수 있는, 다소 어설픈 그들의 모습이 정감 있어 좋았다. 휴무도 없이 좁고 힘든 주방 안에서 장시간 노동하고 무시받으며, 정 견디기 힘들 때면 일 끝나고 라면을 안주 삼아 소주잔을 기울이며 위안을 삼았다. 그러나 작은 위안도 잠시, 숙취로 깨지 못해 출근을 건너뛰면 그것이 휴무요 자동 퇴사였던 사내들. 주방 사내는 말수가 적었다. 가방끈이 짧아 세상과 마주하는 법을 몰랐고, 하고 싶은 말은 늘 가슴속에만 묻어두었다. 참다 참다 한마디를 꺼내면 그것은 곧 싸움이 되었고, 끝내 삼키면 어느 날 무단결근으로 이어졌다. 걱정스러운 마음에 찾아가 문을 열어보면, 사내는 웅크려 누워 자고 있었다. 찌그러진 라면 냄비와 빈 소주병들이 아무도 들어주지 않는 그의 이야기를 대신 말하듯 바닥 위에 흩어져 있었다.

이 시대에 꼭 필요했던 사람들, 중국집 주방장. 산업 일선에서는 짜장면 한 그릇으로 허기를 달랬고, 그들이 있었기에 우리는 춥고 배고팠던 지난 한 세월을 건너올 수 있었다. 그러나 지금은 셰프라는 화려한 이름으로 거듭나 점점 사라져가는 이름들. 나는 미래학자는 아니지만, 한 가지는 확신할 수 있다. '주방장'이라는 단어는 머지않아 사라질 것이다. 나는 그들의 이야기를 써 내려가며 소설이나 영화로 재탄생되기를 꿈꾼다.

시골에서 상경한 이후 30여 년간 주방에서 벌어지는 다양한 사람들의 이야기를 틈틈이 수필 형식으로 적어나갔다. 행궁동 최동호 시창작교실에서 5년, 경기대학교 권성훈 시창작교실에서 5년을 보내며 코로나19를 지나 나는 3년 동안 주방 한켠에서 이야기를 완성했다. TV 프로그램 〈고두심이 좋아서〉 방영 후 우연히 고객으로 수원갈비스토리를 찾아준 북코리아 이찬규 대표의 도움으로 2년의 수정 기간을 거쳐 나의 글은 드디어 출판의 빛을 보게 된다.

여기 기록된 이야기는 그 시대 그 공간 그들만의 이야기다. 40여 년간 일선에서 직접 보고 겪은, 허구가 아닌 진실이다. 그때 주방장들과 조기축구회를 하며 우린 의기투합했었다. 언젠가 프랑스로 건너가 현지 요리사들과 친선축구를 해보자고 한 약속은 지키지 못했지만, 어려운 주방장 친구들을 위해 조리사 쉼터를 세워 우리만의 문화를 만들자고 한 약속도 요원한 일이지만, 이 책을 통해 사라져가고 있는 정감 있는 단어 '주방장'이라는 이름이 모두의 기억에서 사라지지 않는다면 나름 의미가 있을 것 같다. 그리고 멋지고 우직한 주방장의 새로운 부활을 그려본다.

  개인적으로는 멸종 위기의 주방장 생활을 나름 잘 버틸 수 있었던 건 어머니가 물려주신 '트로트 감성'과 아버지가 집에 들고오신 '전축' 덕분이라고 생각한다. 음악을 듣고 노래를 부르며 갈비를 재고 음식을 만들었다. 지금도 노래가 있어 즐겁고 노래를 들으면 힘이 난다. 노래는 나를 일으켜 세워준다. 그때의 주방장들은 어디론가 모두 떠나버리고 이제는 트로트가 나의 가장 가까운 친구다.

  2025년 골목상권 외식업은 꽁꽁 얼어붙고 설상가상으로 토요일마다 비가 내려 주말 손님마저 발길을 끊게 만드는데…. 달아오르는 프라이팬 위를 걷는 듯한 찜통더위가 이어지는 9월 초 세계문화유산이 있는 수원화성 행궁동 '수원갈비스토리' 주방에서 어머니의 못다 부른 노래를 가슴에 품고 끓어오르는 불 앞에서 식지 않는 열정으로 수원왕갈비를 만들어내고 있는 마지막 주방장 김종만 글 쓰다.

목차

축하의 글 _ 김외순   5
축하의 글 _ 임영순   6
김종만 화보집   7
머리말   32

1. 트로트와 함께한 유년기

나의 태교 음악   41
째보 선창   43
아빠의 선택, 군산 진출   46
종철이가 좋아하는 것   54
종철이의 노래 가정교사 전축   60

2. 외식업의 대를 잇다

17세 소년의 선택, 서울 진출   67
국빈장 중국집   87
일당도 깎냐   114
보따리 싸! 떠날 때는 말없이   120
이대 앞 코끼리분식   125

중이나 되려고요	131
행운	138
티를 내지 않는다는 것	144
여기 얼마나 좋니	152
용식이	158
고향의 물레방아	167
또옹	182
폭포갈비	187
첫사랑을 선물한 여학생	197

3. 소갈비 요리사, 문화와 관광을 배우다

나의 장미가든 육부 입문기	209
트로트에 꽂히다	230
어린이동산, K센터의 씨앗을 가슴에 심다	253
배바지 지배인	276
트로트, 한판 승부	304
갈비집 가든축제	318
추석선물 3종 세트	357
선정합섬 30주년	396
수원왕갈비 비법	431
음식, 쇼핑, 유흥, 명품관 견학	440
무죄	449
방위 입대 송별식	463

4. 자랑스런 방위

관상쟁이	473
병사보조 방위	479

46곡 앵콜송의 신화	503
국내 최초 브레이크댄스맨	511
방위 가수 이태오	516

5. 트라보호텔 입사

호텔 면접	525
서비스맨들	544
혜선네 출장요리	570
총각 탈출	583
호텔 직원 노래자랑	603
가는 님, 오는 임	615
사내 결혼식	625
〈전국노래자랑〉 도전	628

6. 창업·강사·단체활동, 디딤돌을 건너다

액땜	635
요리강사 가방을 어깨에 메다	638
요리대회 출전	665
요리대회 심사위원	670
겨울에 씨뿌리다	673

7. 수원왕갈비집 창업

오너셰프 김종철	681
오천+오천 냉면 비법 전수	688
줄 서는 식당의 꿈 이루다	697

쑥대머리 706
빗자루 100개 이야기 708
나의 〈전국노래자랑〉 도전기! 712

8. 문학과 예능의 길 펼치다

시인대학 장기자랑 대상 727
김종철 정효예술단 창단 730
셰프, 평양검무 칼 잡다 733
임영순 평양검무 무형유산 예능보유자 735
임영순 평양검무 체험관 가는 길 740

9. 꿈꾸는 자의 몫 이루다

나의 꿈의 무대 1편 745
방위 삼형제 이야기 748
나의 꿈의 무대 2편 752
나의 멘토 나의 스승 756
진흙 속 연꽃이 피운 연못 760
LA 미주한인 117주년 교포 위문공연 766
재석아 768
그땐 몰랐네 '어삼트'(어느 삼류 주방장의 트로트 이야기) 772

HIS'TORY 불꽃처럼 요리한 인생, 김종만의 이야기 779

1
트로트와 함께한 유년기

나의 태교 음악

엄마와 나를 연결해준 것은 탯줄,
그 줄은 노랫줄이 되었네!

어머니는 노래를 좋아하셔서 처녀 때 〈전국민노래자랑〉에 출전해서 〈에레나가 된 순이〉를 불러 대상을 받으셨다고 한다. 나를 임신하고 부안에 넓은 과수원을 일구며 하루에도 수십 곡씩 트로트를 불렀다 하시니 자동 태교가 된 것이다. 그래서 그런지 내 몸은 노래를 들으면 더욱 생기있게 살아나곤 했다.

아버지는 내가 초등학교 4학년 때 미국으로 이민 가는 사람한테 3천 원을 주고 전축을 사 오셨으니, 이는 집에 전용 노래 가정교사를 들어앉힌 격이었다. 이런 엄마 아빠 덕택이었을까. 나는 어린 시절을 트로트에 사로잡혀 지냈다.

열일곱 살에 먹고살기 위해 어쩔 수 없이 들어간 식당 공간은 나를 위해 준비된 곳은 아니었다. 한 달을 일해야 월급을 받을 수 있는 것처럼 제대로 일할 수 있다는 것을 먼저 보여줘야 했다. 그나마 제대로 된 임금을 받지 못한 경우가 허다했고, 어리다고 봐주는 것 없이 되려 혹독한 노동을 요구했다.

엄마는 처녀 적 광화문에서 열린 노래자랑에 참여해 대상을 받으셨다. (왼쪽)

그래도 사막 같던 주방에 노래가 찾아오니 다시 어린 시절처럼 신명이 되살아났다. 엄마 탯줄로 들어왔던 노랫소리처럼 발장단, 손장단, 칼장단에 맞춰 프라이팬 위에서, 도마 위에서, 접시 위에서 요리가 춤을 춘다.

째보 선창

선창가 거리는 낮과 밤이 바뀐 듯하다. 낮에는 거리에 인적도 뜸하고, 상점도 드문드문 열려 있을 뿐이다. 해가 지고 어둑어둑해지면 그제서야 거리 양옆으로 붉은 전등 불빛과 음악 소리가 살아난다. 사람들의 말소리에 술집 아가씨들의 달뜬 웃음소리가 뒤섞여 들려오고, 삼삼오오 뱃사람들을 호객하는 술집 여자들과 흥정이 오가는 곳이다.

파도는 말이 없다. 언제부터인지 '철썩철썩 쏴아아~' 하며 끝없이 밀려온다.

가끔씩 커다란 배에서 '뽀오옹~' 하는 큰 소리가 나고, 돛단배 소리가 '통통통통' 하며 파도 위를 걸어간다. 갈매기는 파란 하늘에 널려 있는 하얀 구름 사이를 이리저리 날아다니다 '꾸욱꾹' 소리를 내며 터줏대감 행세를 한다. 선창가 바닷가 쪽에는 고무대야를 늘어놓고 해산물을 파는 아주머니들이 작은 칼을 손에 쥐고 솜씨 좋게 바지락을 까서 조갯살을 작은 그릇에 모은다.

열일곱 살 소년은 밤이 지나간 골목길을 작은 가방 하나 메고 천천히 걷고 있다. 친구들과 수없이 놀러왔던 곳이지만, 오늘 내딛는 한 걸음 한 걸음은 미지의 세상 속으로 들어가는 발걸음이니만큼 조심스럽다.

"종철아, 째보 선창에 놀러 가자."

"왜에?"

"우리 선창가 구경하고 쥐포 사 먹자."

"응, 그래. 신난다."

그랬다. 전라도와 충청도의 경계인 군산과 장항을 오갈 수 있는 선창가를 사람들은 '째보 선창'이라 불렀다. 언젠가 엄마는 이렇게 말씀하셨다.

"바닷가가 찢어진 것처럼 안으로 들어왔다 해서 사람들이 째보 선창이라 불러."

군산은 항구도시로 공장도 많고 주위에 곡창지대도 많아 물건 팔러 보따리 장사꾼이 몰리고, 인근 중·고등학생들도 통학을 많이 한다. 상업도시라서 돈이 많이 돌기 때문인지 특히 유랑극단, 차력사, 서커스, 약장수 공연단도 많이 찾는 곳이다.

종철이는 고등학교 1학년을 중퇴하고 일찌감치 서울로 가기 위해 군산항 부두길을 걷고 있다. 절벽처럼 깎아진 선창가 돌바닥 밑으로는 안전줄 하나 없이 발아래 새파란 파도가 펄펄 끓고 있다. 시원한 바닷바람이 콧속에 스며들지만, 바다는 시원함과 두려움 두 가지를 동시에 느끼게 한다. 오늘은 갈매기가 주인인 양 여유롭게 바닷가 구름 위를 날고 있다.

"꾸욱꾸욱-"

군산과 장항 사이에는 각기 다른 회사의 연락선이 오간다. 군산-장항선, 장항-군산선.

10여 분 거리의 바닷길이지만 군산-장항 간, 전라도-충청도를 넘나드는 경계다. 군산 사람이 장항선 배를 타는 이유는 장항-서울 간 기차를 탈 수 있기 때문이다. 종철이도 배를 타고 장항에서 서울 가는 기차를 타려는 것이다.

장항과 군산 사이를 오가는 각기 다른 선주들이 서로 승객을 많이 태우려고 수건을 나눠주거나 더 빨리 도착하려고 속도 경쟁을 했다는 중학교 상업 선생님의 이야기도 떠오른다.

종철이는 바다를 건너면 영영 돌아오지 못할 것 같은 가출을 감행하고 있지만 살던 곳에 미련은 없다. 서울로 향하는 포부만이 가득 의지를 불태운다.

"뿌우웅~"

군산-장항 간 연락선이 곧 떠나니 표를 끊었으면 어서 타라는 듯 뱃고동이 울어댄다.

"뿌우웅~ 뿌우웅~"

여객선에선 흥겨운 노랫소리가 들려온다. 사람들의 어깨선이 살아난다.

반야월 작사, 박시춘 작곡, 1958년 10월에 개봉한 영화 〈딸칠형제〉 노래가 가수 백설희의 목소리로 흘러 나온다.

플라타너스 향기 퍼지는 그늘을 거쳐서
달린다 달려간다 젊은 꿈을 싣고서
즐거운 일요일이여
꽃구름이 뭉게뭉게 떠오르는 지평선을
연분홍의 로맨스를 가슴에다 안고서
청춘의 꽃수레는 행복을 싣고서 달려서 간다

아빠의 선택, 군산 진출

　부모님은 부안에서 하루 종일 과수원을 일구며 사셨다. 할아버지 심기가 어떻게 되셨는지 밤낮으로 열심히 일한 여섯째인 아버지한테는 땅을 하나도 물려주지 않아서 아버지는 화가 나서 보란 듯이 여덟 살, 다섯 살, 두 살, 어린 아들 삼형제 소부대를 이끌고 미지의 세계인 상업도시 군산으로 진출하셨다.

　돈 2만 원과 맷돌 하나 달랑 가지고 호기롭게 떠나올 때는 콩을 갈아서 두부를 만들거나 콩나물을 길러 장에 내다 팔면 먹고는 살겠지, 그리고 보란듯이 돈 벌어 잘살아 보이려는 생각이었다. 그러나 현실은 겨울철 군산 바닷바람만큼이나 매섭고 차가웠다. 군산시장 초입 노점에 사과 궤짝 엎어 깔고 콩나물, 두부를 올려놓고 자리를 잡으면 시장상인들이 서넛씩 달려들어 좌판을 걷어차기 일쑤였다. 끌고 떠밀어 시궁창 바닥에 처박히길 여러 차례, 결국은 이리저리 옮겨 다니며 버텨낸 끝에 한 자리 잡는 데 성공한다.

　막내아들 젖 먹고 잠든 걸 본 부모님은 집에서 기른 콩나물을 시장 노점에 팔러 가신다. 봄이 되자 종철이는 엄마를 찾아 뚤레뚤레 걸어 엄마가 장사하는 시장으로 간다.

　1960년대 당시 군산역 광장에서는 유랑극단, 차력사, 원숭이 약장수 등 무료공연이 매일같이 펼쳐졌다. 광장 입구 사람이 많이 다니는 인도에서는 장님 아저씨가 기타를 치고, 한 손에 때문은 작은 소쿠리를 든 곰보 아줌마는 장님 아저씨 팔을 붙들고 노래를 한다.

"미아리 눈물고개~ 철사줄로 두 손 꽁꽁 묶인 채로~"

파도처럼 수많은 사람들이 오가는 길이지만 간혹 10원짜리 동전 하나를 작은 소쿠리에 넣어주는 사람도 있다. 종철이는 노래하는 아줌마 앞에 고개를 들고 서서 애절한 노랫소리에 자리를 떠나지 못하고 서있다.

오늘은 원숭이 약장수가 왔다. 어린이 키만 한 나무상자 한쪽 철망문을 열자 목줄을 맨 원숭이 한 마리가 빨강 색동저고리를 입고서 약장수가 이끄는 대로 나무통 위에 올라앉아 삥 둘러선 사람들을 뚤레뚤레 쳐다본다. 사람들은 호기심을 가지고 신기한 듯 모여든다.

"자! 우리 원순이가 나이가 일곱 살인데 아직 시집을 못 갔어요! 여기 오신 손님들께 인사를 잘하면 시집 보내줄게."

작은 막대기를 든 약장수는 지나가는 사람들이 들릴 정도로 크게 소리친다.

"원순아! 여기 할아버지 오셨다. 인사해야지."

원숭이는 정말 약장수의 말에 따라 머리에 손을 착! 착! 올려붙인다.

"원순아, 여기 삼촌도 오셨네. 인사해야지."

빨강 색동저고리를 입은 원숭이는 긴 손을 절도 있고 신속하게 들어서 손바닥을 머리에 얹는다.

"네, 우리 원순이 시집보내도 되겠지요? 박수 한번 보내주세요."

"와, 짝짝짝!"

구경꾼들은 신기한 듯 박수를 치며 뭐라고 한마디씩 하는지 웅성웅성 떠들썩하다.

"자! 원순아. 여기 어린아이도 왔네. 인사!"

이번에는 원숭이가 못 들은 척 머리를 이리저리 돌리며 딴청을 부린다.

"허허, 이놈 봐라? 지도 자존심이 있는지 어린이한테는 인사를 안 하네."

원숭이 엉덩이는 빨갛고 동그란 방석을 붙인 듯 동그랗고 두툼하다. 크고 뾰쭉 나온 입을 씰룩거리면서 이리저리 고개를 흔들거리며 쳐다보는 눈빛이 애처롭다. 사람들이 많이 모이자 약장수가 말한다.

"자! 잠시 후에는 팔뚝만큼 굵은 구렁이와 원순이의 대결을 보여드리겠습니다."

바닥에 있는 허연 자루 같은 것을 약장수가 구둣발로 툭 건드리니 흔들흔들 안에는 진짜 살아있는 구렁이가 들어 있는 듯했다. 여자들의 '어맛!' 하고 놀라는 소리가 들렸다.

"제가 막간을 이용해서 좋은 약을 하나 소개해드리겠습니다. 애~들은 가라~ 애들은 가! 손목이 시리신 분! 무릎이 시리신 분! 앉았다 일어나면 어지럽고 앞이 캄캄해! 한번 잡솨봐! 씻은 듯이 나아! 이름하야 만병통치약!"

작은 병에서 까만 알약을 꺼내어 앞에 있는 할아버지에게 드린다.

"특별히 아버지 같으셔서 약을 한 알 드려보겠습니다. 물이랑 바로 드셔보세요. 자! 이 귀한 약이 단돈 200원. 200원을 다 받느냐? 아니야, 오늘 특별히 반으로 뚝 잘라서 단돈 100원. 100원도 못 사? 오늘 아니면 못 삽니다."

며칠 뒤 역전 공중화장실 뒤편에 있는 약장수와 원숭이를 보았다. 장사 전에 연습을 하는 모양이다. 약장수는 다짜고짜 막대기로 원숭이 머리를 한 대 때린다. 원숭이는 아팠는지 손을 머리에 갖다 댄다. 원숭이는 또 맞을까 싶어 옆눈으로 막대기만 연신 힐끔거린다. 약장수가 "여기 할아버지 인사드려라" 하면서 막대기를 움찔하자 원숭이는 재빠르게 손을 머리에 갖다 댄다. 인사를 하는 것이 아니라 약장수 막대기를 보고 반응하는 것이다. 어린아이에게 인사하라 할 때는 일부러 막대기를 등 뒤로 감추고 말하니 원숭이가 아무런 반응을 보이지 않았다.

군산역 광장에는 떠들썩한 소리와 함께 사람들이 겹겹이 둘러서서 차력쇼를 구경하고 있다. 종철이는 얼른 보고 싶은 마음에 조급해진다. 뺑 둘러서 있는 사람들 주변을 이리저리 기웃거리다가 좀 넓어 보이는 틈 사이를 비집고 들어가서야 앞에 펼쳐진 광경을 볼 수 있었다. 머리를 빡빡 깎은 한 사내는 웃통을 벗고 있고 또 다른 사내는 태권도복 같은 걸 입고 마이크에 대고 말을 하고 있다. 웃통 벗은 사내가 우렁찬 기합 소리와 함께 힘을 주어 가슴팍에 감겨 있던 굵은 철사를 단숨에 끊어버린다.

이번에는 웃통 벗은 사내가 양다리를 구부려 벌린 채 기마자세를 하고는 양팔에 힘을 잔뜩 주고 기합을 내지른다. 옆에 있던 트럭 안에서 나온 털보 아저씨가 굵직한 각목을 땅바닥에 질질 끌며 다가와 웃통 벗은 사내 앞에 섰다. 털보는 각목을 하늘 높이 들어 올리며 "으아~" 하고 소리를 내지르더니 웃통 벗은 사내의 팔뚝을 내려친다. 나무는 빠작- 소리를 내며 땅바닥에 나뒹군다. 웃통 벗은 사내는 "아~! 아~!" 하고 여유 있게 기합을 지른다. 털보는 다시 웃통 벗은 사내의 몸통, 가슴, 허벅지, 배때기, 정강이를 내려치며 나무를 부러뜨린다.

이번에는 탁자 위에 빈 병을 쭉 세워놓고 호흡을 가다듬는다. 손끝을 바라보며 기를 모은다. 손끝 첫째 마디만 구부러지며 부르르 떨고 있는데, 손의 정권(正拳)과 수도(手刀)에는 발뒤꿈치 같은 굳은살이 허옇게 솟아나 있다. 다리를 벌리며 무릎을 구부린 자세에서 수도를 아래에서 위쪽으로 쳐올리며 병 대가리를 날린다. 맥주병에 물을 담아서 한 손으로 병목을 바짝 잡고 손바닥을 위에서 아래로 내려치니 병 밑창이 터지며 물이 쏟아져 내린다. 병 두 개, 세 개를 쉬지 않고 연달아 손바닥으로 쳐서 병 밑창이 터질 때면 박수가 쏟아져 나온다. 도복 입은 사내가 마이크에 대고 말한다.

"자! 이번에는 병을 이마로 받아서 병 밑창을 날려 보내는 무공을 보여 드리겠습니다. 내공과 외공, 기공의 3대 공법의 힘을 모을 줄 아는 무림의 고수만이 할 수 있다는 이마로 병 밑창 날리기 묘기를 보여드리도록 하겠습니다. 박수~!"

물이 담긴 맥주병 목을 양손에 거머쥔 채 양 무릎을 벌린 차력사의 굵은 허벅지에서 힘이 느껴진다.

"타~~"

"으아!"

이마와 손이 동시에 움직이며 손으로 쳐올린 맥주병을 이마로 헤딩하듯 박아버리니 쩍- 소리와 함께 맥주병 밑창이 터지며 물이 로켓처럼 쏟아져 나간다. 왼손과 오른손으로 연달아 맥주병을 터뜨리니 그야말로 난리라도 난 것처럼 박수와 함성이 터져 나온다.

이 모든 것, 힘든 것은 웃통 벗은 사내가 다 하고 도복 입은 남자는 마이크로 소리만 지른다. 깨진 병들을 가마니에 모아 철길 레일을 잘라낸 묵직한 쇳덩이로 잘게 부수고 나서 도복 입은 남자는 거만한 듯 거드름을 피우며 말한다.

"자! 이번엔 깨진 병 조각을 맨손으로 콩가루 이기듯 비비는 차력을 보여드리겠습니다. 군대 갔다 온 남자들은 다 아시죠? 면도칼 없으면 깨진 병으로 면도를 했을 만큼 날카로운 병 조각을 맨손으로 콩가루를 만들어 보겠습니다."

웃통 벗은 사내는 양다리를 벌리고 기마자세를 하며 양 손바닥을 벌리고 기를 모은다. 도복 입은 남자는 웃통 벗은 사내의 뒤에서 양손으로 등의 급소를 여기저기 눌러 기를 불어넣어 준다. 도복 입은 남자가 급소를 누르며 벼락 같은 괴성을 지르면 그 소리를 받아서 웃통 벗은 사내도 앞서 한 차력 때와 달리 좀 더 처절한 기합 소리를 내지른다.

"이얍! 으얍! 야얍!"

"아아악! 으아아악!"

가마니에 있던 병 조각을 긁어모아 쥔 양손을 구부린 한쪽 무릎에 대고 손바닥을 맞비비자 빠지직빠지직 병 조각 부딪치는 소리가 난다. 병 조각은 부스러기가 되어 바닥으로 떨어진다.

"아~~ 병 조각이 정말 콩가루가 되고 있습니다. 여러분, 박수를 보내주십시오."

웃통 벗은 사내는 양동이에 담긴 물에 손을 담가 병 조각을 씻어내곤 양손을 번쩍 들어 올려 멀쩡한 손을 자랑한다. 그런데 그만 종철이는 황급히 뒤로 감춘 사내의 손바닥에서 눈물 같은 선홍빛 피가 흐르는 것을 보고 말았다.

약장수들은 무료공연을 보여주면서 중간중간 약을 팔았다. 구경하던 어린아이 중 하나를 불러내어 회충약이라며 물과 함께 먹인 후 잠시 뒤 아이의 엉덩이 속에서 정말 기다란 회충 같은 걸 손으로 꺼내어 보인다. 사람들의 놀라는 소리가 탄식처럼 들려온다. 회충약을 들고 이리저리 뛰어다니는 패거리들을 향해 사람들은 "여기요! 여기요!"를 외쳐댄다.

오늘은 햇살이 따스한 봄날. 다섯 살 종철이는 큰 원으로 뺑 둘러앉은 구경꾼들 앞자리에 앉아있다. 어린 여자아이가 장구를 메고 나와 신명 나게 두드린다. 호리호리한 몸매의 장구 치는 여자아이가 뱅글뱅글 돌면서 종철이 앞을 지나쳐갈 때면 향기가 풍겨나오는 듯해서 기분이 좋아진다.

1960년대 당시 군산은 항구도시였고, 평야가 넓어 쌀이 많이 생산되었으며, 백화양조, 청구목재, 세대제지, 경성고무, 한국합판 등 공장도 많아 돈의 회전이 많은 상업도시였다. 그래서 약장수나 악극단 같은 공연단이 매일같이 찾아주어 군산 역전, 공설운동장에서 종철이는 하루에도 몇 차례씩 무료공연을 볼 수 있었다.

역전 뒤 공설운동장에 가면 악극단의 공연을 볼 수 있었다. 무대를 설치해놓고 뒷배경은 그림으로 그렸다. 한복 입은 여자가 그네 타는 그림, 갓 쓴 양반도 그림 속에서 웃고 있다. 막이 열리면 한복 입은 사람들이 나와서 공연을 한다. "서방님~" 하고 부르면 '잉잉잉~ 잉~잉' 하는 아쟁 소리가 종철이의 가슴을 찌릿찌릿 파고든다.

연기자들이 드나드는 무대 옆쪽은 너무나 신비롭고 신기하다. 국악 공연이 끝나고 막이 내리면 다음 극을 준비하는데, 그사이에 약장수들은 돗자리를 펴고 앉아있는 객석 사이를 다니며 약을 판다. 가수도 나와서 노래하고 춤도 춘다. 공연이 쉬는 잠시 동안 종철이는 무대 뒤로 돌아가 봤다. 종철이도 공연하는 사람들 속에 들어가서 함께 생활했으면 좋겠다고 생각한다. 두근두근 뛰는 가슴을 안고 무대 뒤를 서성이며 안을 들여다봐도 사람이 없다. 안에서 누군가 나와 "너 왜 여기 있어?" 하고 물으면 "저 여기 들어가서 노래도 배우고 공연도 하고 싶어요"라고 답할 텐데, 아무도 묻는 이가 없다.

저녁이 되자 서커스 공연을 알리는 나팔 연주가 경쾌하게 흘러나온다. 커다란 천막이 쳐져 있는 서커스장은 매표소에서 돈 내고 표를 끊어야 들어갈 수 있다. 오늘은 아빠 엄마도 장사를 마치고 종철이랑 서커스를 구경하러 왔다. 무대에서 차례로 공연이 펼쳐졌다. 자전거를 타고서 높은 공중에 매달려 있는 동아줄을 건너가는 서커스, 난장이 부부 씨름, 그리고 코끼리 공연. 작년 겨울 어느 추운 날 밥 줄 돈이 없어 코끼리 한 마리가 얼어 죽었다는 사회자의 이야기에 종철이는 눈물이 핑 돈다.

집에서 가까운 군산 역전 시장 옆 군산중앙초등학교에 레슬링 경기가 들어왔다. 벽에는 포스터가 붙고 도롯가에는 현수막이 걸렸다. 박치기왕 김일, 비호 장영철, 그리고 당수치기 천규덕의 사진에 이름이 쓰여 있다. 학교 앞에는 많은 사람들이 모여 있고 담장 너머 운동장 중앙에 만들어놓은 링에서 경기를 하는 중이다. 사람들은 안에서 들리는 경기 소리, 관중의 함성 소리에 홀린 듯 교문 앞 쇠창살을 붙들고 담장에 매달려 발버둥을 친다. 담장 밖에선 주최 측 관계자들이 완장을 차고 호각을 짧게 불면서 소리를 지른다.

"내려가세요. 올라가면 안 돼요."

안쪽에선 건장한 사내가 사람들이 올라오지 못하게 하려는 듯 긴 장대를 휘두른다. 담장 밖 도롯가에는 운동회 날처럼 사람들로 번잡하다. 번데기, 보리물차, 솜사탕 등 장사꾼들 모습에 가슴이 설렌다. 종철이는 시장에서 장사하는 아빠를 찾아가 레슬링 보여달라고 졸라댄다.

어린 아들의 성화에 못이긴 아빠는 결국 종철을 데리고 학교 앞까지 왔다. 아빠는 근처에 있던 키 큰 청년을 붙잡고 표를 두 장 끊어주며 아들을 부탁한다. 아들이 키가 작아 경기가 보이질 않으니 목말을 태워달라 당부까지 한다. 공짜 표가 생긴 청년은 얼씨구나 하며 종철의 손을 잡는다. 장사를 해야 하는 아빠는 다시 시장 쪽으로 발길을 돌린다.

운동장 안으로 들어서니 빽빽하게 들어선 사람들의 함성이 굉장하다. 벌써부터 흥분되어 가슴이 요동친다. 제법 좋은 자리를 잡고 목말을 태워주던 청년은 힘에 부쳤는지 잠시 화장실 다녀오겠다며 종철을 내려놓더니 한참을 나타나지 않는다. 구경꾼들에 가로막혀 앞이 보이지 않는다.

약장사 구경할 땐 어른들 다리 사이 틈새라도 비집고 들어갈 수 있었지만, 천 명이 넘는 장벽에는 도리 없어 발만 동동 구르며 이리저리 돌아다닌다. 사람들의 환호성이 커질 때는 무슨 상황인가 궁금해서 애가 탄다. 이리저리 둘러보니 큰 나무 위에 올라가서 구경하는 사람도 보인다. 종철이는 나무 타는 데는 선수다. 아이들과 밤중에 동네 과수원집 철망을 벌리고 들어가서 앵두나무, 대추나무, 감나무 위에 올라가 과일 서리하던 일이 도움이 될 줄이야.

종철이는 '저거다!' 하며 100미터 달리기 선수인 양 뛰어가서 달리던 반동을 이용해 왼발로 나무를 딛고 큰 가지 하나에 철봉하듯 매달려 올라간다. 운동장 가운데 사각 링이 보이고, 복면 쓴 선수와 빡빡머리 선수가 웃통 벗고 가죽 장화를 신고 겨루고 있다. 싸우지 않는 나쁜 편 선수는 쇠줄로 자기 이빨을 뾰쪽하게 갈고 있다. 사람들이 심판에게 쇠줄로 이빨을 간다고 소리치며 알리자, 이를 갈던 선수는 재빠르게 쇠줄을 든 손을 등 뒤로 감춘다.

넘어지고 엎어지며 당수로 가슴팍을 치고, 심판이 안 보는 사이에 이빨로 물자 결국 김일 선수가 나선다. 박치기로 사정없이 박으니 나쁜 선수들은 시장 바닥에 물고기 파닥거리듯 아파서 죽겠다고 자지러진다. 결국 우리나라 박치기왕, 당수왕 선수들의 승리로 끝나고, 환호성을 지르던 사람들은 통쾌하고 후련한 마음으로 학교 정문을 빠져나가기 시작한다.

무심코 고개를 돌리던 종철이의 눈에 목말 태워주던 청년이 인파에 떠밀려 넘어져있는 모습이 들어온다. 청년은 한쪽 슬리퍼가 없어졌는지 울상을 지으며 주변을 두리번거리고 있다.

종철이가 좋아하는 것

들판 저 멀리 아지랑이가 솔솔 피어오르고, 따스한 햇살과 봄 향기가 겨우내 눅눅했던 몸뚱이를 말려주는 다섯 살 봄날. 엄마가 장사하시는 군산역 구시장으로 걸어간다. 걸어가다 보니 전봇대에 벽보가 붙어 있다. '전주에 올라가면 위험합니다' 왜 전주에 올라가면 위험하다고 할까? 어른들은 전북 도청 소재지가 있는 전주가 교육의 도시이자 양반 도시라서 여름에도 반팔을 안 입고 긴팔을 입는다며 '전주에 올라갔다 온다'고 했다. 종철이는 전주에 올라가면 위험하다는 벽보가 궁금하다. 역전 경성고무 공장 정문 앞을 지나는데 수위실 앞에 세워진 나무판에는 '공원 모집 ○○명'이라고 쓰여 있다.

"공원을 모집해?"

지난 일요일 엄마 아빠와 김밥 싸가지고 놀러 갔던 군산 월명공원이 생각난다.

"○○명이면 빵명인데?"

시장에 도착한 종철이는 오다 스쳐 본 어린 아기가 생각나 엄마에게 어린 동생이 갖고 싶다고 조른다.

"엄마, 애기 사줘. 우는 애기 말고 웃는 애기 사줘."

"시장 안 저기 닭이랑 강아지 파는 데 가서 물어봐."

종철이는 가축 파는 곳에 가서 사정하듯 묻는다.

"아저씨, 애기 팔아요?"

"엄마한테 가서 애기 낳아달라고 해. 하하하."

그렇게 졸라대니 정말 그 이듬해 예쁜 여동생이 생겼다.

종철이는 왼쪽 가슴에 손수건을 달고 군산남초등학교에 입학했다. 1층 건물 맨 끝반 1학년 6반 교실 앞에는 아침 일찍 등교한 아이들이 문이 잠긴 교실에 들어가지 못한 채 선생님 오기만을 기다리고 있다. 교무실 조회를 마쳤는지 저쪽에서 파란색 투피스를 입은 선생님이 보이자 아이들은 일제히 선생님에게 달려가 앞다투어 인사한다.

"선생님, 안녕하세요?"

저마다 작은 몸을 접었다 편다. 초등학교 올라가던 해에 아빠 엄마는 시장에서 장사를 마치면 그날 장사한 돈을 방바닥에다 꺼내놓고 돈을 헤아린다. 500원짜리 까만색 이순신 장군 종이돈이 제일 큰돈이다. 은행갈 시간도 없이 이불 속에 많이 모아놓았는데, 얼마 후 옆 동네로 집을 사서 이사했다. 옆방과 아랫방은 세를 주고 종철이네 여섯 식구는 방 두 개를 쓴다. 넓은 마당도 있고 우물도 있고 콩나물을 많이 키울 수 있는 창고도 있다. 큰 다라이에 콩 한 가마를 쏟아서 물에 불려놓고 엄마 아빠는 쪼그리고 앉아서 매일 썩은 콩을 손으로 일일이 골라낸다.

"아빠, 과자 사먹게 10원만 주세요."

"썩은콩 한 바가지 골라내면 20원 줄게."

"이야. 신난다."

20원이면 과자를 사고도 10원이 남는 큰돈을 준다는 말에 송철이는 좋아서 썩은 콩을 골라내기 시작한다. 눈에 힘을 주고 손가락을 집중해서 골라 바가지에 담아야 한다. 한참을 쪼그리고 앉아서 썩은 콩을 골라내다 보니 허리가 아파오기 시작한다. 몸을 비틀며 허리를 손으로 탁탁 치면서 "아이고 허리야"라고 하자 아빠가 종철이를 쳐다본다.

"어린 놈이 벌써부터 허리가 아프다고 하냐."

아무리 골라내도 밥공기 하나도 될까 말까 한다. 엄마는 "돈 벌기가 쉽지 않지?" 하며 10원을 쥐여주곤 그만하고 밖에 나가서 놀라고 한다.

종철이는 동네 골목에서 연탄불을 놓고 설탕을 넣고 끓이다가 소다를 넣으면 노랗게 부풀어 오르는 띠기 장사꾼 있는 데 가서 10원 주고 띠기를 한다. 사람 모양 3개를 찍어주고 안 떨어지게 떼면 한 개를 더 준다. 골목길 벽에 기대어 침을 바르고 새끼손톱을 다 동원해서 숨죽이고 집중해보지만 목에서 조금 남기고 똑 떨어져 한 번도 성공한 적은 없다.

종철이는 강아지가 너무 좋아서 아빠에게 조르니 시장에서 누런 똥강아지 한 마리를 사오셨다. 한 달쯤 되자 처음으로 "왝~왝~" 소리를 낸다. 벙어린 줄 알았는데 너무 귀엽고 신기하다. 빨간색 방울 달린 목줄도 사서 목에 채워주니 너무 귀엽고 예쁘다. 팔딱팔딱 뛸 때는 방울소리도 달랑달랑 귀엽다. 마당 한쪽에 앉아서 "어여 어여~" 하고 혀끝을 아랫입술에 굴리며 손으로 부를 때면 졸랑졸랑 상체를 흔들며 손앞으로 달려오고, 두 손으로 안고서 냄새를 맡아보면 구수한 강아지 냄새가 사랑스럽다. 아침밥을 먹고 나면 강아지도 밥에다가 국을 말아서 준다. 엄마는 개가 사람보다 먼저 먹으면 안 된다고 하신다. 강아지 밥 먹는 모습은 너무 귀엽다. 혀로 입으로 첩첩 하며 밥 먹는 소리는 사랑스럽고 귀엽다.

책가방 들고 학교에 갈 때면 저도 따라가겠다고 쫄레쫄레 앞서서 뒤돌아보며 혀를 내밀고 뛴다. 집으로 돌려보낼 땐 마음이 아프다. 종철이는 마음을 굳게 먹고 오른발을 높이 들어 신발을 쎄게 바닥을 치면서 오른손 주먹을 함께 내밀어보지만, 쉽게 돌아갈 녀석이 아니다. 작은 공깃돌만 한 돌멩이를 땅에서 주워 던져야 깨갱 하며 그때서야 집으로 도망간다. 강아지 이름은 뜻도 모르지만 종철이가 '백수'라고 지었다. 학교 마치고 집에 올 때면 백수는 신나서 눈이 흐려지면서 엉덩이를 통째로 흔들면서 낑낑대며 소리를 낸다. 제법 커진 백수는 훌떡훌떡 뛰어올라 앞발이 잠바를 스치지만, 종철이는 옷 버리는 걸 알면서도 백수가 좋아서 뛰어오르는 걸 피하지 못하고 그대로 백수 앞발 발톱에 비닐 가죽잠바 옷이 찢긴다. 그래도 좋아서 날뛰는 백수를 보고 종철이는 만남의 재회 의식을 기꺼이 감수한다.

종철이가 강아지만큼 좋아하는 것이 또 하나 있다. 자전거 타는 것이다. 친구들하고 동네 앞산에서 땅 짚고 한 바퀴 도는 텀블링을 수십 번쯤

넘다가 넘어지고 엉덩방아 찧고 실패한 후 몇 날 며칠 만에 성공했을 때는 신기하고 너무 기쁘다. 이것은 종철이가 태어나서 처음으로 스스로 노력해서 성공 후에 맛본 쾌감이다. 그러나 이것보다 스릴과 기쁨이 다섯 배쯤은 더 있는 것이 자전거를 혼자 타고 넘어지지 않고 곧장 가는 것이다.

처음 자전거를 배울 때는 아버지 몰래 콩나물 싣는 굵은 고무줄에 묶여 있는 짐바를 풀어놓고 학교 운동장에 가서 연습했다. 수없이 넘어질 때면 아랫배가 전기에 감전되듯 찌르르 하니 오금이 저려온다. 넘어지고 자빠지고 부닥치고, "어어어어~" 하며 놀고 있는 아이들에게 돌진해서 아이들을 덮쳐 함께 넘어질 땐 무서움보다 미안한 마음이 더하다.

아직 초등학교 1학년이라서 도시락을 안 싸가는데, 동네 공터에서 거지가 깡통에 밥 얻어서 숟가락으로 착착 비벼서 먹는 걸 볼 땐 침을 꿀떡 삼켜야 했다. 서둘러 집에 가면 엄마 아빠는 시장에 장사 나가시고 집엔 아무도 없다. 밥을 밥공기에 퍼서 먹지 않고 형들 사각 도시락통에 담아서 소풍 온 것처럼 마루에 앉아서 혼자 맛있게 먹고 밖으로 나간다.

오후가 되어 집에 가보니 대문 앞에 아버지 짐자전거가 벽에 기대 세워져 있다. 아버지가 어디 가셨나 하고 동네 여기저기 찾아보니 왕대폿집에서 아저씨들과 서서 막걸리를 드시고 있다. 아버지 친구인 어떤 아저씨의 신사용 자전거가 대폿집 앞에 세워져 있다. 이젠 자전거를 학교 운동장에서 타지 않고 시내고 어디고 가고 싶은 데로 돌아다닌다. 한 손을 놓고 타는 데도 재미를 붙였다. 오늘은 두 손 놓고 타기에 도전한다. 살짝 떼었다가 핸들을 잡고 조금씩 조금씩 두 손 놓고 더 멀리 가려고 눈에 힘을 주고 달린다. 자갈밭이나 울퉁불퉁하고 먼지 나는 신작로에서는 땅만 보고 신중히 타지만, 큰 도로에 나오면 아스팔트 포장도로다. 이때부터는 두 손 놓고 자전거 타기 좋다. 친구들한테 두 손 놓고 오래 타는 걸 자랑하고 싶은 생각을 하면서 달린다. 그러다가 갑자기 속도가 빨라지면 상체가 뒤로 젖혀지면서 중심을 잃고 핸들이 옆으로 돌아가며 아스팔트 바닥에 구른다. 팔꿈치가 바닥에 긁혀 피가 나고, 뒤에서 오던 자전거를 탄 청년들은 재미있다는 듯 웃으면서 지나쳐 간다.

종철이 초등학교 2학년 올라가고 봄이 되니 동네에 고등학교 학생복 입은 형들은 휴대용 전축을 들고 '고고훼스티발'이라고 써진 레코드판을 들고 산에서 춤을 추고 논다. 여름이 시작되자 시내 길에는 교복 입은 형들이 10여 명씩 가던 길을 멈추고 손바닥만 한 작은 라디오 하나에 둘러 모여서 숨죽이고 듣고 있다가 환호성을 질러댄다. "와~와~와~" 고교야구가 시작된 것인데, 군산상고가 결승전에서 9회 초까지 4 대 1로 지고 있다가 9회 말 '투아웃'에서 5 대 4로 극적인 역전승을 거둔 것이다. 종철이는 어려서 무슨 영문인지 모르지만 교복 입은 형들은 여러 명이 어깨동무를 하고 원을 그려 돌고 있고, 어떤 형은 책가방이 무슨 죄인지 공중으로 하늘 높이 집어던진다. 제26회 황금사자기 고교야구대회에서 우승한 것이다. 그동안 군산 하면 항구도시이고 공장이 많고 쌀이 많이 생산되는 것에서 이제는 군산 하면 군산상고가 역전의 명수로 불리고 유명해지니 종철이도 어깨가 으쓱하고 가슴이 벅차서 기분이 좋다. 이때 경기에서 송상복 투수는 지고 있는데도 경기 내내 미소를 지으며 더 많은 실점을 하지 않아 역전하는 데 선수들에게 힘이 되어 '스마일 피처'로 부른다고 한다.

아버지가 고향 떠난 지 10여 년, 삼학동 재옥이네 문간방에 세 들어 살면서 시장상인들 텃세에 모진 고생하며 돈 모아 집 사서 살고 있을 때 집에 하얀 두루마리에 갓 쓰고 검정 고무신을 신은 할아버지가 찾아오셨다. 아버지의 아버지인 친할아버지시다. 아빠 엄마는 평소 안 먹던 과일과 돼지고기도 사 오시고 음식도 만들어 대접하신다. 담배도 사드리고 용돈도 드린다.

"앞으론 검정 고무신 신지 마시고 하얀 고무신 신으세요."

아버지는 할아버지가 찾아오셔서 기분이 좋으신지 콧구멍을 벌름거리신다. 평소에도 아버진 시장에서 사 온 신문지에 싼 소고기를 펼쳐서 부엌칼을 소금 항아리 주둥이에 서너 번 갈고 조금 썰어서 아버지 입에 넣으시고 종철이에게도 고기에 소금을 찍어서 입에 넣어주셨다.

"종철아, 꼭꼭 씹어 먹어."

아버지는 웃음 띤 얼굴에 코를 벌름거리시며 말했다. 소고기는 질기지만 고솝고, 한참을 씹는 동안 고소한 물이 나온다.

할아버지는 낮에 어디 돌아다니시는지 안 보이시고, 저녁 먹고 불 끄고 주무실 땐 이불 속에서 비닐 포장지 벗기는 부스럭 소리를 내며 혼자 과자와 엿을 드신다. 할아버지 집인 부안으로 돌아가실 때 하얀 고무신을 신겨 드리고 보냈는데, 담에 오실 땐 또 검정 고무신을 신고 오신다. 또 가실 땐 하얀 고무신을 신고 가신다.

종철이가 좋아하는 게 또 있는데 바로 달콤한 팥죽이다. 동그란 새알 들어간 동지팥죽이 먹고 싶어서 설날 명절에 세뱃돈 받은 거로 시장에서 보았던 팥죽을 사 먹으러 아침에 팥죽 가게에 들어갔다. 평소 천막 가게 앞에서 본 하얀 양은 솥단지에 김이 모락모락 나던 팥죽이 그렇게 먹고 싶어서 모처럼 세뱃돈이 생기자 아침도 먹는 둥 마는 둥 하고 시장에 있는 팥죽집에 와서 팥죽을 시켰는데, 생각했던 팥죽 모양새가 아니다. 도토리묵처럼 딱딱하게 굳은 팥죽 위에 뉴슈가가 조금 허옇게 뿌려져 있다. 어제 팔다 남은 팥죽이리라. 몇 숟갈 먹으니 맛도 없고 먹기가 싫다. 그래도 안 먹고 나오는 건 눈치가 보여서 억지로 절반쯤 먹고 돈만 내고 나온다.

종철이의 노래 가정교사 전축

초등학교 4학년에 올라가서도 종철이는 학교 갔다 오면 책가방은 마루에 던져놓고 밤늦게까지 친구들과 열심히 놀았다. 구슬치기, 딱지치기, 양니(옛날 종이딱지) 따먹기, 못치기, 나무치기, 자치기, 벽치기, 동전치기, 다방구, 깔추(손야구), 비석 치기, 개울가 송사리 낚시, 물놀이, 앵두 서리, 산딸기 따먹기, 개구리 잡기, 뱀 잡기, 메뚜기 잡기, 민화투, 칼쌈, 불놀이, 깡통 돌리기, 연날리기, 눈썰매, 만화방, 팽이치기, 쌈치기, 숨바꼭질 등 셀 수 없이 많은 놀이를 하며 밤이 되면 힘들어서 끙끙 앓을 정도로 뛰어놀았다.

"무궁화꽃이 피었습니다."
"야, 니가 술래인데 홈 잡고 있어야지 먼저 나오면 어떡해?"
"야, 잡고 있었다니까. 너도 움직였어."
"슬로비디오로 다시 한번 해봐."

이렇게 신나게 뛰어놀다 보면 공부는 하기 싫고 학교도 가기 싫은 개구쟁이들은 노래를 지어내서 부르고 논다.

"원숭이 똥구멍은 빨개. 빨가면 사과, 사과는 맛있어, 맛있으면 바나나, 바나나는 길어, 길으면 기차, 기차는 빨라, 빠르면 비행기, 비행기는 높아, 높으면 백두산, 백두산은 뾰족해, 뾰족하면 송곳, 송곳은 찔러, 찌르면 아파, 아프면 약 발라, 약 바르면 시라려, 시라리면 학교 안 가, 학교 안 가면 선생님이 때려."

"철수야, 저녁밥 먹어라. 늦게 오면 밥에다 파리가 똥 싼다."

종철이는 저녁밥을 빨리 먹고 친구들이랑 또 놀려고 서둘러 집으로 향했다. 좁은 골목길에 두루마기를 걸친 할아버지가 골목 한가운데로 보따리 하나를 들고 걸어가고 있다. 멀찍이 뒤따르던 종철은, 그 할아버지가 자기 집으로 들어가는 것을 보고 놀랐다. 얼마 전 이사 온 아랫방 새댁의 손님일까? 그 순간, 집 마당에서 놀란 목소리가 터져 나왔다.

"어쩐 일로 오셨냐니? 시아버지가 오셨는데 어쩐 일이라니, 나! 갈란다!"
"아버님, 제가 잘못했어요. 무심코 말이 잘못 나왔어요."
"놔라!"
"흑… 잘못했어요. 안으로 들어가세요."

할아버지는 성난 표정으로 되돌아가려 했고, 새댁은 잘못을 빌며 눈물을 흘렸다. 그 안타까운 모습을, 종철이는 바라볼 수밖에 없었다.

어느 날 저녁, 아버지는 미국으로 이민 가는 사람한테서 3천 원에 사 왔다며 큰 전축을 들고 마당으로 들어오셨다. 종철이 키만 한 스피커 두 개 그리고 위아래 문짝 두 개 달린 몸체 하나, 또 상자에 든 레코드판 세 상자를 마당으로 연신 날라서 들고 들어오신다.

초등학교 4학년이던 종철이는 담날부터 학교 갔다 오면 고생 보따리, 아니 책가방을 마루에 던져놓고 전축 앞으로 간다. 맘에 드는 레코드판을 골라서 올려놓고 전축 바늘을 숨죽여 잡고 조심히 내려놓는다. "땡디디디 디디디디~" 하춘화의 〈물 새 한마리〉. 반주의 첫 음만 들어도 가슴속에서 심금이 올라온다.

이젠 자전거 타는 것보다, 강아지보다 더 좋은 것이 전축으로 노래 듣는 것이다. 〈백남봉 원맨쇼〉 레코드판도 있어서 틀어보면 경상도, 전라도, 충청도, 강원도 마라톤 선수들 달리기경주 이야기도 재미있다. 서영춘의 〈웃음따라 요절복통〉 노란색 레코드판도 있다. 랩송이 재미있다. "인천 앞바다에 사이다가 떴어도 고뿌 없이는 못 마십니다. 학교 종이 땡땡 친다. 어서 가보자. 싼즈그 자그저그, 피가 되고 살이 되는 찌개백반"

남인수, 나훈아, 백야성, 남진, 검은 고양이 네로, 이미자, 손인호 등 노

1974년 종철이 초등학교 4학년 전축과의 만남이 되는 역사적인 해이다. 앞줄 오른쪽 두 번째

래 듣는 것이 즐겁다. 백야성의 〈마도로스 도돔바〉는 음색이 독특하고 감미롭다. 손인호의 〈한 많은 대동강〉 노래도 목 천장과 코에서 나오는 소리가 애절하고 처음 듣는 독특한 음색이라서 신기하고 멋지고 감동이다. 노래 가사를 종이에 적어보고 외워보고 따라 불러보지만, 노래 중간 지나 고음 부분에선 올라가지 않아서 마음이 답답하다. 나훈아의 〈물레방아 도는데〉 노래는 중간에 '천리타향 멀리 가더니' 부분에서 목소리가 올라가지 않아서 또 답답하다.

어느 날 엄마 친목계원들이 집에 오셔서 계모임을 하신다.

"종철아! 노래 한번 해봐라."

"아유, 못해요오."

"한번 해봐아."

"종철아, 노래 한번 해봐."

"아으, 못하는데."

종철이는 속으론 좋으면서 못한다고 안 한다고 하면서도 무슨 노래 부를까 속으로 생각하다가 남진의 〈가슴 아프게〉를 뜻도 모르면서 마음을 다해 정성을 다 바쳐 부른다.

"해도문(해저문) 부두에서 떠나가는 연락선을~"

동네 아주머니들은 앵콜, 앵콜을 하고 박수를 치며 얼굴이 환해진다.

"어쩌면 어린애가 얼굴이 빨개지도록 노래를 하지? 감정이 아주 풍부하네."

뒷집 사는 아주머니는 어른들도 가사를 다 모르는데 어쩌면 어린애가 가사가 하나도 안 틀리고 다 아냐며 칭찬이다. 사람들 앞에서 노래할 땐 떨리지만 은근히 시켜주길 바란다. "앵콜~" 할 땐 앉았다가 다시 일어나 여유 있게 좌중을 한번 훑어보며 수줍게 웃어 보인다.

"종철아 노래 한 곡 더 해. 저번에 불렀던 거 불러봐."

이번엔 전축에서 자주 듣던 남인수의 〈청춘고백〉을 불러 젖힌다.

"헤어지면 그리웁고 만나보면 시들하고, ~ 봉오리 꺾어서 울려놓고"

가사 뜻은 모르지만 노래를 하다 보면 왠지 슬프고 뜨거운 감정이 생겨나서 노래할 땐 기분이 이상하다. 전축으로 노래를 들을 때뿐만 아니라 길을 갈 때나 운동장 계단에 앉아있을 때도 노래를 부른다.

오늘은 서울에 있는 외삼촌이 집에 왔다. 종철이는 외삼촌을 좋아한다. 깔끔하고 세련된 외모에 앞이 뾰족한 구두를 신었고 한 번도 보지 못한 맛있는 롤케이크를 사온다. 이상한 점은 삼촌은 따뜻한 낮에도 두꺼운 솜이불을 뒤집어쓰고 몸을 떨면서 며칠씩 누워잔다. 어느 날 엄마는 종철이에게 이야기해준다. 딸만 여섯인 집에서 엄마가 제일 막내이고 늦둥이로 외삼촌, 아들이 태어났다고 한다. 딸 자매들 중에서도 엄마만 유독 노래를 좋아해서 밥상머리에서도 밥 먹다 말고 노래를 불러 언니들한테 미친년이라고 욕을 먹었다고 한다. 이때는 남동생인 순철이 삼촌만 장단을 맞춰줬고 비교적 나이차가 적은 엄마와 더 가까웠다고 한다. 순철이 삼촌은 귀한 관심 속에 공부도 잘해서 서울에 있는 중앙대 정치학과에 입학했으나 6.3시위로 잡혀가고 그후로도 계속 반복되다가 때론 종철이 집에 피신하러 오기도 하고 정보부에 붙잡혀 갔다가 풀려나면 요양하러도 온다고 한다.

1974년 봄소풍 월명공원. 앞줄 오른쪽이 종철, 그 바로 뒤가 조계현

1976년 불국사 수학여행에서. 앞줄 가운데가 종철, 왼쪽 뒤로 88올림픽 복싱 금메달리스트 김광선. 운동을 좋아하던 김광선은 88올림픽 복싱 금메달리스트가 됐고, 조계현은 해태 야구 투수가 됐다. 가정에서 콩나물 업을 하며 아버지의 음식 만드는 모습을 보고, 어머니의 노래 감성을 물려받은 종철은 주방장과 가수가 됐다.

2

외식업의
대를
잇다

17세 소년의 선택, 서울 진출

아버지는 콩나물 공장을 하셔서 돈 모아 집도 사고 콩나물 동업자 모임 회장을 하셨다. 이때만 해도 분위기가 좋았는지 아버지는 체격이 커진 두 아들에게 니네가 이젠 콩나물 배달도 하고 일을 해야 한다고 하셨다. 서울에 있는 콩나물중앙회 단체에도 자주 다니셨다. 종철이 중학교 2학년 지나는 1978년 12월 외삼촌은 국회의원 선거에 출마하셨다고 한다. 삼촌은 종로·중구에 무소속으로 출마하셨는데, 아버지는 매형인 내가 돈이 많았으면 처남을 많이 도와줄 텐데 아쉬워하셨다. 삼촌은 당선되려고 출마하는 게 아니고 우리가 살아있다는 걸 알리기 위해 출마한다고 엄마가 말했다. 아버지는 서울에서 보름을 외삼촌 선거를 도와주고 오셨다. 아버지는 콩나물 사업자들의 숙원사업인 사단법인 등록을 위해 앞장서서 관계기관으로 다니는데 올봄에 된다, 올가을이면 된다며 될듯될듯 돈만 들어가고 세월만 간다. 법인 허가가 잘 안 떨어지는 이유는 콩은 농림부 소관이고 콩을 발아시키면 보사부 소관이라 관계부처에서 서로 미루고 허가를 잘 안 해준다고 한다.

종철이 고등학교 올라갈 무렵 가정형편이 어려워져 학용품 살 돈도 급급하다는 것을 감지했다. 종철이는 부모에게 부담되기 싫어 돈을 벌기 위해 무작정 가출하여 서울로 간다. 그때가 1980년 열일곱 살 되던 해 군산상고 1학년 올라간 봄이다. 아버지 양복 주머니를 뒤져보니 동전 600원이 있다. 장항 가는 배를 타고 장항에서 서울 가는 열차에 몸을 실은 종철이가 창밖을 내다보니 장항 제련소 높다란 굴뚝에서 연기가 꾸불꾸불 힘차게 올라간다. 종철이는 옆에 있는 사람들이 볼까 봐 눈물을 억지로 참으며 돈 벌어 성공해서 군산에 다시 돌아오리라 다짐한다.

용산역에 내려서 광장을 지나가니 찻길 건너 2층에 직업소개소가 있다. 문을 열고 들어가자 아저씨 한 사람이 책상에 앉아 신문을 보고 있다가 종철이를 바라본다.

"일자리 구하러 왔어요."

"주민등록증 있어요?"

"없는데요."

"주민등록증 없으면 소개가 안 돼."

미성년자는 소개가 안 된다고 해서 종철이는 두말없이 그곳을 나온다. 그리고 찾아 헤맨 곳이 구로공단, TV에서 보던 공장들, 그리고 공장 사람들. 이곳에 오면 일자리를 얻을 수 있겠지 하는 막연한 기대감에 돌아다니는데, 회색빛 공장 담벼락 벽보에 처음 보는 용어가 적혀있다.

'공원 모집 - 이사주 지참, 내사 요망' (*이사주: 이력서, 사진, 주민등록증)

공원 모집? 공원이라면 어릴 적 엄마 아빠 손 붙들고 놀러 갔던 군산 월명공원이 생각난다. 무엇이든 모르는 게 있으면 물어보면 될 일이지만, 종철이는 잘 묻지 않는 성격의 소유자다. 다시 버스를 갈아타고 무작정 내린 곳이 서대문구 냉천동. 육교에 또 벽보가 붙어 있다.

'주방보조 구함, 숙식 제공, 초보자 환영, 영빈장 02-348-27××'

종철이는 일하러 들어가기 만만한 곳을 발견한 듯 힘차게 2층 영빈장 중국집 문을 열고 들어간다. 카운터에 무표정하게 앉아있던 주인아저씨는 벽보 보고 왔다는 종철이를 향해 묻는다.

"너 밥 먹는 데 몇 분 걸리냐?"

종철이는 재빨리 머리를 굴린다.

"5분요!"

옆에서 호기심을 갖고 지켜보던 홀 지배인처럼 생긴 키가 작고 통통한 남자가 성급히 미소 지으며 끼어든다.

"나는 짜장면 30초면 먹을 수 있다."

통통한 남자는 의기양양하게 말한다. 주인아저씨는 이것저것 심문하듯 물어본다. 고향이 어디냐, 나이는 몇 살이냐, 식당 일은 해봤냐 등등. 질문이 이어지고 있을 때 주방에서 짜장면 한 그릇이 나온다. 지배인은 나무젓가락 한 개를 뽀개고는 비비기 시작했다.

"자! 시작합니다. 먹습니다."

통통한 남자는 짜장면 그릇을 들더니 고개를 뒤로 젖히고 입에 밀어 넣기 시작한다. 짜장면은 순식간에 홀 지배인 입안으로 사라지고, 면접은 홀 지배인 짜장면 빨리 먹기 시범으로 끝났다. 이날부터 고된 주방일이 시작되었는데, 설거지며 국수 사리치기, 또 화덕에 연탄을 반 짜개서 집어넣는 등 모르는 일들을 시키는 대로 따라 해야 했다. 큰 양파를 깔 때는 눈이 매워서 눈물이 주르르~ 흐르면 주방에 통통하고 경상도 말씨를 쓰는 국수장이 놀리듯 말한다.

"야! 니 고향 생각하나!"

주방장은 큰 프라이팬을 불 앞에서 돌리며 주물국자를 이용해서 요리를 만들고, 주방 사람들이 제대로 일을 못 할 때는 국자로 머리를 때린다. 홀에서 일하던 동년배 아이는 일이 힘들었는지 아침에 자기 소지품 가방을 2층 창문 밖으로 던져놓고 내려가서 가방을 들고 도망치다가 주인 출근길에 딱 걸려서 붙잡혀왔다.

"야이 새끼야! 놀러 왔넌 사람노 그 십 일이 바쁘년 노와주는 법인데 일하는 놈이 도망을 쳐!"

"도망치는 게 아니고… 가방이 아래로다가 떨어져가지고 주워가지고 올려고 한 건데요."

"이 자식이! 공자 '뺵알' 먹는 소리 하고 있어. 내가 하루이틀 장사해?"

홀아이는 양파 까던 창고 벽에 겁먹은 얼굴로 기대 서 있고, 주인아저씨는 무서운 얼굴로 욕하며 구둣발을 들어서 정강이를 찰 듯한 동작을 한다. 홀아이는 주인이 발을 들면 피할 듯 한 발 옆으로 움직이고, 주인아저씨가 손을 들면 한쪽 팔을 머리 위로 올리는 것이 오래전 시장에서 본 원숭이 약장수가 생각난다.

일 마치고 밤이 되면 하루 종일 요리할 때 썼던 화덕 연탄재에 물을 뿌려 불씨를 끄고 커다란 식용유통에 담아서 양손에 들고 1층으로 날라 버려야 한다. 물을 먹은 연탄재는 돌처럼 무겁다. 아침이 되면 팔과 손이 마비되어 움직이지 않는 팔을 한쪽씩 주무르다 보면 한참 후 피가 도는 듯 조금씩 몸을 움직일 수 있게 된다. 종철이도 한 달을 채우지 못하고 중국집에서 나오는데, 주인은 돈이 없다며 그동안 일한 돈은 다음에 받으러 오라고 한다. 종철이는 속으로 '잘먹고 잘살아라' 하고 돌아다니다가 다시 벽보를 보고 일자리를 찾은 것이 충무로 스카라극장 앞 미도분식집이다.

종철이는 만두며 유부국수를 파는 이 집에서는 일하다가 사장 동생인 덩치가 큰 국수장한테 국수 방망이로 맞기도 한다. 두 살 위 만두장은 하루 일이 끝나면 작은 카세트로 음악을 듣는다. 처음 듣는 〈블루라이트 요코하마〉라는 일본 노래다. 이 노래도 반주 첫 소절이 나오면 가슴이 아련해지고 심금을 울린다. 종철이가 하는 일은 나무 설거지통 앞에 하루 종일 서서 만두통, 냄비국수나 쫄면 등 그릇을 닦는 일이다. 큰 설거지통 위로 그릇들이 수북이 쌓여 있었다. 그 너머, 홀의 탁자 쪽에서 낮은 목소리가 흘러나왔다. 자주 이곳을 찾는 충무로 사무실 단골 직원 두 사람이다.

"이봐, 광주에서 큰일 났대. 데모가 났는데 공수부대가 시내로 들어갔다더라."

"그래서?"

"여자들을 다리 밑으로 끌고 가서는… 겁탈까지 하고, 대검으로 유방을 도려냈대. 총으로 쏴서 시민이 이천 명이나 죽었다는 소문도 있어."

"그럴 수가… 믿기지가 않네."

종철이는 설거지를 하던 손을 잠시 멈췄다. 끔찍한 이야기 속에서 밀려드는 슬픔과 분노를 진정시키려 애쓰던 순간, 시민들을 도와주고 싶다는 생각에 광주에 가보고 싶은 강한 충동을 느낀다. 힘든 하루를 마치고, 주방에 딸린 작은 방에서 만두장과 둘이 카세트로 음악을 들으며 잠을 청한다.

이른 아침에 눈을 뜨면, 온몸이 저리다. 전날 만두피를 밀던 손바닥은 매 맞아 멍든 듯 얼얼하고 아프다. 욕을 얻어먹으며 석 달을 일했지만, 주인은 월급을 주지 않았다. 그래서 "월급도 안 주고 그만두겠어요"라고 말하자, 주인은 종철이를 빤히 쳐다본다.

"뭐? 월급을 안 줘서 고만둬!"

월급 안 줘서 그만둔다는 말이 어이없다는 표정이다. 종철이는 다른 사람들이 일어나기 전에 아침 일찍 가방을 들고 돈 한푼 없이 분식집을 나왔다. 골목길을 걸어서 명보극장 앞을 걸어갈 때 앞에서 청소부 아저씨가 리어카를 끌고 온다. 종철이는 청소부 아저씨를 보자 도움받으려는 생각에서 묻는다.

"아저씨, 여기 분식집에서 두 달 일하고 월급을 못 받았는데 어떻게 해야 돼요?"

청소부 아저씨는 안됐다는 듯 측은한 표정을 지으며 말한다.

"파출소에 가서 한번 얘기해봐."

종철이는 평소에 가보고 싶었던 남산에 혼자 걸어 올라간다. 남산타워를 보면서 찻길을 따라서 오른다. 나무도 많고 동상도 바라본다. 이른 아침이라 사람은 없다. 이곳저곳을 둘러보다가 내려오니 명동이다. 아침 출근 시간, 수많은 인파 속을 걸어가는 종철이는 자신이 하잘것없는 사람처럼 느껴진다. 나이도 어리고 가진 것도, 집도 절도 없는 신세. 왜소한 자신을 느끼며 세상을 어떻게 살아가야 할지 막막하다.

지나다니는 사람들은 양복에 코트에, 여자들도 고급스런 의상에 뭐가 바쁜지 빠르게들 지나치고 다들 주인처럼 당당해 보인다. 쌀쌀한 날씨에 지하도로 들어가니 롯데백화점 쇼핑센터가 나온다. 지하도를 따라 상점이며 물건들, 지나다니는 사람들을 구경한다. 처음 보는 에스컬레이터를 타고 백화점 10층까지 올라갔다가 내려오니 그동안 분식집에서 긴장 속에 힘들게 일해서 그런지 피곤해서 지하철을 타고 잠이나 자야겠다는 생각에 청량리역에서 수원역까지 왔다 갔다 한다. 중간에서 내리면 역 개찰구로 나가야 하기 때문에 내려서 반대편에서 바로 전철을 또 탈 수 있는 수원역과 청량리역에서만 내려 시간을 보낸다.

날씨가 추우니 밖에 나가면 춥고 어디 갈 데도 없다. 지하철 의자에 앉으면 발아래에서 따뜻한 바람이 나온다. 깜박 잠이 들었나 싶은데 사람들은 다 내렸고 청소부나 역무원이 빠르게 와서는 내리라고 소리친다. 저녁이 되자 거리는 어두워서 마음이 쓸쓸하고, 거리의 네온사인 조명들은 황홀한 미지의 세계 속으로 빨려 들어가게 한다. 거리를 오가는 수많은 사람은 모두 가족이 있고 들어갈 따뜻한 집이 있을 것이다. 어디선가 골목 안에서 맛있는 찌개 냄새가 콧속으로 후욱 들어온다. 찌개 냄새는 가정의 냄새, 행복한 냄새다. 종철이는 시장기가 몰려오면서 자신만이 축 처진 느낌에 서글퍼진다.

주머니에는 얼마 전에 가불하고 남은 천 원짜리 두 장과 동전 몇 개가 전부다. 돈 아낀다고 하루 종일 굶었는데 길가 국숫집에서 맛있는 국물 냄새에 배가 더 고파지며 마음을 더욱 외롭고 쓸쓸하게 한다.

분식집에서 일할 때는 아침은 밥 먹고 점심과 저녁은 불은 국수로 끼니를 해결했다. 오늘은 처음으로 유부국수를 돈 주고 사 먹는다. 뜨거운 국물은 종철이를 따뜻하게 감싸주는 듯하다. 가슴속 깊숙이 마음을 지켜주는 듯하다. 세상 낯선 곳 어둠이 짙게 내린 거리는 네온사인 불빛들이 황홀함을 주고 있지만, 이것도 잠시 후 사라지면 쓸쓸함이 찾아올 거다.

"야! 일 갈래?"

누구에게 하는 말인가 하고 옆을 보니 낡은 잠바에 모자를 쓰고 껄렁하게 생긴 청년이 껌을 씹으며 서 있다.

"배달, 주방 다 있다. 어디 갈래? 좋은 데 해줄게."

종철이는 주방에서 일하다 보니 홀에서 일하는 것이 힘도 안 들어 보이고 여자들도 있고 장난도 해서 부러웠다. 좀 불량스럽게 생긴 소개꾼이라 믿음은 안 가지만, 찬밥 더운밥 가릴 처지가 아니니 이것도 다행이라 생각하며 뒤를 따라간다. 소개꾼은 혹시라도 도망갈까 봐 한사코 가방을 들어준다고 한다. 일자리를 구할 수 있다는 안도감, 소개꾼은 한 건 올렸다는 만족감에 두 사람은 무언가 중요한 임무를 맡은 사람들처럼 바쁜 듯 빠르게 앞만 보고 걸어간다. 서울의 가장 어두운 이름 남대문 양동. 밝다는 뜻의 양동이지만 그곳은 창녀촌이라 불리는 어두운 곳, 살기 어려운 사람들이 모이는 곳이다.

수도 서울의 랜드마크인 대우빌딩 뒷골목 산동네를 미로처럼 개미굴, 개미집 찾아가듯 이리저리 어두운 밤길을 종철은 소개꾼 뒤만 보고 쫓아간다. 올라갔다가 가로질렀다가 남의 집 마당 같은 곳을 통과하여 골짜기 나무 숲속 같은 집 사이사이를 헤집고 한참을 오른다. 오래 걸었지만 밝은 전등불은 없다. 어둑한 조명 5촉짜리 전구알 밝기의 길을 걷는 종철이의 마음 역시 어둡고, 존재감은 둘러멘 작은 가방 하나 크기와 같이 작게 느껴진다.

어느덧 여인숙 문간방 같은 복도를 지나 나무 문 앞에 다다르자 열린 문 안에는 밖이나 다름없이 어둑한 작은 방에 열 개의 눈이 종철이를 바라본다. 소개꾼한테 먼저 붙들려온 사람들이다. 아이들이라고 할 수도 없고 어른이라고도 할 수 없는 스무 살 남짓의 남자애들도 종철이처럼 내일 식당에 일 가려고 무허가 소개꾼을 따라온 것이다.

"야! 니네 방에 꼬마 몇 명 있냐?"

여기서 일 가려는 사람은 나이가 많든 적든 소개꾼들은 지들끼리 '꼬마'라고 부르나 보다. 잠시 후 서너 명이 빈손으로 또는 가방 하나씩 가지고 종철이 있는 방으로 들어온다. 칙칙한 방안을 둘러보니 저쪽 방과 이쪽 방 벽 천장에는 작은 사각 구멍이 뚫려있고 전구알 하나가 어두운 양쪽 방을 비추고 있다. 전기세를 아끼려고 전구알 하나로 두 방을 비추는 것이다. 금세 일 가려는 남자들로 한 방 가득이다. 방안에는 TV도 없고 신문도 없고 책도 없다. 아무도 말이 없다. 어둠 속에 어색한 분위기가 흐르고 그 와중에 무슨 사정이 있어 잠을 못 잤는지 돌아누워 자는 사람도 있다. 잠시 후 소개꾼이 한 명을 또 데리고 온다. 일제히 쳐다본다. 한눈에 봐도 흑인 혼혈아다.

"튀기네."

누군가 한 말이다. 어두운 방보다 더 어두운 얼굴에 군대 야상 같은 걸

입고 있어 좀 무섭다. 소개꾼은 좀 전에 점잖게 서울 말씨로 말할 때와는 다르게 한마디 한다.

"낼 일짜그 소개 나가봐야 되니까 빨리들 자. 방이 좁응게 칼잠 자라잉."

갑자기 방안 공기에 냉기가 돈다. 칼잠이 뭐지? 칼잠이란 옆으로 돌아누워 자야 한다는 말이다. 오늘 처음 듣는 말, 새로운 것 배웠다. 소개꾼은 일어서서 허리띠를 풀더니 바지를 벗는다. 야리한 삼각 팬티만 입고서 먼저 잠자던 사람이 덮고 자는 한 개뿐인 이불을 걷어간다. 잠자던 사람은 이불을 가져갔는지도 모르는지 움직임이 없다. 소개꾼은 보기에도 냄새 날 것 같은 걸쩍지근한 이불 속으로 빤스만 입고 들어간다. 방안 사람들은 다들 슬금슬금 자리에 눕는다. 5분이나 되었을까. 방문을 두드리는 소리가 난다.

"뭐냐?"

방문이 열리더니 어린애다.

"위에서 아저씨가 곤조 오라고 하는데요."

"뭐여? 이 자슥이. 너 일로 둘와봐."

초등학교 5학년쯤 되어 보이는 애가 들어온다. 방안의 몇 사람은 몸을 일으켜서 소개꾼과 어린아이를 중심으로 둥그렇게 앉는다.

"너 못 보던 놈인데 몇 살여?"

"예, 열세 살인디요."

"너 왜 여기 왔어?"

"신문하고 잡지 파는데 잠자러 왔어요."

"누구랑?"

"친…구하고요."

"친구? 남자?"

"아…뇨."

"여자?"

대답이 없다.

"으따! 요놈 봐라. 대그빡에 피도 안 마른 자식이 벌써 여자하고 왔어?"

"아뇨, 걔는 껌 파는데 방값이 싸서 이리로 왔어요."

방안의 사람들은 모두 움직임도 없이 눈만 일제히 어린애가 있는 곳을 바라보고 있다.

"너 여자하고 해봤냐, 안 해봤냐?"

"안 해봤어요."

"이놈이 거짓말하네. 너 바지 벗어봐. 내가 보면 알어. 했나 안 했나."

어린애는 난처한 몸짓으로 서 있다.

"이 자식이? 너 군대 안 갔다 왔지? 나는 깜방 갔다 얼마 전에 나왔다."

소개꾼은 그동안 쓰고 있던 빵모자를 벗어 보이는데, 짧은 스포츠머리를 하고 있다. 어린애보다 방안에 있는 사람들을 겁주기 위해 하는 말 같다. 혼혈인은 몸을 조금 움직이며 작은 신음을 낸다. 소개꾼은 고개를 돌려 혼혈인을 바라본다.

"야! 꼬마 너! 시방 뭐 불만 있냐?"

"나 스물다섯 살이요."

"여기서는 다 꼬마라고 불러."

소개꾼의 거만한 말투에 방안은 다시 조용해진다. 소개꾼은 다시 고개를 천천히 돌려 어린애를 바라보며 말한다.

"차려! 열중쉬어! 차려!"

어린애는 소개꾼의 구호에 맞춰 양팔을 움직인다.

"혁대 푼다. 실시!"

어린애는 난처한 표정으로 서 있다.

"너 나 시방 성질 테스트하냐?"

"아뇨."

"인마, 존 말로 하면 들어야 할 거 아녀! 너 맞고 풀래, 안 맞고 풀래?"

어린애는 작은 소리로 우물거린다.

"안 맞아요."

소개꾼은 화가 난 듯 방바닥에서 무얼 주울 듯이 좌우를 두리번거리더니 자기 허리띠를 바지에서 빼들며 손에 몇 바퀴 짧게 감는다.

"허리띠 풀어."

어린애는 금세 울상이 되어 방에서 나가려는 듯 한 발을 돌리는데, 소개꾼이 손에 감았던 허리띠가 허공을 가르며 휙 소리를 낸다.

"아야!"

허리띠는 방문을 때리며 어린아이의 어깨에 스친다. 처음부터 방안에 누워있던 사내가 시끄럽고 귀찮다는 듯 조용하고 굵은 음성으로 말한다.

"그만 시끄럽게 하고 자자."

소개꾼은 인상을 무섭게 팍 쓰면서 고개를 돌리며 쎄게 나간다.

"뭐여, 너는? 이 새끼가 대갈통을 뽀개벌라."

그제야 자세히 보니 축구복 같은 파랑과 흰색 세로줄무늬 티셔츠를 입고 누워있던 사내는 누운 자세에서 발로 벽을 서너 발 타고 돌면서 그대로 소개꾼의 목덜미에 발등을 꽂아버린다.

"컥!"

발차기 한 방에 소개꾼은 굴러서 방구석에 처박힌다.

"아이쿠!"

"니 큰형님 친구다. 박동태가 누군지 물어봐라, 인마. 조기축구 일찍 가려고 여기 좀 누웠더니 시끄러워서 틀렸네. 너 같은 꼴통은 앞으로 발차기 조심해라. 언제 어디서 발 날아올지 모른다. 태클을 잘 피해야 골을 넣는다."

발차기를 날린 사내는 일어나서 한참 일장연설한 후 문을 열고 나간다. 신문팔이 어린애는 언제 빠져나갔는지 안 보인다. 밖에서 우당탕 소란스러운 소리에 문을 열어보니 조기축구가 나가면서 벗어놓은 구두를 밟고 미끄러지면서 양동이를 밟고 넘어졌다.

"아으쿠!"

한쪽에선 웃음을 참느라 큭큭 소리가 나고 다시 평온이 찾아왔다. 소개꾼이 오른손 주먹을 벽에 대고 고개를 숙이고 앉아있던 그때, 밖에서 사나운 개 짖듯 큰소리가 난다.

"얌마 곤조야! 큰형님이 빨리 오래."

소개꾼 오야지가 부르는 모양이다. 소개꾼은 망신당한 복구를 하려는 듯 큰소리로 허세를 부린다.

"아으, 씨 왜 자꾸 부르는 거여!"

소개꾼은 느릿느릿 바지를 입고 문을 박차고 나간다. 소개꾼이 나가자 머리가 짧고 반팔 옷 팔뚝에 담뱃불 자국이 있는 사내가 분하다는 듯 웅얼거린다.

"으우~ 법이 좋다. 삼청교육대만 안 갔다 왔어도 안 참는 건데. 으~"

뒤쪽의 누군가도 한마디 매끄럽게 내뱉는다.

"어떻게 하나 두고 볼라니까. 요즘 애들 겁들을 상실했고만."

사내는 주먹을 방바닥에 살짝 내려놓는데, 큰 돌멩이라도 내려놓은 듯 묵직한 쿵 소리가 압권이다. 마치 진짜 실력 있는 사람은 가려져 있다는 듯 정말 큰 돌멩이 소리가 장난 아니다. 슬금슬금 모두 자리를 잡고 눕는다. 종철이는 얼마 전 남대문시장에서 새로 산 콤비 양복을 벗지 않고 그대로 입은 채로 누웠다. 가을이지만 밤에는 춥다. 마음도 춥고 내 몸은 내가 챙겨야 한다. 옷이라도 따뜻이 체온을 지켜서 에너지를 뺏기지 않는 게 상책이다. 내일 일 나갈 일이 은근히 걱정이다. 모르는 낯선 곳으로, 모르는 사람들 속으로 들어가는 게 두렵고 힘들다. 어디론가 도망가고 싶은 생각도 들지만 어디로 간단 말인가. 일하고 먹고살아야 한다. 바로 뒤 굵직한 저음 목소리가 조용히 종철이에게 말을 건넨다. 아까 그 혼혈인이라는 건 돌아보지 않아도 알 수 있다. 순하고 심성이 착하게 느껴지는 음성이다.

"내 이름은 영호야. 너 여기 첨이니?"

"예."

"몇 살이니? 이름은?"

"열일곱 살요. 김종철이에요."

"잘 지내자."

밖에서 들려오는 욕설에 가슴이 철렁한다.

"에이 쓰벌 내가 뭘 잘못했다고 때리는 거여, 아우!"

소개꾼은 거칠게 방문을 열고 들어온다. 전등빛에 곧바로 반사된 소개꾼의 얼굴은 양쪽 뺨이 벌겋게 젖어 있고 눈퉁이가 부어 있다. 방안에 있던 두 명은 일어나 앉았는데 모두 누워 자는 척한다. 종철이도 누워서 눈을 감고 있다. 불안하다. 옆으로 누워 있는 가슴팍으로 발길질이 날아올 것만 같다. 안경 쓴 통통한 남자가 몸을 소개꾼 쪽으로 다가서듯 기울이며 말한다.

"왜 그러시는 거예요? 오늘 저녁도 못 드시고 바쁘게 다니셨잖아요."

아부하는 듯한 말투다.

"오늘 아침에 내가 꼬마 한 명을 꼬불쳐두고 모르게 소개하고 소개비 뼁땅 쳤다고 하는 거여, 아으!"

소개꾼은 주먹으로 벽을 쿵쿵 친다.

"나 젠장, 깜방 가 있을 때 면회 한 번도 안 와놓고 왜 치는 거여? 으~"

소개꾼은 다시 바지를 벗고 빤스 바람으로 이불을 덮고 눕는다. 조용해졌다. 십수 명의 사내가 누워있는 방은 여러 가지 꾸리한 냄새가 올라온다. 다시 소개꾼 목소리가 들린다. 옆에 누워 있던 어려 보이는 학생머리 총각을 팔꿈치로 치며 말한다.

"야, 불 꺼라!"

벽 천장에 매달려 있는 5촉짜리 전구다마 불 끄라는 소리다. 일어났을 때 지가 끄고 누우면 될걸 누워서 자는 사람 깨워서 불 끄라고 하는 것인데, 학생머리는 아무 소리 안 하고 무표정으로 일어나서 불 끄고 도로 눕는다.

모두가 한참 잠이 든 시각, 어둠은 점점 깊어져서 눈앞은 더욱 까매졌다. 종철이는 오줌이 마려운데 일어나기가 곤란하다. 방바닥에 빽빽이 드러누운 사내들 틈 사이로 발을 잘 딛고 나가야 한다. 방안에서 작은 소리가 들린다.

"아~스~ 가만있어 봐."

소개꾼 목소리다. 그리고 학생처럼 생긴 남자애 소리가 난다.

"하지… 마…요."

종철이 실눈을 뜨고 보니 학생은 손으로 밀쳐내고, 소개꾼은 몸을 옆으로 구부리고 있다. 잠시 후 뒤쪽에서 잠든 줄 알았던 영호가 종철이 손에 자기 손을 살며시 올린다. 그러더니 종철이 손을 잡은 영호는 자기 몸 쪽으로 가져가는데 팔뚝 같은 것이 손에 닿는다. 종철은 깜짝 놀라서 황급히 손을 빼고 상체를 일으킨 후 일어나며 혼잣말하듯 조용히 말한다.
"아, 오줌 마려."
　조심스럽게 방문을 열고 밖에 나와서 1층 끝 화장실에 가니 잠겨 있다. 저녁때는 옆방에 걸려 있던 화장실 열쇠로 열었는데, 새벽에 남의 방문을 두드릴 수도 없고 그냥 문을 열었다간 도둑으로 오인되어 한 방 얻어맞을 수도 있다.
　밖에 적당한 곳에서 오줌을 누려면 미로 같은 골목을 빠져나와야 한다. 길 잃어버리면 안 되니 가는 길을 눈여겨보면서 길가로 나오자 전봇대 벽에 리어카가 세워져 있다. 리어카 바퀴 앞에서 허리띠를 풀고 종철은 시원하게 오줌을 눈다. 오줌은 산동네 경사진 도롯가로 흘러서 내려간다. 저쪽에서 두툼한 잠바를 걸친 나이 드신 아주머니가 걸어오고 있다. 지나치길 바라면서 고개를 돌린 채 천천히 바지를 추스르고 있는데, 그냥 지나칠 줄 알았던 아주머니는 종철에게 말을 건다.
　"총각, 예쁜 아가씨 있어. 놀다 가."
　이곳 양동 사창가 포주인 모양이다.
　"아니에요."
　"뭘 아니. 야아, 곱상하게 생겨가지고. 어린 아가씨 어제 왔어. 3천 원만 내."
　아주머니는 종철이 팔을 붙잡으려 한 발 앞으로 다가온다. 종철은 약한 모습을 보이면 안 되겠다고 생각한다. 경험이 많은 듯 별거 아닌 듯 보이려고 많이 와본 것처럼 능청맞게 말을 건넨다.
　"아주머니, 지금 몇 시나 됐어요?"
　"새벽 4시 됐나? 아까 교회 새벽기도 가는 사람들 지나갔는데."
　"오늘 일 가려고 여기서 잤어요."
　"오, 그렇구나. 담배 하나 줄까?"
　종철이 초등학교 4학년 때 학교 소각장에서 같은 반 친구 태일이가 담배를 피우며 한 대 피우라고 권했던 기억이 있다. 그때는 50원짜리 '명승' 담배였는데, 아주머니가 내미는 담배는 '한산도'다. 농사짓는 시골 집에서 아버지는 싼 '새마을' 담배 피우고 아들은 비싼 300원짜리 한산도 피운단 말이 있다.

"네, 한 대 주세요."

아주머니는 종철이에게 라이터 불을 붙여준다.

"총각은 입만 가지고 다니네. 호호."

"네, 재떨이만 가지고 다녀요. 하하."

"호호, 오늘은 손님 없네. 이 시간에도 두세 개는 걸렸는데, 한숨 자고 나와보니 손님이 없네."

아주머니는 다시 큰길 쪽으로 걸어가고 종철은 앉아서 담배를 피우며 시간을 보내고 있는데, 옆집에서 불이 밝혀지고 아침밥을 하는 듯 음식 냄새가 솔솔 난다. 시장기를 느낀다. 밥상은 정의 냄새, 사랑이 가득한 가정의 행복한 냄새다. 종철이 다시 골목길을 돌아서 방을 찾아가니 방안엔 아직 자는 사람, 일어나 앉아 바지 입고 자기 가방 속을 뒤적이는 사람도 있다. 종철이는 베개로 베고 잤던 가방을 열고 칫솔에 치약을 짜서 수건을 목에 걸치고 밖에 나온다. 작은 마당 수돗가에서 이빨을 닦고 비누도 없이 찬물에 세수를 한다.

10여 명이 모두 소개꾼을 따라서 좁은 골목길을 한 줄로 내려간다. 밤과는 다르게 더욱 조용하다. 멀리서 개 짖는 소리만 날 뿐 사람이 안 사는 동네 같다. 어린 여자아이가 학교에 가는지 책가방을 들고 걸어가는 모습이 생소하게 보인다. 큰 도로에 나오니 벌써 출근길 회사원들이 바쁘게 걸어간다. 지하철역에서 오가는 사람들, 버스정류장에서 내리고 타는 사람들, 택시를 기다리는 사람들, 택시에서 내리는 사람들, 말끔한 양복에 코트를 걸친 남자들, 투피스를 입은 여자 회사원들이 걸어가는 인파 속을 일행은 허름한 점퍼와 옷가방 하나씩 둘러메고 말없이 소개꾼 뒤를 쫓고 있다. 이 도시의 다른 세상 사람들처럼 조금은 창피하지만 종철이가 갈 곳은 식당 주방이다. 어디로 가게 될지 지금 종철이에게는 그것이 중요한 문제다.

대우빌딩 앞 인도를 지나서 2층 다방으로 올라가니 어두운 홀의 구석진 곳에 사람들이 몇 테이블 앉아 있고 다방 레지가 돌아다닌다. 소개꾼과 일행은 한두 명씩 테이블에 나누어 앉는다. 소개꾼은 지나가는 레지 아가씨에게 반가운 듯 농담투로 말을 건넨다.

"야! 쟁순아. 뜨신 보리차 한 컵 가좌봐라."

"하이그, 오랜만이네. 왜케 안 보였데야."

"응, 나 광주에 좀 갔다 왔어. 아따 많이 이뻐졌네. 마담이모는 왜 안 보여?"

"응, 좀 있으면 올 거셔."

육각컵에 담긴 김이 모락모락 나는 보리차 한 잔이 종철이 앞에 놓여진다. 어젯밤부터 오늘 아침까지 시간 중에서 가장 마음을 포근하게 해준다. 차가운 두 손으로 작은 컵을 감싸 안으니 두 손바닥이 뜨끈뜨끈 가슴도 따뜻해진다. 밖에 나갔던 소개꾼이 식당 사장 한 사람을 데리고 앞쪽의 키 작고 통통한 젊은 남자 테이블에 앉는다.

"너 주방에 칼질 좀 할 줄 알지?"

"예."

소개꾼은 식당 사장을 보며 아는 척 말한다.

"얘가 빠릿빠릿하고 일은 잘해요."

"응, 몇 살이야?"

"열아홉요."

소개꾼은 다정한 말투로 옆을 돌아보며 말한다.

"너 배달했다고 했지? 야~ 가서 주방 바쁘면 설거지도 해주고 가끔 배달 들어오면 배달도 해주고 치고 박고 혀. 배달하면서 주방일도 배우고 좋은 거여."

통통하고 좀 꺼벙하게 생긴 남자는 눈만 꿈벅꿈벅하고 아무 말이 없다. 화곡동에서 왔다는 기사식당 사장은 무거운 입을 연다.

"오래 있을라면 가고 좀 흐다 고만둘라면 하지 말어."

소개꾼이 옆에서 한마디 거든다.

"아, 이 사람은 어디 가면 오래 있어요."

소개꾼은 어젯밤 처음 만났으면서 잘 아는 사람처럼 아는 체를 한다.

"가서 일 잘혀. 여기저기 옮겨봤자 좋을 것 없어. 거기 가서 잘 흐믄 월급도 올라가고, 음식도 잘 빼고 그러면 주방장으로 올려주고 그러는 것이여."
소개꾼은 사장을 돌아보며 말한다.
"안 그려요?"
"아, 그라제."
통통한 남자는 입을 연다.
"거긴 얼마 줘요?"
"8만 원."
"야, 너! 전에 있던 데서 월급은 을마 받었냐?"
"8만 5천 원 받었는디요."
"한 달 해보고 잘하믄 올려줄게."
슬슬 흥정이 마무리되나 보다. 이쪽저쪽에서 일 갈 사람, 소개꾼, 식당 사장 사이에 얘기들이 한창이다. 다방 주방 쪽에선 커피를 끓이고, 어떤 사장은 쌍화차 한 잔 맛있게 끓여달라고 소리친다. 다방 레지 아가씨는 작은 쟁반 하나 들고서 엽차 주고 주문받고 차 날라주고, 틈틈이 마포걸레로 바닥을 쓸고 닦는다. 아침에 청소하기 전부터 일찌감치 무허가 소개할 사람들이 들어오는 모양이다.

레지 아가씨는 낡은 골덴 바지를 입고 있는 중년 남자에게 다가가 몸을 굽히며 입을 얼굴 가까이 대고 말한다.
"사장님은 차 뭐 드셔요?"
"나는 아침에 먹고 왔어."
"아이, 사장님도~ 여기 왔으면 한잔 팔아주셔야죵."
출입구 쪽에서 화사한 핑크 계통 코트를 걸친 중년 여성이 들어온다.
"주인언니 오세요?"
"응, 수고한다."
미용실에서 머리를 하고 오는지 머리가 우아하고 화장도 진하게 한 것이 푹 안기고 싶은 중년 여성의 푸근함이 배어난다. 갑자기 여자의 향수 냄새가 솔솔 풍기는 듯하다. 종철이는 엄마처럼 푸근하고 멋진 여성을 보니 돈이고 요리 기술이고 배울 생각이 싹 없어지고 여기서 일하며 사랑에 기대고 싶은 강한 충동을 느낀다. 그사이 통통한 남자 테이블은 얘기가 끝난 모양이다.

"소개비 얼마여?"

"5천요."

"엉? 4천 아녀? 올랐어?"

"아우 사장님~ 가격 올른 지가 언젠디요."

"4천 원만 받어."

"아이, 사장님~ 5천 주셔요. 애 일 잘혀요. 가서 일 잘하고 오래 있어."

"예."

기사식당 사장은 인심 쓰듯 돈을 건네며 통통한 남자와 출입구 쪽으로 멀어진다. 소개꾼은 흡족한 미소를 띠며 주인언니를 발견하곤 물 만난 고기처럼 상체를 흔들며 미소짓는다.

"이야, 마담이모~ 멋져부러."

"호호, 점심때 되면 회사 손님들 오시는데 멋 내고 있어야지. 우리 홀에서 일할 남자 하나 구해줘."

"전에 한 명 있는 거 같더니."

"아이, 그 사람은 손님 가방을 가지고 도망갔어. 가방에 돈 들어 있는 걸 어떻게 알고는 가방을 들고 도망가서 내가 아주 골치 아꼈어. 남대문경찰서 불려가고 다행히 잡혀가지고 돈은 안 물어줬는데, 형사한테 봉투 주고 잘 마무리됐어. 그리고 가게에서 먹고 잤었는데, 밤에 일 끝나고 친구들 불러서 술 먹고 난리야."

"아따, 그러니께 사람 필요하면 저한테 야그를 하셔야죠. 홀에서 일하는 건 잘 보고 써야 혀요."

"그러니까 착실한 사람 있으면 소개해줘. 주방이고 홀언니들이고 힘들어 죽을라 해. 청소까지 하려니까. 있어?"

"아, 있지라."

소개꾼은 홀 안을 삥 둘러본다. 소개꾼은 벽 쪽 테이블에 앉아 있는 학생 같은 남자를 가리킨다.

"쟤 어때요?"

소개꾼은 나이 어리고 곱상하게 생긴 애를 가까운 데 두고 보려는 속셈이다. 다방주인은 얘기하기 전에 벌써 봐둔 사람이 있는 듯 말한다.

"너무 어리다. 저기 저 사람도 같이 온 사람이야?"

돌아보니 구석자리 스물다섯 살 영호를 얼굴로 가리킨다.

"아, 얘 근데 여기서 일할 수 있겠어요? 주방에서나 해야지 홀도 왔다 갔다 해야는디."

"아이, 괜찮아. 남대문극장에서 본 벙어리 삼룡이처럼 말 없고 착하게 생겼는데?"

"순해요."

마담이랑 소개꾼은 영호가 앉은 자리로 슬슬 걸어간다.

"나이는 몇 살이에요?"

영호의 당황해하는 표정이 보인다.

"스물다섯입니다."

"호, 젊으시네. 스물다섯이면… 얘 박 양아, 너 몇 살이지?"

홀 중앙을 지나가던 레지 아가씨가 걸음을 멈추고 돌아보며 대답한다.

"스물일곱요."

"호, 박 양이 누나네."

"스물다섯이래요?"

"응."

"호호, 동생이네. 나한테 누님이라 불러요."

영호는 수줍은 듯 말이 없다.

"나는 완전 엄마네. 전엔 어디서 일했어요?"

"용인에 숟가락 만드는 공장에서 일했어요."

마담은 상냥하게 말한다.

"여긴 일 쉬워. 아침 저녁 청소하고."

박 양도 영호가 맘에 드는 듯 빠르게 설명한다.

"응, 낮에 3시쯤 한가할 때 청소해주고 주방에 컵 닦고 쓰레기 버리고. 아침에 좀 일찍 일어나서 그렇지 할만해. 그전에 총각도 군대 가기 전 1년 가까이 있었어."

젊은 소개꾼은 영호 테이블에서 소개하고 있고 나이가 있는 아저씨 소개꾼이 점잖게 생긴 사장님과 함께 종철이 테이블에 앉으며 묻는다.

"너 중국집 배달 갈래?"

"예."

"배달은 좀 해봤냐?"

"예, 전에 좀 해봤는데요."

소개꾼은 잘 아는 것처럼 중식당에서 온 사장한테 얘기한다.

"애가 배달은 잘해요."

"가방은 있어?"

"예."

종철이는 엉덩이 옆에 있던 가방을 살짝 들어 보인다.

"우리는 홀에 춘장보이 한 명, 배달 세 명, 지배인, 웨이터 두 명, 웨츄레스 한 명 해서 8명이야. 낮에 배달이 많으니까 빨리빨리 부지런히 다녀야 해. 밥도 빨리 먹어야 해."

"아, 애는 달리기 선수였대요. 하하, 믿거나 말거나."

중식집 사장과 소개꾼은 서로 마주 보며 호탕하게 웃는다. 종철이는 웃지 않고 홀에 여자도 있다니까 사람 정을 느낄 수 있어 속으론 좋아한다. 삭막한 식당 생활에서 남자들만 있으면 어리다고 부시하고 욕하고 때리고 정을 느낄 수 없으니 더욱 힘든 것이 식당 일이다. 종철이 테이블 세 사람 앞에 커피가 한 잔씩 놓이자 중식당 사장이 묻는다.

"나이는 몇 살이냐?"

"예, 열일곱입니다."

"고향은 어디고?"

"군산이에요."

"전라도네. 나는 해남 땅끝 마을여."

"아, 같은 전라도시네. 우리 애들도 전라도 많아요. 저기 쟤도 화순요."
"우린 배달 월급은 첫 달에 8만 원이여. 괜찮여?"
"예."

소개꾼과 남대문 국빈장에서 왔다는 중국집 사장은 일어난다. 종철이도 뒤따라 나간다. 문 앞에서 주방 안을 들여다보니 아까 면접 보던 영호가 다방 주방아주머니 앞에서 두 손을 앞에 모으고 고개를 숙인 채 얘기를 듣고 있다.

국빈장 중국집

한국은행 뒷골목에 자리한 국빈장은 이 일대에서는 제법 큰 규모의 정통 중국 요리를 하는 소문난 중국집이다. 주방에는 50세쯤 된 직책이 '이다바'라고 하는 주방장이 있고 그 밑에서 탕수육, 양장피, 부추잡채 등 요리가 들어오면 요리에 맞춰 고기와 채소를 썰어서 접시에 담아 주방장에게 넘겨주는 '칼판'이 있다. 주방장은 주문서를 보고 나서 프라이팬을 잡고 요리를 만드는데, 거의 손에서 프라이팬을 놓지 않고 칼판이 썰어주는 재료들을 이용해서 요리를 뽑아낸다. 그래서 주방장을 강한 어조로 '후라이판'이라고도 부른다.

좀 더 큰 데는 부주방장인 '얼코'가 있어서 주방장인 이다바하고 얼코하고 프라이팬을 잡고 두 사람이 요리를 만들어낸다. 그 옆에서 주방장 보조 역할을 하는 '캉고'가 있다. 짜장의 원료인 춘장을 볶는 일, 연탄불 화덕을 관리하고, 요리 접시도 놔주는 등 주방장 옆에서 허드렛일을 한다.

한쪽에는 국수를 뽑는 '라면'이 있다. 라면은 손라면과 기계라면으로 분류되는데, 여기는 손라면을 하고 있다. 한 번에 최대 10인분 전후의 국수를 뽑는다. 신체 조건이나 팔 힘에 따라 차이는 있고, 점심시간에 주문이 밀릴 때는 최대한 많이 계속 뽑아내야 한다. 작업대 아래 반죽통에서 부들부들한 반죽을 칼로 길게 잘라내어 원목 나무로 된 국수 작업대에 놓고 밀가루를 묻혀 손으로 길게 늘여준 다음 국수 작업대에 탁탁 때리며 더 길게 늘여준다.

  좀 더 길게 늘어나면 더 세게 힘을 주어 양손으로 국수 작업대에서 탕탕 때려주면 양팔 길이만큼 늘어난다. 그런 다음 작업대 밖으로 한 발 물러나서 길게 늘어난 반죽을 춤을 추듯 양팔을 위아래로 흔들며 무릎도 함께 율동을 해주면 반죽이 수월하게 쭉쭉 늘어난다. 여기까지가 1차 단계이고 그다음은 국수 작업대에 올려놓고 밀가루를 한 번 쫙 묻혀줘야 하는데, 밀가루를 한 손에 쥐고 긴 반죽 위로 길게 쫙 뿌려주고 한 손으로 채찍 후리듯 반죽을 흔들어주면 바닷장어 헤엄치듯 반죽 몸에 밀가루가 골고루 묻는다. 이때 길이가 2미터 정도 된다.

  반죽 양끝을 왼손에 모아 잡고 한쪽은 오른손 중지에 걸면 두 가닥이 된다. 그걸 양팔을 벌려 늘여준 다음 다시 국수 작업대에 올려놓고 밀가루를 뿌려주고 나서 다시 왼손으로 겹쳐 잡으면 네 가닥이 된다. 그렇게 위아래 흔들어 늘여주기를 반복하면 8가닥, 16가닥, 32가닥으로 늘어난다.

  마무리 굵기 조절은 조금 더 가늘게 해야 되겠다 싶으면 양팔을 더 늘인다. 한 번 더 쭈욱 늘여서 절반 굵기로 가늘어지면 기스면이 된다. 왼손에 뭉쳐 잡았던 반죽 뭉치는 칼로 잘라주고, 면 중간쯤에 손목을 걸어 빨래 널듯 국수발이 붙지 않게 펴 잡는다. 그러고 나서 우동 국수 가마솥으로 직행하는데, 펄펄 끓는 솥에 넣는 것도 기술이 필요하다. 생면발이 서로 붙지 않도록 손을 감아 돌리듯 뿌려주는데 손동작이 멋있다.

  이후에는 '싸면'이라고 하는 면 담당이 면을 적당히 잘 익혀야 한다. 처음에 면이 가마솥에 들어가 끓어오르면 준비된 바가지 물을 조금 부어주어 끓어넘치는 것을 막는다. 그리고 두 번째 끓어오를 때 찬물을 한 바가지 붓고 면을 우동 아미로 찬물에 건져 넣는다. 주문 전표를 보고 그릇에 사리를 치는데, 곱빼기는 양을 많이 담고, 짜장면에는 짜장을 얹어주고 짬뽕에는 짬뽕 국물을 부어준다. 이때 짜장도 한쪽으로 쏠리지 않도록 면 중앙 왼쪽 지점부터 부어주어 오른쪽으로 넘어와야 골고루 덮어진다. 짬뽕도 미리 끓여놓은 국물을 국자로 밑에서부터 저어서 해물, 채소, 국물이 골고루 섞이도록 떠서 짬뽕 그릇에 부어줘야 한다. 이러한 일은 싸면 담당인데, 중식

경력이 몇 년 되어야 싸환에서 싸면으로 승진하고 그다음 라면으로 승진한다. 오래 있는다고 그냥 승진하는 것이 아니라 틈틈이 위의 직책 일을 도와가며 욕먹어가며, 때론 방망이로 국자로 맞아가며 배워야 한다.

중식 주방에 들어와서 맨 처음 하는 일은 설거지다. 설거지 담당을 '싸환'이라고 하는데, 주 업무가 설거지니만큼 하루 종일 설거지통 앞에 서서 설거지로 시작해서 설거지로 끝나는 게 싸환이다. 할 일이 없을 때는 양파도 까고 대파도 까야 한다. 그릇을 종류별로 닦아서 짜장 그릇은 면 담는 곳에 놔주고, 요리 접시는 주방장 옆 요리 접시 놓는 곳에 배달까지 해줘야 한다.

아침이면 홀에서 배달하는 사람은 배달통을 닦고, 춘장보이는 춘장실에서 단무지를 썰고 양파를 까고 썰고, 춘장에 물을 적당히 농도를 맞춰서 개어준다. 홀보이들은 홀을 쓸고 닦고 한다. 고참들은 홀보이 바닥 닦는 거 3년은 열심히 닦아야 직원 된다며 은근히 군기를 잡는다. 지배인은 넓은 홀을 힘들게 마포걸레질 하고 있는 종철이가 안 되어 보였는지 바닥 지배인 3년은 해야 홀 지배인이 된다고 점잖게 코치해준다.

오전 10시, 홀 청소가 마무리되자 주방에서 테이블당 한 개꼴로 짬뽕 그릇에 갈치찌개가 식구들 아침밥으로 나온다. 반찬은 김치 하나 단무지 하나다. 전에 분식집에서도 아침은 밥을 주고 점심, 저녁은 불은 면을 먹어야 했다. 주방 여섯 명, 홀 여덟 명이 네 테이블에 앉았다. 사장님도 가게에서 먹고 잔다. 모두 한자리에 앉으니 대식구다. 사장이 분위기를 좋게 하려는 듯 농담을 던진다.

"야 싸환, 너가 잘 때 코 골지?"
"하하하."
"아뇨, 전 코 안 고는구만요."
"그럼 누가 골아? 오늘은 비 온다고 하니까 짬뽕 사리 많이 쳐라이."

비가 오는 날은 손님들이 짬뽕을 많이 찾는 모양이다. 사장은 좌중을 둘러보며 또 한마디 한다.

"다음달 17일 토요일, 일요일 이틀 출장요리 가는 거 그날 주방장 일당 써야는디 지배인이 북창동 가서 아침에 일당 구해와. 실력 있는 사람 잘 구해와야 혀. 단골손님 안 떨어지게."

"예, 일당은 얼마 준다고 합니까?"

"6천 원 줬나?"

"7천 원 줬을 걸요."

사장은 출장요리 예약이 들어와서 그런지 흡족한 표정을 짓는다.

"출장요리 갈 집 어제 가봤는데, 이야~ 집이 끝내주더만. 정원이 공원 같아."

"부잣집인가 봐요?"

"큰 회사 사장이래나? 아니, 정치하는 사람인가 봐. 밴드도 오고."

종철은 객지 나와서 처음 먹어보는 갈치찌개 국물이 진하고 맛이 너무 좋다. 미원이 많이 들어가서 맛있나? 식구들 밥은 밥공기가 따로 있지 않고 짜장 그릇에 밥을 퍼서 먹는다. 밥을 두 그릇 비운 종철이는 종업원들 많은 것에서부터 홀에는 룸도 있고 방도 있고 신기해서 홀을 왔다 갔다 두리번거린다.

여기에는 최 씨 성을 가진 홀 지배인이 있다. 나이는 스물다섯 살이라고 밝힌, 말씨는 간간이 전라도 사투리를 쓰는데 고향이 서울이라고 한다. 호리호리한 체구에 뻐드렁니이며, 호탕하고 끼가 아주 많은 사람이다. 손님들도 웃기고 일하는 사람들도 웃기고 납품 배달 온 사람들도 웃기는 사람이다. 누구나 보면 큰 소리로 말을 걸고 재치 있는 농담으로 앞에 있는 사람뿐만 아니라 주위의 모든 사람을 즐겁게 하는 사람이다.

최 지배인은 가게에 찾아오는 사람들과 악수를 한다. 보통 가게에 납품 배달 온 사람이거나 자기보다 나이가 적은 샐러리맨 단골이 표적이다.

"이야, 오랜만이네에."

과도하게 반가워하는 표정으로 다가가서 손을 내밀며 악수를 청한다. 상대방도 얼떨결에 손을 내민다. 최 지배인은 손을 꽉 움켜쥐고는 인사를 한 후 고개를 왼쪽으로 살짝 돌려 악수한 상대방은 외면한 채 주문을 외듯 큰소리로 말한다.

"예스 마리마리 땡큐패션 빗당 쇠스랑 덧석 도리깨 도리멍석 하이타이 밀가루 하이 디드마시네 조또마테구다사이 아리가토고자이마스 몽키스페너 스키스키 핸드햇도 도라이바 땡큐 땡큐 메리야스 땡큐."

긴 인사말을 힘차게 내지르며 악수한 손을 움켜쥐고는 큰소리로 인사말을 한다. 악수를 당한 상대 남자는 악수한 오른손을 왼손으로 움켜쥐고는 몸을 오른쪽으로 비틀며 "아아 아악" 비명을 내지르기 일쑤다. 상대 남자의 고통스러워하는 비명으로 봐서는 최 지배인의 손의 악력이 대단하다는 것을 느낄 수 있다. 괴상한 외국말로 큰소리로 말하며 악수하면 상대는 자지러지는 광경에 주위 사람들은 웃음을 참지 못하고 즐거워한다.

악수하는 순간에 힘을 주기 시작하여 일본말, 영어, 전라도 사투리를 섞어가며 주문을 외우듯 큰소리로 인사말처럼 한다. 거진 1분가량을 한 사람은 뻣뻣이 서서 이상한 주문을 외우고 마주한 사람은 몸을 비틀면서 비명을 지르는데, 악수한 두 사람과 이 광경을 지켜보는 사람들 사이에 삼각구도가 형성된다. 악수를 당하는 사람도 그것이 장난이란 걸 알기에 웃음 반 울음 반 괴로운 몸짓과 소리를 지르며 즐거워한다. 시치미를 뚝 떼고서 반듯이 서서 악수와 이상한 주문을 외우는 이 사내의 정체가 궁금하다.

오전이면 이틀에 한 번꼴로 석유통을 양손에 들고 배달 오는 청년이 있다. 체구는 크지 않으나 무거운 석유 말통을 양손에 들고 홀을 통과하여 주방으로 들어가는 모습을 보면 팔뚝이 잘 발달해 있는 것을 느낄 수 있다. 기다란 팔뚝에 근육이 쫙쫙 갈라져 있고 굵은 핏줄은 성내듯 팽창되어 근육을 뽐내는 듯하다. 이때도 놓치지 않고 최 지배인은 여러 사람을 즐겁게 하기 위한 이벤트를 만들어낸다.

"이야, 팔뚝이 힘 좋게 생겼고만. 장개는 갔어?"

"아뇨."

석유 배달 온 총각은 저번 악수 장난에 당한 일이 있어서 그런지 최 지배인의 얼굴을 쳐다보며 실실 웃지만, 경계하듯 몸을 빼는 몸짓이다.

"팔힘 좋게 생겼고만. 우리 라면 아저씨하고 팔씨름 한번 해볼텨?"

"아유, 라면 아저씬 국수 뽑으니 힘 쎄지요."

석유 총각은 겸손을 떨며 한번 튕겨보지만, 혈기왕성한 사내가 어찌 힘자랑을 피할 것인가. 갑자기 홀 안은 팔씨름 경기장으로 변하고 "나는 라면 아저씨가 이긴다", "나는 젊은 석유가 이긴다"며 웅성웅성 흥미진진하다.

"그래도 라면이 이기지이."

모두 신이 나서 구경하는 데 초집중이다. 주방에서 칼질을 돕던 라면은 팔씨름 해서 석유 장사 이길 수 있냐는 말에 승부욕이 발동하여 뛰쳐나왔다. 주방에서 걸어 나오는 덩치 큰 라면의 모습이 레슬링 경기장에 걸어 나오는 선수처럼 멋있는 아우라가 느껴진다. 식탁에 마주 앉은 석유와 라면은 두툼한 손을 마주 잡는다. 이때도 최 지배인은 양팔을 잡고 심판으로 둔갑한다.

"시~작."

씨름판의 심판처럼 팔을 뻗어 시작 신호를 주고 응원한다. 소싸움 심판처럼, 판소리 고수처럼 얼씨구절씨구 추임새로 흥을 돋운다. 한 사람의 흥끼가 홀 안을 열광의 공간으로 바꾸니 덩달아 흥끼 발산이다. 조용한 절간 같은 시공을 시끌벅적한 놀이터로 변모시키니 놀랍다. 팔씨름은 예상 밖에 석유의 승으로 끝이 나고, 라면은 머쓱한 표정으로 괜한 머리를 긁적이며 주방으로 퇴장한다. "국수를 많이 먹어 끈기가 약해서 졌느니" 하며 한바탕 웃음으로 떠들썩한 후 각자 제자리로 돌아가서 맡은 장사 준비를 한다.

종철이는 이곳에서도 가게에서 먹고 잔다. 밤이 되어 일을 마치면 종업원들은 낮에 손님들 받던 방에서 잠을 잔다. 방이 4개인데, 주인아저씨는 작은방에서 혼자 주무시고 주방·홀 사람들은 각자 나눠서 잠을 자고 아가씨 한 명은 따로 잔다. 아침 8시, 함께 자는 가게주인 기상 소리에 눈을 뜨면 일어나기가 너무나 싫어서 정말 오래오래 잠자고 싶다는 생각을 한다. 그리고 일 끝나고 밤에는 일찍 자야지 다짐한다. 홀·주방 사람들은 눈 뜨면 엎드려서 담배를 찾는다. 담배를 피우면 눈이 떠지고 정신을 차리게 되는 모양이다. 주인아저씨가 여러 번 내지르는 고함에 무거운 몸을 일으켜서 이불을 개어 옷장에 넣는다. 씻고 청소하고 배달통 닦고 양파 썰고 단무지도 써는데, 단무지는 춘장보이 고참이 맡아서 썬다.

이때 작은 과일칼로 단무지를 썬다. 처음 보는 특이점은 칼을 세워서 단무지를 써는데, 칼끝을 도마에서 떼지 않고 밀고 당기고 왔다 갔다 한다. 사람들은 단무지 써는 현란한 칼질에 모여 서서 구경한다. 단무지를 한 개만 썰지 않고 통단무지를 길게 배를 갈라서 놓고 두 통을 반으로 자르면 네 개가 되는데, 이걸 수북이 도마 위에 올리고 한꺼번에 4개를 썬다. 사람들이 눈을 크게 뜨고 입을 벌리며 놀라고 있으면 써는 사람도 기분이 좋은지 자랑스레 말한다. 방송국 관계자가 우연히 보곤 묘기대행진에 소개해준다고 말했다며 으쓱해한다. 종철이도 춘장보이 고참의 단무지 써는 걸 배워보려 자세히 눈여겨본다.

칼을 댕겨 썰고 다시 썰었던 자리로 되돌아가고 다시 한 칸 썰고 다시 오던 길로 돌아가고 반복하여 칼을 세워 칼끝을 도마에서 떨어지지 않게 붙이고 왔다 갔다 하는데, 스피드가 시계추보다 다섯 배는 빠르다.

청소, 단무지와 양파 칼질 준비가 끝나면 아침밥 먹을 시간이다. 이때가 유일하게 모두 한숨 돌리며 제정신으로 모이는 시간이다. 그도 그럴 것이 모두 아침밥 먹기 전에 각자 맡은 일을 빠르게 끝내야 하기 때문이다.

하루를 시작하는 시간이니 모두 긴장하고 정신 무장된 모습이다. 아침 먹고 나면 배달원들은 전날 밤 늦게 배달 간 그릇을 찾으러 나간다. 종철이는 경상도 말씨를 쓰는 배달 선배 병조를 따라서 빈 그릇 찾으면서 길도 익히고 건물 이름, 단골 거래처도 알려주고 거래처 사람들한테 인사도 시켜준다.

"배달 새로 온 사람입니다."
"안녕하세요."
"오, 잘생겼네."
"전에 총각은 고만뒀어?"
"예."

골목으로 들어가니 신신사우나 간판도 보이고 3층 건물 공화출판사 식자부는 매일 배달 가는 곳이란다.

낮 12시가 되기 전부터 전화기가 울리기 시작한다. 이때는 가게에 한 사람이 더 추가되는데, 스물여섯 살 가게주인의 큰딸이 아버지를 닮아서 키는 작지만 예쁘고 미소 띤 얼굴이 보기 좋다. 집에서 버스 타고 출근하여 카운터를 보면서 전화 주문도 받는데, 몇 년 오래 해서인지 전화도 싹싹하게 잘 받고 손님이 식사값 내러 카운터에 왔을 때 응대도 친절하게 잘한다. 손님이 들어오면 홀보이나 지배인, 홀아가씨가 엽차를 갖다주고 주문을 받으면 카운터에 와서 짜장, 짬뽕, 볶음밥 등 주문을 한다. 이곳에서는 중식 용어로 음식 전표를 '떨'이라고 한다. 지배인은 손님한테 음식 주문을 받으면 그 자리에서 중국말로 주문한다.

"짜장맨 양거~"

중국말 톤으로 낭랑하게 소리치면 그 소리가 홀 안에 울려 퍼진다. 카운터로 걸어가는 동안에 카운터 누나는 작은 종이에 테이블 번호하고 메뉴, 개수를 중국어로 휘갈겨서 준다.

"아~ 멋있다."

고급 중국집 분위기도 나고 중국말로 주고받는 지배인과 카운터 누나가 멋있어 보인다.

"초우판 양거~"

이번엔 손님이 볶음밥 두 개를 주문한 모양이다. 종철이는 '언제 나도 배워서 저렇게 할 수 있을까?' 부러운 듯 바라본다. 지배인은 가끔 손님들에게 무리하게 비싼 메뉴를 유도할 때가 있다. 어린아이와 젊은 부부 손님이 탕수육을 주문했는데, "소고기 탕수육으로 드릴까요?" 한다. 손님은 비싼 소고기 탕수육보단 일반 돼지고기 탕수육을 원하지만, 최 지배인은 소고기 탕수육이 맛있다고 한번 드셔보시라고 재차 강요한다. 손님은 돼지고기로 달라고 다시 분명하게 말한다. 최 지배인은 손님이 따라주지 않으니 실망하여 손님을 놀리듯 큰소리로 말한다.

"아, 여기 꿀꿀이 탕수육 하나요!"

또 짜장면 시킨 손님에겐 "간짜장으로 드릴까요?" 하고 유도할 때가 있다. "예, 간짜장으로 주세요" 하면 최 지배인은 한 건 올린 것처럼 "아, 여기 간짜장으로 두 개 모시겠습니다" 한다.

지배인이라는 월급값을 해야 한다고 생각하여 구매를 권유하는 것인지 모르지만, 손님에게 비싼 메뉴를 요구할 때면 보는 사람 마음이 아슬아슬하다. 그것도 넉살이 있어야 하지 손님의 마음을 배려하는 마음 약한 종철이는 하기 어렵겠다고 생각한다.

화투짝 크기만 한 작은 전표를 다시 주방 입구에 놓인 물그릇에 담긴 물을 살짝 묻혀서 호기 좋게 큰 목소리로 "떨!"이라 소리치며 주방 안쪽에 붙인다. 전표는 순서대로 주방에 놓이고, 음식 그릇에 붙어서 다시 나오면 번호를 확인하고 쟁반에 담아서 손님상으로 가져간다. 이때 배달보이들은 홀 손님 음식은 손대지 않고 전화로 주문 온 배달 전표가 붙은 음식이 나오길 기다리며 철가방 통에 다꽝, 양파, 춘장, 와리바시를 준비하고 대기한다. 기다리던 배달음식이 나오면 음식을 철가방 통에 넣고 출동이다.

짜장 면발이 붙지 않고 짬뽕이 붙지 않으려면 빠르게 걸어야 하고, 배달이 밀려서 재촉전화가 오면 달려야 한다. 허바허바 사진관, 뽀뽀다방, 제중약국, 남대문시장 등 큰길 저편까지 갈 때는 보통 지하도를 건너서 가지만 바쁠 땐 8차선 차 사이를 헤집고 달려야 한다. 철가방을 들면 용기와 자신감, 뻔뻔함이 생긴다. 누구나 이해할 거라는 믿음, 목적을 향해 빨리 가야 한다는 사명감이 소심한 종철이를 날쌘돌이로 만든다. 오죽하면 중국집에서 한솥밥 먹는 선배들이 "철가방만 들면 청와대도 무사통과"라는 말을 힘주어 하는 걸 들었다.

잡채밥은 조금 비싼 음식이다. 약국에 배달 갈 땐 잡채밥이 철가방에서 나오는데, 잡채를 볶은 접시와 따로 뚜껑 덮인 하얀 사기그릇 공기밥이 나온다. 좋은 음식을 꺼낼 때는 배달하는 종철이 마음도 당당하다. 손님이 성의 있는 음식을 보며 기분좋게 만족하고 왠지 놀라고 있을 거라는 생각을 해본다.

종철이는 남대문상가 2층에 여성 의류, 한복주단 옷가게에 배달 갈 땐 신이 난다. 나이 드신 아주머니들이 종철이를 귀공자 대하듯 이뻐해주신다. "아유, 잘생겼네. 몇 살이야?" 하며 귀엽다는 듯 활짝 웃으시며 좋아하신다. 나란 존재에 대해 자신감이 전혀 없던 때에 좋아해주시니 존재감도 생기고 배달원이라는 자신을 잠시 잊고 도련님이라도 된 듯 으쓱한 마음도 생긴다. 종철이는 직업이란 어디에서 무슨 일을 하고 어떤 직장에서 일하느냐가 처지와 자신감에 차이가 있다는 것을 느낀다. 아주머니들은 음료수나 부침개, 떡 등 음식도 주고 종철이가 입고 있는 옷이나 신발, 머리에도 관심을 갖고 얘기한다.

"피부가 어쩌면 여자처럼 곱데."

장발 머리카락을 손으로 넘겨주기도 한다. 이럴 때면 종철이는 중국집 배달원이라는 것도 잊고 이 시간이 계속되었으면 하고 약해지는 마음이 생긴다. 잠시 지체하다 보면 빈 그릇 찾으러 다시 올 것도 없이 식사를 마친 그릇과 돈을 받아가지고 돌아온다. 올 때는 여유 있게 지하상가를 거쳐서 오게 된다.

다닥다닥 서너 평 남짓한 상가들은 저마다 상호를 달고 여성 옷이며 넥타이, 신사복, 캐주얼복, 선물코너, 건강식품, 안경점, 보석상 등 다양한 상점들이 있다. 이곳에 짜장면 배달 오면 아줌만지 아가씬지 여성분들은 식초로 단무지를 씻듯이 많이 뿌려서 먹는다. 간혹 나무젓가락을 안 가지고 갔을 때는 난감하다. 급하게 뛰어서 가게까지 달려가야 한다.

짜장이 불면서 면발 사이에 있던 수분을 빨아들이게 되면 면발 전체가 떡처럼 한몸이 되어 떨어지지 않는다. 이럴 땐 젓가락으로 잘 비벼지지 않고 힘을 주어 비비다 보면 젓가락이 똑 하고 부러지기도 한다. 세상엔 있어선 안 되는 일이 짜장면 붇는 거와 배달 갔는데 젓가락이 없는 일이다. 그 뒤론 비상용으로 젓가락을 한 주먹씩 뒷주머니에 차고 다닌다. 이것도 경력이 쌓이는 증거 같아서 기분이 좋다.

지하상가에 들어가기 전 골목 안쪽에는 귀금속 세공하는 곳이 있는데, 여기도 단골이다. 마당처럼 중앙은 비어 있고 뺑 둘러서 작은 하꼬방 같은 사람 하나 들어갈 공간에서 금·은을 녹여 세공한다. 작은 기계에선 불이 막 나오기도 하고, 약품 냄새가 심하게 나기도 하고, 줄 같은 걸로 깎고 다듬고 한창 일에 열중해 있다. 그럴 땐 무조건 소리 지른다.

"짜장면 왔어요."

"어, 여기."

대답이 들리는 곳으로 향하면 얼룩덜룩한 작업복을 입고 짜장을 반가이 맞이한다. 종철이는 자신이 기분 좋은 일을 하고 있다는 생각이 든다.

어느 건물 허름한 3층 사무실에 짜장면 한 그릇을 배달 가게 되었다. 어두운 계단을 몇 바퀴 감아돌아 문을 여니 소파에 앉아서 전라도 말씨를 심하게 쓰는 중년의 남자는 배달 온 종철이에게 묻는다.

"너는 고향이 으디냐아?"

"군산요."

"그려? 나이는 몇 살이고?"

"열일곱 살입니다."

"나가 광주에서 서울 온 지가 10년이 되아부렀다. 서울 시내에 전라도 사람 빼불면 도로에 사람이 없을 것이다. 너는 돈 좀 모았냐?"

"아뇨, 서울 온 지 몇 개월 안 됐는데 분식집에서 두 달 일하고 월급을 못 받았어요."

"이런 싸가지없는 것들이 있는가. 거기가 어디여?"

종철이는 겁이 덜컥 난다. 싸움이라도 날까 걱정이다.

"거기 문 닫고 없어졌어요."

"그려? 하… 세상이 왜 그러냐. 정말 좋은 세상 와야 쓸 것인디. 김대중 선생이 대통령만 될 수 있다면 천금이라도 아깝지가 않어."

단무지 씹는 소리가 와구작와구작 요란하다. 아저씨는 종철이를 바라보며 묻는다.

"열심히 일하고 잠은 어디서 자?"

"가게에서 먹고 자요."

"돈은 꼭 필요흔 데만 쓰고 돈 모아야 흔다. 어른들도 돈 100만 원 없는 사람이 많어."

"예."

점심시간 3시가 지나면 종철이도 점심을 먹어야 한다. 주방에다가 짜장면이든 짬뽕이든 두 가지 중에서 하나를 시키면 주방에서 만들어준다.

점심을 맛있게 먹고 이젠 그릇을 찾으러 가야 한다. 배달 간 곳에서 그릇을 수거하고 수금도 함께 한다. 어떨 때는 음식 먹은 손님이 자리에 없거나 가게나 사무실에 방문한 사람이 시켜 먹고 돈을 맡겨놓고 가지 않으면 돈 받을 일이 막막하다. 어린 나이에 야무지게 챙기지 못하면 외상값은 조금씩 쌓이게 되고, 배달한 사람이 고스란히 월급에서 까야 하는 상황이 온다는 것은 아무도 얘기해주지 않았다.

그것이 나중에 문제가 된다는 것을 종철이는 생각지 못했다. 그동안은 유야무야 넘어갔을 수도 있지만 말이다. 전라도 아저씨가 있던 사무실에 가보니 아저씨는 자리에 없다. 사무실에 가끔 놀러 오는 아저씬데 돈 안 받았냐고 오히려 반문한다. 여러 사람이 쳐다보니 종철이는 창피한 마음에 빨리 이곳을 벗어나고 싶어서 서둘러 말한다.

"내일 다시 올게요."

그러곤 빈 그릇만 챙겨서 계단을 내려온다.

잠시 쉬었다가 저녁시간이 되면 회사, 빌딩 등에서 야식이나 야근 등 술안주 요리 배달 주문이 많이 들어온다. 탕수육, 양장피, 부추잡채, 고량주, 냉채 등 주문이 들어온다. 비싼 메뉴는 다섯가지냉채, 해삼전복삭스핀이다. 비싼 메뉴는 홀 룸에서 어쩌다가 찾게 되는 메뉴이고 근처 삼육빌딩과 한국은행 등에선 탕수육, 양장피가 보통 많이 배달되어 나간다. 탕수육은 소스를 따로 우동 대접에 담아서 철가방에 넣는데, 짜장 등을 배달할 때처럼 가벼운 마음이 아니어서 여느 때와 다르게 배달통 손잡이를 꽉 쥐고 진중한 자세로 카운터를 통과한다. 비싼 메뉴는 가격이 주는 무게감이 다르다.

종철이는 탕수육은 냄새만 맡아봤지 그동안 한 번도 먹어보지 못했다. 철가방을 들고 빌딩의 현관문을 통과하면 주위에 사람이 아무도 없는 것을 확인하고 철가방 문을 살며시 열어 탕수육 한 개를 꺼내어 입에 넣는다. 따뜻하고 바삭한 탕수육은 부드럽게 씹히며 고소한 맛이 입에 남는다. 실컷 한번 먹었으면 하는 마음이 간절하며 재빠르게 입안을 비우고 아무 일 없었다는 듯 사무실에 들어가야 한다.

"어! 왔냐! 거기 응접 세트에 신문지 한 장 깔고 음식 놔라."
"예."
야근인지 당직인지 바쁘게 일들 하다가 배달이 오니 서둘러 사무를 마무리하고 있다.
"영수증 가져왔지? 거기 놔두고 내일 경리과에서 돈 받아가."
"예, 맛있게 드세요."
사무실 문을 열고 다시 나오면 잠시 산책을 나온 듯 빌딩 복도를 거니는 여유를 가져본다. 가게에 도착해보니 한국은행에서 주문이 들어왔는데 식사와 탕수육이어서 배달을 두 명이 가야 한다. 열다섯 살 먹은 춘장실 보이 성만이가 1차 배달을 갔고 주인아저씨는 음식이 담긴 철가방을 종철이에게 내밀며 말한다.
"지하 기계실로 빨리 가라."
묵직하다. 이럴 땐 스텝이 다르다. 무겁고 국물이 많이 들었을 땐 짧은 보폭으로 빠르게 미끄러지듯 달려야 한다. 한쪽 팔이 아플 땐 빠르게 걸으면서 철가방을 반대편으로 옮겨주며 손을 바꾸는데, 발은 그대로 진행하면서 손만 바꾸고 가야 한다. 음식을 가지고 도착해보니 지하 기계실 아저씨들이 노발대발 야단법석이 났다.
"야! 그놈, 배달 온 놈! 앞으로 여기 오지 말라고 해!"
종철이는 어리둥절, 한 손은 음식을 꺼내며 웬일이지 싶다.
"어, 이 이 자식이, 쪼그만 자식이 싸가지가 없네."
"야! 느그 사장보고 그놈 여기 배달 보내지 말라고 해!"
"예."
먼저 배달 왔던 성만이를 두고 하는 말인가 보다. 종철이는 어른들이 화가 단단히 나서 씩씩대지만 왜 그러냐고 묻지도 못하고 자신이 야단맞는 듯 난감해 어찌할 바를 모르고 서 있다. 아저씨는 화난 목소리로 크게 말한다.
"아, 그놈이 '돈 만들어내는 곳이니 여기서 일하면 삥땅 많이 치겠네요' 하잖여 글쎄."

묻지도 않은 말을 검정 모자를 쓴 아저씨가 내뱉는다. 종철이는 그 말이 무슨 뜻인지 파악하지 못하고 모르는 척도 아는 척도 못 하고 머리만 굴리고 서 있다. 한쪽에선 아저씨들이 열심히 드시고 계신다. 두 분 아저씨만 씩씩대며 분하다는 듯 분개하신다. 한국은행에 짜장면 배달 와서 삥땅 많이 치겠다고 말한 어린 배달보이의 철없는 언행을 탓해야 하나? 어린아이가 보고 들은 것이 삥땅이라면 사회 어딘가에서 어린애도 듣고 배워서 지 딴엔 우스갯말로 생각 없이 말했는지 모른다.

그래도 종철이는 자기가 욕먹지 않아서 과히 기분이 나쁘진 않다. 이것도 경쟁인지 같은 직책의 아이가 배달 거래처로부터 거부당한 것을 사장에게 전하란 말을 듣고 자신이 돋보인다는 생각이 드는 자신을 발견한다. 자신이 잘해서 돋보이는 것보다 상대가 잘못해서 자신이 돋보이는 것 같은 상황을 즐기는 마음은 무엇인가?

가게에 들른 종철이는 사장에게 말한다.

"사장님, 배달 간 데서 성만이 배달 보내지 말래요."

주인아저씨는 이미 그쪽에서 전화를 받았는지 대수롭지 않은 듯 말없이 무표정이다.

종일 동네 강아지처럼 이리저리 뛰어다니다 보면 하루를 마치는 시간이 제일 즐겁다. 주방장만 퇴근하고 모두 가게에서 잠을 잔다. 최 지배인은 어린 홀보이들 앞에서 또 구라를 푼다. 그전에 영등포 역전에 내려서 버스를 타려고 걸어가는데 길에서 두툼한 잠바를 입은 아줌마가 아가씨하고 자고 가라며 잡고 안 놔주는데, 힘이 얼마나 좋은지 끌려갔다며 얘기를 시작한다.

"새벽에 자다가 깼는데, 아 글쎄 여자가 내 거기를 손대고 있잖여. 그래서 여자 뺨을 때려버렸지."

종철이는 '아니, 좋을 텐데 왜 때렸을까?' 싶어 거짓말인 것 같아 믿기지 않는다.

"그래가지고 여자하고 싸우는데, 깡패가 와서 새벽에 바지 들고 옷 들고 알몸으로 도망쳐 나왔다니까."

보이들하고 어린 주방 설거지는 재밌다는 듯 키득키득 웃으며 최 지배인 얘기 속으로 깊숙이 빠져든다.
"야, 종철아. 너는 여자하고 자봤냐?"
"아니요."
"한 번도 안 해봤어?"
최 지배인은 놀라는 듯 묻는다.
"예."
"손으로는 해봤겠지?"
"에? 에에…."
옆쪽에 앉아 손톱을 깎던 라면이 혼잣말하듯 중얼거린다.
"아, 나도 한번 가봐야 하는데, 가본 지 오래됐네."
주방 설거지 싸환이 담배를 깊숙이 빨아 내뿜으며 말한다.
"청량리 588인지가 좋다는데요? 플라스틱 작은 그릇으로 씻겨도 준대요."
"너는 가봤냐?"
"아니요. 청량리역 앞에서 칼판 하는 친구가 자주 가는데요. 서비스가 끝내준대요. 보름에 한 번씩 꼬박꼬박 간대요. 그냥 가면 금방 끝나니까 포장마차에서 소주 한 병 까고 간대요."
"그래서 거기가 유명하고만."
제일 어린 성만이가 아는 체하듯 끼어든다.
"나는 양동에 가봤는데요."
"얌마! 너는 입구 찾을 줄이나 알어?"
"다 해줘요."
"하하하하."
"종철이 너도 가봐라. 시골에 개가 왜 광견병 걸리는 줄 아냐? 개를 묶어서 키우면 그걸 못해가지고 미쳐서 줄 끊고 뛰쳐나가서 사람 물면 광견병 걸리는 거야."
부산서 올라왔다는 주방장 보조 캉고는 빨래한 걸 양재기에 담아 홀 칸막이에 널면서 시답지 않다는 듯 말한다.

"그만 디비 자소."

최 지배인은 순간 표정이 굳는다.

"뭐, 인마! 디비 자라니 이 새끼가 디비 자가 뭐야, 얌마!"

국수 사리 치는 싸면이 같은 주방이라서 그런지 캉고를 두둔하고 나선다.

"경상도 사람들은 할아버지한테도 디비 자라고 해요."

"좌우지간 이 보리 문둥이 자석들은 말이 희한해."

주방장 보조 캉고는 빈정 상한 듯 말한다.

"전라도는 '깽깽이'라고 해요. 말끝마다 그랬당께 저랬당께."

"야, 캉고 너 주방 바닥 청소 깨끗이 했냐?"

최 지배인은 할 말 없는 듯 직위로 누르려 한다.

전라도 영광에서 왔다는 길수는 여기 국빈장에 들어온 지 한 달이 다 되어가는데 일이 서툴러서 실수가 잦다. 손님이 우동을 시켰는데 카운터로 오는 도중 다른 테이블에서 손님이 단무지 그릇을 주며 단무지 좀 더 달라고 하면 단무지 갖다주고 엉뚱하게 짜장면으로 주문한다. 우동 시킨 손님한테 짜장면을 갖다주었는데 우동 시켰다고 하면 짜장 시킨 다른 손님 먼저 주고 다시 주문을 넣는다. 그냥 먹는다고 하는 손님도 있고, 다 먹고 카운터에서 큰소리치면 돈도 못 받고 죄송하다며 그냥 가시라고 할 때도 있다. 그러고 나면 길수는 주인한테 욕을 먹는다.

"야이, 자식아! 주문 하나도 못 받으면 홀에서 왜 일하냐? 공장에 가서 일하지."

사장님 고향 동네에서 왔다는 홀 아가씨는 그런 길수를 안쓰럽게 바라보며 길수가 실수하지 않도록 나서서 일을 많이 커버해준다. 식당일 하는 사람들은 대부분 시골서 먹고살기 힘들어서 올라왔다. 초등학교도 졸업 안하고 올라온 사람도 있고 중학교 졸업, 고등학교 중퇴가 대부분이다. 열세 살부터 열일곱 살이 식당일 처음 하는 나이다. 전라도, 경상도 지역감정도 있고 같은 동향 사람끼리는 사투리만 들어도 고향 생각에 반갑고 친근감이 생긴다.

점심시간 지나면 홀은 쉬는 시간이라 룸에서 잠깐 쉬고, 주방은 저녁 장사 재료 준비하고 배달보이는 빈그릇을 찾아온다. 종철이는 그릇을 찾아 뒷문으로 들어오다가 룸 안에서 길수하고 홀 아가씨 둘이 껴안고 있는 것을 보았다. 길수가 껴안은 게 아니고, 길수는 서 있고 홀 아가씨가 뒤에서 껴안고 있다. 종철이는 그걸 보고 도둑질하다가 들킨 것처럼 가슴이 두근거리며 살금살금 주방 쪽으로 걸어갔다. 아침밥 먹고 담배 한 대씩 피울 때면 누가 묻지도 않았는데 길수는 혼자 말한다.

"난 이 집에서 안 나갈 거여. 앞문으로 쫓가내면 뒷문으로 들어오고, 뒷문으로 쫓가내면 앞문으로 들어오고, 기둥 꽉 껴안고 안 나갈 거여."

춘장보이 성만이는 어제 양파 까고 있는데 주인이 홀 바닥에 붙은 껌을 양파 까는 칼로 떼라고 했다며 몹시 분한 듯 주먹을 쥔 손을 부르르 떨면서 주인 욕을 한다. 며칠 후 성만이는 온다 간다 말도 없이 배달하고 수금한 돈을 가지고 옷가방을 챙겨서 도망갔다. 양동 소개소에 나간 주인아저씨는 충청도 시골서 어제 함께 올라왔다는 친구 두 명을 춘장보이 겸 배달, 홀 다용도로 쓸려고 데려왔다. 나이는 열여섯 살이라는데 둘 다 얼굴이 하얗고 귀엽고 조그만하게 생겼다. 식당 일이 처음이라지만, 둘 다 아주 명랑하고 성만이보다 훨씬 일을 잘한다. 길수는 자기보다 먼저 입사한 성만이한테는 아무 말도 못했는데 자기 밑에 애들이 생기니 군기를 잡는다. 홀 아가씨가 도맡아 하던 화장실 청소를 애들한테 시킨다. 어떨 땐 밤에 해놓으라고도 하고, 자기 담배 심부름까지 시키며 일을 못한다고 욕도 한다.

아침이면 교육한나고 두 녀석을 세워놓고 손바닥으로 머리도 때린다.

"이 자식들아, 아침에 일어나면 주방 아저씨들 이불도 개어드리고 안녕히 주무셨습니까 하고 인사도 해야지. 니네 학교 어디 나왔어?"

주방 사람들도 자기들을 위해 기합을 주니 길수의 행동을 나무라지 않고 부하들이 생겨 좋은 눈치다. 급기야 애들이 더는 못 참겠는지 일주일 만에 도망을 쳤다. 아침 먹고 쉬는 틈에 배달통에다 가방과 옷가지들을 넣고 그릇 찾으러 나가는 척 사라져서는 골목에다 배달통은 버리고 가버렸다. 주인아저씨는 괜찮은 애들 가버렸다고 무척 아쉬워하며 길수를 혼낸다.

"얌마, 너는 왜 애들을 못살게 군 거여어? 너나 잘하지. 자식아, 뭔 교육 시킨다고 애들을 쫓아내에?"

충청도 시골서 올라온 지 얼마 안 되어 때문지 않은 애들을 잘 가르쳐서 오래 데리고 있으려 생각한 주인아저씨는 무척 아쉬워한다. 다음 날 아침밥을 먹고 났을 때 카운터에 전화가 울린다. 주인아저씨가 받았는데, 애들 전화인데 길수를 바꿔달라고 한다. 주인은 수화기를 조심스럽게 내려놓고 길수한테 속삭인다.

"야, 애들인데 너 바꿔달래니까 니가 잘 구슬러서 애들 다시 오라고 해. 잘해준다고. 알었어?"

"예."

길수는 얼굴이 굳어졌다. 왜지? 긴장한 건가? 모두 카운터를 주시하고 있는데 갑자기 길수가 전화기에 대고 욕을 한다.

"야, 이 개새끼야! 니네 지금 어디야? 때려 죽여벌라. 이 개새끼를."

뚝 전화가 끊어진 모양이다. 잘 얘기해서 다시 오게 하라고 기다리던 주인이며 사람들은 정반대로 욕하는 길수의 행동에 모두 놀란다. 주인이 소리친다.

"야, 이 자식아! 너 왜 욕하고 지랄이야?"

길수는 주인 앞이라 겁먹은 듯 웅얼거린다.

"아니, 이 새끼들이 먼저 욕하잖아요. 전화 받자마자 '너 ○○놈 언제 만나면 뒈질 줄 알아라. 십새야' 그러잖아요."

"하―"

주인은 긴 한숨을 내뿜는다. 애들이 작정하고 전화를 걸어 복수한 모양이다. 길수는 결국 보따리를 쌌다. 점심때 애들이 다시 전화했다. 주인이 살살 달래니 부평역에서 잠자고 구두 닦는 거 구경하고 있는데, 길수가 없으면 다시 온다고 한 모양이다. 길수가 나가야 할밖에. 밤에 가방을 둘러멘 길수는 일한 거 계산 받고 계단 앞까지 배웅하는 종철이에게 말한다.

"종철이 니가 홀 아가씨 가져라. 내가 껴안으니까 가만있더라. 잘해봐."

종철이 첫 월급을 탔다. 쉬는 날 남대문시장에 가서 타월 같은 천으로 만든 티를 하나 사서 입었다. 짜장면을 사 먹고 영화 〈사제출마〉를 보았다. 액션 격투 영화는 어릴 적 아버지를 따라가서 보던 박노식 영화부터 1973년에 본 이소룡의 〈용쟁호투〉까지 종철이의 가슴을 설레게 했다. 그때 초등학교 3학년이던 종철이가 영화관을 나서는 수많은 사람 속에서 갑자기 "이얍" 하고 외치는 기합 소리에 어른들은 모두 하하하 하고 웃어주었다. 단성사에서 개봉될 때 보았던 〈사제출마〉는 너무 재미있게 본 영화인데, 남대문극장에서 다시 상영하고 있다. 제일 인상 깊은 장면은 성룡의 상대역으로 나오는 한국인 배우 황인식의 액션이다.

박노식의 액션은 걸출한 입담 뒤에 "이 새끼야~" 하며 동시에 나오는 어깨 돌림이다. 묵직한 주먹 끝에 찍히는 가죽 장갑 주먹질은 도끼로 한 방에 장작을 패는 듯한 후련함을 주었다. 한 방의 주먹 액션은 뻥 하고 소리도 요란하게 튀어나오는 뻥튀기 같은 맛, 먹어도 먹어도 배는 부르지 않고 계속 손이 가는 바삭한 맛이다.

이소룡의 쌍절곤과 손기술, 발기술은 스테이크 요리를 먹을 때 나오는 샐러드와 고기 소스의 풍성하고 멋진 조화다.

〈사제출마〉 영화를 돋보이게 한 황인식의 사지가 우마차에 묶인 채 살인적인 땡볕을 온몸으로 다 받으며 풀려날 때, 한 마리 사자가 우리에서 나오는 듯 공포감마저 느끼게 했다.

"위험하다!"

나무 양동이에 담긴 물을 그대로 들고 마시는 기인의 풍모와 이제부터 시작이라는 듯 고개를 돌려 노려볼 땐 맹수의 다음 타깃은 바로 '너'라고 꽂히는 순간이다. 그리고 그 전율에 걸맞은 절대 무림고수의 발차기는 아트사커 지단이나 호나우두 같이 상대를 희롱하는 발차기가 0.1도 빠지지 않고 정확하게 구사된다. 상대의 무술과는 상관 없이 자기가 차고 싶은 대로 쳐돌리는데 치는 자, 맞는 자의 동작 또한 예술이다.

이것은 요리가 아니다. 더운 날 수박 하나가 공중에서 산산조각나는 시원함, 한여름 갈증에 두레박으로 길어 올려 꿀떡꿀떡 들이켜는 아무것도 가미하지 않은 새암물 그것이다. 성룡이 오래묵은 담뱃잎 물 마시고 온몸이 헐크처럼 변하는 설정은 특색 있고 흥미로웠다. 실력으로는 이길 수 없다는 듯, 말도 안 되게 기발한 물질을 이용해서 쓰러뜨린다는 발상은 상대 악역의 무술 실력도 존중해주면서 무술의 질을 떨어뜨리지 않는 좋은 기획이다.

종철이는 어려서부터 영화광인 아버지를 따라서 일주일에 두 프로씩 바뀌는 삼류 영화관 단골이었으니 여태 천여 편의 영화를 관람했다. 다양한 영화가 있었지만, 황인식이 우마차에서 풀려날 때 보여준 시원한 발차기의 짧은 액션 신은 특색 있고 오래 기억에 남을 명장면이다. 역시 명화는 한 번 관람으로 그치지 않고 두 번 세 번 곱씹는 맛이 있다.

쉬는 날 하루 시간은 빠르게 흐른다. 거리에는 태양이 자리를 비우고 넓은 검정 치마가 도심을 덮는다. 색동저고리 같은 불빛들이 여기저기 황홀하게 밝혀준다. 반짝반짝 돌아가는 네온사인 불빛의 술집들, 나이트클럽의 반짝이는 오색 불빛들은 혼자인 종철이의 마음을 오히려 쓸쓸하게 해주는 것 같다. 낯선 도시의 이방인처럼 어디를 가든 남의 집에 온 것처럼 주눅이 든다. 사람들은 당당하고 자신 있게 뭐가 바쁜지 걸어가고 동료들과 어울리며 지나간다. 그러나 종철이도 얼마 전과는 다르다. 지금은 직장도 있고 주머니엔 돈도 두둑히 들어 있다. 오늘은 휴무일이어서 호사도 누려본다. 밥도 사 먹고, 영화도 보고, 옷도 사 입고 그동안 기죽고 주눅 들었던 자신의 기를 살려준다.

1960년대에 종철이는 해가 어둑해지면 그네 타듯 아빠 엄마 양손을 잡고 신작로 길을 걸어서 대양극장 영화관에 갔다. 밖에서 표를 끊고 입구 카운터에 표를 내면 출입구엔 검붉은 두꺼운 천이 둘러싸고 있다. 천을 들추면 어둑한 암전이 신비한 기분을 준다.

안에 들어가면 사람들이 문앞까지 빽빽하다. 두 프로 동시상영인 영화관은 한 프로가 끝나면 사람들이 쏟아져 나오고 그제야 자리가 생겨서 앉을 수 있다. 종철이는 맨 뒤에 있는 임검석 자리를 좋아한다. 나무상자를 멘 장사꾼은 연양갱, 껌 등을 팔러 좌석 통로를 지나다닌다.

한 프로가 끝나면 예고편이 상영된다. 6.25 전쟁통에 헤어진 태현실 부부는 서로 찾아 헤메이는데 시장 바닥에서 서로 등져서서 지나쳐가는 안타까운 탄식의 영화이다. 영화 선전 성우 목소리가 흘러나온다.

"눈물 없이는 볼 수 없는 영화. 손수건을 준비하세요. 개봉박두!"

가까운 시청역에서 지하철을 타니 아직 퇴근시간 전이라 승객은 없고 일곱 정거장쯤 가니 영등포역이다. 종철이 내리려고 보니 옆자리에 앉았던 아가씨가 날이 더운지 얇은 바바리코트를 벗어놓고 내렸다. 덥지도 춥지도 않고 날씨가 어중간하니 옷을 벗어서 들고 다니다가 놓고 내린 모양이다. 사람은 당장 필요하지 않으면 신경이 덜 써지는 게 당연한가 보다. 종철이도 가방, 옷, 우산 등 손에서 떨어지면 잘 잃어버린다. 종철이는 아까 시장에서 옷장사한테 옷을 하나 사서 화장실에서 갈아입고 넣었던 비닐봉투에 바바리코트를 넣는다. 영등포역 앞에는 수없이 많은 메뉴가 붙은 식당들이 있다. 짜장면부터 빈대떡, 해물탕, 김치찌개, 된장찌개, 육개장, 돈가스, 오므라이스, 생맥주도 있다. 중학교 1학년 때 가출해서 이틀 동안 일했던 식당도 보인다. 종철이는 잠시 그때를 생각한다. 몇 년의 시간이 흘렀고 그때보다 지금은 처지가 많이 좋아졌다. 그러니까 1977년 11월 추워지는 날씨였다. 군산에서 학교 다니며 갖고 싶었던 자전거를 사기 위해 같은 반 친구 따라서 오후에 수업 끝나기 전에 선생님께 말도 안 하고 무단 하교하여 신문 배달 간 것이 화근이었다.

공교롭게도 전국을 떠들썩하게 만든 이리역 폭파 사고가 난 날 선생님의 불호령이 떨어져 신문 배달을 가지 못했으니 신문 보급소에는 구독자들로부터 항의가 빗발쳤을 테고, 다음 날 보급소에 나간 종철이를 보자 보급소 총무는 죽일 듯 욕하며 이종격투기 선수처럼 발길질을 해댔고 종철이는 급기야 집을 나가게 되었다. 돈을 벌겠다며 무작정 서울행 완행열차에 몸을 던졌고, 용산을 거쳐 동인천에서 영등포까지 이틀을 걸어서 온 곳이 여기다.

밤에는 공사장 나무 쌓아둔 곳에 들어가서 웅크리고 잠을 잤고 낮에는 계속 걸었다. 떡방앗간 앞에서 김이 모락모락 나는 가래떡이 먹고 싶어서 몇 시간을 서서 침을 삼키기도 했다.

배가 너무 고파서 길가는 어린아이에게 집에 가서 밥 좀 가져오라고 사정하니 한참 만에 무 한 토막을 줘서 먹기도 했다. 길가에 있는 짜장면 집에 들어가서 일할 사람 구하지 않냐고 물어보니 집이 어디냐, 부모님은 계시냐 물어보면 고아원에서 나왔다고 거짓말을 했다. 일할 사람은 필요 없고 짜장면 한 그릇 먹고 가라 하여 두 군데서 얻어먹고 고속국도를 따라서 걷고 또 걸었다. 밤에 도착한 곳이 이곳 영등포역이다.

이곳 서울식당에서는 바로 먹고 자고 일하게 되었다. 홀에서 잠시 쉬는데 TV에서는 국악한마당 경연대회가 열리고 있고 귀에 익은 선율이 벌써 종철이의 귀와 눈길을 잡아끈다. 참가번호 5번 최창남 남성 국악인의 창과 설장구가 경쾌하다. 심사위원은 경연자가 긴장한 모습 없이 혼자 흥에 겨워 노는 모습이 인상 깊다는 심사평을 했다. 종철이가 보기에도 호리호리한 몸매에 장구를 메고 덩실덩실 학처럼 춤을 추면서 카랑카랑 뒤집어지는 서도소리가 흥겹게 보였다. 최창남 국악인은 동상을 수상했다. 주인 아주머니는 정부에서 쌀막걸리를 권장했는데 생산이 끊겨서 장사에 지장 있다며 불평이다. 어두워지자 퇴근 후 공장 사람들, 회사원들이 오고 기차역, 전철역에서 사람들이 내릴 때면 갑자기 손님이 식당 문앞 탁자와 홀 안으로 몰려들어 꽉 찬다. 단골손님보다는 뜨내기손님이라는 인식이 강한데, 먹고 가는 손님인지 다시 온 손님인지 파악도 안 되고 테이블 위에 빈 그릇을 치워야 할지 새로 온 손님인지도 구분이 안 간다. 홀에서 일하는 아저씨는 치우지 않은 음식상 앞에 앉아 있는 여자 손님의 입과 배를 번갈아 쳐다보며 새로 왔냐고 물어보고 지금 왔다고 하면 상을 치운다.

밤 12시쯤 일이 끝나면 치우고 나무 사다리를 타고 홀 천장에 올라가서 잠을 잔다. 홀에서 일하는 왜소한 체구에 술집 웨이터같이 뺀질하게 생긴 아저씨는 종철이 옆에서 자는데, 자꾸 끌어안으려고 한다. 아침은 일찍부터 장사를 시작한다. 잠이 덜 깨서 비몽사몽간에 주문받고 음식은 주방 안까지 들어가서 가져와야 한다. 홀에서 일하는 스무 살쯤 된 아가씨는 주방 아저씨와 애인 사이인 모양이다. 시간만 나면 주방에 들어가서 나무 기둥에 기대어 서 있고, 주방 아저씨는 다른 사람들이 보는 게 익숙한 듯 누가 보는데도 아가씨를 만지고 껴안는다. 가게 식구들이 점심을 먹을 때 홀 아가씨는 종철이를 바라보며 친근한 표정으로 말한다.
"학생, 오늘 밤은 내 방에서 나하고 함께 자."
홀 아저씨는 놀란 표정으로 샘이 나는 듯 말한다.
"안 돼! 그래도 남자 여잔데 함께 자면 되나?"
종철이는 속으로 좋아했다가 실망한다. 오후에 서울식당을 몰래 빠져나와서 호남선 열차에 몸을 던졌다. 누군가 잘해줬더라면 가출이 좀 더 길어졌을지도 모른다. 돈도 없고 차표도 끊지 않았다. 힘든 떠돌이 가출을 보름 만에 끝내고 다시 군산 집으로 가는 것이다. 돈 안 내고 열차 타는 무임 승차라서 역무원이 표검사 하러 오는지 신경 쓰면서 가야 한다.
호남선에서 군산으로 가려면 이리역에서 내려 갈아타야 한다. 역 광장으로 나서자, 얼마 전 폭발 사고로 인해 상점들은 전쟁이 지나간 듯 폐허가 되어 있고, 재난민들이 쳐놓은 듯한 양은 솥단지가 걸려 연기가 피어오르고 있다. 길 건너편의 삼남극장 역시 천장이 통째로 날아갔음에도 제대로 복구도 안 되고 일부 천막으로 덮어 있었다.

종철이는 밤이 절정으로 빛을 발하는 저녁 이 시간, 화려한 조명 불빛 속에 몸속에서 작은 사랑이 피어나는 걸 느낀다. 불나비가 불이 좋아서 서서히 뜨거운 불로 들어가듯 육체는 이제 남자가 되어가는 것을 몰랐으리라. 언젠가 최 지배인이 말한 영등포 홍등가를 향해서 걸어가고 있다. 룸살롱도 있고 나이트클럽도 있고 사창가도 있다. 종철이처럼 학업을 중단하고 여러 가지 이유로 피치 못하게 고향을 떠날 수밖에 없는 사람들, 먹고살기 위해, 돈을 벌기 위해, 성공하기 위해 한양으로, 한양으로 청운의 꿈을 품고 찾아든다.
가수 김상국의 〈불나비 사랑〉처럼 사랑을 찾아, 돈을 벌기 위해, 성공을 위해 서울로, 서울로 몰려드는 사람들….

얼마나 사무치는 그리움이냐
밤마다 불을 찾아 헤매는 사연
차라리 재가 되어 숨진다 해도
아 너를 안고 가련다 불나비 사랑

― 〈불나비 사랑〉(1965, 지구레코드사 컴필레이션 앨범),
김상국 작사, 김강윤 작곡, 김상국 노래

도롯가 이쪽 홍등가에는 사람들 왕래가 적고, 길가에는 아줌마들이 두꺼운 외투를 챙겨 입고 서성이고 있다. 벌써 긴장감이 흐른다. 빨간 집 안은 어떻게 생겼을까. 아주머니 한 분이 벌써 앞을 가로막는다.

"총각, 놀다 가. 예쁜 아가씨 있어. 잘해줄게. 이리 와아."

종철이 마음먹고 나선 길이지만 주부가 홧김에 처음 간 나이트클럽에서 다시 제자리로 돌아가듯 막상 이곳까지 와보니 영 마음이 내키지 않는다. 가로막는 아주머니를 피하듯 뿌리치고 통과한다.

"아이, 총각!"

아주머니는 아쉬운 듯 돌아보며 부른다. 길거리에 나와 있는 아줌마들을 '펨푸'나 '포주'라고 하는데, 아가씨 몇 명 두고 장사하는 사람이거나 나이 먹고 몸이 아파서 손님 받는 일은 못 하고 길거리에서 손님 유인해주고 화대를 나누거나 본인이 길영업도 하고 손님도 받고 이것저것 다하는 포주도 있다. 이쪽 길을 통과하는 모든 남자는 할아버지든, 장애자든, 나이가 어리든 모두 타깃이 된다. 여자와 함께 가는 남자만 예외다. 그래서 포주들이 진을 친 사창가 길을 부득이 지나가야 할 때는 길가는 여성에게 사정 얘기를 하고 저기 갈 때까지만 아는 사이인 척해달라고 하는 사람도 있다. 이곳 사창가에 온 남자들은 이렇게 길거리에서 포주들이 호객행위 하는 것을 즐긴다. 한 번 왔다가 서비스를 잘해주고 맘에 드는 사람이 있으면 가명이라도 알아두었다가 단골 삼아서 자주 오는 남자도 있지만, 대부분은 무작정 와서 못 이기는 척 끌려가는 게 보통이다.

"총각, 놀다 가. 숏타임? 긴 밤? 예쁜 아가씨 있어. 이리 와."

"아니에요. 집에 가야 해요."

지나다니는 사람들 눈치도 보이고, 이런 곳에 들어가는 자신을 보이고 싶지 않은 심리에 쉽사리 포주가 이끄는 대로 가지 못하고 빠르게 걷는데 사창가 거리 끝 포장마차에서 소리가 났다.

"흑흑."

무심코 지나쳤지만 분명히 여자의 울음소리가 들렸다. 종철이 초등학교 때 〈꼬마신랑〉 영화에 나오는 하얀 소복 입은 귀신을 보면 한동안 밤중에 밖에 있는 화장실에 무서워서 못 갔다. 종철이 얼마 전에 〈인신매매〉라는 영화를 보곤 남의 일 같지 않고 화나고 안타까워서 한동안 밥맛도 없었다. 가슴이 빠르게 뛰고 정신이 하나도 없어진 종철이는 그 아가씨가 인신매매 되어서 갇혀 있는 상황인데 그냥 지나친다면 앞으로 맘 편히 살지 못하고 죄책감에 고통스러울 것 같다는 생각에 사로잡힌다. 종철이는 빠르게 오던 길을 되돌아가서 아가씨가 있는 곳으로 뛰듯이 다가간다. 불과 10초 안에 생각하고 행동이 이루어진 것이다.

자세히 보니 장사 안 하고 방치된 포장마차 안쪽에서 희미하게 여자가 양팔로 가슴을 가린 채 웅크리고 서있다. 아가씨는 종철이를 보자 애원하듯 소리낸다.

"도와주세요."

종철이는 가슴이 두근거리는데 급하게 좌우를 둘러보고 소변 보는 척 여자 있는 곳으로 다가간다. 여자는 무작정 돈 벌러 상경하여 영등포역에서 내렸는데 인상 좋은 여사가 웃으며 나가와 월급 많고 좋은 일자리 있다는 꾐에 속아서 여기까지 따라왔다고 한다. 한사코 더우니까 윗옷을 벗고 있으라며 옆에서 벗겨주고 옷을 가지고 나가서 속았구나 하고 몰래 나오는데 신발도 감췄는지 없어서 급하게 맨발로 도망쳐 나왔다고 한다. 종철이는 비닐 봉지에 든 여자 바바리코트를 생각해낸다.

"아가씨 이 옷 걸치세요."

보통 키인 종철이는 구두도 단화보다는 키가 커 보이는 자크 달린 반부츠를 신고 오늘 멋내고 나왔는데 여자에게 신발도 벗어준다. 여자는 옷을 받아 입고 신발도 신는다. 종철이는 옆에서 옷 입는 걸 거들어주며 마침 다가오는 택시를 잡는다. 종철이는 주머니에서 돈 2만 원을 꺼내 아가씨 바바리 주머니에 넣어준다.

"아가씨, 택시 타고 우선 여길 벗어나야 해요. 집으로 가지 말고 친척이나 친구 집으로 가요."

"아저씨 고맙습니다."

종철이 〈인신매매〉 영화에서 봤을 때 납치된 여성의 주민등록증을 뺏어놓고 도망칠 때 범죄꾼들이 집 앞에서 기다리고 있다가 다시 납치하는 것을 보았다.

종철이는 까만 양말만 신은 채 사창가 반대쪽으로 운동선수처럼 뛰어가는데, 버스정류장이 보이고 버스 한 대가 들어온다. 어디 가는 버스는 중요하지 않다. 버스가 오자 종철이도 갑자기 무서운 생각에 그곳을 벗어나려고 버스에 올라탔는데 골목길에서 놀음꾼처럼 생긴 머리 벗겨진 중년 남자와 여자가 뛰어나온다. 종철이는 가슴을 쓸어내리며 생각한다. 두려움은 중요하지 않다. 작은 용기를 행동으로 나타낼 때 착하고 힘없는 사람들끼리 서로를 지켜주는 등대가 된다고. 버스 안에서 남모르게 맨발로 서있던 종철이는 옛날 어른들 말씀이 떠오른다. 남자는 배부르고 등 따시면 딴생각 품는다고. 종철이는 모처럼 돈 생기고 여유 있다고 딴생각 품은 자신이 부끄러워진다.

낮이 밝으면 일어나 이불 개고 화장실에서 세수하고 넓은 홀 쓸고 닦고 테이블 닦고, 단무지 썰고, 양파 자르고, 춘장 개주고, 전날 늦게 배달한 거빈 그릇 찾아오고, 배달통 닦고, 이젠 아침 준비하는 일들에 순서와 숙달이 되어서 척척 빠르게 준비된다.

아침 먹고 단무지, 양파, 춘장을 그릇에 담아 쌓아서 많이 준비한다. 인근 초등학교 교무실, 수위실, 사무실도 매일 배달 코스다. 오늘은 교무실에 짜장면 두 그릇을 배달 오니 전학 온 학생인지 6학년쯤 된 남자아이와 엄마가 서있고 배정된 담임선생님이 나이든 선생님에게 인사를 시킨다.

"전라도 고창에서 왔네. 거기서 살지 서울은 왜 올라왔어요?"

"먹고살기 힘들어서 시장에서 장사라도 하려고 친척 쫓아서 왔어요!"
"야! 너 말썽 부리지 말고 얌전히 학교 다녀라."
"예."
엄마와 학생은 나가고 짜장면을 탁자에 두고 돌아서 나오는데 뒤에서 방금 전 선생의 말소리가 들린다.
"요즘 전라도에서 전학이 왜케 많이 오는 거야?"
교문 앞에 나오는데 좀 전에 엄마가 울먹이는 학생을 감싸주고 있다. 종철은 학생과 엄마에게 다가간다.
"안녕하세요, 저는 저기 중국집에서 일하는데 저희 당숙이 고창 도산리에 살고 있어요. 저도 고향이 부안이고요."
"어머! 그래? 고향 사람 만났네. 반가워!"
"점심 안 드셨으면 학생 짜장면 사주고 싶은데 같이 가시죠."
"호호호. 말이라도 고마워. 어린 나이에 객지 나와서 고생하는데 내가 맛있는 거 사줄게. 함께 갈까?"

일당도 깎냐

전에 싸환으로 일하다가 그만뒀다는 남자가 국빈장에 놀러왔다. 종철이가 들어오기 전에 있었던 사람인가 본데, 다른 곳에 일 들어갔는데 오늘이 쉬는 날이라서 놀러 왔다고 한다. 콤비 하나 걸치고 넥타이까지 맸는데, 왠지 꺼벙해 보인다. 컬러도 안 맞고 남방은 크고 자켓은 작고 왠지 불안정한 옷차림이다. 주인아저씨하고 반갑게 인사한다.

"응, 오섭이 잘 있었냐? 얼굴 좋아졌다."

높은 카운터에 주인 딸인 누나 앞에 몸을 비틀고 팔을 올리고 서서 한참을 얘기한다. 배달 전화 주문이 들어오면 전표를 받아서 주방에 넣어주고 다시 카운터로 가서 누나 앞에 붙어서서 얘기한다. 장갑 선물이라며 검정 비닐봉지를 내민다. 홀에 손님들도 들어오기 시작하고 배달주문도 들어오며 배달보이들도 출동하고 홀 직원들도 왔다 갔다 하는데, 최 지배인은 짜증 난 듯 오섭이를 향해 말한다.

"걸리적거리니까 옆으로 좀 있어."

오섭이는 아는 체하듯 말한다.

"주방에서 음식 나오는 게 더디네요."

오섭이는 웃옷을 벗어 카운터 누나한테 맡기고는 성큼성큼 주방으로 향한다. 30분쯤 지났을까? 주방에서 크게 다투는 소리가 나며 욕도 들린다. 최 지배인은 주방 쪽으로 달려가며 놀란 얼굴로 말한다.

"아따, 손님들 계신디 왜케 소란스럽다냐?"

주방 쪽을 슬쩍 쳐다보니 놀러 온 오섭이가 코를 감싸고 있고 며칠 전 새로 온 싸환 아저씨가 야단치듯 말한다.

"이 자식아! 일을 하려면 제대로 하든지. 나는 성질이 어영구영하는 꼴은 못 봐!"

인상이 강인하고 남자답게 생긴 싸환 아저씨는 놀러 온 오섭이가 일도 못 하고 오히려 좁은 주방에서 걸리적거리니 참다 참다 폭발한 것이다. 좋게 말했는데 말대꾸하니까 몇 대 때린 모양이다. 오섭이가 코를 쥐었던 손을 떼고 쳐다보는데, 손에는 피가 묻어 있고 코에는 벌겋게 코피가 번졌다. 오섭이는 수돗물로 코피를 씻어내고 싸환 옆에 서서 그릇을 건지기 시작한다. 싸환 아저씨가 바쁘게 닦아 헹굼 통으로 그릇을 건넨다. 헹굼 통에 그릇이 쌓이지 않게 하려면 정신 없이 건져내야 한다. 한참 후 오섭이가 한 손을 바지 지퍼를 쥐는 자세로 울상을 지으며 허락 맡듯 싸환에게 말한다.

"화장실 좀 갔다 올게요."

"응, 저기 깡통에다 싸."

싸환은 바쁜 시간에는 홀에 있는 화장실을 이용하지 않고 구석에 있는 식용유 깡통에 볼일을 보는 모양이다. 오섭이는 화장실 간다는 핑계로 주방에서 도망치려 했으나 허사다. 앞을 쥐지 말고 뒤에 손을 댔어야 주방에서 탈출할 수 있었는지 모른다. 요리 접시는 주방장 쪽에 날라주고 짜장 그릇은 국수 삶는 쪽으로 배달해주고 갔다오면 헹굴 그릇은 쌓여 있고 빨리빨리 건져내지 못하면 싸환 아저씨한테 또 욕을 먹는다.

"빨리빨리 못 건지냐! 그렇게 일해가지고 어디 가서도 환영 못 받는다. 야! 동작 봐라. 손이 보인다."

오섭이는 쉬는 날 놀러 와서 꼼짝없이 붙잡혀서 고생이다. 식구들 점심식사도 홀에 나오지 않고 주방에서 해결하니 4시간째 홀에 나오지도 못하고 주방에서 일하며 잠깐 쉬는 시간에 담배를 뻑뻑 태우고 있다. 점심 먹고 담배 한 대 피우고 난 싸환이 큰 볼일 보러 화장실에 간 사이에 오섭이는 카운터에 들러 옷도 가져가지 못하고 빠르게 뒷문으로 도망쳤다.

오늘은 점심 먹고 잠시 한가해지자 주방장은 전에 일했던 중국집 이야기를 하고 있다.

"이야! 잠실에 '홍금장'이라고 300평 되는 중국집이 있는데, 얼코 그러니까 프라이팬 돌리는 부주방장만 여섯 명이야. 고급 요리가 계속 나가는데 대단하다. 토요일, 일요일에는 하루 매상이 2천만 원씩 올라 돈 받는 카운터가 세 군데인데 손님들이 돈 내는 데도 줄을 서야 해."

주방 사람들이나 홀보이들은 와~ 놀라며 주방장 얘기에 집중한다.

"카운터 아가씨가 저녁에 일 끝나고 마감 정산하는데, 돈 세는 데만 1시간이야. 장사 끝나기 30분 전서부터 돈 헤아리는데 그냥 집에 가면 몸에서 돈 냄새가 난데."

"이야! 돈이 돈같이 안 보이겠어요."

"종이때기지 뭐."

"난 돈 좀 원 없이 세어봤으면 좋겠다."

"너 거기 가서 일해라."

"세지 말고 저울에 달면 어떨까요?"

"하하하."

"너 월급 받을 때 저울에 달아서 줄게. 흐흐흐."

주방장은 마치 자기 일처럼 자랑스럽게 얘기를 이어간다.

"거기 주방장이 청와대 중식 주방장 했던 사람인데, 문 주방장이라고 배가 소쿠리처럼 이렇게 나와 있어."

주방장은 털이 부얼부얼 난 손으로 배에다 원을 그리듯 설명한다.

"청와대에서 10여 년 주방장 하다가 1979년 가을에 큰 사건이 나면서 나오게 됐는데, 홍금장에서 스카우트해간 거야. 프라이팬 잡고 요리할 땐 이렇게 나온 배가 화덕에 닿아."

"이야, 주방장님은 거기서 뭐 하셨어요?"

"얼코."

종철이는 사람에 대해 처음으로 선망감을 느껴본다. 청와대, 홍금장, 문 주방장 모두 멋지다. 얘기를 듣던 사람들이 하나둘 흩어지고 주방장은 고개를 돌려 옆에 있는 싸면에게 지시한다.

"야, 주방에 가서 당근하고 칼 가져와라."

주방장 손에는 칼과 당근이 쥐어졌다. 종철이는 묻는다.

"당근으로 꽃 깎으려고요?"

"아니, 먹으려고."

전에 주인이 얘기했던 출장파티 요리날이 다가왔다. 최 지배인은 토요일 아침 일찍 북창동에서 일당 주방장을 구해왔다. 체격이 크고 경상도 말씨를 쓰는데, 인상이 좀 무섭게 생겼다. 요리가 들어오면 칼판이 재료를 썰어서 작은 쟁반에 담아주기 때문에 주방장은 프라이팬으로 요리만 하면 된다.

중국집은 사천식, 북경식, 남경식 요리가 조금씩 다르다. 채소도 잘게 써는 것 굵게 써는 것, 탕수육도 소스가 빨갛고 하얗고 달고 시고 맵고 조금씩 다르다. 작은 중국집은 주방장이 오래 있으면서 자기 식으로 정착하는데, 큰 요리집은 사천식, 북경식, 상해식 등 한 가지 방식으로 요리한다.

일당 주방장은 처음엔 낯선 남의 집에 와서 일하려면 힘들 것이다. 환경도 낯설고 사람들도 낯설고 칼이나 기물 등도 자기가 쓰던 거하고 다르니까 보통 남의 집에 가면 적응하는 데 한 달은 걸린다. 이렇게 일당으로 오는 주방장들은 일당이 좋아서 다니는 건 아니고 맘에 드는 일자리를 찾는 중에 계속 놀 수는 없고 돈이 궁해서 나오게 된다.

주방에서 일하는 사람들은 표현력이 부족하고 자기고집이 강해서 모르는 게 있어도 묻지 않고 일힌다. 물어보면 몰라서 묻는 것이 되니까 아는 척은 해도 묻지는 않는 습성이 있다. 서로 말없이 불만이 쌓이다 보면 폭발한다. 사전에 말로 조절할 수 있는 문제들을 참다 참다 얘기하게 되니 좋은 말이 나가긴 힘들다. 장사 끝나고 주방장은 퇴근하며 카운터에서 출장요리 갔다가 좀 전에 온 주인하고 얘기하고 있다. 주인은 주방장에게 개선 사항을 얘기한다.

"요리 나오는 시간이 좀 늦는 거 같아요."

주방장은 자기 왼손 바닥에다 대고 오른손으로 칼질하는 동작을 해 보인다.

"아니, 채소고 고기고 잘게 잘게 썰어줘야 빨리빨리 볶아서 내주죠. 당근이 이렇게 굵어가지고 어디 익어요?"

이번엔 프라이팬 굴리는 시늉을 해 보이며 열변을 토하니 주방장 하소연 받아주는 격이 되었다. 일요일 저녁 일 마치고 주방장은 주방에서 술 한 잔을 걸친 상태다. 주인은 일당을 6천 원씩 쳐서 만이천 원을 준다.

"아니, 왜 만이천 원이요? 하루 일당 7천 원인디."

"지배인이 6천 원이라고 했는데요."

주방장은 홀을 둘러보며 소리친다.

"뭐여! 지배인 어디 갔어?"

둘레둘레 지배인을 찾는 모양이다. 그러더니 춘장보이에게 말한다.

"야! 니 소주 한 병 가온나."

소주 뚜껑을 이빨로 까서는 컵에 벌컥벌컥 따른다. 주인은 낮은 소리로 말을 건넨다.

"술 마시면 되나요?"

"돈 내면 될 거 아뇨!"

물컵에 따른 술을 단숨에 쭉 들이킨다.

"야! 지배인 이 새끼 어디 갔어?"

마침 최 지배인이 뒷문에서 나타난다. 주방장은 홀에 있는 무거운 나무 의자를 한 손으로 들고는 쫓아가며 소리친다.

"야, 니가 내 일당 6천 원이라고 그랬냐? 전라도 이 깽깽이 자슥 팍 쥑이쁜다."

주방장은 흥분했는지 사투리를 심하게 쓴다. 지배인은 놀란 고양이처럼 재빠르게 앞문으로 튀어나간다. 주방장은 소주 반병을 마저 따라 마신 후 소리지른다.

"야, 칼판. 너 이리 와봐!"

칼판은 오라는데 오히려 뒷걸음질로 피한다. 주인은 칼판이 맞으면 내일 장사에 지장 있을 거라 판단했는지 나머지 2천 원을 돌려준다. 주방장이 돌아가자 홀 안에는 다시 평화가 찾아왔다. 의자를 치우고 정리정돈하고 앉아 쉬는데, 최 지배인이 스윽 회심의 미소를 띠며 들어와 중국 사람 말하듯이 목소리를 흉내 내며 만담을 한다.

"우리 살람 무서워서 일 같이 못 하겠다야. 밥이 먹어 돼지 한 가지, 일이 해! 굼벵이 한 가지, 돈 달라 할 때 깡패 한 가지."

사람들은 와하하 하고 웃는다. 캉고가 최 지배인의 중국 사람 말투를 따라 한다.

"우리 살람 피곤하다 해. 빨리 이불 펴고 자자 해."

"하하하."

보따리 싸! 떠날 때는 말없이

출장파티 요리에 주방장 보조로 따라갔던 싸면은 출장파티 측에서 사모님이 요리가 맛있다며 함께한 주인아저씨에게 팁을 두둑히 주는 걸 보았는데, 철수하며 주방장과 캉고한텐 아무 말 없이 그냥 퇴근했다며 억울해한다.

"이야, 젠장! 주방 사람들 수고비로 팁 준 걸 그걸 가로채냐!"

함께 갔던 주방장 보조 캉고가 말한다.

"이야! 증말 멋지더만. 가수 하춘화가 왔는데 사운드가 햐~ 죽이더라. 주인아저씨는 노래도 두 곡 불렀어. 〈그리움은 가슴마다〉 뭐 그런 노래였어."

싸면은 야릇한 미소를 짓는다.

"거기 사모님들 정말 멋지더라. 그런 데서 주인아저씨는 주책없이 자기가 뭐 시골서 노래 잘했다고, 노래 날렸다며 마이크 잡고 노래하고 그러냐. 아! 쪽팔리게."

종철은 일 마치고 잠자리에 누워 출장파티 집 광경을 떠올린다. 종철이 초등학교 4학년 때 가슴을 촉촉이 적셔주던 노래 〈물새 한 마리〉의 주인공 가수 하춘화, 그리고 멋진 사모님들 서울역 앞 새벽다방 마담처럼 멋질까? 그런 데서 노래 부르는 자신의 모습을 떠올리며 아쉽고 부러운 마음에 가슴이 아려온다. 이리저리 뒤척이다가 잠이 들고 어김없이 아침이 되면 주인아저씨의 고함소리로 시작한다.

"야! 충청도! 계속 자냐? 밥 먹고 자라, 잉?"

주인아저씨는 어제 오후에 출장요리 가서 노래도 하고 팁도 받은 기분에 아직 젖어 있는 듯 종철이를 쳐다보며 자랑이 하고 싶어 못 견디겠다는 듯 너스레를 떤다.

"이야, 어제 파티장에서 여사님들이 내 노래 소리에 다들 오줌을 질경질경 싸부렀다. 흐흐."

주방 사람들은 잠자리 방에서 다들 눈을 무겁게 뜨며 엎드려서 담배 한 대씩 꼬나문다.

"야, 싸환! 나도 담배 하나 줘!"

"해장 담배가 맛이 최고지이."

싸면은 어젯밤 주방에서 술안주 하려고 꼬불쳐둔 탕수육 몇 조각을 잠자리에 놓았다. 그리고 주인아저씨 안 들리게 슬그머니 문을 열고 살금살금 홀에 가서 냉장고에서 몰래 소주를 꺼내서 손님 쓰는 물컵에 따라 마셨다. 소주를 따라 마셨던 물컵에다가 담뱃불을 끈다. 눈도 제대로 뜨지 않은 채 슬리퍼를 질질 끌며 하품을 늘어지게 하더니 주방 쪽으로 걸어간다. 주인아저씨는 홀 가운데서 바닥에 큰 비닐을 깔고 주방에서 음식 할 때 사용할 미풍하고 미원, 조미료를 반반씩 섞는다. 싸면은 주인아저씨를 보더니 항변하듯 말한다.

"하아아앙~ 사장님, 이불 좀 사주세요. 이불을 덮으면 중간에 찢어져서 무릎이 나오고 군데군데 바람이 숭숭 들어와요."

주인아저씨는 옆눈으로 흘거보며 화난 목소리로 무겁게 말한다.

"그것도 엊그제 사온 것이여."

사장은 뭔가 더 말하려다가 들어가는 싸면을 째려본다. 아침 8시에 일어나서 씻고 장사 준비하고 10시 지나면 홀에 전부 모여서 아침밥을 먹는다. 모두 모여 밥을 먹기 시작하는데 주인이 화를 낸다.

"어떤 놈이 손님 먹는 물컵에다 담배꽁초를 버렸냐? 이 배우지 못한 놈들. 누구야!"

아무도 말이 없다. 종철이도 싸면이 담배꽁초를 물컵에 끄는 것을 보았지만 말할 수 없다. 주방장을 비롯해서 밥을 먹고는 있지만, 분위기는 셋방살이 주인댁 잔소리 듣는 신세처럼 표정은 우중충해진다.

"자식들 말이야. 세숫비누도 주방에 넣어줬더니 빨래하는 데 다 쓰고. 그딴 식으로 하려면 보따리 싸! 당장 때려치워!"

칼판이 듣다 못해 한마디 한다.

"주방장님도 계시고 식사하시는데 고만하시죠."

주인은 아침에 물컵을 봤을 때 바로 얘기 안 하고 무슨 군기 잡는 건지 밥 먹는데 시끄럽게 야단이다. 밥을 먹은 후 칼판이 칫솔, 수건, 옷가지를 들고 주방에서 나온다. 이를 본 주인이 눈을 크게 뜨고 말한다.

"야! 칼판! 너는 일 안 하고 왜 나와?"

"보따리 싸라며요?"

주방 사람들은 하나둘 홀로 나온다. 싸환이 주방 음식 나오는 좁은 구멍에서 얼굴을 내밀고 말한다.

"야! 종철아, 소주 두 병만 사와라."

주방장이 카운터에서 일한 거 계산해달라고 하니 주인은 목소리가 팍 누그러졌다.

"아이, 누가 주방장한테 뭐라 한 거요. 애들한테 뭐라 한 거지. 이러지 말고 일합시다."

"보따리 싸라며요. 계산해줘요."

"고만둘 때 두더라도 이런 경우가 어딨어요? 사람은 구해놓고 고만둬야지."

계산을 안 해주자 주방으로 다시 들어간 주방장은 짬뽕 대접에 소주를 부어서 먹는다. 음식 준비는 안 하고 술들만 먹고 있으니 오늘 장사는 못 할 것 같다. 주방에서 술 먹고 일을 안 하니 홀 사람들도 파장 분위기다. 뭐가 신나는지 앉아서 농담을 하고, 동전을 꺼내서 손에 쥐고 홀짝 맞추기 내기를 하고 논다. 주방 사람들은 술이 취했는지 짬뽕 대접 엎어놓고 숟가락 두드리며 노래를 하고, 칼판은 어디서 났는지 테니스공을 도마 위에 놓고 반으로 잘라 터뜨리려고 하는지 칼로 썰고 있다. 싸면은 나가서 소주하고 오뎅을 사와 잔칫집 막둥이마냥 흔들흔들 몸을 흔들며 뒷문으로 들어온다. 카운터 전화벨이 띠리링~ 울린다.

"여보세요. 네, 국빈장입니다. 네? 아, 배달 안 됩니다. 죄송합니다. 오늘 휴무입니다. 네, 안녕히 계세요."

카운터 누나는 주인 없는 강아지 표정을 지으며 수화기를 내려놓는다. 싸환은 은근히 취한 얼굴로 홀 한쪽에서 홀 아가씨와 농담을 나누며 놀고 있다. 홀 아가씨가 싸환을 바라본다.

"아저씨, 남대문 수위 월급 올려줘야겠어요."

갑자기 무슨 남대문 수위 월급 얘기가 나오나 두리번거리는데, 싸환은 놀란 듯 자기 배꼽 아래를 내려다본다. 청바지 지퍼가 내려가서 벌어져 있다. 술 먹고 자주 왔다 갔다 하더니 안 잠근 모양이다. 남녀 손님도 들어왔다가 장사 안 한다고 하니까 아쉬운 듯 뒤돌아 나간다. 결국 주방장하고 칼판, 싸면 세 사람만 그만두기로 하고 계산을 끝내고 가방을 들고 나간다.

캉고랑 싸환, 라면 세 사람은 지배인하고 카운터 누나가 한 명씩 불러서 나갔다가 다방에서 얘기하고 나중에 들어온다. 경찰이나 군에서는 공을 세우면 1계급씩 특진하는데, 중국집 주방에서도 가끔씩 드물게 특진이 일어난다.

구정 명절이 다가오자 주인아저씨는 배달하고서 못 받은 돈, 회사와 사무실 등 외상값 깔아놓은 것 전부 받아오라고 한다. 명절이 가까워오니 장사도 덜되고 종업원 떡값 한 푼이라도 줄이려고 그중 만만한 배달 한 명 줄이려는지 억지스럽게 말한디.

"외상값 못 받은 것은 배달 니들 월급에서 깔 것이여!"

아침밥 먹는 자리에서 주인은 선전포고하듯 말하고 와이셔츠 두 개 들고 세탁소로 간다.

"외상은 젠장, 우리가 하고 싶어서 했나?"

배달원 홍식이는 배달통을 발로 차며 수금해가지고 돈 갖고 날라버릴 거라며 투덜댄다. 정말 걱정이다. 투자회사 사무실 남자들이 저녁에 시켜 먹은 요리값도 노름하면서 시킨 건데, 돈 딴 사람은 자기 돈 딴 거 얼마 없다며 나자빠지니 돈 낼 사람이 없다. 이 사무실 저 사무실 누구한테 가봐라 해서 물어물어 찾아가보면 딴 사람 얘기하고 자기는 돈 안 낸다고 한다. 개인 사무실도 여러 사람이 놀러 왔는지 처음 가는 사무실이라 인원 파악도 안 되는데, 그릇 찾으러 올 때 돈 준다고 했다가 그릇 찾으러 가보면 음식 먹은 사람은 가고 없다. 자의 반 타의 반 수금 못 한 돈이 구정 때 받을 월급보다 많으니 걱정이다.

  명절에 집에 가려면 돈 좀 있어야 선물도 사고 용돈도 드릴 수 있는데, 홍식이는 자기가 하루 배달 가는 거 수금해서 나눠줄 테니까 같이 도망가자고 한다. 낮에 종철이는 배달하고 건물 화장실에 갔는데, 몸이 가려워서 내복 속을 들춰보니 재봉선 안쪽에 벼룩인지 드글드글하다. 그렇지 않아도 옴까지 걸려서 6개월째 밤마다 목욕하고 약 바르고 괴롭다. 누군가 나를 이렇게 괴롭히는 사람이 있다면 죽이고 싶을 정도로 손가락이며 사타구니, 겨드랑이에 물집이 생겨 가렵고 피 나고 힘이 드는데, 벼룩까지 침략하니 더욱 괴롭다. 심란한 마음에 남대문시장에서 팬티서부터 내복, 외출복까지 세트로 사서 목욕탕에서 머리 감고 새 옷으로 갈아입고 헌 옷은 과감히 휴지통에 버렸다. 배달원 홍식이는 점심 배달을 다 하고 수금까지 마치고 배달통은 골목에 버리고 떠났다.

이대 앞 코끼리분식

    명절을 보낸 후 가방 하나 어깨에 메고 종로3가 피카디리극장 옆 골목을 걸으니 길거리 소개꾼이 붙는다. 이대 앞 코끼리분식집 주방에 취직하고 생활한 지 한 달, 처음 벽보 보고 일 찾을 때 비교하면 월급쟁이로 자리 잡았다. 월급도 못 받고 떠돌 때는 보잘것없는 종철이였지만, 이제 월급도 제때 받을 수 있고 여기선 밥도 하고 국수 반죽도 하고 기계국수도 뽑고 칼질도 하고 10여 명 되는 식구들 찌개도 만든다. 주방장은 종철이더러 밥 잘한다고 칭찬한다.
    "내가 많이 다녀봤지만, 너같이 밥 잘하는 애는 첨 본다."
    '티밥'이라고 찜통 솥에 티 여러 개를 쌓아서 밥을 하는데 비빔밥용, 볶음밥용, 김밥용 등 밥 되기를 용도에 맞춰서 따로따로 해야 한다. 그것은 티에 들어가는 물양으로 조절하는데, 각각 물을 맞춰서 잡는다. 비빔밥은 보통으로, 볶음밥은 되게 밥을 따로따로 해서 용도에 맞게 담아 쓴다. 주방장은 종철이를 바라보며 여러 가지 알려주려는 듯 진지하게 말한다.
    "음식만 잘한다고 되는 게 아녀. 주방장은 원가 계산을 할 줄 알아야 해. 어디 가면 주방장만 곤조 있는 것처럼 말하지. 하지만 진짜 일류가 되려면, 사람들의 요구를 받아들일 줄 알아야 한다."
    주방장 나이는 사장 또래로 서른다섯 살쯤 됐는데, 덩치도 있고 남자답게 생겼다. 냉면 다대기를 들통으로 한 통 만들 때면 종철이한테 긴 막대기로 섞어지게 저으라고 한다.

의자에 앉아서 저을 때는 처음에는 신선놀음처럼 힘도 안 들고 편하다. 고춧가루, 물엿, 양파, 대파, 마늘, 설탕 등을 넣고 다 됐다 싶으면 또 마늘 갈아 넣고, 다 섞었다 싶으면 또 설탕 넣고 나중에는 팔이 너무 아프고 지루하다. 이것이 도 닦는 건가. 마음을 비워야 한다.

"오랫동안 섞어줘야 숙성되고 맛있다. 대파도 기계에 갈면 안 돼. 칼로 다져야 해. 너 군산에서 올라왔다고 했지? 나도 한때 그 땅에서 훈련을 받았다. 바닷가 갯벌 위에서 포복하며 온몸을 기어가는 고된 순간, 조교들이 갑작스레 노래를 시키더라. 남진의 '울려고 내가 왔나'를 부르는데, 순간 장대비 는 내리고, 진짜 눈물이 나더라니까."

종철이도 냉면 다대기를 막대기로 젓는데, 매운 향이 눈을 찌르고 온몸이 힘들어서 눈물이 날 것 같다.

우동 육수를 뽑을 때는 쇠파이프를 불에 달궜다가 끝마무리 때 솥에 넣으면 끓던 물이 더욱더 끓으며 요동을 친다.

"이래야 잡맛도 안 나고 국물 맛이 훨씬 깔끔하고 확 살아나서 맛도 좋아."

메밀소바는 직접 반죽해서 긴 통나무로 감으며, 작은 통나무로 밀면서 늘여나간다. 반죽이 서로 붙지 말라고 전분을 뿌려주며, 긴 통나무 막대기에 일정한 두께로 감았다가 장판을 겹치듯 다시 20센티미터 넓이로 겹쳐 놓는다.

손바닥보다 큰 송판 크기의 나무 판대기를 대고 높이 15센티미터, 길이 30센티미터 정도의 어마무시한 크기의 소바용 칼을 쥐고 칼국수 썰듯 칼질을 하는데, 오랜 경력이 있어야만 할 수 있는 일이라는 내공이 느껴진다. 다른 일들은 옆에서 어깨너머로 보면 칼질이든 프라이팬 돌리는 기술이든 감탄과 함께 배워서 나도 저렇게 해야지 욕심이 나는데, 소바 반죽 밀고 큰 칼로 써는 것은 힘과 요령이 대단해 보여 배워서 해야겠다는 엄두가 나지 않는다.

주방장은 종철이에게 우동 반죽 만드는 방법을 가르쳐준다. 큰 타원형 고무다라이에 곰표 중력분 밀가루 한 포를 넣고 코끼리표 강력분 밀가루도 한 포 넣고 바케스에다 소금물을 타는데, 염도는 날달걀을 띄워서 500원짜리 동전만 하게 떠오르면 된다. 고무다라이에 소금물 한 바케스를 붓고 재빠르게 물을 섞어준다. 닭이 모이를 찾듯 양 손가락을 벌리고 한쪽으로 밀가루를 옮겨놓는다. 그리고 다시 돌아서서 반대편으로 모아준다.

"파바바박~"

물과 밀가루를 싸납게 섞어줘야 한다. 안 그러면 물이 한쪽으로 뭉쳐서 굳어 반죽이 제대로 안 되고 국수가 잘 나오지 않는다. 홀에서 일하는 경남 사천에서 올라왔다는 남자는 '밀가루'를 '밀가리'라고 하고 '국수'를 '국시'라고 해서 사람들이 웃었던 적이 있다. 옆에 있던 사장 처남도 고향이 경남 사천인데, 같은 고향 사람 만나서 반가운 듯 홀 남자애한테 묻는다.

"야! 너 충청도 서천은 아니지? 니도 결혼하면 여자는 말이다, 동네 아지매하고 싸울 때 니 마누라 편들어줘야지. 여자들은 그게 최고인 기라."

"마누라는 왜 마누라라고 해요?"

"마- 누우라 해서 마누라지."

"하하하하."

밀가루가 한쪽으로만 물을 먹으면 안 되니 골고루 물이 섞이도록 밀가루를 빠르게 섞어주는 게 관건이다. 서너 차례 반복해줬으면 양손으로 빨래하듯 뭉쳐준다. 그리고 면보에 옮겨 담아서 눌러줘야 한다. 면보 위에 두꺼운 비닐을 덮고 장화발로 올라가서 밟아주고, 다시 면보를 풀어서 뭉쳐주고 다시 밟아주고를 서너 차례 반복하면 찰진 반죽이 된다.

전날 숙성시킨 반죽을 오전에 기계에 넣어 여러 번 돌려 준비해놓고 음식 주문이 들어오면 1인분, 2인분 양을 칼로 적당하게 잘라서 국수를 뽑아 끓는 국수 솥에 넣어 삶는다. 비빔국수, 짜장, 가락국수, 냄비우동 등 메뉴의 근간이 되는 국수 반죽을 정성 들여 준비해놓는 일이 재미있다. 어릴 적 전축판으로 듣던 노래처럼 기포 없는 찰진 국수발을 뽑아낸다.

주방에는 서른다섯 살 주방장, 스물여덟 살 양식집 주방장 출신 갑수 형, 그리고 갑수 형 친구이면서 여기 사장님하고 그전부터 아는 후배인 임기근 형, 설거지 한 명, 보조 한 명 그리고 국수장 종철이까지 여섯 명이다. 홀은 다섯 명이며 가게 규모는 80평으로 이 일대에서는 분식집 중 제일 큰 축에 들어간다.

30대 중반인 사장은 양복 입고 가끔 주방에 들어오면 후배 임기근 형의 옆구리를 꼬집는다.

"아악!"

"야, 물 좀 잠가라, 물 좀! 니네들은 왜 수돗물 아까운 줄을 모르냐? 음식 만들 때도 내 가족이 먹는다고 생각하고 위생에 신경 써야 한다."

수돗물이 국수 씻는 대야에서 넘치고 있다. 사장은 주방 여기저기 둘러보고 흘린 것도 줍고 물건도 제자리에 놔주고 밖으로 나간다.

"야, 왜 꼭 사장님 들어올 때만 수도가 켜져 있냐?"

주방장은 멋있는 멘트 하나를 날린다.

"사람은 첨에 민물낚시꾼에서 강낚시 하다가 바다낚시 하다가 다시 처음의 민물낚시로 돌아온다. 밑바닥부터 시작해서 높은 자리에 오르면 다시 처음으로 돌아가 허드렛일도 하게 된다는 뜻이다."

일을 마치면 주방장만 퇴근하고 다른 직원들은 모두 가게에서 먹고 잔다. 여기는 방이 없다. 낮에 사람들이 북적이던 홀 바닥에 돗자리를 펴고 칠팔 명이 한 군데 모여 잠을 잔다. 종철이는 여러 사람과 모여 자는 것이 답답해서 주방의 반죽 작업대 위에서 혼자 잔다. 한겨울은 지났지만 밤에는 쌀쌀하다. 이불도 없다. 밀가루가 묻어 있는 작업대 위에서 앞치마를 발에 감고 잠바를 덮고 웅크리고 잠을 잔다. 또 누워서 생각한다. 내일 밥도 해야 하고 국수도 뽑아야 해서 긴장도 되고 책임감도 생긴다. 잠깐 잠이 들었는데 큰 소리에 잠이 깨서 쳐다보니 주방보조가 홀보이 머리채를 잡고 주방 큰 도마 있는 곳으로 끌고 온다.

"야이 자식아! 왜 자존심을 건드냐. 모밀소바 위에 김가루 뿌리지 말라니까? 들고 가면서 날리잖냐!"

홀에 모여서 술 먹다가 낮에 일하며 문제점을 지적하고 말다툼 끝에 싸우게 됐나 보다. 홀·주방 사람들이 들어와 싸움을 말리고 다시 조용해진다.

아침에 눈을 뜨면 굳어있는 몸을 이곳저곳 주무르며 기지개를 켜면 피가 좀 돌아가는 듯 기운이 나기 시작한다. 갑수 형은 주방에 들어와서 "왜 혼자 여기서 자냐"며 나무라는지 안됐다는 말인지 뜻 모를 말을 던진다.

일어나면 빠르게 세수하고 바쁘게 점심 장사 준비를 한다. 당근채도 썰고 오이채도 썰어서 쟁반에 가지런히 수북이 담는다. 옆에서 쳐다보는 종철이는 기근이 형 칼질에 매료되어 속으로 감탄하며 구경한다. 성냥개비 크기로 얇고 가늘고 일정한 칼질. 도마에서 흐트러지지 않고 차곡차곡 수북이 썰리며, 칼로 들어서 쟁반에 똑바르게 담아놓는데 멋지다. 나도 저렇게 썰어보고 싶다. 열심히 칼질해서 저렇게 썰 수 있으면 얼마나 좋을까?

갑수 형은 프라이팬 돌리는 게 예술이다. 경양식집 주방장 출신 갑수 형은 짜장 볶고, 짬뽕 볶고, 볶음밥과 오므라이스 담당이다. 종철이는 주방장의 다시 국물, 반죽, 소스, 기근 형의 칼질, 갑수 형의 프라이팬 돌리는 기술을 조금씩 배워가고 있다.

"야! 종철아, 프라이팬 잘 돌리려면 한가한 시간에 빈 프라이팬에 쌀을 넣고 돌리는 연습해라. 나는 물을 가지고도 할 수 있다."

종철이는 프라이팬에 물을 담아서 흘리지 않고 돌릴 수 있다는 갑수 형 말에 요리 기술의 한계가 높다는 걸 생각하며 존경심마저 든다. 갑수 형은 짜장을 볶을 때 감자, 양파 등 채소를 썰어 넣고 춘장을 넣어 볶는다. 프라이팬 안에 채소가 많으므로 한쪽 방향으로만 돌려서는 안 된다. 양념이나 불을 골고루 전달하여 익히기 위해서는 프라이팬을 앞으로 돌리고 뒤로 돌리고 왼쪽·오른쪽 프라이팬 안 음식물의 방향 선환도 해줘야 한다. 종철이는 일하면서 옆눈으로 보고 배운다. 어깨너머 배운다는 말은 이럴 때를 두고 하는 말인가 보다.

종철이도 완벽하진 않지만 볶음밥, 오므라이스 주문이 들어오면 이젠 만들어낼 수 있을 정도가 됐다. 오므라이스는 익은 김치, 당근, 양파, 소금 넣고 먼저 볶다가 밥을 넣어 국자를 세워 때려주며 볶는다. 작은 지단용 프라이팬에 달걀 지단을 부쳐서 밥을 그 위에 놓고 접시에 뒤집어서 올려주면 달걀 지단 덮인 오므라이스가 소담스런 모양으로 만들어진다. 그 위에

케첩을 뿌려주면 완성이다. 처음부터 잘되지는 않는다. 정신을 집중해서 해야 한다.

"야, 종철아. 음식을 만드는 데는 태도가 중요한 거야."

말을 듣고 보니 자세가 비틀어져 있다. 종철이는 음식을 만들 때 집중하는 몸자세도 신경 써야겠다고 생각한다. 한창 일을 배울 때쯤 오이채를 썰다가 왼손 엄지손가락을 많이 베었다. 오이가 둥그렇고 휘어져서 손을 베이기 쉬운 점도 있지만, 엄지손가락이 앞으로 나가서 베이게 된 것이다.

"야! 종철아 칼질할 때는 두 번째 손가락이 맨 앞에 구부리고 칼을 맞이 해야 해. 그것이 노력이다. 다른 손가락은 겸손이다. 노력이 앞서야지 겸손이 교만이 되어 노력을 앞지르면 칼에 맞는 것이다. 작은 칼로 썰 때는 둘째 손가락 첫째 마디, 큰 칼로 썰 때는 둘째 마디에 칼을 대고 뒷걸음치듯 칼질을 해야 한다. 작은 칼은 미는 칼질, 큰 칼은 당기는 칼질을 한다."

종철이는 칼질의 경건함에 다시 마음을 다잡는다. 하지만 손가락을 많이 베어서 더 이상 일하기는 어렵다. 가게는 휴무도 없고 여름철이 되니 주방은 40도다. 홀에는 에어컨을 놨는데 주방에서 열기가 나온다며 모든 입구를 다 막고 음식 나오는 곳도 작은 구멍으로 여닫이문을 만들어 음식 내주고, 빈 그릇 넣어줄 때도 여닫는다. 결국 힘도 들고 몸도 아파서 가게를 그만두었다.

중이나 되려고요

다친 손가락은 병원에서 꿰매고 치료를 했어야 하는데 병원에 간다는 게 낯설다. 웬만하면 참고 병원에 가지 않는다. 병원 가는 것이 무섭고 누가 데려다주는 사람도 없고 병원 간다는 게 익숙하지 않아서 어린 마음에 그런 것이다. 종철이는 놀 때를 이용해서 쌍문동에 살고 있다는 큰이모 집을 찾아보기로 했다.

버스에서 내리니 도롯가에는 포장마차에서 처음 보는 핫도그를 팔고 있다. 나무젓가락에 소시지를 끼우고 밀가루 반죽을 입힌 후 기름에 노릇하게 튀겨서 케첩을 발라준다. 첨 보고 첨 먹어보는 핫도그를 종철은 조금씩 아껴 먹으며 쌍문동 개천가를 걸어간다. 길옆에 피어난 이름 모를 키 작은 꽃들이 바람에 하늘거리며 아름다운 모습으로 눈에 들어온다.

따스한 바람이 불어 부드럽게 온몸을 감싼다. 연약하게 하늘거리는 꽃들을 바라보면서 종철이는 힘들고 두렵기도 한 식당이라는 세상에 가지 않고 그냥 이렇게 살았으면 좋겠다는 간절함이 온몸을 적신다. 인생이란 무엇일까? 무엇 때문에 힘들게 일하고 사람들 속에서 가슴 졸이며 살아야 하는가?

큰이모 집에 도착하니 이모가 반갑게 종철이를 맞이해준다. 외삼촌이랑 큰이모는 군산 집에 몇 번 오신 적이 있기에 종철이도 얼굴 뵈니 반가운 마음이다. 큰이모 집은 방이 두 개인데, 엄마한테도 얘기 많이 들은 네 살 많은 외사촌 태성이 형은 고등학교 졸업하고 스님이 된다며 절에 갔다고 하며 태성이 형 방에서 쉬라고 한다. 피곤해서 깜박 잠이 들었는데 손가락 통증에 잠을 깼다. 빨리 나오라고 손에 감았던 붕대를 풀어놨는데, 상처가 아물려고 하다가 이불에 스쳐 찢어진 곳이 벌어지며 피가 흐른다. 아프니 서럽고 눈물이 흐른다. 내성적인 성격에 누구와 어울리는 것도 힘들고 혼자서 하는 일을 하고 싶다는 마음이 일어난다. 이렇게 복잡한 사회를 벗어나고 싶다.

다섯 살 적부터 아빠 따라서 갔던 군산 은적사라는 절에 가면 종철이는 힘들다는 소리도 안 하고 아버지를 따라서 절을 꼬불꼬불 잘도 했다. 종철이는 절하는 게 좋다. 마음이 편안해진다. 어른들은 그런 종철이가 대견한 듯 한말씀 하신다.

"어쩌면 어린아이가 싫다는 말도 안 하고 저렇게 절을 잘한대."

어른들의 말이 귀에 들리는데, 그러면 더욱 힘이 나서 원순이 인사하듯 착착 힘도 안 들고 잘도 했다.

종철이는 지금 어디론가 정처 없이 떠나고 싶다. 거대한 이 도시의 무게에 적응하지 못하는 것은 타고난 내성적인 성격 탓이리라.

종철은 마음을 굳혔다. 외사촌 형이 있다는 계룡산 신원사라는 절에 찾아가기로 마음먹었다. 절에 가면 돈이 필요없다는 생각에 이모에게 있는 돈을 다 드리고 아침 일찍 나왔다.

새벽 기차를 타고 서대전역에 도착했다. 외사촌 형이 있다는 계룡산 신원사라는 절에 찾아가야 한다. 누구한테 물어서 가면 좀 수월하겠지만 종철이는 묻지 않는 성격이다. 버스도 타지 않고 계룡산이라고 쓰인 버스가 가는 방향을 보고서 먼지 나는 비포장도로를 걸어서 계룡산 동학사까지 점심도 못 먹고 6시간 이상 걸었다. 언덕길에 있는 동학사를 그냥 지나쳐서 산을 넘으면 갑사 큰절이 있고 그 근처에 신원사가 있다고 들었다. 이제 밤이 되어 어두워지고 배도 고프지만, 힘들고 지쳐서 더 이상 걷지 못하고 나무 아래 쓰러졌다. 조금 누워 있으니 밤 날씨가 추워진다. 누워서 주위에 떨어져 있는 나뭇잎을 손으로 긁어모아 몸에 쌓아본다. 너무나 피곤하지만 추위 때문에 잠이 오지 않는다. 이대로 누워 있다가는 얼어 죽겠다는 절박함을 느낄 만큼 온몸에 온기라고는 없이 싸늘히 식어간다.

종철이는 이러다가 얼어 죽겠구나 싶어 겁이 나서 살려는 마음에 벌떡 일어나 다시 걷기 시작한다. 잠시 누웠다가 일어나서 그런지 피로가 조금 풀리고 몸에 힘이 좀 들어간다. 조금 걷다 보니 이번엔 깊은 산길인데, 평지에 나무들이 쭉 있고 나뭇잎이 바람에 흔들리는데 무서움이 엄습한다. 아무도 없는 컴컴한 산길에 하얀 소복을 입고 머리가 길고 입에선 피를 흘리는 귀신이 떠오른다. 옛날에 〈꼬마신랑〉 같은 귀신 영화를 보면 한동안 밤이 되면 무서워서 밖의 화장실에 못 갔다. 산꼭대기까지 올라가자 이번엔 내리막길이다. 이젠 밤이 더 깊어졌는지 앞이 컴컴하고 잘 안 보인다. 잠바 옷깃 속에 턱을 집어넣고 양손은 주머니에 넣고 어깨를 움츠리고 걷는데, 돌바닥에 이끼인지 순식간에 쭉 미끄러지면서 물속에 풍덩 빠지고 말았다. 화들짝 놀라 물에 더 젖지 않으려고 재빠르게 물속을 빠져나왔다.

갑자기 참담함이 밀려온다. 여태는 힘든 것도 참고 감내하며 추위와 배고픔 속에서도 외사촌 형이 있는 신원사 절을 찾아간다는 일념으로 왔는데, 물속에 빠지고 보니 화도 나고 슬퍼진다. 기분 나쁜 건 나쁜 거고 추위 때문에 지체할 수 없이 또 걷는다. 조금 더 내려가니 불빛이 보이고 가까이 가니 절이다. 절 여기저기 불은 켜져 있는데 이른 시간이라 사람은 안 보인다. 아마도 새벽 두세 시쯤 됐으리라. 저쪽 편에 주방아주머니가 보인다. 아침 준비를 하는 것일까? 종철이는 불이 켜지고 인기척이 있는 방문 앞에 섰다. 댓돌 위엔 하얀 고무신도 한 켤레 있다.

"저기… 계세요? 계세요?"

잠시 후 방에서 스님 한 분이 문을 연다.

"신원사 절을 찾아가는 중인데 길을 잃었습니다. 잠시 쉬어갈 수 있는지요."

"신원사는 왜 가십니까?"

"외사촌 형이 스님 하고 있는데 만나러 갑니다."

"잠깐 들어오시오."

스님과 종철이는 이런저런 대화를 주고받는다. 주로 스님이 묻고 종철이는 대답한다.

"나이는 몇 살입니까?"

"예, 열여덟 살입니다."

학교를 중도에 포기하고 사회에 나와서 살아온 이야기, 사회생활이 힘들다는 이야기를 하자 스님은 가족 관계 등도 물어본다.

"젊은이는 전생에 업보가 많아서 절에 들어와서 중이 되어야 가족들도 다 좋아지고 젊은이로 인해 잘 살 수 있습니다."

스님은 종철이에게 절에 들어와서 행자를 하라고 권유한다.

"신원사에 사촌 형을 만나보고 다시 오겠습니다."

종철이는 다시 갑사에 올 마음은 없지만, 거짓 약속을 하고 만다. 뜨끈한 방에서 잠을 자고 아침도 얻어먹고 나니 스님은 동전 500원을 주며 신원사 찾아가려면 계룡 가는 버스를 타라고 하신다. 종철이는 다시 버스 타는 곳까지 걸어 나와 버스를 타고 신원사를 찾아간다. 신원사 절에는 정말 네 살 위 외사촌 형 성법스님이 계신다. 그전에 속가에서 두어 번 만난 적이 있던 터라 두 사람은 반갑게 인사를 나눈다. 외사촌 형 안내로 이곳의 주지 스님께도 절을 하는데 종철이 당황해서 큰절을 올렸다. 이곳에는 행자를 구하지 않으니 사촌 형이 처음 출가했던 원도봉산 영월사 주지 스님을 찾아가라고 일러준다. 신원사에서 이틀을 묵었다. 사회에서 샴푸로 머리 감고 린스로 멋을 냈던 종철이는 처음으로 빨랫비누로 머리를 감으니 뭔가 도에 가까워지는 듯 기분이 새롭다. 버스정류장까지 배웅하던 외사촌 형은 저 아래 버스정류장에 보이는 여성 두 명을 바라보며 말한다.

"종철아, 저기 여자 화장품 냄새 나냐?"

종철이도 화장품 냄새가 콧속에 들어오는 것 같다. 하지만 묻는 의도에 반하는 것 같아 "아니요"라고 대답한다. 종철이는 사촌 형의 질문 의도는 정확히 알 수 없으나 고등학교 졸업하고 느낀 바가 있어 절에 들어간 사촌 형은 속세를 떠난 지 3년쯤 되었는데 아직 화장품 냄새에 자유롭지 못한 것 같아 종철이는 사촌 형의 애로에 애잔함을 느낀다.

원도봉산 영월사는 해발 600미터 지점에 자리 잡고 있는 고풍스런 풍광을 간직한 운치 있는 절이다. 지게를 처음 져보는 사람은 지게가 등허리에서 흔들흔들 제멋대로다. 뛰면 뛰는 대로 같이 뛰고 이리저리 흔들리다가 무게중심을 잃으면 옆으로 넘어지기도 한다. 그러면 짐을 다시 주워 실어야 하고 앞 사람과는 더욱 뒤처진다. 일주일에 두 번씩 트럭으로 생활용품, 부식, 채소 등을 사오는데 이때는 행자들이 총출동한다. 종철이까지 4명인데 한 사람은 간질기가 있어서 가끔 눈이 풀리고 침을 흘리며 땅바닥에 뒹군다고 한다. 키가 크고 얼굴이 까만 행자는 머리 짧은 행자가 없을 때 종철이에게 흉을 본다.

"저 자식은 사회에서 사고 치고 일하기 싫어서 현실 도피로 여기 왔는데 뺀질거리고 일을 안 혀."

종철이는 속으로 깜짝 놀랐다. 행자는 1년 수도생활 마치면 스님이 된다고 사촌 형에게 들었고, 영화에서도 보면 행자승들도 스님과 다름없이 수행중으로 비쳤는데, 사회에서와 똑같은 말투를 들으니 이런 사람들은 스님 되기는 멀었구나 생각된다.

종철이가 다섯 살 때 아버지를 따라서 군산 은적사라는 절에 갔을 때가 떠오른다. 아버지는 대웅전을 시작으로 부처님 불상을 모신 산속 암자를 다 돌며 지극 정성으로 절을 했다. 종철이도 아버지를 따라서 누가 시키지 않았는데 똑같이 절을 했다. 스무 살쯤 되어 보이는 처자와 엄마 같은 두 사람도 절을 하며 앞서 도는데, 처자의 짧은 치마가 절을 할 때마다 올라가서 분홍 속옷이 보이는 걸 종철이는 뒤따라가며 안 보는 척 쳐다보기도 했다.

키가 크고 얼굴이 까만 행자는 누구한테 하는 말인지 혼자서 말한다.

"저놈도 시루 쪄서 엎었다."

점심시간이 지나 큰 나무 아래 평상에서 스님들 다섯 분과 종철이도 잠깐 쉬고 있는데, 주지 스님이 오시더니 종철이한테 묻는다.

"절에는 왜 왔는가?"

"예, 중이나 되려고 왔습니다."

옆에 있던 스님은 어이없다는 듯 종철이 말을 따라 한다.

"뭐? 중이나 돼?"

주지 스님이 묻는다.

"중은 돼서 뭐 할려고?"

"인생을 알고 싶습니다."

"인생은 사회에서 배워야지 절에서 알 수 있나."

어린애가 하는 말에 주위의 스님들께서는 이해해주시는 눈치다.

"얼굴은 까만데 속살은 하얗구나. 한번 있어 봐."

주지 스님께서도 좋게 봐주시는 듯 말씀하신다.

새벽 4시가 되면 예불 올린다고 스님이나 행자나 모두 기상이다. 하얀 댓돌 위에는 하얀 고무신이 가득하다. 행자들은 자기 고무신을 찾는다고 남의 고무신을 밟으며 찾으러 다니고, 고무신은 바닥에 굴러떨어지고 난리법석이다. 종철이는 사실 아무 신발이나 신으면 되는 줄 알았다. 고무신이 다 똑같은 고무신인데 누구 것인지 구분 없이 막 신는 줄 알았다. 이럴 때는 인자하신 스님도 사투리가 튀어나온다.

"뭐여, 어떤 인간이 내 신발을 신었다냐. 허따!"

"뭔데, 뭔데?"

본래 스님들끼리는 신발을 한번 벗어놓은 자리에 그대로 있게 마련인데, 이놈의 행자들이 마구 흩트려버리니 한 사람이 잘못 신으면 다 엉망이 되어버린다. 신발 신을 때부터 야단법석이다. 이른 새벽 행자들은 맨 먼저 하는 일이 두 군데 넓은 마당을 긴 빗자루로 쓰는 일인데, 머리 짧은 행자는 화장실에 먼저 가서 마당을 다 쓸도록 나타나지 않는다.

"이 자식, 화장실에 빠져서 뒈졌나 왜케 안 오는 거야?"

키 큰 행자는 종철이에게 그 자식 담배도 피우는 모양이라며 한심하다는 듯 얼굴을 일그러뜨린다. 그런 사람이 왜 절에 왔을까 종철이도 표정이 안 좋아지며 동조한다. 아침 공양을 마치고 나면 불경 외우는 공부를 한다. 간질 있다는 행자와 산꼭대기 암자에 심부름 갔다가 산길을 내려오는데 행자의 불경 소리가 그럴 듯하다. 6개월 공부했다는데 그냥 들으면 스님 목소리처럼 종철이 듣기엔 아주 멋지고 잘한다. 오후가 되면 큰 나무 그늘 아래에서 스님 두 분이 무술 동작을 해 보이는데, 영화를 보듯 자세가 나온다. 큰 평상에선 스님들 수다가 한창이다.

"내장산 절에 있을 땐데, 절 아래에서 고기들 구워 먹고 술 먹고 노래하고 시끄러운 거야. 불러서 내려가봤더니 깡패들 10여 명이 소풍 나왔나 봐. 첨엔 조용히들 먹고 놀다 가시라고 좋게 얘기를 했는데, 아 보니까 개를 잡아서 그을려서 삶아 먹고 있는 거야. 소주병이 굴러다니고 노래하고, 웃통 벗고 씨름들 하고. 그래가지고 나중엔 스님들하고 패쌈이 벌어졌는데, 밑에 포교당에서 거사들하고 몰려오니 아 이놈들이 솥단지도 놔둔 채 도망갔어. 하하하."

"그렇지. 패쌈은 중들한테는 안 되지이."

"하하하."

"어이, 그라지."

체격은 작고 얼굴 피부가 까만 스님이 종철이에게 묻는다.

"절에는 어떻게 오게 됐는가?"

"석용산 스님의 《여보게, 저승갈때 뭘 가지고 가지》라는 책을 보고 느낀 바가 있어서 왔습니다. 《솔바람 풍경소리》라는 책 제목만 들어도 왠지 산에 오고 싶습니다."

"산이나 속세나 사람 사는 데는 다 똑같어."

"아, 예. 스님은 책 안 내셨어요?"

"그런 건 내서 뭐 하나?"

행자가 오더니 주시 스님이 종철일 찾는다고 해서 가보니 집에 가서 주민등록등본 떼오라며 문갑 안에서 100원짜리 동전 5개를 주시는데, 몇 년 동안 햇볕을 보지 못한 듯 푸르스름한 이끼가 낀 동전이다. 영월사를 내려오며 종철이는 생각한다. 사랑하고 미워하고 지지고 볶고 싸우며 속가에서 사는 게 인생이구나 하는 깨달음이 다가온다.

행운

행운이란 무엇일까? 꾸준한 노력과 실력, 좋은 대인관계에서 발생하는 듯하다. 얼마 전 큰형이 서울 왔다가 길에서 사다준 《데일 카네기 인생론 전집》첫 장에 "대인관계에서의 성공은 인생 자체에서의 성공을 의미한다"라고 써있는 걸 보았다. 장점을 찾아내서 발전시키고 단점도 장점으로 바꿔주는 사람을 감독, 연출가, 경영자라고 한다. 우리도 생활 속에서, 주방 안에서 실천할 수 있다고 종철은 스님이라도 된 듯 깊이 생각해본다.

또 하나 재밌는 건 내가 보기에 못나 보이는 사람이 행운을 주는 사람을 연결해주는 중간 역할을 하니 무시하지 말라는 것이다.

이대 앞 코끼리분식집에서 일할 때 설거지로 왔던 오 씨 성의 아주머니가 계셨다. 그릇 닦다가도 주문이 들어오면 국수도 삶고 꾸미도 놔주고 거들어줘야 하는데, 몇 개 안 되는 그릇만 닦고 있으니 형들이 싫어했다.

"아줌마가 국수는 알맞게 잘 삶는 것 같아요."

갑수 형이 우회적으로 말도 했지만, 아주머니는 설거지만 하고 다른 일은 하려 들지 않았다. 심지어 사장님도 가끔 주방에 들어올 때면 한마디 거든다.

"아줌마, 설거지만 하면 안 돼요. 바쁠 땐 이것저것 거들어줘야 해요."

그런 종철이는 아주머니가 밉지 않았다. 설거지가 많이 밀려서 힘들어 하실 땐 그릇도 건져주고, 점심밥 먹을 때가 되면 아주머니 옆에 살짝 가서 말한다.

"아줌마, 시원하게 물냉면 해줄까?"

그럴 때 아주머니는 "응, 좋지" 하며 예쁘게 웃어 보인다. 아주머니는 홍대 앞 근처에서 언니와 자취를 했는데, 언니가 시골 갔다며 추운데 오늘은 자기 집에 와서 자라며 걱정도 해줬다. 결국 아주머니는 한 달쯤 일하고 힘들다며 그만두게 되었다. 절에서 내려온 종철이는 버스를 타기 위해 정류장 앞 점방에서 아이스크림을 하나 사 먹으며 버스를 기다리는데, 누군가 반갑게 소리치며 손을 들었다가 놓으며 옆에 선다. 순간 낯선 땅 어디라고 누가 나를 반갑게 아는 체하는 사람이 있단 말인가? 고개를 돌려보니 코끼리분식집 오 씨 아줌마다. 한 방 쓴다던 언니와 함께 산에 올라갔다가 내려가는 길이란다.

"아이고, 아주머니시네요. 와! 정말 반갑네요."

"누구야아?"

"응, 언니. 봄에 이대 앞 분식집 주방에 잠깐 일할 때 거기 총각."

"오! 잘생겼다아."

종철이는 먹던 아이스크림을 들고 먹지도 못하고 주머니에 돈이 없으니 아이스크림 사주겠다는 말도 못하고 어정쩡 서 있다.

"종철 씨, 어디 가는 길이야?"

"예, 여기 위에 있는 절에 구경 갔다가 집에 가는 길이에요."

"아이스크림 다 녹는다. 어서 먹어."

종철이는 아이스크림을 먹으면서 갑자기 가슴이 두근거리는 것을 느낀다. 군산에서 어릴 때 뒷집 사는 친구 정욱이는 누나가 두 명이나 있어서 부러웠는데, 졸지에 누님 두 분의 호감을 받으니 객지 나와서 이런 환대는 처음이고 기분이 좋아진다. 잠시 후 동대문에서 함께 하차한 후 오 씨 아줌마가 종철이 팔뚝을 잡으며 말한다.

"삼겹살 사줄게. 저녁 먹으러 갈까?"

종철이도 속으로 듣던 중 반가운 소리다 싶었다.

"예, 좋지요."

옆에 언니도 좋은 듯 흐뭇한 미소를 지어 보인다. 앞에 동화장이라는 식당에서 난생처음 삼겹살을 먹게 된 종철이는 모든 것이 새롭고 신기하다. 상추에 구워진 삼겹살 두 점을 참기름 찍어서 놓고 마늘에 된장을 찍어 올리고 무채나물을 넣고 싸서 언니 되는 분이 "이렇게 싸서 먹는 거야" 하며 종철이에게 건네준다. 한입 가득 입에 넣고 씹으니 꿀맛이 따로 없다. 고기하고 채소하고 마늘, 된장, 상추가 씹히면서 고소한 단물이 이빨 사이에서 쭉쭉 나오는 듯하다. 어릴 적 아빠 엄마 온 가족이 모여서 밥상 위 바가지에 상추를 가득 놓고 싸먹을 때 아버지가 상추에 묻은 물기를 털어서 드시는 걸 따라 한다며 상추를 방문 창호지에 '아호' 하며 뿌리다가 혼난 적도 있다. 그때도 상추쌈이 맛있었는데, 이번에는 고기가 들어가니 그 맛이 최고다! 지금 고기 맛을 보니 어릴 적 먹던 상추쌈은 맛은 있어도 뭔가 허전한 맛이었다.

"많이 먹어. 한창 잘 먹을 때네."

언니는 꼭 엄마나 큰누나처럼 미소를 띠며 대해주신다. 종철이는 처음으로, 아니 아주 오랜만에 사랑을 받아보니 행복이란 게 무엇인지 알 것 같다. 종철이는 언니가 상추 싸는 걸 본 대로 상추 두 장에 삼겹살 고기를 세 점 놓고 마늘에 된장을 찍어 싼다. 입안에 들어가지 않아 손으로 밀어 넣는다. 한입 가득 입에 넣고 씹으니 더 맛있는 것 같다.

"종철 씨, 코끼리분식 고만뒀으면 일자리 새로 구해야 되겠네?"

오 씨 아줌마는 종철이를 쳐다보며 묻는다.

"예, 일 들어가야죠."

옆에 앉은 언니가 삼겹살을 뒤집어 구우며 말한다.

"나 아는 사람 신랑이 영등포에 큰 중국집이 개업하는데, 책임자로 간다고 했어. 사람 많이 필요하다고 하던데 한번 물어봐야겠네."

"그래, 언니. 한번 전화해봐."

언니는 가방에서 수첩을 꺼내어 전화번호를 찾아 일어난다. 가게 안은 저녁시간 전인데도 시내 유동 인구가 많아서 그런지 손님들이 계속 들어온다. 술도 마시고 한쪽에선 노랫소리도 들려온다.

잡는 손을~ 뿌리치며~ 돌아서는 그으 사아라아암아~
너를 두고 짝사랑에~ 내 가슴은 멍들었네~

"종철 씨, 술 한잔 해?"
"저는 술 잘 못해요. 한 잔만 마셔도 얼굴이 빨개져요."
"일 안 하는데 어때. 한 잔만 마셔. 저 언니는 술 잘해."
언니는 다시 탁자에 와 앉는다.
"전화해봤는데 저녁에 신랑 들어오면 물어보고 전화해준다고 했어. 종철 씨가 오늘 밤이나 낼 아침 9시 전에 우리 집으로 전화해요."
"네, 고맙습니다."
어느새 술이 한 병 와 있다. 한 잔씩 따르고 건배를 한다.
"오늘 만난 것도 인연인데 잘 지내봅시다."
언니는 종철이와 오 씨 아줌마를 번갈아 보며 미소 짓는데, 종철이 얼굴을 자세히 보면서 웃음을 보낸다. 술 반 잔을 쓴 약 먹듯 마신 종철이는 벽에 적혀 있는 메뉴판 가격표를 보고는 은근히 걱정이 된다. 주머니에 200원밖에 없는데 삼겹살 1인분에 600원이다. 언니가 종철이를 보며 미소 짓는다.
"종철 씨, 여자 친구 있어?"
"아니요."
"몇 살인데?"
"열여덟 살요."
"호호호, 나는 몇 살로 보여?"
"음음, 서른다섯 살요."
"호호호호, 미선아 니가 몇 살이지?"
오 씨 아줌마 이름이 미선이인 모양이다.
"서른여섯 살. 나하고 언니하고 친구네. 아니, 동생이네. 호호."
두 아줌마는 재미있다고 좋아서 웃는다.
"기분 좋다. 내가 삼겹살값 낼게. 종철 씨 또 뭐 먹고 싶은 거 있으면 말해요."

종철이는 기분이 좋아진다.
"종철 씨, 노래 한번 불러봐."
"아이, 노래 못해요오."
오 씨 아줌마도 옆에서 부추긴다.
"노래 한번 해봐아. 노래 잘하게 생겼고만. 빨리이 응?"
"아이, 못하는데. 코스모스 피어있는~ 정드은 고햐아아앙역~"
"와, 잘한다."
"노래 진짜 잘하네, 짠짠."
"이뿐이 고오옵뿐이 모두 나와~ 반아아안겨어어 주게에에엣지."
"와~ 앵콜~"
쑥스러워하는 종철이 무심코 고개를 돌려보니 카운터에 이쁜 아주머니가 미소를 지으며 바라보고 있다. 종철이와 두 아주머니는 가게를 나와 동대문 앞에 서 있다. 즐거운 시간은 너무 빨리 지나간다. 수없이 많은 사람이 파도처럼 오가고 자동차 불빛도 켜지고 무진나이트클럽 불빛도 반짝인다.
"종철 씨, 오늘 밤에 꼭 전화해."
오 씨 아줌마는 아쉬운 표정을 지으며 종철이를 바라보며 말한다.
"담에 또 만나요. 종철 씨, 영등포 개업집 취직되면 한번 놀러갈게."
종철이는 서울 올라와서 처음으로 사람들과 어울려보니 외로움이 많이 사라지고 자신감이 생긴다. 언니는 가려던 발길을 잠시 멈추고 한 발짝 다가서면서 미소를 지으며 종철이에게 묻는다.
"집이 어디야아?"
"쌍문동이에요. 버스 타고 가면 돼요."
"응, 담에 삼겹살 먹고 싶으면 전화해. 잘 가, 안녕."
오 씨 아줌마는 옆에서 뭐라 한마디 더 하면 눈물을 흘릴 것 같은 표정이다.
"네, 오늘 고마웠습니다. 안녕히 가세요."

종철이도 헤어지는 게 너무 아쉬워서 좀 더 있고 싶지만, 마음뿐 말로 표현은 하지 못하고 아무렇지 않은 듯 돌아선다. 종철이는 버스를 타지 않고 이모 집이 있는 쌍문동 방향으로 걷는다. 잠시지만 정이 많이 든 마음이라 가슴이 아려오는 걸 느끼며 도시의 밤거리를 걷는다. 불빛들이 아름답다. 음악다방에서 흘러나오는 팝송이 정겹다. "쿵 쿵 따다 닥 닥 따 아~ come back." 강렬한 사운드의 반주가 시작되면 가슴속 열정이 솟아 오른다. 어디론가 떠나고 싶은 충동과 나만의 열정을 가지고 멋진 몸짓을 하는 나를 상상한다.

티를 내지 않는다는 것

 그날 밤 종철이는 이모 집에서 나와 쌍문동 다리를 건너 점방 앞 공중전화기 앞에 섰다. 신호가 한 번 가고 전화 받는 소리가 수화기 너머 들려온다. 오 씨 아줌마다.
 "여보세요. 오! 종철이."
 오 씨 아줌마가 말하려 하는데 옆에 언니가 수화기를 뺏어서 반가운 목소리로 말한다.
 "종철이 총각, 집에 잘 들어갔어?"
 "예, 한참 걷다가 버스 타고 집에 들어왔어요."
 "거기가 어디냐면 영등포 당산동 '만나의고을'이래."
 종철은 상호가 멋지다고 생각한다.
 "내가 종철 씨 기계국수 잘 뺀다고 했더니 내일 찾아와보라고 하네. 가서 강 부주방장 찾아."
 종철이는 취직이 될 수 있다는 생각에 가슴이 뛴다. 여지껏 일 들어가려면 서울역 앞이나 북창동에 가서 이나 벼룩이 드글거리는 방에서 자는 게 고역이었는데, 처음 아는 사람 소개로 일 가려 하니 뭔가 자신이 고급스럽고 출세한 기분이다.
 "예, 내일 가볼게요. 고맙습니다."
 "저녁 식사는 했어, 종철 씨?"

"네, 둥근달 빵하고 딸기우유 사 먹을 거예요."

"아유, 밥 먹어야지 빵 가지고 되나."

오 씨 아줌마 언니는 아쉬워한다. 종철이도 좋은 사람들이 만나서 정을 나누는 시간이 소중하고 함께하지 못하는 마음이 아쉽지만, 아무렇지 않은 듯 전화를 끊어야 한다.

"안녕히 계세요."

주방장은 청와대에서 중식 조리장을 했다고 한다. 그 후 청와대를 나오게 되니 그 실력 있는 주방장을 끌어가기 위해 여기저기 장안에 이름난 중국집에서 스카우트 제의를 한 모양이다. 그중 잠실 홍금장이라는 대형 중국집으로 가게 됐고, 중국 음식점 계통에서는 전설 같은 존재로 불리는 주방장이다.

이 주방장은 일반 중국 음식점에서 일하는 사람들의 얘깃거리였고, 주방장들은 문 주방장이라 불리는 이 사람의 이야기를 마치 자신의 자랑인 양 얘기했다. 종철이는 문 주방장 얘기를 듣다 보니 국빈장 주방장이 자랑스레 얘기하던 그 청와대 문 주방장이라는 걸 알 수 있었다. 이럴 수가! 그 말로만 듣던 문 주방장을 볼 수 있다니, 아니 함께 일할 수 있다고는 생각지 못한 일인데 행운이다. 오늘부터 일하라며 소개받은 강 부주방장 아저씨는 체격도 듬직하고 인상 좋게 생겼다. 생각지 않은 행운이 찾아오니 종철이는 가슴이 설렌다. 1981년 열여덟 살 되던 해 일하기 시작한 영등포구 당산동에 있는 '만리외고을'은 상호부터 기발하다. 낭만적인 이 중국집은 회전식 무대가 있는 300여 평의 초현대식이다.

이곳 역시 재력 있는 사람이 장안에 소문난 실력 있는 문 주방장을 파격적인 조건으로 스카우트해온 것이다. 개업은 일주일 후이고 종철이는 이곳에 면발을 뽑아내는 기계라면으로 취직되었다. 주방에는 강 부주방장과 아주머니 등 여러 사람이 개업 준비를 하며 분주히 일한다. 시장에서 사 왔는지 큰 중식 칼도 여러 개 포장 박스에서 꺼낸다. 번쩍번쩍 한눈에도 고급스럽고 비싼 칼로 보인다. 그대로 써도 잘 들 것 같은 새 칼을 강 부주방장은 새로 산 고급스럽게 생긴 숫돌에 한참을 갈고 난 후 옆에서 구경하고 있는 종철이에게 건넨다.

"잘 드나 한번 봐."

종철이는 큰 칼을 작은 손으로 받아들고는 이리저리 보는 시늉을 한다. 칼날 면이 마치 면도날처럼 잘 갈아져 날이 보이지 않는다. 칼을 오래 쳐다보고 있으니 섬뜩하니 겁이 난 종철이는 "잘 들겠는데요" 하곤 강 부주방장에게 칼을 도로 주니 그 칼을 받아 다시 한참을 간다. 종철이는 새로 사온 그릇들을 씻고 제자리에 정리하고 나서 강 부주방장과 함께 낑낑거리며 냉장고 등을 주방에 배치했다. 점심시간이 되자 강 부주방장이 일하는 사람들을 위해 볶음 요리를 해주겠다고 한다.

커다랗고 시꺼먼 쇠 프라이팬으로 요리를 한다. 석유 버너를 켜니 강렬한 불꽃이 집어삼킬듯 후욱 훅 소리를 내고 프라이팬을 흔들 때마다 불길이 천장까지 치올라간다. 프라이팬 안에 있는 음식물과 볶음 기름인 쇼팅이 어우러져 프라이팬을 돌릴 때마다 불꽃이 붙으며 환상적인 불쇼를 보여준다.

종철이는 뒤쪽에 서서 부주방장 일하는 모습을 곁눈질로 보고 있다. 종철이 역시 분식집에 있을 때 프라이팬을 돌려보고 중국집에서 다른 주방장들 요리하는 것도 보았지만, 이 사람 프라이팬 돌리는 건 스케일이 다르다. 앞으로 돌리고 뒤로 돌리고, 옆으로 채고 위로 쳐올리며 불꽃과 불소리와 함께 돌아가는 프라이팬 솜씨는 환상적이어서 종철이는 넋을 잃고 바라보고 있다. 왼손으로 프라이팬의 굵은 손잡이를 잡고 잉어가 꼬리를 흔들듯 손을 놀려주며 오른손으로는 대장간에서 두드려 만든 묵직한 쇠국자를 쥐고 음식물을 저어준다. 오른손과 왼손의 조화를 맞춰 프라이팬과 국자가 서로 유기적으로 움직여서 음식물의 때깔을 내고 골고루 양념을 배어들게 하여 불맛을 입혀준다. 단순히 손동작만이 아닌 양어깨 상체를 같이 움직여주고 있다. 요리를 하는 주방장은 식재료와 기구를 손에 잡으면 혼이 담기고 신명의 몸짓은 에너지가 되어 발산하고 그것은 프라이팬 안 음식에 고스란히 담긴다.

요리가 다 됐을 무렵에는 오른손에 든 국자로 음식을 한 국자 담아 들고는 왼손으로 프라이팬을 들고 요리 접시에 음식을 붓는다. 그러고는 국자에 있는 음식을 그 위에 올리며 손에 힘을 주고 손목을 리드미컬하게 돌리며 먼저 놓은 음식 위에 소복하게 담아 올려 모양을 내는 그 동작 또한 일품이다. 프라이팬 무게가 보통이 아니니 전적으로 팔힘만으로 들면서 계속 일할 수는 없다. 순간적으로 힘주어 들어서 음식을 짠! 요리 접시에 담아내고 그 탄력으로 다시 돌아와야 한다. 무거운 프라이팬이 공중에 체류할 때는 올려보낸 힘의 탄력으로 팔에 무게 부담을 주지 않고 이루어진다. 이 동작은 오랜 반복이 쌓여 마치 무용수의 동작 하나하나처럼 호흡과 몸, 손동작이 묵직하고 부드럽다.

종철이는 마음속으로 감탄하며 그 모습을 보고 있자니 한편으로 의문이 생긴다. 주방장이 데리고 온 밑에서 일하는 사람의 실력이 저 정도라면 그토록 유명한 청와대 문 주방장의 프라이팬 돌리는 솜씨는 어느 정도일까? 과연 그 실력에서 도대체 얼마나 더 화려한 기술이 나올까? 그런 기대감이 어느덧 감탄을 앞지르고 문 주방장의 프라이팬 돌리는 기술을 볼 날이 기다려진다.

종철이는 처음 먹어보는 닭볶음 요리로 점심을 맛있게 먹고 잠시 쉬는 시간에 혼자서 홀을 둘러보았다. 홀에서 일하는 늘씬한 아가씨들이 새로 맞춘 중국식 롱 원피스를 입고서 서로 마주 보고 양손으로 가슴을 받쳐보며 가슴이 어떻다, 허리가 조인다 웃고 떠들고 난리다. 허벅지 한쪽이 뜯어져 있어 속살이 보인다. 다른 세상에 온 듯, 중국이나 대만에 온 듯 느끼며 눈이 마주칠까 종철이는 눈길을 황급히 돌렸다. 룸마다 문에는 청실, 홍실 이름이 붙어 있고 테이블 중앙에는 회전판이 있다. 옆쪽으로 돌아서 대리석 바닥의 복도를 한참 걸어가면 극장식 구름무대가 있고, 넓은 홀에 식탁이 가득하다. 무대는 회전식이라 하는데 다음 쇼를 위해 무대가 돌아가면서 뒤에서는 다음 공연 소품, 무대배경, 무대장치를 한다고 한다. 디너쇼인 셈이다. 음식을 먹고 술도 들면서 공연을 보는 극장식 식당이다.

드디어 개업날이 되었다. 이 집은 오리요리가 특미라고 한다. 앞으로의 시대는 오리고기가 고급으로 인식될 것이라고 한다. 종철이는 여지껏 오리고기 요리를 한 번도 먹어본 적이 없다. 오리탕수육, 오리탕 등 고급 요리가 주방으로 주문이 들어온다. 종철이가 맡은 일은 국수를 삶고 한 그릇 한 그릇 사리를 치는 일이다. 모두 바쁘게 움직인다. 홀에서 손님맞이를 하던 주방장이 주방에 들어왔다. 일류 주방장은 업소를 옮기더라도 많은 단골 고객이 그 주방장의 음식 맛을 따라 옮겨 다닌다고 한다. 아는 단골손님이 주문한 요리를 해줄 모양이다.

"종철아! 바람 좀 넣어라."

보통 중국집은 연탄불을 때서 요리한다. 이곳은 신형 석유 버너를 쓰고 있는데, 석유통에 손으로 바람을 넣어주어야 그 바람의 힘으로 불꽃이 세차게 올라온다. 매번 바람을 넣어주는 것은 아니고 어느 정도 자전거에 바람 넣듯 넣고 나면 한참 동안 요리를 만들 수 있다. 중식요리는 불의 세기가 중요하기 때문에 불이 쎄야 요리가 제대로 나올 수 있다. 쎈불에 순식간에 음식 맛을 내야 하는 불의 요리라고나 할까?

종철이는 가슴이 뛴다. 빨리 밖에 있는 석유통에 바람을 넣고 와서 주방장 프라이팬 돌리는 걸 봐야지 생각하며 뛰어간다. 열불 나게 두 손으로 바람을 넣고 돌아와서 짜장면을 담아주고 제 할 일을 하면서 옆눈으로는 문 주방장의 요리하는 모습을 보며 신경을 집중한다. 하지만 시간이 흘러도 문 주방장은 프라이팬을 한 손으로 잡고 다른 한 손은 국자를 쥐고 특유의 유별나게 나온 배를 화덕에 닿을 듯 대고 몸을 뒤로 젖힌 듯한 자세로 국자만 휘휘~ 젓고 있다. 이제나 돌리나 저제나 돌리나 대놓고 보지는 못하고 종철이는 일을 하며 힐끔힐끔 보고 있지만, 문 주방장은 프라이팬을 기본적으로 서너 번 돌리고는 어느새 요리가 다 되어 접시에 담아지고 있다. 종철이는 황당하고 어처구니가 없고 어안이 벙벙하여 기가 막혀서 한 동안 아무 생각도 하지 못하고 머릿속이 멍해졌다.

"아! 이럴 수가… 하하."

종철이는 고개를 설레설레 흔들며 뭔지 알 듯 모를 듯한 깨달음이 또 다른 감동으로 돌아온다. 그렇구나. 간결하고 절제된 동작. 꼭 필요한 힘과 손놀림만으로 하나의 작품을 만들어낸다?

'최고의 요리사는 티가 나지 않는구나.'

누가 저 주방장의 요리하는 모습을 보고 그 실력을 점칠 수 있을까? 보여지는 화려한 모습이란 허망한 것이구나. 손재주란 배울 때 익혀가는 과정이고 중요한 건 그 음식이 얼마나 맛과 모양이 살아있느냐 하는 것이구나. 그걸 초월할 수 있을 때 진정한 주방장이 될 수 있구나. 종철이는 왠지 모를 힘이 온몸에 솟아오른다.

'요리사란 정말 멋진 직업이구나~'

종철이도 어서 빨리 요리를 익혀 일생을 걸고 한 길을 가는 멋진 요리사가 되고 싶다며 다짐해본다.

만나의고을에선 한 사람도 식당에서 잠자는 사람 없이 모두 출퇴근한다. 바쁜 하루 일을 마친 종철이는 혼자만 외딴 오지에 떨어진 듯 남겨져 버스를 타고 쌍문동 이모 집으로 가야 한다. 서울 지리도 잘 모르고 버스 노선도 잘 모르는데, 종철이는 누구한테 잘 물어보지 않는 성격의 소유자다. 어딜 갈 때면 버스에 쓰인 지명을 보곤 무작정 올라탄다. 반대편으로 가는 버스를 타고 종점까지 갔다가 다시 돌아오는 때도 있다. 탔던 차를 다시 타고 돌아올 수 있으면 좋은데, 막차가 되면 종점에서 내려서 돌아다니다가 움막이나 비닐하우스 같은 곳에 들어가서 자야 한다. 이날은 버스비가 없어서 무작정 집 방향으로 걸어서 시내 길을 가다 보니 하루 종일 서서 힘들게 일해서 피곤하고 어지럽고 다리도 아파온다. 길가에는 장사를 마친 빈 포장마차가 있다. 친막은 내려와 있고 장사를 안 하는 포장마차다. 천막을 들추고 안에 들어가서 기다랗고 좁은 나무 탁자 위에 아슬아슬 몸을 눕히니 편안해진다. 이런저런 생각에 정신은 밤하늘의 별처럼 선명해진다.

주방일은 긴장의 연속이다. 신경 써서 음식을 만들어야 하고, 주문이 들어오면 순서대로 만들어 홀에 내줘야 한다. 주방에서는 물을 많이 사용하기 때문에 무거운 장화를 신고 일을 하는데, 하루 종일 일하다 보면 다리도 아프고 허리도 아프고 머리도 아파온다. 개업한 지 한 달쯤 되어가는데 예상만큼 손님은 많지 않다. 홍보도 많이 해야 하고, 처음부터 잘되는 식당은 드문데, 또 알려지려면 시간이 많이 필요하다. 이곳은 규모가 크고 부대시설도 많아서 인력이 많이 필요하다. 홀도 그렇고 주방만 해도 주방장은 홀에서 손님 접대하는 시간이 많고 부주방장, 보조도 있다 보니 부주방장이나 보조 중 한 사람은 줄여야 한다는 게 관리부의 판단이다.

"이런 젠장, 오픈 준비 다 해놓고 고생한 사람들을 개업 끝나니까 이제 내보내려고? 주방 사람 한 명만 건들면 싹 나갈 거여."

문 주방장은 딴 데서 많이 해본 것처럼 성질을 야무지게 냈다.

포장마차 지붕 틈새로 하늘이 보인다. 검푸른 하늘에 별도 반짝인다. 힘들고 외로울 때 잠자리에서 카세트로 노래를 들으면 음악의 선율에 가슴이 젖어들고 어느새 눈에선 뜨거운 눈물이 흘러내려 베개를 적셨다. 언제나 혼자인 것 같은 이 순간도 노래가 떠오른다. 남진도 부르고 나훈아도 불렀던 〈철새〉라는 노래가 생각난다.

> 어디서 왔는지 흘러왔는지
> 돌아갈 고향 없는 서러운 가슴
> 바람 불면 바람 따라 철새를 따라
> 그리운 그 사람 잊지 못하고
> 낯설은 하늘 밑을 헤매고 있나
>
> — 〈철새〉(1973), 정두수 작사, 고봉산 작곡, 나훈아 노래

귓가에 사람들 소리가 나서 깨어보니 밖은 환하고 행인들 지나다니는 소리가 시끄럽게 난다. 벌써 아침이 밝았나 보다. 시계가 없으니 몇 시인지도 모르겠다. 출근해야 하는데 밖으로 나가려니 포장마차 천막을 젖히고 나갈 용기가 나질 않는다. 사람들이 이상하게 쳐다볼 것만 같다. 이렇게 난감할 데가 있나. 다시 천막 틈새로 밖을 내다보며 사람이 안 올 틈만 노리고 있다. 다들 패션쇼장처럼 잘 차려입고 바쁘게 걸어간다.

사람들이 많지 않은 틈을 타서 천막을 젖히고 밖에 나오면서 바로 허리를 구부린다. 일부러 풀어놓은 운동화 끈을 매는 척하다가 일어나서 가게

쪽으로 향한다. 종철이는 많이 깨닫게 하고 많은 요리를 배우게 해준 만나의고을에서 한 달 월급을 타고 문 주방장님께 어렵게 사직 의사를 밝혔다.

"종철아, 힘든 개업집에 와서 그동안 고생 많았다. 위로금이라도 줘야 하는데 그렇지 못해 아쉽구나. 중국 음식이나 볶음 요리 할 때는 돼지기름을 써야 하고 면발에는 소다가 좀 들어가줘야 맛도 구수하고 쫄깃하다. 열심히 해서 돈 많이 벌고 성공해라. 잘 가라."

"예, 그동안 감사했습니다."

여기 얼마나 좋니

종철이는 만나의고을을 그만둔 후 이모 집에 가방을 놓고 남대문시장, 종로3가, 세운상가, 단성사, 명보극장, 대한극장, 명동 등을 돌아다니며 며칠 쉬었다. 교보문고, 피맛골, 낙원상가, 우미관극장, 화신극장, 파고다공원, 국일관, 호다방, 명동이학, 마이하우스, 꽃다방 등 영상감독처럼 두 눈 카메라로 여기저기를 찍고 다녔고 영상과 느낌은 머리에 저장했다. 명동 중앙극장에서 〈닥터 지바고〉를 보고 명동 코리아극장에서 〈사운드 오브 뮤직〉을 보며 어릴 적 군산에서 들로 산으로 휘젓고 다니며 놀았듯 빌딩은 산이 되고 큰 도시는 들이 되어 자연을 맘껏 느꼈다.

새끼 거북이 모래 속 알에서 깨어나 바닷가를 향해 가듯 종철이도 본능처럼 돈을 벌고 요리를 배우기 위해 또 일을 가야 한다. 종철이는 작은 가방에 식당에서 기거하며 사용할 속옷과 간편복, 수건, 세면도구 등을 가지런히 잘 꾸려서 피카디리극장 뒷골목을 걷고 있다. 무허가 소개소 소개꾼은 단번에 종철이를 식당에 일 가려는 꼬마로 알아보곤 목표물을 향해 걸어온다.

종3 일대는 분식집, 한식집, 무허가 직업소개를 하는 지역인데 지하 우정다방을 많이 이용한다. 일자리를 찾는 사람들과 일꾼을 데려가려는 식당 사장들, 중간에서 소개하는 사람들이 뒤엉켜 있는 곳이지만 서로가 서로를 보면 누가 일 갈 사람인지, 식당 사장인지, 소개꾼인지 한눈에 알 수 있다.

일 가려는 사람이 보통 가방 하나를 둘러메고 어슬렁거리고 나타나면 먹이를 노리는 하이에나 같은 소개꾼들이 슬며시 옆으로 다가오며 말한다.

"야, 일 갈래?"

옆에 따라오며 묻는다.

"뭐 갈래?"

친한 척 말을 건넨다.

"홀, 주방, 배달, 만두 다 있어."

여러 가지 직책이 있다. 일 가는 사람은 사창가 포주를 마지못해 따라가는 것처럼 소개꾼 옆에 다가와주길 기다리며 걷게 된다. 오늘은 단성사극장 뒤쪽 2층 다방으로 소개꾼을 따라간다. 회사 중역처럼 생긴 아저씨가 앞에 와서 앉는다. 단순히 국수 빼는 기술만 가지고는 주방에 중간 기술자로 갈 수는 없다. 만나의고을은 운이 좋아서 기계국수 기술자로 소개받아 갈 수 있었는데, 나이도 어리고 요리 기술도 없기 때문에 어쩔 수 없이 성대 앞 일미분식집에서 잠시 홀보이로 일하게 되었다. 이곳 식당의 주방장은 마흔 살 정도의 왜소한 체격에 결혼은 했고 출퇴근을 한다.

또 체격이 좋은 스물두 살 된 오연태라는 보조가 있는데, 경북에서 운동선수로 학교를 다니던 중 운동이 하기 싫어 집을 뛰쳐나와 서울로 올라와 이곳까지 오게 되었다고 한다. 그리고 설거지로 들어온 지 이틀 된 스물다섯 살 된 젊은 남자는 천대섭이라고 하는데, 전에 이대 앞 코끼리분식집에서 며칠 함께 일한 적이 있는 사람이다. 눈썹이 짙고 쌍꺼풀이 부리부리하며 생김새기 영화배우 신영균처럼 생겼는데, 체격도 건장하다. 말수가 적고 고아면서 호적도 없고 주민등록도 없다고 했다. 종철이처럼 단성사극장 골목 2층 다방에서 소개받아왔는데, 버스를 타고 내려서 걸어오는 동안 주인아저씨는 한마디도 없이 혼자 앞서서 걸어왔다며 기분 나쁜 듯 말한다.

세 사람은 이곳 분식집에서 먹고자는 생활을 했다. 홀에는 주인 부부와 어린 여자아이가 홀에서 일을 거드는데, 특이한 건 점심시간이 지나고 한가하면 주인아줌마가 2층에서 만두를 빚고 아저씨는 기술 없이 카운터만 보는데, 부인이 만두 빚을 때면 삐그덕거리는 2층 나무계단을 올라와서 슬쩍 보다가 내려간다. 이럴 때 주인아줌마는 옆에 있던 종철이에게 말한다.

"우리 아저씨가 나 고생하는 거 안쓰러워서 쳐다보고 가는 거야."

홀에는 초등학교 갓 졸업했을 정도의 여자아이가 있는데, 주인집 친척 아이이고 여기 온 지는 1년 정도 된다고 한다. 주인아줌마는 주방보조가 홀에 있는 여자애 가슴을 만진다는 것이다. 여자애가 이제 가슴이 커지는데 손가락 5형제가 왔다 갔다 하지만 그걸 말하기도 그렇다며 애 브래지어를 사줘야겠다고 말하신다.

중·고등학생, 대학생이 한꺼번에 몰리는 오후 6시쯤 되면 홀 안이 꽉 차고 바빠진다. 음식 빨리 달라고 아우성치는 학생들도 있고, 주방도 음식 만드느라 바쁘다. 팥빙수는 홀에서 만드는데 음식 빨리 달라는 손님의 항의에 주인아저씨는 카운터에 앉아서 언제나 똑같이 "예, 다 돼갑니다"로 응수한다. 팥빙수 기계 위에 누군가 얼음만 올려놓고 딴 일을 하는지 얼음에서 물이 뚝뚝 떨어지고 있다. 손님은 손가락으로 빙수 기계를 가리킨다.

"저게 다 돼가는 거예요?"

어이가 없어 소리치면 그때도 주인아저씨는 말한다.

"예, 다 돼갑니다."

밤 9시가 넘어 일을 마칠 무렵 주방이 시끄러워 들여다보니 스물다섯 살 설거지가 화가 단단히 났다. 듣자 하니 홀에서 일하고 있는 여자아이가 운동선수 출신의 주방보조와 귓속말로 이야기하는 것을 두고 자신을 흉보는 것으로 오해한 모양이다. 실제로 흉을 보았는지는 알 수 없다. 씩씩거리며 일을 하는 둥 마는 둥 주방을 시마이하고는 결국 가게 2층으로 올라가서 둘은 마주 섰다. 몇 마디 큰소리가 오간 후 두 발짝 거리에 마주 선 두 젊은이는 양팔을 서로의 얼굴을 향해 사정없이 휘둘러댄다.

여름철 반팔 티셔츠를 입은 건장한 두 청년이 굵은 팔뚝으로 살벌하게 휘두를 때, 두 사내의 팔뚝이 부딪치며 내는 소리는 마치 굵은 통나무 소리를 연상케 한다. 투닥투닥 소리와 함께 고성이 오가더니 급기야 운동선수 출신의 주방보조가 참을 수 없다는 듯 옆에 있던 도자기 물컵을 집어 들었다. 무서운 얼굴로 던질 듯한 기세를 보고도 설거지는 놀라지도 않으며 한

심하다는 듯 자기 주먹을 들어 올려 보이며 한마디 던진다.
"남자가 주먹이 있잖아."
그 말에 주방보조는 들었던 컵을 다시 내려놓는다. 마침 그때 가게 사장이 올라와서 소리친다.
"뭐하는 짓이야!"
큰소리로 나무라자 고아 출신은 반가운 사람을 만난 듯 사장에게 말한다.
"스물다섯 살하고 스물두 살하고 누가 나이가 많아요?"
사장은 그래도 이 가게에서 좀 더 오래 근무한 주방보조의 편을 들어주는 태도를 취하니 스물다섯 살 설거지는 화가 나서 사장님한테 쏘아붙이듯이 말한다.
"아저씨는 참견 말아요."
사장은 어이가 없어서 소리친다.
"뭐! 아저씨?"
사장은 화가 나서 또 큰소리로 말하며 두 사람을 가게 밖으로 내쫓는다.
"싸우려면 밖에 나가서 싸워!"
두 젊은이는 밖으로 나와 어두운 골목길에서 다시 서로의 오해를 대화로 풀지 못하고 자신의 생각만 내뱉더니 다시금 상대의 면상을 향해 주먹을 사정없이 내지른다. 길을 지나던 행인들이 쌈구경 났다며 몰려들고 나이 드신 노인들은 "젊은 사람들이 말로 하지"라며 나무란다. 머리에 다라이를 이고 가던 아주머니는 자식들 같은지 딱하다는 듯 바라보며 말한다.
"친구끼리 싸우먼 되나."
그러자 설거지가 대꾸한다.
"친구 아녀요!"
둘은 다시 자리를 옮겨 말다툼을 벌인다. 그 무렵 주방보조 청년은 몸에 열기가 식었는지 스물다섯 살 설거지의 뒤를 마지 못해 따라가고 있다. 고아 출신은 빨리 오라며 어두운 골목길을 이리저리 둘러보더니 어느 집 대문 앞에서 그 집 나무 대문을 슬며시 밀어보는데 삐이익 소리 나며 열리는 그곳은 바로 아무도 살지 않는 빈 집이었다. 고아 출신은 들뜬 듯 보조 청년을 황급히 부른다. 주방보조는 도살장에 끌려가는 소 모양으로 천천히 걸어서 문 앞에 도착하는데, 고아 출신은 운동선수 출신 주방보조에게 환하게 말한다.

"여기 얼~마나 좋니!"

주방보조는 고아 출신이 싸우기 좋은 장소를 찾아서 좋아하는 모습에 질려버린다. 얼마나 좋냐는 그 말에 주방보조는 전의를 상실하고 급기야 미안하다며 사과하기에 이른다. 고아 출신은 주방보조 청년의 더 이상 싸움을 하기 싫다는 태도와 사과의 말에도 아랑곳하지 않고 계속 싸우기를 채근하고 있다.

"야 인마! 왜 그래? 남자가 한번 주먹을 뽑았으면 피를 봐야 할 거 아냐아. 멋있게 한번 붙자, 응?"

둥근달이 마당을 훤하게 비춰주는데, 주방보조는 마루에 걸터앉아서 살밥 좋은 두 손으로 얼굴을 감싸쥐고 피곤한지 눈과 얼굴을 비빈다. 고아 출신은 나무 대문 옆에 서 있는 종철이를 돌아보며 진지하게 말한다.

"가게 주방 설거지 선반에 있는 내 운동화 좀 갖다줘라."

고아 출신의 발을 보니 주방에서 신는 앞이 막힌 슬리퍼를 신고 있다. 종철이가 가게에 가보니 문이 잠겼다. 주인아저씨가 가게 문을 잠그고 집으로 가신 모양이다. 오늘 밤 잠은 어디 가서 잔단 말인가? 밤에 잠잘 일이 걱정되는 종철이가 다시 걸어서 빈 집까지 오니 주방보조는 마루 기둥을 붙잡고 있고 그 앞에는 고아 출신이 서 있다.

"얌마! 스물다섯 살하고 스물두 살하고 누가 나이가 더 많냐? 니가 이 가게 고참이라고 나를 우습게 아는 모양인데, 나도 주방장도 해보고 다 해봤어. 오늘 무슨 일이 있어도 한 명이 쓰러지는 걸 봐야 한다."

종철이가 빈 집 대문 앞에 서니 주방보조는 뒷주머니로 손을 가져간다. 고아 출신은 움찔 놀라며 긴장한 듯 소리친다.

"칼이냐?"

주방보조가 뒷주머니에서 꺼낸 것을 바라보는데, 두툼하고 큰 손 안에 뭐가 있는지 알 수는 없다. 주방보조는 손바닥을 고아 출신 쪽으로 돌리며 암행어사 마패 보여주듯 고아 출신의 얼굴에 디민다.

"이게 뭐냐?"

"나 고등학생 때 전국체전에서 은메달 딴 사진이다. 체육 특기생으로 대학에 갔는데 조직에서 들어오라고 쫓아다녀서 피해서 서울에 왔다. 너하고 싸우고 경찰서 가면 학교고 부모님이고 말이 아니다."

증명사진 크기로 작은 사진에는 은메달을 목에 걸고 있는 주방보조가 미소 짓고 있다. 고아 출신은 주춤한 기색이다. 종철은 이때다 싶어 나무 대문을 밀고 들어가는데, 삐이익 소리가 나자 마당에 있던 두 사람이 종철을 쳐다본다. 종철이는 뭔가 큰일이 난 것처럼 급박하게 말한다.

"가게가 잠겼어요! 주인아저씨가 가게 문 잠그고 퇴근했어요."

고아 출신은 그동안 기세등등하던 모습은 사라지고 어린애처럼 울상을 짓는다.

"뭐? 아이, 저녁도 못 먹고 배고파 죽겠고만. 제육볶음 해먹으려고 돼지고기 꺼내논 거 못 먹겠네."

결국 세 사람은 빈 집 마루에서 모기와 밤새 싸우며 한숨도 못 자고 출근했다.

용식이

성대 앞 분식가게를 그만두고 이모 집에서 하루를 쉬었다. 이모 집 근처 도봉산 등산로를 걷는데 갈비집이 하나 있어 바라보니, 문 앞에 '종업원 구함'이라는 벽보가 붙어 있다.

'주방 구함. 설거지 겸 육부보조 1명. 초보자 환영 265-0983 청풍갈비'

종철은 바로 이거다 하고 환호한다. 꼭 원하는 직장을 보게 된 종철이는 전화하러 간 사이에 딴사람이 먼저 들어갈 것 같은 조바심에 가게 카운터에 들어가서 사람 구하는 벽보 보고 왔다고 하니 홀 아가씨는 의자에 잠깐 앉으라고 한다. 사장이 나와서 나이는 몇 살이냐, 주방일은 해봤냐, 집은 어디냐 등을 묻는다.

"갈비는 해봤냐?"

"갈비는 안 해봤습니다."

"응, 못해도 상관없어. 여기서 배워. 날 풀리면 갈비 많이 나갈 거고 그때 되면 설거지 한 명 구해주고 육부로 올려줄게."

청풍갈비 사장은 깨끗한 얼굴 피부의 종철이가 맘에 드는지 시원시원하게 말한다. 종철이는 그동안 떠돌이처럼 보따리 하나 들고 그렇게 2년여 설거지, 배달, 홀보이, 분식집 등 허드렛일로 돌아다니다가 청풍갈비라는 갈빗집에 들어가게 되었다. 이제부터는 설거지가 아니다. 물론 설거지 일을 하지만 소갈비 만드는 일도 옆에서 보조하는데, 가게 사람들이 설거지라 부르지 않고 육부라고 부를 때면 기분이 으쓱하니 어깨에 힘이 들어간다. 육부실 공간에는 삼천포에서 올라온 두 살 많은 최노평이라는 선배가 있었다. 그날은 주방 설거지를 마치고 점심 먹고 육부실에서 일하는데, 주방아주머니가 식구들 찌개 끓이는 데 필요한 고기를 갈비 작업하고 버려지는 기름에서 살을 발라내고 있었다. 육부 노평이는 담배를 입에 삐딱하게 물고 야스리질을 하면서 주방아주머니에게 말한다.

"아줌마, 고기 갖고 맨날 김치찌개만 하지 말고 볶음 요리도 좀 해봐."

"어떻게 하는 건데? 노평이가 좀 해봐."

종철이는 코끼리분식집에서 했던 김치볶음이 떠올라서 말한다.

"버섯이나 양파, 대파, 채소 썰어 넣고 쎈불에 고춧가루 좀 넣고 간장, 마늘 넣고 볶으면 맛있어요."

노평이는 미간을 찌푸리며 말을 던진다.

"니가 어떻게 알어? 해봤어?"

"전에 중식집에서 일했는데 프라이팬으로 많이 볶던데요."

"니미라 해라."

종철이는 심한 욕을 하는 노평이한테 약이 바짝 올랐다.

"새끼가 말 엿같이 하네."

"너 이 새끼가 뒈질라고 환장을 했나."

"왜들 그래? 싸우지 말고 참어."

종철이는 그동안 식당 일을 하면서 힘들고 어려워도 가슴으로 삭이며 참고 일해왔다. 노평이는 평소에 종철이에게 "꼬마야!"라고 불러서 버르고 있었는데, 부모를 빗댄 욕을 듣자 자존심이 많이 상했다. 노평이는 칼을 도마에 탁 꽂으며 말한다.

"너 이 새끼 밖으로 나와."

건물 뒤편 소나무가 있는 공터에서 두 사람은 엉겨붙었는데, 종철이는 노평이의 목을 감아쥐고는 등허리를 물어버렸다.

"이런 상열어 자식들이 지금 때가 어느 때라고 싸우고들 지랄이야?"

그때 주방장이 다가오더니 종철이에게 선배한테 대든다며 욕하더니 삽을 휘두른다. 둘이 떨어지자 종철이에게만 일방적으로 야스리로 때린다. 중국집에서는 국자로 맞고, 분식집에서는 국수방망이로 맞고, 갈비집에서는 야스리로 맞는다. 나이가 어리니 사람대접을 못 받는 거 같아서 종철이는 다음부터는 나이를 두 살 올려야지 마음먹는다.

주방장은 낮에는 일도 안 하고 돌아다니고 밤에는 홀 언니들하고 어울려 술을 마신다. 모두 퇴근 후 종철이 혼자 갈비가 부족하여 야간작업하고 밤늦게 방에서 자고 있는데, 주방장이 새벽에 술 취해 들어와서 떠든다. 종철이는 떠드는 소리에 갑자기 깨서 주방장 욕하는 소리를 들으니 심장이 놀랐는지 가슴이 두근두근한다. 자는 척 눈을 감고 꼼짝도 안 하고 누워 있는데 발로 종철이의 옆구리를 찬다.

"얌마, 일어나 봐."

한 방에 자고 있는 노평이도 발로 찬다.

"야이 새끼들아, 주방장이 들어오지도 않았는데 자빠져 자? 이런 싸가지들. 야! 기상 기상."

종철이랑 노평이는 일어나 앉았는데, 주방장은 어디서 뭐 때문에 화가 났는지 얼굴이 벌겋다.

"이 새끼들아, 나 열세 살에 첨 주방에 들어왔을 때는 이런 방에서 뜨뜻하게 잠도 못 잤어, 이 새끼들아!"

주방장은 혀가 비틀어지는 소리를 억지로 바로 하려는 듯 손으로 입술을 만져가며 지껄인다.

"주방장한테 칼로 찔려가지고 내가 지금 다리를 절어. 그래도 나는 한 가지라도 더 배우려고 주방장 빨래도 해주고 주방장 아침에 일어나기 전에 신발을 탕가마 옆에 두고 뜨뜻하게 덥혀서 갖다줬어. 니들은 일하는 것도 아니야아! 나 시다 할 때 주방장 쓰는 칼을 숯돌에 잘 갈아서 대령했어. 주방장은 칼날을 자기 뒷머리에 대보고 머리칼이 잘려야지 미끄러지면 세멘바닥에 날을 문질러서 다시 갈으라고 집어던졌어. 이 새끼들아!"

주방장은 화를 뱉으며 말을 지껄이다가 중간쯤부터는 울먹이며 눈물도 찔끔거린다. 종철이는 자다 깨어 가슴이 두근거리고 턱이 떨려서 두 손을 턱에 갖다 댔다.

"야, 이 새끼야! 내가 말하는데 듣기 싫어서 귀 막고 있는 거야? 너 일어나!"

종철이는 떨려서 그렇다고 말하지 않고 일어선다.

"차려! 니가 책 좀 봤나 본데 식당은 책이 필요 없는 거야. 현장이지. 칼질하고 냉면 육수 끓이는 데 서울대 나온 놈이 무슨 소용 있냐! 나 옛날에 설렁탕집에서 새벽부터 연탄가스를 많이 맡아서 아다마가 빠가가 됐지만, 갈비 한 바구니 가득 딱 보고 몇 대다 하면 한두 대 틀리지 다 알아맞혀, 자식아!"

주방장이 멱살을 한 손으로 잡고 욕하며 칠 듯 칠 듯 하면 종철이는 그때마다 주먹이 날아오는 줄 알고 고개를 움찔거린다. 주방장은 멱살 잡았던 손을 놓으며 더러워서 참는다는 듯 인상을 찌푸린다.

"아으, 세상 많이 좋아졌다. 옛날 같으면 옥상으로 집합해서 빤스만 입고 육군 도수체조 시킬 텐데 성질 많이 죽었다. 이런 새끼들은 맞으면 파출소 가서 찌를 놈들이여. 찔러라! 찔러 이 새끼야! 내가 책임지고 들어가줄게!"

주방장은 오늘 술 먹고 여자를 못 꼬셔서 화가 잔뜩 났는지 씻지도 않고 바지만 벗고 그대로 누워 잔다. 며칠 후 육부실 노평이란 놈은 호적이 잘못되어 마흔두 살로 됐다며 고치러 삼천포로 내려오라고 아버지한테 전화 왔다면서 그만두었고, 주방장이 아는 사람 소개로 스물여덟 살 먹은 육부장을 새로 구했다.

날이 풀리니 토요일, 일요일은 냉면이 많이 나간다. 주방에 스물두 살 먹었다는 냉면장도 새로 왔다. 고향은 경기도 이천이라고 하는데, 말투에 전라도 사투리가 섞여 있다. 키는 작지만 인상이 험악하게 생겨서 종철이는 이것저것 친절하게 안내해줬다. 잠자는 방도 알려주고 냉면 다대기는 큰 냉장고에 있다고 알려줬다. 냉면장은 청량리 588에 갔다가 거시기 한창 하고 있는데 순경이 나오라 해서 끌려갔다가 군교육대로 넘겨져서 3주 교육 마치고 며칠 전에 나왔다고 종철이한테만 슬쩍 얘기한다.

더운 날에도 긴팔 티를 입고 있는데 팔을 걷으니 한쪽 손목에는 '결심'이라는 글씨와 하트 화살 모양 문신이 새겨져 있고, 한쪽 팔에는 담뱃불 흉터 10여 개가 있다. 얼굴은 옛날 영화에서 본 박노식, 남포동과 함께 나오던 악역 배우와 흡사하다. 종철이는 남자다운 깡다구가 멋있게 느껴져서 그만 "존경합니다" 하고 말해버렸다.

아침밥을 먹고 나서 주방 뒤 소나무 공터에서 냉면장과 종철이가 담배 한 대 피우고 있는데, 얼굴이 시커멓고 피부가 거칠어서 '쿤타킨테'라고 불리는 스무 살 숯불 피우는 장치가 다가온다. 평소 일 끝나고 맘에 드는 홀 아가씨한테 통닭 사준다고 만나자고 하면 그 아가씨는 한두 명 아가씨와 함께 나와서 술값과 안주값만 잔뜩 바가지 씌우는데, 장치는 술만 먹으면 그 자리에서 테이블에 얼굴을 묻고 잠을 잔다고 한다. 잠에서 깨보면 아가씨들은 모두 사라지고 없다고 한다.

냉면장이 담배를 피우고 있는데 스무 살 먹은 장치가 씩 웃으며 입에 담배를 물고 냉면장한테 말한다.

"불 좀 빌립시다."

냉면장은 숯불 장치를 가소로운 듯 쳐다본다.

"뭐? 불 좀 빌려?"

냉면장은 150센티미터밖에 안 되는 단신인데, 가슴을 쩍 벌리고 고개를 당당히 들고 있다. 여유 있게 오른손 주먹을 왼손바닥에 한번 딱 소리 나게 쳐 보이더니 옆 자세에서 바로 장치의 얼굴을 향해 주먹을 밖으로 뻗는다. 한 대 맞은 장치는 얼굴을 감싸쥔다.

"퍽!"

"아악~!"

"이 자식이! 너는 니네 삼촌한테도 담뱃불 달라고 하냐? 너 몇 살이야?"

"스무 살요."

"스무 살? 차려!"

장치는 차려 자세를 취한다.

"파바박."

냉면장은 장치의 복부를 향해 샌드백 치듯이 오른손 왼손 오른손 연타를 날린다.
"어, 훅~!"
장치는 배를 움켜잡고 고통스러운 인상을 짓는다.
"어린 놈의 자식들이 말이야, 형님들 앞에서 담배나 뻑뻑 피우고. 느그들이 그러니까 남북 통일이 안 되는 것이다. 응? 알긋냐아?"
종철이는 냉면장에게 참으라며 말린다.

한 달쯤 됐을까. 청풍갈비에 들어와서 자리를 잡아갈 때쯤 종철이에게도 드디어 졸병이 새로 들어왔다. 종로3가 무허가 직업소개소에서 아라이(설거지)로 주방장이 데리고 들어서는데, 카운터 앞에 꺼벙하게 생긴 얼굴과 왼쪽 상의 주머니에 볼펜을 5개 꽂고 있는 것이 이상했다. 이름은 용식이라고 한다.
꺼벙이 용식이는 틈만 나면 홀에 나가서 홀 언니들 앞에서 장난을 친다. 홀 언니들도 그런 용식이를 호기심을 갖고 쳐다본다. 용식이는 태권도 시범을 보인다며 양무릎을 굽히고 손바닥을 무릎에 쳤다가 손등에 치고 자신의 이마에도 치고 손을 뻗으며 "요잇 요잇" 한다. 영화에 나오는 쿵푸 동작을 하며 "오도 호~" 괴성을 지른다. 홀 언니들은 깔깔대며 웃다가 눈가에 눈물을 닦기도 하며 재밌어한다. 종철이는 초등학교 3학년 때부터 태권도를 해봤기에 속으로 저것은 태권도를 해본 사람 동작이 아니라고 판단했다. 하지만 웃기는 동작은 다른 데서 써먹을 만하다고 생각한다.
용식이는 또 아침부터 홀에서 화장실 청소하는 홀 언니 미란이에게 장난을 걸고 있다. 홀 언니가 볼일을 보기 위해 안에 들어가자 화장실 문앞에서 소리친다.
"미란아! 한 번만 줘!"
"저리 가."
용식이는 바가지에 물을 퍼서 안에다 물을 뿌리며 장난친다.
"어마!"

종철이는 아무 말 없이 속으로 웃는다. '뭐, 저런 놈이 있을까?'

저녁 일이 끝나면 홀 언니들, 주방 아줌마들이 모여서 홀에 있는 TV를 시청한다. 〈사랑에 속고〉라는 일일드라마에 푹 빠졌다. 주인공 목화는 식당에서 밤늦게 일하며 애인 대학 뒷바라지를 하고, 애인은 명문대를 졸업하고 중소기업에 스카우트되어 사장 딸과 눈이 맞아 목화를 헌신짝 버리듯 하고 결혼하는 이야기다. TV 맨 앞에서 드라마를 시청하던 용식이는 일어나서 도자기 물컵을 집어 들어 TV에 던질 듯 자세를 취하며 욕을 해댄다.

"저런 개자식을! 어휴, 아! 아! 미치겠네."

아줌마들은 중요한 상황에 대사가 안 들리니 성질을 팍 낸다.

"아이, 시끄러! 자리에 앉아!"

용식이는 화가 나서 계속 씩씩대고 아줌마들은 용식이를 향해 "조용히 해. 저리가!"라고 소리친다. 용식이는 손님들 후식으로 주는 큰 배를 주방에서 훔쳐와서 잠자리에 누워 껍질째 씹어먹고 씨는 홀 바닥에 던진다.

어느 날 용식이는 아침부터 일하기가 싫은지 주방에 안 들어오고 홀에서 왔다 갔다 하기만 한다. 종철이는 화가 나서 용식이에게 다가가 한마디 한다.

"야, 인마! 빨리 일 안 해!"

용식이는 종철이를 한번 쳐다보고 다시 고개를 돌린다. 종철이는 용식이의 무시하는 태도에 화가 나서 머리를 주먹으로 한 대 내려친다. 용식이는 종철이를 쳐다보며 "이 자식이 대병으로 배창시를 긁어벌라"며 담담히 내뱉는다. 종철이는 평소 보던 꺼벙이 용식이의 태도가 하도 어이가 없어서 무시하듯 말한다.

"너 이 새끼, 옥상으로 따라 올라와."

용식이와 종철이는 3층 옥상에 마주 섰다. 용식이는 평소 감정이 있었던 것처럼 말한다.

"너 이 새끼, 오늘 잘 걸렸어. 한번 뒈져봐."

그러더니 발을 허공에 횡횡~ 내지른다. 어라! 이제껏 봐왔던 용식이가 아니다. 마치 굵은 통나무를 휘두르듯이 묵직하게 종철이의 얼굴을 향해서 공격해오는데, 한 대 맞으면 갈 것 같다. 종철이는 피하기 급급해서 정신을 집중하고 용식이의 눈과 발을 번갈아 보며 요리조리 움직인다.

용식이는 점점 자신을 얻었는지 앞차기, 옆차기, 돌려차기 등 자유자재로 발차기를 하며 영화에서 보았는지 종철이의 발을 향해 앉으며 돌아차기할 때는 종철이는 팔딱 뛰어올라야 했다. 한참을 피하다가 용식이와 종철이는 가깝게 몸이 엉키게 됐고, 종철이는 재빠르게 용식이의 목을 팔로 감아쥐고 턱으로 등을 짓이겼다. 하지만 용식이의 힘이 장난이 아니다. 종철이는 특단의 조치로 무릎으로 용식이의 면상을 깠다. 쓰러질 줄 알았던 용식이는 더욱 성난 멧돼지 모양으로 옥상 난간을 향해서 종철이를 밀어붙인다. 종철이는 안간힘을 쓰며 버텼지만, 점점 난간 쪽으로 밀리며 용식이의 머리를 놓고야 말았다.

마주 선 용식이의 얼굴에선 코피가 흐르고 있다. 손등으로 그것을 확인한 용식이는 "이런 씨" 하며 바닥을 두리번거리며 뭔가를 찾고 있다. 이번에야말로 용식이가 벽돌이나 몽둥이를 주우려고 고개를 숙이는 그 순간 면상을 발로 제대로 까야 한다고 종철이는 다짐한다.

그 순간 구세주 같은 냉면장이 냉면 고기 삶고 건지는 굵은 철사로 엮어 만든 철아미를 한 손에 들고 올라온다. 용식이를 본 냉면장은 "이 새끼 봐라" 하면서 용식이를 향해 철아미를 사정없이 휘두른다.

"이 새끼야, 참으면 참는 줄 알아! 참으면 참는 줄 알아!"

냉면장은 심한 선라도 사투리로 욕을 반복하며 용식이를 때린다. 종철이는 속으로 '냉면장이 뭘 참은 게 있지?' 의아하다. 종철이와 싸울 때와는 다르게 용식이는 고양이 앞에 쥐 모양으로 반항하지 않고 맞고 있다. 냉면 철아미가 축 늘어져서야 손동작을 멈춘 냉면장은 종철이를 돌아보며 아무 일 아니라는 듯 말한다.

"너는 내려가서 일해라아."

용식이와 종철이는 계단을 내려오며 2층 화장실에 들러서 용식이는 세면대에서 거울을 보며 얼굴을 씻고 종철이는 소변을 보는데, 용식이는 종철이를 바라보며 놀란 표정을 지으며 말한다.

"내가 그렇게 쌈을 많이 해봤지만 너같이 빠른 놈은 첨 본다."

종철이는 속으로 '안 맞으려고 피한 것뿐인데'라고 생각한다. 다음 날 용식이는 새벽에 도망갔고, 탕부는 자기 양복하고 카세트가 없어졌다고 한다.

고향의 물레방아

주방장은 소스 만드는 데 필요하다며 카운터를 향해 삼정톤 한 박스 사오라고 소리친다. 삼정톤은 음식에는 넣지 않고 주방장이 수시로 마신다. 채소 가지고 오는 아저씨한테는 채소가 물짜다며 빠꾸를 시키고 배추 등을 발로 걷어찬다. 장사꾼은 웃으면서 주방장 팔을 잡으며 굽신한다.

"아이, 왜 그러세요."

채소 장수는 꼬깃꼬깃 접은 돈을 주방장 포켓에 쓱 집어 넣는다. 아침이면 모든 식당 사람들이 장사 준비로 분주히 움직인다. 홀에서는 인원이 반씩 나뉘어 홀 청소와 주방에서 쓰는 채소를 손질한다. 주방장은 주방 사람들이 모두 출근하여 분주히 한참 일한 뒤에야 담배를 물고 슬리퍼에 추리닝 바지를 입고 어슬렁어슬렁 주방에 나타난다. 주방장은 큰 칼을 들고서 부를 도마에 놓고 쾅쾅 큰소리 나게 칼을 내려치며 씨부린다.

"쓰바, 나는 이 집 잡부여, 잡부. 쓰바 에잇."

화를 내며 마구 욕을 해댄다. 담배를 옆으로 꼬나물고서 큰 무를 잡고 길게 무채를 써는데, 무가 깨끗이 손질이 안 된 것이 있으면 화를 내면서 홀 바닥에 무를 집어 던진다.

"이걸 무라고 닦었냐? 이 썩을 것들아! 이런, 지 얼굴에 처바를 줄만 알지 무 닦는 게 개판이여."

주방장 옆에서 무채 썰기 보조를 하던 설거지 아라이는 아부하듯 거든다.

"여자들은 욕을 해도 아주 무식하게 해야 말을 좀 들어요."

무가 홀 바닥에 떨어지며 깨져가지고 앉아서 쪽파 다듬는 홀 언니들한테 파편이 날아가고 맞아서 여기저기 비명이 들리지만 아무도 제지하지 못한다. 무서움을 감추고 지켜보는 종철이에게 탕부도 "여자들은 저렇게 사정없이 욕을 해야 말을 잘 듣는다"고 말한다.

주방장은 무슨 불만이 많은지 평소에는 일은 안 하면서 한번 하기 시작하면 툴툴대고 욕을 하고 칼질도 쾅쾅 내려치고 그릇도 양재기도 마구 집어 던진다. 무채 통도 들고 살펴보더니 맘에 안 드는지 탕부 서 있는 바닥에 집어 던지며 욕하듯 말한다.

"야! 이거 찬모한테 열불나게 닦으라고 갖다줘."

찬모 아줌마는 며칠 전 시원하게 생맥주 한잔 하자고 해서 어쩔 수 없이 만났는데, 2차 안 갔다고 계속 지랄한다고 그런다.

"여자들이 못생겨가지고 말이야. 무 닦는 것도 개판이야. 88올림픽 때까지 마스크 쓰고 다녀야 해. 외국인도 많이 온다는데."

탕부는 한술 더 뜨며 거든다.

"아녀요. 올림픽 때는 아예 돌아다니지 말아야 해요."

육부장은 고기 장수가 갈비를 20여 짝 가지고 오자 갈비가 좋지 않다고 트집을 잡는다. 몇 짝씩 빼꾸를 놓고 기름기 많은 등심은 칼로 기름 덩어리를 잘라낸다. 그래도 나이 많은 고기 장수는 젊은 육부장한테 굽신굽신하며 말한다.

"아이, 대장. 왜 그래? 좀 봐줘."

고기 장수는 육부장을 달래며 주방 뒤쪽으로 이끈다. 잠시 후 두 사람은 흡족한 표정으로 나타나더니 좋은 갈비를 몇 개 빼꾸시키고 안 좋은 갈비를 저울에 달고 한짝은 몰래 창문 너머로 넘겨준다. 홀에 있던 사장은 안 좋은 갈비를 빼꾸시키는 줄 알고 고개를 끄덕인다. 종철이는 혼자 무거운 갈비짝을 낑낑거리며 갈고리에 걸어서 냉동실 천장에 걸어야 한다.

주방장은 자기 비번 날 채소 가게나 식료품 가게 등 주방 납품업체들을 찾아가 주방 직원들 회식비 좀 달라고 요구하는 모양이다. 너무 심해지니 한 업체에서 가게 사장에게 얘기한 것이다. 주방 직원들 회식비를 납품업체에 요구해서 혼자 노름과 유흥비로 탕진하니 사장 귀에까지 들어가서 사장은 주방장에게 그만두라고 한 것이다. 물론 그런 문제 하나로 얘기하는 것은 아니다. 전봇대에 연 걸리듯 주방장의 문제는 너무 많지만 여태 참고 여기까지 왔다. 주방에 들어온 주방장은 칼을 도마에 탁 꽂으며 화를 낸다.

"야! 나 따라올 사람들은 가방 들고 다 나와!"

이렇게 주방 사람들한테 말하곤 며칠 장사하기 위해 작업하고 양념해 놓은 갈비, 불고기 통에 모래를 뿌려놓고 밖으로 나간다. 육부장은 주방장 따라갈 듯 폼만 잡고 한참 뒤 밖에 나갔다 오더니 주방장이 안 보인다며 아쉬운 듯 말한다. 어수선한 주방 분위기에 장사할 고기도 없고 해서 냉면장이랑 탕부는 술을 냉면 대접에 콸콸 부어서 마시고 육부장은 종철이에게 갈비통에서 갈비를 꺼내 물로 모래를 다 씻어놓으라고 하곤 어디론가 사라졌다.

며칠 후 육부장은 주방장으로 승진하고 주방 사람들에게 통닭과 술을 한턱 쐈다. 젓가락 장단에 종철이는 노래를 연거푸 5곡이나 불러야 했다. 냉면장이 라이터를 손가락 사이에 꽂고서 상을 두드리며 넣는 장단이 예술이다. 탕부는 "안 나오면 쳐들어간다 쿵자자작작~" 노래 소절소절 절묘하게 쭈쭈~짠짜~ 입장단이 멋지다.

주방장과 냉면장, 탕부는 사거리 지하 룸살롱에 간다며 종철이한테는 방에 들어가서 자라고 한다. 나이가 어리니 한 인간으로 대우를 못 받는다. 종철이노 따라가고 싶지만 못 가는 처지가 억울하고 안타깝다.

두 달 만에 가게 문을 닫고 쉬는 날이 되었다. 평소에는 돌아가며 쉬는데, 사장님이 시골의 친척 결혼식에 간다며 문을 닫고 쉬게 되었다. 주방 설거지는 사장 아는 사람 소개로 벙어리 남자가 새로 왔는데, 새벽에 나가고 없다. 평소에는 늦잠 자면서 쉬는 날이 되니 잠이 안 오는지, 아니면 시간이 아까운지 일찍 사라졌다. 며칠 전 딴 데서 직장 다닐 때는 혼자 쉬는 날 뭐하냐고 궁금해서 물어보니 입 모양 손 모양이 답답한지 볼펜으로 냉면푸대를 찢어서 '청계천 세운상가 약장사 구경, 야바위, 비디오, 청량리

588' 하고 적은 설거지는 히죽 웃어 보인다. 설거지는 세운상가 약장수 앞에서 껌을 씹다가 "야, 너 껌 씹기 대회 나가려고 그러냐" 하는 욕을 먹었다고 한다.

쉬는 날인데 홀 웨이터들과 탕부, 장치는 갈 곳이 없는지 화투가 더 좋은지 가게에서 어젯밤부터 마음 놓고 고스톱을 친다. 가불해서 치다가 돈 잃으면 주방 아줌마한테도 빌린다. 또 잃으면 돈 딴 사람한테 월급날 준다고 빌려서 치고 돈 잃은 사람은 빚이 점점 늘어난다. 돈 잃은 사람은 본전 생각에 눈에 불을 켜고 달려들지만, 화투도 그날의 운빨이라 되는 사람은 못 말리는 법이다.

가게에서 구두 닦는 오 씨라고 하는 마른 남자는 낄 때 안 낄 때 안 가리고 아는 체를 많이 해서 '오 박사'라고 부른다. 어제 손님 빨간 구두에 검정 칠을 해서 손님한테 맞았는데 웃통 벗고 목에 파스를 붙이고 있다.

종철이는 종로에 있는 화신백화점 5층에 있는 화신극장에서 〈어둠의 자식들〉 영화를 감상했다. 이동철 원작으로 시골 처녀가 돈 벌러 상경했다가 사창가에 붙들려서 창녀가 될 수밖에 없었던 사회상을 보여주고 있다. 의외로 대형 스타 안성기가 나온다. 주인공인 카수 영애는 가수 지망생으로 서울에 올라왔다가 삼류 작곡가를 만나면서 천막 가설 극단에서 활동하던 중 남편이 지역 불량배와의 싸움에서 폭행으로 교도소에 들어가게 된다. 어린 딸이 폐렴으로 죽어가는 걸 보면서도 돈이 없어 어쩔 수 없이 땅에 묻어야 했다. 카수 영애와의 사창가 베드신, "너는 그 나이가 됐으면 빤스나 입고 다녀라"라는 안성기의 대사가 남는다. 생각처럼 벗는 것은 별로 나오지 않고 윤락녀들처럼 세상 밑바닥에 버려진 '어둠의 자식들'에 대한 이야기다. 하나님한테도 버려진 자식들일까? 생각할수록 알 수 없어 답답해진다. 화신극장에서 영화도 보고 쇼도 보고 나왔다.

광화문 쪽으로 걷는데 사람들로 붐비는 큰길보다는 뒷골목 피맛골로 천천히 걷는 게 볼거리도 있고 낭만이 있다. 광화문에 다다르면 골목에 불고기 전문집 한일관이 있다. 종철이는 앞으로 주방에서 계속 일하려면 남의 집 음식도 많이 먹어봐야 한다고 생각한다. 한일관처럼 큰 식당에 혼자

들어가기는 쫄리지만 용기를 내어 당당히 들어가 비빔냉면을 시켰다. 중국집에 가서 그 집 주방장 음식 솜씨를 알려면 볶음밥을 시켜보면 된다. 짜장도 없어 나오고 짬뽕 국물도 나오고 볶음 실력도 알 수 있기 때문에 한 가지 메뉴로 다양하게 맛보고 평가할 수 있다. 비빔냉면을 시키면 물냉면 육수가 따라나오기 때문에 두 가지 맛을 알 수 있다. 유명하고 손님 많은 집 음식을 눈으로 보고 먹어보는 것도 공부다.

큰 식당은 음식 맛의 개성이 부족하다. 달지도 짜지도 맵지도 않은 무난한 보통의 맛이다. 쉽게 말하면 안전빵으로 가자는 요릿법이다. 많은 사람 입맛을 다 맞출 수는 없다. 단것 싫어하는 사람, 매운 것 싫어하는 사람 등 제각기인데 손님들이 달다 짜다 하면 주방에선 여간 곤혹스러운 게 아니다. 싱거우면 소금 주면 되는데 짜면 곤란하다. 그리고 서민들은 매운맛을 좋아하는데 중산층 이상은 맵고 짜고 단 걸 싫어한다. 넥타이 매고 매운 것 먹고 땀나면 불편하기 때문이다.

냉면을 먹고 난 종철이는 광화문사거리 지하에 새로 생긴 대형 서점 교보문고를 구경한다. 넓은 곳에 오면 기분이 좋다. 종철이는 고려대 신경외과 과장 이시형 박사의 《배짱으로 삽시다》와 《한국수필문학전집》을 읽었다.

오후 어둑해질 무렵 가게로 들어오는데, 탕부는 주방 뒤쪽에서 처음 보는 LP가스 기사와 얘기를 나누며 돈을 받고 가스통을 차에 실어주고 있다. 가게에 들어가 보니 홀 아가씨들은 홀 중앙에서 TV를 보고 있고, 방에서는 여태 고스톱판이 벌어지고 있다. 종철이는 화장실에서 씻고 주방 남자들 방에 누워 있는데, 주방 찬모 아줌마가 방문을 연다.

"종철 씨, 뭐 해?"

"예, 잡지책 좀 보려고요."

"밥모 아줌마가 시골 가서 자고 내일 출근한대. 우리 방에 와서 수박 먹어."

"예."

종철이가 주방 아줌마 방에 가보니 홀 아줌마도 있다. 똑같이 낮에는 손님 받는 방인데 여자 방은 향기가 다르다. 샴푸 냄새와 화장품 냄새가 종철이의 후각을 자극한다. 꽃무늬 이불도 깨끗하고 뽀송뽀송하다.

"어서 와, 종철 씨."

수박을 보니 주방에서 손님들 갈비 드신 뒤 후식으로 제공하는 수박이다. 쟁반에 수박을 놓고 찬모 아줌마는 칼로 힘주어 썬다.

"아유, 잘 익었다. 맛있겠다."

홀 아줌마도 놀라며 말한다.

"어머! 수박이 어쩌면 저렇게 빨갛대야."

주방 아줌마는 숙달된 조교 모양으로 솜씨 좋게 수박을 두툼하게 썰어서 종철이에게 큼지막한 거 하나를 내민다. 종철이는 먹을 때는 말이 없다. 어릴 적부터 습관이다. 위로 엄마, 아빠 그리고 형 둘, 동생이 있었다. 아버지는 어둑해질 무렵 자전거에 실린 콩나물 동이 안에 가끔 수박을 한 통씩 사 왔다. 시원한 새암물에 담가놓고 저녁을 먹고 나면 엄마는 쟁반을 받치고 부엌칼로 수박을 썰었다. 반 가르고 반 가르고 또 반 가르면 네 쪽이다. 또 한 번씩 반 가르면 여덟 쪽. 여섯 식구가 마루에 앉아 수박을 먹기 시작하고 조금이라도 더 먹으려면 씹을 시간도 바쁘다.

"후루룩~ 호르륵~"

"와그작~ 와그작~"

대충 먹고 껍질은 자기 앞에다 놓고 또 집어다가 먹는다. 물론 형들도 나만큼이나 마음이 바쁠 것이다. 하지만 옆을 볼 여유는 없다. 여섯 식구가 피자 한 판 시켜놓고 먹는 격이니 조금이라도 더 먹으려면 오직 전진뿐이다. 그렇게 다 먹고 쟁반 중앙에 수박이 남아있지 않을 때는 그동안 내가 먹었던 수박 껍데기를 꼼꼼히 다시 정리하는 시간이다.

그러나 오늘은 수박이 넉넉하다. 경쟁상대가 되지 않는 여자 두 명뿐이니 먹을 양은 충분하다. 그러나 어느 정도 먹어줘야 안심이 된다. 맹수과의 습성이던가.

"언니는 집이 어디라고 했지?"

"청양."

"식구는?"

"없어. 일찍 결혼했는데 애도 생기기 전에 남편이 암으로 누웠어."
"에구, 저런."
"의처증도 심해가지고 나를 엄청 힘들게 했는데, 중환자실에 가서 오늘내일 하는데도 의심하더라고. 어느 놈하고 그 짓 하고 오냐고 욕을 하는 거야."
"하여간 사내놈들은…."
홀 아줌마는 욕을 하려다가 종철이를 의식하고 돌아보며 말 뒤끝을 흐린다.
"죽었어?"
"졸지에 과부가 되어가지고 고향에서 쪽팔려서 살기도 그렇고 서울로 올라와버렸지. 처음에 가정부로 갔다가 그 집 남자가 치근덕거려서 두 달만에 나와버리고 안양에 있는 한솔밭갈비집에서 한 1년 주방에 있었지. 우리 엄마가 음식 솜씨가 좋아. 그래서 내가 영향을 받았나 봐. 안양에서 식구들 반찬 해주면 맛있다고 난리야. 거기 찬모 언니한테 많이 배웠지. 갈비집 반찬은 비슷해. 게장, 무채, 동태전, 파란 나물, 나박김치. 여름엔 열무김치, 겨울엔 동치미, 백김치하고. 거기 있을 땐 육부실에 세 명 있었는데 육부실 따로 밥상 차려 갖다주는 게 좀 힘들었어. 거기 육부장이 입맛이 까다로워서 동태찌개, 우거지국 등 국을 좋아해. 찌개 한 냄비를 혼자 다 먹어. 배달하는 건 내 몫이지. 거기서도 육부장이 나한데 얼마나 추근대는지. 혼자 방 얻어서 있었는데, 하루는 술 먹고 집까지 찾아와서 방문을 막 두드리잖아. 아~ 남자라면 치가 떨려. 낮에도 밥 가지고 가면 지 그것이 좋대나 하면서 나보고 생각나게 생겼다고 연애 한번 하자고 육부실 남자들 있는 데서 그렇게 추근덕거리는 거야. 인상이 꼭 소도둑같이 생겼어. 어으~ 지금 생각해도 끔찍해. 어떨 땐 주방에서 나물 무치고 있을 때 언제 왔는지 슬그머니 옆쪽에 대고 있는 거야."
"어머, 그 남자 완전 난봉꾼이네. 언니 힘들었겠다."
"응, 그래서 오래 있고 싶었는데 1년 일하다 고만두고 인덕원 쪽으로 옮겼는데, 거기까지 따라온 거야."

"어머, 어떻게 알고?"

"나 옮긴 식당에 홀 언니끼리 아는 사람들이 있었나 봐. 한솔밭갈비 홀 아가씨들 얘기하는 거 듣고 나 일하는 데 찾아온 거야."

"어머, 미쳤다."

"낮에 손님 찾아왔다고 해서 나가보니까 그치가 소주 시켜놓고 갈비 먹고 있으면서 같이 먹게 앉으라고 해서 나 근무 중이라 안 된다고 하고 맛있게 드시라고 술 한잔 따라주고 주방에 들어왔지. 그랬는데 나중에 홀 아가씨 시켜서 나 일하고 있는데 나오라고 세 번을 얘기하더라고. 2시간쯤 지났을까? 밖에서 내 이름을 부르고 행패를 부리는데 나가보니까 혼자 소주를 세 병이나 마셨어. 나보고 밖으로 나가자는 거야. 아! 창피해서 거기 고만두고 서울로 올라왔어. 여기 우이동계곡 바람 쐬러 친구랑 놀러 왔다가 구인광고 벽보 보고 전화해서 들어왔어."

종철은 이제 할 말이 생겼다.

"하하하, 찬모 아줌마도 벽보 보고 들어왔어요?"

"응, 맞다. 나하고 벽보 동기네. 호호호, 아이고 내 얘기만 했네."

"자기 남편은 뭐 해?"

"응, 언니. 신랑은 강원도 정선에서 총각 때부터 전기 기술 있어서 일 나가면 돈은 잘 버는데, 아가씨 때도 난 식당에서 일했어. 전기공사 사무실 옆 돼지갈비집에서 일했어. 보통 8명, 10명씩 와서 낮엔 밥 먹고 저녁엔 고기 먹고 술 먹고 장부에 달아놓고 한 달 결재였어. 매상이 꽤 됐어. 10명 오면 삼겹살 20인분은 먹고 술도 먹지. 술 한잔씩 따라주면 받아먹고 그렇게 먹다 보니까 기분 좋고 술이 늘대. 처음엔 한 잔도 못 했는데 그 사람들 안 오는 날은 기다려져. 한잔하고 싶어서, 호호. 그날은 전기쟁이들 월급날이라 고기도 많이 먹고 술도 많이 먹고 가게 외상값도 결제하고 2차 간다는데, 껑다리라는 총각이 식당 일도 안 끝났는데 같이 나가자는 거야. 주인아줌마도 그날은 기분이 좋은지 나보고 먼저 퇴근하라고 해서 택시를 타고 가까운 호수 유원지에 갔지. 물 위에 뜬 집 '용궁'이라고 있어. 거기서 조명도 반짝이고 음악도 나오고 물 바라보며 회에다 술 먹는데, 취하지도 않고 기분 짜릿했어."

"와! 완전히 뿅 갔구나?"

"응, 나 태어나서 그날 술 제일 많이 마셨을 거야. 근데 그 꺽다리라는 총각이 나보고 나룻배를 타자는 거야. 돈 내고 타는 게 있었거든. 사람들이 우리 둘을 막 엮어주려고 하는 거 같았어. 사람들도 부추기고 술 먹은 김에 겁도 안 나고 잠깐 타고 오면 되겠다 하고 따라나섰는데, 단둘이 타는 노 젓는 배야. 이 남자가 호수 가운데로 딱 가더니 결혼하자는 거야. 잠바 주머니에서 월급 탄 거 18만 원을 봉투째 주면서."

"어머! 와~ 낭만 있다."

"아우, 물 가운데라 무섭더라고. 수영도 못하는데 빠질 것 같아 반항도 못해. 자기는 펜치 하나만 들고 나가면 하루 8천 원은 번다고. 그래서 좋다고 했지. 그랬더니 원래 있던 데 반대편 쪽으로 가니까 물 위에 원두막처럼 지어진 방갈로가 10여 개 쭉 있더라고. 거기에 내렸는데, 일하는 남자가 뛰어나오는데 방 하나 달라고. 나중에 생각하니까 많이 와봤나 봐. 가슴이 두근두근하는데 큰 키로 나를 옆구리에 끼니까 그 남자 옆구리에 얼굴이 가려졌어. 창피하기도 하고 그냥 눈 딱 감고 따라갔어. 호호."

"호호, 그때만 해도 좋았네. 키가 많이 큰가 봐?"

"응, 언니. 백팔십이 넘어."

"아이고, 그렇게 차이 나서 그게 되나? 호호."

"언닌? 다 돼에. 호호호, 그래가지고 다음 해 봄에 결혼했어. 겨울엔 일 없고, 비 오고 바람 많이 불면 일 없고. 그래도 먹고는 살았는데, 애 다섯 살 때 전봇대 타다가 떨어져서 허리 다치고부터는 동네 사람들하고 윷놀이만 하고 화투 치고 술 먹고 일 안 해. 내가 시장 청과물집에서 일해주고 얼마씩 벌어서 생활하는데, 나한테 용돈 받아다가 술 먹고 일은 안 한다니까. 그러다가 동네 막걸리집 과부하고 눈이 맞아가지고 자고 들어오는 날이 많아. 기가 막혀서."

"하이고, 가지가지 하는구나. 애는?"

"머스마 하나 초등학교 다니는데, 언니 집에 맡겨놓고 돈 벌러 간다고 하고 올라왔어. 그렇게 계속 살아가지고는 앞날이 뻔하겠더라고. 그 인간은 포기한 지 오래됐지만, 애 장래를 생각하면 지금은 좀 떨어져 있어도 내가 돈을 벌어야겠더라고. 애 아빠한테는 편지 한 장 써놓고 왔어. 언제 만날지 모르지만 정신 차리고 가장으로 가장다운 모습 보이라고. 그렇지 않으면 이혼하자고 했어. 언니한테는 매달 3만 원씩 부쳐줘."

"하이고, 자기도 사는 게 폭폭하네."

종철이는 대화에 끼지는 않지만, 아줌마들하고 있으니 마음이 편안하고 기분이 좋다.

"종철 씨는 귀공자처럼 생겨서 고생은 안 해봤을 것 같은데, 일찍 집 나왔어?"

"예, 학교 다니기 싫어서 돈 벌려고 나왔어요."

"힘들지?"

"예."

찬모 아줌마는 종철이 손을 두 손으로 잡고 손을 바라보며 한 손으론 종철이 손등을 쓰다듬는다.

"손이 어쩌면 여자 손처럼 곱대야."

"그러니까 여자 같애, 호호호. 안양 육부장이 우리 종철 씨같이 생겼으면 도망 안 와도 되는데. 난 우락부락한 남자 싫어. 종철 씨같이 귀엽게 생긴 남자가 좋더라. 호호. 종철 씨, 여기서 힘들어도 참고 있으면서 기술 배워. 갈비도 배우고 냉면도 배우고 그래서 월급도 많이 타서 장가도 가야지."

"맞아, 남자는 능력, 자상함."

"아이고, 종철 씨는 거기다가 인물까지. 호호호, 언니 난 허리 아퍼서 좀 누울게."

"응, 그래. 힘든데 다리 쭉 펴고 누워서 얘기하자. 종철 씨도 누워."

"예."

"언니 나 이 방에서 자도 돼?"

"응, 그래. 같이 자. 오늘 사람 없는데 사람 많은 데서 자지 말고 오늘은 우리끼리 자자. 종철 씨도 오늘은 우리랑 같이 자. 안 잡아먹을게."

"호호호, 누나들인데 뭐 어때. 찬모 언니는 엄마지?"
"야, 징그럽게 엄마는 아니다."
"언니가 몇이야?"
"숙녀 나이를 그렇게 쉽게 묻니? 서른여덟."
"종철 씨가 올해 몇이야?"
"열아홉요."
"19년 차이네. 옛날 같으면 시집가서 종철 씨 같은 아들 낳았겠네. 호호."
 종철이는 쉬는 날이라 주방장도 없겠다 마음이 아주 편안하다. 매일 이렇게 아줌마들하고 잤으면 좋겠다고 생각해본다. 꿀 같은 시간이 야속하게도 빠르게 흘러간다.
"아침에 일찍 일어나려면 자자."
"어머, 벌써 12시야. 잘 자 언니. 종철 씨도."
"예."
 아침에 기상해서 주방에 들어오니 냉면장은 가스불이 안 켜진다며 허둥대더니 가스통이 없어졌다며, 도둑놈이 가스통을 훔쳐갔다며 큰 개 짖듯 무섭게 주방이 울리도록 소리를 내지른다. 탕부도 덩달아서 무척 분한 듯 뭐 이런 새끼들이 다 있냐며 인상을 쓴다. 종철이는 어제 가게 들어올 때 목격했던 탕부와 가스 배달원 모습을 떠올리며 탕부가 노름해서 돈을 다 잃자 급하게 자금 마련으로 가게 가스통을 팔아 먹었구나 판단했지만 모른 척해야 했다. 연락을 받고 출근한 사장은 폭폭한지 장사 해먹기 정말 힘들다고 말하며 카운터에 멍하니 앉아있다.
 홀 지배인은 결혼식을 한다며 시골에 내려간다고 한다. 시골 어디냐고 물어보니 전라남도 끝이라며 목포에서는 차가 안 다녀서 하루를 걸어야 한다고 말한다. 사장이 가게 복지 차원에서 1년 장기근속 직원은 결혼할 때 일주일 휴가와 10만 원 보너스를 준다고 공표한 뒤 며칠 안 돼서 나온 지배인 결혼식 발표. 청첩장은 올 사람도 없어 찍지 않았고 식은 조용히 절에서 한다고 했다. 그렇게 지배인은 돈 10만 원을 챙기고 홀 직원들끼리 하는 경조사 곗돈까지 받아 갔다. 경조사 계도 지배인이 주선해서 만들

자고 한 것이다.

한 달쯤 후에 어떻게 알게 됐는지는 모르지만 결혼식 사건은 거짓으로 들통 났다. 찬모 말로는 결혼식 날이라고 지배인이 말했던 날 남대문시장에서 술이 취해 비틀거리며 술집 여자 같은 사람하고 걸어가는 지배인을 봤다는 사람이 있다는 것이다. 사장에게 돈도 다시 돌려줘야 하는데, 가진 돈이 없다 하여 매달 월급에서 까기로 합의 봤다고 한다. 종철이도 5천 원 부조했는데, 불 난 집에 부채질하는 것도 아니고 달라는 말도 못 하고 분을 삭인다.

며칠 후 가게에 경찰이 들어오고 조용히 홀 지배인과 몇 마디 얘기를 나누더니 수갑을 채워서 데리고 나간다. 직원들은 모두 의아해하고 있는데, 나갔다 온 사장은 창백한 얼굴로 주방장과 조용히 얘기를 나눈다. 주방장은 주방에 들어오더니 찬모에게 아무한테도 얘기하지 말라면서 귓가에 대고 뭐라고 얘기한다. 잠시 후 찬모가 종철이 혼자 갈비를 손질하고 있는 갈비방에 들어와서 하는 말이 지배인이 간통으로 잡혀갔다는 것이다.

뭐가 좋은지 신이 난 찬모 아줌마가 얘기한 내용은 이랬다. 홀 언니 한 명을 지배인이 홀 팀장으로 승진시켜주며 월급도 올려줬고, 일 가르쳐준다며 가게 끝나고 밖에서 자주 만나 술도 먹고 집에 늦게 귀가하자 남편이 의심하여 하루는 뒤를 밟으니 퇴근 후 통닭집에 들렀다가 2층 화장실에서 그 짓을 하는 걸 남편이 눈치챘는데, 지배인이 체격이 크고 얼굴이 강인하게 생겨서 그랬는지 왜소한 체구의 홀 팀장 남편은 그 자리에서 결판을 내지 않고 집에 들어오는 마누라를 무섭게 추궁하며 치마 속에 감춰진 젖은 휴지를 증거로 자백을 받아냈다고 한다. 그날로 얼굴이고 팔이고 연탄 집게로 맞아서 시퍼렇게 멍이 들고 긴 생머리는 가위로 잘리고 외출 금지 명령이 내려졌다는 것이다.

남편은 다음 날 경찰서에 간통죄로 고소하고 경찰에 끌려간 지배인과 150만 원에 합의를 봤다고 한다. 주방 냉면장은 속이 끓는지 분개한다.

"아유, 남자 새끼가 마누라를 150만 원에 팔아먹냐? 나 같으면 당장에 이혼한다."

종철이가 봐도 반반한 홀 팀장이었는데, 얼마 전 지배인이 홀 팀장이 소주 냉장고 문을 열고 술병 정리할 때 뒤에서 엉덩이 정중앙을 손바닥으로 치는 걸 보고 종철이도 좀 의아하게 생각했다. 엉덩이 옆은 장난으로 흔히 치는데 정중앙을 손바닥으로 때린 것이다. 어쨌든 가게 분위기는 좋아진 거 같다.

양곰탕에서 곱슬 머리카락이 나왔다며 손님방에 불려갔다가 나온 사장은 씩씩대며 탕부에게 음식 만들 때 조심하라고 말한다. 탕부는 자기 머리는 곱슬이 아니라며 꿍얼꿍얼 알아듣지 못하는 말로 중얼거리니 사장은 더욱 화가 나서 그런 식으로 일하려면 당장에 보따리 싸라고 소리친다. 홀 언니는 한 술 더 떠서 이건 머리카락이 아니라고 말한다.

"에이 제기럴, 더러워서 못 해먹겠네."

탕부는 어디서 났는지 소주병을 꺼내서 탕 대접에 한 병을 다 붓고 꿀떡꿀떡 들이킨다. 옆에 있던 굵은 깍두기를 손으로 집어서 안주 삼아 먹고는 일을 하는지 행패를 부리는지 모를 정도로 음식을 만들어서 내준다. 주방 시마이를 하고는 사장한테 계산해달라고 하니 사장은 어처구니없어 벙벙한 표정으로 아니 일 잘하라고 했지 언제 그만두라고 했냐며 살짝 떨리는 목소리로 말한다.

"아! 고만두라며?"

탕부는 술이 취했는지 목을 움츠리고 오른팔을 마네킹처럼 뻣뻣하게 흔들어댄다. 사장은 퇴근도 해야 하고 더 이상 대화가 안 되니 어쩔 수 없이 일한 날짜를 계산해서 돈을 세어준다. 탕부는 돈을 주머니에 넣고는 사장이 퇴근하는 걸 확인한 후 냉장고에서 또 술을 꺼내 홀에 앉아 마시다가 한쪽 다리를 식탁 위에 올리고 괴상한 자세로 술 두 병을 더 마시더니 창고에서 톱을 들고 야장으로 나간다.

종철이는 탕부 뒤를 따라가는데, 탕부는 비틀비틀 야장으로 걸어가며 나뭇가지에 얼굴이 긁히자 욕을 하며 나뭇가지를 톱으로 후려치고 사정없이 자른다. 종철은 톱을 든 탕부를 더 이상 따라가면 맞을지도 모른다는 두려움에 방에 들어와서 눕는다. 종철이는 이런 주방에서도 본받을 수 있는 사람이 한 명이라도 있었으면 좋겠다고 생각해본다.

다음 날 날이 밝고 보니 탕부는 짐 챙겨서 벌써 사라졌고, 오전 10시 반에 아침밥을 먹고 야장 큰 물레방아 전기 스위치를 올린 홀 웨이터는 헐레벌떡 홀에 들어오며 소리친다.

"물레방아가 부서졌어요."

홀 지배인은 화장실 쪽에서 폭탄이라도 터진 듯 놀라면서 뛰쳐나온다.

"머셔? 은마. 이게 뭔 일이다냐!"

가만 보니 탕부가 밤새 물레방아를 톱으로 자른 모양이다. 물레방아를 완전히 자른 게 아니라 중앙 쪽 부분의 나무 기둥을 절반 이상씩만 톱질한 것이다. 아침에 전기 모터 스위치를 올리자 물이 쏟아지며 무게를 이기지 못해 물레방아가 부서지며 바닥으로 굴러 떨어진 걸 보니 탕부가 앙심을 품고 물레방아를 톱으로 자른 것이다. 손님들이 물레방아가 크고 잘생겼다며 사진도 찍고 구경도 했는데….

사장은 출근하여 물레방아가 땅에 떨어져 부서진 나무 동가리 하나를 들고 망연자실 서 있다.

"망할 놈! 그지 발싸개 같은 자식. 으~"

사장은 냉수 한 컵을 들이키며 가슴속에서 긴 숨을 뿜어낸다.

"그래, 불 안 지른 게 다행이다."

잠시 후 사장은 목수를 불러서 땡볕에서 땀 흘리며 물레방아 복구에 열심이다. 종철이는 가게 물레방아를 보면서 나훈아의 〈물레방아 도는데〉 노래가 생각났다. 초등학교 2학년 때 라디오에서 흘러나온 나훈아의 〈물레방아 도는데〉 노래는 1972년도 정두수 작사, 박춘석 작곡인데, 목소리와 감정 처리가 참으로 훌륭한 노래다. 특히 노래 후미 "천리타향 멀리 가더니~"는 너무나 멋진 구간인데, 고음을 따라부르지 못해서 안타까웠던 종철이다. 한번은 여름철 방죽에 수영하러 가며 산속 길을 걸을 때 호흡을 들이마시고 배에 힘을 주고 '천리타향'을 반복하여 외치며 걷게 됐는데, 처음 물구나무섰을 때 신기하고 기뻤을 때처럼 고음이 올라간 기쁨을 잊을 수 없다. 노래도 안 되는 부분은 열 번이고 백 번이고 집중해서 연습이 필요하단 걸 알게 된 종철이다.

　입사한 지 얼마 안 되는 냉면장은 점심시간 지나고 가게 뒤쪽 풀숲에 있는 창고를 발견하곤 조심스럽게 문을 열었는데, 그곳에 냉면가루 포대가 쌓여 있었다. 무슨 영문인가 싶어 주방에 알아보니 찬모가 하는 말에 따르면 전에 있던 주방장이 냉면 공장에서 냉면가루를 트럭으로 두 차를 받아 놨다고 한다. 여름이 되면 냉면가루 가격이 폭등하니 많이 받아놓는 게 가게 사장한테 돈 벌어주는 것이라고 했다는 것이다. 키가 150센티미터 정도 단신인 냉면장은 고개를 뒤로 젖히고 양 손가락을 동원하여 쌓여 있는 냉면 포대를 세고 있다.

　기술적으로 천장까지 쌓아 올린 냉면 포대를 세다가 잊어버려서 몇 차례 세고 또 세는 데만도 1시간이 흘러간다. 어림 잡아 500여 포대로 근 2년 넘게 팔 냉면가루다. 앞서 일하던 주방장이 냉면 공장으로부터 한 포대당 2천 원씩 커미션 받고 미리 엄청 들여놓고 선불을 받아 날른 것이다. 주방 계통에서는 냉면가루 포대당 2천 원씩 받는 것은 누구나 다 아는 공식이다. 새로 온 냉면장이 전에 일하던 주방장이 싸놓고 간 걸 치워야 하는 더러운 상황이다. 냉면장은 허탈하게 서 있다가 냉면 포대에 적혀있는 전화번호로 전화를 건다. 냉면 공장 사장은 너무나 쉽게 말한다.

　"그럼 다시 반품햐아~"

　가루가 안 좋아서 냉면 못 뽑겠다고 사장한테 얘기하고 반품하면 가격 다운해서 얼마씩 냉면장한테 담뱃값으로 준다고 쉽게 얘기한다는 것이다. 얼굴이 환해진 냉면장을 보면서 종철이는 꾼들은 쉽게쉽게 일처리도 잘하는구나 생각한다.

또옹

　냉면장은 월급 3만 원 더 준다는 곳이 생겨 자리를 옮겨야겠다고 종철이에게 말한다. 홀 언니가 냉면장이 냉면 공장 직원한테서 돈 받는 걸 봤다는 고자질을 들은 가게 사장이 화가 나 있는 그때, 냉면장은 눈치도 없이 그만둔다며 계산해달라고 한다.
　17일치 일당보다 냉면 공장에서 받은 돈이 더 많으니 가게 사장은 오히려 더 토해내야 한다면서 경찰을 부르겠다며 쎄게 나온다. 냉면장은 경찰이라는 말에 주춤하면서도 가만 안 있겠다며 앙알댄다. 종철이가 냉면장한테서 자기는 폭력으로 집행유예 기간이라고 말한 걸 들었다. 냉면장은 열흘치라도 쳐서 달라고 한 번 더 숙이고 얘기한다.
　"내가 은행 다니다가 여기 땅 경매로 사면서 경매 브로커한테 뜯기고 건축업자한테 속고 주방장들한테 당하고. 주방장 지랄해서 주방에도 내 맘대로 못 들어가고. 이젠 나도 안 당해. 내가 또 밀리면 성을 간다, 갈어."
　성을 간다는 사장의 말에 의지를 읽었는지 냉면장은 두고 보자 하면서 그날 밤 사장이 퇴근하자 행동을 개시한다. 고무통으로 한 통 만들어놓은 비빔냉면 다대기를 큰 냉장고에서 낑낑거리며 꺼내더니 하수구에다 쏟아버린다. 앞서 냉면장이 만들어놓은 다대기도 전부 버리고 본인이 며칠 전에 만든 다대기도 한통 그대로다. 하수구가 막혔는지 내려가지 않아 호스를 트니 금세 주방 바닥에 고춧가루 물이 한강이다. 뜨거운 물을 끓여서 하수구 구멍을 호스로 쑤시고 뜨거운 물 붓고 몇 시간을 해서야 물이 내려간다. 이런 때 주방장이라도 있으면 냉면장이 이런 짓은 못할 텐데 주방장은 주방장 모임 사람들하고 밤새 노름하고 아침에 들어온다고 했다. 돈 따오는 날은 쿨피스에 짜장면을 시켜주기도 하지만 돈 잃고 출근하는 날은 일도 안 하고 방에서 대낮까지 자고 일어나서 주방 사람들을 괴롭게 한다. 바닥 청소시키고 솥단지를 바닥에 집어 던지며 반짝반짝하게 닦으라며 욕을 한다. 육부실 칼도 갈라며 주방 시멘트 바닥에 내던진다. 냉면장은 아침에 사장이 출근하기 전에 가방 싸서 떠났다.

　해가 바뀌어 어느덧 봄이 되자 가게 사장은 양복을 뽑아입고 저녁에 가게를 비우더니 큰딸 결혼식 날짜가 잡혔단다. 패리스 웨딩홀이라고 가까운 곳에 새로 생긴 고급스런 예식장에서 결혼식을 올린다니 힘들게 가게 운영한 보람이 있구나 종철이는 생각한다. 큰딸 결혼식 때 가게에서 유일하게 종철이가 하객으로 참석했다. 식 올리기 30분 전에 짐 날라주고 넓은 로비 한쪽에 잠시 서 있는데, 옆쪽에서 누군가 종철이 어깨를 툭 친다. 돌아보니 험상궂은 냉면장이 씩 웃어 보인다. 뜻밖의 냉면장 출현에 웬일이냐 물으니 사장 만나러 왔다며 가슴속에 품은 검정 비닐봉지를 보여준다.

　"그게 뭐요?"
　"응, 또옹~"
　전에 못 받은 돈을 받으러 온 것이다. 어릴 적부터 들은 똥 뿌린다는 말이 있는데, 누가 무슨 일을 하려고 할 때 "너 지금 똥 뿌리는 거냐?"라고 말하곤 했다. 실내 행사를 할 때 만내측 세력에서 그 행사를 방해할 목적으로 여러 가지 방법을 쓴다. 뱀을 풀어 여자들을 자지러지게 한다든지, 폭탄을 터뜨리든지. 그런데 응가만큼 강력하지는 못하다. 사람은 지적인 동물이다. 똥 냄새가 스멀스멀 풍기는 데서는 의지도, 결심도, 신성함도 모두 무산된다. 한마디로 행사를 더 이상 진행할 수 없는 강력한 화공물질인 것이다. 지금 냉면장이 그걸 품고 못 받은 임금을 받겠다고 나타났으니 그 가공할 위력을 모르는 사람은 대수롭지 않게 생각할 수도 있지만 한번 경험하면 그 끔찍한 향취는 머릿속과 몸 어딘가에 눌러붙어서 평생을 트라우마로 괴롭힌다. 각목 들고 피 터지게 설칠 필요가 없는 것이다. 냉면장을 본 사장은 소스라치게 놀란다.

"니가 여기 웬일이냐?"

"예, 계산 마저 해야지요."

사장은 냉면장이 찾아온 목적을 알면서도 쎄게 한번 말을 던져본다.

"뭔 계산을 해?"

"나 코피 흘려감서 반죽해서 파이프 매달리며 냉면 뽑은 돈 줘야 거 아뇨. 왜 안 줘, 어?"

냉면장 말꼬리가 노래하듯 힘차게 올라간다.

"이 사람 좀 보게. 어디서 반말여? 오늘 바쁘니까 내일 가게로 와."

"나도 바쁜 사람이요. 전라도 벌교에서 여까정 올라오는디 겁나게 시간 오래 걸려쌌노만. 애기들 몇 명 데리고 올려다가 내가 선물을 가지고 왔응게."

선물이라는 말에 사장은 잠시 어리둥절해한다. 냉면장은 잠바 지퍼를 내리고 검정 비닐 봉다리를 보인다.

"그것이 무엇인가?"

"또옹."

"똥?"

사장은 심각한 표정을 지으며 예식장 직원이 있는 곳으로 간다.

"여기 경찰 불러. 예식을 방해하러 온 놈이야."

냉면장을 가리킨다. 체격이 큰 직원 두 사람이 150센티미터 단신인 냉면장을 양쪽에서 양손 겨드랑이에 손을 넣고 강제로 끄는데, 냉면장은 안 나가려고 양발을 벌리니 의자가 밀리며 쓰러지고 일순 소란스럽다. 또 한 명의 직원이 투입되어 한쪽 다리를 붙잡고 끌고 간다. 냉면장은 한 손을 잠바 품속에 넣은 자세로 마치 강아지가 목줄 매여 안 가려고 버티는 모양을 하고 소리를 고래고래 지르며 비상구 쪽으로 질질 끌려나간다.

"청풍갈비 사장 일한 거 안 줘서 돈 받으러 왔다. 돈 내놔라. 야! 놔! 새끼야, 너희 죽는다. 칼로 다 쪼사버린다. 안 놔? 창자를 꺼내서 빨랫줄을 할까 보다. 개자식들!"

로비는 순식간에 소란스러워진다. 웅성웅성 뭔 일이지?

"왜 그래?"

"몰라."

"깡패들인가?"

끌려 나간 냉면장은 체격 좋은 직원이 위에서 누르니 엎어져서 품안에 있던 비닐이 터져버렸다. 냉면장 손에 오물이 묻으니 모두 슬슬 피한다. 예정대로 예식은 시작되고 경찰이 도착한다. 경찰도 도착했지만 비상구 계단 가까이 가지 못하고 멀찍이서 묻고 답한다.

"왜 그러는 거요?"

"나 신부 아버지 가게에서 일해주고 17일치 돈 못 받았어요. 집에 어머니는 아파서 누워계시고 애들은 배고파서 밥 달라고 빽빽대고. 돈만 주면 간다니까."

"여기 어딨어요. 신부 아버지?"

"아, 나 또 이런 경우는 처음이네."

경찰관들도 한 손으로 코를 싸쥐고 빨리 이곳을 벗어나려 한다. 사장은 신부석 접수대에서 돈을 달라고 해서 옆에 있는 종철이한테 갖다주라며 건넨다. 종철이는 자기가 잘 얘기해서 돈 받아온 것처럼 뛰어서 냉면장한테 간다.

"형, 돈 받아왔어요."

"얼마냐?"

"8만 원요."

"엉? 7만 8천 원인디. 거슬러줘야 하나?"

"그냥 가셔요. 어후 냄새~ 이걸 시골서 여까지 가져온 거요?"

"똥간이 깊어 퍼올 수 없어서 서울역 화장실에서 내 거 받아온 거여."

가까이 가니 냄새가 지독해서 마치 욕을 해대는 것 같다. 종철이는 계단을 타고 내려오며 앞서서 문을 열어주고 밖에 주차장까지 나왔다. 어서 빨리 나가라는 사람들 성화에 밖으로 나온 것이다. 종철이는 바가지에 물을 떠서 손을 씻을 수 있도록 도와주고 비누도 갖다주었다. 냉면장은 옷을 벗어서 그 자리에서 세숫비누로 옷을 빤다. 이 모든 걸 종철이가 옆에서 다 수발한다. 냉면장 배에는 칼자국인지 가로로 길게 흉터가 서너 줄 나 있다. 냉면장은 서울역 가서 기차를 탄다며 찻길에 나가 택시를 잡는다.

"전라남도 벌교에 한번 놀러 와라. 거기서 큰형이 보신탕집 하는데 도와주고 있어. 벌교터미널 앞에 '삿대질 보신탕집' 하면 다 알어. 한 그릇 내가 진하게 말아줄게."

"나 보신탕 못 먹는디."

"어디 가서 월급 안 주면 나한테 연락혀. 내가 받아줄게."

"택시 와요."

"고맙다이."

저녁시간이 되어 가게에 출근하니 주방장이 화가 나 있다. 사장 딸 결혼식에 종철이가 간 것에 대해 샘이 많이 난 모양이다. 찬모 말로는 종철이 가게에 들어오는 것을 보고 주방장이 "저기 간신배 온다"고 했다는 것이다. 며칠 전 낮에 사장이 봉고차로 종철이를 불러서 커피 한잔 하며 얘기했는데, 그것을 주방장이 보고서 "저놈이 주방일 다 고자질 한다"고 욕하더라는 것이다. 찬모는 주방장 조심하라고 귀띔해준다.

며칠 후 사장은 아무도 모르게 눈짓으로 종철이를 부른다. 가게 앞 찐빵집에서 만난 사장은 주방장이 종철이를 내보내지 않으면 자기가 나간다고 한다는 것이다. 그래서 잘 지내보라고 얘기를 한참 했는데 도저히 안 되니 나중에 주방장 그만두면 연락할 테니 지금은 주방장 나가라고 할 수도 없고 어쩔 수 없다는 것이다. 결국 종철이는 주방장 의심병으로 퇴사하기로 한다. 가방을 챙기고 있는 종철이 방에 찾아온 찬모는 눈물을 글썽인다.

"어디 들어가면 꼭 전화해. 내가 쉬는 날 찾아갈게."

"예, 잘 있어요. 전화할게요."

"주방장 놈 눈치 보여서 밖에까지 못 나가."

"예, 안녕히 계세요."

폭포갈비

　이모 집에서 며칠 쉰 종철이는 다시 가방끈을 어깨에 걸고 가방은 옆구리에 차고 아침 일찍 종로3가를 걷는다. 누군가 소개꾼이 와주길 바라며 걷다 보니 역시나 후줄근한 30대 후반 소개꾼이 다가온다.
　"일 갈래? 주방? 홀?"
　"주방요."
　처음 가보는 파고다극장 옆 다방으로 들어간다. 이쪽은 양동이나 북창동처럼 사람이 많지 않아 한적하다. 면접 멘트는 비슷하다. 나이, 고향, 경력, 어디어디서 일했나, 월급은 얼마. 일할 사람은 월급하고 하는 일이 맞으면 간다. 이번엔 주방장이 설거지 구하러 나왔다. 종철이가 육부도 좀 해봤고 냉면도 조금 해봤다고 하니 구하러 온 주방장은 흡족한 표정이다. 심 씨라고 밝힌 주방장을 따라간 곳은 강서구 염창동 인공폭포 앞에 있는 폭포갈비다. 종철이는 처음으로 크고 회사 체계인 갈비집에서 일하게 되었는데, 직원도 30명 정도로 많다. 첫날 세면장 라커룸에 옷장 하나를 지정받으니 나만의 공간이 생긴 듯 기분이 너무 좋다. 열쇠도 받고 스킨과 로션, 옷가방도 넣고 해바라기 책에 끼워져 있는 여배우 소피아 로렌 컬러 사진도 오려서 옷장 안에 붙여놓았다. 세수하고 스킨, 로션 바를 때 사진을 보면 기분이 좋다.
　3층 이불장에서 개인 이불도 가져다가 손님 받던 방에서 사람 좋은 육부 주화 형과 함께 잠을 자며 재미있는 이야기도 들을 수 있어서 좋다. 주화 형은 종철이보다 다섯 살 많은 스물네 살인데, 작은 키인 종철이보다 키가 더 작지만 몸무게는 더 나간다. 애인은 키가 크고 잘생겼다고 한다. 2세를 위해 키 크고 예쁜 여자를 꼬셨단다. 험난했던 과정을 실감 나게 경상도 구미 말씨로 재미나게 얘기해주는데, 경상도 말씨가 이렇게 정겹게 들린 적이 없다.

예쁜 여자는 회사에 다녔는데, 처음엔 상대를 안 해주니 여행 가는 뒤를 따라가서 망원렌즈 카메라로 몰래 사진을 예쁘게 찍어서 액자에 담아 보내주고, 선물도 보내고, 아침저녁으로 찾아가고 따라다니고, 부모님하고 함께 사는 집에 찾아가 문 앞에서 날을 새기도 했다고 한다. 한번은 예쁜 여자 쉬는 날에 찾아가서 문 앞에서 기다리는데, 비는 주룩주룩 내리고 예쁜 여자도 외출을 못 하니 집에 있던 해병대 출신 오빠가 튀어나와서 주화 형을 때렸다고 한다. 예쁜 여자는 비 오는 날 길바닥에 쓰러져 있는 주화 형을 보고 감복했는지, 불쌍해서 동정한 건지 그 뒤부터 부드럽게 대해주며 함께 밤을 새웠다고 한다. 요즘은 주화 형이 조금만 큰소리를 내도 예쁜 여자는 얼음처럼 굳어서 아무 말도 못하고 긴장한다고 한다. 이불 깔고 누워서 "안 잘 거야?" 하고 큰소리치면 예쁜 여자는 팬티만 입고 이불 속으로 쏙 들어와서 가슴에 안긴다고 자랑이다.

종철이는 여자 얘기가 나오니 처음 먹어보는 맛있는 음식처럼 귀에 쏙쏙 들어오며 주화 형의 경상도 구미 말씨와 유머에 웃기 바쁘다. 그걸 본 주화 형은 더욱 신이 나는지 만만한 손님 만난 듯 구라를 있는 대로 푼다.

"국산 토종은 소든 돼지든 다 작어. 사람도 작은 게 오리지날 국산 토종이야. 홀 언니들이 남자들 불쌍해서 양말짝이나 빨아주면 저 좋아서 그러는 줄 알고 찝쩍거리는데, 정신차려야 돼."

폭포갈비에는 종철이보다 어린 홀 아가씨가 딱 한 명 있는데 열일곱 살이다. 민다혜. 이름도 예쁘고 키도 크고 몸매도 늘씬한데, 얼굴은 살짝 까맣고 미인형이라기보다는 청순하게 생겼다. 하루는 일 마치고 이불을 가지러 3층에 올라갔는데, 민다혜가 혼자 홀 가운 입고 이불장에 기대어 서 있다가 종철이를 보고 말을 건넨다.

"아저씨 힘드시죠?"

이 말 한마디에 그날부터 종철이는 민다혜를 좋아하게 됐다. 사랑한다기보다는 좋아한다는 감정이 더 가까울 것이다. 그렇다고 말 한마디 붙여보지 못하고 가까이에서 마주치기라도 하면 고개를 돌려 바로 쳐다보지도 못하고, 좋아한다는 것을 들키기라도 하면 안 되는 것처럼 감추기 급급하다. 종철이는 일 끝나고 이부자리에 누워서 주화 형에게 털어놓는다.

"형! 나 다혜 좋아하는데 어떻게 해야 해요?"

주화 형은 전문가라도 되는 양 입을 꾹 다물었다가 벌리며 기술 전수에 들어간다.

"일 끝나고 2층 다혜 방에 찾아가서 방문을 열고 '다혜야! 한 번만 줘!' 하고 방문을 탁 닫고 내려와. 그다음 날도 방문을 열고 '다혜야! 한 번만 줘!' 하고 그냥 와. 그다음 날도 가서 '한 번만 줘!' 하면 그때는 준다."

주화 형은 코미디언 만담하듯이 목소리를 키웠다 줄였다 실감 나게 얘기한다. 그렇게 실제로 해본 것처럼 자신 있게 알려주는데, 종철이는 그럴 것도 같다고 생각만 하지 해볼 마음은 안 생긴다.

얼마 후에 종철이보다 늦게 입사한 홀 웨이터 철중이 형은 스물세 살에 키가 작고 시내에서 놀아봤는지 가오가 살아있다. 말하는 것도 재밌고 명동 음악다방에서 많이 놀던 형인데, 토요일, 일요일은 사람들이 많아서 길거리에서 싸움도 많이 하고 맥주병 깨진 거 밟히는 소리가 바그작바그작 난다는 것이다.

하루는 철중이 형이 일 끝나고 시내 구경시켜준다며 종철이를 데리고 명동성당 건너편 내리막길 골목으로 함께 걸어갔다. 중간쯤 가서 왼쪽 골목 2층에 있는 클럽에 들어갔는데, 사람들로 꽉 들어 차 있다. 디스크자키는 연신 흥을 돋우고 있고 한쪽에선 춤을 춘다. 웨이터 한 명은 철중이 형을 잘 아는지 인사를 꾸벅 한다. 종철이는 디스코 섹시뮤직이 나오자 가슴 속에서 신명이 올라온다. 옆 테이블에선 밖에서 술 사 온 걸 먹고 있는데, 기도 보는 사내인지 반팔 입은 알통에 옷이 터져나갈 듯 탱탱하다. 이 사내

폭포갈비

가 술병을 들더니 거꾸로 세워 테이블에 쏟아붓는다.

"야, 니네 술 갖고 들어오면 맞는다."

아무도 대꾸하지 않는다. 종철이 남녀공용 화장실에 들어갔는데, 아가씨 두 명이 차례를 기다리는지 서 있다. 종철이는 아가씨들을 보니 기분이 좋은데 말은 엉뚱하게 나간다.

"맥주 많이 마셨나 보네."

함부로 말하기보다 친절한 말투로 고쳐야지 생각해본다. 클럽에서 나온 철중이 형과 종철이는 중앙극장을 지나 명동길을 돌아다니는데, 20여 명의 고등학생들이 허리띠를 풀어 휘두르며 도망가고 쫓아가다가 그중 한 명이 철중이 형하고 부딪쳤다. 고등학생은 빠르게 돌아서며 뭐라 하려고 하다가 철중이 형 얼굴을 보곤 그냥 훌떡훌떡 뛰어간다. 철중이 형이랑 종철이는 할 일 없이 명동을 돌아다니다가 밤늦게 가게로 돌아왔다.

홀에는 스물다섯 살 먹은 '왕언니'라 불리는 홀서빙 누나가 있다. 철중이 형과 사이좋게 지내는데 왕언니가 더 좋아하는 눈치다. 하루는 지하 주방에서 종철이와 함께 설거지하는 동년배 정삼이와 1층 카운터 옆에 있는 화장실에서 볼일 보고 나오는데, 카운터에서 두 사람이 무릎담요를 함께 덮고 있다. 철중이 형은 종철이를 보더니 반가운 듯 농담을 건넨다.

"야, 니네 화장실에서 손장난했지?"

철중이 형은 홀 아가씨들 있는 데서 진한 농담을 던지고, 정삼이는 또 까분다.

"그게 뭐하는 건데요?"

일을 마치면 가게 앞 점방에서 아이스크림도 사 먹고 우유도 사 먹는다. 키 작은 냉면부 아저씨는 딸기우유를 산다. 그걸 본 사람들은 농담하듯 묻는다.

"아저씨는 애들처럼 웬 딸기우유를 드세요?"

"어른이 딸기우유를 먹지, 애기처럼 흰 우유를 먹냐?"

종철이는 주화 형하고 방에서 공부하고 있다. 주화 형은 영어를, 종철이는 일본어를 공부한다. 앞으로는 국제화 시대로 해외에서 외국 사람들이 관광을 많이 올 텐데 외국어를 해둬야 한다는 게 종철이의 생각이다. 영어, 중국어, 일본어는 맨 먼저 공부해야 한다고 생각하는 것이다. 방문이 열리며 주방에서 일하는 스물일곱 살 된 탕부 형이 방바닥에 엎어져 얼굴을 바닥에 대며 소리내어 울더니 얼굴을 든다.

"주화야, 나 당했다."

홀에서 철중이한테 맞았다고 한다. 보니 얼굴이 벌겋게 부어올랐다. 평소에 탕부 아저씨는 자기보다 나이가 적은 철중이 형을 여자들 앞에서 무시했다. 이날도 홀의 왕언니와 철중이가 가게 앞 점방 의자에서 맥주를 마시고 있는데, 탕부 아저씨가 가소롭다는 듯 말을 꼬았다.

"아쭈? 니가 여자를 꼬시냐?"

이렇게 말하며 빈정거리다가 철중이가 주먹을 면상에 날리니 꼼짝 못하고 벽에 서서 맞은 모양이다. 맞고 보니 얼굴이 벌겋게 부어올랐다. 그러고 들어와서 주방 사람들한테 하소연하면 편들어줄 줄 안 모양인데, 별 반응이 없으니 방문을 닫고 나간다. 종철이는 쌈 잘하는 철중이 형이 멋있게 느껴졌는데, 주화 형도 편들 듯이 한마디 한다.

"철중이 같은 애가 의리가 있어."

종철이도 가수 나훈아를 좋아하는데, 주화 형은 혼자만 나훈아 광팬인 양 나훈아가 최고라며 다른 가수들 노래는 저것도 노래냐며 무시한다. 종철이는 1981년 해운대 해수욕장에서 녹음한 조용필 신곡 발표회 기념음반 테이프에 푹 빠져 있다. 빠른 노래가 나올 때면 몸을 흔들며 춤을 추고 싶고, 〈일편단심 민들레야〉 노래가 나오면 가슴이 뭉클하다. 〈고추잠자리〉나 〈단발머리〉도 새롭고 신난다. 이러는 종철이의 반응에 주화 형은 조용필은 나훈아의 30분의 1도 안 된다며 종철이 약을 올린다. 그러는 주화 형이지만, 하얗고 가지런한 치아를 보이며 입을 크게 벌리고 나훈아의 〈햇님과 달님〉 노래를 나직이 그리고 아주 천천히 가사를 씹듯이 부를 때면 정말 나훈아처럼 멋지게 노래를 잘 부른다고 생각한다.

카운터 옆이 화장실이라서 종철이가 화장실에 올라가는데 홀의 왕언니는 무슨 일인지 눈이 빨갛게 부어있고 울고 있다. 손님이 식대로 낸 10만 원권 수표를 철중이 형한테 점방에서 만 원권으로 바꿔오라며 왕언니가 심부름 보냈는데 그대로 도망을 간 것이다. 10분 기다리고 30분, 1시간 기다리던 왕언니는 애간장이 타서 녹아내렸을 것이다.

"흑흑흑."

돈보다 정을 주었던 철중이가 도망을 가서 상심이 큰 모양이다. 종철이 월급이 9만 원인데 10만 원 수표면 큰돈이다. 철중이 형한테 5천 원 빌려 준 것도 있는데 날렸구나 생각한다. 주방에 돌아오니 여드름 난 홀 아가씨가 종철이에게 말한다.

"종철 씨는 절대로 여자한테 정 주지 마세요."

아가씨는 마치 사랑하다가 헤어진 경험이 있는 것처럼 말한다. 종철이는 맘에 드는 여자가 그런 말하면 관심을 가져보겠는데, 그렇지 않은 얼굴이라서 듣고 흘려버린다. 주방 한식부 삼식이 형과 홀의 통통하고 예쁘게 생긴 아가씨는 이곳에서 만나 애인 사이가 되었다. 낮에 한가한 시간이면 주방에 내려와서 삼식이 형 속옷도 빨아주고 어깨도 주물러준다. 종철이도 여자가 생겼으면 하는 마음이 간절한데, 잘생긴 여자들은 종철이에게 관심을 주지 않아 답답하다. 한 달에 한 번 쉬는 날이 되면 다들 짝을 지어서 종로 등으로 놀러 나간다.

밤 9시가 되면 하루 장사를 마치는 시간이다. 쓰레기 버리고 음식은 냉장고에 넣고, 바닥에 물비누를 뿌리고 빗자루로 물청소를 한다. 이럴 땐 카세트 볼륨을 최대한 올려 팝송이나 빠른 노래를 틀고 장화를 신고서 춤을 추면서 청소를 한다. 삼식이 형의 무릎춤은 율동이 살아있고 흥겹다. 처음 보는 무릎춤에 종철이는 신이 나서 따라 해본다. 동작은 단순하고 따라 하기 쉬워서 주방 남자들은 똑같은 동작으로 무릎을 튕기며 흥을 돋운다.

주방의 스물일곱 살 탕부는 철중이 형한테 원펀치 당한 이후로 말도 없고 시들시들하더니 일자리 구해서 나가고 탕부가 새로 왔다. 스물아홉 살이라는데, 보통 체격에 몸은 항아리형이다. 주방장은 전부터 아는지 '살로우만'이라고 부른다. 점심 먹고 한가한 시간에 양배추, 대파, 숙주 등 만두에 들어갈 속을 준비한다. 특이한 점은 이것들을 전부 칼로 다지는데, 큰 칼을 양손에 쥐고 다진다. 처음에 재료가 굵을 때는 양손을 일정하게 손목을 이용해서 다져준다. 살로우만의 칼로 다지는 소리와 실력은 신기에 가깝다. 점점 말 달리는 소리가 난다.

따다닥 따다닥, 따다닥 따다닥, 따다닥 따다닥 따다닥, 따다닥궁짝 따다닥궁짝, 궁자작궁짝 궁짝짜자작 궁짝짜자작, 궁짜자작작 궁자자작작 궁짝짜자작, 짜자자자작작 짜자자자작작, 다다다다닥닥 다다다다닥닥, 취거적 취거적취거적….

그 소리를 뽐내듯 박자는 점점 현란한 손놀림과 소리로 사람들의 감탄을 자아낸다. 종철이도 공감한다.

"참 기가 막히구나."

삼식이 형도 옆에서 말한다.

"저것이 진짜 주방 난타지."

생각건대 시골에서 풍물놀이를 하던 가락을 아는 사람들이 주방에 들어와서 저렇게 칼을 가지고 장단을 내면서 채소와 고기를 다졌을 것이라고 추측해본다. 탕부 살로우만은 중식집에서 양파 써는 큰 칼로 다졌던 채소들을 도마 위에서 한쪽으로 긁어서 배에 대고 있던 양재기에 쓸어 담는다. 종철이는 한바탕 공연을 잘 보고 신기한 듯 살로우만 탕부에게 묻는다.

"이거 주방 난타 칼질이에요?"

"스도 형님한테 물어봐."

큰 용기 내서 물어본 종철이는 동문서답 같은 탕부 살로우만의 대답에 무안하고 어리둥절하다.

"스도요?"

"《인간극장》장총찬 모르냐?"

종철이도 얼마 전 교보문고에서 김홍신 작가의 베스트셀러《인간극장》장총찬을 본 적 있다.

"모르는 거 있으면 전부 예수 그리스도 행님에게 물어보면 돼. '예수그리'는 성이고 '스도'는 이름이야. 그래서 성인이라고 하잖나! 나는 하나님의 자식이고 스도 형도 하나님의 자식이고, 우리는 같은 형제이고 스도는 나의 형님이야! 말 되지? 내가 쫌 있다가 책 빌려줄게!"

며칠에 한 번씩 주방에 들르는 사장은 양복을 쫙 빼입고 들어온다. 종철이는 사장님의 출현을 보고도 인사하지 않는다. 전의 가게에서 일할 때부터 사장한테는 특별히 인사하지 않고 지낸 습성도 있지만, 한마디도 대화를 나눠본 적 없는 낯선 사장한테 인사하기가 쑥스럽고 마치 아부나 하는 것처럼 생각되어 우물우물하다 보면 사장도 너 보러 온 것 아니란 듯 종철이를 지나쳐서 주방장하고만 얘기 몇 마디 하고 나가기 일쑤다.

주방장은 주방이 바쁘지 않으면 주로 육부실에서 주화 형과 갈비 만드는 칼질을 한다. 주화 형이 칼질하다가 칼을 깊게 넣어 갈비살과 갈비뼈를 끊어먹으면 잔소리를 하는데, 30분이고 1시간이고 잔소리가 멈추지 않는 성격의 소유자다. 이날은 종철이가 타깃이 되었는데, 지하 주방에서 1층에 갈비탕을 올려야 하는데 깜박하고 2층으로 주방용 음식 엘리베이터인 '덤웨이터'를 올려서 갈비탕이 갈 곳을 몰라서 떠돌다가 식은 걸 손님에게 내보내게 되어 손님이 다시 해달라고 큰소리가 나고 한바탕 소란스러웠다. 주방장은 '덤웨이터'를 잘못 올린 종철이를 찾아내어 야단을 친다.

"정신을 어디다 두고 일하는 거야? 하나하나 잘 배워서 탕부도 하고, 냉면부도 하고, 육부도 하고, 나처럼 주방장도 되고 결혼도 하고 애들도 낳아서 키워야 하고, 애들 학교 보내고, 응! 고등학교 올라가면 더 신경 쓰이고 돈도 따블로 들어가. 애들 결혼하면 혼수 장만 해줘야 하고, 손주 낳고 노후대책 해야 하고, 엉! 할 것 아니냐!"

종철이는 아쌀하게 "잘못했습니다. 담부터 정신 차리고 잘하겠습니다" 하는 성격이 아니니 도긴개긴 피장파장이다. 고개만 푹 숙이고 있으면 끝날 줄 알았던 잔소리가 점점 길어진다. 주방장은 대꾸가 없으니 약이 오르는지 그칠 줄 알았던 잔소리가 언성이 더욱 커진다. 이때 사장이 주방에 들어온 것이다. 평소 인사를 안 해서 괘씸하게 생각했던 애가 일도 못 해서 야단을 맞고 있으니 화가 난 모양이다. 조용히 주방을 나간 사장이 주방장을 불러 종철이를 내보내라고 한 것이다. 주방장은 내보낼 정도는 아닌지라 야단쳐서 잘 가르치겠다고 말해도 사장은 이미 결심을 굳힌 모양이다. 이제 주방장도 난처해졌다. 종철이를 대놓고 자를 순 없고 좋은 일자리가 있어 소개해줄 테니 가보라고 말한다. 종철이는 의아해하는데, 가고 싶은 맘도 없어 망설여진다.

여자들이 말썽이다. 홀 아가씨 한 명이 주방 밥모 아줌마한테 사장님이 종철이보고 나가라고 했다며 안됐다는 듯이 떠든 것이다. 식당일 하며 처음 잘려보니 종철이는 서럽고 가기 싫은 마음에 눈물이 흐른다. 개인 소지품을 챙기기 위해 사물함 문을 열고 거울을 보니 설움이 복받쳐 종철이는 스킨병을 손에 쥐고 옷장에 내려쳤는데, 옆에 앉아있던 주화 형이 안색이 안 좋아지며 냉정하게 말한다.

"너 원래 이런 사람이었냐!"

평소 친했던 주화 형이 동조해줄 줄 알았는데 오히려 나무라니 종철이 마음도 냉정해진다. 역시 떠나는 사람은 말없이 가는 것이 좋은 법이다. 그래서 〈떠날 때는 말없이〉라는 노래도 있나 보다. 가방을 다 챙기고 주방을 나서는데, 주방장은 강남 영동에 가면 '장미가든'이라고 큰 갈비집이 있을 거고 육부장 철민이가 후배라며 찾아가면 일자리 해줄 거라고 한다. '영동 장미가든/육부장 철민/735-3624' 종철이는 전화번호가 적힌 메모지를 수첩 사이에 끼워 넣는데, 이것이 종철이의 운명을 바꿔놓는 사건이라는 것을 이때는 알지 못했다. 살다 보면 잘해주지 않는 사람이 있으면 미워하기 마련인데, 잘해주지 않아서 그곳을 떠나게 되어 잘되는 경우가 있다. 안 좋은 일이 있을 때 주저앉거나 원망하기보다 그 일로 인해 좋은 일이 생기는 경우 그것을 '전화위복'이라고 하는데, 좋다고 너무 좋아할 것도 아니고 잠시 나쁘다고 낙심할 것도 아닌가 보다.

폭포갈비집에서 갑자기 폭격 맞은 것처럼 잘리게 된 종철이는 충격에서 벗어나지 못하고 이모 집에 가서 사촌 형 방에 누웠다. 이모도 아들이 스님이 된다고 산에 들어갔으니 종철이를 보면 아들처럼 반가워하신다. 신원사 절에 갔다 왔을 때도 아들인 태성이라고 안부를 묻지 않고 스님 잘 지내고 있냐고 여러 번 물었다.

종철은 아침에 밥맛도 없어 엉덩이를 치켜올리고 방바닥에 엎드려 있었다. 다른 곳에서는 일하다 힘들면 그만둔다고 말하기가 참 힘들었지만, 폭포갈비에서는 좋아하는 아가씨도 있고 사람들하고도 다 잘 사귀어놓고 업무도 이젠 익숙해져서 몸과 마음이 편안해졌는데 갑자기 폭탄 맞은 것처럼 보따리 싸고 나오게 되니 원통하고 절통하고 아쉽고 분하고 서운하기가 이만저만 아니다. 술이라도 먹을 줄 알았으면 술로 풀거나 할 텐데, 친구도 없고 애인도 없으니 속 시원히 털어놓을 사람도 없다. 이모가 방문을 열며 말한다.

"야, 종철아! 여기 광화문 가는 버스 타고 세종문화회관에서 내리면 사직공원이라고 활터가 있는데 거기라도 가봐. 태성이도, 아니 성법스님도 고등학교 졸업하고 도시락 싸가지고 거기 있다가 왔어. 공원 가서 머리 좀 식히고 와라."

종철이는 따스한 햇살을 받으며 사직공원에 도착했다. 우선은 적당한 그늘 아래 벤치에 앉아 쉰다. 오르막길을 올라오느라 다리가 고생했다. 소나무, 전나무, 단풍나무 등 이름 모를 나무들과 따뜻하고 포근한 바람이 눅눅해진 몸과 마음을 말려주고 털어준다. 그래 내 몸은 내 것이 아니구나. 가끔 조금이라도 휴식을 주어야지.

사직공원에는 벤치나 구조물들이 콘크리트로 만들어 겉은 나무색을 칠하고 나무 문양을 그렸다. 군산에는 이런 게 없었는데 요즘 새로 나온 모양이다. 어린아이를 데리고 온 젊은 엄마아빠가 손을 잡고 걸어오고 있다. 아이가 벤치를 가리킨다.

"엄마, 저거 나무야?"

아빠가 대답한다.

"겉에만 나무껍질로 만든 거야."

파란 하늘과 따뜻한 햇살, 살살 불어오는 바람은 기분은 좋지만 오늘은 어쩐지 낯설다.

첫사랑을 선물한 여학생

　종철이는 갑자기 중학교 1학년 때 놀러 갔던 군산 월명공원이 생각난다. 아카시아 꽃송이가 포도송이처럼 공중에 온통 하얗고 겁나게 많이 피어 있었다. 종철이는 일요일에 큰형이 중학생 때부터 열심히 다니던 군산 유곽 구시장 2층에 있는 성심태권도장에 큰형을 만나러 갔다. 기다란 형광등 불빛 아래서 여러 명의 관원이 하얀 태권도복을 입고 구령에 맞춰 발차기와 손찌르기를 하고 있다. 큰형이 다가오고 종철이 또래의 여자아이도 다가와서 종철이에게 말을 걸고 관심을 보인다. 키는 종철이보다 조금 작고, 얼굴도 작고, 희고 귀엽게 생긴 얼굴에 생글생글 웃고 있다. 종철이는 가슴이 두근거리면서 기분이 좋아진다. 여자아이가 묻는다.
　"얘, 너 이름이 뭐니?"
　종철이는 얼굴이 빨개진다.
　"종철이."
　"응, 성은 김 씨니까 김종철? 난 이명숙이야. 너 태권도 잘하니?"
　여자아이를 보니 빨간 띠를 매고 있다. 종철이도 초등학교 3학년 때 아버지를 졸라서 태권도장을 다닌 적이 있다. 명숙이는 미소를 띠며 오른손을 살살 흔들며 말한다.
　"나하고 대련 한번 할래?"
　종철이는 머뭇거린다. 큰형은 옆에서 한번 해보라고 부추긴다. 하지만 종철이는 여자하고는 한 번도 대련한 적 없고, 매고 있는 빨간 띠도 맘에 걸려서 배 아파서 안 한다고 했다. 명숙이는 전화번호를 묻는다.

"너희 집에 전화 있니? 전화번호 몇 번이야?"

"2국에 육삼칠팔, 육삼칠팔."

종철은 여학생 애가 잊어버릴까 봐 연거푸 두 번을 말해준다.

"응, 2-6378. 알았어. 내가 전화하면 받아! 어?"

"응, 알았어."

종철이는 이것이 첫사랑인 줄 몰랐다. 여자아이는 큰형한테 같은 학년의 남동생이 있다는 걸 벌써부터 들어 알고는 큰형한테 동생 소개해달라고 졸랐는데, 보수적인 큰형이 그런 얘기를 하지 않은 것이다. 그랬는데 종철이가 제 발로 나타났으니 여자아이는 좋아서 오래전부터 알던 사이처럼 반갑게 대한 것이다. 종철이는 다음 날 월요일부터 학교 갔다 집에 오면 밖에 나가지 않고 명숙이 전화를 기다리고 있다. 전화를 기다리는 종철이는 설렌다. 이것이 어른들이 느끼는 사랑의 감정이라는 것도 모른 채 전화가 오기만을 애타게 기다리고 있다. 어쩌다 전화벨이 울리면 누가 받기 전에 먼저 뛰어간다. 목소리를 예쁘게 다듬어서 수화기에 대고 말한다.

"여보세요?"

"거기 콩나물집이죠? 여기 광명상회인데요. 콩나물 한 통 보내줘요."

종철이는 처음으로 설레고, 답답하고, 애가 타고, 간절한 마음으로 기다린다. 친구들이 놀자는데도 핑계를 대고 집에서 전화만 기다리고 있다. 하루 이틀 오지 않는 전화를 기다리는 종철이는 공부도 관심 없고 밥도 먹는 둥 마는 둥 눈이 빠지게, 아니 귀가 빠지게 명숙이 전화 오기만 기다린다. 금요일이 지나고 토요일이 지나도 전화는 오지 않고 종철이는 명숙이를 처음 만났던 명산동 유곽 구시장 안을 걷고 있다. 혹시나 길에서 명숙이를 만날 수 있을까 하고 돌아다니고 있었는데, 정말 거짓말처럼 불과 5미터 앞에서 명숙이가 언니뻘 되는 학생하고 팔짱을 끼고서 걸어오고 있다. 명숙이도 종철이를 발견하곤 깜짝 놀라며 무척 반가워한다.

"어머! 종철아. 너 어디 가니?"

종철이는 명숙이를 그렇게 애가 타게 보고 싶어 기다렸음에도 아무렇지 않은 듯 행동한다.

"응, 집에."

명숙이는 옆에 있는 언니에게 자랑스럽게 종철이를 소개한다.

"언니, 얘 내 친구야. 잘생겼지?"

종철이는 활달하고 그렇게 말하는 명숙이가 좋아진다.

"언니, 나 종철이랑 같이 놀러갈게."

언니는 고개를 끄덕이며 혼자서 가고 둘은 가까운 곳에 있는 군산이 다 내려다보이는 월명공원에 올라가기로 한다. 명숙이는 전화번호를 까먹었고 큰형에게 집 전화번호를 물어봐도 알려주지 않아서 애가 탔는데, 우연히 종철이를 발견하여 신이 난 것이다. 공원 쪽으로 가다 보면 중국 사람이 운영하는 중국집이 있다. 일요일 엄마아빠와 함께 월명공원에 갈 때 이곳에 들러서 짜장면을 먹었다.

"종철아, 우리 짜장면 먹을까?"

종철이는 주머니에 짜장 먹을 돈이 없어서 밥 먹었다고 할까 우물쭈물하고 있는데, 명숙이가 종철이 팔을 잡으며 말한다.

"내가 사줄게, 가자."

짜장면집 앞에는 빨간 리본을 단 작은 나무판에 빨간 글씨로 '동해루'라고 써 있다. 중국집 문 앞에 오니 중국집 특유의 맛있는 냄새가 설레고 즐겁게 한다. 달콤하고, 짭짤고소하고, 기름진 맛있는 냄새는 중국집만이 가지고 있는 설레는 냄새다. 작은 육각 컵에 보리차가 나오고 단무지와 양파가 따라나온다. 명숙이는 나무젓가락을 갈라서 다듬은 후 종철이에게 준다. 그런 다음 식초통을 집어 양파와 단무지에 능숙하게 뿌린다. 주방에선 불소리가 나고 쿵쾅 두드리는 소리가 난다. 중국집에서 쿵쾅 밀가루 반죽하는 소리, 국수 빼려 두드리는 소리는 맛있고 설레는 소리다. 드디어 기다리고 기다리던 짜장면이 나왔다. 종철이는 침이 나오는 걸 참으며 젓가락으로 짜장을 비빈다. 명숙이도 짜장을 비비더니 종철이에게 덜어준다.

"난 아까 언니하고 오뎅하고 떡볶이 사 먹었어. 너 많이 먹어."

종철이는 기분이 더욱 좋아진다. 명숙이가 더욱 이쁘고 좋아하는 마음이 쭉쭉 생겨난다. 명숙이와 종철이는 월명공원 언덕길을 나란히 걷고 있다. 콘크리트 바닥길 왼쪽은 산이고 오른쪽 길가에는 굵고 큰 아카시아나무가 쭉 늘어서 있는데, 하얗고 소복한 아카시아 꽃송이들이 공중에 포도송이처럼 주렁주렁 엄청나게 매달려 있다. 향긋한 아카시아 향기가 콧속에 가득 찬다. 종철이는 그중 보기 좋은 아카시아 꽃송이를 하나 땄다.

"명숙아, 아카시아꽃 먹을 줄 알아?"

"아니."

명숙이는 뭘 그런 걸 다 먹느냐는 표정이다. 종철이는 조금 무안해진다. 종철이는 동네 친구들과 산에 올라 아카시아꽃이 필 때면 꽃잎을 따서 먹었는데, 속에 꿀이 있는지 달콤한 맛에 입이 하얘지게 물고 뜯어 먹었다. 종철이는 아카시아 이파리가 비슷한 개수로 가지런히 예쁘게 달려 있는 줄기 두 개를 골라서 뜯었다.

"우리 가위바위보 해서 이긴 사람이 손가락으로 튕겨 누가 먼저 다 떨어지게 하나 놀이 할래?"

종철이와 명숙이는 산에 오르며 가위바위보 놀이를 하며 걷는다. 잠깐 사이 월명공원 꼭대기까지 올라가서 건너편 해망동 버스정류장까지 내려오니 명숙이가 말한다.

"종철아, 우리 버스 타고 미군 비행장에 놀러 갈까?"

종철이는 미군 비행장이 있다는 것은 들어서 알고 있지만 가본 적이 없다. 삼학동 집 앞 양옥집에서도 미군과 한국 아가씨가 함께 걸어가는 것을 보았고, 어떤 날은 미군이 큰 종이봉투에 생필품을 양손 가득 가슴에 안고 가는 걸 보기도 했다. 종철이랑 명숙이는 버스를 타고 30분쯤 달린다. 창밖에는 논의 벼이삭이 버스와 함께 끝없이 내달린다. 군산을 벗어나 '미면'이라는 동네다. 쌀이 많이 나서 미면이라 했을까? 미군 비행장 정문 앞에는 키 큰 미군 병사가 허리춤에 권총을 차고 지키고 있고 길가에는 옷가게, 상점, 점방들이 길게 늘어서 있으며 사람들이 왔다 갔다 한다.

"우리 아이스케키 먹자."

명숙이는 점방으로 곧장 걸어서 아이스케키 두 개를 사서 종철이에게 하나를 내민다.

팥 아이스크림 아맛나다. 겉에 있는 얼음을 조금씩 깨물어 먹다가 가운데 팥만 남으면 살살 빨아먹는다. 옆에서 아이스크림을 먹고 있는 명숙이를 돌아보니 아이스케키를 조금씩 아껴서 깨물어 먹는 모습이 너무나 귀엽고 예쁘다. 옆을 돌아보니 오락실이 보인다. 오락실을 보니 가슴이 뛴다. 오락실이 생기고 처음엔 벽돌 깨기를 했는데, 얼마 전 신형 오락기계 갤러그가 나와서 10원 넣고 백만 점까지 오랫동안 할 수 있다. 명숙이는 자동차 달리기 오락기 앞에서 남들 하는 것을 신기한 듯 쳐다보고 있다. 종철이는 명숙이에게 갤러그 점수 많이 올라가는 것을 보여주려 정신을 집중하고 열심히 한다.

"어머, 종철이 오락 진짜 잘하네."

종철이는 명숙이가 쳐다보고 있으니 긴장되면서도 오늘 따라 빨리 죽지 않고 점수가 잘 올라가고 칭찬까지 듣자 기분이 좋아진다. 오락실을 나온 종철이와 명숙이는 할 일 없이 왔다 갔다 구경하다가 날이 조금씩 어두워지려 하자 버스를 타고 다시 군산으로 돌아왔다.

"종철아, 너희 형한테 나랑 미군 비행장 갔다 왔다고 말하지 마아."

"왜?"

"혼날지도 모르잖아."

"응."

"종철아, 너 탁구 잘 치니?"

"조금 쳐. 초등학교 때 특별활동으로 탁구반 했어."

"우리 일요일 11시에 우체국 앞에서 만나자."

"그래."

길고 긴 일주일을 보내고 기다리던 일요일 아침이 되었다. 종철이는 엄마한테 친구하고 탁구 치러 간다며 용돈 200원만 달라고 하니 아무 말 없이 쉽게 내주신다. 설마 여학생을 만나는 것이라고는 생각지 못하실 것이다. 옷 갈아입고 머리에 물 발라서 빗으로 내려뜨리고 약속장소인 우체국으로 향했다. 화창한 날씨에 자주 놀러 다니던 시내길을 걸어가며 명숙이와 탁구 칠 생각을 하니 종철이는 기분이 좋다. 이 길은 친구들과 〈007 나를 사랑한 스파이〉 영화를 본 명보극장이 있고, 이덕화·임예진의 영화를 본 군산극장이 있는 길이다. 임예진은 부잣집 딸로 요양차 시골에 내려갔고, 이덕화는 시골에 사는 반항스러운 청년이었다. 귤나무 가지에서 귤을 따서 껍질째 씹어먹으며 임예진을 바라보는 이덕화의 반항스런 눈빛. 그걸 본 임예진은 자신이 신 것을 먹는 듯 찡그린 표정을 지었다. 둘은 좋아지게 되고 임예진은 병이 더 악화되어 "좋아하는 사이는 미안하다는 말을 안 하는 거야"라는 대사가 가슴에 남는다. 종철이는 눈이 작아서 이곳 시내에 있는 미용 가게에서 '티파니 인 레인보우'라는 쌍꺼풀 테이프를 사서 집에서 거울 보고 핀셋으로 눈에 붙이며 놀기도 했다.

오늘은 일요일이라서 그런지 찻길가에는 많은 사람이 좋은 옷으로 갈아입고 시내로 쏟아져 나왔다. 젊은 남녀가 팔짱을 끼고 유유히 걷고 있고, 약속장소로 가는지 바쁘게 걷는 사람도 보인다. 종철이도 명숙이 만날 생각에 가슴에 힘이 들어간다. 종철이는 예쁜 여학생을 만나러 가는 길이란 걸 안다면 사람들이 부러워할 거라는 생각을 하니 가슴이 설레고 즐거워진다. 명보극장 앞을 지나가니 올봄에 작은형과 왔던 분식집에도 오전부터 손님이 많다.

작은형이 중학교 졸업하고 알바해서 첫 월급 탔다며 종철이에게 맛있는 거 사준다고 군산에서 하나밖에 없는 이곳 명보극장 앞에 있는 유명한 풍미당 분식집으로 데리고 갔던 곳이다. 분식집에 들어가서 자리에 앉으니 작은형이 종철이에게 묻는다.

"뭐 먹을래?"

종철이는 벽에 쓰여 있는 수많은 음식 이름들을 쳐다보다가 말했다.

"비빔냉면 먹을래."

작은형은 '무얼 그런 걸 먹냐. 더 비싸고 좋은 걸 시키지' 하는 표정인데, '그래, 너 먹고 싶은 거 먹어라' 하는 듯 아무 말 안 하고 음식을 주문했다.

드디어 우체국 앞에 도착한 종철이는 먼저 도착해서 다행이라고 안심한다. 그런데 만나기로 약속한 시간인 11시가 지나고 30분이 다 가도록 명숙이는 우체국 앞에 나타나지 않는다. 잊어버린 걸까? 왜 안 오는 건지. 오지 않는 명숙이를 기다리는 종철이는 속이 타들어간다. 바로 나타날까 봐 오줌 싸러도 가지 못하고 근처 양복점 벽에 걸린 시계를 보니 바늘이 오후 1시를 가리키고 있다. 다짐했던 종철이는 또 발길을 돌리지 못하고 5분만 더 기다리자고 기대를 걸어보지만 허사다. 뒤돌아보고 또 돌아보며 어쩔 수 없이 아쉬운 발걸음을 돌린다.

두세 달이 흐른 후 종철이는 명숙이 생각을 하며 명숙이가 산다는 백화양조 앞 도롯가 동네를 지나가는데, 바로 앞에서 명숙이가 걸어오며 조금 반갑고 담담한 표정으로 종철이에게 묻는다.

"어머 종철이 어디 가니?"

"응, 집에."

"여기가 우리 집이야."

명숙이는 찻길가에 있는 제법 큰 하얀 양옥집을 가리킨다. 종철이는 저번에 우체국 앞에서 만나기로 한 약속을 지키지 않은 명숙이에게 서운한 감정이 있어서 반갑게 대하지 못한다. 약속장소에 왜 나오지 않았냐고 묻지도 못했고, 명숙이도 조금은 시들한 표정으로 더 이상 대화가 없다.

"갈게."

"응, 잘 가."

그렇게 명숙이와 헤어진 후 종철이는 2학년이 되었다. 학교에서 쉬는 시간이 되어 교실 밖 햇살 좋은 계단에 앉아 있는 종철이에게 덩치가 크고 남자답게 생긴 육상부 민호가 다가오며 말을 건넨다.

"야! 종철아. 너 명숙이 알지?"

종철이는 민호가 어떻게 명숙이를 알고 묻는 것일까 생각하며 힘없이 대답한다.

"응."

"명숙이 미국으로 이민 갔다. 주소 가르쳐줄까?"

시내에서 노는 애들과 어울리는 민호가 명숙이를 어떻게 알까? 명숙이는 그런 애들과도 어울렸나? 종철이는 주소라도 알아서 펜팔이라도 하고 싶은 마음도 있지만, 민호에게 속마음을 들키지 않으려고 대수롭지 않은 듯 대답한다.

"아니."

그리고 얼마나 시간이 흘렀을까? 종철이는 군산에 우체국이 두 개라는 것을 알게 됐다. 군산우체국과 영동우체국. 당연히 명숙이는 집에서 가깝고 본점인 군산우체국 앞에서 기다렸을 것이고, 종철이는 집에서 가까운 시내 이성당 빵집 골목에 있는 영동우체국 앞에서 기다렸던 것이다. 그리고 그때 종철이는 군산우체국이 있는지도 몰랐다. 아니, 지금 알게 된 것이다. 여러 가지 정황이 어설프고 어렸기 때문에 일어난 해프닝이다. 약속 장소. 만나는 거. "너 왜 안 나왔니?" 한 번만 물어봤더라도 오해는 풀렸을 것이고 그렇게 어이없이 돌아서진 않았을 것을. 그러나 잘 지냈더라도 1년 후면 닥쳐올 이민으로 인한 생이별은 또 어떻게 감당할 수 있었겠는가? 첫사랑을 경험시켜주고 추억을 주고 간 명숙이가 고맙고 한번 더 만나고 싶고 간절히 그리워진다.

종철이는 지금 자신이 가야 할 삭막한 주방 환경을 생각하며 지금 이대로 시간이 멈추었으면 좋겠다고 원해본다. 사직공원 위쪽으로 조금 올라가니 철봉대가 있다. 종철이는 어려서부터 운동을 좋아했다. 천성적으로 몸이 약하고 키가 작으니 강해지고 싶은 것이다. 태권도를 하고 이소룡 영화를 본 후부터 쌍절봉을 사서 돌리고 중학교 때는 유도부에 들어갔다. 폭포갈비에서도 추운 날 모두 잠든 새벽에 옥상에 올라가 줄넘기와 발차기를 하면 하루를 정복한 듯 승리감과 기분이 최고였다. 자신의 의지를 시험하기 위해 찬물에 머리를 감을 때는 모골이 송연해지듯 머리칼 뿌리가 뻣뻣이 서는 걸 경험했다. 아무리 추운 겨울에도 아침 운동을 하면 몸에서 열이 나고 기운이 가득 차서 감기에 걸리지 않는다는 것도 알게 됐다.

철봉에 매달려 턱걸이를 열 개씩 열 세트를 하고 나니 자신감과 용기가 배터리가 가득 차듯 온몸에서 힘이 차 오른다. 황학정 활터에 들러 활 쏘는 걸 구경한 후 내려오는데, 어린 남자아이와 여자아이가 단정히 옷을 입고 놀고 있다. 눈매와 입술에 귀티가 흐른다. 귀공자라는 말은 들어봤지만, 실제로 느낀 건 지금 눈앞에 있는 여자아이와 남자아이가 처음이다. 여기가 궁궐이었다면 연두 삼회장 저고리와 붉은 치마를 입은 공주의 모습을 연상케 한다. 잠시 전 종철이가 앉았던 벤치에는 이런 모습을 흐뭇한 미소로 바라보는 성숙한 여인이 앉아 있다. 통이 넓은 청바지에 자주색 코트를 입고 속에는 남색 블라우스를 입은 여인은 아이들의 엄마인 모양이다. 종철은 여인을 보고 진한 모성을 느낀다.

영화광인 아버지는 황정순, 최은희가 나오는 영화를 보실 때면 흐뭇한 미소를 지으셨다. 종철이는 앞에 앉은 여인에게서 최은희의 한국적 어머니상과 김지미의 섹시함을 느낀다. 여인은 웃는 듯 멍한 듯한 표정으로 아이들을 바라보다가 인기척을 느꼈는지 종철이가 있는 쪽으로 고개를 돌린다. 종철이는 함부로 쳐다본 걸 들킨 사람처럼 눈을 재빠르게 돌린다.

엎드려 운동화 끈을 다시 묶으며 또 여인을 바라본다. 언감생심 종철이는 저 여인이 엄마나 누나였으면 얼마나 좋을까 상상해본다. 바람에 블라우스 옷깃과 머릿결이 살랑살랑 속삭이는 듯하다. 여인은 다시 종철이 쪽으로 고개를 돌린다. 이번엔 종철이도 눈을 피하지 않고 뭔가 갈구하듯 애원하는 눈길로 바라보니 뜻밖에 여인은 종철이에게 미소를 지어 보인다. 종철이도 마지못한 듯 미소를 짓는다. 여인은 이내 고개를 돌리고 일어서서 아이들 곁으로 간다. 종철이는 더 이상 이 자리에 버틸 넉살도 명분도 없다는 걸 알고 아무 일 없는 듯 옆쪽으로 비켜 걸어간다. 세상에는 갖고 싶은 것도 좋은 것도 너무 많지만, 그냥 주어지는 것은 없다. 열심히 공부하고 돈도 모아야지 다짐해본다.

집에 도착한 종철이는 일을 하고 사회생활을 해야 한다는 강박감으로 자신을 험한 세상 속으로 또 밀어낸다. 또 이것이 본능이란 걸 안다. 동물이라면 살고자 하는 본능 말이다. 폭포갈비 주방장이 써준 메모지를 펼쳐본다. 대학 나왔다는 이모에게 영어로 '가든'이 뭐냐고 물으니 바로 답변하리라는 예상과 달리 영어사전을 꺼내서 한참을 뒤적이더니 넓은 정원이라고 알려준다.

종철이는 일을 가기 위해 또 준비한다. 작은 가방에 잠잘 때 입을 추리닝, 속옷, 양말, 칫솔과 치약, 작업복 그리고 맨 위에는 수건으로 덮는다. 광화문에서 버스를 타고 남산 3호 터널을 지날 땐 숨을 멈추고 1분 40초 터널을 통과할 때까지 참고서 버티기 시합을 한다. 숨을 안 쉬고 터널을 통과하면 승리감과 함께 세상을 살아가며 이겨낼 수 있다는 자신감을 얻기 위해 상대도 없는 승부를 겨루고 있다. 강남 고속버스터미널을 지나 영동 성수대교 앞에서 하차한다. 종철이는 상점에 들러 장미가든 가는 길을 물어본 후 겨울날 쓸쓸한 회색빛 길을 두근거리는 가슴을 진정하며 걷고 있다. 내 편은 없다. 스스로 이겨내야 한다.

3

소갈비 요리사, 문화와 관광을 배우다

나의 장미가든 육부 입문기

물어물어 큰길을 따라 다다르니 상상 속에서도 볼 수 없었던 호화롭기 그지없는 광경이 눈앞에 펼쳐진다. 한 번도 본 적 없는 화려한 고급 보도블록이 깔려 있는 넓은 주차장을 한참 지나서 현관 쪽으로 걸어가니 멋지게 잘 지은 정자에 한겨울인데도 샛노란 옥수수를 주렁주렁 매달아놨다. 왼쪽으로는 천상 속에서나 존재할 것 같은 아름답게 잘 꾸며진 연못과 그 중앙에 섬 같은 자연석 돌들로 장식하고, 꽃은 피지 않았는데도 꽃동산 같은 아름답고 멋진 모습. 우리나라에도 이런 곳이 있었구나 하는 생각이 든다. 점심시간이 지난 한가한 오후 시간이라서 그런지 정원에 사람은 없다.

종철이는 이곳의 화려함과 큰 규모에 압도되어 가든 중앙에 있는 현관으로 당당히 들어서지 못하고 몇 번을 그냥 지나치고 있다. 이번에는 들어가야지 굳게 마음먹고 현관 앞에까지 나가서다가 떨리고 두려워서 그냥 지나치기를 연기하는 연기자처럼 이내 또 발길을 돌린다.

그냥 지나치는 자신을 누군가 볼세라 안 들어가려고 했던 것처럼 지나치기를 반복하고 있다. 여러 차례 큰맘 먹고 왔다 갔다 하다 보니 머리가 어지러워지고 정신이 없을 때 그때서야 자신도 모르게 현관문을 밀고 들어선다. 문을 여는 순간 겁낼 정도는 아니라는 생각이 들며 때로는 정신이 육체를 따라간다는 걸 느끼게 된다. 현관 안에 들어서니 맨질맨질한 돌바닥이 번쩍이고 왼쪽에는 넓은 벽면 전체가 수족관이다. 큰 무만 한 비단잉어들이 부잣집 식객처럼 유유히 물속을 노닐고 있다. 종철이는 순간 물속을 여유롭게 헤엄쳐 다니는 비단잉어 신세가 부럽게 느껴진다. 큰 어항 너머에는 고풍스런 온돌방에 고가구들이 자리를 지키고 있다.

위아래로 잘 차려입은 웨이터에게 육부장 김철민 씨를 불러달라고 하고 오른편을 보니 중학생 때 친구들과 극장에 가서 몰래 본 영화 〈007 나를 사랑한 스파이〉에서나 봄직한 웅장한 홀이 끝없이 펼쳐진다. 잠시 후 육부실에서 올라온, 얼굴이 희여멀건한 젊은이가 따라오라고 하고 앞장선다. 육부실 똘마니인 모양이다. 종철이는 그 뒤를 두근거리는 마음을 진정시키며 따라간다. 뒤로 돌아가니 앞쪽의 화려함과는 대조적으로 큰 드럼통을 뉘여서 반으로 짜갠 걸 10여 개 쭉 걸어놓았다. 그 아래에는 연탄불을 때어 그 속에 엄청난 양의 갈비 굽는 석쇠를 뜨거운 물에 담가서 불리고 있다.

시멘트 바닥으로 된 컴컴한 지하 계단을 따라 내려가니 그곳이 육부실이다. 사람이 들락거릴 수 있는 큰방보다 더 큰 대형 냉장고는 냉장실과 냉동실이 벽면에 아예 짜맞춰져 있다. 냉장고를 지나 방문처럼 생긴 나무 문을 열고 들어서니 어두운 작업실 안에 7명의 갈비 기술자가 큰 평상 같은 작업 도마에 삥 둘러앉아 갈비를 산더미만큼 쌓아놓고 칼질을 하고 있다. 갈비 양쪽 면에 일일이 칼집을 넣어주는 소위 다이아몬드 칼질이다. 칼질을 다 한 소갈비살 모양은 배 포장할 때 충격 받지 말라고 씌워놓는 스티로폼 망사처럼 갈비살이 촤르르 펼쳐진다. 그 손놀림은 마치 코브라나 닭이 모이를 쪼아 먹듯 하는 모습인데, 그 빠르기가 인간의 한계에 도전하는 속력으로 장시간 반복해야 한다. 속으로 놀랄 즈음 육부장이 종철이에게 칼을 주며 칼질을 한번 해보라고 한다. 유식한 말로 오디션인 셈이다. 순간 눈으로 본 건 있어 아주 빠르게 흉내를 냈다. 원래는 양쪽으로 촘촘히 넣어준 칼집이 서로 깊숙이 맞물려 손으로 갈비살을 들었을 때 그물처럼 벌어지며 본래 갈비살 길이의 배 이상 늘어나야 한다. 종철이가 한 칼질에는 칼집이 전혀 먹지 않고 칼질하는 폼이 엉성했는지 그 모양이 우스꽝스러워 모두 실실 웃는다. 어차피 기술자를 구하는 건 아니었고 작업량이 많으니 잔심부름해줄 사람이 필요했던 모양이다.

육부실 선배들은 종철이의 입사를 행운이라 말한다. 월급 14만 원에 육부를 시작하게 되는데, 넘치는 손님에 때로는 잠을 3시간밖에 못 자고 온종일 갈비를 만들고 손을 수시로 베이고 때로는 선배들에게 얻어맞는 고단한 갈비 육부 보조 생활이 시작된 것이다.

입사 첫날 잠을 자기 위해 육부실 형을 따라간 종철이는 1층 손님 받는 방으로 안내되었다. 큰방에 들어가니 육부실 사람들만 자는 방이다. 깨끗한 방바닥에는 장미무늬 밍크 담요가 놓여 있다. 여기 장미가든에 와서 두 번째 놀라는 것이다. 그동안 식당을 여러 곳 다녀봤지만, 일반 가정집에서도 고급인 밍크 담요를 이직률이 빈번한 식당 사람들에게 지급된 점이 놀라웠다. 종철이는 밍크 담요를 한 장 깔고 한 장 덮으니 자신이 마치 고급이 된 것처럼 기분이 무척 좋다. 직장인으로 자긍심과 애사심이 일어나는 마음이다.

갈비집에서 육부실 사람들의 프라이드는 크다. 그도 그럴 것이 갈비집에서는 갈비가 제일 중요하고, 갈비집을 창업하는 데 있어 갈비 기술자들이 부족하기 때문에 일자리 걱정 없이 웃돈 받고 스카우트되어가는 일이 많다. 갈비집에서 서열은 주방장이 첫째면 육부장은 두 번째다. 육부장은 주방장으로 올라갈 수도 있고 다른 곳으로 옮길 때 주방장으로 갈 수 있지만, 냉면장이나 탕부는 주방장 하기가 어렵다. 갈비를 모르고는 주방장을 할 수도 없거니와 아랫사람들을 부릴 수 없기 때문이다.

아침이면 홀 영업주임들의 기상 목청으로 하루가 시작된다. 직원들이 방을 비워줘야 청소를 하고 하루 장사 준비를 할 수 있기 때문이다. 이때도 육부실 방은 제일 늦게 일어난다. 어슬렁어슬렁 무게와 여유를 잡고 일어나서 이불을 가지고 간다.

육부실에 도착하면 전날 꺼내놓은 바닥에 펼쳐진 냉동 갈비를 작업하기 좋게 한쪽 벽에 차곡차곡 쌓아놓는다. 바닥에 고인 핏물을 물과 빗자루로 씻어내고 나서 소갈비 작업이 시작된다. 넓은 평상 위에서 20킬로그램 정도 되는 한우 갈비를 한 짝씩 맡아 빙 둘러서서 작업을 하는데, 1차 작업은 마구리를 쳐내고 등 지방을 걷어내고 갈비 한 짝 13대의 갈빗대를 분리

하는 과정이다. 갈빗대 하나 길이는 짧은 쪽 20센티미터에서 긴 쪽 60센티미터다. 이때 걸리는 시간은 평균 8분 전후다. 갈비 생김새나 실력에 따라 차이가 나는데, 일반 업소 갈비 기술자들은 10~15분 걸린다. 이곳은 작업량이 많아 오래 하다 보면 실력이 좋아진다.

다음은 갈비를 골절기로 재단하는데, 한 짝에 20킬로그램 정도 되는 갈비를 분리하면 13대의 큰 갈빗대가 나오고 3.5센티미터 길이로 자르면 120대 정도가 나온다. 갈비를 모두 잘라 정리하고 나면 육부실의 인터폰이 삐삐 울린다.

"아침식사하러 올라오세요."

예쁜(?) 아가씨의 낭랑한 목소리가 육부실 인터폰을 타고 들린다. 종철이는 인터폰을 받는 육부장이 부럽다. 1층에 올라가면 넓은 홀에 직원들이 절반 정도 들어 찬다. 지금은 비수기라서 직원들이 150명 정도란다. 작업복을 입은 장치실 사람들, 조리복을 입은 주방 사람들, 말끔히 검정 조끼를 입은 남자 웨이터들, 붉은빛 도는 가운을 입은 홀 아가씨들, 양복을 입은 주임, 지배인, 그리고 전기실 설비 아저씨들. 종철이는 많은 사람들을 보니 정신이 없다. 이 많은 사람들 얼굴을 익히려면 몇 달 걸려도 어렵겠다는 생각을 한다. 그래도 육부실 사람들만 모여서 식사를 하니 마음은 편하다.

아침밥 먹고 담배 한 대씩 피우고 나면 본격적인 갈비 칼질이 시작된다. 부산 해운대에서 시작됐다는 그물망식 칼질은 서울에선 다이아몬드 칼질이라 한다. 양쪽 면에 칼질을 하여 구멍이 뚫리면서 살이 두 배 이상 늘어난다. 갈비는 살이 많은 게 있고 적은 게 있는데, 살이 많은 부위를 잘라내어 살이 부족한 갈비에 채워준다. 한 대 양만큼 살로 뼈를 김밥 말듯 감아준다. 동그란 양재기에 100대씩 채워서 저녁 8시쯤 되면 주방장이 양념을 한다.

큰 고무다라이에 간장 한 바가지, 물 다섯 바가지, 설탕 한 바가지 비율로 넣고 정종, 후추, 마늘, 참기름, 배, 파 간 것, 캐러멜, 통깨를 넣은 다음 갈비 다라이에 육수 두 바가지씩 붓고 잘 스며들도록 한 손은 갈비 다라이를 잡고 한 손은 갈비를 눌러주며 양재기를 위아래로 흔들어준다. 냉장고에 넣을 때는 쟁반을 덮어서 그 위에 차곡차곡 열 개 정도 냉장고 천장까지 쌓는다. 양념이 끝나면 육부실 갈비 작업은 끝난다. 다음 날 판매할 갈비를 이렇게 하루 전에 양념해야 충분히 간이 배어 맛있다.

이제 1층 냉면 가마에서 뜨거운 물을 얻어다가 하바롱(옛날 퐁퐁)을 풀고 다과시솔(긴 막대솔), 빗자루, 부삽 등이 총동원되어 수대로 청소가 진행된다. 가외당(계단)도 위에서 뜨거운 물을 뿌려 다과시솔로 문지르고 물을 뿌리며 빗자루로 씻어낸다. 이때 슬리퍼 신은 발도 자동으로 씻기며 세수도 하고 청소가 완료되면서 일과가 끝이 난다.

영업시간 마감이 밤 10시쯤인데, 육부실은 특별히 마감 시간이 9시 30분쯤이다. 육부들은 어슬렁거리며 주방이나 홀로 흩어진다. 다들 바쁘게 마무리하고 있다. 종철이는 육부라는 특별 직책에 자부심을 느끼며 사람들이 부러워하겠지 하며 속으로 자신감에 빠져본다.

오늘은 당구 한 게임씩 치기로 하여 삼삼오오 가게 정원 밖 당구장으로 걸어간다. 잘 가꾸어진 정원에는 웨이터들과 홀 아가씨들이 분주히 정리하고 있고, 아직 몇몇 테이블에는 화려하게 외출복을 입고서 갈비를 뜯는 가족들, 연인들의 모습도 눈에 띈다. 종철이와는 다른 세상 사람들 같은 부러운 모습이다.

종철이는 작년에 천호동 기사식당에서 일할 때 당구를 배워서 80점 놓고 치는데, 여기 육부 형들이 종철이 당구 짜다고 난리다.

"야, 종철아! 당구 큐대 끝에 왜 고무가 달린 줄 아냐? 너같이 사기 다마 치는 놈 머리 떼리라고 있는 거야."

당구장 카운터 라디오에선 처음 듣는 노래가 나오는데, "못 맞혔어~! 못 맞혔어!" 한다. 당구를 치고 나면 못 맞혔다고 노래가 흘러나오니 못 맞힌 사람만 약 올라 죽으려 하고 다른 사람들은 웃겨 죽는다. 나중에 알고 보니 가수 이동기의 〈논개〉라는 노래인데 '못 맞혔어'가 아니라 '몸 바쳐서'였다. 모두 즐겁게 당구를 치고 가게 현관에 들어서는데 주방장이 지키고 서 있다.

"야! 니네들 말 안 들을래? 12시 안에 들어오라니까. 다들 자는데 피해가 가잖냐."

다들 꼼짝없이 슬금슬금 들어간다.

"얌마, 그만 가자니까 꼭 결승하자고 해가지고 나만 욕먹잖냐."

육부장은 이겨서 게임비를 내지 않아 기분 좋으면서 농담을 던진다.

"야, 조용히 들어가라니까!"

육부실 사람들 잠자는 두 번째 방문을 여니 당구 치러 안 간 두 사람은 엎드려서 잡지책을 보고 있다. 종철이 방에 누워 손바닥을 펴보니 장갑을 안 끼고 칼질을 하기 때문인지 형광등 불빛에 칼질 자국이 밤하늘의 별처럼 무수히 나 있는게 신기하다.

"불 꺼라."

종철이는 열일곱 살에 식당에 발을 들여 분식집, 중국집, 한식집 등 본인의 의사와는 상관없이 마구잡이로 흘러 돌아다녔다. 냄새나는 양동 쪽방촌에서 10여 명이 추운 날 이불 하나 없이 칼잠을 자야 했던 기억도 그때는 힘들었지만 좋은 경험이었다. 그런 과정들을 거쳐 올라가는 것이지 그것 없이 지금이 있을 수는 없지 않은가? 3년이라는 시간이 헛되지 않았고 이제는 육부 기술자로 열심히 갈비를 배워서 실력 있는 주방장이 되자고 다짐해본다.

정원에 꽃이 피기 시작하는 3월이 되자 육부실도 바빠지고 손님도 많아져 직원들도 많이 필요해진다. 주방에는 특히 냉면부와 세척부, 장치부 인력이 많이 필요해지는데, 일하는 데 힘이 드니까 하루 일해보고 도망가는 사람들도 많다. 육부실 열 명, 냉면부 열 명, 세척부 열다섯 명, 장치부 열두 명, 찬모부, 탕부들도 있으니 하루가 다르게 사람들이 드나들어 모르는 얼굴들로 정신이 없다.

인력충원은 주방장 몫이다. 아는 사람들을 통해 들어오기도 하지만, 제일 많이 구해지는 곳은 재료상인 동대문 진미식품이다. 서울 시내 식당을 다니면서 식료품을 납품하다 보니 일 갈 사람, 찾는 사람의 중간 역할을 하게 된다. 놀면서 일자리가 필요한 사람은 진미식품에 일자리 나오면 연락 달라고 부탁해놓거나 직접 아침부터 가게 앞에 죽친다. 커피 한잔 마시며 노름도 하고 아는 사람 만나서 담소도 나누는 소개소 아닌 무료 소개소다.

양동이나 북창동 같이 소개비를 받고서 하는 것이 아니라 업주와 거래처, 주방장의 삼각구도가 상부상조하는 공생관계다. 때로는 주방장이 오픈 갈비집을 잡고서 거래처에 납품 주문을 하게 되면 개업 첫 거래 시 물건 주문값의 10% 정도 커미션을 준다. 개업 준비에 필요한 업체로는 식료품, 고깃집, 설비, 그릇 가게 등이 있으니 주방장을 믿고 창업하는 업주는 주방장의 의도대로 따를 수밖에 없다. 그러나 꼭 필요치 않은 기물이나 그릇들을 많이 구매하고 업체 재고정리까지 해주면 수고비는 올라간다. 그래서 쓰지 않는 비품들이 창고에 쌓이게 되고, 냉면가루 같은 것도 포대당 얼마씩 주면서 1년치 쓸 물량을 받아놓는 일도 벌어진다. 오픈에 재미를 붙이면 사람들을 모집해서 오픈만 해주고 돈 빼먹고 한 달 만에 다른 곳으로 옮겨 사람들을 싹 빼가기를 반복한다. 그 주방장 뒤에 들어간 사람은 재고가 잔뜩 쌓여 있고 고깃집이나 채소집 등에서 선불 당겨 쓰고 간 뒤여서 그도 깔리면 1년 지나야 하니 자기가 정당히 챙길 몫이 없게 된다.

이런 주방장들을 '오픈 주방장'이라고 하는데, 브로커처럼 말발이 능통하고 재주가 좋아서 잘도 일자리를 찾아서 다닌다. 한술 더 뜨는 주방장은 창업주로부터 스카우트 제의가 오면 작은 자리는 자기가 가기 싫고 아주 실력 있는 사람 구해준다고 하고선 이 사람 빼오려면 선불 줘야 한다고 해 놓고 선불 받고는 놀고 있는 주방장을 소개해준다.

"야! 좋은 오픈 자리 하나 있는데 니가 가라. 내가 급히 쓸 데가 있어서 선불 좀 받았는데 니기 기서 깔 빼먹어."

이러면 식은밥 더운밥 가릴 때가 아닌 순진한 주방장은 그것도 감지덕지여서 술까지 사주면서 소개해준 주방장을 은인으로 안다.

봄이 되면 장미가든도 직원교육이 한창이다. 월요일은 오전에 전 직원 서비스 교육이 있다.

"QSC. 맛. 친절. 청결 삼원의 정신으로 일해주기 바랍니다."

수요일은 일 마치고 방마다 다과회를 열어 직원들 간의 소통과 애로,

건의 사항, 아이디어 제안을 활발히 한다. 오늘은 수요일 다과회가 있어서 홀, 주방 여러 부서 사람들이 한 조가 되어 아이디어와 개선 사항을 나눈다.

"세척부 반장 이용태입니다. 홀에서 빈 그릇, 쟁반 주방으로 주실 때 요지는 잘 빼고 줬으면 좋겠습니다. 손가락이 찔려서 피가 나고, 어떤 날은 고무장갑이 빵꾸가 나는데, 구매과에 가서 고무장갑 달라고 하면 많이 쓴다고 또 욕 먹어요."

"요지가 뭐냐?"

"이쑤시개."

"알아, 인마! 말에 요지가 뭐냐고?"

"?"

"요지 빼고 달라고!"

호텔에서 며칠 알바하다가 왔다는 설거지는 옆 사람에게 아는 체를 한다.

"호텔에서는 쟁반을 '사각 트레이'라고 해."

옆에 있는 숯불 피우는 장치도 한마디 한다.

"사과, 오렌지주스, 에이스 비스켓, 딸기 웨하스. 오늘은 비스켓 하나가 늘었다."

"날씨가 풀리니까 손님이 는 거지."

"손님이 늘면 비스켓 하나 더 주냐?"

"매출이 느니까 돈이 더 들어오고 베풀 수 있는 거지. 곳간에서 인심 난다고 하잖냐. 하! 새끼."

"알아, 인마. 너 아는가 테스트해본 거야."

홀 주임이 정리한다.

"오늘 좋은 건의 사항 제시해준 세척부 이용태 반장 좋습니다. 오늘 나온 건의 사항, 아이디어 등은 전체 간부회의에 건의해서 개선되도록 하겠습니다."

월요일은 강사를 초빙하여 맛, 친절, 청결에 대해 강의해주는데, 이러한 시간이 외식업에 종사하는 기본정신이 되었다. 또한 차후 독립해서 나가게 되는 직원들 마인드 교육이 되니 우리나라 외식문화에 지대한 영향을 미친 것이 장미가든이다.

전국에 장미가든을 본보기로 우후죽순 생겨난 가든들은 교육으로 무장된 직원들이 전국으로 스카우트되어 외식업에 일익을 담당했던 시기다. 육부실 사람들은 최고의 갈비 기능장들로 많은 갈비 육부들을 배출했으니 장미가든을 두고 '갈비사관학교'라는 말도 생겨났다. 종철이는 육부실에서 선배들이 점심 먹고 쉬는 시간이면 쉬지 않고 혼자서 갈비 칼질 연습을 한다. 아직은 포 뜨는 담당이고 칼질은 선배들이 하기 때문이다. 식당은 가르쳐주는 데 아주 인색하다. 본인이 알아서 어깨너머로 익혀야 한다. 1970년대에는 주방장들이 밑의 사람에게 조리비법을 보여주기 싫어서 양념할 때는 심부름을 시켰다고 한다. 갑자기 그럴듯한 심부름이 생각나지 않으면 뜬금없이 동네 골목에서 연탄재를 가져오라는 말도 했다는 것이다. 급하게 갔다가 와보면 어느새 불고기 양념을 다 재워서 냉장고로 직행한 후다.

주방은 친절히 가르쳐주는 곳이 아니다. 본인이 알아서 열정을 가지고 배우고 익히고 욕 얻어먹으면서도 선배 옆에 붙어서 배우고 해보고, 실수하면 욕먹고, 그렇게 연어가 개울가를 헤엄쳐 거슬러 올라가듯 힘들게 가는 것이다.

젊은 총각들이 종일 육부실 작은 공간에서 무료하게 일하다 보니 손은 칼질하는 데 놀리고, 입은 쉴 새 없이 경험과 상상과 생각들을 쏟아낸다. "식당 개 3년이면 라면을 끓이고, 식당 생활 3년이면 벙어리도 말을 한다"는 말도 이때 생겨났다. 식당은 이직률이 높고 말들이 많다 보니 전국 식당 돌아가는 동향 파악이 다 된다. 어느 집에 누가 갈비 작업하다가 손가락을 잘라 먹었다더라, 불이 나서 홀라당 다 타버렸다더라, 월급이 얼마이고 사장 성격, 어떤 홀 아가씨가 누구와 바람이 났다더라 등등. 오늘은 육부실 서열 3위 스물일곱 살 재필이 형이 입을 연다.

"내가 2년 전 당진에 있는 돼지갈비집에 일을 갔는데 말야. 주인아줌마가 쉰다섯 살인데 사별하고 혼자서 홀을 보고 주방에는 아줌마 하나하고 나하고 둘이 일을 했어. 근데 밤마다 주인아줌마가 나 자는 방을 두드리는 거야. 첨엔 사실 좋았어. 이게 웬 떡이냐 오래 있어야지 했는데, 웬걸 아줌마가 얼마나 쎈지. 나도 쎄거든. 밤까지는 좋아. 근데 아침에 눈 뜨면 또 두드리는 거야. 밤과는 다르게 위아래 위치를 바꾸어 하게 됐는데, 두 달을 매일 그랬는데 아침에 냉면 반죽하고 화장실 가는데 뭐가 뜨듯한 게 턱으로 떨어지더라고. 바닥을 보니까 코피야. 그걸 또 주방 아줌마가 봤네. 총각 그러다 죽어. 전에 남편도 아파서 누웠는데도 안 봐줘서 힘들어했다는 거야. 아으, 겁이 덜컥 나는데 돈이고 뭐고. 연탄불 갈고 연탄재 밖에다 버리러 간다고 나와서 그냥 도망쳐왔어."

"이야, 고생했네. 거기 어디야? 내가 한번 도전해보게."

"아서라, 너 하체도 부실한데 보름도 못 버틴다."

"보름이 뭐야? 3일이면 잘못했습니다 하고 도망칠걸. 하하하."

"내 얘기는 아니고 들은 얘기인데."

이번엔 태순이가 입을 연다.

"천안에 일을 갔는데, 일 끝나면 그 집 주인 부부하고 지배인하고 주방장하고 네 사람이서 고스톱을 치는데 처음에는 좀씩 땄대. 근데 한 달 월급 타고부텀 판돈을 키우더니 잃으면 가불해줘서 치고 하다 보니까 월급 타면 빚 갚고, 월급날 월급 줄 때 빚 까고 주진 않아. 돈은 다 주고 쳐다본대. 그러면 빚 갚고 그날 밤 복수혈전이 벌어지는데, 나중에는 점점 빚이 늘어가지고 월급보다 빚이 많아졌대. 6개월 근무했는데 월급 27만 원 받고 가서 빚이 130만 원이야. 도망 나왔대. 나중에 일하는 데까지 어떻게 알고 빚 받으러 찾아왔더래. 그래서 지금 숨어 다닌대."

"저번에 어떤 아줌마가 형 찾던데요?"

"야이, 나 아냐."

"하하하."

"야, 찾아올 때마다 한 번씩 거시기해주고 빚 까나가."

"야이! 나 아니라니깐."

이번엔 체격이 크고 호남형인 판철이가 등판한다.

"내가 작년 겨울에 놀 땐데 말야. 친구가 큰아버지 돌아가셨다고 해서 3일 일당 일해주러 신촌에 갔는데 할아버지와 할머니가 하는 쪼그만 식당

이야. 할머니가 주방 설거지도 하고 반찬도 놔주고 홀도 보고. 홀에 아줌마 한 명 있고, 조그만 방이 두 개 있어. 주인 두 분은 내실에 들어가서 티비 보시고 귀가 안 들리는지 크게 틀었어. 나는 점심에 낮잠 자는 습관이 있거든. 방에 누워있는데 방바닥을 보니께 아줌씨 머시기 털이 얼굴 앞에 딱 있더라고."

"그게 여자 건지 어떻게 알아?"

"아이, 홀 여자 자는 방이래야. 흐흐흐."

"아, 그거 보니께 이게 막 스대."

"군용 텐트 쳐부렀고만."

"판철이 형 연장 좋잖여."

"홀 아줌씨가 방문 열고 들어옴시롱 불 끌까요? 이러는 거야."

"알아서 흐세요 그랬지. 그랬더니 옆쪽에 딱 눕더라고. 머 방이 작아서 내가 가운데 누운께 어디로 누우나 바로 옆이여. 하하, 그래가지고 옆구리 쪽에다가 손을 슬며시 댔는데 가만있더라고. 시간이 없잖여. 진도를 빨리 나갔지. 가운데다가 살짝 손을 얹었는데, 또 가만있는 거여. 그래서 이번에는 욕을 먹냐? 하냐? 둘 중에 하나니까 쎄게 눌렀지. 그랬더니 흐어~ 고양이 하품하는 소리가 나는 거여. 하하하. 응, 옳다꾸나. 왔구나. 물었다!"

"말하는 게 완전히 낚시꾼이네."

"그래가지고 팬티를 내렸지. 아, 이런 엉덩이를 슬쩍 들더라고."

"음마, 하하하."

"너무 고마워서 일당 받으면 얼마 주고 싶더라고. 그래가지고 일어나서 팬티는 내 바지주머니에 넣고."

"남의 팬티는 왜 주머니에 넣어?"

"나도 내 정신 아녔어. 나도 속옷을 벗는데, 걸려서 안 내려가서 맘이 급하더라고."

"야, 내가 미성년자 있어서 더 말을 몯허것다. 잠잘 때 나한테 와. 2편 들려줄게. 야, 근데 그 여자 팬티도 안 입고 저녁에 서빙 보더라고."

"어떻게 알아?"

"난중에 할머니 화장실 갔을 때 주방에 들어와서 딴 데 쳐다보며 손만 나한테 내밀고 조용히 팬티 달라고 하더라고. 그러더니 한쪽에서 휙 입어."
"여자가 까졌고만."
"입고 벗는 데 숙달됐네, 숙달됐어!"
"누구는 가는 데마다 봉사하는데, 나는 여기서 1년이 넘었어도 받아주는 사람 하나 없어."
"야, 수염이나 깎아라."
"수염 깎으면 줄 서?"
"야! 너 같으면 수염 때문에 위아래 따가운데 하고 싶겠냐?"
"그래? 한번 밀어봐야지."
"위에만 밀어. 아래도 밀지 말고. 하하하하."
묵언수행하듯 참고 있던 진팔이 형이 무거운 입을 연다.
"야! 할 때는 구석구석 안녕하세요 해줘야 돼."
"ㅎㅎㅎ."
"진팔아, 너 왜 오늘은 조용하냐? 뭐 느낀 바가 있냐?"
"남을 웃기려면 때로는 목숨을 걸어야 할 때가 있다. 좋은 소재 떠오르면 갈등을 하지. 이 말 했을 때 웃어줄 것이냐? 욕먹을 것이냐? 그런다고 참으면 만담가가 아니지. 포수가 호랑이 무섭다고 안 쫓으면 사냥꾼 아니지. 그래서 〈마음은 외로운 사냥꾼〉이라는 영화도 있잖냐."
"진팔이 너는 마음이 외로우면 영화나 봐라. 나는 외로운 동포들을 감싸줄란다."

남자들 무용담에 다들 좋아서 아랫도리가 불편한지 자세를 고쳐 앉는다. 스물한 살 태선이는 아직 농담에 끼지 못하고 장갑 낀 손으로 추리닝 바지 속에 손을 넣어서 불편한 다리를 제자리에 고쳐놓는지 엉덩이를 들었다 놨다 한다.

주방 남자들은 이런 농담들을 뿜어내며 힘들고 지루한 시간을 보내고, 산더미 같은 소갈비와 힘겨운 작업을 이겨낸다.

종철이도 봄이 되어 야장에 꽃들이 만발하니 꽃을 보는 설렘이 이성에 대한 황홀로 연결되는 듯 온몸이 찌릿찌릿해진다. 전에 영등포에서 신발 벗어주고 구해준 아가씨는 고향에 내려갔을까? 아니면 직장에 들어가서 잘살고 있을까? 종철이는 그 이후로 홍등가에 갈 마음이 뚝 떨어졌다. 그런 곳도 찾는 사람이 없다면 그런 일을 당하는 사람들도 없을 거라는 생각에서 나 한 사람이라도 가지 않기로 마음먹은 것이다. 종철이도 남의 신발을 신고 돌려주지 않은 적이 있다. 그것도 줘서 신은 것도 아니고 허락 받고 신은 것도 아니고 본의 아니게 말도 없이 신고서 돌려주지 못했다. 잠시 절에서 행자승 할 때 영월사 주지 스님의 고무신을 모르고 신고 온 것이다. 고무신, 일부러 찢지 않으면 결코 잘 찢어지지 않는 질긴 생명력. 그러나 지금의 신발들처럼 깔창이 있거나 쿠션을 넣은 편리함이 아닌 바깥세상의 고단함이 고스란히 전해져오는 얇은 바닥, 산길이라도 걸을라치면 발이 저려와서 몇 번씩 쉬어가야 하는 불편한, 지금까지의 내 삶과 많이 닮은 고무신. 한동안 영월사 주지 스님 고무신을 버리지 못하고 식당 주방 이곳저곳 옮겨 다니는 가방 맨 밑에 함께 다녔다. 꿈속에서라도 근엄한 주지 스님의 쩌렁쩌렁한 목소리가 들릴 듯하다. "이놈아! 가려거든 네 놈이나 가지 내 고무신은 왜 신고 간겨! 내 고무신 이제 돌려주지."

아지랑이 모락모락 피어오르니 고향의 봄 들판이 떠오르면서 아련한 꿈결 같은 그리움이 마음속에서 솟구친다. 어릴 적 삼학동 산 끊어진 동네 언덕에서 친구들과 뛰놀던 생각과 노래가 떠오르며 흥얼거려진다.

> 꽃피는 그곳에 나비가 찾아들고
> 보고 싶고 그리운 게 임이 아닙니까
> 꿈에라도 좋아요 꿈에라도 그리운 사람
> 보고 싶은 사람 있다면 임이라고 하겠어요
> — 〈임이 아닙니까〉, 마상원 작사·작곡, 나훈아 노래

가게 정원 물가 돌 틈에서는 철쭉꽃이 피어오르고, 분수대 굵은 물줄

기가 힘차게 하늘을 향해서 쏘아댄다. 어릴 적 군산역 앞 대양극장에서 본 〈내일을 향해 쏴라〉 영화가 생각난다. 거대한 인공폭포에서는 사람의 정신을 압도하듯 물줄기를 우렁차게 쏟아붓는다.

봄이 되어 날이 따뜻해지니 홀 아가씨들과 웨이터들은 낮에 맞춰둔 듯 두 눈이 짝짜꿍이 되어 일 마치고 옆 공원, 객실 등에서 사랑을 나눈다. 청춘들은 청춘들대로, 중년들은 중년들대로 바쁘게들 움직인다. 다들 외로운 객지에 혈혈단신 올라와서 이만큼 버티고 살아냈으니 대견하다.

"야! 내가 왕릉갈비촌에서 일할 때인데 그쪽 거리에는 갈비집이 한 열 개 정도 있어."

이번엔 찬호 형이 바통을 이어받아 구라를 풀어댄다. 이야기를 하다 보면 과장이 섞이게 마련인데, 찬호 형은 뻥이 쎄기로 유명하다. 언젠가 서초동 갈비집에서 일할 때는 홀 아가씨하고 주방 아줌마하고 자기를 사이에 두고 주방에서 머리끄덩이 잡고 싸웠다고 자랑을 늘어놓는데, 다들 부러움 반 못 믿는 눈치 반이었다. 서초동에서는 주방이고 홀이고 기사들까지 짝짜꿍 되는 것이 일상이라는 것이다.

인공 때 학교 선생님을 했다는 나이 든 사장은 조회 시간이면 직원들 모여 있는 데서 언성을 높인다.

"야~ 밤새우지 마라! 새우지 마! 떡 많이, 절구 많이 치지 마라."

매번 입에 달고 훈시한다고 한다. 한 아가씨는 사장이 직접 찍어서 여러 사람 앞에서 야단을 치니 저도 무참한지 대들듯 말한다.

"내 맘대로 냄비에 콩나물국도 못 끓여요?"

사장이 오죽하면 떡방아니 절구방아니 그런 말을 했겠는가? 물론 조신한 아가씨들이 더 많지만, 항상 일부가 부각된다.

"왕릉갈비촌 그쪽은 외국인 관광객이 많이 와. 관광 와서 갈비 먹고 팁을 잘 주기 때문에 서로 가서 서빙을 하려 해. 팁은 보통 현찰 내고 우수리 거스름돈은 안 받고 가는 손님이 많은데, 외국 손님들은 만 원짜리를 막 주고 가니까 홀 아가씨들이 열심이지. 옆에 앉아서 술도 따라주고 받아도 먹고. 아침에 출근하다가 가게 옆 여관에서 나를 좋아했던 홀 아가씨가 나오는 걸 봤다니까."

"니가 좋아한 게 아니고?"

"야이, 하하하. 나 그날 충격 먹어서 혼자 포장마차에서 소주 다섯 병 마셨다."

가게에서 팁은 장단점이 있다. 어느 사장은 팁 잘 받는 아가씨를 선호하듯 말한다.

"홀 아가씨가 손님한테 팁 받는 것은 일을 잘하기 때문이야!"라고 말하기도 하는데, 일부 맞는 말이다. 오래된 홀 아가씨는 손님을 보면 팁 나올 손님인지, 팁이 얼마 나올 것인지까지 안다고 한다. 팁 나올 손님한테만 집중적으로 가서 서빙하고, 반찬도 비싼 게장을 여러 번 갖다준다고 한다. 그러면 주방에서는 "저것들이 팁 받아먹으려고 반찬을 계속 갖다준다니까" 하며 뒤에서 욕을 한다.

그래서 짜낸 것이 공동 팁 제도인데, 일 끝나기 전에 홀 아가씨들 전원은 그날 팁 받은 것을 모두 꺼내놔야 한다. 서로가 서로를 감시하게 되고 그러다 싸움이 벌어지기도 한다. 낮에 손님한테 2만 원 받는 거 봤는데, 누구는 안 내놓는다 하면 안 받았다 하여 싸움이 벌어지고 그만두는 사람도 나오고 하니 분란의 씨앗이다.

개인 팁을 고수하는 업소의 수단 좋은 아가씨는 팁 받는 돈이 월급보다 많다고 한다. 한 집에서 5년 근무한 스물여덟 살 왕언니는 동네 마을금고에 3천만 원 저축했다며 마을금고 절반은 자기 돈이라고 자랑했다고 한다. 한 푼도 안 쓰고 쉬는 날도 없이 밤낮으로 벌어들이니 통장 숫자 올라가는 재미에 푹 빠졌던 모양이리라. 여기까지 얘기하고 끝냈으면 좋을 텐데 찬호 형은 또 사족을 단다.

"야, 근데 이 아가씨가 나보다 한 살 많은데 나한테 구두를 사다주는 거야. 비제바노 메이커로 나를 꼬시려고 하는 거야. 왜 사주냐고 물어보니까 너무 멋있게 생겨서 그렇다고. 자기가 좋은 갈비로 달라고 할 때는 좀 좋은 걸로 살 안 떨어지고 기름 적고 연한 고기로 달라고. 알았다고 했지. 그런 손님들은 두 명, 네 명. 그럴 때, 손님한테 잘해주고 반찬도 달라고 하기 전에 갖다주고 옆에 붙어서 딴 일은 안 해. 가게에서도 오래 돼가지고 사장도 말 안 해. 카운터도 따로 경리가 있지만, 계산서 가지고 가서 돈 받아서 카운터에 주면 끝이야. 그럴 땐 팁을 많이 받아. 그리고 손님이 열 명 이상 올 땐 갈비들 보통 많이 추가해. 20인분 시키면 한 열다섯 대만 주고 20인분이라고 속이는 거지. 5인분 값은 지가 챙기고. 그러다가 나한테 한 번 걸렸지. 손님한테는 20인분이라고 바가지 씌우고 카운터에는 15인분 값만 주고, 5인분 값은 인 마이 포켓. 나는 아무 말 안 했는데 일 끝나고 술 한잔하자고 하더라고. 그래서 종로 경양식집에서 만났는데, 그날 스테이크 첨 먹어봤네. 양주에다가. 나보고 앞으로 잘 좀 지내자고. 자기가 내년에 갈비집 하나 차릴 건데, 나보고 주방장으로 와달래. 월급은 서울 시내에서 최고로 주겠다고. 그러자고 했는데. 난 좀 어떻게 해볼라고 꼬셔봤는데 한사코 집에 간다고 하는 거야. 그래서 종로 YMCA 앞에서 헤어졌는데, 느낌이 이상해서 몰래 뒤따라가보니 어떤 남자가 길에서 기다리고 있더라고. 그러더니 골목에 있는 여관으로 들어가는 거야. 기분 디럽더라고. 술은 얼큰하게 취했는데, 색시집 가서 한잔 더 하고 잤어. 며칠 후 갈비집 사장한테 찔르고 나도 얼마 있다가 나와버렸어."

"좋다 말았네."
"아, 믿을 게 못 돼. 하하하."
"점심 먹고 출출한데 고기나 구워 먹자."
"한참 노가리를 풀었더니 허기지네."
"하하하."

육부장은 아침에 갈비 잡다가 떨어져 나온 지스러기 고기를 냉장고에서 꺼내 갈비 양재기에 넣고 육수를 붓고 비상용 부루스타에 끓이기 시작한다. 소갈비를 먹어보긴 이곳이 처음이다. 소갈비라 맛있다. 먹다 보면 어떻게 알았는지 주방장이 내려온다.

"야! 고기 구워 먹지 말라니까" 하면서도 주방장 손은 벌써 고기를 집고 있다. 갈비를 먹다 보면 처음에는 배고파서 맛있는데, 좀 먹다 보면 질기고 기름기가 많아 느끼하고 금방 질린다.

종철이는 고기 삶아 먹은 양재기를 씻고 2층 화장실에 올라갔다. 1층에도 화장실이 있지만 2층이 한가하고 사람도 없어서 2층 화장실을 애용한다. 옥상에 올라가면 야장 정원이 한눈에 들어오고 소프트아이스크림 매점 앞에도 사람들이 많이 몰려 있다. 일요일에는 손님들로 버글버글해서 사람 구경하는 게 재미있다.

옥상에서 담배 한 대 피우며 야장을 내려다보려고 올라가는데, 옥상에서 고함이 들린다. 종철이는 살금살금 도둑고양이처럼 가서 문틈으로 옥상을 바라보니 홀 웨이터들이 10여 명 열중쉬어 자세로 줄 맞추어 서 있고 앞쪽에는 빼빼 마른 홀 주임하고 덩치 좋은 냉면장이 서 있다. 홀 주임은 손에 걸레를 뺀 마포자루를 쥐고 있고 냉면장은 팔뚝에 꽉 끼는 반팔티를 입고 있어서 냉면 반죽을 치대어 우람해진 팔뚝을 자랑하고 있다. 홀 웨이터들은 모두 20세 전후 앳된 얼굴들인데, 선생님한테 야단맞는 고등학생들처럼 얼굴에 핏기라고는 없이 백지장이다. 한마디로 쫄아서 군기가 바짝 든 모습이다. 한 명은 한겨울도 아닌데 사시나무 떨듯 떨고 있는데, 안 떨려고 애를 쓰는지 2~3초 간격으로 떨고 안 떨고를 반복한다.

"야이, 새끼들아! 여기 장난하려고 왔어? 놀러 왔어? 홀 아가씨들하고 장난만 치려고 하고, 손님이 와도 한쪽에서 담배만 피우고 잡담만 하고. 이 새끼들아! 여기가 니네 놀이터야? 한 놈씩 앞으로 나와서 엎드려. 너부터 나와!"

오른쪽에 있던 키 큰 웨이터가 앞으로 나가 엎드린다.

"휙, 퍽!"

"아이고!"

한 대 맞고 몸을 비튼다.

"이 새끼야, 똑바로 못 대? 허리 나간다."

"퍽!"

"아이고!"

"똑바로 못 대? 이 새끼야! 니희 놈들도 다 엎드려 뻗쳐! 이것들이 이거 군대를 안 갔다 와가지고 군기가 하나도 없어. 오늘 곡소리 좀 날 거다."

냉면장은 냉면 젓는 막대기 같은 걸 손에 쥐고 있다가 홀 주임하고 함께 엎드려 뻗친 웨이터들을 매타작하기 시작한다.

"아!"

"아!"

"아이고!"

"악!"

냉면장은 때릴 때는 즐겁다는 듯 리듬을 맞춰 추임새를 넣는다.

"흐흐흐, 아이고 아이고 나는 간다. 아이고, 아, 이, 고."

웨이터들은 얻어터지느라고 정신없다. 종철이는 시간이 많이 지체되면 안 되기 때문에 좋은 구경거리를 아쉽게 뒤로한 채 육부실로 향한다.

"옥상에서 웨이터들 맞던데요."

"박 주임 그놈 또 애들 패나 보네. 냉면장도 있데?"

"예."

"냉면장은 거기 왜 가있어?"

"박 주임이 애들 때리면 덤비니까 보디가드로 냉면장 불러서 애들 패는 거여. 박 주임이 냉면장한테 형님 형님 하면서 담배도 사주고, 밤에 통닭집에서 홀 아가씨 두 명하고 네 명이서 생맥주 마시는 거 봤어."

"역시 힘없는 놈은 머리를 써야 하고 머리 나쁜 나는 갈비나 썰란다."

"니가 왜 머리가 나쁘냐? 여자는 혼자 다 거시기하면서. 하하하."

종철이는 아직 형들만큼은 못 되지만 갈비 기술이 날로 향상되어 칼질하는 재미가 쏠쏠하다. 처음엔 형들처럼 평상에서 갈비 작업하지 못하고 아래에서 부엌칼 같은 막칼로 갈비 기름 제거하다가 형들이 "올려라" 하면 낑낑대고 갈비를 올려주었다. 이제는 입사한 지 6개월차여서 후배도 생기고 형들하고 같이 평상도마에서 똑같이 칼질한다. 형들이 한 짝 잡으면 뒤지지 않으려고 속도를 내서 똑같은 시간 내에 갈비를 손질하고 포 뜨고, 칼집 넣는 것도 옆눈으로 보면서 경쟁했더니 하루가 다르게 실력이 향상되었다. 집중하며 칼질을 하다 보니 힘을 빼고 손목을 이용해서 부드럽게 붓으로 그림 그리듯이 해야 한다는 것을 느끼게 된다.

칼 크기나 모양도 갈비 작업하는 용도와 고기 모양에 따라 달리해야 효율적이다. 짝갈비 등판 지방을 걷어낼 때는 큰 칼로 하고, 마구리를 자를 때는 새김질용 작은 칼로 한다. 갈비 포를 뜰 때는 폭이 좁고 기다란 칼로 해야 힘이 덜 들고 잘 떠진다. 칼집을 넣을 때는 칼 배가 들어가고 손에 손잡이가 쏙 들어오는 세신스텐레스 작은 칼이 제격이다. 종철이는 자신이 직접 작업한 다이아몬드 칼집 넣은 소갈비를 들어보며 어떤 때는 이렇게까지 칼질을 잘할 필요가 없는데 하며 스스로 칼질의 맛에 빠져든다.

주방장은 육부실에 들어오면 여러 가지 걱정되는지 당부한다.

"돼지고기는 속에서부터 상하지만 소고기는 겉에서부터 상한다."

"상해요?"

"부패된다고 인마! 육안으로 보고 변질됐나 안 됐나 육부실에서 일하는 사람은 갈비 상태를 수시로 살펴야 돼. 선입선출하고 고기가 변질되어 고객들 음식 먹고 탈 나면 누가 책임지냐?"

갈비집 1년, 고객이 많이 올 때와 적게 올 때는 흐름이 있다. 저번에 장마철엔 생각 없이 갈비를 많이 작업해놔서 먼저 작업한 갈비는 결국 버리기도 했다. 1~3월은 비수기다. 어떤 동네에서는 방학이라고 할 정도로 갈비집의 보릿고개다. 2월은 구정이 끼고 달도 짧지만, 월급하고 임대료는 똑같이 줘야 한다. 등록금 내는 때이고 날도 춥고 몸도 춥고 마음도 춥지만, 가장 견디기 힘든 건 손님이 없는 것이다.

가든은 보통 3월 20일 이후 따뜻해지면서 꽃피는 5월 어린이날이 1년 중 최고의 날이고, 어버이날, 스승의 날로 이어진다. 그런데 부처님 오신 날은 고기를 안 먹는 풍습이 있다. 6월 20일부터 7월 10일까지는 장마철이다. 이때는 매출이 50% 이하로 떨어지니 재고관리에 신경 써야 한다. 또 특히 상추가격이 폭등하기 때문에 미리 좀 사두는 것이 좋다. 7월 20일부터 8월 10일까지는 피서철이다. 보통 갈비집은 장사가 덜 되지만, 유명한 집은 휴가 때 쉬는 사람이 많아서 오히려 더 잘된다. 9월은 추석 전후로 손님이 없고, 12월은 크고 유명한 집으로 회식이 몰린다.

코끼리분식집 주방장 말처럼 주방장은 원가계산에도 신경을 써야 한다. 갈비 1킬로그램 구매가격이 3,500원꼴이니 평균 갈비 한 짝에 20킬로그램 잡아서 7만 원 선이다. 판매가격은 갈비 두 대 1인분에 4,800원이니 한 짝의 판매가는 28만 8천 원이다. 대략 평균 코스트는 25%선이니 업소 측에서는 원가 비중이 낮은 것이다. 이것은 전국의 갈비집 시세가 아니라 여기 장미가든 갈비 가격이 조금 비싸다.

인건비 비중을 살펴보면 성수기 때 직원 200명에 갈비 판매량은 6천 대다. 직원 1인당 평균 봉급이 14만 원이니 200명이면 2,800만 원이다. 갈비 판매량은 한 달에 4억 3천만 원이다. 따라서 인건비 비중은 10% 미만이다. 곳간에서 인심 난다고 주인이 남는 게 있어야 직원들한테 해주고 싶은 것도 풍족히 해줄 수 있다. 종철이는 장미가든에 와서 짧은 기간이지만 선배를 통해 배우기도 하고, 가르쳐주지 않더라도 스스로 터득해서 자기 것을 만들고 그 자리를 차고 들어가게 됐다.

양념은 어깨너머로 안 배우는 척 배워서 혼자만 간직하고 다른 곳에서 써먹어야 한다. 여기서 아는 티를 내면 안 된다. 왜냐하면 양념은 주방장의 고유 권한이어서 침범하면 안 된다. 갈비 코스트와 매출, 인건비는 누가 가르쳐주지 않았는데 탐구심으로 들여다보는 게 종철이의 취미다. 남들이 보지 않는 곳을 보려 하고 생각하지 않는 부분을 생각하는 것은 남들과의 차별성으로 남몰래 혼자만 즐기는 종철이 취미다.

요리를 처음 배울 때는 오래 있어도 대우가 올라가지 않는다. 여기서 일 배웠다는 것과 언제나 처음을 기억하기 때문에 요리실력이 늘어도 인정을 잘 안 해주고 봉급도 오르지 않는다. 그래서 한번 옮기게 되면 직책도 오르고 봉급도 올려서 갈 수 있고, 그 사람의 초보 때를 알지 못하기 때문에 기술자로 대우받을 수 있다. 그래서 〈과거를 묻지 마세요〉라는 노래도 나왔나 보다.

폭포갈비 주화 형한테서 전화가 온 건 어제다.

"종철아, 수원에 오픈 자리가 있는데 너 육부로 갈래?"

월급이 거의 두 배 차이 나는 25만 원이다. 여기서는 홀 직원들, 설거지들 초봉이 12만 원이고 종철이는 14만 원에 입사했는데 아직 제자리걸음이다. 한가할 때 와서 일 배우고 나니까 가는 것 같아서 그만둔다는 말이 쉽게 안 떨어진다. 그러나 그것도 잠시 누구도 자기 갈 길 찾아가는 데 장애가 될 순 없다. 사람은 자기 이익을 위해 사는 것인데 '떠날 때는 말없이'다. 사직서는 사무실에 본인이 직접 내게 되어 있다. 상무는 종철이에게 허탈한 듯 말한다.

"니네는 어떻게 머가 좀 될만하면 고만둔다고 하냐?"

상무는 아쉬운 듯 왜 그만두냐고 묻는다.

"시골에서 가게를 하는데 형이 다쳐가지고 제가 내려가서 일 봐줘야 합니다."

가는 사람들은 이유도 가지가지다. 미안해서, 겁이 나서, 그럴듯한 이유를 짜내서 얘기해야 한다. 어떤 속없는 식당보이는 멀쩡히 살아계신 아버지가 돌아가셔서 그만둬야 한다고 말했다나.

트로트에 꽂히다

수원의 1만여 평 되는 육송가든은 원래 포도밭, 딸기밭 하던 농장인데, 요즘 한창 뜨고 있는 업종인 소갈비집으로 업종전환하여 창업하기 위해 장미가든 지배인을 스카우트했다. 보통은 주방장을 먼저 스카우트하는데 지배인을 스카우트하는 것은 드문 케이스다. 지배인이 홀 쪽 직원을 담당해서 인원을 채우고 지배인이 아는 주방장을 섭외하면 주방장은 주방 인력을 모집한다. 이때 보통 스카우트하는 과정은 음식 맛있다는 소문이 난 음식점에 창업 예비자가 직접 방문해서 음식 맛을 확인하고 마음에 들면 홀서빙 아가씨에게 주방장 좀 불러달라고 한다. 식탁에서 은밀히 상담하고 의견조율을 한 후 진행하는데, 선불, 월급 등 좋은 조건으로 스카우트하면 대부분 성사된다.

갑자기 많은 인원이 필요하니 자기가 아는 사람들 외에 아는 사람의 아는 사람, 이렇게 의외로 소문은 빨리 퍼져나가고 다양한 루트로 모집되는데 지방이다 보니 보수가 시세보다 높아야 사람들 모집이 잘된다. 저번에 부산에서 '숲속의집'이라는 갈비집을 오픈할 때는 홀 아가씨 한 명 소개해주면 10만 원 주고 아가씨 비행기표까지 끊어준다는 말을 들었다.

이곳은 지배인, 주임, 카운터, 홀 아가씨, 웨이터, 봉고차 기사, 딸기밭, 포도밭, 매점, 농장인력이 있고 주방에는 주방장, 육부실, 냉면부, 탕부, 찬모, 밥모, 설거지, 숯불 피우는 장치부, 구매창고, 티 카운터 등이 있다. 종철이는 가방을 싸서 처음 지방으로 떠난다. 수원역에서 택시를 타고 이목동 노송지대로 가자고 했다. 이곳은 조선 정조시대에 소나무를 많이 심어서 '노송지대'라는 지명이 붙은 유서 깊은 곳이다. 육송가든에 들어서니 자갈 깔린 주차장이 있고, 어마어마하게 큰 바이킹이 공중에서 유유히 휘저으며 항해하고 있다. 가방을 어깨에 멘 종철이는 어깨와 다리에 힘이 대충 들어간다. 전 같으면 큰 규모에 압도되어 기가 죽었을 텐데, 장미가든처럼 호화롭고 고급스러운 갈비집에서 일한 경험이 있기 때문에 가슴에 자부심이 들어있다.

장미가든도 1,250평이라서 크고 조경이 잘되어 있고 고급스러워서 좋았는데, 여기 육송가든은 1만 평이나 되는 넓은 평수가 마음에 들고, 큰 데서 일한다는 자부심이 느껴져서 좋다. 나무다리 아래로는 연못이 있고 물고기들이 한가롭게 왔다 갔다 하고 있다. 흰 셔츠에 검정 조끼를 입은 웨이터가 지나간다. 정승구 육부장을 찾으니 안쪽으로 들어가면 주방이 있다고 가르쳐준다. 넓은 야장이 나온다. 입구에 커피 자판기가 있고, 왼쪽에는 프랑스식 건축으로 지은 하얀 5층 건물이 있다. 우측에는 인공폭포와 물이 흐르는 도랑이 있고, 하얀 플라스틱 의자에 사직공원에서 본 나무무늬 돌판 테이블이 50여 개 놓여 있다.

오픈날은 6월 10일인데, 종철이는 이틀 전에 여기에 오게 됐다. 종철이에게 1983년은 중요한 의미가 있는 해다. 스무 살이 되어 장미가든을 퇴사하고 육송가든에 육부로 정식 입사하는 해다. 육부장은 장미가든에서 육부 했다는 말에 흡족해하는 표정이다. 이런 개업집은 여러 군데서 온 사람들이 모여있는 곳이라 서열 정리도 안 되어 있고 일 체계도 안 잡혀 있어서 시장 바닥처럼 어수선하다. 이럴 때 큰 갈비집 육부 출신이 찾아주니 큰 도움이 되나 보다. 이곳은 숙소가 따로 있다. 농장 창고로 쓰던 곳을 개조해서 남녀 숙소를 따로 구분해놨다. 샤워장도 있고 개인 사물함도 크게 나무로 짜서 방 한쪽에 쭉 있다.

오늘 하루는 이곳에서 쉬고 내일부터 일하기로 하고 봉급은 25만 원, 휴무일은 한 달에 한 번이다. 50여 명 직원 중 지배인, 주방장, 육부장 다음으로 월급을 많이 받으니 어린 나이에 종철이는 자부심이 가득하다. 월급은 보통 홀 아가씨, 웨이터, 설거지, 장치가 맨 말단 직책으로 봉급이 14만 원 동일하다. 그중 리더 격인 팀장들은 2~3만 원 더 받기도 해서 자부심이 높다. 육부실에 들어가니 서른 살 먹고 갈비 기술은 얼마 안 된 전병묵이라는 키 작은 사람이 육부로 와 있다. 사람을 제대로 구하지 못한 모양이다. 육부장은 정릉갈비 육부장 출신이 스카우트되어 왔다. 이곳은 수원이라 전통 수원왕갈비를 표방하지만 수원식과 서울식이 반반 섞였다. 수원갈비는 왕갈비라 1인분에 한 대가 기준인데, 이곳은 뼈 길이 6센티미터 정도로 두 대에 1인분을 준다.

갈비 한 짝에 60대 정도를 뽑으니 서울 장미가든에 비하면 갈빗대를 두 배 사이즈로 재단하고 갈비 양이 두 배 정도 되는 셈이다. 수원식 양념은 소금, 설탕 섞고 간장은 사용하지 않는데, 여긴 양념을 서울 간장식으로 한다. 칼질은 서울식으로 하는데, 갈빗대가 크다 보니 처음엔 다이아몬드 칼집 넣기가 조금 더 어렵다. 수원식 칼질은 큰 칼을 세워서 칼끝으로 질서 있게 찍는다. 서울 장미가든에서는 수원식 갈비 기술을 아래로 낮게 봤다. 육부실 형은 찍는 것은 아무나 할 수 있는 것처럼 얘기했다. 주방에 보니 서울 장미가든에서 찬모 하던 분하고 보조 하던 두 분이 친구인데 같이 내려와 있다.

주방 사람들이 준비하느라고 힘든 오픈집에 가는 이유는 두 가지다. 첫째는 돈이고, 둘째는 개업하는 새로운 곳에서 자기 실력을 발휘하고 싶은 욕망이 있어서다. 월급이 많은 조건을 쫓아서 오는 것과 기존에 있던 집에서는 보조 하다가 진급하면 그 집에서 하던 조리 방법대로 해야 한다.

자기가 그 집에 입사하기 전부터 계속해오던 스타일을 따라줘야 하기 때문에 기술자들은 남이 하던 거, 따라 하는 거, 시키는 대로 하는 걸 싫어한다. 개업집에 가서 자기가 그동안 습득한 새로운 기술을 마음껏 써먹어 보고 인정받아 자기 파워를 갖고 싶기 때문이다.

종철이도 장미가든에서는 나이나 경력이나 서열에서 졸병이라 기가 죽어 지냈는데, 여기 육송가든에서는 어깨에 힘이 들어간다. 주방 찬모 아줌마가 웃는 얼굴로 묻는다.

"종철 씨 언제 왔어? 이곳에서 보니 반갑네."

"저도요. 어떻게 수원까지 오시게 됐어요?"

"응, 우리 여기 온 지 20일 됐어. 지배인이 가자고 해서 따라왔지. 장미는 너무 힘들어. 일도 많고. 앞으로 잘 지내보자고."

"서로 아세요? 아! 장미에서 왔다고 했죠?"

육부장이 밖에서 주방으로 들어오다가 대화에 끼어든다.

"좋겠다. 아는 사람 만나서. 나는 주방장 따라왔지만 아는 사람이 없어."

찬모가 받아친다.

"아, 육부장님. 종철 씨도 아는 사람이 소개해줬다며요?"

"그렇지. 폭포갈비에 있는 주화가 소개해줬지. 걔는 영등포 부일갈비에서 같이 일했는데, 엄청 웃기는 놈이여. 지가 좋아하는 여자 있으면 끝까지 들러붙어서 자빠뜨려. 노래도 잘하고 명랑해서 여자들이 좋아하더라고. 영등포백화점 다니는 여자하고 살걸?"

종철이는 주화 형에 대해 아는 얘기도 있지만 모르는 얘기도 육부장을 통해 알게 됐다. 종철이는 육부실에서 혼자 일하는 게 좋다. 음악도 듣고 생각도 하고 장미가든에서 보았던 멋진 꽃동산 풍경을 생각해본다. 스무 살 종철이에겐 충격이었다. 우리나라에 이런 곳이 있었단 말인가. KBS〈가요톱10〉프로그램이며 방송국에서 앞다투어 방송촬영을 오고, 연예인들도 많이 온다. 정치인, 경제인, 연예인, 국무총리 등 대통령만 빼고는 다 왔다간다. 니훈아, 조용필도 오고 중국 민항기가 불시착해서 착륙했을 때는 옆의 영맨공원 갈비집으로 가게 되어 9시 뉴스에 나오기도 해서 한때 고객을 많이 뺏겼지만, 장미가든의 고품격 이미지의 갈비집 아성을 감히 넘진 못했다. 그것은 일반음식점이 갖고 있지 않은 품격 있는 인테리어와 서비스 정신일 것이다. 맛, 친절, 청결이라는 삼원의 모토로 직원들 교육에도 많은 투자를 하는 경영철학은 외식산업을 10년 이상 앞서간다고 볼 수 있다.

종철이도 장미가든에서 매주 받은 교육을 통해 음식과 분위기, 직원들 복지가 어우러지고 잘 갖추어진 음식점을 해보는 것이 꿈일 정도로 성장

했다. 가슴속에 씨앗 하나가 떨어져서 작은 새싹 하나가 피어나기 시작하니 이제부터 물 주고 거름 주고 잘 키우는 일이 시작된 것이다. 지금은 상상뿐이지만 갈비 기술도 국내 최고의 기술을 쌓고, 직원들을 교육할 수 있도록 공부하고, 문화와 예술을 접목할 수 있도록 생각과 시야를 넓혀야겠다고 생각해본다.

장미가든에서처럼 육부실 사람들과 대화는 없지만 카세트를 벗 삼아서 신나는 음악을 맘껏 들을 수 있어 좋다. 수원 시내 팔달문에 가면 한일레코드 가게가 있는데, 종철이는 좋아하는 음악을 녹음해왔다. 배호의 〈웃으며 가요〉, 나훈아의 〈행복을 비는 마음〉, 〈당신 때문에〉, 조용필의 〈물망초〉, 〈외로워 마세요〉 등 주옥같은 노래를 듣는 재미가 종철이를 낙원으로 안내한다. 백승태의 메들리 음악은 독특한 남성미의 목소리와 전자오르간 음악이 흥겹다. '짠자잔 짠짠짠' 반주가 나오고 〈얄밉게 떠난 님아〉 노래가 시작되면 갈비를 만드는지 노래가 주인공인지 자신을 잊을 정도로 귀는 열리고 노래 속으로 빠져든다.

종철이 점심 먹고 한가한 시간에 커피 자판기 앞에 섰다. 자판기가 고장이 났는지 동전만 잡아먹고 커피가 나오지 않는데, 홀 웨이터도 앞서 커피를 뽑으려고 왔다가 고장 난 걸 알고 카운터에 가서 열쇠를 가져와 정상적으로 작동되게 한다. 웨이터와 종철이는 이야기를 주고받으며 노래를 좋아하는 공통점을 찾게 되었고, 홀 웨이터가 들어보라며 내민 테이프는 종철이에겐 노래의 또 다른 세계를 맛볼 기회가 됐다. 주현미·김준규의 〈쌍쌍파티〉는 감미롭고 통통 튀는 창법과 반주, 주고받는 노래 스타일인데 그동안 듣던 노래가 아닌 또 다른 신세계로 빨려 들어간다.

넓은 야장 정원 가득히 울려 퍼져 날아가는 "빰 빰 빰 빠~ 그대 이름은 바람 바람 바람" 김범룡의 〈바람 바람 바람〉 노래는 감성을 녹아내리게 한다. 그리고 나훈아의 〈디스코 메들리 45〉는 나훈아가 풀타임으로 쉬지 않고 녹음하다가 쓰러졌다는 루머가 있을 정도로 독특한 녹음방식에 신나는 테이프다. 주로 일하다가 기분이 업될 때나 일 마치고 청소할 때 크게 틀어놓고 전라도 말로 젖어버리던 음악이다. 한마디로 뒤집어진다는 말이다.

주방의 설거지는 스물여섯 살로 점잖게 생긴 남자인데, 나이트클럽에서 드럼 치다가 직장 그만두고 놀고 있던 중 지방의 공기 좋은 이곳 농장에 일자리가 있어 머리 식히러 왔다고 한다.

숯불 피우는 장치실 아저씨는 카바레에서 무용수로 있던 남자인데, 낮에 점심 먹고 한가할 때 차차차라는 춤을 추어 보이면 다리를 꼬는 독특한 동작이 특이하고 멋지다. 홀 웨이터도 심심한지 호기심에 기웃거린다. 다섯 명이 한 줄로 서서 장치의 동작을 따라 해보는데, 정말 쇼 공연에서 보았던 모습을 느낄 수 있다.

육부실에서 카세트 음악을 크게 틀어놓고 노래하고 음악감상을 하던 몇몇 사람은 저녁에 일 끝나고 그룹사운드를 조성해서 놀아보자고 제안한다. 종철이와 아라이, 장치, 웨이터, 홀 아가씨 등 10여 명은 포도밭 숲속 깊숙한 곳에서 카세트를 틀어놓고 엉터리 그룹사운드 흉내를 내며 신나게 논다. 식용유 깡통, 양재기 구멍 난 거 엎어놓고 간장통, 동그란 스텐 쟁반을 매달아놓고 드럼을 친다. 카세트에서 나오는 나훈아의 빠른 메들리 음악에 드럼 반주가 그럴싸하다. 역시 전직 밴드 마스터의 실력을 엿볼 수 있다.

웨이터는 주인집 뒷마당에서 주워왔다는 낡은 기타를 잡고서 나이트클럽 악사들 흉내를 낸다. 종철이는 낙엽 긁어모으는 긴 연장을 땅바닥에 끌고서 스탠드 마이크 분위기를 내면서 노래를 따라 부르고 있고, 나머지 사람들은 클럽에 온 듯 춤과 노래를 열창한다.

누군가 그룹 이름도 지었다. '블랙이글스'라고 젊은 열정들이 하루 종일 벅차게 노동히고 이리저리 떠돌나가 우연히 한 곳에 모였다. 동시대 젊은 열정은 같다. 세상 속에 음악이 있기에 돈 안 들이고 즐거운 시간을 보낼 수 있는 것이다.

주방 냉면장은 홀 것들이 밤에 야외 숲속에서 연애질한다며 플래시 가지고 밤에 잡으러 다녀야겠다고 말한다. 종철이는 마음속으로 컴컴한 데서 엎어터지지나 않을까 걱정된다.

"홀은 뽀이고 주방은 직원이야! 주방 사람들은 안 그런데 홀 뽀이들이 썸씽들을 많이 해."

홀 웨이터 중 청주에서 올라온 쌍둥이가 있다. 형은 점잖은데 동생이 여자를 밝혀서 숲속에 있던 홀 아가씨를 자빠뜨려서 옷을 벗기려는데 소리가 나자 지나가던 사람들이 와서 도망갔다는 것이다. 다음 날 아가씨는 애매한 형한테 가서 갑자기 따귀를 때리니 형은 영문도 모른 채 억울해서 죽으려고 하고 동생은 피했다고 한다. 사람들은 코미디 보는 듯 웃고 만다. 동생은 피했다가 나타난 뒤 주방에 와서 "원숭이 똥구멍은 빨개~ 엿장시 똥구멍은 찐덕찐덕" 하고 노래를 부른다. 아주머니들은 죽는다고 웃고 숨이 넘어갈 듯 자지러진다. 종철이는 별로 웃기지도 않는 만담에 숨넘어가는 아주머니들을 이상하게 바라본다. 그날 밤도 야외 숲속에서 이상한 짓 하는 놈들 잡는다며 냉면장은 어디서 났는지 한 손에는 손전등, 한 손에는 몽둥이를 들고 나간다. 가게가 1만 평이나 되다 보니까 갈비 시설뿐만 아니라 직원 숙소 건물, 포도밭, 딸기밭 숲속은 으슥해서 사람이 들어가면 보이지 않는다. 종철이는 한 번도 본 적 없지만 숲속에서 홀 남녀들이 논다고 말들 한다. 남녀 손님들도 안에서 나오고, 휴지랑 쓰레기를 치우는 게 일이라며 농장 할아버지는 아침 식사 시간에 직원들과 밥 먹으며 애기한다.

"어떨 때는 여자 속옷도 버려져 있어."

다음 날 아침 냉면장은 주방에 들어오지 않았는데, 숙소에 다녀온 탕부는 어젯밤 숲속에서 야간작업하는 남녀 잡는다고 나갔다가 발길에 채여서 갈빗대가 나갔는지 엄살인지 숨을 제대로 못 쉰다고 한다. 가게 사모님은 오전에 주방에 들어와서 냉면장 애기를 듣고 바쁜 토요일, 일요일이 아니라서 다행이라며 다음에는 야간경비 안 서도 되니까 그러지 말라고 주방장한테 당부한다. 종철이 화장실 가려고 육부실 문을 여니 주방 입구 쪽에서 큰소리가 난다. 홀 아가씨는 울상이 되어 서있고 주방장은 레슬링 선수처럼 무서운 얼굴을 하고 홀에 들리도록 큰소리로 욕을 해댄다.

"이런~ 씨. 갈비 양이 똑같지 멀 적다고 바꿔달라고 난리여."

주방장은 홀에서 손님이 갈비 2인분을 시켰는데 양이 적다고 바꿔달라고 하는데, 양이 안 적다며 오히려 가위를 쥐고는 갈비살을 조금 잘라내곤 갈비가 담겨진 쟁반을 홀 아가씨 앞으로 던진다. 홀 아가씨는 겁먹은 얼굴로 갈비 쟁반을 들고 다시 홀로 나간다. 저번주에는 안동네 사시는 손님이 있었는데 가까운 친척들, 친구분들 백여 명만 모이는 조촐한 칠순잔치였다. 이때도 주방장은 재고 갈비가 많이 밀려있는지 시키지도 않았는데 추가갈비를 막 갖다주라고 홀 아가씨들에게 압박했다.

"불판 비면 갈비 막 갖다 올려줘. 돈 내는 사람은 한 명이고 나머지 사람은 잘 먹으면 만족하는 거여. 막 갖다 앵겨."

손님은 백여 명 왔는데 갈비를 마구 추가 줘서 250인분이 들어갔다. 주방장은 카운터에 가서 300인분으로 영수증 쓰라고 하곤 자기한테 50인분 값을 달라고 하여 받아 챙겼다. 결국 손님이 결제할 때 항의를 받았고 다음 날 얘기를 전해들은 사모님은 50인분 값을 들고 안동네 칠순잔치집에 찾아가 전해주고 사과하고 왔다.

종철은 그동안 배달, 설거지, 홀서빙 등 이곳저곳 자리 못 잡고 떠돌아다니며 억눌려 지낸 세월이 3년이다. 그러다가 수원 육송가든에 와서는 육부실 안에서 하루 종일 갈비를 만들며 카세트로 마음껏 노래를 듣고 부를 수 있어서 힘든 일도 즐겁게 할 수 있다. 개업 초기 200대 나가던 갈비가 홍보에 비해 판매가 시원하게 늘어나지 않는다. 어느 날 낮에 사모님이 포일에 싼 갈비를 내민다. 보니 갈비가 두 대 들어있는데 파, 마늘 다져 넣어 참기름으로 반짝반짝 윤기가 자르르하다. 사모님은 수원갈비 전문점에서 갈비 시식을 하고 왔는데 손님도 많고 맛도 좋다는 것이다. 지금 육송가든은 서울 주방장이라 간장양념을 하고 있다. 간장양념에 비해 수원식 갈비가 훨씬 상품성이 돋보인다. 서울식 갈비가 인스턴트식이라면, 수원식은 토속식 갈비같다. 주방장은 수원식 갈비를 해보지도 않았으면서 큰소리로 얼렁뚱땅 말한다.

"어, 소금 넣고 하면 되는 거야."

아침에 주방장이 갈비양념을 하는데, 큰 고무다라이에다 갈비를 넣고 소금을 뿌렸는데 고기가 뻣뻣하게 살아서 일어나며 딱딱해진다. 종철이는 갈비에 소금이 너무 들어가면 고기가 딱딱해지는 것을 처음 알았다. 손님들은 갈비가 짜다며 바꿔달라고 했고, 갈비를 다시 고무다라이에 전부 부었다. 주방장은 큰소리로 말한다.
"어, 설탕 더 넣으면 돼."
이번엔 설탕을 넣고 다시 무쳐서 내주자 손님들은 달고 이상해서 못 먹겠다고 항의가 계속된다. 주방장은 주방에서 큰소리로 말한다.
"이런, 소금갈비가 그렇지 뭐. 소금갈비가 좀 짜지, 안 짜면 소금갈비야?"
주방장은 화를 내며 욕을 하고 밖의 손님들에게 들릴 정도로 행패를 부린다. 사모님은 주방장을 불러 수원식 갈비 잘하는 주방장을 불러다가 갈비를 배워서 하면 어떻겠냐고 제안한다.
"그 까짓것 뭘 배웁니까? 몇 번 하다 보면 되는 것을. 그리고 그 사람이 다 가르쳐주지도 않고 비법을 숨기면 돈만 버리고 안 되는 거요. 내가 아는 수원갈비 주방장들 쌔고 쌨어요. 200만 원만 주시면 불러오겠시유. 성질 같아서는 지금이라도 당장 때려치우고 싶지만 내가 나간다고 하면 주방 애들 다 따라서 고만둘 거요."
사모님은 여자 혼자 큰 갈비집을 운영하기가 힘들다는 생각이 든다. 남편은 공대를 나와서 대기업 엔지니어로 해외에 가 있고, 지배인은 주방장한테 뭘 많이 얻어먹었는지 말 한마디 제대로 못 하고 슬슬 피하기만 한다. 사모님은 그렇게라도 해서 위기를 수습하려 한다. 200만 원이면 홀서빙 1년치 월급이 넘는 액수다. 다음 날 점심 먹고 나니 슬리퍼 신은 남자가 주방에 들어와서 담배를 꺼내 문다.
"주방장 어디 갔시유?"
"야! 주방장님 어디 가셨냐?"
"아까 식사하시고 숙소 가시던데요."
"가서 손님 오셨다고 해!"
"에."
홀 웨이터는 숙소로 가고 슬리퍼 신은 남자는 담뱃재를 주방 바닥에 털면서 침을 뱉는다. 남자 숙소에는 없다. "주방장님" 하고 불러도 대답이 없다. 웨이터는 다시 오다가 슬쩍 들여다본 여자 숙소에 주방장 것인지 남자

슬리퍼가 보인다. 웨이터는 문을 똑똑 두드린다. 소리가 없어서 문을 슬쩍 미니 딸기밭에서 딸기 따고 판매하는 알바 아줌마가 일어서며 치마를 추키고 있고 주방장은 누워서 담배를 피우고 있다. 아줌마는 얼른 고개를 돌려 자기 큰 모자를 괜히 만지고 있고 주방장은 여유 있게 묻는다.

"야, 뭐냐?"

"주방에 손님 찾아왔는데요."

"아, 이 자식! 오전에 일짜그 오라니까."

주방장이 육부실에 도착하여 슬리퍼 남자에게 묻는다.

"야, 왜 인제 왔냐?"

"아이, 새끼들이 보내줘야 말이지. 돈 좀 땄다고 못 가게 하는 거유."

"그게 말이냐? 막걸리냐? 여기 지금 돈이 200이여. 니네 그 화투 쳐봐야 코 묻은 돈 얼마나 된다고. 내가 다 작업을 해놨는데도 그러냐?"

"알았시유. 어떻게 하는 건디?"

"야, 내가 알아봤는데 설탕하고 소금하고 섞는대."

"그냥 막 섞으유?"

"이 자식이! 야, 다 비율이 있어."

누가 누구를 가르치는지 헷갈린다. 가만 보니까 주방장이 후배를 불러서 수원갈비 양념하는 걸 알아봐서 가르쳐주고 기술자 불러서 배웠다고 거짓말하고 200만 원 받아서 둘이 나눠 갖기로 한 것이다.

"야! 설탕 다섯, 소금 한 개 섞어가지고 갈비하고 무쳐."

"그것만 넣으면 되는겨?"

"참기름 넣어야지!"

"알았시유. 빨리 하고 갑시다. 애들 기다려유."

"돈 땄냐?"

"한 6만 원 땄시유. 다 내가 화투 가르친 놈들인디 요즘은 여우들이 돼가지고 돈 따먹기도 힘들어유."

오늘 육부장 쉬는 날로 잡아서 주방장과 후배 둘이서 수원식 갈비 양념을 배운다고 머리를 짜내고 있다. 한참을 티격태격 우당탕탕 양재기 떨어지는 소리가 들리더니 나온다.

"갈비 다 배웠어요?"

주방장이 나오자 찬모 아줌마는 밥주걱을 들고 게장을 무치며 묻는다.

"다 비법이여, 비법."

주방장은 후배를 데리고 카운터로 간다.

"사모님 인터폰 때려서 나오시라고 해라."

잠시 후 사모님은 작은 쇼핑백을 들고 나와 주방장에게 건네고, 주방장은 후배한테 건넨다. 사모님이 주방장을 바라보는데 얼굴에 핏기가 없다.

"어떻게 잘 배우셨어요?"

주방장은 슬리퍼 신은 남자를 좀 전과 다르게 높은 사람 대하듯 공손히 손을 들고 가리키며 말한다.

"이분이 수원갈비를 원체 오래 한 사람이라 내가 오래 안 걸리고 배웠시요."

"안녕하세요? 사모님. 담에 뭐 해물탕이나 장어 소스 같은 거 필요하시면 말씀하세요. 제가 그냥 싸게 가르쳐드릴게유."

"네에에."

사모님은 어색한 미소를 지으며 갈비집 안 자택으로 들어간다. 주방장과 후배는 주차장을 벗어나 지하 청솔다방에 들어가서 돈을 헤아려 나누어 갖는다. 다방 레지 아가씨가 유심히 보는 이유는 육송가든 안에 있는 사모님 집 가정부가 친언니인데, 주방장이 큰돈을 세서 나눠 가지니 이상해서 보는 것이다. 주방장은 조연 한 명 출연시키고 얼마 줬는지는 모르지만 다음 날 점심 먹고 주차장에서 멋있게 생긴 오토바이를 마른걸레로 닦은 뒤 올라타고 한 바퀴 천천히 돌고 있다.

얼굴에는 선글라스를 쓰고 잠시 후 다방에서 아가씨가 커피 보자기를 들고서 오토바이 뒤에 오르더니 부릉~ 하고 시내 반대 방향으로 내달린다. 가게에선 갈비가 어떤 날은 달고 어떤 날은 짜고 말 없는 날이 없다. 육부장은 차라리 홍릉식 양념으로 바꾸자고 사모님한테 얘기해보지만 쉽사리 결정할 문제도 아니다. 사모님은 주방에서 나가면서 찬모한테 작은 목소리로 묻는다.

"찬모는 누구 소개로 왔어요?"

"지배인이 가자고 해서 내려왔어요."

"주방장이 딴 데 가면 따라가요?"

"주방장이 고만두는데 내가 왜 따라가요? 솔직히 여기 주방장 있으나 마나예요. 하는 일이 뭐 있어? 아침엔 늦게 나와, 점심엔 낮잠 자고 퇴근은 일찍 하고. 하는 일도 없이 왔다 갔다 여자들이나 찝쩍거리고, 육부실도 종철 씨 혼자 갈비 하는 거나 마찬가지예요. 야간작업까지 하느라 빼빼 말라 가지고 갈비씨가 돼서 피골이 상접해요. 불쌍해 죽겠어요. 그래도 육부실에서 화장실 갈려고 주방에 나올 때면 설거지 도와주고, 우리도 무거운 거 들 때면 들어주고, 말 한마디라도 '고생하시네요' 그런 말 들으면 피로가 싹 풀려요. 종철 씨가 정말 주방장 같아요."

옆에 밥모는 한술 더 뜬다.

"저번에 주방장이 갈비라고 떠놨는데 개가 물어뜯어논 거 같이 걸레가 됐어요. 종철 씨가 갈비 뜬 건 날씬한 아가씨 다리처럼 쫙 빠졌는데."

사모님은 표정이 어두워지면서 나간다. 가게 분위기는 암울하지만 종철이는 갈비를 만드느라 여념이 없다. 노래는 언제나 거짓이 없다. 틀면 나오고 언제나 똑같이 신명 나게 사운드를 힘차게 때려준다. 노래는 한치도 소홀함 없이 최선을 다해서 불러젖힌다.

"짝으을 지이어 노올더언 니임은 어디로오 떠났기이에 외로이이 서어 시~"

하춘화의 〈물새 한 마리〉를 나훈아의 디스코 메들리로 튕겨준다. 감정과 기교가 한치의 오차도 없이 심금을 끌어낸다. 노래를 듣는 종철이는 언제나 틀면 나오는 가수들의 노랫소리가 그냥 값없이 듣기에 미안할 때가 있다. 이런 충복이 어디 있는가. 틀면 나오고 언제나 똑같이 최선을 다해서 힘든 날도 없고 하기 싫다는 말도 없이 그 감정 그대로다.

점심 먹고 종철이는 나훈아가 부른 〈행복을 비는 마음〉 노래를 연습하며 야장을 걷고 있는데, 안채 옆에서 사모님이 손짓한다. 누가 볼까 봐서 가슴 앞에 손을 들어 손끝만 짧게 까딱해 보인다. 종철이는 무슨 일인가 싶어 사모님 쪽을 쳐다보지 않고 그냥 걷는 척하면서 주위를 슬쩍 둘러보았다. 아무도 보는 사람이 없다. 안채 뒤로 돌아가니 사모님이 그늘진 곳에 쭈그리고 앉아 있다.

"여기가 내 사무실이야. 여기 앉아. 종철 씨 몇 살이지?"
"예, 스무 살요."
"아직 애기네, 호호호. 난 스물여섯 살에 큰애 낳았으니 내 나이 알겠지?"
"정욱이가 초등학교 4학년이니까 서른일곱 살이시네요."
"호호호, 맞아. 머리 좋다. 종철 씨 안 힘들어?"
"예, 재밌어요."
"가끔 갈비 야간작업할 때 음악이 여자들 숙소까지 들리나 봐."
종철이는 음악 소리 때문에 불렀나 생각해본다.
"노래도 잘한다며?"
"아니요."
"언제 종철이 노래 한번 들어봐야겠다."
사모님이 갑자기 울상을 짓더니 종철의 왼손을 잡는다. 종철이는 당황했지만, 사모님이 지금 울고 있다는 것을 옆눈에 비치는 몸의 움직임으로 알 수 있다. 사모님 얼굴이 종철이를 바라보고 있다는 게 느껴지니 종철이도 사모님 얼굴을 바라볼 수밖에 없다. 사모님 눈엔 물기가 스며 있다. 초등학교 때 일요일 아침 일찍 친구들과 들에 나가면 작은 풀잎에 이슬이 맺혀있어서 놀다 보면 바지 밑이 젖기도 했다. 종철이는 어디서 그런 용기가 났는지 사모님이 잡고 있는 손에 자신의 한 손을 마저 포개 잡았다.

"종철 씨는 일하는 거 재미있다고 했지? 나는 힘들어. 종철 씨가 나 좀 도와줘!"
종철이는 자기가 무슨 도움이 되는지, 어떻게 도움이 된단 말인가 생각한다.
"제가 어떻게 도움이…."
"종철 씨는 내 곁에 그냥 있어주기만 하면 돼. 나 주방에 가끔 가서 종철 씨 얼굴 보면 힘이 나."

"예, 그거야 어렵지 않죠."

"약속!"

두 사람은 새끼손가락을 걸고 엄지손까지 맞췄다. 사모님은 그런 후 종철이의 볼에 뽀뽀를 하는 것이다. 종철이는 너무 기분이 좋아서 황홀하고 꿈만 같다. 그동안 멋지고 어렵고 무섭게 보였던 사모님이 나를 보는 것만으로도 힘이 난다고 하니 종철이는 육송가든을 다 가진 것처럼 가슴에 힘이 들어간다. 아니, 세상을 다 가진 것만큼 부러운 게 없다. 종철이는 이제 일어나서 가야 한다는 것을 느낌으로 알 수 있다. 종철이가 일어서며 인사하려는데 사모님도 일어나며 말한다.

"종철 씨, 나 한 번만 안아주고 가면 안 돼?"

종철이야 이게 웬 떡이냐. 꼬옥 껴안으니 종철이 가슴에 폭 들어온다. 너무나 사랑의 감정이 느껴지게 하는 가냘픈 몸이다. 이번에도 종철이는 안았던 팔을 풀고 손을 내린다.

"종철아, 가끔 와서 나 안아줘야 해."

"예, 안녕히 계세요."

종철이는 몇 번이고 사랑한다고 말하고 싶은 충동을 느꼈지만, 입 밖으로 나오지 않았다. 그동안 사랑하는 감정을 가진 적은 없다. 가까이에서 여성을 대하고 껴안고 하다 보니 자동으로 그런 말을 하고 싶은 감정을 느꼈지만, 사랑한다는 말을 하면 안 될 말이고 혼날 것 같은 생각 때문에 하지 못한 것이나. 종철이는 사모님과 아쉬운 인사를 하고 주방으로 가는 연못 위 나무다리에 서서 누가 안채에서 나오는 걸 볼세라 물가를 바라보는 척하는데, 작은 물고기 한 마리가 물속의 수초 나뭇잎 위에 올라앉아서 놀고 있는 모습이 귀엽다.

종철이는 두근거리고 머릿속이 몽롱한 상태로 사람들 시선을 피해서 주방을 통해 육부실로 들어간다. 종철이는 의자에 앉아서 담배 한 대를 빼물었다. 육부실에 들어오면 음악부터 트는 종철이지만 음악을 틀지 않고 잠시 진정하고 생각을 하기 위해서다. 장미가든에서 쉬는 시간에 육부실에서 종철이는 거울을 바라보았다. 자기 얼굴이 너무 잘생겼다고 생각했다. 얼굴 피부가 뽀얗고 반짝반짝 빛이 날 정도로 잘생겨서 TV에서 보던 전영록 같다는 생각도 해봤다. 그동안은 주방일 하면서 사람들한테 관심을 받지 못하고 욕이나 먹고 무시당하며 여기까지 왔는데, 오늘 처음 큰 갈비집 사모님에게 사랑을 받고 보니 어리둥절 정신이 없다.

"똑똑."

주방의 찬모 아줌마가 들어온다.

"종철 씨, 냉면 먹어."

작은 그릇에 냉면을 가지고 왔다.

"종철 씨, 어젯밤에 어디 갔다 왔어?"

어젯밤에는 장미가든에서 카운터를 보던 아가씨가 여기에 홀서빙으로 왔는데, 함께 노송유원지 길을 걸으며 종철이는 난생처음 아가씨와 데이트로 가슴이 두근거려서 무슨 말을 하는지 횡설수설하다가 재미없이 그냥 들어왔다.

"종철이 젊은 여자만 좋아하지 말고 우리하고도 놀아."

냉면을 먹고 있는 종철이에게 찬모 아줌마가 말한다.

"살 좀 쪄야지. 잘 먹어야 해. 그래도 나보다는 몸무게 많이 나가지? 남자는 여자보다 1킬로그램이 많잖아."

종철이는 무슨 말인 줄 몰라 답변을 하지 못한다.

"저녁에 내가 시원한 수박 갖다놓을 테니까 우리 방으로 와!"

"예."

수원갈비 양념으로 개선도 안 되고 계속 손님들한테 컴플레인이 일어나는데도 손님은 점점 늘어만 간다. 처음 100대로 시작해서 300대까지 올라오고 토요일, 일요일은 400대씩 나간다. 하루에 잠을 3시간밖에 못 자면서 갈비를 만들어대자니 눈이 따끔거리고 비몽사몽간에 작업하지만, 음악이 있어서 힘든 것도 이겨낸다. 장미가든 형들은 지루한 시간 힘든 갈비 작업을 여자들 얘기로 시간 보내고 이겨냈는데, 종철이는 트로트 음악을 들으며 시간과 공간을 즐기고 있다. 만약에 음악이 없었다면 힘든 일을 어떻게 이겨냈을까? 상상도 할 수 없다.

지배인은 다른 오픈집을 잡았는지 떠나고 그 대신 젊은 주임이 새로 왔다. 사모님은 주방장과 담판을 짓는다. 양념 개선도 안 되고 수원갈비 양념 비법 전수한다더니 돈만 먹었다며 수원갈비 주방장 새로 구했으니 그만 뒀으면 좋겠다고 말한다. 주방장은 한날 한시에 나온 손가락도 길이가 제각각인데 서로 이해하면서 대화로 풀어야지 그렇게 갑자기 일방적으로 통보하면 어떻게 하냐며 인상을 찡그리고 말하더니 담배 한 대 물고 또 열변이다.

"나도 여태 화가 모가지까지 올라와도 참는 스타일이지 웬만해선 얘기 안 해요. 갈비 1인분이라도 더 팔아줄려고 이렇게 애를 쓰는데, 으."

사모님은 목소리도 올리지 않고 조용히 말한다. 돈 먹은 건 증인이 있으니 대질하면 되고, 나도 그러고 싶진 않은데 단골손님 중 법무사 사무장이 전수비 사기친 걸 알고 오늘 중 경찰서에 사건 접수한다고 하자 주방장은 더 큰소리 못 치고 일단 후퇴한 것이다.

주방장은 퇴근 무렵 주방 사람들을 다 불러 모아놓고 사모님이 주방장 새로 구했고 주방장이 사람들 다 데려오기로 했다며 괜히 뭉개고 있다가 쪽팔리게 잘리지 말고 다 옷 챙겨서 나오라고 사기를 친다. 사모님이 먼저 주방 사람들 단속해놓은 것을 모르는 주방장은 자기 생각대로 지어내서 얘기한다.

"오늘 밤은 자고 내일 아침 식당 앞에 있는 다방으로 짐 챙겨가지고 다 모이시오. 일한 건 내가 나 받아다가 나눠줄 테니겐 며칠 놀고 있으면 내가 다시 전부 복직시켜줄 것여."

육부장은 서울로 올라가겠다고 한다. 주방장하고 같은 계모임을 하는데, 얼굴 안 볼 것도 아니고 그렇지 않아도 결혼할 사람하고 함께 방 얻어서 서울 직장 구하겠다며 올라간다고 주방 사람들한테 말한다. 다음 날 아침 주방장과 육부장만 안 보이고 다 출근해서 주방은 정상적으로 돌아가고 있다. 주방장이 사모님한테 전화해서 주방 사람들 일한 돈 달라고 했는데, 사모님이 알아서 한다고 했더니 전화를 끊더란다. 주방장이 가고 난 뒤 주방장의 만행은 하나둘씩 추가된다.

고기 거래처, 시장 채소집, 식료품집, 냉면가루집 등 재료집이란 재료집은 다 돌면서 직원들 한 달에 한 번씩 회식한다며 3개월 동안 꼬박꼬박 돈 챙겨갔고 육송가든 앞 통닭집, 밥집, 다방 등에도 외상값이 주렁주렁 열렸다. 심지어 배달 들어오는 야쿠르트 아줌마, 우유 아줌마 외상값도 안 주고 가서 우유 아줌마는 주방장 도망갔다는 말에 카운터 앞에 털썩 주저앉았다는 것이다. 우유값은 물론이고 이자 많이 준다며 빌려간 돈 20만 원도 뜯겼다며 울상이다. 우유나 야쿠르트는 먹지도 않으면서 맘에 드는 홀 아가씨들한테 막 나눠줬다. 찬모 아줌마는 주방장이 나이트클럽 놀러 가자는 걸 안 간다 했더니 그 뒤부터 직원들 밥 먹을 때 음식 타박을 하고 그렇게 힘들게 했다며 치를 떤다. 한 사람의 능력이 이렇게 대단한가를 새삼 느낀 종철이는 주방장의 에너지가 엄청나다고 생각해본다.

찬모 아줌마는 낮에 한가할 때면 육부실에 들어온다. 왼쪽 옆에는 나이 먹은 육부 시다가 칼질을 하고 있다. 출입구 쪽의 종철이 오른쪽에 있는 찬모 아줌마는 가까이 와서 종철이 일하는 걸 지켜보며 옆에 아저씨가 안 보이게 손을 종철이 오른쪽 어깨에 슬며시 올리며 말한다.

"낮에 식구들 반찬 할 거 좀 쓸어줘봐아~. 홀에 요번에 같이 들어온 나이 먹은 여자 두 명 있잖아?"

"누구요?"

시다 아저씨가 아는 듯 말한다.

"저쪽 연못 옆에 야장 보는 여자들요? 통통하고."

"응, 그 여자 둘이서 화장실에서 뽀뽀를 하더라고."

"여자 둘이요?"

"응, 아침에 내가 화장실 문을 딱 열었는데 둘이서 입을 대고 있더라고."

아저씨는 또 묻는다.

"여자 화장실요?"

"그럼 여자지! 남자야?"

"빼빼로 먹기 놀이하나?"

아저씨는 기분이 이상한지 도마 위에 칼을 내려놓는다.

"야! 담배 한 대씩 피우고 하자."

"지금 담배 물고서 무슨 담배를 또 피워. 참 내."

카세트에서는 나훈아의 〈사랑은 주는 것〉이라는 노래가 흘러나오고 있다.

며칠 후 식료품 재료집에서 소개한 주방장이 새로 오고, 주방장이 자기가 아는 육부장을 데리고 함께 왔다. 주방장은 서른한 살에 충청도 사람으로 체격이 좋고 후덕한 인상을 가진 사람이고, 육부장은 서른 살에 안양의 유명한 농림회관에서 육부장 하던 사람이 왔다. 주방장은 수원갈비 원조 요리사인 천상필 주방장의 사촌동생으로 주방장 업계에선 서열이 높고 실력 있고 인덕이 있는 사람이다. 주방에 듬직한 두 사람이 채워지니 안정되는 것 같다. 종철이도 주방장과 육부장이 그만두며 정신적·육체적으로 며칠간 힘들었는데 이제 마음이 좀 놓인다. 사람한테 기를 받는 것도 상당하다는 것을 느끼며 생각해보는 좋은 경험이다.

"안녕하세요? 나는 새로 온 육부장 오복렬입니다. 잘해봅시다."

"예, 저는 육부 김종철입니다."

새로 온 육부장은 손도 빠르고 몸을 아끼지 않고 저돌적으로 일하는 스타일이다. 종철이는 무슨 일을 하기 전에 생각을 하고 천천히 처리하는 스타일인데, 새로 온 육부장은 힘으로 밀어붙이는 남자다움이 있다. 식당은 어딜 가나 먼저 들어온 사람이 고참이다. 직책이 높고 나이가 많아도 그 집에 먼저 와서 오래된 사람은 고참이라 함부로 대하지 않고 예우를 해주는 게 관행이다. 그렇다고 서열이 바뀌는 건 아니고 나이가 어리고 아랫사람이라고 해서 막 대하진 못한다는 뜻이다. 그 집의 오래된 사람은 그 집의 후광을 입고 있는 것이다. 새로 온 육부장도 종철이에게는 명령조로 말하지 않고 모르는 건 창피하게 생각하지 않고 물어보면서 업무 파악을 하며 빠르게 자리를 잡아가고 있다. 경험이 많은 육부장답게 갈비 입고, 작업해서 나온 갈비 대수, 양념 대수, 재고, 판매 등 꼼꼼히 장부 정리도 잘한다.

양념할 때는 주방장이 올라와서 함께한다. 갈비 100대 기준으로 설탕

5, 소금 1, 후추 0.3 섞어놓은 걸 700그램 넣고 참기름은 소주병으로 두 개, 파 다진 것 반 대접, 파인애플 2스푼 넣고 다진 마늘 한 공기 분량으로 넣고 고무장갑을 끼고 무친다. 살이 떨어지지 않게 조심해서 한쪽에서 한쪽으로 무쳐야 한다. 앞서 서울식 칼질은 다이아몬드 칼질로 한 대 분량을 말아서 간장소스를 부었지만, 이번 주방장의 수원 전통 방식은 포만 뜨고 양념하고 작업대 위의 도마에 올려서 칼집을 넣는데, 칼끝으로 갈비에 빗살무늬 모양으로 사선으로 칼집을 넣어준다. 미리 칼집을 넣으면 일하기가 깔끔하고 수월하지만, 양념하고 칼집을 넣는 이유는 칼집을 먼저 넣고 양념을 하면 살이 떨어지고 나중에 말았을 때 갈비 모양과 칼집 넣은 각이 안 살기 때문이다. 중요한 건 각이 살아 있어야 한다.

모든 음식은 모양과 상품성을 생각해야 하는 게 요리사의 덕목이다. 앞치마를 차고 칼집을 넣는데 양념이 손에도 묻고 앞치마에도 튀고 도마에도 번져 일하는 건 좀 번잡하지만 갈비 맛은 월등히 좋다. 무치고 칼집 넣을 때, 양념이 속까지 배며 갈비 육즙과 어우러져서 갈빗살 속으로 양념도 배고 손맛도 배어서 그만큼 맛이 좋다.

주방장이 새로 오고 나서 갈비가 맛있다는 말이 많이 나온다. 그동안 고객으로부터 컴플레인 나오는 것을 종합해보면 첫째는 맛이 달고 짜다, 둘째는 질기다, 셋째는 기름이 많다는 것이다. 갈비가 다소 질긴 점은 파인애플이 들어가면서 해소되었고, 기름기는 갈비 중간의 살과 살 사이 두툼한 지방을 완전히 제거하니 해결되었다. 보통 갈빗살을 끊기지 않고 하나로 연결하는 것은 육부들의 프라이드였는데, 과감히 날려버림으로써 살은 떨어져서 남의 살 같지만 고정관념을 깨니 그동안의 습관은 아무것도 아니었다. 살이 좀 떨어졌다고 시비하는 고객은 없었고, 일단 기름기가 없으니 말이 안 나와서 좋다. 이로써 갈비의 문제점은 다 해소된 것이니 홀 아가씨들도 반응이 아주 좋다. 팁도 잘 나오고 떳떳이 일할 수 있으니 말이다. 그전에는 손님한테 짜다, 달다, 질기다, 기름 많으니 바꿔달라고 해서 홀에서 보통 시달린 게 아니다. 그렇다고 주방에다 말하면 주방장은 인상을 쓰고 큰소리로 욕을 했다.

"좁쌀 같은 것들이, 갈비도 안 먹어본 것들이 와서 아는 체하고 지랄이여."

그러면서 홀 아가씨들까지 덤터기로 욕 먹는다.

"엿 같은 것들이 팁 받아쳐먹으려고 갖은 아양을 다 떨고 주방에 수고비라도 줘가면서 바꿔달라고 해야지. 아유! 내가 고만두던지 해야지 저런 인간들 꼴 안 보려면."

홀에서 일하는 사람들은 음식이 좋고 손님들한테 인정받아야 자부심을 가지고 일할 수 있다. 그래야 자신 있고 당당하게 고객을 맞이하고 리드할 수 있다. 홀에서 일하는 사람들은 8.15 해방을 맞이한 것처럼 주방장, 육부장은 물론 종철이한테까지 서비스가 좋다. 직원들 식사 시간에 밥 먹으러 갈 때나 카운터에 전화가 와 있다 해서 나갈 때면 대하는 게 다르다. 직원들 밥 먹을 때 추가 밥도 미리미리 옆에다 갖다주고, 반찬도 알아서 채워주고, 전화 받고 나면 "커피 한잔 드시고 가세요" 하거나 "좀 쉬었다 하세요"라며 웃어 보인다. 마치 귀빈이 된 듯하다. '요리사는 요리를 신경 써서 잘해야 하는구나. 그러려면 공부도 많이 해야겠구나'라고 종철이는 다짐해본다.

직원들 점심시간이 가까워오니 육부실은 1차 작업이 마무리되어 조금 일찍 육부실에서 나온 종철이는 직원식당으로 발길이 가게 됐다. 아직 직원들 점식식사 준비 시간인데, 나이 어린 신참 홀 아가씨 혼자서 직원들 식사 세팅을 하고 있다. 탁자마다 숟가락과 젓가락을 놓는데, 냅킨 한 장 깔고 숟가락과 젓가락을 놓고 다시 한번 정성 들여 똑바로 맞춰서 놓고 있는 모습이 너무 진지하고 정성을 느낄 수 있어서 그 모습에 종철이는 감동이 밀려온다. 그전 아가씨들은 수저를 기계적으로 빠르게 소리 나도록 마구 놨다. 아가씨가 눈치채지 못하도록 뒤에서 잠시 슬쩍 바라본 종철이는 서비스에 대해 생각해본다. 음식을 아무것도 주지 않고도 마음 자세 하나로 충분히 감동을 주는 모습은 얼굴이 이뻐서도 몸매가 좋아서도 아니고, 이대 앞 코리끼분식집 주방장 말처럼 자세가 중요하다는 말도 생각난다. 저 아가씨는 호텔에서 근무했나? 배워서 하는 걸까? 마음이 그래서 하는 것일까?

냉면장은 야장 숲속에서 작업하는 연놈들 잡으러 다닌다고 하더니 언어맞은 이후로 맥을 못 추고 비실비실하다가 결국 그만두고 새로 냉면장이 왔다. 스물다섯 살 덕삼이는 강원도 양구 출신이라는데, 몸이 호리호리하고 코가 뾰족하고 눈이 작고 눈썹은 없다. 호텔에 있었다면서 녹색 주방복을 전용으로 가지고 왔다. 호텔에선 주방 바닥에 카펫이 깔려 있다며 자랑처럼 말한다. 주방 아주머니는 왜 가운이 녹색이냐며 세탁하기 힘들다고 투덜댄다. 물 빠져서 다른 옷들하고 섞어놓으면 안 좋고, 왜 흰색 입지 녹색 입냐며 투정이다. 냉면장은 틈만 나면 호텔 자랑이다.

"야! 호텔 주방장들의 요리복 색깔이 왜 흰색인 줄 아냐?"

설거지가 묻는다.

"왜요?"

"왜요는 짜식아! 일본 사람 덮고 자는 이불이 왜요고, 머리에서 비듬 떨어지면 안 보이게 하려고 흰색 입는 거야."

종철이는 호텔에서 일해봤으면 좋겠다고 생각한다. 젊을 때 멋진 요리도 다양하게 배울 수 있다면 좋겠다고 생각하면서 그런 데는 대학 나온 사람이나 갈 수 있고 아무나 갈 수 없는 곳이라는 생각에 기운이 빠진다. 새로 온 주방장은 조리사 시험을 본다며 종철이도 한번 보라고 한다.

"경험 삼아서 한번 봐. 앞으로는 자격증도 필요할 거야."

종철이는 시내에 가서 두꺼운 조리책을 샀다. 종철이가 공부를 시작하자 육부장도 자기도 시험 본다며 공부하게 책을 사달라고 종철이한테 얘기한다.

"내가 교통비까정 줄 텡께 책 좀 사다주라."

주방장은 처음에 시험 본다고 말만 하고는 포기한 모양이다. 육부장과 종철이가 육부실에서 공부할 때면 들어와서 아는 체를 하는 건지 놀리는 말인지 큰소리로 농담하듯 말한다.

"야! 공부해봐야 소용없어. 시험문제가 '사과는 몇 그램인가?' 이런 것도 나와. 그냥 대충 찍으면 되는 거야!"

주방에서 찬모 아줌마는 생각난 듯 냉면장한테 소리친다.

"냉면장! 호텔에 있었으면 조리사 자격증 땄을 거 아냐?"

"자격증 따러 갔다가 신원조회에 걸려서 못 봤지에이요! 할아버지가 월북하셔서 사상 검증에 걸리지 아니했기요."

"조리사 자격시험도 사상 검증하나?"

"호텔은 어떻게 들어갔어?"

"진짜 사상이 의심스럽네."

"호텔직원 모집시험 보고 합격했지에이요. 무채 썰기, 쌀가마 지고 5층까지 빨리 올라가기."

"호텔은 얼굴은 안 보고 뽑나 보네. 하하하."

냉면장은 궁지에 몰리는 듯하여 위기감을 느꼈는지 또 무리수를 두는 발언을 한다.

"야! 설거지야! 약사나 냉면부나 똑같어. 가루 맹글어서 돈 버는 건. 약사도 제조업이여. 알약 방아 찧고 빻아서 가루 맹글잖여."

주방장이 한심하다는 듯 말한다.

"제조가 아니고 조제다!"

설거지도 주방장 말에 맞장구를 친다.

"맞아요."

냉면장은 매운 청양고추처럼 약이 바짝 올라 소리친다.

"맞긴 인마! 개새끼가 몽둥이로 맞아?"

종철이는 쉬는 날 시내에 버스 타고 나왔다. 물어물어 수원상공회의소에 증명사진하고 접수비를 내고 조리사 시험 접수를 했다. 주방장은 요리학원 강사를 불러다가 특강을 받자 뭐 하자 말만 하고 공부는 안 하더니 경험 삼아 본다며 접수는 했다. 시험날이 다가오자 육부실은 시험날 작업할 거까지 밤새도록 미리 비축하고 시험 보러 수원농고로 택시를 잡아타고 갔다. 시험시간은 50분이고 60문제 중 40문제만 맞히면 합격이다. 육부장과 종철이는 같은 반에서 시험 보고 주방장은 다른 반이다. 시험 보기 전 수험생들은 책상 위에 크라운출판사에서 나온 예상문제집을 꺼내놓고 풀고 있다. 종철이랑 육부장은 경험이 없고 누가 얘기해주는 사람도 없어 대학생 수준의 두꺼운 조리책을 가지고 공부했으니 분량이 너무 많아서 시험문제와 상관없는 범위를 공부한 것이다. 어쨌거나 경험도 재산이니 다 배워야 하는 것이다. 종철이는 문제를 푸느라 머리를 쥐어짜고 책에서 본 것을 생각한다. 우선 조금 만만한 문제부터 적어놓고 모르는 것은 자연신 기운을 빌려서 느낌 가는 대로 찍는다.

"자, 10분 남았습니다. 마무리하세요. 끝난 사람들은 내고 나가셔도 됩니다."

하나둘 일어나서 나가는 소리가 나고 감독관 말에 마음이 조급해진다. 똥줄이 탄다는 말이 있는데, 오줌보가 타는 듯 아랫배 밑이 찌리리하다. 종철이는 컴퓨터 답안지에 옮겨 체크하는데 손이 떨려서 제대로 할 수 없다.

"자! 시간 다 됐습니다. 답안지 그만 내주시기 바랍니다."

종철이는 어쨌든 60문제는 다 체크했다는 안도감에 후련히 일어나서 답안지를 내고 나왔다. 이제 붙고 떨어지고는 하늘에 맡겨야 한다. 주방장을 만나기로 약속한 정문으로 걸어가서 기다리는데 육부장이 다가오며 말한다.

"주방장은 왜 안 나오지?"

육부장은 둘레둘레 여기저기를 살핀다. 길 건너 횡단보도에서 주방장이 이쑤시개로 이빨을 쑤시며 걸어오고 있다.

"아니! 주방장 어디서 오는 거요?"

"응! 칼국수 먹고 오는 거여. 아침을 안 먹었더니 허기지네."

"시험문제는 다 푼 거요?"

"아~ 우리는 그런 건 기냥 숨도 안 쉬고 다 풀어버려. 하하하."

세 사람은 서로 얼굴을 보면서 호탕히 웃는다. 바쁜데 세 사람이 시험 본다고 나왔으니 가게에 다시 들어가서 일해야 한다. 버스를 타고 가게에 돌아온 종철이는 잠깐 일하고 점심 먹고 나서 홀에 나가보니 한쪽에서 아가씨들이 얘기를 나누고 있다.

어린이동산, K센터의 씨앗을 가슴에 심다

"기생이 150명인데 엄청나게 큰 요정이야. 주방에서는 한정식으로 음식을 만드는데, 주방장이 호텔에서 근무했던 사람이라 실력이 좋아."
종철이는 귀가 솔깃해진다.
"거기가 어디예요?"
"성북동 대원각이라고 서울역에서 택시 타면 기사들 다 알아요."
대원각에서 홀서빙으로 일하다가 왔다는 홀 아가씨는 늘씬하고 뒷머리를 위로 올려 핀으로 묶었는데 우아하다. 그동안 갈비집에서 보았던 홀 아가씨들하고는 분위기가 다르다.
"제가 거기 찾아가서 요리 좀 배우고 싶네요. 저도 젊을 때 요리를 좀 더 배워야지 나이 먹으면 배우기 힘들잖아요."
"한번 찾아가보세요. 거기 주방에 있는 아는 언니 전화번호가 숙소에 있는데, 좀 있다가 제가 알려드릴게요."
"예, 고맙습니다."
성북동 대원각에서 일하다 왔다는 고윤선이라는 아가씨는 스물여덟 살이라고 한다. 대원각에서는 5년 정도 근무하며 홀 팀장도 하고 잘나갔는데, 스물여덟 살이면 왕언니 소리 듣는데 나이가 들어가니 좀 눈치가 보이더란다. 그러다가 홀에 스물세 살 먹은 아가씨가 새로 왔는데, 주방에 호텔 출신 요리사가 애인을 홀서빙으로 불러온 것이다. 관리과 쪽에서는 새로 온 여자를 홀 팀장 시키려는 눈치가 있어서 신경이 쓰였는데, 수원 육송가든에서 홀서빙 구한다는 애기를 듣고 머리도 식힐 겸 서울을 벗어나고 싶어서 왔다고 한다. 다음 날 종철이는 고윤선이라는 아가씨를 통해 주방 아줌마 이름과 전화번호가 적힌 메모지를 받았다.

"거기 일자리가 언제 있을지는 모르겠지만, 취직이 되시면 거긴 직원 숙소가 없어서 아랫동네에 방을 얻어야 해요. 방값이 부담 가서 두세 명씩 같이 쓰는데, 출근은 아침 9시쯤 버스를 타면 돼요."

"아유, 애기 좀 더 듣고 싶은데 저녁에 차 한잔 할 수 있어요?"

"오늘 빨래하려고 물에 담가놓고 나왔는데 잠깐 보죠."

"예, 고맙습니다. 여기 앞에 나가서 왼쪽으로 가면 이목통닭집이라고 있는데, 제가 살게요. 거기서 볼까요?"

"오늘 저녁 굶고 가야겠네. 호호, 좋아요."

종철이는 대원각에 벌써 취직이라도 된 것처럼 마음이 부풀었다. 그동안 분식 조금 배우고 중식 조금 배우고 갈비하고 있는데 궁중 음식, 한정식 요리를 배우는 게 너무 멋지고 좋을 것 같다는 생각을 하며 근사한 주방에서 요리하는 상상을 마구 해본다. 육부실 카세트에선 조용필 노래 〈물망초〉(꽃말: 나를 잊지 마세요)가 흘러나온다.

한 여자가 울고 있는 비 오는 거리
밤새도록 가로등도 비에 젖었네
슬퍼할 수 없어요 잊을 수도 없어요
이슬이 맺혔네 두 눈에 맺혔네
눈물인가 빗물인가 눈물인가 빗물인가
잊지 마세요 잊지 마세요 잊지 마세요 잊지 마세요
마음은 비가 되어 마음은 강물이 되어
고향 바다 그 얼굴 찾아가누나
한없는 기다림만 가슴에 담아
내 마음을 묶어버린 나는 물망초

- 〈물망초〉(1981, 제3집), 이희우 작사, 조용필 작곡, 조용필 노래

〈물망초〉 가사에 '찾아가누나'가 있어서 종철은 고윤선 씨가 누나라면 좋겠다고 생각해본다.

갈비는 이제 서울식, 홍릉식, 수원식을 해봤다. 한 가지도 마스터하기 힘든데 여러 가지 갈비 방식을 섭렵하니 종철이는 자부심에 혼자 만족해한다. 이제 여기에 한정식만 배우면 한식 요리사로는 남부럽지 않은 실력을 갖추는 것이다. 그리고 장미가든에서 보았던 꿈의 갈비집, 세계에서 제일 큰 갈비집을 하는 것이 목표다. 어린이 동산과 갈비집, 한국적 문화와 공연예술을 보여줄 수 있는 갈비 한정식집, 거기에 직원들 복지가 잘되어 있고 직원들 한 사람 한 사람이 직업인으로 자부심과 엘리트 의식을 가지고 근무하는 꿈의 직장을 이루어가는 상상을 매일매일 하며 행복해한다.

일본에서, 중국에서, 미국에서, 유럽에서, 동남아에서, 해외에서 한국으로 갈비관광을 와서 국제선 공항에서 관광버스를 타고 김종철 한국문화예술센터에 도착하여 K팝과 한국무용 공연을 보고 한식을 즐기고, 쇼핑도 하고, 다양한 한국문화를 접하는 상상을 한다. 종철이가 이렇듯 상상의 날개를 펴고 마음껏 창공을 날아갈 수 있는 건 다섯 살부터 군산역 앞에서 본 유랑극단 공연이 하루에 3편, 1년이면 천 편, 5년만 잡아도 5천 편이다. 거기에 영화광인 아빠를 따라서 매주 두 프로씩 보았으니 1년이면 백 프로, 지금껏 거의 천 프로에 육박하고, 전통가요 3,600곡을 외웠으니 문화적 감수성은 풍부한 것 같다.

종철이는 육송가든에서 받고 있는 월급이 나이에 비해 많은 편이라 딴데 배우러 가면 봉급이 작더라도 감수하고 3년은 투자한다는 생각까지 하고 있다. 일이 끝나자마자 씻고, 스킨로션 바르고, 옷을 갈아입고 머리도 단정히 빗는다. 이목통닭집에 들어가니 어두운 실내에 빨강, 파랑 작은 전등이 분위기를 잡아준다. 스피커에선 김수희의 노래 멍게, 아니 〈멍에〉가 흘러나온다.

그래도 내게는 소중했던
그으날들이 한동안 떠나지 않으리

마음이 괴로울 때며어어어어언~

역시 통닭집에선 김수희 노래가 제격이다.
"뭐 드실라우?"
통닭집 아줌마는 저번 주에 주방장과 육부장 등 남자들끼리 왔을 때 옆자리에 앉아서 함께 노래도 부르고 놀아서 안면이 있어선지 아주 반가워한다.
"노래 잘하는 육부 총각 오셨네. 오늘은 어째 혼자요? 아! 누구 만나러 오셨구만."
종철이는 테이블 6개 중 맨 안쪽에 자리 잡았다. 가운데는 통로이고 양쪽으로 테이블이 3개씩 놓여 있고 앞쪽은 터진 칸막이다. 남녀가 올 땐 나름 프라이버시 침해 안 받고 아늑히 즐길 수 있는 곳이라 저번 주방장 환영식 때 와보곤 여자 생기면 와야겠다고 생각했는데 기회가 빨리 왔다. 종철이는 생각했던 게 이루어지는 경험을 자주 한다. 중식 청와대 주방장도 그렇고, 남 눈치 안 보고 음악 좀 실컷 들으면서 일했으면 좋겠다고 영월사에 있을 때 기원했는데 생각한 대로 이루어진다. 그때 긴 머리 여인이 가게로 들어온다. 늘씬하고 매력적인 여인이다. 낮에 보았던 고윤선이라는 아가씨인데, 가운을 벗고 사복으로 갈아입으니 아주 성숙한 여인이어서 몰라볼 정도로 변신했다.
"여기입니다."
종철이는 일어나서 한 발짝, 두 발짝 앞으로 간다.
"어머, 먼저 오셨네. 나도 집에 들러서 빨리 온다고 왔는데, 오래 기다리셨어요?"
종철은 고윤선에게 자리를 안내하고, 고윤선이 앉는 것을 보며 자신도 자리에 앉는다.
"아니요, 방금 왔습니다."
"밖에서 보니 더욱 귀공자로 보입니다."
"아유, 촌놈이 귀공자는 과분합니다."

고윤선을 자세히 보니 탤런트 최명길과 닮았다. 이쁘면서 지적이고 고상한 이미지이며, 눈썹은 짙고 코는 오똑하고 치아는 가지런하고 이마는 반듯하다. 광대뼈가 거의 없이 피부는 희고 곱다. 목은 가늘지도 굵지도 않고 긴 듯하며, 머릿결은 숱이 많고 윤기 나는 까만 머리가 곱게 내려오고, 한쪽으로 살짝 보이는 귀는 준수하게 내려뻗었다. 말씨는 낭랑하니 교양 있고 차분한 서울 말씨다. 언젠가 사직공원에서 본 미모의 여성과 흡사한 모습과 분위기다.

"수원에 사신 지 오래되셨어요?"

"아니요, 이번에 여기 육송가든 오픈할 때 내려왔어요. 말씀 낮추세요. 저는 이제 막 10대 지났어요."

"예!? 10대요?"

고윤선 씨는 놀라며 믿기지 않는 눈치다.

"64년 용띠예요."

"아, 저는 갈비 요리사라서 나이가 좀 있는 줄 알았어요. 스물셋, 스물다섯 정도."

"예? 하하하."

"워낙 몸도 여유 있으시고 말씨도 점잖으셔서 좀 노숙하게 봤어요. 호호호."

"고윤선 씨는 저보다 한참 누님 같으셔서 이름 부르면 안 되고 누님이라고 해야겠어요."

"저는 몇 살로 보여요?"

고윤선 씨는 재미있다는 듯 몸을 앞으로 내민다. 종철이가 미리 주문한 후라이드 통닭이 나온다.

"생맥주 드세요?"

"네, 한잔하죠."

"여기 오백 두 개 주세요."

"네~"

"워낙 이쁘시다는 것밖에는 나이는 모르겠어요. 스물다섯?"

"호호호, 스물다섯 살이면 좋겠어요. 그때가 저한텐 봄날이었어요. 대원각에서 팀장 되고 봉급도 오르고 일본, 중국, 미국 연수차 세 차례 관광 보내줘서 교육도 잘 받고 왔죠."

종철이는 일본, 중국 얘기가 나오자 호기심이 발동한다.

"와! 일본은 제가 소설 속에서만 봐서 한번 가보고 싶었는데, 일본말 회화 공부도 했고요."

"네, 제가 가본 곳 중에서도 일본이 제일 인상에 남았어요. 도쿄에 있는 호텔에 묵었는데 정원이 보기 좋은 유서 깊은 호텔이었어요. 일본에서 연예인들이 결혼식을 많이 하는 호텔인데, 우리가 묵었던 기간에도 유명 여가수 결혼식이 있어서 묵었던 모든 숙박객한테 기념 CD를 주고 덕택에 식사도 잘 나왔어요."

"이야! 좋으셨겠네요. 저는 2년 전에 일본 소설《대성(大成)》을 읽고 감명 깊었어요. 주인공 가요처럼 지혜롭고 성공 경영으로 꿈을 이루고 싶다고 생각했어요. 일본에는 얼마나 계셨어요?"

"한 달간요. 그 호텔 견학하면서 하루 8시간씩 근무하고 교육받고 쇼핑하고 그랬어요."

"와~ 대단하세요. 정말 좋으셨겠다. 뷔페도 드셔보셨어요?"

"그럼요. 아침 조식 때도 브렉퍼스트라고 빵과 음료, 과일, 샐러드 등 다양하게 차려놓고 집게로 덜어서 식사하는 거예요. 저녁도 뷔페로 식사하고요."

"와~ 정말 좋으셨겠어요."

종철이는 일본에 실제로 다녀온 사람과 단둘이 마주 앉아서 얘기를 나누는 이 시간이 신기하고 즐겁기만 하다. 2년 전에 천호동 기사식당에 있을 때 정치부 기자인 손님 얘기하는 걸 들었다.

"이야, 내가 저번 주에 취재차 일본에 출장 갔다가 왔는데 식당에서 손님 먹는 물도 돈을 받는다니까."

"물값도 받어?"

"그렇다니까. 조그만 우동집인데 300년 된 집이래. 국회의원 배지를 단

사람이 아들인데, 홀에서 상을 치우고 있더라고."

종철이는 그때 충격을 받아서 정신이 띵하면서도 문화의 다름이 부러웠다. 종철이는 고윤선 씨와 마주 앉아 함께하는 이 순간이 그저 어리둥절할 뿐이다. 나한테 어찌 이런 행운이 찾아왔는지 그동안 살아온 날들을 되돌아보며 기분이 좋아진다.

"이야, 오늘 뜻밖에 행운을 맞이하니 온몸이 새털처럼 가볍습니다. 누님, 누나라고 해도 되죠?"

"그럼요. 제가 영광이죠."

"영광은 전라남도에 있는데요. 하하하."

종철이는 너무나 멋진 여성으로부터 영광이라는 말을 들으니 기분이 좋으면서도 한편으로 의아하다.

"아니, 저 같은 게 무슨 영광이에요?"

"영광이죠. 이렇게 잘생긴 연하의 남자, 그것도 한국에서 제일 큰 갈비집 요리사와 술 마실 기회를 가진 건 영광이죠."

"저는 광영입니다. 하하하."

"호호호."

종철이는 생각한다. 한국에서 제일 큰 갈비집? 갈비집 하면 최고는 장미가든으로만 생각하고 부러워했는데, 여기 육송가든이 최고라고 하니 갑자기 힘과 희망이 생겨난다. 육송가든을 정말 한국에서 최고의 갈비집으로 만들어서 일본에서, 중국에서, 유럽에서, 동남아에서 갈비관광 오게 하는 갈비한정식 관광식당을 만들어보자. 고윤선 씨가 무거워 보이는 호프잔을 들며 조심스레 말한다.

"우리 영광끼리 건배 한번 해요."

고윤선 씨도 즐거운지 종철이에게 건배 제안을 한다. 종철이가 먼저 건배하자고 하고 싶었지만 용기가 안 나서 말을 못했는데, 고윤선 씨가 리드를 해주니 편하고 기분이 좋다.

"자~ 종철 씨, 우리 영광된 사람들끼리 만났으니 건배해요. 제가 먼저 건배사 해도 될까요?"

"아, 네 좋습니다."
"영광된 사람과 영광된 사람이 만났으니 영광된 앞날을 위하여 영광~"
"쨍! 하하."
"호호, 아! 정말 오랜만에 마셔보는 생맥주 맛이 이렇게 좋은지 몰랐어요."
"아~ 아까 나이 얘기하다가 말 안 했는데, 숙녀 나이 물으면 실례이고 무슨 띠세요?"
"무슨 띠 하면 아세요?"
"네, 큰형이 58년 개띠거든요. 저보다 여섯 살 많아요."
"저는 그보다 많은 잔나비띠예요."
"아, 그럼 저보다 여덟 살 많으시네요."
"다섯 살 차이 아래면 금값이라는데 여덟 살 차이가 나니 종철 씨를 제가 다이아몬드처럼 소중히 모셔야겠네요. 호호."
"저는 연상이 좋아요. 젖먹이 때도 엄마가 시장에서 장사하시느라 젖을 제때 못 먹어서 애인보담 엄마나 누나 같은 여인이 좋은가 봐요."
"어머나, 불쌍도 하셔라. 지금도 어리신데 언제 집 나오셔서 갈비 기술을 배우셨어요?"
"고1 때 돈 벌러 서울 왔어요. 중국집, 분식집 배달 전전하다가 갈비는 장미가든에서 배웠어요."
"장미가든요?"
"네, 육부실에 들어가서 갈비 배운 지 1년 됐어요."
"아! 장미에서 갈비 배우셨어요? 와! 저도 회사에서 벤치마킹하러 작년에 장미가든 갔었어요. 음식, 서비스, 분위기 보고 배우러 주방 사람들과 관리과, 저랑 여섯 명이 가서 갈비도 먹었어요. 갈비는 여기 육송가든이 더 맛있어요. 갈비도 크고. 이야~ 장미가든 출신이시라니 더욱 놀랍네요."
"아이, 별거 아니에요. 거기 대원각은 주방에 몇 명 있어요?"
"한 50명 될 거예요. 안주부 따로 식사부 따로 나눠져 있어요. 종철 씨는 한정식 배우실 거죠?"

"네, 뭐든 설거지부터 시작할 각오입니다."

"배우려는 열정이 참 대단하시네요. 봉급도 여기 비하면 절반 정도밖에 안 될 텐데, 배우기 위해 그렇게 투자하시는 모습이 멋있어요."

"고윤선 누나는 가만 계셔도 멋있으세요."

"멋은요~ 아니에요. 종철 씨가 잘 봐주셔서 그렇지."

"직원은 공개모집 없고 아무 때나 뽑나 봐요?"

"네, 그렇죠. 티오가 나오면 뽑는데 잘 안 바뀌어요. 워낙 체계적으로 잘 되어 있어서 웬만하면 퇴사들 안 해요."

"예에~ 보너스랑 다 있나 봐요?"

"네, 호봉도 올라가고 직책수당도 있고, 하우스키핑에서 요리복도 세탁해주고 매일 갈아입어요. 낮에는 쉬는 시간도 있고 새벽에 출근하면 오후 3시에 퇴근해서 개인 볼일도 보고요. 그리고 한 달에 세 번 쉬어요."

종철이는 더욱더 대원각에 가서 일하고 싶은 마음이 용솟음친다. 시스템과 복지가 잘되어 있는 곳에서 일도 하고 배우기도 해서 나중에 다 써먹을 때가 있을 것이니 가서 일해보고 싶다는 마음이 더욱 간절하다. 갑자기 홀이 시끄러워진다. 좀 전에 남자 손님 세 명이 들어왔는데 노가리 하나에 소주 세 병째 마시면서 기집년들이 어쩌고 하는 말이 두 번 정도 들렸다. 이쪽에 갈비집이 다섯 군데 있는데 갈비집에서 일하는 웨이터들이다. 홀서빙 아가씨들 얘기를 하는 모양인데, 기집년들은 잘해주면 더 지랄하고 기를 죽여놔야 하는데 한 번씩 거시기를 해줘야 말을 잘 듣는다는 내용이다. 통닭집 주인아줌마는 참다가 화가 났는지 싸울 각오로 응수한다.

"나이도 어린 사람들이 기집년이 뭐야, 기집년이. 나 술 안 팔아도 되는데 욕하려면 나가요."

한 머스마가 고개를 슬쩍 숙이며 말한다.

"아주머니 죄송합니다. 얌마! 욕 좀 하지 마라아. 자식 쪽팔리게. 그리고 바닥에 침 좀 뱉지 마, 새끼야."

"욕하지 말라고 하잖여."

"아, 이 새끼가! 먼저 욕했지 내가 했냐?"

"니가 금방 새끼야 했잖아."

"아~ 또 나만 욕먹네."

"야, 이거 빨리 마시고 포장마차로 가서 한잔 더 하자."

운동모자를 불량스럽게 쓴 남자는 눈을 이리저리 굴리며 목소리를 낮춰 속삭이듯 말한다.

"야, B장에 있는 인숙이 나오라고 할까?"

"그래, 우리 술 맥이고 놀려 먹자. 히히히."

"오늘은 술도 안 취한다."

조금 있으니 남자 셋은 재미없는지 일어나서 간다. 통닭집 아줌마는 굵은 소금이 담긴 작은 바가지를 들고 문 앞으로 가서 뿌린다.

"휘휘~ 나 식당 할 때 쓰라고 전라도에 있는 동생이 신안에서 소금 두 자루 사다줬는데, 통닭집 하면서 진상손님 소금 뿌리는 거로 반 포 썼네. 아유~ 지겨워. 악덕업주 밑에 장기근속 한다는데 난 맘이 약해서 전엔 종업원 셋씩 두고 했었는데."

통닭집 아주머니는 물을 한 컵 마시더니 말한다.

"아유, 우리 손님들처럼 조용히 예쁘게 술 드시면 얼마나 좋을까. 시끄러워서 대화 끊겼지요? 우리 육부실 총각 노래 잘하시던데, 노래 한 곡만 들려줘요. 호호."

"아유, 노래 못해요오."

"아따 내가 노래하는 거 두 번 들었어요. 가수 저리 가라예요."

고윤선 씨는 의외라는 듯 조금 놀라는 표정이다.

"요리도 잘하시는데 노래도 잘하세요? 노래 한번 듣고 싶어요."

"안 나오면 쳐들어간다. 꿍자자작~"

통닭집 아주머니는 박자를 맞추고 있다. 종철이는 밤길을 걸으며 김수희가 부른 〈너무합니다〉를 나훈아가 리메이크해서 부르는 느낌으로 연습했다. 1976년 윤항기 작사·작곡, 김수희 노래다.

마지막 한마디 그 말은 나를 사랑한다고

돌아올 당신은 아니지만 진실을 말해줘요
떠날 땐 말없이 떠나가세요 날 울리지 말아요
너무합니다 너무합니다 당신은 너무합니다

"앵콜~ 앵콜~"

고윤선 씨의 눈가에는 어느새 엄마가 잃어버린 어린아이를 찾듯 전등 불빛에 눈물이 반짝이고 있다. 종철이는 노래를 더 불렀다가는 고윤선 씨가 울면서 뛰쳐나갈 것만 같아 갑자기 두려운 생각이 든다. 무슨 사연이 있기에 그토록 당당하게만 보이고 빈틈이라고는 안 보이는 고윤선 씨가 눈시울을 적실까? 너무나 깊숙한 문을 열어야 하듯 종철이로서는 묻기조차 어려운 분위기다. 어릴 적 아빠와 함께 갔던 법당 안에서 부처님 불상이 내려다볼 때 불상 얼굴은 미소를 짓는지, 쳐다보는지, 조는 얼굴인지 알 수가 없었다. 그런 불상을 쳐다보면 마음이 편안하기도 하고 무섭기도 해서 종철이는 까닭도 모르고 아빠 따라 절을 했다.

지금 고윤선 씨의 얼굴은 화난 건지, 슬픈 건지, 미소를 짓는 건지, 멍하니 생각 속에 들어가 있는 모습이다. 고윤선 씨는 뜻밖에 탁자 위에 놓여 있는 종철이 손 위에 살며시 손을 올린다.

"이 노래는 언제 배웠어요?"

"작년 서울에 있을 때 카세트에서 듣고 노래가 좋아서 따라 배웠어요."

"제가 종철 씨를 왜 좋게 보는 줄 아세요?"

종철이는 내답을 못 하고 멍하니 윤선 씨의 다음 말을 기다리고 있다.

"제가 대학 3학년 때 좋아했던 남자와 닮았어요. 키랑 모습이랑 목소리도요. 그 남자도 가수 겸 기타리스트였어요."

고윤선 씨는 이대 한국무용학과 재학 중 신촌에 있는 클럽 밴드 중에 친구가 아는 사람이 있어서 갔다는 것이다.

고윤선 씨는 밴드들과 가끔 어울리게 되었는데, 그중 리드싱어인 남자와 사귀게 되었다는 것이다. 오빠가 둘인데 아버지도 오빠들도 다 반대해서 헤어졌고, 집을 나와 반항심에 학교에서 실습 나가서 알게 된 대원각에 기생으로 들어가려고 갔다가 영업직으로 빠지게 됐다는 것이다. 그때 남자가 바에서 헤어지던 날 불렀던 노래인데, 나중에 소문으로 들으니 그 남자도 윤선 씨와 헤어진 후 홧김에 다른 여자를 만나서 사귄다는 얘기였다. 그 후 신촌 쪽은 한 번도 간 적이 없다고 한다.

3년 동안 힘든 시간을 보냈고 대원각에서 팀장이 되며 직장에 좀 더 마음을 집중하여 조금씩 지나간 깊은 사랑을 잊을 수 있었단다. 자신은 3년 주기로 큰일이 있는데 예고 올라갈 때, 대학 때, 남자와 헤어졌을 때, 그리고 지금이 자신에게 큰 변화의 시기로 느껴진다며 종철이를 바라본다.

"힘든 시간을 많이 보내셨네요. 지나간 시간은 조금씩 생각을 몰아내고 여기에서 재미를 붙이세요."

"네, 이제 그럴 수 있을 것 같아요. 종철 씨가 많이 위안이 됩니다. 저한테는 수원이 정말 미지의 세계였는데, 아는 사람을 만난 듯 편안하고 기분이 좋아요."

윤선 씨는 독특한 마늘 향이 맛있게 나는 통닭 다리를 하나 들어서 종철이에게 건넨다.

"그 퍽퍽살 드시지 마시고 맛 좋은 닭다리 드세요."

종철이는 중1 때 명숙이와 사랑이 뭔지도, 지금의 감정이 사랑인지도 모르고 연탄난로 위에 끓는 주전자처럼 가슴 두근거리는 사랑을 했다. 사직공원에서 영화에서나 봄직한 여주인공 같은 성숙한 여인을 보며 잠시 짝사랑의 감정을 가졌다면 지금 앞에 앉아있는 여인은 꿈도 아니고 이상형도 아니고 바로 꿈이 현실로 이어지는 것이니 얼마나 황홀하고 행복한 순간인가? 윤선 씨는 앞쪽으로 흘러내린 머리칼을 귀 뒤로 넘기며 조심스럽게 묻는다.

"종철 씨는 여자친구 있어요?"

"아니요."

윤선 씨는 눈이 조금 커지며 얼굴에 미소가 살짝 스친다.

"네! 정말요? 이렇게 잘생긴 남자한테 여자가 없다니요."

"하하하, 제가 잘생겼어요? 저는 잘생겼다고 생각지 않는데요. 여자들한테 인기가 없어요."

"에이, 설마요. 그건 아닐 거예요. 여자들이 종철 씨가 너무 잘생기셔서 가까이하지 못하는 것일 거예요. 주방 남자들은 전부 바람둥이라고 들었는데요. 대원각에서도 그전에 주방장 아저씨는 여자들을 좋아했어요. 거기서도 기생하고 눈이 맞아서 부인이 있는데도 방 얻어 동거를 하고 또 주방 아줌마하고 연애한다고 들었어요."

"저는 그런 능력이 없어요. 여자들이 저한테 관심 안 돼요."

"호호호~ 여자가 너무 따르는 것도 안 좋은 거예요. 한 여자를 사랑하고 행복하게 해주는 게 좋은 거예요. 종철 씨는 그럴 수 있죠?"

"네, 그래야죠. 아내하고 아이들하고 즐겁게 살면 좋겠어요. 가끔 일주일에 한 번씩은 맛있는 특별식 요리 만들어서 함께 먹고, 책도 읽어주고, 아내는 내 다리를 베고 누워있고 저는 소피아 로렌 주연의 〈해바라기〉 영화를 보여주거나 일본 소설《대성》책 읽어주고 또 시도 읊어주면 좋을 것 같아요."

"어머, 너무 좋겠어요. 바람 솔솔 부는 마루에 누워 남편의 멋진 음성으로 책 읽어주는 소리를 들으면 온몸이 사르르 녹아서 없어질 거예요. 호호."

윤선 씨의 까맣고 긴 속눈썹이 너울거린다. 종철이는 이대로 시간이 멈춰버리면 좋겠다고 생각해본다. 시간은 왜 흘러만 가고 나한테 불리한 시간을 맞이해야 하는지 알 수 없음에 답답해진다.

"종철 씨는 어떤 여자 좋아하세요?"

"순종적이고 정조 관념 있는 여성요."

"그런 건 당연한 거지요. 여자로 살 수 있도록 서로가 존중하며 책임을 다해야겠지요. 이런 직장에 나와 있는 여성들은 대부분 집에서 밀려난 사람이 많을 거예요. 힘든 환경 속에서도 정과 사랑에 목말라하는 사람들을 또 아프게 하는 일들이 많은 것 같아요. 얘기가 옆으로 갔네요. 호호~ 저도 음식점에서 일하며 주위 사람들 많이 봐서 느낀 생각입니다. 죄송합니다."

"아니에요. 별말씀을요. 저도 그런 거 많이 보고 들었어요. 전에 폭포가든에서 주화 형이라는 사람은 TV에서 영화배우 정윤희가 나오면 저런 여자하고 결혼하면 죽을 때까지 설거지만 하고 살아도 좋겠다고 농담했어요. 그런 말 듣고 저는 아니라고 생각했어요. 저는 가정은 가정이고, 제가 하고자 하는 일을 하고 싶어요."

"무슨 일요?"

"저는 어린이동산을 만들고 싶어요. 어린이들이 고통받지 않고 행복하게 생활하는 공동체이지요. 먹고 자고 놀고 학습하는 것 모두 어린이동산에서 하고, 부모는 자녀 양육의 짐에서 벗어나서 각자 생활하는 것이지요. 부모가 시간 날 때는 언제라도 와서 함께하고 각자 사는 것입니다. 어린이는 공동으로 평등하게 똑같은 조건에서 교육받고 생활하고 젊은 부부도 사회를 위해, 자기개발을 위해 시간을 가지면 좋을 것 같아요."

"네, 좋은 생각이네요. 국가나 사회, 부모가 조금씩 경비를 부담하여 억압받거나 고통받고 차별받는 어린이들이 없으면 좋겠어요. 자원봉사자들이 많이 필요하겠어요. 아까 종철 씨 말씀하신 여기 육송가든을 관광갈비집으로 만드는 꿈에 저도 도울 일 있으면 돕겠어요. 한국무용도 보여주면 좋겠죠?"

"아유, 그럼요. 우리 한국적인 공연 프로그램을 발굴하고 많이 개발해서 예술인들도 육성 지원하고 지역경제도 살리고 관광객도 즐거운 일이지요."

"네, 저도 잊어버리고 생각지 않았는데 이제 희망이 생겨나네요. 무용학과 졸업은 못 했는데, 지금부터라도 공부해서 박사학위를 받아야겠어요. 종철 씨 저도 잘 써주세요. 이제부터 감독님이라고 불러야겠네요. 호호."

"칭찬해주셔서 고맙습니다. 너무나 예쁘신 누나하고 함께할 수 있고 칭찬까지 들으니 구름 위에서 손오공처럼 쉬잉~ 날아갑니다~ 우랑바리 나바롱 오색구름 내려오너라 야압~ 하하."

"어머 연기도 잘하세요. 재주가 참 많으시네요. 공부를 하셨어야 하는데 대신 갈비 공부를 하셨네요."

통닭집에는 손님이 두 팀이나 왔다가 2차를 가는지 다들 가고 실내에는 종철이 테이블만 있는데, 주인아줌마는 아까부터 나무도마 위에 또가닥 또가닥 소리가 경쾌하고 움직임이 분주하다.

"무슨 대화들이 끊이질 않고 꽃피워요. 밤새우겠어요."
"어머, 벌써 12시가 넘었네요. 여긴 몇 시까지 영업하세요?"
"손님 있으면 새벽 2시까지 하고요. 없을 땐 12시에도 닫아요."
"어머, 우리 그만 가야겠네요."
"얘기 많이 하시느라 출출하실 텐데, 수제비 끓이니 드시고 가세요."
"와, 수제비 좋아하는데 너무 감사합니다. 감자 넣고 끓여서 신촌클럽 사람들하고 일 끝나고 먹었는데…."

윤선 씨는 말끝을 흐린다.

"그렇잖아도 여기 뒤에 밭에서 심은 거 감자, 호박 많이 넣었어요. 애기 잠깐 들어보니까 어린이동산 그거 좋은 거 같아요. 언제가 될지 몰라도 저도 나이 더 먹으면 그런 데 가서 봉사하면 좋을 것 같아요. 복지사 자격증 같은 거 공부해서 준비해야겠네요. 먹여주고 재위는 주겠죠? 호호."
"그럼요. 당면이죠."
"봉사자들 숙소도 있고 하려면 넓어야겠어요."
"네 3천만 평은 되어야겠지요."

윤선 씨는 눈이 동그래지며 묻는다.

"헤~ 3천 평요?"
"하하하, 3천만 평요. 골프장하고 실외 수영장도 들어갈 거예요. 미국에는 드림랜드가 있다고 들었어요. 거기에 버금가는 큰 규모로 하는 비전이에요. 꿈은 크게 가지라잖아요. 이름도 지어놨어요."
"뭔데요? 말해줘요."

앞에 앉은 두 여심은 무척 궁금하다는 듯 간절히 묻는다.

"천기누설인데, 꿈도 중요하지만 지금 당장 대답 안 하고는 못 벗어나 겠어요. 하하~ K센터예요. 한식, 우리 소리 공연, 의류, 화장품, 노래 시설, 참숯가마 온천 시설, 쇼핑 위락 시설 등 원스톱 문화쇼핑센터예요."
"와~ 얘기만 들어도 기분이 좋고 배가 부른 거 같아요. 그런데 그렇게 큰 공간이 어디 있을까요?"
"네, 헤헤. 통일이 되면 비무장지대나 경치 좋은 금강산쯤 되지 않을까요?"

윤선 씨는 얼굴을 종철이 쪽으로 내밀며 묻는다.

"그럼 정부나 대기업에서 해야겠네요."

"그렇죠. 관광산업으로 봐야죠. 1만 평 크기의 탁 트인 넓은 홀에서 테이블마다 바비큐 파티를 하고, 높은 천장으로는 갈비 연기가 피어오르고, 홀엔 꽉 찬 손님들로 장관이죠. 이런 광경의 사진 한 컷이 해외로 나가면 일본, 중국, 유럽, 동남아에서 앞다투어 갈비관광 올 거예요. 그러면 국제공항에서 바로 관광버스로 K센터에 도착하여 숙박과 한식과 쇼핑, 문화를 한 곳에서 즐기는 거예요. 물론 내국인이나 관광객이 손쉽게 접할 수 있도록 전라도, 경상도 등 각 도마다 산을 소유한 투자자들도 개별적으로 참여할 수 있겠죠. 물론 K센터의 시스템과 프로그램을 갖추고 관광사업을 한다면 정부에서도 허가나 교육 등 지원이 필요하겠죠."

"그럼 종철 씨는 아이디어나 콘텐츠, 교육 등을 맡겠네요."

"네, 맞아요. 하하~ 역시 윤선 누나는 빠르시네요. 앞으로는 큰 기업도 전문 CEO를 쓸 거예요. 가족경영이 아니고 전문경영인 체제지요. 저는 그동안 그쪽으로 경험을 쌓고, 콘텐츠를 개발하고, 좋은 예술과 문화 전문인들과 인맥을 쌓을 거예요. 그리고 미국 라스베이거스에 견학도 가볼 거예요."

"이야, 포부가 대단하시네요. 저도 공부하고 재능을 닦고 준비하며 종철 씨 뒤만 따라가면 되겠네요. 먼 훗날 그 사업이 어떤 모습일지 너무 궁금해요. 꼭 보고 싶어요."

종철이는 기대하지 않은 수제비도 기분이 좋았는데, 통닭집 아주머니가 어린이동산에서 봉사하고 싶다는 말에 큰 힘을 얻는다. 혼자서 그냥 생각했던 꿈을 서로 공감하고 공유할 수 있다는 것에 처음 놀라움을 갖게 되었다. 생각은 공간의 수용소에 가둬두는 것이 아니라 이렇게 입을 통해 말을 통해 밖으로 표출되었을 때 사람들과 함께하게 되고 내 것만이 아닌 우리의 것이 된다는 것을 느꼈다. 누구를 만나는가가 중요하다는 것도 느끼게 된 소중한 경험의 시간이다. 통닭집 아주머니는 묵은지와 단무지를 탁자 위에 놓으며 정감 있게 말한다.

"제가 수제비를 좋아해서 가끔 일 끝나고 문 닫아놓고 수제비 끓여서 혼자 먹어요. 오늘은 두 분이 너무 잘 어울리고 예쁘셔서 별거 아니지만 한 그릇씩 대접하고 싶어서 끓였어요."

종철이는 살면서 이런 환대를 받으니 황송하고 기분이 좋다.

"아유, 감사합니다. 밖에 나와서 공짜로 맛있고 정성스런 음식을 먹을 수 있어서 감동입니다."

주방 아주머니는 다시 주방으로 들어가고, 종철이는 기분이 업되어 윤선 씨를 보며 말한다.

"중1 때 겨울에 가출해서 동인천에서 영등포로 걸어오다가 떡방아집에서 김이 펄펄 나는 가래떡이 먹고 싶어서 1시간을 서 있었는데 아무도 안 줬어요. 인천이 짠물이라 그런지, 하하하. 근데 짜장면은 두 번 얻어먹었어요. 하하."

윤선 씨는 금세 울 듯한 얼굴이 되어 말한다.

"어머 가엾어라. 가래떡이 얼마나 먹고 싶었을까. 중1이면 제가 대학 2학년 때인데, 제가 봤더라면 가래떡도 사드리고 짜장면도 사드리고 탕수육도 사드렸을 텐데."

종철이는 사랑은 공감이라고 생각해본다. 서로가 공감할 수 있는 생각이나 이념, 상대의 아픔, 이런 것을 함께 느낄 수 있는 것이 사랑이라는 생각이 든다. 상대는 아픈데 그 아픔이 전혀 느껴지지 않는다면 무관심, 냉정 또는 폭력과 같은 것이라고 오늘 하루 중 몇 시간 동안 많은 얘기를 나누고 생각한다.

한 번에 많이 반죽해서 나눠서 냉동실에 넣었다가 해동해서 떼어 끓였다는 수제비는 쫀득쫀득하니 씹는 맛이 각별하다. 칼국수는 호르륵호르륵 먹는 데 집중한다면, 수제비는 한 스푼 떠서 입에 넣고 나면 남는 시간에는 상대의 눈을 바라보며 입만 오물거린다. 앞에 보이는 입이 내 입이요, 보이지 않는 내 입은 상대의 입이 된다. 상대의 오물거리는 입을 보면 내 입 모양도 저렇겠지 생각한다. 상대는 내 입을 바라보며 무슨 생각을 할까?

"종철 씨는 입술이 여자 입술처럼 너무 예뻐요."
"하하하."
종철이는 한 번도 입술이 예쁘다고 생각해본 적 없다. 코는 잘생겼다는 말을 들었는데, 눈은 쌍꺼풀이 너무나 갖고 싶고 부러워서 초등학교 때 용돈 가지고 시내 군산극장 옆 미용 가게에 가서 '티파니 인 레인보우'라는 쌍꺼풀 테이프를 붙이고 혼자 놀았다. 키가 작아 왜소 콤플렉스가 있으면 있었지 잘생겼다는 생각은 못 하고 살아왔다.
"제가 볼 땐 윤선 누나는 외모가 완벽합니다. 윤선 누나도 그렇게 생각하시죠?"
"호호, 완벽한 사람이 있을까요? 저는 누구한테도 얘기 안 한 비밀이 있는데요. 머릿속에 쌍가마가 있어요. 어릴 때는 놀다가 어떻게 알게 된 아이가 놀려서 울었던 기억이 있어요."
"그러세요? 그만한 것은 다행이세요. 다른 데는 다 예쁘셔서."
윤선 씨는 무표정이다가 천천히 입을 연다.
"저는 가슴이 작아요. 좀 컸으면 좋겠는데."
"아이, 별걱정을 다 하세요. 지금 너무나 예쁘세요."
"호호~ 이젠 저도 외모 콤플렉스 다 날려버려야겠어요. 종철 씨같이 멋진 남자가 예쁘다는데 뭐가 문제겠어요. 호호."
윤선 씨는 정말 홀가분한 듯 어린아이가 되어 천진난만하게 활짝 웃는다. 종철이는 바닥이 보이는 수제비 그릇을 두 손으로 들어 올리며 말한다.
"이야, 오늘 정말 즐거운 시간이었습니다."
"네, 저도 종철 씨 덕분에 정말 즐거웠습니다."
"이만 아쉬운 작별 시간을 가져야겠네요."
"오늘 종철 씨 만난 기념으로 통닭은 제가 사드릴게요."
"하하~ 그러실 줄 알고 제가 먼저 계산했습니다."
"언제요?"
"윤선 누님 회장실 갔을 때요."
"제가 언제 회장이 됐나요. 호호~ 아쉽네요. 그럼 담에 제가 사드리겠어요."
"네, 기대 만땅입니다."
"아주머니 잘 먹었습니다."
"네, 안녕히 가세요. 또 오세요."

통닭집을 나오자 시원한 바람이 온몸을 껴안듯 스쳐지나간다. 낮에는 무더운 땡볕이 태울 듯 쏘아붙이더니 밤이 되니 검은 옷으로 갈아입고 잠 들었나 보다.

"저는 이쪽으로 갑니다."
"아! 집 따로 사세요?"
"네, 방 얻어서 혼자 있어요."
"네에~ 조심해서 가시고 편히 잘 쉬세요."
"네, 종철 씨도 잘 들어가시고 좋은 꿈 꾸세요."
"안녕히~"

종철이는 아쉬운 마음을 달래며 가게 주차장 길을 걷는다. 너무나 고상하고 지적이고 미인인 윤선 씨를 만나서 사랑의 감정을 갖게 된 종철이는 과분한 사랑에 황홀하면서도 장미가든 육부실 형들처럼 편안한 여자 만나서 껴안고 만지고 싶다는 충동을 느낀다. 밤이라는 분위기에 술을 먹고 나니 의지와 달리 욕망이라는 또 다른 내가 있다는 것을 보게 된다. 윤선 씨는 나처럼 천박한 생각을 갖지 않을 것이다. 그처럼 고매하고 지적이고 예쁜 성숙한 여인은 그러지 않을 거라 생각한다.

숙소 앞에 도착하니 웨이터 세 명이 의자에 앉아서 담배를 피우며 얘기를 나누고 있다. 두 명은 앉아있고 한 명은 더운지 서서 상의 티를 말아서 가슴까지 올려서 배가 보이고 한쪽 다리를 떨면서 바닥에 침을 뱉고 있다. 앉아있는 웨이터가 한참 썰을 풀고 있는 중이다.

"초등학생 둘을 둔 엄마가 여름이라 날씨가 열나 덥거든. 짧은 치마를 입고 부엌 방문턱에 걸터앉아 다리를 벌리고 있는데 검정 빤스가 보이는 거야. 야! 니들 같으면 어떻겠냐?"
"뭘 어때, 인마! 엄마인데."

"나는 꼴리겠다. 야! 엄마가 예뻐, 안 예뻐?"
"예쁘다니까. 몸매 끝내줘. 35-26-35."
"야! 꼴리겠다."
"히히히히."
"하하하."
"그래가지고오?"
"그래서 큰놈이 계속 쳐다보는 거야. 딴 거 하는 척하면서 또 쳐다보고, 또 쳐다보고 그러니까 작은놈이 엄마한테 가서 이르는 거야."
"뭐라고?"
"아, 가만 좀 있어봐 새끼야. 얘기하는데 자꾸 끊냐? 지금 말하잖아."
"너 잘났다이."
"엄마, 형이 엄마 다리 속에 시커먼 거 계속 봤다. 그러니까 엄마가 뭐라고 한 줄 아냐?"
"다리를 오므렸겠지."
"하이, 자식! 넌 가만히 좀 있어봐."
"이 새끼는 나한테만 지랄이야. 그래서 어쨌는데? 빨리빨리 말 좀 해. 뜸들이지 말고. 아, 쌍!"
"엄마가 작은놈한테 뭐라 했냐면 '냅둬라!' 했대."
"와하하하, 끅끅끅끅."
"와, 존나 콩가루집이네. 흐흐."
"야, 그거 니네 집 얘기지?"
"이런 쓰봉."
"하하하. 야! 쓰봉은 또 뭐냐?"
"야, 또 하나 해줄까?"
"응, 존나 재밌다. 또 해봐."
"야, 계속해 봐. 재밌을 때까지 계속해 봐."
"넌 재미없냐 새끼야?"
"얌마, 다 아는 얘기야."

"이번엔 아버지하고 어린 아들하고 초등학교 1학년? 목욕탕엘 갔는데 지금처럼 더울 때야. 아들이 지 고추 쳐다보고 아빠 꺼 쳐다보니 다르거든. 아들이 물었어. '아빠 꺼는 왜 그렇게 생겼어?' 하니까 아빠가 '응, 더워서 걷어붙였다' 하니까."

"하하하하, 걷어붙여!"

"아들이 '그러면 아빠 껀 이름이 뭐야?' 하니까 '응, 아빠 껀 그랜저' '아빠, 내 꺼는 뭐야?' '너는 티코' 아들이 '엄마 껀 뭐야?' 하니까 뭐라고 했겠냐?"

"물자동차."

"푸후후."

"에라이."

"뭔데? 빨리 말해봐."

"응, 그랜저 차고 그랬대."

"와하하하."

"하하하, 이번 건 재밌다."

주방 숙소에 불이 켜져 있어 들어가니 벌써 새벽 1시가 되어가는데, 주방 사람들은 한쪽에서 잠을 자고 홀 웨이터들은 5~6명이 둘러앉아 고스톱을 치고 있다. 홀 웨이터들이 왜 자는 방 놔두고 주방 사람들 숙소에 와서 노름들을 하고 있을까? 고스톱을 치다가 욕을 하고 싸움을 한다.

"야이, 시뱅아~ 내가 쇼당을 붙였는데 얘가 구 쌍피를 먹고 났으니까 니가 독박 쓰고 다 물어주는 거야."

"야, 이 닭대야! 성남에선 그렇게 안 쳐."

"수작 부리지 말고."

주방에 새로 온 스물일곱 살 설거지 아저씨가 시끄러운 소리에 자다 깼는지 고개를 돌리며 조용히 하라고 소리친다. 새로 온 주방 아저씨 말이 들리는지 안 들리는지 반응이 전혀 없이 연신 담배들 피우며 떠들고 소리치고 욕을 하고 아침까지 날샐 기세다. 그때 설거지 아저씨가 튕기듯 일어나며 방 안에 있던 칠성사이다 음료수병을 집어 들며 소리친다.

어린이동산, K센터의 씨앗을 가슴에 심다

"조용히 하라니까!"

고함을 지르며 음료수 병을 이마에 갖다 박는다. 두꺼운 칠성사이다 병은 설거지 아저씨의 이마 받기에 박살이 나고 유리병 조각이 여기저기 튀어간다. 웬만해선 깨지지 않을 것 같은 웨이터들의 아성이 사이다병이 깨지며 허물어졌다. 소주병은 누구나 깰 수 있다. 만약에 설거지 아저씨가 소주병을 이마로 들이받아서 깼더라면 젊은 객기로 한번 개겨보는 비집고 들어갈 틈새가 있을 텐데, 음료수 병은 그 두께가 다르다.

어릴 적 군산에는 불량배들도 많고 태권도장도 많았다. 초등학교 동창인 두 사람이 20대가 되어 길에서 만났는데, 한 명은 시내에서 노는 불량배이고 한 사람은 태권도 사범이다. 불량배는 웃통을 벗고 길옆에 있던 사이다병을 집어 들었는데, 손목에는 담뱃불 자국이 많이 있고 배때기에는 커터칼 자국이 10여 개나 나있다.

"이런 범새가 지금이 초등학교 땐 줄 아나?"

불량배는 사이다병을 들고 양팔을 건들건들 흔들며 건물 모서리에 깡다구 좋게 때렸는데, 병은 깨지지 않았다. 불량배는 당황한 듯 두 번 세 번 힘 있게 연달아 때렸는데, 결국 사이다병의 목 부분이 짧게 부러지듯 깨지고 불량배는 목만 잡고 있는데 손에서는 피가 흐른다. 불량배가 깨진 병목을 쥐고 태권도 사범에게 겨누자 샌들을 신고 있던 사범이 병목을 쥐고 있는 불량배의 손목을 발로 차니 쥐었던 병목이 공중으로 날아갔다. 불량배는 얻어맞은 강아지처럼 앙알앙알거리면서 슬슬 뒷걸음으로 돌아가고, 태권도의 구멍 뚫린 샌들의 새끼발가락에선 피가 흐르고 있다. 순식간에 사거리에는 구경꾼들이 많아지고, 불량배는 애들 데려올 테니까 너 가지 말고 가만 있으라 하고 사라진다. 태권도는 한 번만 더 까불면 니 제삿날인 줄 알라며 사람들 사이를 헤집고 피나는 한쪽 발을 절면서 느릿느릿 걸어갔다.

웨이터들은 순한 양이 되어 깨진 병조각을 찾아다니며 주워 담고, 설거지 아저씨는 자기 자리로 가서 다시 눕는다. 웨이터들은 눈짓을 하며 하나둘 일어나서 주방 숙소에서 나간다. 종철이는 새로 온 주방 아저씨가 멋있게 보인다. 나이는 어리지만 육송가든 고참인 종철이에게 존댓말을 써주던 설거지 아저씨가 고맙게 생각됐는데, 이번엔 멋있게 보인다. 아저씨하고 잘 지내야겠다고 종철이는 생각한다.

육부 숙소 문을 열자, 어둠 속에 편안히 잠든 숨소리가 들린다. 종철이는 조용히 세수를 하고, 몸을 자리 위에 눕혔다. 어둠과 편안함이 포근히 온몸을 감싸며 2년 전 일이 꿈결처럼 떠오른다. 일자리를 구하지 못한 날이면, 서울역 대합실을 떠돌다 차가운 나무 벤치에 몸을 기대고 밤을 새웠다. 그때는 세상이 자신만 무시하고 홀대한다고 여겼다. 하지만 지금 돌이켜보면, 나만 힘든 것이 아니라 모두가 버거운 시간을 견디며 살던 시절이었다.

고단함 속에서도 끝내 무너지지 않고 버틴 날들은, 어느새 나를 일깨우는 공부가 되었다. 오늘은 남에게 인정도 받고, 마음이 따뜻해지는 시간을 보냈다. 봄기운이 스미듯, 몸 안 가득 에너지가 차오른다.

배바지 지배인

육부장은 사모님한테서 지배인이 필요하다는 명을 받고 자기가 잘 아는 사람이 있는데 불러오겠다고 말하니 허락이 떨어졌다. 그동안 지배인이 나간 후 가게가 어수선해서 지배인 없이 주임만으로 홀 직원들을 관리했는데, 가을을 앞두고 미리 지배인을 구해서 업무를 파악하게 하려는 것이다. 지배인이 그만두자 두 달 가까이 웨이터들 천국으로 패쌈을 벌이지를 않나, 학교 폭력서클처럼 먼저 온 웨이터들이 새로 온 웨이터들 군기를 잡는다며 일 끝나고 야장에 모여 주먹다짐을 하곤 했다. 도망가고 쫓아가고 술 먹고 싸우기 다반사다. 빈 맥주 박스 쌓아놓은 데를 장악한 웨이터는 무리를 향해서 빈 병을 던져대니 돌쌈이 벌어지기도 했다.

낮에 일할 때는 피곤해서 그런지 조용하다가도 밤만 되면 야행성 동물처럼 술 먹고, 노름하고, 고양이처럼 여기저기 헤집고 돌아 다닌다. 웨이터들 하는 일은 손님이 와서 음식을 주문하면 야장에서 카운터까지 가서 주문하고, 장치간에 가서 숯불과 갈비를 야장 테이블 담당 아가씨에게 갖다 준다. 그런 다음 주방에 가서 반찬을 담은 사각 쟁반을 어깨에 메고 손님상에 와서 탁자 위에 놓는다. 웨이터는 먹이를 물어다주는 먹이새가 되어 테이블을 담당하는 아가씨에게 갖다주는데, 테이블 6개 정도를 웨이터 한 명과 아가씨 한 명이 담당하여 일한다. 아가씨는 갈비를 잘라주고 직접 손님 서빙을 하고, 웨이터는 필요한 걸 주방으로 카운터로 왔다 갔다 하며 홀 아가씨 서포트를 한다. 남녀 둘이 한 조가 되어 일하니 싸우기도 하고 친해지기도 한다. 웨이터는 홀 아가씨가 마음에 안 맞으면 반찬을 일부러 천천히 갖다주고 애를 먹인다. 아가씨는 당연히 애가 타고 똥줄이 타들어간다. 손님은 왜 반찬 안 오냐고 소리치고, 도망갈 데도 없어 좌불안석이다. 웨이터가 홀 아가씨를 길들이는 방식이다. 지 맘에 안 들고 말을 잘 들어주지 않으면 이런 식으로 꼴통을 부리는데, 홀 아가씨는 누군가에게 진정하여 도와줄 사람이든 통제할 사람이 필요하다.

그런 역할을 하는 사람이 지배인인데, 지금 있는 주임은 유해서 거칠고 뺀질거리는 웨이터들을 장악하지 못하고 눈치만 본다. 손님이 반찬을 더 달라고 하면 홀 아가씨가 웨이터한테 얘기해서 웨이터는 빠르게 심부름을 해줘야 하는데, 한 번 가서 함흥차사면 손님은 어느새 다 먹고 일어나 팁 받긴 힘들다. 정 급하면 홀 아가씨가 뛰어 내려가는데, 이때 자리를 비우게 되어 옆의 테이블 손님이 찾으면 곤란하다. 손님은 나가며 카운터에 불만을 얘기하고, 이렇게 되면 가게 이미지가 안 좋아지고 불친절하다고 해서 손님이 떨어진다. 주방에서 아무리 음식을 맛있게 준비하고 사장이 많은 돈을 투자해서 시설하고 인테리어를 해놓고 조경을 멋지게 해도 응대가 적절히 이루어지지 않으면 작은 둑 무너지듯 브랜드 가치는 새어나간다. 그래서 평소에 홀 아가씨들은 웨이터들 옷도 빨아주고 술도 사주고 비위를 맞춰주지만 그 이상 요구하는 데는 곤란하다. 물론 같이 잘 즐기는 아가씨도 있기는 하다. 성적인 농담이나 표현을 서슴없이 해대는 아가씨도 있다. 아침 시간에 아가씨들 10여 명이 주방 채소를 다듬고 있었는데, 미옥이라는 아가씨는 아침부터 입술을 새빨갛게 칠하고 있었다. 이를 본 사모님이 말한다.

"야, 너는 누굴 잡아먹으려고 입술을 그렇게 빨갛게 칠했냐?"
"사장님 잡아먹으려고요."

사모님은 분위기 좋게 하려고 농담을 꺼냈다가 무참해진다. 어떤 사람들은 문란한 성 환경 속에서도 자기중심을 갖고 모르는 척 생활하는 사람도 많다. 홀 아가씨와 웨이터가 마음이 안 맞아서 일하기 힘들고 문제가 생기면 자리를 바꿔주기도 한다.

안양에서 온 지배인은 스물여덟 살로 스포츠머리에 하늘색 배바지를 입은 전형적인 행님 스타일이다. 코밑에 작은 점 하나가 있어 개구쟁이 같은 얼굴에 액션영화 악당 마스크를 하고 있다. 백 사람한테 물어보면 백 사람 다 깡패같다고 말할 것이란 건 백 프로 확신한다. 사모님을 만나고 온 안양 지배인은 3일 후 출근하기로 했다며 육부장이 주방장에게 인사를 시킨다. 주방 앞에서 얘기들을 나누고 있는데 한쪽 팔목에 하얀 물수건 시보리를 감고 있는 호리한 웨이터가 접시 하나를 세 손가락 위에 올리고 산양처럼 홀떡홀떡 뛰어간다. 육부장은 걱정스런 표정으로 지배인을 바라보며 말한다.

"야, 덕재야. 너 저런 애들 데리고 일하기 힘들지 않겠냐?"

지배인은 왼쪽 티셔츠 가슴에 달린 주머니에서 담배와 라이터를 꺼내며 대꾸한다.

"후후~ 일주일이면 다 잡아요."

옆에 있던 종철이는 지배인의 그 말이 너무나 멋있게 느껴진다. 30여 명 되는 야생말처럼 천방지축인 놈들을 어떻게 일주일 만에 다 잡는다는 말인가? 한데 지배인의 생김새로 봐서 뻥은 아니라는 내공이 느껴진다. 지배인은 몇 살 많은 육부장과 주방장한테 깍듯이 존대하고 몸을 겸손하게 움츠린다. 지배인은 유유히 야장 한 바퀴를 둘러보고 살피며 지나가고, 웨이터들은 군데군데 모여 서서 안 쳐다보는 듯 쳐다보고 나무 옆에서도 웨이터 둘이 이야기를 하며 지배인을 바라보고 있다.

종철이 일 마치고 숙소에서 씻고 나왔는데, 여자 숙소 쪽이 시끄럽다. 웨이터들이 뛰어가고 나중에 알고 보니 인근 남자가 여자 숙소에 들어와서 빨랫줄에 널려있는 여자 속옷을 훔쳐 가다가 홀 아가씨와 딱 마주쳤는데 가슴을 만지고 담 넘어 도망갔다는 것이다. 웨이터들은 돌아가며 보초를 서야 되니, 같이 한 방에서 자야 되니 농담들 하고 있다.

"야, 누구 가슴 만졌다냐?"

"차순이."

"야, 차순이 가슴 있냐?"

"차순이 꺼 만지려면 철호 가슴을 만지겠다."

웨이터는 보디빌더 했다는 철호의 가슴을 만져보며 웃는다. 종철이는 윤선 씨가 더욱 보고 싶어지는 밤이다. 윤선 씨는 혼자 뭐 하고 있을까? 만나서 얘기 나누고 싶은데, 만나자고 했다가 시간 없다고 거절할까 봐 종철이는 눈치만 보고 말하지 못한 게 일주일이다. 일하다 밥 먹을 때나 홀에 나갔을 때 눈인사만 나누고 좋아하는 걸 들킬까 봐 표정도 미소만 살짝 지었다. 이것은 내숭인가? 내성적인가? 홀 웨이터들이 한 번 만나서 종점까지 갔다 왔다는 얘기를 들을 때면 여자 앞에서 넉살 좋게 말할 수 있는 성격으로 바꿔야지, 노력해야지 각오를 새긴다. 나중에 공연도 하고 사업도 하려면 사교적인 성격으로 바꾸리라 다짐해본다.

한가한 낮 시간에 수원 시내에 나온 종철이는 리어카에서 흘러나오는 노래를 듣고 단숨에 매료되어 지금 흘러나오는 카세트테이프 달라고 해서 가게로 왔다. 김연자의 〈노래의 꽃다발〉이라는 타이틀의 테이프다. 처음 듣는 창법으로 간드러지고 흥겨운 멜로디의 노래다. 조용필의 1981년 해운대 신곡 발표 실황 테이프, 나훈아의 〈디스코 메들리 45〉, 백승태의 〈노래하며 춤추며 1집〉, 주현미의 〈쌍쌍파티〉, 김연자의 〈노래의 꽃다발〉, 〈좋아하는 노래모음〉. 이것들이 종철이가 즐겨듣는 트로트 노래들이다. 트로트를 들으면 갈비를 만들고 힘든 것도 이겨내고 일할 수 있다. 트로트가 없었다면 하루가 재미도 없고 힘든 일도 이겨내기 어려웠을 것이다. 객지생활하면서 처음 카세트로 음악을 들었던 충무로 만두 가게에서 만두를 빚던 한두 살 많던 만두장이 들려주던 미모의 일본 여가수 이시다 아유미의 〈블루라이트 요코하마〉는 애절한 선율에 객지의 설움을 달래주었다.

그 후 폭포갈비 주방에서 빗자루로 바닥 청소를 하며 하루의 고단함을 날려버리던 장화부대의 무릎춤은 고단한 삶을 이겨내고자 했던 동료들과의 몸부림이었다. 이제는 이곳에서 주방의 칼꾼들이 갈비 작업을 하다가 손가락을 베이면 반창고를 붙이고 또 다치면 감고, 그렇게 나을 사이 없이 손가락을 베이다 보면 손가락 다섯 개에 반창고를 감으며 귀는 품위 있게 듣고 즐기던 노래의 꽃동산이 흥겹다. 트로트는 우리의 것이고 모두가 함께 좋아하기에 공동 감상이 가능하다.

무더위를 식혀주기라도 하듯 때 지난 장마 같은 비가 아침부터 계속된다. 시골 처마에 매달린 곧게 뻗은 고드름처럼 눈앞에서 발아래로 굵은 빗줄기가 그대로 꽂힌다. 가든 이곳저곳이 흑백사진처럼 정지되어 사람도 안 보이고 조용하다. 종철이는 용띠라서 그런지 비가 오면 기분이 좋다. 우산을 쓰고 예쁜 여자와 걷고 싶은 날이다.

이곳 육송가든 남자 사장님이 사우디 공사 현장에서 6개월 만에 돌아와서 잠시 쉴 때 예정에 없던 가게 개업 기념 회식을 하게 되었다. 주방장이 새로 와서 갈비도 맛이 많이 좋아지고 주방 직원들도 안정을 찾았고, 바깥양반도 집에 오고 해서 사모님이 기분 좋은 회식을 제안한 것이다. 무슨 일이든 처음에는 작게 생각하지만 시작하고 나서 커지는 법이다. 처음 사모님 생각은 새로 온 주방장과 육부장 그리고 힘들고 어려운 육부실을 잘 지켜준 종철이와 좋은 자리를 만들고 싶었는데, 사장님은 대기업 간부 스케일로 전 직원 회식으로 정했다.

장소는 수원 시내에 있는 대형 나이트클럽 판코리아에서 하기로 했다. 저녁 일을 일찍 마치고 일부는 가게 봉고차로 이동하고, 늦게 오는 직원들은 택시를 타고 집결한다. 2층에 룸까지 겸비한 나이트클럽은 80여 명의 육송가든 직원들까지 투입되니 홀 안이 활기가 넘치고 북적댄다.

"오늘 사회를 맡은 태호 인사 드립니다. 오늘은 특별히 귀하신 고객님이 많이 찾아주셔서 소생이 판코리아 나이트 사장님과 전 직원을 대표해서 감사의 인사를 올립니다. 오늘 삼성전자 박형식 과장님의 생일을 축하 드립니다. '빤바라라 빤빤반 빤 빠라라~' 네, 감사합니다. 항상 행복이 가득하시길 기원드립니다. 네, 수원의 명소로 자리매김하고 있는 육송가든 사장님의 무사 귀국을 축하드리며 육송가든 전 직원의 건강과 행복과 무궁한 번창을 기원하는 뜻에서 여러분의 큰 격려의 박수 부탁드립니다. '쾅쾅쾅 빠아앙~' 오늘도 판코리아는 정상급 가수들과 다양한 프로그램을 가지고 여러분의 사랑을 받기 위해 모든 준비를 마치고 대기하고 있습니다.

많은 환호와 격려의 박수 부탁드리면서 끝까지 자리를 함께해주시면 대단히 감사하겠습니다. 첫 번째 순서로 현철과 벌떼들의 〈사랑은 나비인가봐〉, 두 번째 곡으로 레이프 가렛의 노래 〈I was Made For Dancing〉(다 함께 춤을)을 연속해서 보내드리겠습니다. 박수로 맞이해주시길 바랍니다."

환호성이 울리고 여기저기 테이블에서는 본전이라도 뽑겠다는 듯 플로어로 몰려 나간다. 육송가든 웨이터들도 일어나고 아가씨들 팔을 잡아 끌고 떼를 지어 물 만난 고기들처럼 쓸고 나간다. 종철이는 라디오로 듣던 가수 현철을 실제로 보니 신기하고 신이 나서 테이블에 앉아서 손뼉을 치며 노래하는 창법을 따라 '지금이 기회다' 하고 목청껏 불러본다. 저쪽 테이블에 윤선 씨가 얌전히 앉아서 쇼를 구경하고 있다. 종철은 어둠이 주는 분위기와 화려한 조명 불빛 속에서 이성은 사라지고 흔들고 껴안고 싶은 충동을 느끼지만, 사람들 시선 때문에 용기가 나지 않아 속마음을 들키지 않으려는 듯 손뼉을 더욱 크게 치며 노래를 따라 부르고 있다.

사장님 쪽 테이블을 슬쩍 보니 사장님과 사모님이 나란히 앉아계시고 그 앞에 홀 주임과 주방장이 앉아서 술잔을 들고 바라본다. 종철이 옆에 앉은 찬모 아줌마와 밥모 아줌마는 종철이에게 뭐라고 얼굴에 대고 말하지만, 큰 음악 소리 때문에 잘 알아듣진 못하고 듣는 척 끄덕인다. 육부실에서 듣던 사운드와는 비교할 수 없이 큰 소리가 마치 장마철 천둥 번개 치듯 찌릿찌릿 내리치고 있다. 엄청난 사운드는 나이트 안을 한 몸처럼 만들어 심장이 요동치듯 때려주는데, 정신과 온몸을 강하게 마사지하고 지압해주는 듯 피로며 스트레스가 도망치는 듯하나.

어느덧 비가 그친 뒤 일곱 색깔 무지개처럼, 고요하고 황홀한 음악으로 바뀌고 있다. 모르는 여자가수가 검정 반짝이 드레스를 입고 김수희의 멍게, 아니 〈멍에〉를 부르고 있다. 옆에 찬모 아줌마가 함께 나가서 블루스를 추고 싶어 하는 눈치를 챈 종철이는 화장실에 가는 척 일어나서 뒤쪽으로 간 뒤 아무의 시선도 받지 않은 걸 확인한 후 윤선 씨 앞쪽에 서서 윤선 씨와 시선이 마주치자 오라고 손짓을 한다.

윤선 씨와 종철이는 사람들 시선을 피해 홀을 삥 둘러서 육송회관 단체

테이블 반대편 무대 쪽으로 간다. 이때는 종철이가 앞장서서 윤선 씨의 손을 잡고 리드해서 컴컴한 테이블 사이를 헤치며 안내하고 있다. 종철이는 어디서 이런 용기가 났는지 자신도 깜짝 놀라면서 마음은 행동을 따라간다는 것을 확인한다. 벌써 노래는 2절로 접어들고 있다.

아무리 아름답던 추억도 괴로운 이야기도
사랑의 상처를 남기네 이제는 헤어졌는데
그래도 내게는 소중했던 그날들이
한동안 떠나지 않으리 마음이 괴로울 때면
한동안 떠나지 않으리 마음이 괴로울 때면

장치간에서 장난식으로 남자들끼리 부둥켜안고 배웠던 블루스를 이렇게 빨리 멋진 여성에게 써먹게 될 줄은 몰랐다. 오른손으로 등 뒤 여자의 브래지어 띠에 엄지손가락을 대고 왼손으로 여자의 오른손바닥에 엄지손을 쥐어주고 오른발은 뻗어서 여자의 다리 사이에 깊숙이 넣는다고 배웠다. 물론 이것도 삼류 카바레 제비족 춤이라는 걸 알고 있다. 오른쪽 바지 주머니에 라이터나 호두를 넣고 살살 비벼준다고 부록으로 배웠다. 하지만 종철인 다리가 짧아서 다리를 깊숙이 뻗을 수도 없고 가까이 갈수록 여자에게 안기는 모양이 되어 그림이 안 된다는 것도 알고 있다. 그러나 윤선 씨의 가슴이 브래지어의 딱딱함 때문인지 종철이 가슴에 온전히 두 봉우리가 찌르고 있어 가슴은 두근두근 흥분 그 자체다. 어느새 음악이 끝나고, 윤선 씨는 몸을 빼지 않고 종철이 귀에 속삭인다.

"종철 씨, 춤은 언제 이렇게 배웠어요? 멋진데요. 용기 내줘서 고마워요."

윤선 씨도 종철이의 관심을 기다린 듯 살며시 눈을 바라보며 미소 지어 보인다. 윤선 씨는 나를 좋아할까? 나를 좋아하게 된다면 얼마나 좋을까? 종철이는 생각해본다. 종철이는 아쉬운 듯 윤선 씨의 어깨에 놓인 손을 풀며 객석으로 돌아선다. 사회자의 멘트와 함께 다음 쇼를 위해 플로어의 사람들이 자리로 들어가기 때문에 어쩔 수 없이 떨어져야 했다.

"자! 이번 순서는 이색적인 코너인데요. 김정수 씨의 톱 연주가 있겠습니다. 큰 박수로 맞이해주시기 바랍니다."

사모님과 사장님은 간간이 귀엣말을 할 뿐 자세를 흩트리지 않고 자리를 지키고 있다가 얼마 후 일어나서 가셨는지 보이지 않는다. 사모님이 안 보이자 웨이터들은 더욱 활기차게 흔들며 놀고 있다. 한두 번 윤선 씨를 잡아당기는 웨이터들이 있었지만, 윤선 씨는 정중히 거절하며 맥주도 입술에 갖다 댈 뿐 많이 먹지는 않는 모습이 종철이는 윤선 씨가 정숙해 보이고 맘에 들어서 더욱 좋아지는 걸 느낀다. 무대 위에는 남자 둘이 나와서 만담을 하고, 웃통 벗은 사내는 열쇠로 채운 쇠사슬을 온몸에 감고 마대 속에 씌워져서 풀며 나온다. 누워있는 사람의 맨살 배 위에 사과를 놓고 눈 가리고 대검으로 사과를 자르는 차력쇼도 보여준다.

남자와 스트립걸이 나와서 아슬아슬 옷 벗는 쇼를 보여준다. 여자는 브라와 팬티만 입고 객석을 누비며 손님들 술도 따라주고, 어떤 중절모를 쓴 남자 손님은 쇼걸의 브래지어 속에 지폐를 꽂아주며 가슴을 움켜쥔다. 남자 쇼맨도 잠시 후 여자 손님들 자리에 거의 알몸으로 불룩한 속옷 하나만을 씌우고 다가가니 남자보다 여자들이 더 소리를 지른다.

환호성인지 괴성인지 모를 소리가 나고 남자는 여자가 앉아있는 의자 위를 맨발로 여자의 얼굴 앞에 올라서니 남자의 속옷이 여자 손님 얼굴에 닿는다. 여자는 상체를 흔들며 발만 동동 구르며 어쩔 줄 몰라하는데, 좋아서 그러는지 놀라서 그러는지 알 수 없는 태도다. 남자는 한술 더 떠 두 손으로 여자의 머리를 잡고 앞으로 끌이딩긴다. 객석 여기저기서 남자 쇼맨이 부러운지 여자 손님이 부러운지 소리소리 지른다. 잠시 시원한 이벤트가 지나가고 블루스 음악이 나오자 플로어에 쌍쌍이 춤을 추러 나간다.

종철이는 생각한다. 쇼맨과 여자 손님은 아는 사이로 연출일까? 아니면 무대 위에서 공연하며 적당한 여자 손님 테이블과 상대를 물색해두었을까? 물의가 안 생기려면 오랜 노하우가 필요할 것이다. 어쨌든 술집에서 잠시 환호성 지르고 즐거우면 성공한 거 아닌가. 이제 짝을 찾는 죽돌이가 아니라면 슬슬 일어나야 할 타임이다. 종철이는 윤선의 보디가드가 되어 에스코트해야 한다는 책임감을 가지고 있다. 한데 윤선 씨가 내 말을 잘 듣고 따라줄까? 걱정되는 종철이다. 이번에도 종철이는 윤선 씨에게 나가자는 사인을 보낸다. 주방 찬모와 밥모, 윤선 씨와 나이트클럽 앞에서 택시를 잡아타고 가게로 돌아왔다. 찬모, 밥모, 윤선 씨, 종철이 네 사람은 숙소로 가기 전에 딸기밭 매점 앞 파라솔 의자에 앉는다. 커피 자판기에서 커피와 코코아, 율무차를 뽑아서 시원한 밤공기를 느끼며 편안한 시간에 담소와 여유를 즐겨본다.

찬모는 윤선 씨를 바라보며 말한다.

"아가씨는 이런 곳에서 일할 사람같이 안 보여. 호호."

그 말에 밥모가 동의하는 표정을 지으며 묻는다.

"그러면 어디서 일할 사람 같아?"

"학교 선생님."

"오, 맞다. 말 듣고 보니 그렇네. 나는 어디서 일할 사람 같아?"

"자긴 식당! 호호호."

"호호호."

윤선 씨가 입을 연다.

"찬모님은 음식 솜씨가 좋으세요. 손님들이 서울 음식처럼 고급스럽다고 합니다."

"우리 찬모, 서울 영동 장미가든에서 찬모 했잖아."

"어머! 그러세요? 아유, 좋은 데 계셨네요. 어쩐지 음식 담는 모양이 품위 있다 했어요. 직원도 많죠? 월급 주려면 갈비도 많이 팔아야겠어요."

"성수기 때는 직원 이백 명 정도, 5월 5일 어린이날에는 갈비 만 대도 넘게 나갔을 걸."

가게 앞 컴컴한 주차장에 차량 라이트가 비추고 택시가 서더니 웨이터들 무리가 내린다. 소리를 지르고 욕을 하고 한잔 더 하자고 떠드는 소리가 요란하다.

"야, 이 새끼야! 까들마. 내가 여기 아니면 일할 데가 없냐!"

"잘났다. 이놈아! 그렇게 잘난 놈이 너 아까 나이트에서 여자 내가 다 꼬셔놨는데 그냥 갖다 들이대가지고 산통 다 깨지게 하냐. 짜식아?"
　택시가 또 한 대 정차한 후 가게 봉고차도 들어오고 사람들이 많아지더니 소란스러워진다. 평소에도 웨이터들은 술 먹고 싸우곤 했는데 사장님도 귀국하고 모처럼 가게 전체 회식날에 고참 웨이터들, 최근에 들어온 웨이터들 편을 나눠서 또 싸움들을 한다. 허리띠를 풀어서 손에 감고는 버클을 횡횡 돌리고, 한 놈은 몽둥이를 들고서 휘두르고, 엉키고 발로 차고 양팔을 휘두르고 잡고 뒹굴고 도망가고 쫓아가고 난리다. 바닥이 자갈밭이다 보니 자갈 부딪치는 소리까지 요란하다.
　"으악으악~ 야이, 야! 다 죽여! 이놈드을~"
　"이야~ 아~ 이거봐! 나 안 참어."
　"저놈 잡어! 담배꽁초 비비듯이 비벼벌랑께."
　열댓 명이 말렸다가 화난다고 합세해서 싸우고, 방금 시끄러운 나이트에서 큰 음악소리에 고막들이 멀었는지 조용한 밤중이라 고함이 대단하다. 안채 창문이 열리며 사장님이 얼굴을 내민다.
　"조용히 하고들 들어가서 자고 내일 일해야지."
　"쟤 누구냐?"
　"나 사장이다."
　"사장이고 고추장이고 오늘 걸리면 다 죽인다. 니네 내일 일 못한다. 창자를 끄집어내서 빨랫줄을 만들까 보다."
　"야, 칼 가져와. 오늘 다 함께 가자 이놈들아. 악악~"
　미친놈들이 따로 없다. 어찌 저렇게 아무 이유 없이 낙무가내로 싸우고 떠들고 하는지 보는 사람은 이해가 되지 않는 행동들을 통제 없이 제멋대로 안하무인격 언행을 하고 있다. 도심에서 벗어난 한적하고 아는 사람도 없는 시골 동네라는 익명성에 술힘을 빌려서 정신이 제멋대로 풀어지나? 열일곱 살에서 스물다섯 살 정도의 웨이터들이 고등학생들 패쌈하듯 놀고 자빠져 있다. 연장자인 주방장과 육부장이 퇴근하고 나니 산중에 족제비, 오소리들이 지 세상이다. 나이 한두 살 많고 고참인 웨이터 몇 명이 주동이 되어 신참 웨이터들 군기 잡는다고 설쳐대고 일 잘하는 새로 온 웨이터들까지 동요하니 사장은 시끄럽기도 하고 직원 보호 차원에서 드디어 소매를 걷어붙이고 나오셨다. 대학에서 럭비 선수였다는 사장님은 몸통이 삼보 컴퓨터처럼 보통 사람보다 두 배는 두껍고 손은 솥뚜껑처럼 우람하다.

며칠 동안 봐왔던 사장님은 말이 없으시고 파리채 하나 들고 업장 이곳저곳을 다니며 파리를 잡았다. 육부실에서 한창 칼질할 때 뒤에서 나는 탁! 탁! 소리에 돌아보면 사장님이 파리를 잡고 계신다. 종철이는 아무 말 없이 파리를 잡으시는 사장님의 모습에 의아했다. 낮에 주차장에서 본 사장님은 혼자서 주차장 바닥의 자갈을 고르고 있다. 말없이 가게 일에는 관여를 안 하시던 사장님이 보다 못해 듣다 못해 나서신 것이다. 한창 싸움에 열중인 웨이터의 목덜미를 손바닥으로 후려치니 아이고 소리가 절로 난다. 사장님은 다시 싸우는 곳으로 성큼성큼 걸어가서 닥치는 대로 곰이 파리 잡듯 오른손으로 철썩철썩 후려치니 여기저기서 곡소리가 절로 난다.

"아이고, 아이고."

"이 자식들아, 비싼 밥 먹고 술 잘 먹고 왜 싸워?"

싸움을 걸지 않고 방어만 하던 신참 웨이터는 사장님 앞에 무릎을 꿇는다.

"사장님 잘못했습니다."

다른 웨이터들은 슬그머니 뒷걸음질로 사라지고 사장님도 안타까운 표정으로 돌아선다. 싸움 공연을 지켜본 찬모는 혀를 끌끌 차며 한심하다는 듯 말한다.

"장미가든에서도 초창기에 웨이터들이 얼마나 지랄발광을 하는지 빼빼 박 주임이 힘들었지. 웨이터한테 맞기도 했다니까. 주방에 냉면장 불러다가 애들 조졌지. 한 6개월 걸렸어. 질서 잡으려면 큰일이네. 깡패 같은 놈들이 일 잘하는 웨이터들을 다 내쫓으니. 쟤들이 손님한테 팁 받는 거 하루 천 원씩 걷는다잖아. 돈 안 주면 때리고."

찬모는 윤선 씨를 바라보며 묻는다.

"홀 아가씨들한텐 돈 안 뺏어?"

"담뱃값으로 500원씩 걷어서 주고 있어요."

"사복도 빨아준다며. 뭐 빤스까지 빨아준다던데 진짜야?"
윤선 씨는 얼굴이 살짝 상기되며 창피한 듯 대꾸한다.
"모르겠어요."
찬모는 화난 듯 커피 종이컵을 움켜쥐며 내뱉는다.
"손광남이하고 철상이 고놈들이 주동이지? 새로 오는 지배인이 다 때려잡아야 하는데."
종철이는 이런 때 자신이 악당을 때려잡는 이소룡처럼 싸움을 잘했으면 좋았겠다고 생각해본다. 어릴 적 배우던 태권도를 계속 잘해서 윤선 씨 앞에서 멋지게 발차기와 액션배우 박노식처럼 가죽장갑 딱! 끼고 한방씩 조지면 멋있어서 윤선 씨가 "어머! 자기 멋쟁이" 하며 내 품에 안기며 나를 좋아하게 될 텐데 아쉽다. 밥모는 핸드백을 잡으며 일어선다.
"고만 들어가자고. 자고 낼 일해야지. 화장실도 가야 되고."
"자! 갑시다."
"아가씨는 어디로 가?"
"저는 혼자 자취해요."
"어머, 지금 늦은 시간에 혼자 가려면 무섭겠다. 오늘은 우리 방에서 같이 자. 저번에 안동네 사는 치한이 아가씨들 숙소까지 침입해서 빤스 훔쳐 갔잖아."
"말씀은 고맙지만 저는 잠자리 바뀌면 잠을 못 자요."
"그럼 종철 씨가 바래다줘. 바래다만 주고 바로 와야 해. 호호."
"하하. 네, 염려 마세요. 바로 와서 제가 확인시켜드릴게요. 하하."
찬모와 밥모 아줌마는 여자 숙소로 들어가고 종철이는 윤선 씨와 가게 밖으로 걸어간다.
"종철 씨는 춤을 언제 배웠어요?"
"한 달 됐어요. 여기 장치간에서 아저씨가 가르쳐줬어요."
"네, 그래요? 근데 그렇게 부드럽게 리드를 잘하세요? 종철 씨 춤추면 안 되겠어요."
"네?"

"여자 맘을 뺏어가면 안 되잖아요. 내가 종철 씨 부인이라면 종철 씨 절대 여자하고 춤 못추게 할 거예요."

종철이는 윤선 씨의 갑작스런 '부인'이라는 말에 가슴이 설레어온다. 어두컴컴한 길가에는 점방도 문 닫고 지나다니는 사람도 없어 으슥하니 윤선 씨를 집까지 바래다주길 잘했다고 생각한다.

"윤선 씨는 왜 혼자서 방 얻어서 지내세요?"

윤선 씨는 잠시 멈칫하더니 입을 연다.

"호호, 말 못할 비밀이 있어서 혼자 자야 해요."

"잠꼬대가 심하세요? 하하."

"네, 다음에 말씀드릴 기회가 있을지 모르겠네요."

종철이도 잠버릇이 안 좋다.

"저는 어려서부터 이빨을 갈아서 입이 아파요. 이빨도 갈아져서 다이아몬드처럼 깎였어요."

윤선 씨는 피곤한 듯 종철이 팔을 살짝 잡고 기대며 걷는다. 종철이도 윤선 씨의 체온을 느끼며 좀 더 가까이 안았으면 좋겠다고 생각하며 지금이 행복한 시간이라고 가슴 가득 애정이 솟는다. 약국을 지나 상점들이 끝나고 개천 다리를 건너니 안동네다.

"종철 씨, 여기 전봇대 파란 대문 안 골목이 우리 집이에요."

윤선 씨 말이 종철이는 이제 그만 돌아가라는 말로 들린다.

"네, 들어가세요. 편히 쉬시고 내일 봐요."

"네, 종철 씨 고마웠어요. 조심해 들어가서 편히 쉬시고 내일 봐요."

윤선 씨는 그윽한 눈빛으로 종철의 눈을 바라보며 미소 짓는다. 종철이는 돌아서고 윤선 씨는 손을 흔들어 보인다. 종철이는 나이트 나오면서부터 소변이 마려운 걸 참고 있었는데, 윤선 씨와 헤어지고 나자 소변을 보기 위해 다리 옆 나무 쪽으로 가며 뒤를 돌아다본다. 윤선 씨가 자리에 없는 걸 확인하고 허리띠를 풀고 지퍼를 내리는데, 다리 아래쪽에서 여자의 신음소리가 난다. 소변을 누면서 소리 나는 다리 안쪽을 유심히 보니 희미하게 남자 형체가 보인다. 뭉클하게 감정이 올라오는 것을 짓누르며 볼일을 보고 아쉬운 발걸음을 돌린다. 스무 살 넘도록 이성과 만남을 가져보질 못했으니 이성에 대한 호기심과 올라오는 감정에 스스로 감당 못 해서 쩔쩔맬 때가 많았다. 다리 아래 남녀를 뒤로하고 종철은 아쉬운 발길을 돌린다. 여자 숙소 찬모 방에 도착하니 불이 켜져 있다.

"똑똑~ 종철이에요."

"응, 문 열어~"

방문 손잡이를 돌리니 부드럽게 방문이 열린다. 종철이는 얼굴을 방으로 들이민다.

"다녀왔어요."

"수고했네. 들어와서 수박 먹어."

종철이는 방에 들어가서 앉는다.

"잘 바래다줬어?"

"예, 안쪽에 다리 건너 50미터쯤 더 올라가서 전봇대 안 골목이에요."

"손 안 잡았어?"

"예?"

"아유, 종철이가 딱 잡아야지. 여자는 남자가 잡아주길 기다린단 말야."

옆에서 밥모가 거든다.

"손 잡지이~ 나이 차가 나서 그러나?"

"아이고, 남자 여자 좋아하는데 나이가 무슨 상관이야? 그 아가씨도 종철 씨 좋아하는 눈치던데."

밥모는 빨래를 개며 밀한다.

"젊은 여자들만 좋아하지 말고 남는 시간에 우리하고도 좀 놀아."

"애는, 호호호호."

"종철 씨, 여자하고 사랑해봤어?"

"3년 전에 빨간불 켜진 집에 갔다가 그냥 왔어요."

"에이구, 우리 신세나 똑같구만. 호호호호."

"자기는 저번에 시골 내려갔다 왔잖아?"

"아이, 임을 봐야 뽕도 따고. 꼴 보기 싫어서 할 맘이 나야지. 홀애비 냄새나고 전에 살 땐 참을 만했는데 이젠 싫더라고."

"남자가 돈을 못 벌면 싫어지는 거지. 나도 결혼할 때는 집에서 살림만 하고 애들 공부시키고 현모양처를 꿈꿨는데 쌈만 하고 살았어. 이혼하고 나니까 자유가 이렇게 좋은 거 알겠더라고. 난 지금이 좋아."

"이불 깔고 누워야지."

종철이는 일어난다.

"잘 쉬세요."

"자고 가도 돼에~ 호호."

종철이는 숙소로 돌아와서 잠자리에 눕는다. 식당 사람들은 남자는 남자대로, 여자는 여자대로 사는 게 비슷하다. 사주팔자가 비슷해서일까?

밤과 낮은 다르다. 아침이 되자 모두 일어나서 씻고 각자 할 일들을 하러 분주히 왔다 갔다 제정신으로 돌아오는 듯하다. 봉고차·화물차 기사, 홀서빙, 웨이터, 육부, 냉면, 탕부, 설거지, 찬모, 밥모, 구매창고, 매점 등 각자 맡은 일을 하려면 눈뜨자마자 아침 먹기 전에 분주히 끝내야 하는 일이 있고, 아침 먹고 나면 담배 한 대, 커피 한잔 마시고 점심 장사 준비를 한다.

홀 영업부나 주방에서는 오전 11시 40분이면 준비를 마치고 손님 맞을 채비를 한다. 손님을 제일 먼저 맞이하는 주차장부터 손님 차가 오면 파킹 자리 안내하고 승용차 문을 열어주고, 입구 쪽으로 인도하면 물 위 다리를 지나 중간에서 웨이터가 또 안내한다. 실내에 들어오면 현관 앞에서 좌석을 정해주고 주문을 받으면 고기 담는 사람, 장치 가지러 가는 사람, 반찬 가지러 가는 사람 등 각자 맡은 일을 한다. 반찬 만들고 담는 사람, 밥 하는 사람, 갈비탕·냉면 하는 사람 등도 주문이 들어가면 신속히 움직인다. 육부실만 손님 주문에 직접 일하지 않고 오직 갈비가 떨어지지 않게 미리미리 준비하고 내일 판매할 갈비를 준비한다. 그래서 음악도 들을 수 있는 여유가 있는 것이 육부실이다. 그러다가 갈비가 딸리면 야간작업도 해야 하는 것이 또 육부실이다.

갈비는 주로 마장동이나 독산동에서 낮에 20여 짝씩 들어오고, 지방인

충청도 쪽에서 올 때는 이동시간이 길기 때문에 밀리지 않는 새벽 시간에 5톤 화물트럭으로 들어온다. 냉동차가 있으면 좋은데 없기 때문에 고기가 상하는 걸 최대한 줄이기 위한 방법이다. 이런 날은 잠도 못 자고 대기하고 있다가 갈비를 냉동실에 날라야 한다. 이런 때는 일 마치고 갈비 양재기에 라면과 양념된 갈비를 잘라 넣고 끓여 먹으면 꿀맛이다. 이름하야 종철이가 개발한 갈비라면. 주방에서 냉면 대접에 김치를 퍼다가 공깃밥을 국물에 말아 먹으면 배 터질 듯 행복감이 차 오른다.

갈비 장수는 지폐 몇 장을 꼬깃꼬깃 접어서 남모르게 종철이 손에 쥐여 주거나 바지 주머니에 쑥 집어 넣어준다. 이럴 때면 좋은 직책에 좋은 기술을 가졌다는 자부심을 느낄 수 있어 가슴 뿌듯하다. 새벽에도 역시나 음악은 빠지질 않는다. 볼륨을 있는 대로 높이고 빠른 메들리 노래를 들으면 힘들기는커녕 오히려 신이 나서 일하는 시간이 즐겁다. 흥겨운 부분에서는 목청껏 따라 부른다.

아침에 출근하자마자 찬모는 육부실에 들어오며 어젯밤 홀의 선숙이가 강간을 당할 뻔했다고 한다. 뒷동네 다리 아래에 소피를 보러 내려갔다가 괴한이 나타나 겁이 나서 저항도 못 하고 꼼짝없이 죽었구나 하고 있는데, 뒤에서 껴안더라는 것이다. 그 순간 다리 위에서 인기척이 나자 그 치한이 동작을 멈추더니 위쪽으로 끌고 가는데, 갑자기 지독한 냄새가 나더라는 거다. 육부 아저씨가 다급하게 묻는다.

"뭔 냄새요?"
"똥 냄새."
"똥 냄새?"
찬모 아줌마는 재차 말한다.
"변 냄새!"
"왜에?"
"선숙이가 똥을 밟았대."

종철이는 청풍갈비 냉면장이 똥폭탄을 가지고 결혼식장을 초토화시킨 사건이 떠올랐다. 성욕이든 사상이든 인간의 정신을 무력화시키는 변의 위력 앞에 장사는 없다는 것을 초등학생 때 TV에서 어느 간첩이 감옥에 갇히자 풀려날 방법을 연구하던 중 자기가 싼 응가를 먹으며 정신병자 흉내를 내어 풀려나는 반공 드라마도 생각난다. 육부장은 천만다행이라며 표정이 밝아진다.

"이야, 정말 재수가 좋았네. 꼼짝없이 당할 뻔했네."

어젯밤 다리 위에 있었던 사람이 자신이라는 것을 알 수 있지만, 종철이는 그 말을 하지 않고 다행이라며 가슴을 쓸어 내린다. 육부 아저씨는 담배를 빼물며 재미있는 사건을 알게 됐다는 듯 말한다.

"이야, 그러면 성폭행 안 당할라면 응가하면 되겠네."

육부장은 피식 웃으며 한심한 듯 말한다.

"야이, 사람아! 그게 어디 맘대로 나오냐?"

"아니, 지금 죽느냐 사느냔데 그거 못해요?"

"하긴 간질환자가 납치됐다가 얼굴에 거품 물고 토해서 풀어줬다는 기사도 봤어."

"좌우지간 여자들은 여름철에 특히 조심해야 돼. 응가 한방이 호신술 10년보담 낫네."

"하하하."

육부 아저씨는 또 엉뚱한 소리를 한다.

"파출소에 얘기해서 포스터 만들어 전국에 붙이라고 해야겠네."

"뭐라고? 겁탈할 땐 응가하라고?"

"하하하."

어느덧 육부실에서 기다리던 안양에서 온 지배인이 첫 출근을 했다. 적당한 키에 풍만한 몸매, 짙은 하늘색 배바지를 입고 흰색 티를 걸치고 스포츠머리에 얼굴에는 깡다구와 장난기가 섞여 있고 누가 봐도 한눈에 전형적인 깡패 두목의 외모를 가지고 서 있다.

"안녕하세요? 날씨가 겁나게 좋네요. 빵에 있을 때는 이런 햇볕이 솔찬히 그립지라."

"어이, 어서오게나."

주방장은 지배인의 인사에 반갑게 맞이한다. 육부장도 지배인을 반갑게 대한다.

"어, 덕재야. 너 살이 더 쪘다."

"예. 안양 애기들이 수원 간다고 송별식이다 뭐다 술이랑 고기랑 허벌나게 먹었더만 배가 좀 나와버렸네요. 아~ 바지가 안 맞어부러요."

"하하~ 주방장님이 너를 솔찬히 기다려부렀다. 앞으로 형님으로 알고 잘 모셔라."

"아, 예. 여부가 있겠습니까? 잘 모시것습니다. 형님!"

"그려. 하하하."

지배인은 얼굴이 주방장 허리띠까지 내려올 정도로 허리를 숙이며 정중히 인사를 한다.

"사모님 인사 안 혔지? 카운터로 한번 가볼까?"

지배인은 정말 영화배우처럼 살살 어깨를 좌우로 흔들면서 반짝거리는 구두를 뽐내듯 걸어간다. 육부장, 주방장은 동네 아저씨 스타일이다. 밀림에 사자가 나타났으니 작은 동물들은 슬슬 피하듯 벌써 질서가 잡히는 기분이다. 카운터에 도착한 주방장은 얼굴이 하얗고 긴 생머리 카운터 아가씨에게 정중하고 다정한 말씨로 말을 건넨다.

"안에 사모님 계시지이? 지배인 출근했다고 전화드려이."

잠시 후 현관문이 열리며 멋진 드레스와 손가락에 낀 보석 반지가 돋보이는 사모님이 카운터 문을 열고 들어온다. 지배인은 깍듯이 허리를 접어 사모님한테 인사한나.

"안녕하셨습니까?"

"네, 어서오세요. 자리에 앉지요."

지배인은 자기보다 한 살이라도 많은 윗사람에 대해서는 깍듯이 높이는 스타일이란 걸 알 수 있다. 배우지는 못하고 전라도 시골에서 중학생 때부터 시내에서 놀면서 선후배 관계를 확실히 한 것이 몸에 밴 것이다. 안양 천동 새벽다방 폭력 사건에 연루되어 징역 살고 나온 지 얼마 안 됐고, 가정형편이 어려워 소년원부터 누구 도움도 없이 막살아왔지만, 의리와 선후배 관계 하나만은 정확한 점이 지배인의 특징이다. 주방장을 바라보며 사모님은 첫 마디부터가 근심스러운 말투다.

"어제도 싸웠다죠?"

"예. 퇴근 무렵 9시쯤 B 야장 쪽에서 손님 두 팀 계시는데 웨이터 둘이 치고 박고 싸웠시유."

웨이터 한 명이 홀 아가씨에게 이년이라고 욕을 한 것이다. 이에 아가씨와 사귀고 있던 웨이터가 욕한 웨이터하고 쟁반을 집어던지고 싸운 것이다. 지배인은 인상이 일그러진다.

"욕한 애가 누구요?"

주방장은 카운터를 쳐다보며 묻는다.

"어제 첨에 욕한 웨이터가 누구지?"

"미스터 백이라고 해요."

지배인은 미스터 백을 카운터로 오라고 시킨다. 문 입구에 서 있던 아가씨는 야장 쪽으로 나가고 잠시 후 웨이터 한 명이 뭔일인가 굳은 얼굴로 나타난다. 누군가 말한다.

"왔어요."

지배인은 천천히 고개를 돌려 웨이터를 쳐다본다. 좀 전과는 다르게 눈에선 불길이 타오른다. 굵고 낮은 음성의 전라도 사투리가 3층까지 연결된 홀 천장의 공명을 타고 울린다.

"니가 백이냐?"

미스터 백이라는 웨이터는 갑자기 모르는 사람의 모습에 머릿속이 혼란스러운 모양이다.

"예."

지배인은 서서히 몸을 일으킨다. 한두 발자국 걸으니 웨이터와의 거리는 5미터 정도로 마주 보고 있다.

"떡갈나무 이파리고만."

카운터 앞은 서늘한 긴장감이 터질 듯하다. 떡갈나무 이파리? 아직 애숭이라는 뜻인가? 기가 약한 사람은 손이 떨려서 커피잔도 잡기 힘든 분위기다. 지배인은 목소리를 높이지 않고 천천히 낮은 음성으로 말한다.

"고객을 왕으로 모셔야 할 신하가 왕 앞에서 싸움을 한단 말인가? 나는 용서 못 해."

"잘못했습니다."

카운터 앞 사람들은 일순 눈이 벌어진다. 지배인의 범상치 않은 모션도 놀랍지만, 그동안 천방지축 누구 말도 안 듣고 까불던 웨이터 백의 잘못했다는 말은 정말 의외였기 때문이다.

"빌어라!"

지배인은 낮고 단호한 말로 웨이터에게 주문한다. 웨이터 백은 주저 없이 대리석 바닥에 무릎을 꿇는다.

"잘못했습니다. 용서해주세요."

카운터 아가씨는 놀라서 입이 쩍 벌어진다. 눈도 벌어진다. 사모님은 처음 보는 광경에 어찌 이런 일이 있을 수 있는가 싶어 머릿속이 어지러워진다. 주방장, 육부장은 앞에서 펼쳐지는 광경을 멍하니 바라보고 있다. 지배인은 무거운 입을 천천히 연다.

"가서 손님 앞에 나가지 말고 대기하고 있어라. 교육받고 손님 앞에 나가야 한다."

웨이터는 일어나서 고개를 꾸벅 숙여 보이고 현관으로 나간다. 지배인은 자리 쪽으로 돌아와 사모님을 향해 허리를 접어 짧은 스포츠 스타일의 큰 머리를 숙인다.

"소란 피워 죄송합니다."

"아이고 주여, 이제 살았네요. 나 갈비집 차리고 하루도 맘 편히 잔 날 없어요. 사장님 오시고 며칠 푹 잤는데, 회식한 날 또 난리를 치고 그날 이후 사장님 팔 아퍼서 병원에 가서 주사 맞고 한의원 가서 침 맞고. 지배인님 잘 좀 부탁합니다."

"네, 사모님! 걱정하지 마세요. 제 인상이 한몫합니다. 하하."

"호호."

"하하하."

전 직원이 모여 아침 식사하는 자리에서 사모님은 지배인을 소개한다.

"오늘부터 여러분과 함께 일하게 된 이덕재 지배인님이십니다. 주방에는 주방장님이 계시고, 홀에는 지배인님 말씀 잘 듣고 잘 따라주고 하나가 되어 고객님들에게 사랑받는 육송가든이 되도록 노력해주실 거죠?"

"네."

"지배인님 앞으로 나와주세요."

"방금 소개받은 이덕재 지배인입니다."

"짝짝짝짝."

"저는 배우지는 못했습니다. 하지만 저는 선배 깍듯이 모시고 윗사람 말씀 잘 따르고 손님들 잘 모셔야 한다는 것은 잘 알고 있습니다. 한번 잘 해봅시다."

"짝짝짝."

지배인은 아침밥 먹기 전에 웨이터 중 누가 제일 쎄냐고 육부장한테 물은 적이 있다. 스물여섯 살 먹은 형필이는 원래 성격이 말이 없고 일하던 곳에서도 아가씨들이나 아주머니들에게 동생이나 아들처럼 이쁨받는 젊은이였다고 한다. 스물세 살 무렵 남대문 근처 회현동 가고파 스탠드바에서 웨이터로 일할 때 보증금을 150만 원이나 넣고 들어갔는데, 장사가 안 되어 주인이 바뀌고 새로 온 사장은 형필이가 먼저 낸 보증금은 모르는 일이라며 다시 보증금 200만 원 내든지 아니면 나가라 해서 화가 나서 의자를 집어 던지고 쌓아놓은 맥주짝을 쓰러뜨린 걸 스탠드바 사장이 관할 파출소에 신고해서 1980년도 여름에 바로 삼청교육대로 끌려가 땡볕 연병장을 열 바퀴 기어다니고 한겨울에 알몸으로 눈밭을 뒹굴었다고 한다. 두 번 유급 맞고 이듬해 여름에 퇴소했는데, 이때 성격이 삐뚤어졌다고 한다. 억울하게 보증금 날린 것에 대한 집착이 약한 사람한테 돈 뜯는 거로 표출되어 나쁜 짓도 스스로 정당화하는 성격으로 삐뚤어진 것이다. 이 당시, 삼청교육대에 가기 전에는 회현동에서 남대문까지 스트리킹도 했다고 한다. 지배인은 낡아서 쓰지 않는 건물로 웨이터 왕초라고 하는 형필이를 불렀다. 지배인은 먼저 의자에 앉아서 담배를 물고 있고, 형필이는 지배인의 부름을 받고 다가온다.

"불렀어요?"

"응. 거기 앉어라. 형필이라고 했냐?"

"예."

지배인은 통유리 창밖을 바라보며 담배 연기를 천천히 내뿜는다.

"형필아, 햇볕이 좋다. 나가 안양으서 있다가 쪼께 안 좋은 일이 있어가지고 징역 갔다가 얼마 전에 나와서 어떻게 허다본께 여까지 왔다. 자네도 손 본께 고생 많이 혔고만. 자네 몇 살인가?"

"예, 여섯입니다."

"응, 그려. 시골 내 동생하고 동갑이고만. 앞으로 형이라고 생각허고 내가 쉬는 날은 형필이 자네가 애들 잘 지도하고 재밌게 일해보지?"

"예, 고맙습니다."

지배인은 담배를 꺼내서 형필이에게 건넨다. 형필이는 두 손을 머리와 함께 모으며 기도하는 동작으로 담배를 받는다. 지배인은 담배를 물고 라이터 불을 붙여준다. 형필이는 손바닥 안쪽에 담배를 쥐고 고개를 돌려 담배를 한 모금 빨고 담배를 엉덩이 뒤로 감춘다.

"앞으로 일할 때는 지배인이고 사석에선 형이라고 하고 편하니 대혀라."

"예, 지배인님."

"내일부터는 아침밥 먹고 조회 흘 것인게 애들한테 일러라."

"예, 알겠습니다."

"응. 가서 일 보고 미스터 백은 내가 아까 주의를 좀 줬는데, 교육 잘 시켜서 잘하라고 혀. 알긋냐?"

"예."

"응, 가봐."

"예, 감사합니다."

형필이가 돌아가고 지배인은 기분이 좋은 듯 휘파람을 불며 육부실로 향한다.

"하따, 여긴 나이트네. 음악 소리 죽이노만."

지배인은 육부실에 들어서며 웃어 보인다.

"덕재 어서 와라. 아까 얘기하느라 밥도 제대로 못 먹었지?"

"괜찮아요. 요즘 놀면서 아침밥은 안 먹어 버릇해가지고 괜찮여요."

"오자마자 난 식겁했어."

"하하하, 고런 건 제가 전문입니다. 아침에도 사모님 계시고 해서 점잖 혀니 처리한 것이지 안 그렀쓰면 바로 몇 대 들어가고 시작했지요. 아따매 여기 노래 좋네요. 이게 먼 노래다요?"

종철이가 대답한다.

"나훈아 〈디스코 메들리 45〉 새로 나온 거예요."

"그려? 내가 한번 빌려가서 집에서 한번 들어봐야지. 그려도 노래는 남진 성님 노래가 죽이지. 내가 남진 테이프 하나 갖다줄게요. 〈우수〉, 〈울려고 내가 왔나〉, 〈김포가도〉 카~ 죽여버려."

지배인은 육부실이 마음의 안식처라도 되는 듯 편안히 농담을 주고받더니 일터로 가려는듯 바지춤을 배 위로 올리고는 인사를 하고 나간다.

"수고하세요."

"어이, 수고해. 애들 너무 패지 말고 살살 말로 해. 하하하."

지배인이 면접 보며 호언장담한 일주일이면 웨이터 애들 다 잡는다는 말이 이거였구나 하고 종철이는 생각한다. 누가 봐도 직업깡패인 지배인과의 대면에서 관록에 한참 밀린다는 걸 아는 상대는 고개를 숙일 수밖에 없을 것이다. 심한 욕을 하는 것도 아니고 완력을 쓰는 것도 아니고 상대를 인정해주면서 굴욕감 없이 제압하는 모습은 상황에 따라 사용하는 방법일 것이다. 점잖게 말로 하는 이면에는 상대를 더 무섭게 하는 명분을 가지고 있다.

여러 사람을 한꺼번에 상대하는 것이 아니라 제일 쎈놈 하나만 잡으면 나머지는 자동으로 정리되는 방법은 그쪽 세계에서의 경험인가 보다. 어려서부터 학교 가기 싫어 시내 뒷골목에서 담배 주워 피우다가 길 가는 사람 돈 뜯어서 피우고, 배바지 입고 이빨 사이로 침 찍찍 쏴대며 한쪽 다리 떨면서 개폼잡고 소년원으로 삼청교육대로 조직폭력배에 몸담다가 교도소가고, 그곳에서도 서열싸움 하고 뱃심으로 정리가 되는 방법은 그쪽 세계에서의 경험인가 보다.

배운 거라곤 싸우고 기선제압하는 건데 이런 곳에서 자기 재주를 발휘하니 세상은 아이러니하다. 누구나 한 가지 재주는 있고 그것을 발견하고 쓰임 받을 수 있게 해주는 것이 한 사람을 구제하는 것이니 좋은 일이다.

여름날 일주일은 불화살처럼 지나간다. 점심시간이 바쁘게 돌아갈 때쯤 창문 너머 장치간 쪽에서 소란스러운 소리가 나서 종철이는 칼을 놓고 나가보니 웨이터와 장치가 큰소리로 언쟁을 하고 있다. 공식직함은 아닌데 장치실장이라고 불리는 장치 세 명 중 고참은 선글라스를 끼고 미군 바지를 입고 긴 집게를 들고 제법 근사한 포스로 숯불을 담고 있다. 웨이터는 숯불이 약해서 고기가 안 익으니 숯불을 좀 더 추가로 담아달라는 것이고, 장치실장은 지금 바쁘니 기다리라는데 웬 잔말이 많냐는 고집이다. 평소에 장치실장이 자기하고 친한 웨이터에겐 화덕에 숯불을 많이 담아주고 술 한 번도 안 사고 요구만 하는 웨이터에겐 숯불 담는 화덕을 발로 밀면서 그지 밥 주듯 가져가라고 하는 걸 몇 번 봤다.

웨이터들은 겉은 철판이고 속은 황토로 만든 4킬로그램 되는 화덕을 양손에 두 개씩 4개를 손가락에 끼우고 화로의 열기가 올라오니 손목에 시보리를 감고 야장 먼 곳은 100미터쯤 땡볕에 뛰듯이 달려야 한다. 장치간도 힘들긴 마찬가지다. 아침이면 비닐 앞치마를 두르고 양잿물에 담겨 있던 전날 구운 석쇠를 꺼내어 철솔로 일일이 닦아야 한다. 점심시간이 되기 전에 숯불을 피워서 화로에 숯을 담아 양쪽으로 두 줄로 50여 개를 미리 담아놓으면 지나가는 사람은 그 열기에 숨도 제대로 못 쉴 정도로 뜨겁다.

종철이는 오죽하면 사람이 죽을 때 가장 고통스러운 게 불에 타죽는 것이겠구나 하고 생각한 적이 있다. 장치들은 페트병에 얼음물을 입에 달고 지내고 밤이 되면 하루의 피로를 술로 푼다.

한여름 지붕도 없이 뛰고 열기 앞에서 일해야 하는 웨이터와 장치는 자주 다투는 일이 많다. 이때 나타난 게 지배인이다. 지배인은 고기 굽는 묵직한 석쇠를 집어 들더니 장치를 향해 사정없이 어깨 쪽을 내려친다.

"이 자식아, 왜 사람 쪽팔리게 흐냐. 장치 하나 달라면 주지 왜 설음을 줘!"

지배인이 말하며 팔을 휘두르는데 박자가 있다. 카세트 노래 한 소절 끝나면 반주 나가고 한 소절 하고 반주 나오듯 지배인은 한마디 하고 석쇠 휘두르고, 한마디 하고 석쇠 휘두르고 박자 맞춰서 야단을 치고 있다. 장치실장은 왼손으로 얼굴을 가린 채 찍소리 못하고 맞고 있다.

"이 자식아, 참으니까 참나무로 아냐?"

지배인은 석쇠 든 손을 내리며 말한다.

"날씨 겁나게 덥고마잉."

지배인은 석쇠를 한쪽으로 좋게 던져놓으며 한층 누그러진 목소리로 장치실장에게 말한다.

"기왕 고생하는 거 타협적으로 하자고. 야! 느그들도 숯불이 더 필요하면 형님뻘 되는 사람한테 좋게 얘기혀. 알긋냐?"

"예."

지배인은 돌아서서 바지춤을 배꼽 위로 올리며 야장 쪽으로 걸어가고 장치간은 교차로 막힌 차량 빠지듯 조용히 풀려나간다. 장치실장은 선글라스를 고쳐 쓰며 얼음물이 담긴 1.5리터 페트병을 들고 물을 벌컥벌컥 마신 후 한마디 한다.

"지배인 어디서 많이 본 것 같은디, 고향이 목포 아닌가?"

장치실장은 바닥에 침을 한 번 뱉고 고개를 왼쪽으로 젖힌다. 종철이는 지배인이 존경스럽기까지 하다. 얼마 전에 고기 구워 갈비양념 맛을 보려고 숯불 장치 하나 가져가는데 장치실장이 말도 안 하고 가져간다고 지랄한 적 있다. 종철이도 육부 직책이라는 자부심을 갖고 뻗대본 적이 있는데, 지배인이 확실히 제압하는 모습에서 영화의 한 장면을 본 듯 스릴만점이다. 주방에 들어오는 종철이에게 찬모는 뭔 일이냐고 묻는다.

"장치가 숯불을 안 줘서 지배인이 때렸어요."

"잘했어. 한번 혼나야 돼. 홀 아가씨들도 애 먹이나 봐. 황 양 따귀도 때렸나 봐. 웨이터 한 명은 집게로 대가리 맞아서 피 났잖아."

종철이는 강해지고 싶어서 폭포갈비에서는 새벽에 일어나 발차기 연습도 했지만, 정작 싸울 일이 생겨도 마음의 벽도 깨지 못하고 못 나오는 자신이 답답하다. 사람은 생긴 대로 사는 것인가? 어느 정도 덩치나 인상이 받쳐줘야지 괜시리 까불다가 얻어터지지 않는 게 낫겠다는 데 생각이 미치자 조용히 사는 게 좋은 것이라고 자위해본다. 육부실에 들어가니 육부장이 등심을 꺼내서 해체하고 있다. 갈비뼈 대수에 비해 갈빗살이 부족하니 덧살을 추가로 사서 작업한다. 폭포갈비에서는 정육이라고 해서 엉덩이살, 다리살을 사서 썼는데 여기서는 좋은 등심 부위를 사용한다.

이곳 육송가든에서 육부실의 하루는 아침에 나오면 전날 작업하고 난 갈비를 양념해서 칼집을 넣고 완제품으로 갈비를 말아 통에 120대씩 담는 것이다. 그러고 나서 짝갈비를 해체하는데, 갈비 등의 어북살은 탕용으로 쓰이고 지방을 제거한 후 뒤집어서 마구리를 잘라내고 갈비 안쪽의 막을 넓게 벗겨낸다. 옛날에는 이것을 '보따리'라고 했다. 망이 없던 시절 넓은 갈비막 속에 양파, 대파, 생강, 마늘, 무, 건고추 등을 넣고 묶어서 칼로 구멍을 뽕뽕 뚫어 국물 낼 때 사용했다. 갈비와 갈비 사이 중간을 양갈비식으로 잘라놓으면 13대의 갈빗대가 나온다. 이것을 골절기로 재단하고 포를 뜨는데 갈빗대 중간에 포를 양쪽으로 펼쳐서 양갈비라 한다. 갈빗대를 뜯어먹는 풍성함을 주기 위한 갈비 모양 작업 방식이다. 그리고 부족한 살은 감각으로 예상해서 덧살로 쓸 등심을 작업하여 소쿠리에 쟁반 받쳐서 냉장고에 넣으면 끝이다.

항상 하루씩 밀려서 다음 날 쌀 설 준비하는 것이다. 등심 한 채도 20킬로그램 정도 나가는데, 반을 통으로 잘라서 결대로 분리하면 12개 정도로 소분된다. 힘줄, 지방을 제거하고 6센티미터 길이 정도로 토막 내서 갈비처럼 포를 뜨는 것이다. 이때는 한우갈비가 주를 이루지만 외국 소 종자 홀스타인, 엔까스 등도 한우와 섞여서 들어온다. 항상 그 분야의 전문가가 되어야 한다. 갈비를 모르면 속아서 받게 되고 손님들도 고기 맛을 모르면 속아서 먹게 된다.

갈비 국적은 갈비 등에 찍힌 도장 색으로도 구분하는데 빨간색은 한우,

파란색은 수입 소, 녹색은 육우 젖소로 구분한다. 외국종 홀스타인은 뼈대가 크고 넓으며, 엔까스는 뼈대가 짧고 마구리 쪽 뼈가 굵다. 한우는 뼈 굵기가 크지 않고 곧으며, 암소는 일부 짧은 쪽은 대나무처럼 동그랗고 긴 쪽은 얇고 납작하다.

제일 나쁜 고기는 늙은 젖소인데, 살이 없고 뼈는 크고 고기가 질겨서 먹을 수가 없다. 찜용으로 쓸 때 보통 고기는 1시간 30분 삶으면 되는데 젖소는 3시간 이상 삶아야 좀 연해진다. 육부실은 이렇게 매일 반복되는 일인데 가든의 특성상 날씨와 요일에 갈비 판매량이 좌우되니 무작정 작업만 해선 안 되고 갈비가 매일매일 판매되는 날씨, 국경일 등을 체크해서 작업하고 비축해야 한다. 갈비가 딸릴 땐 야간 작업도 불사해야 한다. 육부실에는 인원도 세 명이고 육부장이 손도 빠르고 육부실을 꼭 지키고 일을 하니 갈비 작업, 재고가 원활하게 돌아간다. 전에 육부장은 낮에 돌아다니니 육부 시다도 덩달아 돌아다니고 종철이 혼자서 하느라 공연히 야간작업하는 날도 많았다.

밤에 잠도 못 자고 파리 쫓는다고 작업대 앞에는 선풍기를 틀어놔서 눈이 따가워 안약을 넣고 잠 안 오는 약 타이밍을 먹어가며 갈비를 만들어댔다. 이때도 좋아하는 메들리 음악으로 이겨낸다. 트로트 음악은 공간을 채워주는 효과가 있다. 육체와 정신이 다운되려 할 때 일으켜 세워주는 것이 노래다. 빈 공간을 카세트 음악으로 꽉 채워서 끌어 올려주기 때문이다. 거기에 신나는 음악이 리듬을 살려줄 땐 신명이 올라와서 피를 잘 돌게 하고 뇌를 자극해서 기분을 업시키고 풀어주니 어떤 보약이 이만한 것이 있겠는가?

주방의 분주한 공기가 가라앉을 무렵, 허풍이 많기로 알아주는 냉면장은 심심한지 만만한 설거지를 주방 사람들 들으란 듯 큰 소리로 부른다.

"야, 설거지야 너. 소림사 주방장이라고 들어봤냐?"

설거지는 어리둥절 고개를 젓는다. 냉면장은 심각한 표정을 지으며 신비로운 이야기를 풀어놓는다.

"소림사 주방에서는 뚝배기를 불에 끓여도 맨손으로 집어내는 게 보통이다. 인체는 내성이 있고 단련할수록 강해지는 법이거든. 철사장이라는 무공은 들어봤냐? 거대한 화로에 모래를 채우고 불을 때면서 손끝으로 모래에 깊숙히 내려찍는 거다. 반복하다 보면 손은 강철처럼 강해지지."

새로 들어온 나이 어린 탕부 시다는 눈을 반짝이며 듣고 있다.

"주방 일은 힘든 직업이다. 조리사가 되려면 일 년에 한 번씩 산속에 들어가서 수련을 거쳐야 해. 달려오는 멧돼지를 손가락 세 개로 제압할 수 있어야 돼. 내가 소림사 주방장 단체를 만들 거다. 너 특별히 일번으로 가입시켜 줄게."

애기를 듣던 냉면 시다가 말한다.

"와, 전설의 소림사 주방장. 강철 같은 손으로 냉면 반죽 하면 냉면이 더 맛있겠어요."

1980년대, 딸기밭, 포도밭, 소갈비집이 있는 소나무 거리에는 주말을 맞아 나들이를 즐기려는 인파로 북적이는 모습을 볼 수 있다.

트로트, 한판 승부

점심 먹고 육부실 사람들은 다들 낮잠 때리러 들어간다. 종철이는 오랜만에 칼을 갈기 위해 갈비 잡는 대칼, 칼질하는 칼, 뼈새김칼 세 자루와 숫돌을 들고 주방 뒤켠으로 간다. 칼도 쓸 때는 조신해서 써야 한다. 칼날이 예민해서 비닐을 자를 때도 칼날이 무뎌질 수 있다. 고기든 채소든 썰 때는 손목을 이용해서 자연스럽게 힘을 조절해서 썰어야 칼날이 무뎌지지 않고 오랫동안 잘 드는 상태를 유지할 수 있다. 종철이는 야스리질도 야스리에 하지 않고 칼 옆면에 대고 야스리질하는 걸 스스로 개발해서 하고 있는데, 칼이 오히려 잘 들고 쉽게 무뎌지지 않아서 좋다.

작업대 높이 위에 숫돌이 흔들리지 말라고 홀에서 쓰는 물수건을 깔고 그 위에 숫돌을 놓고 물바가지에 따뜻한 물과 퐁퐁을 조금 탔다. 왜 그런가 하면 칼에 남아있는 기름기를 엉기지 않게 하며 미끌미끌 숫돌질이 수월하기 때문이다. 슥슥~ 삭삭~ 한 손은 칼끝을, 한 손은 칼자루를 쥐고 숫돌에 문지른다.

"뭐해?"

찬모 아줌마가 반찬 담는 접시에 냉면을 조금 가지고 다가온다.

"칼 갈아요. 칼 갈 거 있으면 가져오세요."

"어제 탕부가 갈아줬어. 냉면 먹어. 냉면 짜서 손님 주고 남는 거 가져왔어."

찬모 아줌마는 냉면을 손으로 집어서 종철이 입에 넣어준다.
"맛있어?"
"예."
육부실에서 출장 나온 카세트에선 나훈아 목소리가 들려온다.

하루웃밤 풋사라아아앙에 이 밤으으을 새애우우고
사랑에 못이바악혀 흐르으느은 누우우운물
손수건 적시고 미련만 남기고 말 어없이 헤어지던
아 아 아 아아 아 아 아아아 하룻밤 풋사아아아랑

종철은 천호동 기사식당에서 일 마치고 손님 받던 홀에서 의자를 마주 대고 잠자리를 만들었다. 누워서 들으면 눈물이 볼을 타고 베개를 적시던 노래들.
손로원 작사, 박시춘 작곡, 남인수의 〈고향의 그림자〉다.

찾아갈 곳은 못 되더라 내 고향 버리고 떠난 고향이길래
수박등 흐려진 선창가 전봇대에 기대 서서 울 적에
똑딱선 프로펠러 소리가 이 밤도 처량하게 들린다
물 위의 복사꽃 그림자 같이 내 고향 꿈은 어린다

종철이는 노래를 들으면 기사의 뜻과 작사가, 삭곡가까지 살펴본다. 손로원은 백설희의 노래 〈봄날은 간다〉 작사가다. 〈봄날은 간다〉 노래는 손로원 자신의 이야기를 노랫말로 쓴 것으로 알려지는데, 어머니가 객지에서 고생하는 아들을 그리워하는 내용이다. 여기에 1950년대 최고의 작곡가인 박시춘 선생과 콤비로 만든 작품이니 작사가, 작곡가에 따라 노래의 맛과 느낌이 가슴으로 다가온다. 〈고향의 그림자〉는 가요황제 남인수의 담백하면서도 낭랑한 음색으로 양념을 많이 가미하지 않은 신선한 원재료의 맛으로, 잠자리에서 외롭고 힘든 종철이를 격려하고 어루만진 트로트 음악

이다.

　종철이는 하루 중 잠자는 시간 빼고 대부분은 트로트를 듣는 거에서 즐거움을 찾고 느끼니 매일매일 즐거운 자신을 발견한다. 새삼 트로트의 감성을 물려주신 어머니와 초등학교 때 전축을 선물해주신 아버지께 감사드린다. 윤선 씨도 사랑과 이별 후 김수희의 노래를 들으면 슬픔이 씻기는 듯했다고 했다. 종철이도 하는 일이 힘들 때, 절망에 빠졌을 때 언제고 위로하고 달래준 건 트로트다. 트로트는 마음의 집(mindhouse)이다.

　종철이는 일 마치고 아이스크림 하나가 먹고 싶어서 어두운 주차장을 지나 가게 앞 점방에 갔는데, 지배인이 웨이터 서너 명과 점방 앞 테이블에서 술을 나누고 있다. 목소리는 잘 들리지 않고 지배인이 조용히 살아온 무용담을 얘기하는 듯하다. 안양에서 애기들 30명 데리고 영포나이트 쳐들어가서 박살 내고 룸에 들어가니 여자와 남자가 옷 벗고 있더라는 얘기를 실감 나게 웨이터들에게 들려주고 있는데, 웨이터들은 고귀한 공자님 말씀을 듣는 학생들처럼 눈들이 살아있다.

　종철이가 지배인의 놀라운 수단에 또 한 번 탄복하는 그 순간, 숯불 장치실장 태범이가 새로 온 홀 아가씨와 통닭집에서 맥주를 마시고 오는지 점방 아저씨의 목소리가 커진다. 아가씨가 옆에 있는데 점방 아저씨는 외상값 달라고 한 모양이다.

　"외상값이 얼마나 된다고 그러는 거여? 씨"

　"뭐? 씨? 두 달 넘었어, 이 사람아."

　싸움 나기 일촉즉발의 그 순간, 지배인이 졸린 사자처럼 고개를 돌리며 한마디 한다.

　"태범아! 니가 참어라! 여긴 불광동이 아니다."

　일순 조용해진다. 누가 들으면 태범이가 마치 불광동에서 건달 생활이라도 하다가 피해 온 것처럼 들린다. 점방 아저씨는 지배인의 말에 주춤하고, 태범이는 자존심을 살려주는 지배인의 지원 사격이 반가운 상황이다. 관록의 말 한마디가 험악한 상황을 정리해준다. 종철이는 영화광인 아버지를 따라 액션영화를 많이 봤지만 지금 실제 영화의 한 장면을 본 듯 실감

난다.

아침이 되자 지배인이 육부실 문을 열고 들어온다. 카세트테이프를 내미는데 남진 노래 테이프다. 1975년 지구레코드사에서 제작한 것으로 겉에 종이 케이스까지 있는데, 장발에 검정 재킷, 붉은 무늬 멋진 남방의 가슴을 풀어젖힌 남진의 사진이다. 비스듬히 옆으로 서서 마이크를 한 손에 쥐고 한 손은 앞으로 뻗은 모습은 금세 감미로운 노랫소리가 들릴 듯 남자가 봐도 매력적인 모습이다.

A면은 〈가슴 아프게〉, 〈우수〉, 〈너만을 사랑한다〉, 〈마음이 고와야지〉, 〈너와 나〉, B면은 〈미워도 다시 한번〉, 〈어머님〉, 〈아랫마을 이쁜이〉, 〈사랑의 공중전화〉, 〈빗속에서 누가 우나〉 등이다. 그중에서 처음 들어보는 〈사랑이 스쳐간 상처〉라는 노래는 1971년 정두수 작사/박춘석 작곡으로 은방울자매와 함께 컴필레이션으로 레코드판이 먼저 발표된 노래다. "새빨간 손수건"이라는 독특한 가사에 애절한 멜로디로 단번에 종철의 마음에 꽂혔다.

> 만나지 않았어도 좋았던 사람 기어이 울려놓고 돌아선 당신
> 눈물이 앞을 가리네 수많은 슬픈 사연들을 새빨간 손수건에
> 남몰래 숨기고 쏟아지는 서러운 사랑이 스쳐간 가슴 아픈 이 상처
> — 〈사랑이 스쳐간 상처〉, 정두수 작사, 박춘석 작곡, 남진 노래

눈물이 앞을 가린다는 노랫말처럼 종철의 두 눈에선 뜨거운 눈물이 흘러내린다. 옆 사람이 알 수 없도록 장갑에 눈물을 닦아낸다. 메들리로 사정없이 흥을 유발하던 소리 크고 빠른 사운드에서 조용히 가사말과 멜로디에 빠져드니 마음은 차분해지고 갈비집을 해서 이루고자 하는 창업의 꿈들이 자꾸자꾸 떠오른다. 이렇게 심금을 다해서 사람들에게 감동을 주는 공연과 음식이라는 목표를 향해 달려가는 자신을 보며 종철이는 행복해진다.

열심히 노력하는 사람이 즐기는 사람을 못 이긴다는 말이 있다. 노래든 공연이든 자신이 좋아하는 작품을 하며 기량적으로 완숙할 때, 보는 사람

은 기량에 감동하고 그만큼 이루기 위해 노력했을 인고의 시간에 연민과 찬사를 보내며 감동의 눈물 둑이 터지는 것이다.

주방 찬모의 아침밥 먹으라는 외침에 육부실, 주방 사람들은 야장으로 걸어간다. 육부들 식사 자리는 물줄기가 떨어지는 전망 좋은 큰 바위 옆이다. 웨이터 한 명이 소리친다.

"야, 장화부대다!"

주방 쪽을 바라보니 냉면부, 탕부, 세척부 10여 명이 무릎까지 올라오는 검정 긴 장화를 벅벅 소리를 내며 자갈 바닥을 끌며 오고 있다. 거기에 먼지까지 날리며 따라온다. 종철이도 폭포갈비에서 긴 장화를 신고 긴 비닐 앞치마를 입고 고무장갑 안과 겉에 면장갑을 이중으로 끼고 완전무장하고 설거지를 했다. 지금은 장화를 신지 않고 간편한 슬리퍼를 신고 일할 수 있어서 좋다. 몇몇 웨이터는 힘들고 궂은 일을 하기 싫어서 기술직이 아닌 홀에서 위아래 깔끔하게 잘 차려입고 구두와 헤어스타일에만 신경 쓰며 시간을 보낸다.

종철이가 보기에 성실한 주방 사람하곤 사귀지 않고 놀기 좋아하는 웨이터들하고만 어울리는 홀 아가씨들이 야속했다. 바깥 사람들은 식당에서 일하면 잘 먹을 것 같지만 오히려 영양실조 걸린다는 말이 나올 정도로 직원들 식사가 부실하다. 분식집, 중국집에선 아침만 쌀밥을 먹고 점심, 저녁은 불은 국수로 해결한다. 열여덟 살 무렵 한식집에서 일할 때도 한창 먹고 싶은 나이에 눈치 보여서 밥 한 공기 이상 먹지 못했다. 한국은행 뒤 국빈장에서 일하던 길수는 사장님 계시는 식사 자리에서도 "일 못 하는 놈 밥이나 많이 먹어야지" 하면서 밥통에서 밥을 가득 퍼서 먹기도 했지만, 소심한 종철이는 한 공기 밥을 아껴가며 먹어야 했다. 그때 재미있었던 일이 생각난다. 손님 받는 방 하나 달랑 있을 때 아베크 손님이 방에 들어가서 양장피 요리에 고량주 시켜 먹으며 긴 시간 문 닫고 안 나오면 문 앞에 귀를 갖다 대고 연애하는 소리를 듣다가 방안이 들리도록 소리쳤다.

"자, 먹었으면 슬슬 가지? 자! 먹었으면 슬슬 가지?"

두세 차례 소리 내면 잠시 후 정말 안에 있던 손님들이 문을 드르륵 열고 나왔다. 여자는 얼굴이 빨개져서 남자 뒤를 따라 고개를 푹 숙이고 나갔다.

아침 식사를 마치자 웨이터들은 입구 쪽 공터에 모두 모여 30여 명이 줄을 맞춰 선다. 지배인은 웨이터들 앞에서 얘기한 후 구호를 선창하고 웨이터들은 따라 한다.

"일하기 싫으면 먹지도 말자! 알맞게 먹고 헛되게 버리지 말자! 우리는 육송가든 전사들이다. 고객은 왕이고 나는 신하다. 우리는 서로 돕는다."

지배인은 어제 아침 단둘이 얘기 나눈 웨이터 왕초 형필이와 어젯밤 야장에서 얘기하던 웨이터들을 불러낸다. 형필이는 주임으로 승진하고 4명은 각 야장 조장이다.

"느그들 요 앞에 있는 주임하고 조장 말 잘 듣고 각자 위치에서 최선을 다해 열심히 일하기 바란다."

"예!"

"일 잘하는 사람은 상을 내리고 뺀질대고 말썽부리는 사람은 벌을 내린다. 알긋냐!"

"예!"

"반동 준비, 얍!"

내가 선창하면 따라 한다.

"우리는 '우리는' / 사나이 '사나이' / 멋진 사나이~ '멋진 사나이' / 바로 내가 '바로 내가' / 사나이 멋진 사나이, 싸움에는 천하무적, 사랑은 뜨겁게, 사랑은 뜨겁게, 비로·· 내가~ 사나이다~ 육송 웨이터들!"

여기가 군대인지, 교도소대학인지 노래를 하고 구호를 외치고 체조를 하고 난리가 아니다. 조회를 마치고 옷 갈아입으러 모두 숙소로 들어간다.

"야, 명태야! 어제 일요일 영숙이 손님들 갈비 잘라주고 팁 많이 받았지?"

"수억 받았을 걸? 하루 팁 받은 게 거진 한 달치 월급은 될 거야."

여름이 지나가고 선선해지자 가게에서 회식을 하는데 부서별 장기자랑, 개인 장기자랑이 있다고 지배인이 사모님의 전갈을 발표한다. 대형 인공폭포가 있는 야장에서 밴드도 불러오고 장기자랑 상품도 최고급 마이마이, 고급 손목시계, 올림포스 카메라, 비제바노 구두 티켓 등 푸짐하다.

부서마다 난리가 났다. 서로 단체우승 및 개인우승을 노리는 소리들이 비장하다. 냉면장은 자기가 노래면 노래, 춤이면 춤, 차력이면 차력, 끝내준다며 주방 대표로 나가겠다고 큰소리다. 종철이는 윤선 씨가 생각난다. 어려서부터 무용을 하여 특기생으로 대학에 진학해서 전공하고 세종문화회관에도 서고 했는데, 학생들 작품 발표회 때 췄다던 장구춤이 보고 싶다.

날씬한 몸매에 장구를 메고 돌아가는 춤, 어릴 적 군산 공설운동장에서 장구춤을 추던 10대 소녀한테서 연정을 느꼈던 종철이가 지금은 그 소녀와는 비교가 되지 않는 익을 대로 익어서 손 대면 황홀해 감전되어 쓰러질 것 같은 여인. 종철이는 사람들 앞에 내놓기 아까운 여인이지만 사람들 앞에 자랑하고픈 스릴감도 가지고 있다.

"종철 씨, 노래 한 곡 멋지게 뽑아봐아~"

찬모가 빈대떡을 부쳐서 쟁반에 담아 들고 육부실에 들어오며 말한다. 육부장도 가세한다.

"종철이가 나가야재. 누가 나가남?"

이러며 종철이를 부추겨 세워주니 고맙고 기분 최고다. 육송가든 노래자랑은 추석 연휴 전날로 정하고, 점심 장사만 하고 오후는 직원 회식을 하기로 했다. 직원들은 노래자랑도 좋지만 일 안 하고 맛있는 거 먹고 논다고 하니 더욱 기분들이 좋아서 풍선처럼 가슴이 부풀어 오른다. 공연 준비는 나이트에서 일해본 형필이 주임이 주도해서 준비하고 사회는 지배인, 심사는 사장님과 사모님, 주방장이 보기로 정해졌다. 무더운 날씨에 힘들었던 직원들, 땡볕에 숯불 들고 뛰어다닌 웨이터들, 숯불 앞에서 숯 가스에 숯가루에 몸이 땀으로 젖던 장치들. 직원들 모두 고생한 무더웠던 여름이 가고 가을의 문턱인 9월에 들어서 결실의 계절 한가위가 다가왔다.

개업 당시에는 직원이 50여 명이었는데, 직원도 늘어서 90여 명이 되었다. 갈비도 하루 판매 150대부터 시작해서 지금은 평일 600대, 토·일·공휴일에는 1천 대를 육박하고 있다. 사모님은 직원들 선물과 상품을 준비한다며 사장님과 함께 서울 명동에 있는 신세계백화점으로 가셨다. 처음에는 가게도 어수선하고 사모님 마음고생하는 걸 다 느꼈던 종철이는 가게가 안정되고 장사도 잘되고 사모님 얼굴도 밝아져서 기분이 좋다. 종철이도 처음에는 주방장, 육부장이 괴롭히고 마음에 안 들어서 그만두려는 마음도 먹었지만, 사모님이 힘들어하는 마음에 공감하고 자신에게 의지하는데 혼자만 살겠다고 떠날 수는 없어서 참고 있길 잘했다고 생각한다.

주방에서는 오후 회식 때 직원들 먹을 음식을 준비하느라 분주하다. 불고기를 재고 잡채를 만들고 홍어회도 무치고 겉절이도 담고, 화물차 기사는 시장에서 수박, 배, 사과 등 과일을 사왔다. 육부실에서는 육회를 맡아서 살짝 얼린 고기를 썰어서 준비해놓고 행사 시간이 가까워오자 양념 넣고 무친다고 대기하고 있다. 웨이터들도 의자를 들고 다니고 현수막을 걸고 공간을 넓히느라 무거운 돌판 테이블을 네 명이서 낑낑대고 옮기고 야단법석이다.

종철이는 며칠 전 윤선 씨에게 장기자랑 때 장구춤을 보여달라고 부탁했다. 윤선 씨는 지금 춤을 놓은 지가 몇 년인데 누가 얘기해도 안 되는 말이지만, 종철 씨가 해봐달라고 하니 해보겠다고 선선히 말한다. 종철이도 윤선 씨가 춤을 추겠다고 할 가능성은 적다고 생각하고 있었는데, 응해주니 진짜 내가 좋아서 들어주는 것인지 내심 사람들 앞에서 해 보이고 싶어 했던 건지 아리송하다. 정말로 누가 말해도 안 되는 일을 내가 얘기해서 한다고 하는 걸까? 윤선 씨한테 난 어떤 존재일까? 종철이는 생각을 해도 해도 궁금증만 더해간다.

윤선 씨는 며칠 전 낮 비번 시간에 시장 한복집에 가서 장구춤 출 때 입을 한복을 구해본다며 나갔다. 장구도 사 왔다고 한다. 종철이는 미안한 생각이 드는데, 장구는 사주었으면 좋았을 걸 한 발 늦은 게 아쉽다.

그리고 윤선 씨가 춤 연습을 한다며 옥상에 올라가는 걸 몰래 뒤따라 올라가서 본 적이 있다. 가운 위에다가 장구를 메고 작은 휴대용 카세트 음악에 맞춰서 연습하는데, 평소에 봤던 윤선 씨의 얼굴은 온데간데없이 표정이 살아서 움직인다. 미소를 지었다가 흘겨봤다가 새침했다가 몸짓도 제쳤다가 돌았다가 장구채를 잡은 손 모양은 붓글씨를 쓰듯 요리조리 희롱하고 있다. 간간이 바람에 머리칼이 날리면서 하얀 얼굴이 까만 머리칼에 감춰지며 더욱 하얗게 도드라져 보인다.

종철이는 뒤에서 꼭 끌어안고 싶은 충동을 자제하며 혹시라도 들킬까 봐 서둘러 계단을 내려온다. 얌전하고 간혹 비범함을 보였던 윤선 씨가 춤을 출 때는 한 마리 학처럼, 독수리처럼 매서운 면을 보여주고 있는 데 종철이는 놀라고 자신이 작다고 느낀다. 자신과는 너무나 동떨어지고 차이가 난다고 생각했기 때문이다. 외모나 학력, 나이, 인품 모든 게 자신보다 훨씬 고급스러운 윤선 씨가 더욱 멀게만 느껴진다.

제1회 육송가든 노래자랑 프로그램이 다 짜졌다.

부서별 장기자랑

①, ②: 웨이터 A장, B장
③, ④: 홀 아가씨 A장, B장
⑤ 관리부는 구매창고, 기사, 딸기밭 매점, 카운터
⑥ 주방팀
단체 총 6팀

개인 출전은 부서별 상관없이 무작위로 상위 6팀이 예선에서 뽑혔다.

윤선 씨는 단체팀으로 신청했는데, 홀 아가씨 4명에게 한국무용 입춤을 가르쳐서 양 사이드에 세우고 윤선 씨는 중앙에서 장구춤을 추는 무대 구성이다. 낮에 쉬는 시간에 키랑 체형이 비슷한 아가씨들을 가르치는 걸 보았다. 홀 아가씨들은 팔을 뻗고 발을 움직이고 하는 걸 재밌어하고 춤사위를 신기해하면서 잘 따라 한다.

서양 춤인 고고나 디스코는 잘 추는데 우리 춤을 생소해하고 신기해하니 우리의 전통문화를 너무 소홀히 했구나 하는 생각이 든다. 육부장은 일제강점기 때 우리 춤이 무속신앙이라 해서 나쁘다고 세뇌시키고 못 추게 해서 그렇다고 말한다. 홀 사람들도 모두 구경하고 따라 하고 서로를 보면서 흉내 내고 그야말로 깔깔 호호 놀이 하나가 모두를 즐겁게 한다는 걸 느낀다. 또한 한 사람의 능력이 이렇게 대단하다는 것도 알 수 있는 기회다. 주방 아줌마들도 주방에서 일만 했더니 몸이 둔하다며 회식 끝나고라도 배우고 싶다며 벼르고 있다.

남자들은 여자의 새로운 매력에 더욱 신비롭게 바라본다. 남자들은 침을 흘리며 머릿속으로 무슨 생각을 하는 것일까? 윤선 씨는 평소 말이 없고 가만가만 말하던 때와 다르게 낭랑하고 힘 있는 목소리로 춤을 가르치고 위치를 잡아주고 있다.

단체 장기자랑에 대상을 노리는 팀장들은 바짝 긴장해서 연습에 열중이다. 야장에는 벌써 현수막과 풍선이 여기저기 걸리고 만국기도 펄럭이니 학창 시절 운동회나 체육대회를 하는 것처럼 마음이 들뜨고 기분이 좋다. 야장의 큰 떡갈나무들은 바람에 흔들거리고 음향 아저씨들은 앰프를 설치하고 무대를 꾸미고 조명을 공중으로. 또 무대 옆으로 설치하고 반짝반짝 시험을 하고 있다. 오르간하고 기타, 색소폰 아저씨들도 와서 악기를 테스트하고 있다. 장기자랑 팀 중 한 사람은 까만 양복을 입고 선글라스를 끼고 급히 주차장 쪽으로 가고 있다. 요즘 유행하는 노래 마이클 잭슨의 〈빌리 진〉에 맞춰서 댄스를 선보일 모양이다.

종로 음악다방에서 디스크자키를 했다는 웨이터 A장 조장인 병삼이는 음악다방에서 시간세 끝나고 병농에 있는 음악다방으로 이동하려고 택시를 기다리던 중 한 여대생이 택시에서 내리는데 기사님하고 요금 문제로 언쟁을 했다고 한다. 여학생은 약속장소로 가야 하는데, 택시 기사는 팔을 잡고 돈 안 주면 못 간다고 막무가내고. 얘기를 들어보니 여대생이 중간에 합승하고 왔는데 평소 요금의 배가 넘는 금액이 찍힌 미터요금을 다 내라 하니 여대생은 억울해서 돈을 못 주겠다고 하고, 잡고 있으니 가지는 못하고 울상인 걸 병삼이가 뜯어말리고 택시 기사를 막아 여대생을 보낸 사건이다.

병삼이는 경찰을 부르고 택시 기사는 줄행랑을 쳤는데, 한 달쯤 지난 후 여대생이 병삼이가 일하는 음악다방에 우연히 왔다가 디스크자키 박스 안에 있는 병삼이를 보고 노래 신청지에 1982년 대학가요제 대상곡인 조정희의 〈참새와 허수아비〉 노래를 신청하고 그 아래에 "저번 택시 기사에게서 구해줘서 고맙습니다. 시간 되시면 기다렸다가 저녁 사고 싶다"는 메모가 들어왔다고 한다. 병삼이는 목소리를 깔고 멘트를 한다.

"임지선 님이 1982년 대학가요제 대상곡인 조정희의 〈참새와 허수아비〉를 신청해주셨습니다. 오랜만에 오늘 밤은 불고기를 먹을 수 있겠다는 야릇한 기분입니다. 앞에 미모의 아가씨가 있다면 그 맛은 환상이겠죠. 이 음악이 끝나면 저는 한일관으로 갑니다. 대단히 감사합니다."

그렇게 3개월쯤 사귀었을 무렵, 병삼이는 임지선 씨와 명동에서 둘이 만나 음악다방 일하는 곳에 들렀다가 1시간쯤 시간이 남아 함께 내실에서 처음 뽀뽀를 했다. 병삼이가 임지선에게 뽀뽀를 한 것이 아니다. 병삼이는 어렵게 대학에 입학했으나 가정형편 때문에 휴학계를 내고 아르바이트를 여러 군데 뛰면서 돈을 모아 복학하려 하는데, 임지선이가 병삼이 등록금을 빌려주겠다고 선언한 것이다. 이에 병삼이는 그럴 수 없다고 눈물을 떨어뜨리는데, 그만 지선이가 병삼이의 볼에 뽀뽀를 했다. 병삼이는 지선이의 목을 안고 어깨를 잡고 뜨거운 키스를 한다. 배고픈 어린아이가 엄마 젖을 찾듯 입술을 핥더니 입술 속으로 조심스럽게 들어간다. 지선이도 병삼이를 도와주듯 입을 열어준다. 병삼이는 자세를 왼쪽으로 틀어 고개를 돌려서 더욱 깊숙이 오랜 허기를 채우려는 듯 흡입한다. 지선이의 눈에선 물안개가 피어나고 사랑하는 사람의 이름을 부르는 소리가 새어나온다.

"아~"

어색하게 지선이의 어깨에 머물러 있던 병삼이의 오른손이 아래로 내려온다. 지선이는 병삼이의 목을 꼭 끌어안는다. 여름날 대지에 잠시 쏟아지는 소낙비처럼 그렇게 흐리고 잠시 비가 지나간다. 지선이가 치마를 입은 덕에 손쉽게 깊은 사랑을 마치고 병삼이도 허리띠 만지는 걸로 무슨 일이 있었냐는 듯 감쪽같이 큰일을 치르고 방을 나오는데, 레지 아가씨가 말한다.
"아니, 두 사람이 좁은 방에서 덥지 않았아요?"

딱 한 번이었다. 두 달 만에 지선이의 친한 친구로부터 지선이가 임신이 됐다는 말과 함께 홍제동 산동네 연희상회가 집이고 아버지는 정보부 보일러실에 근무하는데 그곳의 정보부 직원들이 곧 잡으러 올 거라는 말을 전한다. 지선이가 아무리 얘기해도 아버지는 밤무대 디제이에게 돈도 뜯기고 겁탈까지 당한 것으로 알고 화가 많이 났다는 것이다. 병삼이는 대학에서 데모하다가 시국사범으로 집행유예 기간이라 겁이 덜컥 나서 그 뒤로 부산으로 도망쳤다가 길거리 소개소에서 갈비집으로 갔는데, 장사가 안 되어 수원에 육송가든 개업하는데 그곳 웨이터 따라서 오게 됐다. 그게 벌써 6개월 전인데, 임신한 지선이가 어떻게 되었는지 하는 걱정에 잇몸이 약해져서 밥도 제대로 못 먹고 가슴도 두근거린다고 한다.

종철이는 진실한 사랑은 큰 대가를 치러야만 얻을 수 있다는 사실에 자신은 그럴 용기가 있는가 생각해본다. 윤선 씨를 위해서라면 목숨이 끊어진다고 해도 주저하지 않고 받아들일 수 있다고 생각하면서 정보부 같은 데 끌려가서 발바닥 찌르고 펜치로 손톱, 이빨 뽑고 하는 고문을 받는다고 생각하니 견뎌낼 자신이나 용기가 없다는 생각도 해본다. 순철이 외삼촌은 여러 가지 고문을 받았는데 색깔 고문도 있다고 들었다. 언젠가 삼촌을 만나면 고문 받을 때 무섭지 않았는지 무슨 각오로 계속할 수 있었는지 물어봐야겠다.

그전에 병삼이는 대학축제에서 사회를 맡기로 한 선배가 끌려가게 되어 당일 방송실로 차출 요청이 떨어져서 사회를 보게 됐는데 큰 호응을 얻었고, 출연자 대신 중간 땜빵으로 선보인 마이클 잭슨 춤은 대인기였다. 호리호리한 몸에 검정 칠부바지를 입고 허수아비처럼, 마네킹처럼 브레이크 댄스를 접목한 절도 있고 부드러운 동작은 환호성을 자아냈다. 그야말로 출연진보다 최고 인기였으니 그 후 알바하는 음악다방에도 시간 맞춰 여대생들이 몰려다녔다. 수많은 여학생의 애프터에도 넘어가지 않던 병삼이는 왜 지선이에게 빠졌을까? 물론 등록금을 과감히 내준 마음씨도 작용했지만 순수하면서 병삼이를 은근히 높여주며 리드하는 스타일에 편안함과 애정을 느낀 것이다.

오늘 육송가든 장기자랑에 베스트드레서를 뽑는다면 지배인이 대상을 받을 것 같은 멋진 모습으로 나타났다. 반짝이는 검정 구두, 짙은 하늘색 바지에 하얀 티, 바지 색과 같은 재킷을 걸쳤는데 코사지하며 금장 목걸이, 알반지에 시계까지. 얼굴은 금복주 같고 온몸이 번쩍번쩍 빛이 난다. 모두 물 만난 제비처럼 자신들을 뽐내니 사람은 누구나 예술성을 갖고 있다는 걸 깨닫게 하는 소중한 시간이다. 점심 장사를 마치고 주차장 앞에는 추석 연휴 휴무 안내판을 내걸고 전 직원이 마음 놓고 본격적인 행사 준비에 여념이 없다.

노래, 장기자랑 행사는 오후 6시에 시작한다고 하는데, 종철이도 육부실 작업을 마무리하고 청소를 마치고 나니 오후 4시다. 야장 쪽에선 벌써 흥겨운 음악이 흘러나오고 있다. 원래 야장에는 곳곳의 쇠파이프 기둥 위에 스피커가 매달려 있지만 오늘 음향 사운드는 비교할 수 없이 살아 움직이듯 울려 퍼지고 있다. 기타의 섬세한 선율과 진군을 부추기는 듯 폐부를 찌르는 색소폰, 오르간, 드럼 소리는 생라이브로 카세트 100개 이상의 비교할 수 없는 사운드를 들려주고 있다. 자연 속 나무에 부딪치고 나뭇잎을 흔들며 바람에 실려 울려 퍼지는 소리는 생명을 일으켜 세우는 특별한 능력이 있음을 느낄 수 있다.

가수나 연기자의 꿈은 멋진 무대, 멋진 음악 아니겠는가? 그런 무대를 꿈꾸고 환호를 받기 위해 순산의 고통을 이겨내듯 음지에서 고독하게 기량을 갈고닦는 것이다. 주방 단체팀은 벌써 장치간에서 연습이 한창이다. 주방팀은 난타를 기획했다. 밤무대에서 드럼 마스터를 한 장치는 실제 드럼이 없기 때문에 드럼을 형상화해서 식용유통, 간장통, 스텐 원형 쟁반 등을 앞에 배치했다. 한 명은 작업대에 두꺼운 나무도마를 놓고 막대기 두 개로 장단을 치는데, 주방 난타 장단이 제대로 난다. 탕부는 양파망을 머리에 뒤집어쓰고 긴 주걱을 손가락 사이로 뱅글뱅글 돌리며 춤을 춘다. 아주머니 두 분은 언제 배웠는지 반짝이 의상을 입고 마주 서서 스포츠댄스 춤을 추고 있는데 자세가 제대로 나온다. 냉면장은 청바지에 뽀삐 구두를 신고 자기가 이태원에서 춤교수였다며 바닥을 뒹굴며 브레이크댄스를 추는데, 뒹굴다가 사람들을 발로 차서 으악 소리 나고 난리가 아니다. 아주머니들은 저리 가서 뒹굴라며 발로 밀어낸다. 나훈아의 디스코 메들리 중 신나는 부분인 〈가거라 삼팔선〉 음악에 종철이가 리드싱어로 음악에 맞춰서 노래하는 걸로 정했다.

마이클 잭슨 춤에 이어 A장 홀 아가씨 팀에서는 〈플래시댄스〉 영화에 나오는 춤을 준비하는 모양이다. 제니퍼 빌즈 주연의 춤을 아이린 카라가 노래하는 〈What a Feeling〉 음악에 맞춰 춤을 추는 것이다. 조장을 맡아 안무를 가르치는 열아홉 살 민선이는 대전의 유명한 배구 명문고에서 응원부 단원을 했는데, 영화 〈플래시댄스〉가 한국에서 상영되기 전 동영상을 입수해서 단원들과 연습해서 경기 때 선보였다고 한다.

민선이는 대학도 못 가고 일찌감치 돈이나 벌자고 중학교 동창이 일한다는 용산역 앞에 80여 평의 밴드와 룸 두 개를 갖춘 호프집에서 일했다. 평소엔 단순 서빙이지만 사장님 아는 손님들이 룸으로 들어가면 테이블에 양주를 차려놓고 어디선가 업소 여자 같은 사람들도 불러서 술을 먹는데 얼큰해지면 민선이를 부른다고 한다. 들어가면 여자 남자 끌어안고 만지고 있는데, 자리에 앉지 않고 서 있는 민선이의 허벅지를 살살 만진다고 한다. 그냥 나와버리면 더 이상 짓궂게는 안 하는데, 우연히 신문에 난 광고를 보고 수원에 오게 됐다고 한다. 늘씬한 키에 평소에는 말아서 묶은 머리가 지금은 풀어서 허리까지 내려온다.

종철이는 단체전보다 개인 장기자랑에 신경을 쓰고 있다. 어릴 적 초등학교 4학년 때부터 전축으로 듣던 임종수 작사·작곡 | 나훈아 노래 〈고향역〉을 좋아했다. 서울에 올라와서도 고향에서 어릴 적 즐겨듣고 불렀던 〈고향역〉 노래가 흘러나오면 어릴 적 추억이 떠올라서 슬퍼지고 감동이 올라오고 눈물이 났다. 하여튼 자신을 돌아보게 되고 지난 시간을 돌아볼 수 있게 해주는 노래라서 좋다.

갈비집 가든축제

　어릴 적에도 종철이는 라디오나 전축에서 흘러나오는 가수들의 노랫소리하고 똑같이 부르려고 애를 썼다. 고음이 안 올라가면 얼굴이 빨개지도록 용을 쓰며 불렀다. 여러 사람 앞에서 노래하게 될 때는 흥분되어 키를 높게 잡게 되고, 고음 올라가기 전 불안해지는 기분을 감지하기도 했다. 그것은 흥얼거리기만 했지 제대로 발성을 안 해서 그런 것이라는 건 이제 알 것 같다. 기찻길을 걸어갈 때나 넓은 벌판을 지나며 개구리를 잡으며 놀 때는 맘껏 복부에 호흡을 모아서 풀피리를 불 듯 소리치면 노래가 잘된다. 고음에 올라갈 때는 특별한 기술이 필요한데, 운동회 때 허들 경기처럼 뛰어넘을 때는 도움닫기가 필요하다. 고음은 야무지게 준비한 호흡과 풍부한 감정을 동반해야 제대로 등정하고 하산할 수 있다.
　요즘은 시도 때도 없이 노래를 부른다. 길을 갈 때도 밤길을 걸을 때도 부르는데 가수처럼 잘 부르겠다는 열정이 없다면 노래는 재미가 없을 것이다. 노래를 할 때면 잘 부르겠다는 욕심과 노래가 내 것처럼 느껴져서 지금의 내가 아닌 미래에 서 있는 특별하고 멋진 나를 발견하게 된다. 나를 현실이 아닌 특별한 환상의 세계로 이끌어주는 안내자인 것이다. 나란 존재는 현재는 보잘것없지만, 현실이 외롭고 힘들어도 노래를 지배하는 나는 멋지고 꿈을 향하고 있기 때문이다. 트로트는 늘 나와 함께 동행하는 친구이고 지치고 외로운 나를 위로한다.

때론 가사 속의 주인공도 되고 가수와 하나가 된다. 트로트에는 연민이 있고, 정이 있고, 추억이 있고, 고향이 있고, 사랑하는 사람이 있고, 친구가 있고, 형제가 있고, 어머니가 있다. 그리고 흥이 있고, 신명이 있고, 즐거움이 있고, 행복감이 있다. 신나는 음악을 들을 때는 머릿속이 치유되는 기분이다. 조용한 트로트는 단비처럼 가슴을 적셔주지만, 빠르고 흥겨운 멜로디의 트로트는 손댈 수도 운동시킬 수도 없는 머릿속을 운동시켜주고 힘들고 아픈 걸 치료해주는 마법의 약이다. 이것이 종철이가 생각하는 트로트와 함께하는 이유다.

오늘 육송가든 축제가 열리는 B야장에는 30여 미터의 기다란 인공계곡 폭포가 있고, 연못과 분수대도 있다. 물 위에 놓인 50여 미터 길이의 나무다리를 건너면 다시 양갈래로 갈라져서 야장으로 연결된다. 70여 개 정도의 원형 나무 문양 돌판이 좌석으로 깔려 있고 뷔페식으로 식단이 준비되어 있다. 오늘은 특별히 내빈들도 오신다. 이곳 육송가든 사장님은 이 지역 유지시고 아버지가 농사를 크게 지으셨는데, 사람을 두고 과수원을 하던 걸 며느리인 사모님이 갈비집을 차린 것이다.

사장님과 사모님이 집 쪽에서 나란히 걸어서 나오시는데 의상이 빵빵하다. 사장님은 옅은 남색 양복을 입었는데, 옷감이 좋은 건지 윤기가 자르르 흐르고 바람이 들어간 듯 탄력이 있다. 사모님은 베이지 체크무늬 원피스를 입었는데, 여성스럽고 홈드레스 분위기가 난다. 가정주부 분위기로는 너무 사랑스러운 모습이다.

내빈으로 동장과 지인이신 국회의원, 인근 공장 사장 내외분도 오시기로 되어있고 부모님도 오셨다. 무대 옆쪽에는 대형 칠판에 오늘 행사 순서를 적어놨다.

식순

- 국기에 대한 경례
- 애국가 제창
- 순국선열 및 호국영령에 대한 묵념
- 축사
- 격려사
- 감사의 말씀
- 모범직원 표창
- 단체 장기자랑 1. 주방팀(김종철) 〈가거라 삼팔선〉
  2. 홀A 아가씨(민선이) 〈플래시댄스〉
  3. 관리과(임선택) 강병철과 삼태기
  4. 홀B 아가씨(고윤선) 장구춤
  5. A 웨이터(병삼이) 〈빌리진〉
  6. B 웨이터(명호) 〈사운드 오브 뮤직〉
- 개인 장기자랑 1. 양형삼
  2. 최성배
  3. 남미숙
  4. 이혜란
  5. 김종철
  6. 박봉진

    플래시댄스팀은 낮은 담장 너머에서 서로 춤동작을 맞추느라 열심이다. 보름 남짓 하루도 안 빼고 다들 모여서 열심히 연습했는데 동작들이 각이 살아서 볼 만하다. 지배인은 마이크를 잡고 마이크 테스트를 하고 있다.

    "아, 아! 마이크 테스트 하나 둘 셋. 마이크를 테스트하고 있습니다. 쌔~쌔~ 아~ 갈비탕 하나, 장치 두 개, 냉면 셋. 아~ 마이크 테스트."

    여기저기서 웃음이 터져나온다.

    "각 단체팀은 음악 가져왔으면 한 번씩 맞춰봅시다. 음악은 악단장님하고 상의하시고 의상, 분장, 자기 자리 위치 등 모두 점수에 포함됩니다. 준비해주세요. 지금 시간이 4시 30분이니까 30분 정도 한번 맞춰보도록 하겠습니다. 첫 번째 순서 주방팀 나와주세요."

"야! 냉면장, 어디 갔냐? 다들 무대 위에서 왔다 갔다 하지 말고 자기 자리 지켜라."

"아까 화장실 가던데요."

"야, 빨리 가서 데려와."

"아, 저기 옵니다."

"야, 빨리 뛰어."

냉면장은 긴 막대기 꼭대기에 '냉면'이라고 쓴 빨간 천을 매달아 등에다가 묶고 그 위에 파란 요리사복을 입고 머리에도 하얀 천으로 '냉면'이라고 썼는데, 달려오다가 머리 위 나뭇가지에 냉면 깃발이 걸려서 뒤로 넘어지니 홀 아가씨들은 깔깔대고 죽는다고 웃고 남자들은 한심한 듯 손가락질을 하며 혀를 찬다.

"아이그, 가지가지 헌다."

탕부는 한심하다는 듯 손을 젓는다.

"자나 깨나 냉면이고만. 저번에 쉬는 날 같이 버스를 탔는데 나보고 '야! 연탄불 갈아놓고 왔냐? 그러고 저번에 갈비탕이 짜다고 하던데 신경 좀 써라' 이러는 거야. 그래서 조용히 하라니까 '얌마, 잘해보자고 하는 말인데 누가 뭐라 하냐'며 떠들어대는데 콱 내리고 싶더라니까."

"하하하, 이웃 잘 만나서 고생이 많구나."

"근데 잘 때는 왜 꽉 끼안고 자는 거여?"

"내가 언제 껴안고 잤어, 이 새끼야?"

"새벽에 오줌 싸러 가는데 껴안고 있드만."

"내가 껴안았냐 냉면장이 껴안았지."

"하하하, 둘이 잘 사귀어라. 히히."

"아이씨, 내가 방을 얻어서 나가야지."

"야, 니네 탕부 떠들지 말고 니 자리 똑바로 서."

"내가 설거지 옆이잖여."

"이쪽을 보고 서야지."
"얌마, 뒤를 보고 서냐?"
"어디가 앞이여? 이런 쌈장~ 무대 올라오니께 정신이 없다."
"아~ 저 새끼."
"자, 다 섰으면 음악 나갑니다. 큐!"

다다다, 닥닥, 다다 다다 다다다, 다라라라 라라라라
아~아~ 산이 막혀 못 오시나요
아~아~아아아~ 물이 막혀 못 오시나요

종철이 노래가 유연하게 나가고, 장치는 손에 힘을 빼고 상체를 흔들며 드럼을 멋들어지게 두드리고 있다. 사장님과 사모님은 이 정도였나 하고 놀라는 얼굴이다. 냉면장은 무대 아래에서 뽀삐 구두 신은 발로 자갈 바닥을 헤집고 다니는데 먼지가 날 정도다.
"야! 위로 올라와."
주방 아줌마 두 사람은 카바레에 온 듯 전자오르간 소리에 맞춰서 지르박을 땡기고 있다. 반주는 나훈아 테이프를 틀어놓고 종철이가 노래하고 전자오르간이 생음악으로 받쳐주니 그야말로 나무숲에 야유회 온 듯 사운드가 죽인다. 다들 흥이 나서 앞에 나와 춤을 추기 시작한다.
"네, 됐습니다. 춤은 좀 있다가 진짜 시간에 많이들 춰주시기 바랍니다. 호응도 점수에 반영됩니다. 시간 관계상 짧게짧게 맛보기만 보도록 하겠습니다. 양해 바랍니다. 잠시 후 디스코 타임도 준비되어 있습니다."
"시간 없다면서 말 되게 많네. 그 시간에 쫌 더 추게 하지."
"야, 너는 고고장 왔냐? 아쭈! 청바지에 가죽 잠바에 가죽장갑. 야! 지금 겨울이냐?"
"원래 이렇게 입는 거야, 짜샤! 넌 제임스 딘도 안 들어봤냐?"
"두 번째 팀 홀A 조장 민선이! 민선이 어디 갔냐? 나와!"
웨이터가 한마디 한다.

"공개석상에서는 존칭을 써 주세요…."
"알았어, 인마. 지금은 연습이라 그래. 좀 있다 다 할 거야. 너 민선이하고 사귀냐!"
"아니요. 하하하."
여기저기 웃음이 터져나오고 사모님과 사장님도 잠시 후면 귀한 내빈들도 초대했으니 관심 반 걱정 반 미리 와보셨는데, 안심되고 재밌는 듯 보시면서 웃어 보인다.
"니가 나와서 사회 봐."
지배인도 웃으면서 분위기를 잘게잘게 부수고 있다. 음식재료를 썰고, 볶고, 익히는 걸 조리사라 한다. 상대방의 말도 잘 받아들이고 유머로 넘기는 사람을 뭐라 할까?
"야! 민선이 몸매 더미꼴이다."
"야, 인마! 더미꼴이 뭐야?"
"더 이상 미치게 꼴린다."
"이 새! 지금 몸매를 예술로 봐야지, 어디로 보냐?"
민선이는 까만색 비치는 짧은 치마에 원피스 수영복을 입고 빨간 구두에 발목 토시를 했는데, 정말 밤무대 요정처럼 쭉 빠진 몸매에 키도 늘씬하고 갈비집에 있기는 아깝다는 생각이 들 정도로 멋지다. 좀 밝히는 사내들이라면 몸살 날 것 같은 몸매다. 거기에 생머리를 길게 늘어뜨려서 바람에 머리칼이 얼굴을 가리고 있다. A장 홀 아가씨들 중 사이즈가 비슷한 6명이 3명씩 두 줄로 무대에 있다. 느디어 음악이 흘러 나온다. 딴 다단~ 따다~ 느린 템포로 시작해서 점점 빨라지는 음악에서는 메인에 서 있는 민선이가 멋진 동작을 보여준다.
역시 잘 짜인 안무 구성이다. 짧은 연습 기간에 동작을 정확하게 맞추긴 어렵다고 보고 막춤 스타일로 각자도생의 길로 가는 것이 주효했다. 민선이가 양팔을 쭉쭉 머리 위로 뻗으며 뒷걸음질 칠 때 5명이 양쪽에서 민선이를 바라보며, 박수를 칠 때 모두 박자를 맞추며 박수를 친다.
"네~ 여기까지입니다."

지배인의 커트 멘트에 "아이~" 여기저기서 좀 더 봤으면 하고 아쉬운 소리가 터져나온다.

"네, 역시 기대되는 플래시댄스팀입니다. 잠시 후에 진짜 모습을 보도록 하겠습니다."

플래시댄스팀은 각자 긴 코트를 준비해서 입고 자기 자리로 돌아가는 모습이 전문 쇼그룹이 돈 받고 출장 나온 듯 프로 같은 모습을 느낄 수 있다.

"자, 다음은 관리부팀을 모셔보도록 하겠습니다."

별볼일 없을 거라 생각했던 관리부 멤버들. 기사 아저씨, 딸기밭 매점 아가씨, 농장 할아버지, 전기기사, 종합설비 아저씨 등 오합지졸 당나라 군대 같을 거라 생각했던 잡부팀을 하나로 엮은 것은 흥겨운 '강병철과 삼태기'. 음악이 나오자 머슴 옷 복장을 하고 대나무 소쿠리에 딸기, 포도를 담아 춤을 추며 객석을 다니며 나누어주는데 감동이 아닐 수 없다. 사람들이 주머니에서 돈을 꺼내주는가 하면 관리부팀 등 뒤에 서서 어깨에 손을 얹고 뒤를 줄지어 따라다니는 건 생각지 않은 볼만한 광경이다. 마치 행운을 이어받겠다는 듯 음악이 흘러 나온다.

행운을 드립니다 여러분께 드립니다
삼태기로 퍼드립니다
어화 둥실 두둥실 두리 둥실 둥실 두두실
말 잘 듣는 아이에게 기쁨을 담뿍 담아주고 ~

흥겹고, 경쾌하고, 뜻 깊은 가사가 흘러나오니 누군들 마다할손가. 거기다가 딸기, 포도를 테이블마다 공짜로 안겨주니 공짜 마다할 사람도 없거니와 1등은 따놨다며 다들 농담을 건네고 미리 축하한다. 후문으로는 관리팀 사람들이 돈을 걷어서 자비로 딸기, 포도를 대접했다니 이 또한 가상하다.

"자, 홀B팀은 무엇을 준비했을까요? 모두 미모가 출중한 팀이라 기대되는데요. B팀 주장 고윤선 씨 나와주세요."

한복을 아름답게 차려입은 늘씬한 미녀들이 무대로 입장하니 시선이 온통 화려한 한복에 집중한다. 그동안 웃고 떠들던 분위기에서 사람들의 마음을 차분하게 만들며 일시에 경건하게까지 한다.

참빗으로 쪽져 올린 쪽머리에 비녀를 꽂고 하늘거리는 오색 장식을 했다. 속눈썹과 눈화장, 얼굴에 색조화장까지 완전히 딴사람 얼굴로 변신이다. 육송가든 직원들이 아니고 연기자들이 온 것 같다. 누군지 알기도 쉽지 않다. 주장을 뺀 네 사람은 옷고름에 노리개도 화려하게 장식했다. 하얀 덧버선을 신었는데, 앞부분이 살짝 올라온 버선코는 맵시 중에 최고다. 장구를 메고 있는 윤선 씨는 다른 사람과 다르게 노랑 치마를 입고 매화 그림 장구를 어깨에 비스듬히 멨다. 어려서부터 한국무용을 추었다는 고윤선은 대학까지 입학하여 전공하던 춤을 버린 지 5년여 시간이 흘러버렸다. 인생은 한 가지 길만 있는 것은 아니니 재능도 어떻게 풀어갈지는 아무도 알 수 없다. 오늘 어렵게 다시 어깨에 멘 장구가 무겁고 불편하지 않고 신나고 자신을 다시 일으켜 세워주는 계기가 되면 좋겠다.

삶은 얼마나 고상하게 즐기며 살아가는가가 중요하다. 7 대 3의 이치로 7은 자신의 노력으로 만들어가는 것이고, 운의 3은 그 7에 의해 따라온다. 환경을 원망하고 좌절하기보다는 즐겁게 긍정적인 모습으로 살다 보면 좋은 일도 생기는 법이다.

고윤선이 가지고 있는 한국무용이라는 재능은 자신이 어떻게 생각하고 하느냐에 따라 쓰이고 표현되는 건 다양하다. 오늘 고윤선이 보여주는 모습은 큰 용기와 자기희생에서 나오는 표현이다. 세종문화회관, 국립국악원 등에서 발표회를 했던 꿈 많던 전공자에서 생각지 않은 작은 무대에서 사람들에게 즐거움을 주기 위해 자만심을 버리고 장구를 메었듯 생각지 않게 뜻 있는 일이 다가올지도 모를 일이다.

조선 시대 노비에서 기녀, 후궁으로 연산군의 애첩이며 비선 실세였던 장녹수는 장구춤을 잘 추어 보는 남자들의 애간장을 녹였다는 이야기가 있다. 장구춤은 허리와 엉덩이 라인이 살아나도록 한복 치마를 바짝 돌려 입고 장구를 비스듬히 멘 자세부터 교태미가 줄줄 흐르니 상체를 좌우로 흔들어주거나 채편을 쥔 한쪽 팔을 하늘로 올리는 동작에서는 서양의 디스코춤을 연상시킨다. 한국무용 중에서도 드물게 장구라는 악기를 메고 양손으로 치면서 가락의 소리와 손사위의 멋과 기교를 부리고 몸은 빠르게 움직이며 멋진 동작을 구사한다. 하얀 버선코가 돋보이는 발 디딤새는 이 춤의 압권이다.

한국무용 중에서도 화관무, 태평무, 입춤 등은 정적인 춤이나 장구춤은 아주 흥겹고 빠르고 교태미를 갖춘 동적인 춤이다. 농촌에서 흔히 접하는 풍물놀이 장구는 많이 보았지만, 궁중이나 교방에서 추어지던 장구춤은 일반인들은 평생 한 번 볼까 말까 한 춤이니 그 인기가 대단하다. 이제 햇볕이 자리를 옮기고 그늘이 찾아오니 빨강, 노랑, 청색 조명이 빛을 발하여 더욱 고혹적인 분위기와 자태를 뽐낸다.

양쪽에 각 두 명씩 입춤을 추고 있는 한복 입은 무희들도 빠지지 않게 분위기를 잘 띄워주고 있다. 궁중 연회에서 흥을 돋우기 위해 춤을 추는 기녀들처럼 장구춤을 추는 고윤선의 동작에 호응하며 함께 어우러지듯 동작을 맞춰주고 있다. 장구를 멘 고윤선이 펄떡펄떡 뛰며 앞으로 왔다 뒷걸음질 쳤다가 옆으로 갔다가 뱅글뱅글 돌 때는 우레와 같은 박수가 쏟아져 온다. 사모님도 생각에 잠기듯 멍하니 바라보더니 눈을 동그랗게 뜨며 박수를 치고 몇 사람은 의자에서 일어나서 박수를 치는 모습이 장관이다. 그 동안 웃고 떠들고 쩔고 까불고 하던 분위기는 온데간데없고 수준 높고 과분한 공연을 본 듯 모두가 감탄사를 연발하며 외국 사람 흉내를 내어 "원더풀", "뷰티풀"을 연호한다.

"오우! 원더풀 뷰티풀 엘레강스~"

"야, 넌 그런 말은 미군 부대 쓰레기장에서 주워왔냐?"

"유치원 때 배운 말이다. 몽키스페너야."

"와! 수원에 미군들 많은데 외국 관광객들이랑 왔을 때 공연해도 손색이 없겠다."

"그래, 육송가든에 언제 이렇게 인재가 많았지? 놀랍다! 놀라워."

"저게 무슨 춤?"

"장구춤 자식아."

"넌 장구춤 아냐? 새끼야."

"장구 때리니까 장구춤이지."

"옛날 임금님 앞에서 추던 춤이야, 인마!"

"이야, 술맛 나겠다. 어유, 몸살 난다. 한번 안아봤으면 원이 없겠다."

"너는 안 돼 마! 나라면 몰라도. 너하고 송장이 맞냐!"

고윤선 팀이 자리로 돌아가자 사회를 보던 지배인도 황급히 눈길을 떼며 말한다.

"네, 여러분 잘 보셨나요? 아~ 저는 선녀가 하강해서 춤을 추고 하늘나라로 올라가는 줄 알았는데, 저쪽에 가서 앉는 걸 보니 하늘나라에서 오지는 않은 것 같습니다. 향기로운 냄새가 여기까지 날아오네요. 잠시 후에 또 볼 수 있어서 즐겁습니다. 자! 다음은 A 야장팀 병삼 씨 앞으로 나와주세요."

"와~!"

여기저기 홀 아가씨들의 갑작스러운 환호성에 사람들은 어리둥절해하면서 덩달아 박수를 날리고, 관리부 아저씨는 힘차게 휘파람을 휙휙 불어 분위기를 돋운다.

"병삼이 파이팅~!"

지배인도 분위기를 띄우느라 마이크를 잡지 않은 한쪽 팔을 휘휘 돌린다.

"네, 병삼 씨 인기가 대단합니다. 서울 종로 호다방, 명동의 마이하우스, 꽃다방 등 밤무대를 주름잡던 멋쟁이들이 나오고 있습니다. 여러분~ 박수로 맞이해주세요."

"와~!"

평소 점잖고 매너 좋고 멋진 음성으로 사람들을 즐겁게 하던 병삼이에게 모두 환호를 보내주고 있다. 꼭 물질이 아니더라도 기분 좋은 사람이 있고 기분 나쁜 사람이 있다. "웃는 얼굴이 가장 큰 보시"라는 말도 있는 것처럼 사람들에게 즐거움을 주는 사람은 무형의 물질을 준 거와 같다. 말 한마디에 기운을 주기도 하고 기를 꺾기도 한다. 평소에 좋은 기운을 주었던 사람이라면 그 사람을 위해 환호를 보내주는 것은 인지상정이다. 내가 받은 게 없어도 다른 사람들이 환호하는 걸 보는 것을 평판이라 한다. 좋은 꽃향기는 널리널리 퍼져나가기 마련이다.

"오늘 A 야장 병삼 씨 팀이 보여줄 공연은 마이클 잭슨의 빌리진 댄스입니다. 시작해주세요. 뺨뺨뺨뺨, 뺨뺨뺨뺨, 아시드모나 빌리진~!"

음악이 흘러나오고 검정 양복과 흰 와이셔츠, 흰 양말을 신고, 흰 장갑을 낀 아홉 명의 웨이터들이 검정 모자를 쓰고 맨 앞에 서 있는 병삼이 뒤로 4명씩 두 줄로 서서 똑같이 춤을 추고 있다.

종철이는 광화문에서 방위를 받고 있던 외사촌 형과 종로 국일관 나이트클럽에 간 적이 있다. 추운 날 두툼한 외투를 입고 갔는데, 한창 유행하는 마이클 잭슨 노래 〈빌리진〉이 나오자 종철이는 환장하고 플로어로 뛰어나갔다. 외사촌 형도 두꺼운 외투를 벗어젖히고 신나게 춤을 추고 테이블로 돌아오니 외사촌 형 외투가 없어졌다. 혼자 있던 사람이 가져간 것이다. 걸어서 집으로 돌아오는 길, 냉동고 날씨에 외투 없이 걷고 있는 외사촌 형이 안쓰러웠다.

1983년 세계적으로 가장 유명한 인물은 칼 루이스와 마이클 잭슨이다. 웨이터들은 칼 루이스를 '사시미 루이스'라고 하고, 마이클 잭슨을 '마이크 로버스'라고 하며 깔깔대고 웃었다.

병삼이는 종로 음악다방에서 인기 끌었던 춤은 허슬춤이라고 했다. 디제이박스 안에서 하체는 보이지 않고 상체만 보일 때도 다방 손님들한테 인기 끌던 허슬춤을 멋지게 추었다. 어깨와 손동작으로 박자를 맞추고 리듬을 타며 현란한 손동작으로 인기를 끌던 병삼이가 마이클 잭슨 춤의 기본인 브레이크댄스를 접하게 된 건 행운이었다.

병삼이는 1970년대에 동네 형들과 고고와 디스코를 추다가 음악다방 디스크자키를 하면서는 허슬춤을 신무기로 구사했는데, 앞으로 브레이크댄스가 유행할 거란 소리를 듣고 일부러 초등 친구인 철상이와 함께 이태원을 찾게 됐다. 철상이는 경희대 태권도학과를 다니는데, 태권도와 춤을 접목하는 데 관심이 있어서 함께 의기투합해서 이태원 거리를 걷고 있었다.

해밀턴호텔 쪽 뒷골목을 걷고 있을 때 길가 트럭 뒤쪽에 미군이 서 있는데, 그 안쪽에서 또 한 명의 흑인이 한국 남자의 어깨에 손을 얹고 있었다. 분위기가 어색한 걸로 보아 자발적인 관계가 아니라 강제적인 상황이란 걸 한눈에 알 수 있었다. 젊은 남자는 놓아달라고 하는데, 흑인은 짧은 한국말로 "놀자"를 반복했다.

    병삼이가 친구 철상이와 가던 길을 멈추고 되돌아가서 좁은 트럭 앞쪽으로 가보니 흑인이 허리띠를 잡고 한 손은 남자의 어깨를 잡고 있다. 병삼이는 호모 짓인 걸 직감하고 "거기 떨어져"라고 굵게 말을 던지고, 철상이는 트럭을 돌아서 망을 봐주고 있던 미군에게 기합과 함께 발차기를 하니 겁을 집어먹고 황급히 줄행랑을 친다. 거기 있던 남자는 위험에서 구해준 병삼이와 철상이에게 고맙다는 인사를 하고 함께 클럽으로 가게 되었는데, 민수라고 자신을 밝힌 남자는 클럽에서 디제이로 일하는데 며칠 전부터 좀 전의 미군들이 따라다녔다는 것이다. 처음엔 팬인 줄 알았지만 오늘 처음 길에서 기다리고 있다가 끌어안고 이상한 행동을 해서 곤혹스러웠는데 구해줘서 고맙다고 했다.

    병삼이는 요즘 브레이크, 비보잉이 유행하는데 이태원 클럽 중 어디를 가면 볼 수 있냐고 물으니 뜻밖에 민수가 출 줄 안다는 것이다. 민수는 미8군에 있는 댄서 친구한테서 배웠다는데 아는 만큼 가르쳐주겠다고 해서 다음 날부터 민수 보디가드 겸 출퇴근길을 따라다니며 틈틈이 한 달가량 배웠다. 한번 배워두니 써먹을 데가 많고 인기도 톡톡히 누리게 되었다. 대학축제 때 빌리진 춤 인기는 단연 최고여서 그 뒤 여러 곳의 대학축제에 불려가 출연료도 한 번에 알바비 열흘치를 받았다. 민수한테도 전화해보니 그 뒤로 찝쩌대는 놈들이 없어서 좋다며 고맙다고 한다.

    병삼이는 언제 행사 때 춤선생인 민수를 불러서 함께 추자고 말했다. 민수도 흔쾌히 대환영이라고 답한다. 미국에서 만든 빌리진은 멀리 육송가든 야장에서 나뭇가지 사이로 나뭇잎을 흔들며 폭포 소리와 뒤섞이며 울려퍼진다. 나이 든 사람, 젊은 사람, 빌리진 음악을 들어본 사람, 처음 듣는 사람 할 것 없이 모두 신묘한 사운드의 마법에 사로잡힌다. 마이클 잭슨이 70여 번의 수정 디렉터 작업을 통해 정제화됐다는 노래는 병삼이의 춤과 어우러지며 재탄생하고 있다. 현란한 발동작과 오른손에서 시작해서 어깨를 타고 목으로 이어지는 관절 꺾기와 웨이브는 동작이 농익어서 급하지 않게 서두르지 않고 동작 하나하나가 그대로 살아서 표현된다.

잭슨 춤의 백미인 문워크가 시전되는 순간 여기저기에서 신기한 듯 감탄과 환호의 박수와 함성이 쏟아진다. 모자를 벗어서 관객석으로 던지고 뒷주머니에서 도끼빗을 꺼내어 머리를 빗는다. 의식의 차이가 춤에서도 다르게 표현되는 서양과 조선의 문화 차이를 느낄 수 있는 장면이다. 병삼이는 막바지를 향해 달려가고 있다. 삼각 스텝에 이어 바닥에 손을 대고 도는 헤드스핀으로 이어지고, 다시 '거북등'이라는 윈드밀 동작으로 마무리될 때 객석은 모두 흥분의 도가니가 되어 기립박수를 보내지 않을 수 없다.

무슨 일을 하든 열심히 하는 모습은 아름답다. 큰 무대건 작은 무대건 관객의 숫자에 연연하지 않고 개런티에 좌우되지 않는 진정한 아티스트의 모습에서 또 한 번 씨를 뿌리며 정상을 향해 묵묵히 걸어가는 예술인을 본 종철이는 감동을 받고 교훈을 얻는다. 《주역》에 "적선지가는 필유여경"이라는 말이 있다. 착한 일을 계속하면 복이 자신뿐 아니라 자손에게까지 미친다는 말이다. 예술과 봉사의 행위는 성공으로 가는 지름길이라 주위 사람이 돕는다는 뜻으로도 이해된다.

무대에선 아홉 명의 공연자가 땀으로 세수한 얼굴과 바닥을 뒹굴어 구겨지고 흙먼지 묻은 모습으로 정지된 듯 서 있다. 병삼이 자신이 이 무대를 위해 얼마나 준비하고 혼신의 열정을 쏟았는지 느껴지는 장면이다. 사람들은 수건을 건네주고 먼지를 털어준다. 이윽고 병삼이는 옆에서 백업 댄스로 도와준 동료들을 하나하나 껴안아준다. 자신들이 준비한 춤에 만족할 만큼 잘됐단 뜻이다. 병삼이는 도망치듯 임지선과 헤어진 후로 생각지 않은 곳에서의 생활이 힘겨울 텐데도 어디를 가든 현실에서 긍정적으로 성실히 살아가는 모습을 간직하고 있으니 병삼이 사정을 직접 들어서 알고 있는 종철이는 감동의 눈물이 소리 없이 흘러내린다. 종철이는 병삼이 형이 제자리로 복귀해서 대학에서 꿈을 키우고 다운타운가에서 재능을 발산하길 진정 소망해본다.

"네, 멋진 무대 매너 보여준 병삼 씨와 빌리진팀 수고 많았습니다."

냉면장은 주위 분위기는 아랑곳하지 않고 병삼이가 보여준 뒷걸음질 동작인 문워크를 흉내 낸다고 자갈밭을 휘젓고 있다.
"아이, 앉어! 먼지 나 죽겠네, 증말!"
"다음 이어지는 팀은 홀B 야장 웨이터팀 나와주세요."
"와~"
벌써 여기저기 팬들이 많다. 팀장 명호는 스물한 살에 훈훈하게 잘생긴 외모뿐 아니라 일하며 잠깐씩 한가한 시간에도 손유희 게임으로 사람들을 즐겁게 해준다. 명호는 유아교육에 적성이 있어 대학에 진학하려 했으나 가정형편이 어려워 스스로 대학 진학을 포기하고 친구 고모가 운영하는 유치원에 취직하여 운전도 하고 아이들의 학습을 도와주던 중 아이들 점심 식사를 돕기 위해 주방 아줌마를 도와주면서 자신이 요리하는 것에 취미가 있다는 것을 발견하게 되었다. 음식을 만드는 게 즐겁고 자신이 만든 음식을 아이들이 아주 맛있게 먹고 즐거워하는 것을 보는 게 행복했기 때문이다. 화가나 도공이 자신의 작품에 생각과 정성과 감정을 담듯 음식을 만들며 명호 자신의 감정이 음식에 담기는 걸 신기하게 느낀 것이다.
소설이든 노래든 다른 예술작품들은 한 번 만들면 오래 남아있지만, 음식은 무형의 작품으로 먹어 없어진다는 점에서는 아쉬워도 자신의 이름을 담은 요리를 개발하는 일도 멋질 거라는 희망을 가졌다. 수원에서 제일 큰 갈비집을 무작정 찾아왔는데, 우선 웨이터를 하고 있다가 주방에 자리가 나오면 올려주기로 해서 들어오게 된 것이다.
"자, 이번에 보여주실 작품은 영화 〈사운드 오브 뮤직〉을 〈섬마을 선생님〉으로 패러디한 공연인데요. 이 영화를 잠깐 소개해달라고 이렇게 메모를 해서 주셨네요."

〈사운드 오브 뮤직〉은 1938년 오스트리아를 배경으로 제2차 세계대전 당시 나치의 지배를 피해 조국을 떠나야 했던 본 트랩 가족 합창단의 실화를 바탕으로 만든 공연입니다.

> 1959년 미국 초연 이후 브로드웨이 공연에서 흥행 신기록을 세우며 1960년 토니상에서 최우수 뮤지컬상, 여우주연상, 여우조연상, 음악감독상, 프로듀서상, 무대디자인상을 수상했습니다. 1965년에는 동명의 영화로 제작되어 아카데미에서 작품상, 감독상, 편집상, 음향상 등을 휩쓸기도 했습니다.
> 　자연과 노래를 좋아하는 견습 수녀 마리아가 오스트리아 퇴역 해군장교 본 트랩 대령의 집에서 임시 가정교사로 지내며 아이들에게 놀고, 노래하고, 삶을 즐기는 방법을 알려주며 함께 성장해나가는 이야기를 그린 작품으로 오스트리아의 산과 들, 자연 경관에서 아이들과 함께 도레미송을 부르는 부분이 이 영화에서 최고 멋진 장면이라고 합니다.

　오늘 공연의 사회자인 지배인은 공연 소개를 한 후 스텝들이 무대 설치를 하는 광경을 놀란 듯 설명한다.
　"공연에 앞서 무대 뒤 배경으로 아름답고 멋진 산과 녹색 들판이 보이는 그림이 걸리고 있습니다. 아! 이것은 천에다가 직접 그린 것 같아요. 이 그림에 대해 소개를 좀 해주시죠. 명호 씨!"
　"수원 팔달문 중앙극장의 간판 그리는 분께 부탁해서 그렸습니다."
　"찾아가서 그려왔습니까?"
　"아닙니다. 그분이 와서 그려주고 갔습니다."
　"얼마 주었습니까?"
　"비밀입니다. 하하."
　"하하하."
　사회자와 명호가 주고받는 말에 만담이라도 보는 듯 객석은 웃음소리로 떠들썩하다. 의상은 진짜 커튼천으로 만들었는지 아이보리 색상의 천으로 원피스를 해 입은 일곱 명이 나왔는데 모두 여장을 한 남자들인 걸 확인한 사람들은 깔깔 낄낄 "쟤는 누구다! 얘는 누구다! 아니다! 맞다!" 하며 시끌벅적 웅성웅성 웃고 떠들고 재미있는 소란스러움이다.
　"야, 판식아! 1시간을 스타킹 입고 있어서 거기 땀띠 안 나니?"

"하하하하, 자주 하면 2세 사업에 지장 있겠다. 하하하."

"에… 오늘 우리 야장 B팀이 제일 수고 많은 것 같아요. 어유, 화장도 하시고 속눈썹도 붙이셨네. 루주도 바르고. 하하, 속눈썹은 누가 붙여주셨어요?"

"제가 직접 붙였습니다. 유치원생 학예회 때 많이 붙여줘봤습니다."

"와! 대단하십니다. 여기는요?"

"저는 카운터 아가씨가 붙여줬습니다. 비밀로 해주세요."

"네, 비밀로 해드리겠습니다. KBS 방송에 나가지 않으니까 걱정 안 하셔도 됩니다."

그동안 홀 직원들을 괴롭히고 돈을 뜯기도 했던 홀 왕초 형필이는 공연 스텝으로서 마이크가 필요하면 마이크를 갖다주고 소품 등을 설치해주고 치워주고 무대막을 거는 등 빠르게 왔다 갔다 하면서 출연자들을 위해 봉사하고 있다. 나쁜 길로 가느냐 바른 길로 가느냐는 본인의 의지도 중요하지만 주위 환경과 주위 사람들에 의해 180도 바뀔 수 있다는 걸 형필이를 통해 보게 되는 소중한 광경이다.

모든 기술직에는 '삼류'라는 말이 있는데, 자신이 아무리 기술을 닦으려 노력하고 높은 목표를 가졌어도 주위 환경과 현실, 주위 사람들이 삼류이면 그 사람도 삼류가 되는 이치와 같다. 형필이의 표정은 더없이 순수하고 행복해 보인다. 형필이는 주위에서 자신을 인정해주고 거기에 겸손과 자신감을 갖고 생활하는 지금은 삼류에서 벗어난 모습이다. 삼류와 일류는 주위 환경 자이라고나 할까? 아니다. 본인이 주위 환경을 바꾸고 자신에 대한 인식을 바꾸는 일은 그만큼 더 힘들단 얘기다. 허준이 척박한 환경에서 명의가 되었듯이.

웨이터 B팀 명호는 기타를 메고 양복을 입고 나왔다. 남자 선생님 역으로 원작에는 수녀 마리아가 명랑하고 발랄하고 깜찍한 모습인데 명호는 섬마을 교생선생님 분위기를 풍기고 있다.

딴다다다~ 딴따다다따~

정말 이미자의 〈섬마을 선생님〉 반주가 흘러나오고 원작에서처럼 다섯 살부터 열여섯 살 7남매의 자기소개 순서가 나오고 있다. 명호의 기타 가락에 맞춰 제일 키 작은 순서로 깜찍하고 앙증맞은 동작으로 인사한다.

"동백나무가 유명한 여수에서 온 열여덟 살 황영호입니다."

"구미공단에서 온 열아홉 살 도광삼입니다."

"청양고추가 유명한 청양에서 온 열아홉 살 김재식입니다."

한 사람 한 사람 자기소개를 하며 앞으로 한 발짝 뛰면서 자기만의 멋진 포즈를 보여준다. 사람들은 한 명 한 명 소개될 때마다 우레와 같은 박수와 환호성을 보내줌으로써 행사의 분위기는 초절정으로 모두 함께 참여하고 즐기는 모습이다. 이때는 지배인과 형필이가 양쪽에서 응원단장처럼 호응을 유도하며 몸을 비트는 동작이 웃겨서 박장대소를 하기도 한다. 그동안은 자기소개 시간이었고, 이제부터는 본격적인 공연에 돌입한다. 자기소개 음악과 본공연 음악을 따로 썼다.

궁장작작~ 궁장작작~ 빰, 빰, 빰, 빠빠.

반주가 흘러나오자 홀 웨이터들을 시작으로 모두 환호성을 질러댄다. 함중아가 1977년 발표한 노래 〈내게도 사랑이〉 반주가 육송가든 야장에 울려퍼지고 있다. 감동이 아닐 수 없다. 노래가 주는 힘은 때론 사람이 상상할 수 없는 열정과 감동을 불러일으킨다. 미국에 마이클 잭슨이 있다면 한국에는 함중아가 있다고 외쳐도 기죽지 않을 자신감을 갖게 하는 사운드의 힘이고 감동이다. 종철이 볼에 눈물이 흘러내린다. 감동이란 무엇인가? 우선 감성이 교감되어야 하고 기량이 좋을 때 격려와 찬사의 박수가 자동 발사된다.

원작 도레미송을 패러디한 듯 이번에도 한 사람씩 한 발짝 앞으로 나오며 한 소절씩 노래하고 있다.

"긴 세월 흘러서 가고~ 그 시절 생각이 나면~ 못 잊어 그리워지면~ 내 마음 서글퍼지네~"

출연진 모두 한 목소리로 외치는 이 가사 소절 대목에서 목소리의 화음과 동작, 표정이 멋지다.

"그것은 오로지 당신뿐이라오~"

서로의 눈을 바라보고 손으로 가리키며 모두가 하나 되는 갈비집 야장 콘서트의 전설을 보여주는 광경이다.

"네에~ 축제는 아직 끝나지 않았습니다. 이제 시작입니다. 너무 힘 빼지 말아주시고 자제해주시길 간곡히 부탁 말씀을 바라마지않습니다."

지배인의 위트 있는 멘트에 사람들은 모두 열기를 제자리에 놓으며 장내를 어색하지 않게 정돈한다.

"오늘은 특별히 귀하신 내빈들께서 찾아주셔서 자리를 빛내주고 계십니다. 자! 예정 시간보다 10분 정도 오버됐는데요. 잠시 장내를 정돈하고 쉬었다가 본행사를 시작하도록 하겠습니다."

장내에는 내빈을 포함해서 250여 명이 운집한 가운데 대성황을 이루고 있다. 자리를 넉넉하게 준비한다고 멀찌감치까지 200개 정도 의자를 배치해놨는데 동사무소에서 동장님, 사무장, 직원들, 예비군 동대장, 지역구 국회의원, 인근 선정합섬 사장님과 임원들, 육송가든 사장님 아버님의 지인 분들도 많이 찾아주셨다.

"제1회 육송가든 장기자랑을 시작하겠습니다. 모두 자리에서 일어나주시기 바랍니다. 내빈께서는 우측에 마련되어 있는 국기를 향해주시기 바랍니다. 국기에 대하여 경례, 애국가 1절 제창, 순국선열 및 호국영령께 묵념, 바로! 민주자유통일평화국민당 박왕석 국회의원님의 축사가 있겠습니다."

"안녕하십니까."

"짝짝짝."

"민자통평국 국회의원 박왕석입니다. 수원은 조선 22대 임금인 정조대왕이 수도를 한양에서 이곳 수원으로 옮기려 화성을 건설하셨습니다. 실학사상을 기반으로 농업과 상업, 문화가 발달한 첨단과학도시를 건설하시려는 계획도시입니다. 사통팔달 수원은 그때부터 전국 3대 우시장이 있었으며 소고기 요리가 발달해서 수원왕갈비가 전국적으로 유명합니다. 오랜 세월 팔달문시장 갈비골목에서 판매되었으나 이제 이렇게 넓은 가든에서 자연과 더불어 여가와 휴식의 공간으로 수원의 명소가 되고 있어 지역 국회의원으로 아주 기쁘고 자랑스럽게 생각합니다. 오늘 좋은 자리 초대해주셔서 감사드리며, 모쪼록 육송가든이 날로날로 발전해서 수원의 명물이 되어 세계인들이 갈비관광 올 수 있는 외식업소로 거듭나시길 미력하나마 지원하겠습니다. 감사합니다."

"짝짝짝."

"다음은 육송가든 사장님 아버님께서 격려사가 있겠습니다."

"짝짝짝."

"안녕하세요. 그동안 해오던 딸기밭, 포도밭에 갈비집을 한다고 해서 저는 첨에 반대를 했습니다. 자연을 해치는 것이 싫어서였는데 가족들이 와서 즐겁게 식사하는 모습을 보고, 또 포도밭을 걷는 것을 볼 때면 기쁩니다. 수원왕갈비가 향토음식으로 문화와 관광 시대에 맞는 외식산업으로 자리매김하고 발전하길 바랍니다. 모든 것은 여기 계신 요리사, 영업직, 관리직 여러분의 노고라고 생각합니다. 개업부터 오늘까지 수고 많으셨습니다. 감사합니다."

"다음은 사장님, 아니 사모님의 감사의 말씀 있겠습니다."

"안녕하세요. 여러분! 수원왕갈비도 모르고 식당업도 모르던 제가 이렇게 짧은 시간에 자리 잡을 수 있도록 도와주신 직원 여러분께 감사드립니다. 제 남편은 산업 역군으로 해외 건설 현장에서 일하시고 아버님은 평생 농업인으로 한평생 새벽부터 열심히 일을 하셨습니다. 이제 저희는 외식업으로 음식과 문화와 관광에 충실하겠습니다. 여러분~ 지금처럼 도와주세요. 감사합니다."

"짝짝짝."

"네, 좋은 말씀 감사합니다. 자, 본격적으로 육송가든 가든음악회 직원 장기 노래자랑을 시작하겠습니다."

빰바라바~ 빰빰빠빰바라바~ 푸슉~푸슉.

팡파레 음향과 조명이 번쩍번쩍하고 축포가 펑펑 터진다. 공연을 하지 않는 웨이터 남식이와 필봉이는 옛날 분위기를 낸다며 사각 나무판에 껌과 사탕, 연양갱, 수루메 등을 담아 사람들 사이로 품바 복장을 하고 돌아다닌다. 아이디어를 낸 건 남식이인데 어려서 극장 등에서 껌팔이, 구두닦이를 했던 남식이는 육송가든에 들어온 지 얼마되지 않아 추석 용돈을 마련하려 꾀를 낸 것이다. 말로는 방문객들에게 볼거리와 웃음을 주겠다고 했지만 돈 벌려는 개인 욕심이 크다. 사람들 사이를 춤을 추며 다니다가 타깃이 있으면 신발도 털어주고 춤을 추며 엄지를 치켜들면 천 원짜리 한 장씩은 딸려나온다.

"단체 장기자랑 주방팀 나와주세요."

단체팀들은 한 번씩 리허설을 통해 맞춰봤기 때문에 서로 피드백을 해주며 단점들을 보완해준다. 이렇듯 공연자는 수백 번의 연습을 통했지만 무대에 한 번 서서 해보는 게 중요하다. 연습을 아무리 많이 했어도 연습은 연습일 뿐 무대 몇 번 서봤냐가 경험과 내공이 쌓이는 것이다. 단체 장기자랑을 통해 나온 작품들은 모두 훌륭하고 작품성 있는 공연임에 분명하지만, 한 가지 아쉬운 점이라면 〈플래시댄스〉나 마이클 잭슨의 비보잉, 〈사운드 오브 뮤직〉 등은 모두 외국 작품이라는 것이다. 우리 것인 〈놀부전〉이나 〈춘향전〉, 〈홍길동전〉 등 우리 마당극 또는 새로운 극본들이 이제는 새롭게 무대에 올려져야 한다는 것도 생각해볼 기회였다.

주방팀은 연습 공연을 통해 부족했던 부분과 더 잘해서 1등 하겠다는 욕심으로 냉면장, 탕부 둘이 주방에서 조리할 때 쓰는 1미터가 넘는 긴 거품기를 중국영화에서 봉무술하듯 손가락 사이로 돌리고 휘두른다. 냉면장은 이번 공연을 위해 머리를 빡빡 깎았다. 소림사 차력을 보여준다며 빨간 고무장갑을 입으로 불어서 터뜨린다며 갖은 폼을 그럴듯하게 잡고 얼굴이 홍낭무가 되도록 부는데, 고무장갑은 바람이 들어가 팽팽해질 뿐 터질 기미가 보이지 않는다. "으악~으악~" 기합만 목이 터져라 외치고 사람들은 웃고 난리다. 냉면장은 처음 행사 발표 있고 나서 노래면 노래, 춤이면 춤, 차력이면 차력 무엇이든 자신 있다고 큰소리 뻥뻥 쳤는데 차력이 실패로 돌아가자 춤을 춘다며 양팔을 옆구리에 파닥거리며 오리 흉내를 내며 돌아다닌다.

"네, 수고하셨습니다. 무대를 정리해주시고 자리로 들어가주세요."

종철이의 리드보컬 〈가거라 삼팔선〉과 숯불 장치의 드럼 연주가 돋보이는 공연에 내빈들도 흥겨워서 노래를 따라 하고 춤을 추고 첫 순서로 분위기 띄우는 데는 대성공을 했다.

순서대로 2번 홀 아가씨 A야장 민선팀 플래시댄스, 3번 관리부 강병철과 삼태기, 4번 홀B 고윤선 장구춤, 5번 A야장 웨이터 병삼의 마이클 잭슨, 6번 B야장 웨이터 명호의 사운드 오브 뮤직을 끝으로 모든 순서가 순조롭게 끝났다. 역시 리허설 때보다 긴장감과 완성도에서 끝내주는 공연이 펼쳐졌다. 리허설이 있었기에 더욱 멋진 공연이 된 것이다. 갈비집 직원들이라고는 믿기지 않게 전문예술단의 예술홀에서 공연을 보는 듯 멋지고 수준 높은 공연이 펼쳐지자 사람들은 신기해하고 놀라워한다. 지배인이 마이크를 들고 무대 중앙으로 걸어간다.

"감사합니다. 감사합니다. 성원에 대단히 감사드립니다. 우리 육송가든 직원들이 일하면서 틈틈이 공연작품 연습을 많이 해서 여러 내빈 선생님들과 함께 흥겹게 감상했습니다. 방금 좋은 소식이 하나 들어왔는데요. 선정합섬 사장님께서 다음 달 창사 30주년 기념식 때 육송가든에서 500명 만찬을 하시기로 예약하셨는데요. 이때 회사 직원들에게 공연을 보여달라 하셨습니다."

"와~!"

"박수~"

"와! 와! 와!"

야장 안은 일순간 감동과 흥분의 도가니가 되어, 모두 자리에서 벌떡 일어나 두 팔을 벌리고 함성을 지른다. 마치 2년 전 TV에서 중계되던 국제올림픽위원회 총회에서, 서울이 일본 나고야를 제치고 88올림픽의 최종 개최지로 확정되던 순간 같았다. 마침 음향 선생도 재치 있게 팡파레 음향을 보내주고 축포를 터뜨린다. 냉면장은 냉면 깃발을 휘두르며 야장을 뛰어다니다가 뽀삐 구두 발이 자갈밭에 미끄러지며 굴러 자빠진다. 냉면장은 아프지도 않은지 벌떡 일어나서 두 주먹을 불끈 쥐고 "아자! 아자!"를 연발한다. 사람들은 웃겨 죽는다며 눈물을 닦는다.

"음향 선생 들으셨죠? 선정합섬 창사 30주년 만찬 축하공연 부탁드립니다."

음향은 대답 대신 축하 팡파레로 대신한다.

"자~ 이렇듯 우리는 문화가 경제에 영향을 미치고 경제가 문화를 이끌어가는 기적 같은 일을 경험하고 있습니다."

지배인은 예상 밖의 멋진 공연과 뜻밖의 낭보에 갑자기 유식해진 사람처럼 좋은 멘트가 술술 나온다. 역시 사람은 좋은 환경 속에서 품격이 올라가나 보다.

"자, 이번에는 정말 여러분이 기다리고 기다리던 진검승부 노래자랑 시간이 돌아왔습니다."

"짠 짠 짠~"

"와~ 휙 휙~"

"그동안은 부서별 단체팀이었지만 이번에는 개인 노래자랑 시간입니다. 치열한 예심을 거쳐 본선에 진출한 6팀의 노래를 듣는 시간을 가져보도록 하겠습니다. 1등에게는 트로피와 상금 5만 원 그리고 부상으로 좋은 음질의 음악 감상을 지원하는 뜻에서 최고급 워크맨을 상품으로 드립니다. 자! 1번 순서는 관리부의 양형삼 씨! 오랜 택시 기사 생활을 통해 음악과 함께했다는 사나이의 참가곡은 배호의 〈두메산골〉을 신청하셨습니다."

양형삼은 택시 기사를 하다가 올해 결혼하여 출퇴근 시간이 규칙적인 육송가든에 손님들 태워드리는 봉고차 기사로 취직했다. 택시 기사는 새벽에도 나가고 때론 밤을 새워서도 일해야 하는 직업인지라 달콤한 신혼생활을 위해 안정된 직장을 선택한 것이다. 택시회사 노래자랑에서 최우수상을 받기도 한 양형삼은 어려서부터 아버지가 부르는 배호 노래를 따라 부른 것이 귀와 입에 붙어서 언제나 배호 노래를 흥얼댄다. 중후한 저음에 꺾기와 고음에서도 흔들리지 않는 편안함을 들려줄 정도로 내공이 깊다.

오늘은 특별히 밤색 양복에 아내가 팔달문시장에서 사온 중절모에 까만 테 안경으로 코디를 하니 영락없는 배호의 환생이다. 노래 가사 "도라지~" 부분에서는 바이브 꺾기가 일품이다. "풀피리 불며 불며~" 특유의 가사 잡아돌리기 창법이 맛깔지게 돌아간다.

산을 넘고 물을 건너 고향 찾아서
너보고 찾아왔네 두메나 산골
도라지 꽃 피는 그날 맹서를 걸고 떠났지
산딸기 물에 흘러 떠나가도
두 번 다시 타향에 아니 가련다
풀피리 불며 불며 노래하면서 너와 살련다

혼을 넘어 재를 넘어 옛집을 찾아
물방아 찾아왔네 달 뜨는 고향
새소리 정다운 그날 울면서 홀로 떠났지
구름은 흘러 흘러 떠나가도
두 번 다시 타향에 아니 떠나리
수수밭 감자밭에 씨를 뿌리며 너와 살련다

－〈두메산골〉(1963, 배호 데뷔작), 반야월 작사, 김광빈 작곡, 배호 노래

"네, 수고하셨습니다."
"와!"
"가수 해도 될 정도로 정말 멋진 노래 감사합니다."
이곳 이목동 가까운 곳에서 살고 있는 양형삼의 처도 배가 불러오는 몸으로 감상을 하고 자리에 오자 손을 잡아 맞이한다. 양형삼의 처는 손님 태우는 봉고차에 '봉고차 항시 대기'라는 문구를 흰 종이에 써서 남편이 운전하며 일하는 봉고차 옆 창문에 붙였고, 가끔 낮에 나와서 세차도 한다.
"오늘 심사를 해주시는 사장님, 사모님, 아버님, 또 육송가든 주방장님 힘드시겠습니다. 다음 출연자분들이 방금 노래 부른 양형삼 씨보다 잘 부르면 그분이 1등이고 그렇지 않으면 양형삼 씨가 1등입니다."
"하하하."
"하하."
"호호."
"자, 참가번호 2번. 아! 이번에도 관리부입니다. 포도농장에서 20년째

과수원을 관리하며 노래를 부르시고 있는 최성배 씨가 부르실 노래는 가수 남상규 씨가 부른 〈추풍령〉입니다."

> 구름도 자고 가는 바람도 쉬어 가는 추풍령 구비마다
> 한 많은 사연 흘러간 그 세월을 뒤돌아보는 주름진
> 그 얼굴에 이슬이 맺혀 그 모습 흐렸구나! 추풍령 고개
>
> 기적도 숨이 차서 목메어 울고 가는 추풍령 구비마다
> 싸늘한 철길 떠나간 아쉬움이 뼈에 사무쳐 거치른
> 두 뺨 위에 눈물이 어려 그 모습 흐렸구나! 추풍령 고개
>
> – 〈추풍령〉(1965), 전범성 작사, 백영호 작곡, 남상규 노래

최성배는 현재 60대 중반인데, 20년 전 회사에 다니다가 양계장 하는 친구의 꾐에 빠져 전 재산을 털어 양계장을 인수한다. 조직 생활에 힘들어 하던 최성배는 자영업의 목적은 이루었으나 양계업에 대한 경험 부족과 돌림병으로 빚만 지고 도산한다. 소심한 성격에 자살하려고 찾은 도봉산 깊은 곳에서 헤매던 중 군부대 경비병에게 간첩으로 체포되어 조사받던 중 이곳 육송가든 친척인 소대장을 만나게 되어 이곳으로 오게 된 지가 20년이다. 포도농사를 잘 지어서 전국농산물경진대회에서도 입상하는 등 과수원 일에 적성을 보여 그동안 빚도 갚고 집에 생활비도 꼬박꼬박 보내주어 딸 둘 시집보내고 이젠 손주들도 놀러온다. 이곳에서 함께하는 게 싫다며 버티던 안사람도 암 수술 받고 나서 3년 전부터 함께 과수원 일을 하며 건강하게 잘 살고 있다. 포도농사에도 음악을 틀어주면 과일이 크고 당도가 좋다는 것을 실험을 통해 알아낸 후 3년 전부터 좋아하는 트로트 음악을 틀어놓고 노래를 직접 불러 들려주니 노래를 들은 포도는 알이 크고 송이가 꽉 차고 당도에서도 차이가 나더라는 것이다.

"최성배 씨 역시 과수원의 명가수, 목 안의 공명이 아주 멋지시고 꺾기 또한 대단하십니다. 수많은 포도나무의 응원에 힘입어 아주 좋은 점수 받으셨을 것 같습니다. 자! 다음 모실 분은 주방의 남미숙 찬모님입니다. 부

르실 노래는 이미자의 〈섬처녀〉입니다."

주방 찬모 남미숙 씨는 전라남도 여수 앞에 있는 금오도라는 섬에서 나서 자랐다고 한다. 금오도라는 명칭은 '황금거북섬'이라는 뜻이란다. 또 숲이 우거져 섬이 검게 보인다고 하여 조선 시대 때는 경복궁을 중건할 때 금오도의 나무를 베어 궁궐을 지었다는 얘기가 있을 정도로 아름드리 나무가 많다고 한다. 옥녀봉 전설에는 인간과 선녀의 사랑 이야기도 있는데, 하늘나라의 선녀가 금오도에 놀러왔다가 인간을 사랑하게 되어 옥녀봉이 되었다는 이야기도 재미있다. 그래서였을까? 남미숙이 중학생 때 섬으로 실습 나온 남자 선생님한테 짝사랑을 앓게 되고 원하지 않는 어른들끼리의 혼담에 몇 번 섬을 도망치려 했지만 결국 혼인을 하게 되었고, 둘째 아이 초등학교 들어갈 무렵 고기잡이 나간 남편이 실종되었다.

해녀일 하며 3일에 한 번씩 들어오는 여객선 사람들에게 낙지며 소라를 팔아서 아이들을 키웠는데, 아이들이 중학교, 고등학교 졸업하고 도시 나가서 취직하고 남미숙이도 서울 와서 주방일 한 지 7년째다. 워낙 음식 솜씨가 좋고 부지런해서 신림동 한 집에서만 2년 만에 찬모가 되었고, 그곳 주방장이 그만두며 크고 월급 많은 장미가든에 찬모 보조로 소개해줬다.

"와! 주방을 벗어나니 이렇게 우아한 여사님으로 바뀌었습니다."

지배인은 분홍빛 투피스 정장에 분홍색 하이힐 신은 찬모 남미숙 씨의 모습에 눈이 휘둥그레진다. 사람은 어디에 있고 무얼 입느냐에 따라 이렇게 180도 바뀔 수 있다는 것이 놀랍다. 어느새 반주가 흘러나온다. 갈매기의 끼룩~끼룩 소리가 애닯다.

소식 없이 기약 없이 닷새 한번 열흘 한번
비가 오면 못 오는데
섬에 나서 섬에 자란 수줍은 섬처녀
첫사랑 맺어놓고 서울로 간 그 사람은
아아~~ 나를 두고 영영 안 오네

구름 가네 바람 가네
나도 한번 물새처럼 훨훨 날아 가봤으면
등대불도 서러워라 외로운 섬처녀
동백꽃 꽂아주던 서울로 간 그 사람은
아아~~ 나를 나를 영영 잊었나

- 〈섬처녀〉, 반야월 작사, 고봉산 작곡, 이미자 노래

"와! 짝 짝 짝."

 남미숙 씨는 한 곳만 바라보며 무슨 생각에 잠겨 노래를 하는지 보는 사람들도 고향의 그리움 속으로 빠져드는 듯하다. 여자의 일생은 순탄한 사람 없이 모두가 기구하고 힘든 삶을 살아가고 있다. 그런 삶에 가슴속 깊이 간직한 사랑마저 없다면 어찌 견딜까? 또 자신의 사랑과 추억, 이상을 담아서 남모르게 혼자 부르는 노래는 내 마음의 노래가 되어 힘든 삶을 녹여낸다. 노래는 자신을 표현하는 친구다.

 "다음은 홀 아가씨가 치열한 예선을 뚫고 올라왔습니다. 이혜란 씨 어서 오세요. 노래도 연륜이 있어야 깊은 맛을 낼 수 있다고 보는데, 이번에는 젊은 처자가 나오십니다. 큰 박수로 맞이해주시기 바랍니다."

 혜란이는 영천에서 태어나 여고 1학년 다니던 도중에 집을 나와서 수원에 오게 된다. 영천 하면 예부터 정몽주가 태어난 고장으로 유명하며, 상어고기인 돔배기가 전국 소비의 50%를 차지하고 포도 생산 전국 1위를 자랑한다. 어릴 적에는 아빠엄마 손 붙잡고 필공산에 놀러가기도 했는데, 이빠가 하던 고물상에서 폭탄이 터지며 다리를 크게 다치고 같이 일하던 인부들 치료비로 돈이 나가자 점점 가세가 기울어 아빠는 술만 마시면 엄마를 때리고 부부싸움이 잦았다고 한다. 혜란이는 가정형편 때문에 학업을 계속할 수 없었고, 대도시 나가서 취직하고 싶어도 아빠로부터 엄마를 지키기 위해 참고 집에 있었다. 그런데 엄마가 자식들 때문에 참고 산다고 생각한 혜란이는 자신이 집을 나오는 게 엄마를 도와주는 거라 생각하고 TV에서 본 수원의 삼성전자에 취직하려 무작정 가방 하나 들고 올라왔다. 하

지만 취직이 안 되어 버스를 타고 안양으로 올라가던 중 이곳 이목동에서 버스가 고장 나면서 하차하게 되었다고 한다.

참으로 용감하게도 육송가든 주차장에서 포도밭 아주머니한테 직원 구하지 않냐고 물어본 것이 이곳에 근무하게 된 계기다. 혜란이는 영천에 살 때부터 노래를 좋아했다. 아니, 엄마가 좋아했다. 엄마는 집에 있을 때는 힘들게 일을 하시고 밖에 나갈 때면 혜란이 손을 꼭 잡고 하춘화의 〈물새 한 마리〉를 불러줬다고 한다. 어릴 때부터 수없이 듣고 불렀던 노래 〈물새 한 마리〉를 이젠 혼자서 부를 때면 엄마가 보고 싶어서 그리움에 사무친다. 한 번 불러도 눈물 나고 두 번 불러도 눈물 나고 열 번 불러도 눈물이 자꾸만 흐른다. 돈 모아서 엄마와 함께 영천에 땅 사서 사과나 포도 과수원 하며 살고 싶은 꿈이 있다. 어느새 반주가 흐른다.

딩 디디디디 띠디디디딩.

외로이 흐느끼며 혼자 서 있는
싸늘한 호숫가에 물새 한마리
짝을 지어 놀던 님은 어디로 떠났기에 외로이 서서
머나먼 저 하늘만 바라보고 울고 있나
아아 떠난 님은 떠난 님은 못 오는데

갈 곳이 없어서 홀로 서있나
날 저문 호숫가에 물새 한마리
다정하게 놀던 님은 간 곳이 어디기에 눈물 지으며
어두운 먼 하늘만 지켜보고 울고 있나
아아 기다려도 기다려도 안 오는데

- 〈물새 한 마리〉(1971), 이용일 작사, 고봉산 작곡, 하춘화 노래

종철이는 오랜만에 하춘화의 〈물새 한 마리〉 노래를 들으니 눈물이 흐른다. 초등학교 4학년 때 학교 갔다 집에 오면 책가방은 손에서 사라지고 전축 판을 골라 얹고 호흡을 멈추고 돌기 시작하는 레코드판 위에 전축 바

늘을 조심스레 얹어놓지 않았는가. 웅장하고 깊은 소리는 반주 첫 소절만 들어도 가슴속 신명이 밀고 올라왔다. 노래가 끝나자 혜란이도 참았던 눈물을 쏟아내고 있다. 아마 통곡이라도 하며 소리 내어 엉엉 울고 싶은 혜란이일 것이다. 어머니라는 세 글자 앞에서 노래란 위대하고 듣는 사람들에게 감동을 준다.

"이혜란 씨, 아~ 울고 계신데요. 네, 동료와 함께 자리로 돌아가고 있습니다. 마음을 담아 부른 노래, 정말 보는 사람이 감동할 수밖에 없는 순서였습니다. 자! 이번에는 분위기를 바꿔서~"

사회자인 지배인이 진행하는 도중 냉면장이 무대 위로 난입해서 음향 담당에게 노래 한 곡 하겠다고 한다. 보아하니 술이 취했다. 얼마 전 축제 발표 후 자기가 노래면 노래, 춤이면 춤, 차력이면 차력 뭐든 끝내준다고 큰소리 뻥뻥 쳤는데 오늘 제대로 인기를 못 끌어서 속이 상해 혼자 술을 진탕 마신 모양이다. 냉면장은 가끔 나름대로 스트레스가 쌓일 때면 냉면 대접에 소주를 부어서 마시고 안주 삼아 굵은 소금을 몇 개 집어 먹곤 했다.

"아! 내려가주세요. 공연 끝나고 개별적으로 노래할 기회를 드릴 테니 경연이 무사히 마칠 수 있도록 협조 부탁드립니다."

"이야! 나 노래한다고 신청했는데 왜 안 틀어주는 거야? 사장 나오라 그래!"

평소 코가 뾰족한 냉면장은 술을 먹어 코가 빨갛다. 이때 웨이터 형필이가 또 한 명의 웨이터와 함께 냉면장 양팔을 붙들고 야장 밖으로 끌고나가며 조용히 냉면장한테 한마디 한다.

"내가 맘 잡고 살려니까 별것들이 다 용쓰네."

냉면장은 가는 몸매가 낙지처럼 사지가 흐느적거리며 코가 막혔는지 코맹맹이 소리다.

"얌마, 너 뭐야? 이 자식아, 뭘 쳐다봐? 확 눈깔을 뽑아 당구를 쳐벌라. 껨값도 없는디. 이 새끼야, 너 같은 놈은 빗맞아도 코피야."

형필이는 키가 작고 왜소한 냉면장이 가소롭다는 듯 실눈을 뜨며 말한다.

"너 몇 살이냐?"
"나 스물네 살이다."
"야 인마, 난 스물여섯이야."
"나 원래 스물일곱 살인데 세 살 줄었다."
"까지 말고 너 여기 가만있어. 묶어놓고 간지럼 태우기 전에."
옆에서 거들던 웨이터도 짜증 난 듯 한마디 한다.
"아가야, 엉아들 바쁘니까 까불지 말고 가만히 있어라."
"야! 너 이 새끼 못 오게 잡고 있어. 노래 두 명만 하면 끝나."
"예."
지배인은 장내 분위기가 제대로 잡히자 멘트를 시작한다.
"잔칫집에 웃기는 품바도 있어야 재밌지요? 여러분, 잠시 소란스러웠던 점 양해 부탁드리면서 다음 순서 진행하도록 하겠습니다. 이번에 모실 참가자는 육부실에서 근무하는 김종철 씨~ 나와주시기 바랍니다."

종철이는 열일곱 살에 군산에서 서울에 온 후로 3년여 신문·잡지팔이, 과일 행상, 중국집 배달, 설거지, 가스 배달, 행자승 등을 전전하다가 갈비 사관학교라 할 수 있는 장미가든에서 갈비 기술자가 되어 이젠 스카우트로 수원의 대형 갈비집에 갈비 육부로 내려왔으니 개천에서 용 났다. 종철이는 노래에 대한 슬픔은 없다. 노래는 감동을 주고 기쁨을 준다. 멜로디와 가사는 잠자는 영혼을 일으켜 세우는 힘이 있다. 그래서 감동도 받고 지나간 필름도 돌려보고 미래의 나의 멋진 모습도 상상하며 계획도 세워보면 즐겁고 힘이 솟는다. 노래, 특히 트로트는 돈 안 들이고 가장 손쉽게 감동과 영감과 즐거움을 안겨주는 천상의 묘약이다.

종철이가 초등학교 3학년 때 학교 끝나고 집으로 가는 길에 코스모스가 길가에 피어 있었다. 가느다란 몸 줄기가 바람에 한들거리고 꽃향기는 자동으로 풍겨 나왔다. 빨강, 분홍, 흰색 코스모스를 쳐다보는 종철이의 눈에 비친 색상의 화려함이 정신까지 맑게 해주고 생명이 살아나는 걸 느꼈다. 가던 걸음을 멈추고 한 손으로 가느다란 줄기를 잡고 꽃향기를 맡아본다. 매콤하고, 꾸리하고, 향긋한 냄새를 지금도 기억한다. 그래서 어릴 적 생각을 하며 가끔씩 길가에 핀 코스모스 향기를 맡아보면 어릴 적 향기 그대로 그 시절로 안내한다.

추석이 가까워오니 얼마 전부터 라디오에서 자주 흘러나오던 나훈아의 "코스모스 피어 있는" 〈고향역〉 노래를 불러본다. 종철이도 나훈아처럼 멋지게 불러보고 싶어 고음 부분인 "달려라 고향열차"에서는 얼굴이 빨개지도록 불러보지만 가슴이 답답하고 원하는 만큼 맘대로 안 되어 자꾸만 불렀다. 지성이면 감천이라고 발성을 올리고 호흡을 내리니 이젠 노래와 한 몸이 되어 국수 반죽 숙성되어 찰지듯 면발이 단단하게 뽑아져나온다. 종철이가 이때 즐겨 부르던 노래는 나훈아의 〈고향역〉과 〈물레방아 도는데〉다. 종철이는 노래를 들을 때면 가수 나훈아처럼, 남진처럼, 조용필처럼 똑같이 잘 부르고 싶은 욕망에 사로잡힌다.

빰 빰 빰 빠바~ 빠바바 밧바~ 빰 빠바~ 빠바 바바밧~

색소폰의 쇳소리에 나뭇잎이 휘청거리는 듯하다. 〈고향역〉 반주가 밀집된 사람들 공간 사이를 경쾌하게 파고든다. 무대 위의 높은 데 올라와서 보니 미리 의자를 깔아놓은 곳은 물론 물가 위 다리의 빈 공간 나무 아래에도 윗동네 주민들까지 음악 소리를 듣고 몰려들어 입추의 여지 없이 야장을 꽉 메웠다. 올려다보니 옥상에도 통닭집 주인, 다방 아가씨들, 양품점 아주머니들이 손수건을 흔들고 있다.

종철이는 여유 있게 두 팔을 하늘로 쭉 뻗어 박수를 유도한 후 오른손을 멋지게 흔들며 "~콧스모오스~ 피어있는 정드은 고햐아아앙역~"을 불러젖힌다. 사람들은 만족한 표정을 지으며 양어깨를 좌우로 흔들며 노래를 따라 부르기 시작한다.

"입뿐이~ 고오오뿐이~ 모두 나아와~! 바아아앙겨~어어 주~게에에엣지~ 가자~! 달려어어라~ 고오향 여얼차~ 설레에는~ 가아슴 안고~ 눈 감 아아도오~ 떠오르~으으으으는~ 그리우운~ 나~예에~ 고오햐앙역~"

"앵콜! 앵콜!"

1절이 끝나자 우레와 같은 함성이 터져 나온다. 또한 생각지 않은 옥상 쪽에서 벼락 같은 고함이 들려오니 관객들은 사람이 떨어지나 놀라서 옥상 쪽을 올려다보곤 웃으며 함께 호응한다. 역시 사람들은 흥겨운 우리의 트로트 음악이 나오니 너무나 좋아서 난리다. 이것은 꼭 종철이가 노래를 잘해서만이 아닌 흥겨운 반주 가락, 즐거운 노래 덕분이다.

사장님, 사모님, 내빈 모두 흐뭇한 표정으로 박자 맞춰 박수를 치고 있다. 중간 쪽 줄에 몰려 앉아있던 주방 사람들이 어깨동무를 하고 간주 박자에 맞춰서 양어깨를 좌우로 흔들자 여기저기에서 어깨동무 또는 손을 맞잡고 몸을 흔들고 있다. 그렇지 않은 사람들은 힘차게 박수를 친다. 한국 사람들은 발동이 늦게 걸리는 경향이 있다. 그것은 왕조시대를 살면서 오랜 세월 억눌려 살았던 민초들의 한일 것이다. 좋아도, 슬퍼도, 아파도 소리 내지 못하고 안으로 삭혀야 했던 환경 탓이다. 남에게 피해를 주지 않는 선에서 자유롭게 표현하는 것에 익숙해져야 한다. 우리 전통가요인 트로트를 통해 우리가 하나 되고 세계인과 함께 하나 되어 즐길 수 있으면 이것이 한류다.

〈고향역〉 2절이 시작되자 반주는 디스코풍으로 바뀌어 뽕짝~뽕짝~ 오르간을 치는 밴드마스터의 건반 두드리는 양 손가락이 바빠졌다. 색소폰도 그동안은 점잖게 바로 서서 연주했는데, 이번엔 뭔가 보여주겠다는 듯 선글라스를 끼고 무릎을 굽혀 양어깨를 흔들며 멋을 낸다. 양손을 머리 위로 올려서 손뼉을 치던 사람들은 무대 앞으로 뛰쳐나와 미친 듯이 흔들어댄다.

"비벼어~"

지배인도 더 이상은 못 참겠다는 듯 마이크로 추임새를 던진다.

"사정없이 비벼~ 잘 흔다아~ 아싸~ 아싸~"

무대 앞에 뛰쳐나와 춤추던 사람들은 앞사람 양어깨에 손을 얹고 기차놀이 모드로 들어갔다.

"달려어라~ 고오향~ 여얼차~ 설레에는~ 가아슴 안고~ 눈감~아아도 오~ 떠오르~으으으으는~ 그리운 나예에~ 고오햐양역~"

"와! 와~ 앵콜~ 앵콜~"

앞쪽에서 행패를 부리듯이 앵콜을 연호한다. 축제가 끝나기라도 한 듯 이제사 발동이 걸리는 걸까? 종철이는 뜻밖의 사람들 반응에 어리둥절하다. 내가 정말 노래를 잘해서 이러는 것일까? 이렇게 많은 사람 앞에서 제대로 노래를 불러보긴 처음인 종철이는 엄청난 환호에 어리둥절하고 꿈을 꾸는 듯 믿기지가 않는다.

"네, 대단하네요. 잠시 여기가 갈비집이 아니고 야외음악당에 온 듯한 착각을 불러일으킵니다. 지금 경연 중이기 때문에 앵콜은 심사가 끝나고 고려해보도록 하겠습니다. 빨리 진행하도록 하겠습니다. 홀 웨이터 부서 30명을 대표해서 나온 WT계의 왕자 박봉진 씨를 소개합니다."

"와아~"

웨이터들이 단체로 준비한 게 있는 모양이다. 무대 뒤쪽으로 야장 바깥쪽에서 웨이터들 몇 명씩 떼를 지어 이동하더니 드디어 그 정체가 드러나고 있다. 검정 두건에 하얀 칠을 한 것이 송골매를 형상화한 것이다. 20여 명의 웨이터가 나무 위 무대 뒤에서 몸을 드러내며 송골매 비행하듯 전주에 맞추어 춤을 춘다. 노래는 1981년 송골매가 2집에 발표한 〈어쩌다 마주친 그대〉다. 배철수가 리드싱어였는데 구창모가 영입되면서 발표한 구창모 작사·작곡·편곡의 펑키록 디스코 사운드다. 1980년대 최고의 음악으로 기타, 베이스, 키보드 섹션 등 완벽한 조화를 이루는 사운드에 전주의 소방차 사이렌 같은 긴박한 음악이 그동안 억눌려 지냈던 10대와 20대에게 폭발하지 않으면 안 될 명분을 주는 휘몰이 사운드 창법이다. 흥을 유발하는 디스코 펑키록 기관총 리듬 타법 사운드 전주가 흐르고 있다.

뜨응드듯 ~ 드드듯 ~ 듯듯~

어쩌다 마주친 그대 모습에 내 마음을 빼앗겨버렸네
어쩌다 마주친 그대 두 눈이 내 마음을 사로잡아버렸네
그대에게 할 말이 있는데 왜 이리 용기가 없을까
음! 말을 하고 싶지만 자신이 없어 내 가슴만 두근두근
답답한 이 내 마음 바람 속에 날려 보내리

- 〈어쩌다 마주친 그대〉(1981), 구창모 작사·작곡, 송골매 노래

박봉진은 춘천에서 고등학교에 다니면서 친구들과 그룹사운드를 결성했다. 1977년 봄 중학생 때 동네 형 따라서 장충체육관에서 열린 그룹사운드 경연대회 구경 갔다가 푹 빠졌다. 고등학교 올라가서 공부는 안 하고 친구 6명이 함께 몰려다녔다. 학교에서는 연습하기가 쉽지 않고 낮에 음악학원을 빌렸는데 사고가 터졌다. 비싼 기타가 없어졌다는 것이다. 그 후 친구들과도 서먹해지고 공부는 하기 싫고 무작정 청량리, 영등포, 신촌 등 밤업소를 기웃거리며 밴드를 배우기 위해 취직하려 했으나 받아주는 데가 없었다. 오갈 데 없는 신세에 먹고 자고 돈도 벌 수 있다 해서 친구 따라 수원에 있는 육송가든까지 내려왔다.

갑자기 웨이터들이 동아줄을 잡아당긴다. 5층 옥상 꼭대기에 연결된 동아줄이다. 그렇지 않아도 주인공인 박봉진이 안 보인다 했는데, 옥상에서 동아줄에 링을 걸어서 타고 내려온다.

"와아~"

사람들이 야장이 떠나갈 듯 함성을 질러댄다. 감동한 것이다. 사람들은 보통 사람이 상식적인 것 이상으로 할 때 그것을 열정이라 한다. 안 해도 되고 안 한다고 해서 뭐라 하지 않을 일을 해낼 때 사람들은 격려의 박수와 환호를 보낸다. 그 환호는 나를 위하는 환호도 된다. 누군가에게 보낸 환호와 격려가 바로 자신한테 하는 것이고, 그런 환호 받을 일이 생기기 때문이다. 그래서 우린 하나가 된다.

"네, 박수~"

"옥상이 왜 있나 했더니 줄 타고 내려올 때 편리하군요."

1절 끝나고 간주가 진행되는 동안 웨이터들은 박봉진에게 검정 망토와 두건을 씌워준다. 송골매의 대장을 뜻하는데 웨이터들의 화합을 뜻하는 것 같다. 봉진이가 한 손엔 마이크를 들고 양팔을 벌리며 무대 앞쪽을 넓게 돌자 웨이터들이 한 줄로 그 뒤를 쫓아간다. 리더의 뒤를 따른다는 퍼포먼스다. 봉진이가 노래하며 앞으로 갈 땐 쭉 모이고, 뒷걸음칠 땐 뒤로 쫙 펼쳐준다. 이처럼 송골매들도 리더의 동작에 따라서 뮤지컬 하듯 율동을 크게 해 보인다. 천천히 무대 앞으로 나오자 웨이터 송골매들도 무대 뒤로 포진하며 음악은 끝이 난다. 이로써 육송가든 직원들의 단합과 흥과 끼를 대단히 멋지게 감상한 시간이었다.

"이야! 정말 멋진 무대였습니다. 상상도 할 수 없는 멋진 공연해주신 출연자 여러분, 정말 수고 많으셨습니다. 감사합니다. 자! 심사 집계가 모아지는 동안 여러분한테서 요청이 들어왔습니다. 저보고 노래 한 곡 하라고 하는데, 어떠세요? 괜찮겠습니까?"

"네네~"

"괜찮습니까?"

"네!"

"하하하. 그럼 소생이 노래 한 곡 올리겠습니다. 가수 도성의 〈배신자〉 부탁드립니다. 악단장님 준비되죠?"

"네, 됩니다."

1969년 도성이 처음 발표할 때는 〈사랑의 배신자〉라는 제목이었다. 가사 중 "더벅머리~ 사나이에~ 상처를 주고~"에서와 같이 여자한테서 버림을 받아서 남자가 울고 있는 노래다. 영화에서는 여자주인공이 남자에게 버림을 받아야 여자를 동정하고 남자 욕을 하며 흥행이 된다. 하지만 노래에서는 주로 남자가 여자를 그리워하고 버림을 받는다. 남자들은 노래 속 주인공이 되어 술을 마시고, 노래로 아픔을 달래고, 사랑에 대한 그리움을 가슴 깊이 펴 올린다. 여자는 노래를 통해 남자의 순정을 확인한다. 이 노래에서 '배신자'라는 단어는 분노의 대상이 아니라 애증의 마음에 가깝다. 이미 배신한 사람에게는 '배신자'라는 호칭을 주지 않는다. 이 노래에서의 배신은 배신하지 말아 달라는 애원이자 그리움에서 오는 원망이다.

어린 자식을 두고 먼저 하늘나라로 가버린 배우자 역시 배신자다. 눈물 나도록 사무치는 그리움에 대한 반어법일 수도. 그래서 사람들은 이 노래를 사랑하는 게 아닐까? 미운 사람을 미워하는 마음은 더 이상 스토리 전개가 안 되고 죽은 이야기다. 그래서 많은 사람이 이 노래를 대폿집에서, 집들이에서 많이 따라 부르고 나훈아, 이미자, 배호 등 유명 가수들도 한 번쯤 불러보게 되는 노래다.

1980년대 백승태는 카바레식 전자오르간 뮤직으로 메들리를 내게 되는데, 도성의 〈사랑의 배신자〉를 타이틀곡으로 하여 〈배신자〉라는 제목으로 썼다. 도성이 아랫배에서 올라오는 호흡을 짓누르면서 토해내듯 불렀다면, 백승태는 무도장 사교춤 음악으로 편곡해서 리듬이 경쾌하고 목소리는 감미롭다. 노래하는 가수가 주연이 아니고 춤추는 사람에게 맞춰준다. 한 번 듣는 순간 빠져들 수밖에 없는, 그동안 들어보지 못한 생소하면서 멋진 보이스와 사운드다.

> 얄밉게 떠난 님아 얄밉게 떠난 님아
> 내 청춘 내 순정을 앗아버리고
> 얄밉게 떠난 님아 더벅머리 사나이에
> 상처를 주고 너 혼자 미련 없이 떠날 수가 있을까
> 배신자여 배신자여 사랑의 배신자여
> - 〈배신자〉(1969), 이인섭 작사, 김광빈 작곡, 도성 노래

지배인은 마치 카바레 가수처럼 몸의 움직임 없이 유연하게 좌우중앙을 찬찬히 살피며 멋지게 노래한다. 역시 한국 사람은 노래를 좋아하고 노래를 잘한다. 예전 중국의 지도자들도 조선 민족은 쌀 농사와 노래를 잘 부른다고 한 말처럼 시도 때도 없이 노래하고 남의 노래를 듣고 싶어 하고 즐기는 민족이다.

"자, 이제 모두 가슴 떨리는 시간이 돌아왔습니다. 시상만을 남겨놓고 있는데요. 누구랄 것도 없이 모두 다 잘하셔서 심사하시는 데 애로사항이 많으셨다고 합니다. 먼저 단체 인기상! 두두두두~ 두두두두~ 관리부! 강병철과 삼태기 작품을 흥겹게 해주셨습니다."

"와~"

"인기상은 두 팀입니다. 인기상 두 번째 팀은 B 야장 웨이터팀, 사운드 오브뮤직팀입니다. 축하드립니다."

"와~"

"시상은 주방장님께서 수고해주시겠습니다. 상금 5만 원과 부상으로 칠성제화 구두 티켓 전원에게 드리겠습니다. 수고하셨습니다."

"다음! 장려상! 주방 난타팀입니다. 냉면장은 술 좀 깼어요?"

"하하하."

"장려상 두 번째 팀은 홀A 플래시댄스팀."

"와~"

"시상에는 오늘 내빈으로 참석해주신 동장님께서 수고해주시겠습니다. 감사합니다. 상금 8만 원과 부상으로 칠성제화 구두 티켓입니다."

"다음 우수상! A장 웨이터 빌리진 작품 팀!"

"와!"

"상금 10만 원과 한우갈비 선물용입니다. 덕성축산에서 협찬해주셨습니다."

"다음 최우수상! 아시는 분~"

"홀 B팀요."

"하하하."

"네, 한 팀이 남아 있죠. 최우수상 두구두구 두구두구~ 홀 B팀 장구춤 고, 윤, 선."

"와~"

"시상은 사모님께서 해주시겠습니다. 상금은 15만 원."

"와~"

"부상으로 트로피와 한우갈비 선물세트입니다."

"와~"

"다음은 개인 노래자랑 경연 심사를 발표하겠습니다. 시상에는 주방장님께서 수고해주시겠습니다. 인기상! 참가번호 1번 〈두메산골〉을 부르신 관리부 양형삼 씨!"

"와~"

"인기상 두 번째! 참가번호 4번 〈물새 한 마리〉를 부른 이혜란 씨!"

"와~"

"상금 5만 원과 칠성제화 구두 티켓을 부상으로 드립니다."

"자! 다음은 장려상! 장려상 시상에는 동장님께서 수고해주시겠습니다. 참가번호 2번 〈추풍령〉을 부르신 최성배 씨~ 포도농장에서 10년째 노래를 부르고 계십니다."

"다음 장려상 두 번째 팀! 참가번호 3번 〈섬처녀〉를 부르신 남미숙 씨!"

"와~"

"상금 8만 원과 부상으로 비제바노 구두 티켓 드리겠습니다. 다음은 남은 두 팀 앞으로 나와주세요."

〈고향역〉을 부른 김종철과 〈어쩌다 마주친 그대〉를 부른 웨이터 박봉진이 나란히 무대 위에 서자 우레 같은 박수가 쏟아진다. 지배인은 마이크를 번갈아 댄다.

"자기소개와 나이를 좀 말씀해주세요."

"주방 육부실에서 근무하는 김종철입니다. 나이는 스무 살입니다."

"홀에서 웨이터를 하고 있는 박봉진입니다. 나이는 스무 살입니다."

"와하하하."

"네, 두 사람이 똑같이 스무 살입니다. 종철 씨는 사회생활 한 지가 몇 년 됐습니까?"

"3년요."

"봉진 씨는?"

"2년요."

"하하, 세 살 두 살 아주 좋은 나이네요. 두 분 다 최우수상을 드리면 좋은데, 상이 하나밖에 없어서."

"하하하."

"한 분은 최우수상, 한 분은 자동으로 우수상입니다. 최우수상 발표하겠습니다. 최우수상! 참가번호 5번 〈고향역〉을 열창하신 김 종 철!"

"와~ 짝짝짝짝~ 빰빠라바~ 빰빠빠~ 빰빠라라~"

"시상은 사장님께서 해주시겠습니다. 상금 10만 원과 트로피, 부상으로 최고급 워크맨을 드립니다."

"와~ 짝짝짝짝."

"단체팀은 상금을 나눠야 하는데, 종철 씨는 상금을 혼자 쓰셔야겠네요."

"하하하."

"자! 긴급 소식입니다. 오늘 내빈 여러분이 많이 오셨습니다. 그리고 협찬도 많이 들어왔습니다. 동장님, 국회의원님, 선정합섬 사장님, 한일제지, 덕성축산, 서산축산, 천호식품, 영일농산, 칠성제화, 수원종묘사, 협진건축, 복지수산, 미광그릇, 서울가운, 삼성전자, 문화제분, 닭전방앗간 등 많이 방문해주셨고 협찬이 많이 들어온 만큼 메모지를 드려서 제일 잘한 한 팀만 뽑아달라고 부탁드렸습니다. 18표 중에서 압도적으로 13표 받은 분을 오늘의 종합 대상으로 선정하기로 했습니다. 이것은 사모님의 특별 명령이고 내빈 여러분의 뜻이기도 합니다. 제1회 육송가든 재능장기 및 노래자랑 대상! 따다다다~ 따다다~ 대상은 개인 노래자랑 팀에서 나왔습니다. 주방 육부실 〈고향역〉을 부른 김종철 씨!"

"와~"

"상금 10만 원과 부상은 한우 선물세트입니다. 시상은 사모님께서 맡아주시겠습니다."

종철이는 과분한 경연 결과에 미안해서 어쩔 줄 모른다. 경연에 참가한 모든 사람이 다 잘했고 고생했는데, 혼자 좋은 상을 많이 받고 보니 여러 사람 앞에 쑥스럽기 한량없다. 사모님은 종철이의 대상 수상에 진심으로 기뻐한다. 사람들 앞이 아니라면 꼭 껴안아주고 싶을 만큼 귀엽고 사랑스러운 종철이다. 밤낮으로 갈비 만드느라 바쁘고 힘겨운데 언제 또 노래자랑 준비까지 했는지 기특하고 대견하다. 수많은 사람 앞에서 가장 빛나는 모습을 보니 너무 기쁘다. 종철이는 대상 상금으로 받은 10만 원을 동네 경로잔치 비용 성금으로 내겠다는 의사를 사모님께 밝힌다. 사모님은 마이크를 받아서 말한다.

"오늘 경연 대상을 받은 김종철 씨가 상금으로 받은 돈을 경로잔치를 열어드리는 비용으로 기탁했습니다. 추석 명절 지나고 동장님과 의논해서 어르신들을 모시고 육송가든에서 효도잔치를 열도록 하겠습니다. 고기도 대접하고 떡도 준비하고 잡채, 홍어회도 만들어서 한국무용도 보여드리고 노래도 들려드리겠습니다."

"와~ 짝짝짝."

가든을 개업할 때는 그 동네 어른들을 모시고 춤과 노래, 고기와 떡을 대접하는 게 미덕이다. 오늘을 계기로 야장에 수원갈비와 음악과 춤과 노래가 있는, 그리고 효가 있는 육송가든으로 거듭났다. 사람은 행동할 때 예기치 않은 좋은 일들이 생기고 행운이 따른다. 종철이도 그동안 혼자 듣고 부르던 노래에서 여러 사람 앞에 내놓는 노래를 하게 된 특별한 날이다.

84년, 나는 이 사진이 훗날 소중한 자료로 쓰이게 될 거라 믿으며 건물 옥상에서 셔터를 눌렀다.

위 사진은 1980년대, 가든의 모습이다. 강남구 신사동 삼원가든을 시작으로 소갈비집들이 '가든' 상호를 유행시켰다. 강남 쪽에는 늘봄공원, 수주성, 서초갈비, 수원에는 경남, 삼풍, 대전의 기린동산, 부산의 초원의 집 등 전국적으로 '가든'의 붐이 일었다. 이는 3차 산업 활성화, 경제 성장으로 인한 영양 보충 및 마이카 붐으로 인한 여가 문화 확산이 맞물린 결과였다.

추석선물 3종 세트

추석 한가위는 추수의 계절이고 조상을 찾아뵙는 때다. 종철이는 부모님을 뵈러 올초 설날에 군산에 갔다. 부모님은 지인의 어판장에서 돈도 벌고 일을 돕고 있었는데, 명절에는 선물세트를 만드느라 바쁘다고 하신다. 이번 추석에는 종철이 고향에 못 간다고 말씀드렸더니 흔쾌히 힘든 데 왔다 갔다 하지 말고 볼일 있으면 보고 편히 쉬라고 말씀하셨다. 종철이는 이번 추석에 계획이 있다. 첫째는 대원각에 한번 가보는 것이고, 둘째는 병삼이 형이 사귀던 지선 씨를 찾아보는 것이고, 셋째는 서울에서 고윤선 누나와 만나 데이트를 하기로 한 것이다. 현재 종철이가 당면한 중요한 일들을 수행해야 하는 막중대사의 추석 연휴다.

쌍문동 큰이모 집에서 하룻밤 자고 아침밥을 먹고 무작정 대원각에 한번 가보려 한다. 언제나 상상으로 머릿속에만 묻어두면 결국 제자리에서 멈추어버리는 자신을 느끼기에 대원각에 직접 가보고 결론을 지어야 포기하든 다음 단계로 넘어갈 수 있다는 생각에서다. 종철이는 집에서 버스를 타고 세종문화회관 앞에서 하차하여 걸어서 북촌 한옥마을 언덕길로 올라가면 찾아갈 수 있다고 알아뒀다.

종철이는 걷는 걸 좋아한다. 5시간 정도 걷는 건 예사다. 서울 지리를 모르니 버스를 잘못 탈 경우 마구 헤매면 대책이 없다. 그렇다고 잘 묻지도 않는 성격의 소유자인 데다가 찾는 버스가 정류장에 들어와도 제 앞에 서지 않을 때는 뛰어다니는 성격이 아니다. 천천히 느릿느릿 갈까 말까 걷다 보면 버스는 어느새 출발한다. 차라리 걷는 게 낫다. 전봇대에는 지나간 세종문화회관 별관 이주일쇼 포스터가 아직도 붙어 있다. 내자호텔을 건너 통인시장 앞에서 다시 횡단보도를 건너 광화문 앞으로 지나간다.

종철이는 길을 가며 돌멩이 같은 게 있으면 발로 차면서 걸어간다. 어릴 적 생각이 난다. 벽에도 손을 갖다 대고 걸으며 나뭇가지에도 손을 대보면 손에 전해지는 느낌이 모두 다르다. 솔가지 잎은 따끔하고 나뭇가지 껍질은 거칠지만, 나무라는 느낌 때문에 친숙하다. 타일 벽도 걸으며 때려보면 속이 빈 곳은 텅텅 소리가 나고 속에 시멘트가 꽉 찬 곳은 딱딱하고 찰지다. 시멘트를 뿌린 울퉁불퉁하고 뾰족한 담장을 주먹으로 살살 쳐보면 피부를 찌르는 느낌이 시원하다. 어릴 적부터 약한 신체를 커버하려 정권 단련이 되었으면 하는 바람에서 손으로 쳐보며 걷곤 했다.

어제, 그제, 그그제 무슨 일이 있었는지, 돈은 얼마 썼는지 생각해보면 보름까지는 하루하루 날짜별로 기억이 나고 돈을 얼마 썼는지 총액을 알 수 있다. 노래도 불러보고 가사도 외운다. 2절 있는 노래와 3절까지 있는 좋아하는 노래 3,600곡은 가사를 다 외운다. 종철이는 학교 공부는 해본 적이 없다. 숙제도 잘 안 해가고 일부러 시간 내서 공부해본 적이 없다. 어릴 적 방에서 숙제하고 있었는데, 엄마랑 친구분들이 마루에 모여서 종철이가 좋아하는 고구마 드시는 소리를 들었다. 먹어보라는 말도 없기에 공부하고 나중에 가보니 고구마는 한 개도 없이 껍질만 남아 있었다. 그 뒤로 공부는 하지 않는다. 학교 공부는 하기 싫어도 일반 책 읽는 걸 좋아해서 집 책꽂이에 있는 솔제니친의《수용소 군도》와《당신도 독립하라》, 아버지가 보시는 해몽 책, 생활상식, 유머집, 선데이서울 등을 많이 읽었다.

사회에 나와서 열여덟 살에 천호동 기사식당에서 일할 때는 매일 조간신문과 고려대 신경외과 과장 이시형 박사의 연재《배짱으로 삽시다》를 즐겨 읽었고, 형이 사온 일본 소설《대성》그리고 데일 카네기 인생론 전집, 한국수필문학전집 등을 수없이 읽고 또 읽었다. 이런 책들은 재미있어 머리에 쏙쏙 들어오고 여러 번 읽어도 질리지 않으며 읽는 횟수를 거듭할수록 뜻도 더 알 수 있어 볼 때마다 새롭고 좋다. 노래 가사도 머리에 쏙쏙 들어오는데, 2절과 3절을 비교해서 가사를 음미하며 부르는 게 재미있다.

어느새 종철이는 대원각에 도착했다. 커다랗고 웅장한 나무 대문에 기와를 얹은 정문 현판에 하얀 글씨로 '대원각'이라고 쓰여 있다. 언덕길을 오르니 우측에 주방처럼 생긴 흰색 1층 슬라브 지붕 건물이 맨 먼저 보인다. 문이 반쯤 열린 주방 안에서는 그릇 부딪치는 소리, 쟁반 소리, 사람들 소리, 일하는 소리가 난다. 하얀 장화를 신고 여자 조리복이 친근한 아주머니 한 분이 파란 나물이 든 양재기를 들고 문앞 쪽으로 온다. 종철이는 기회는 이때다 하고 말을 건넨다.

"안녕하세요? 주방장님 좀 만나러 왔는데요."

"그래요? 잠깐 기다리세요."

저 멀리 큰 기와집들이 보인다. 딴 세상 같아서 함부로 가볼 엄두는 나지 않는 종철이다. 잠시 후 인물이 훤한 중년 아저씨가 하얀 요리복을 입고 나온다.

"나를 찾았어요?"

"예, 안녕하세요? 저는 수원 육송가든이라고 거기서 갈비 육부를 하고 있습니다. 한정식이 배워보고 싶어서 찾아왔습니다."

"젊은 사람이 어떻게 그렇게 훌륭한 생각을 했어요? 우리는 현재 TO가 없고 위의 삼청각 후배한테 전화해서 구하나 알아봐줄게요."

"네, 감사합니다."

잠시 후 주방장이 안에서 나온다.

"전화해봤는데 삼청각에서도 얼마 전에 구했다고 하네요. 일자리가 나오면 내가 전화해줄 테니까 연락처 적어줘요."

"네, 5국에 0520입니다."

"네, 알았어요. 연락 줄게요."

주방장은 종철이를 그냥 보내기 미안하다고 생각했는지 차 한잔 마시고 가라며 앞장선다. 주방장은 정면에 보이는 기와지붕이 있는 고풍스러운 한옥집으로 사자처럼 성큼성큼 앞장서서 걷고 종철이는 작은 염소처럼 뒤

추석선물 3종 세트

따라간다. 어릴 적에 아버지를 따라갔던 은적사 대웅전 같이 큰 건물 안에는 넓은 온돌방이 있고 20여 명의 한복 입은 기생들이 보인다. 저고리는 안 입고 어깨 맨살로 급하게 왔다 갔다 하는 사람, 옷을 갈아입는 사람, 앉아서 발 앞에 작은 경대를 놓고 화장하는 사람 등. 종철이는 한복 입은 예쁜 여자들을 보니 가슴이 두근거리고 설렌다.

"어머, 주방장님! 어쩐 일이세요?"

예쁘게 생기고 뒷머리를 올린 우아하게 생긴 중년 여성이 환하게 미소를 지으며 가까이 온다.

"응, 주방 제자가 찾아와서. 거기 시원하게 식혜 한잔 가져와."

"어머, 곱상하게 생기셨네. 호호."

종철이는 처음 요정이라는 곳에 와서 기생들이 넓은 홀에서 준비하는 모습을 보니 큰 경험을 쌓은 듯 가슴이 커지는 것을 느낀다. 달콤하고 생강 향이 진한 각별히 맛있는 식혜 한잔을 잘 마시고 종철은 아쉬운 발걸음을 돌린다.

"감사합니다. 안녕히 계세요."

"잘 가요."

종철이는 기대처럼 일자리가 바로 안 되어 조금 실망스럽지만 그래도 기분은 좋다. 유명한 대원각에 찾아와서 주방장을 만나봤고, 젊은 사람이 훌륭한 생각을 했다며 칭찬도 들었고, 또 일자리가 나오면 연락해준다고 했으니 가서 기다리면 될 일이다. 대원각 주방장은 호텔에서 온 사람이어서인지 역시 사람이 달라 보인다. 지금껏 봐왔던 주방장들은 조리복도 입지 않고 슬리퍼에 한두 마디 하면 욕이 나왔는데, 처음 보는 어린 종철이도 존중해주고 점잖고 친절하다. 이것이 바로 주방장의 모습같아 좋은 공부였다.

이곳 대원각도 일반 음식점에서 주방장을 구했더라면 그 주방 안은 삼류 주방이 되었을 것이다. 호텔 주방장을 영입한 대원각 경영주의 마인드가 훌륭하다. 일반 주방장을 불러와서 호텔식 대우를 해준다고 해서 호텔 주방장 능력을 발휘하진 못할 것이다. 그때부터 스텝이 꼬여서 경영에 애로가 있고, 속이 있는 대로 썩었을 것이라는 생각을 해보는 종철이다. 물론 코끼리분식 주방장이나 장미가든 주방장도 성실하고 훌륭하지만, 시스템이 갖춰지고 한층 높은 주방 관리 능력이 필요한 것도 사실이다. 종철이는 한정식과 호텔 주방을 섭렵해서 일류 주방장이 되어 멋진 한국문화를 갖추고 공연하는 한식당의 최고책임자가 되어있는 자신을 그려본다.

대원각에서 내려가는 종철이의 발걸음이 가볍다. 기분이 업되어 육송가든 병삼이 형 생각이 난다. 홍제동 연희상회에 산다는 여자친구 임지선 씨 생각이 난 것이다. 종철이는 오늘 기운이 뻗쳐서 맘껏 돌아다니고 싶은 충동과 병삼이 형의 딱한 사정을 돕고 싶은 마음이 생겼다. 종철이는 이번에도 걸어간다. 날씨는 따뜻하고 도로에는 차들이 별로 안 다니고 행인들만 가족, 친구들과 걷는다. 점방 앞에는 과일 상자와 선물용 과자 세트, 비누·치약 세트, 식용유 세트, 백설탕 등 선물용 상품이 많이 쌓여 있다. 다시 통인시장을 지나 사직공원을 거쳐 사직터널로 걸어간다.

옛날 이 근처에 북한에서 김신조 일당이 내려왔을 때 사격전이 벌어졌고 군경 합동으로 지켜낸 곳이다. 독립문 쪽까지 내려와서 우측으로 무악재고개를 넘어간다. 생각보다 빠르게 홍제동에 도착했다. 모든 일은 처음은 막막하지만, 시작이 반이라고 일단 시작하고 나면 목적한 바가 가까이 보이기 시작한다.

얼마 전 가수 조용필이 일본 NHK 공연 때 1시간 공연이 끝나고 환호와 연이어 이어지는 앵콜 요청에 "첫 노래를 부를 때는 컴컴한 밤 사막을 걷는 것처럼 막막한데, 마지막 곡을 부를 때는 한두 곡쯤 더 불렀으면 좋겠다는 생각도 듭니다"라고 했다. 모든 일은 처음은 으레 그렇다고 인식하고 여유를 가지고 진행하는 것이 필요하다는 걸 배운다.

길가에 지나다니는 사람들은 두 부류로 나뉜다. 이 동네 사람인가? 지나가는 사람인가? 동네 사람은 여유 있게 앞만 보고 걷고, 타 지역 사람들은 이곳저곳을 살피며 빠르게 걷는다. 종철이는 여기저기 기웃거리며 연희상회를 찾다가 길가는 동네 사람에게 묻거나 문을 연 점포에 들어가서 물어본다. 한참을 돌아다니다 보니 다리도 아프고 배도 고프다. 아침 먹고 집에서 나와 걸어다닌 게 벌써 4시간째다. 저 멀리 중국집 간판이 눈에 띈다. 중국집 특유의 까만 나무판 위에 빨간 리본과 빨간색 글씨로 '연희반점'이라고 적혀 있다. 응! 연희반점이면 연희상회와 가깝게 있을 수도 있겠단 생각에 종철이는 흥분된다. 막상 걷기 좋아해서 무작정 찾아나섰지만 막막했는데, 이제 실마리를 잡은 기분이다. 외국에서 한국 사람 만난 것처럼 반갑다. 종철이는 어쨌든 금강산도 식후경이라는 말처럼 우선 배고픈 거부터 해결하고 생각하기로 했다.

짜장면 곱배기를 시켜놓고 보니 카운터에 중국 사람인 듯한 남자 주인이 무표정으로 앉아 있다. 종철이는 갈증 난 탓에 작은 물컵에 반쯤 부어줬던 물을 마시고 주인장에게 물 좀 더 달라고 하니 주인장은 한쪽 탁자 위에 있는 주전자를 턱으로 가리킨다. 갖다 먹으라는 신호다. 종철이는 중국인이 운영하는 중국집에서도 일해봤지만, 중국 사람들은 친절하지 않다. 의심이 많고 인간미가 없다. 속은 모르겠지만 겉으로 보이는 모습과 느낌은 그렇다.

카운터에서 돈을 셀 때도 남 못 보게 고개를 깊이 숙이고 헤아린다. 밤에 일 끝나면 칼을 전부 냉장고에 넣고 자물쇠로 잠그는데, 일 끝나고 음식 해먹지 못하게 감추는 건지 칼 들고 싸울까 봐 그러는지 이유는 정확히 모르겠다.

중국 사람들이 한국에 와서 받는 설움, 차별은 투표권이 없다는 것이다. 땅도 몇 평 이상은 사지 못하고, 음식 먹고 돈을 안 내는 불량아 신고를 하면 경찰이 왔다가 무전취식한 한국 사람을 데리고 나가다가 풀어준다는 것이다. 중국 사람들은 '화교'라 해서 자기들끼리 모임을 하고 결혼도 화교들끼리만 한다고 들었다.

시골에서 못 먹다가 서울 올라와서 식당에 들어온 종업원들이 밥 많이 먹는다는 전해져 내려오는 이야기도 있다. 대부분 식당에서 먹고 자는데 일 끝나고 사장이 퇴근하고 나서 가게에서 달걀을 한 판 삶아서 다 먹었다는 이야기, 분식집에서 라면을 한 바케스 끓여서 먹었다는 무용담도 있다. 좌우지간 중국 사람들 입장에선 한국인 종업원은 감당하기 힘든 대상일 것이다. 그런데 중국 사람과 무역을 오래 한 한국 사람이 하는 말로는 중국 사람은 친절하진 않지만 꼭 필요하고 원하는 것을 제공한다고 했다.

짜장면은 언제 먹어도 맛있다. 종철이는 짜장면값 500원을 손에 쥐고 혹시나 연희상회라면 중국집에서 급하게 사야 할 식자재가 필요해서 거래하는 집일 수도 있겠다는 생각에 카운터에 무표정으로 돌부처럼 앉아있는 주인장에게 말을 건넨다.

"이 근처에 혹시 연희상회라고 어디 있는지 아세요?"

중국집 주인장은 감정이란 게 있는 것일까? 고개를 가게 바깥쪽으로 돌린다. 모른다는 걸까? 고개를 수평으로 돌리지 않고 고개를 돌리며 턱이 올라갔다. 턱은 가리키는 것인데? 종철이는 한 번 더 물어본다.

"이 근처에 연희상회라고 아세요?"

중국집 주인은 눈을 한두 번 끔벅거리더니 이번엔 고개를 뒤로 젖히며 턱을 가리킨다. 바깥쪽을 가리키는 것이다.

"위… 꼭대기."

"고맙습니다."

한국말이 서투르신가? 밖에 나오니 골목이 하나 있다. 언덕길을 올라가보니 양갈래 길이 나온다. 종철이는 갈등하다가 한 번 더 내려올 생각으로 직진하여 오르막길을 오르는데, 우측으로 커브길이다. 조금 올라가니 점방이 하나 나온다. 사과 박스 등이 몇 개 있고 아이들이 장난감을 고르며 놀고 있다. 젊은 처자기 분홍빛 간편복에 배가 불러 서 있다. 간판이랄 것도 없이 페인트 글씨로 작게 '연희상점'이라고 써있다. 종철이는 마지막 번호를 맞힌 송해의 주택복권 방송처럼 기뻐하며 병삼이 형이 떠올랐다. 병삼이 형과 임신한 저 여자가 부부로 함께 서있는 모습을. 어울리나? 두 사람 다 기품 있는 얼굴 모습이 잘 어울리는 한 쌍으로 반짝반짝 빛나 보인다. 이럴 때는 남진의 〈울려고 내가 왔나〉 노래가 떠오른다.

상상해본다. 유달산 달동네에 남의 여인이 되어 아이를 둘러업고 있는 영화. 사랑했던 여인을 물어물어 찾아왔건만 반겨줄 그 사람은 마음이 변해서 남의 사람이 되었다는 노래와 영화 속 비극이 되어버린 노래. 하지만 오늘 종철이가 찾아와 바라보는 저 여인은 병삼이 형의 아이를 가지고 있는 게 아니겠는가? 종철이는 산까치에게 접근하듯 조심스레 발을 옮긴다. 한걸음한걸음 점방 앞에 다다르는데, 여인은 밝은 미소를 띠며 종철이에게 묻는다.

"뭘 드릴까요?"

참 선하고 예쁜 얼굴이다. 종철이는 여인의 미소에 맘이 설렌다. 종철이는 더듬듯 동문서답을 한다.

"혹시 병삼이 형 아세요?"

여인은 감전된 듯 잠시 멈칫한다.

"병삼 씨요?"

눈물이 주르르 흘러 금세 양볼을 타고 내린다. 여인은 두 손으로 얼굴을 가리며 흐느낀다. 종철이는 여기까지 찾아온 목적도 잊은 채 여인을 울렸다는 미안함과 주위 사람들이 보고 있지 않나 하는 쑥스러움에 여인을 감싸줘야 하나? 함부로 손을 댈 수도 없고 어쩔 줄을 몰라하며 안타까이 엉거주춤 서 있다.

"울지 마세요."

이 말밖에 하지 못하는 종철이다. 무대 위에서는 물 만난 고기가 되어 종횡무진 누비며 자신을 뽐내던 종철이지만 이쁜 여자 앞에서는 물건을 훔치려는 초짜 도둑처럼 맘을 들키지 않으려고 두근두근 속만 태운다. 지선 씨가 울고 있는 모습을 보니 종철이 눈에도 눈물이 고인다. 손등으로 눈물을 닦은 임지선 씨는 정신을 차리고 입을 연다.

"우리 병삼 씨 아세요?"

"네, 수원의 육송가든이라는 갈비집에서 웨이터로 일하고 있어요."

지선 씨는 또 한 번 둑이 넘쳐 2차 홍수가 눈 아래를 타고 흘러내린다.

"고생이 많으시겠네요."

"아니에요. 잘 지내고 있어요."

"이리 좀 앉으세요."

지선 씨는 종철이를 가게 안 의자로 안내한다. 종철이는 몰래 지선 씨를 만나서 병삼이 형 소식을 알려주러 왔는데, 지선 씨가 당당히 배부른 모습으로 집에 있는 것이 의아하면서도 부모님한테 둘 사이를 허락받은 것으로 보여 안심이 된다. 지선 씨는 집 안으로 들어가더니 어머니를 모시고 나온다. 보통 체격에 자상한 얼굴의 어머니는 종철이를 보자 사위를 만난 것처럼 기뻐하신다.

"총각이 우리 지선이 신랑 될 사람하고 함께 일하고 있어요?"

"네, 수원에 있는 육송가든이라는 곳에서 함께 일하고 있어요. 저하고 친하게 지내는데 병삼이 형이 그곳까지 오게 된 이야기를 들었어요. 두 분 관계가 잘못된 거로 알고 있지만, 한번 만나게 해드려야겠다고 생각해서 시간이 나서 찾아와봤어요."

어머니는 옅은 보랏빛 원피스를 입고 앞치마를 두르고 집안일을 보고 있던 모양이다.

"아이고 세상에나, 이렇게 고마울 데가. 네에, 그랬군요. 이렇게 좋은 사람하고 함께 일하고 있으니 마음이 편안해지네요. 잠깐! 내 정신 좀 봐. 점심은 드셨어요? 밥 좀 차려드릴게요."

"아뇨, 방금 요 아래 중국집에서 점심 먹었어요."

"연희반점요? 단골인데…. 저희도 방금 밥 먹고 치우고 있던 중이에요. 사과 좀 깎아야겠네."

어머니는 일어나서 안으로 들어가신다. 지선 씨는 종철을 바라보며 말한다.

"고맙습니다. 이렇게 찾아와주셔서 정말 은인이십니다."

"아유, 별말씀을요. 병삼이 형이 저한테 잘해주세요. 노래도 알려주고 악보도 알려주고 사람이 귀로 듣는 노랫소리는 70%이고 악보를 봐야 100% 알 수 있다고 배웠어요."

"네, 그곳에서도 음악을 좋아하는 사람 만나서 음악 이야기도 하면서 잘 지내시는군요."

지선 씨는 세 번째 눈물을 쏟아낸다.

"그래도 두려움에 도망치듯 떠나서 낯선 곳에서 지내니 얼마나 힘드셨겠어요. 저는 편안히 잠자고 밥 먹고. 흑흑."

병삼 씨 생각하면 혼자만 편하게 잘 수 없고 제때 밥도 먹을 수 없지만, 배 속의 아이를 생각하면 몸 생각 안 할 수 없는 여인의 숙명이다. 사랑은 왜 평탄하고 달콤하지 못할까? 종철이는 생각해본다.

"병삼이 형한테 듣기로는 집에서 반대해서 임지선 씨가 굉장히 곤란한 상황이었을 거라고 하던데요."

"네, 그때 아버지는 제가 사기꾼이나 제비족한테 속고 있다고 생각하시고 근무하는 직장의 정보과 직원한테 부탁해서 잡아들여 조사하려 했어요. 제가 그걸 알고 친구를 시켜서 몸도 약한 병삼 씨를 피신시켰죠. 그 후 엄마에게 병삼 씨와 제 관계를 말씀드리고 엄마는 아빠를 설득했는데, 결정적인 건 병삼 씨 친구가 병삼 씨 부모님 사시는 강원도 원주에 전화를 했어요. 병삼 씨 아버지는 예비군 동대장을 하셨는데, 예비군 훈련 중 총기사고로 예편하시고 제약회사 경비반장으로 입사하셨대요. 병삼 씨 아버지 신원조회 해보니 가족관계 나오고, 예비군 동대장 하신 것도 사실확인이 되니 저희 아버지도 결혼을 허락하셨어요. 병삼 씨 집에는 두 달 전까지 학교 잘 다니고 있다고 병삼 씨한테 전화왔었대요."

종철이는 이제야 모든 정황을 다 알게 되었다. 병삼이 형이 혼자만 간직한 고통을 종철이와 술을 마시며 털어놓았다. 삶의 희망을 잃어버린 듯한 모습으로 원주 집에 전화도 도청되었을 것이고 추석 때도 정보부 사람들이 지킬 것이라고 얘기했다. 로미오와 줄리엣처럼 사실을 왜곡하면 불행한 사고로 이어질 수도 있다는데, 이 좋은 소식을 빨리 알려야겠다는 생각이 든다. 병삼이 형이 죽고 싶다는 말도 했는데 혹시나 엉뚱한 생각이나 하지 않을까 조바심이 더럭 나는 종철이다.

"종철 씨, 수원 가게는 언제까지 쉬어요?"

"내일까지 쉽니다."

"제가 엄마하고 내일모레 가게로 갈게요. 병삼 씨 일하는 모습 한번 보고 싶어요. 그리고 앞으로는 갈비집에서 일하게 되지는 않겠죠? 몇 개월 있었던 곳이지만, 먼 훗날 추억이 될 거예요. 그리고 엄마가 갈비를 좋아하세요. 특히 왕이 드셨다는 수원왕갈비. 호호호."
 지선 씨는 갈비 얘기에 처음으로 웃음을 보인다. 어머니는 빈대떡과 사과, 배를 예쁘게 깎아서 개다리소반에 가져오신다. 수정과는 크리스털 그릇에 따로 내 오신다. 집안을 살펴보니 마당이 있고 마루도 있고 방도 서너 개 보인다. 종철이는 생각한다. 추석 명절에 군산에서 엄마가 해주시던 수정과는 처음 먹어보는 특별한 맛이었다. 추석 전에 사서 감춰둔 곶감은 나뭇가지에 열 개씩 꿰어 있었다. 한 개 먹으면 표 안 나서 엄마가 모르겠지 하며 빼먹다 보면 들킬 수 있겠다는 생각도 들었다. 그러나 먹고 싶은 마음에 짓눌려서 나중엔 포기상태가 되어 네 개, 다섯 개를 빼먹게 되지만 그것 때문에 엄마한테 혼난 적은 없다.
 지선 씨 어머니는 어서 먹으라고 채근하신다. 종철이는 수정과를 먼저 먹으면 다른 음식은 맛이 없기 때문에 부추전부터 집어서 간장양념에 찍어 먹는다. 어릴 적 먹던 맛이다. 군산 집에서도 명절 때면 부쳐서 먹었지만, 친척 집에 가면 부추전을 부쳐서 마름모로 썰어서 담아놓은 것이 특색 있었다. 한 젓가락 집어서 입에 넣으면 쫀득한 느낌이 혀에 착 붙는다. 간장에는 참기름, 깨, 고춧가루, 대파, 양파, 홍고추를 썰어 넣어서 시각적으로도 맛을 느낄 수 있다. 한 번에 두세 개씩 젓가락으로 집어서 먹어야 30%는 상승된 맛을 느낄 수 있는데, 지금은 점잔을 떨어야 하니 먹는 게 감질나고 입을 오므리고 얌전히 먹어야 하는 고통도 있다.
 종철이는 어려서부터 와그작와그작 먹던 습관이 있다. 먹는 것은 부족하고 식구는 많고 한 개라도 더 먹으려면 초스피드로 달려야 한다. 세 살 때 셋방 살던 작은 방안에서 다섯 식구가 컴컴한 방의 작은 상에 모여앉아 밥 먹을 때 종철이는 밥이 부족해 사기 밥그릇에 붙은 밥풀 한 개까지 힘들게 떼어서 먹었던 기억이 있다. 그것을 보는 부모의 심정은 어땠을까? 그때가 그림처럼 스쳐간다.
 사과도 8등분으로 잘라진 거 포크로 찍어서 먹으면 맛이 덜하다. 진정한 사과의 맛을 느끼려면 씻지 않고 손으로 닦아서 바지에 쓱쓱 문지르면 사과껍질에 반짝반짝 윤이 난다. 한입 딱 깨물면 사과물이 쭉 나오며 턱을 타고 흘러내려 발밑에 떨어진다. 그리고 기계 돌아가듯 풀 가동으로 먹다 보면 검붉은 옥도정기 색의 씨가 보인다. 사과 하나 먹고 나면 배가 조금 일어나는 걸 느낄 수 있다.

오랜만에 먹어보는 수정과 맛도 군산에서 엄마가 끓여줬던 수정과 맛하고 똑같다. 엄마는 하루에도 수많은 일을 하신다. 아침 일찍 일어나시는데, 한 번도 엄마가 일어나시는 모습을 본 적은 없다.

"종철아, 일어나라. 밥 먹고 학교 가야지."

문을 활짝 열고 지르는 엄마의 고함에 "조금만, 조금만" 하고 있고, 엄마가 방에 들어오셔서 이불을 확 들추면 어떨 땐 깜짝 놀라서 벌떡 앉게 된다. 아침 시간에는 신체 일부분이 반응되어 있는 걸 들키지 않으려 몸이 자동 반사되어 일어난 것이다.

엄마는 뜨거운 물 데워서 바가지로 세숫대야에 배분해주고, 반찬을 준비해서 차려 먹인다. 집을 다 치운 다음에는 점심밥을 챙겨서 시장으로 장사 나가신다. 어두워지면 리어카에 짐을 다 싣고 집에 오셔서 가족들 저녁밥 해주시고 빨래하고 설거지하고 이부자리를 편다. 종철이가 눈으로 본 것만 그렇다. 엄마는 수정과에 계피를 넣고 끓이셨다. 흑설탕과 생강을 넣고 곶감을 통째로 넣어서 주시는데, 곶감이 불어서 말랑말랑하다.

임지선 씨는 의자에 앉아서 묻는다.

"내일모레 어떻게 가면 될까요? 알려주세요."

"전철 타시면 서울역에서 수원역까지 1시간 정도 걸립니다. 3시쯤 수원으로 오세요. 제가 마중 나가겠습니다."

어머니는 미안한 표정을 짓는다.

"아유, 그러셔도 돼요? 바쁘실 텐데요. 저희 때문에 피해를 드리는 건 아닌지요."

"아니에요. 그땐 쉬는 시간이니까 괜찮아요."

"아유, 고맙습니다. 이 은혜를 어떻게 갚죠?"

지선 씨 집은 상점을 해서 사람들이 물건을 사러 자주 오기 때문에 오래 앉아 있으면 안 되겠다고 판단한 종철이는 일어선다.

"오늘 만나 봬서 너무 기쁩니다. 음식도 잘 먹었고요. 그럼 낼모레 뵙겠습니다."

"네, 찾아가기도 쉽겠어요. 전철 한 번 타고 종점에서 내리면 되네요."

종철이가 연희상회 언덕길을 내려오는데 지선 씨랑 어머니는 종철이와 헤어지는 것이 아쉬워서 안타깝게 바라보며 손을 흔든다. 종철이도 잠깐이지만 가정의 포근한 정을 느낀 행복한 시간이었다. 시골집처럼 정겹고 격식을 갖출 줄 아는 지적인 사람들, 안마당에 돗자리 깔고 앉아서 음식 해놓고 오래 담소 나누다가 피곤하면 돗자리에 드러누워 뻥 뚫린 하늘을 공짜로 관람할 수 있는 집도 좋았다. 아버지는 근무하러 가셔서 뵙진 못했지만, 집안이 잘 정돈되어 있고 가족들 표정으로 봐서는 아버지도 좋은 분이라고 느껴진다. 대원각으로 시작된 하루가 하늘에 뜬 흰 구름, 파란 구름처럼 환상적이었다.

추석 명절 3일 중 마지막 날이 밝았다. 오늘은 가슴이 설렌다. 아니 전날 밤부터 설레는 감정을 넘어 떨렸다. 낮 12시에 광화문 교보문고 입구에서 고윤선 누나를 만나기로 했는데, 긴장되어 아침도 제대로 못 먹었다. 부모님 사는 집이 수유리라는 고윤선 누나는 교보문고가 생겨난 1980년도부터 대원각에서 근무하던 때라 그쪽에서 내려오질 않았다고 한다. 쉬는 날은 집 근처 성당에서 봉사하고 성경공부 하는데, 까딱하면 수녀가 될 뻔한 고비도 있었다고 한다.

수유리에서 버스 타고 세종문화회관 앞에서 내려 광화문사거리 지하도에 있다고는 알려줬지만, 종철이는 첫사랑 명숙이와 우체국에서 만나기로 하고 만나지 못한 기억이 떠오르며 혹시 안 나오는 건 아닌지 못 찾아오는 건 아닐지 불안하기 짝이 없다. 시간은 더디 흘러서 11시. 종철이는 새로 산 바지를 다려서 입고 구두도 집에 있는 구둣솔로 반짝반짝하게 닦았다. 남방은 수원 팔달문에 있는 비바양복점에서 흰색 실크 옷감으로 맞춰 입었다. 머리를 빗어 하이칼라로 넘기고 얼굴에 스킨과 로션을 바르고 집을 나서니 신사가 된 자신이 멋지게 느껴진다. 한발한발 내딛는 깨끗한 구두가 땅을 밟고 밀치며 앞으로 나아간다. 지저분한 운동화 신고 막 걸어갈 때와 다르게 무슨 일로 무엇을 신고 가는가에 따라 기분과 자세가 달라진다는 걸 알 수 있다.

멋이란 남에게 보여지지만, 첫째는 내 몸과 마음을 치장해주는 일이니 나를 위해 보상하는 일 같다. 벚나무에는 진딧물, 곤충, 벌레들이 내내 달려들어 상처를 내고 괴롭힌다. 1년에 한번 봄이 되면 벚꽃으로 치장한다. 자신을 위한 시간으로 위로와 찬사의 축제가 주렁주렁 매달린다. 종철이도 지금 좋은 기분이 봄날 벚꽃처럼, 마음은 눈꽃처럼 분분히 흩날린다.

버스를 잘못 타서 서대문에서 내려 사직공원을 거쳐 내수동 골목길을 내려온다. 목욕탕을 지나 세탁소 코너를 돌아서 세종문화회관 분수대를 지난다. 계단을 올라가 아래를 내려다보면 수많은 버스들이 가고 서기를 반복한다. 장미가든 갈 때 성수대교 가는 버스도 이곳에서 탔다.

종철이는 고윤선 씨처럼 멋진 여성이 자신과 만난다는 게 믿기지가 않는다. 자신은 별 볼일 없는 하찮은 존재인데, 자신한테는 과분한 고윤선 씨를 만나서 함께한다는 게 부담도 된다. 고윤선 씨는 왜 나 같은 사람을 만나줄까? 궁금하기도 하다. 약속 시간은 아직 20분 남았지만, 꼭 버스에서 내릴 것만 같아서 정차하는 버스마다 쳐다본다. 버스가 내리는 지점도 한 군데 정해져 있지 않고 50여 미터 긴 거리를 버스들은 두서없이 마구 가고 서기를 반복한다. 초등학생들이 종철이한테 다가온다.

"아저씨 지금 몇 시예요?"

종철이는 새로 산 손목시계를 들여다본다.

"11시 50분."

종철이는 갑자기 마음이 불안하고 다급해진다. 윤선 씨가 어느새 도착해서 교보문고 앞에 가서 기다리다가 그냥 가는 건 아닌지 서둘러서 교보문고로 간다. 발을 내딛는 구둣발이 멋있다. 대리석 바닥에 부딪치는 구두 소리가 경쾌하다. 전엔 거대한 도심 속 자신만이 주워온 자식처럼 기를 못 펴고 걸으며 이곳저곳 밥 얻어 먹으러 다니는 각설이 같았는데, 이젠 당당히 이 도심의 주체가 되어 멋진 남녀 한 쌍으로 걷게 될 것을 생각하니 더욱 가슴이 설렌다.

종철이 인도를 걷고 있는데, 왼쪽에 택시 한 대가 지나쳐 앞에 서고 뒷문이 열린다. 미디스커트를 입은 긴 다리 하나가 쑤욱 밖으로 내민다. 날씬한 종아리에 까만 스타킹이 맵시 있다. 종철이는 속으로 '저런 여자를 애인으로 둔 남자는 얼마나 행복할까?' 생각한다. 베이지색 짧은 바바리코트에 고급스런 검붉은빛 도는 스카프를 하고 긴 머리를 찰랑이며 택시문을 닫고 고개를 돌리는데, 고윤선 씨와 눈이 쨍 마주쳤다.

종철이는 놀라서 아무 말도 못하고 서 있다.

"어머! 종철 씨!"

종철이는 하마터면 잠시 도망칠뻔한 자신의 마음을 발견한다. 윤선 씨가 다가와 종철이의 팔을 잡는다.

"안녕하세요. 윤선 누나."

윤선 씨는 육송가든을 벗어나서 아무도 아는 사람이 없는 곳이라는 해방감에서일까? 아니면 종철이를 만나면 팔짱을 껴야지 작정한 것일까? 종철이는 반갑고 좋으면서도 가슴이 콩닥거린다.

"택시 타고 오시는 거예요?"

"네, 버스 타는 데까지 나왔는데 백을 열어보니 토큰 지갑을 안 갖고 나온 거예요. 그래서 다시 집에 들어가면 나오는 데 시간이 늦을 거 같아서 택시를 잡아탔어요. 택시는 잘 안 타는데 혼자 타보긴 오늘 첨인 거 같아요. 호호."

"아유, 버스 타고 오셔도 되는데."

"그러나가 종철 씨 화나서 가버리면 어떡해요?"

"저는 3시간도 기다릴 수 있어요. 윤선 누나만 올 수 있다면 즐겁게 기다릴 수 있어요."

"기다리게 하면 안 되지요. 종철 씨 너무 가엾어요."

고윤선 씨는 종철이의 팔짱을 자연스레 끼고서 기대듯 걷고 있는데, 윤선 씨의 체온을 느낀 종철이는 살면서 지금이 가장 행복한 때라고 생각한다. 종철이는 멋진 윤선 씨와 걷고 있는 자신이 가장 멋진 커플이라는 생각에 자신감이 생겨난다. 광화문 지하도 계단을 나란히 걸어간다. 가파른 계단이라 종철이는 윤선 씨가 넘어지기라도 할 것 같아 팔짱을 빼고 양팔을 안 듯이 붙잡고 조심스럽게 한발한발 내려간다. 부축하고 계단을 내려가는 종철이는 윤선 씨를 보호하려는 마음에서 사랑을 느끼며 행복감이 솟아나고 있다. 육송가든에서 볼 때는 성숙한 모습이었는데, 오늘은 완전히 이미지가 바뀌어서 자유롭고 발랄한 아가씨 모습이다. 교보문고에 들어서니 연휴 때라 평일보다는 사람이 조금 더 많다. 종철이는 자주 오던 곳이라 제 집처럼 여유 있게 윤선 씨를 안내하며 구경 다닌다.

"누나 오늘 못 알아볼 뻔했어요. 가게에서 볼 때하고 완전히 달라요. 너무 젊고 발랄하고 딴사람 같아요."

"네, 그전에 대학생 때 입던 옷이에요. 그때는 사람들이 조숙하다고 했는데, 그동안 안 입었어요. 종철 씨 만나고 이제는 밝고 멋진 옷 입을 자신이 생겼어요."

종철이는 무슨 말인지 자세히는 알 수 없지만, 우울하고 원망하던 마음에서 벗어나 다시 자신 있게 살 수 있겠다는 윤선 씨를 응원하고 싶은 마음이 생겨난다. 이곳에 오면 수많은 책을 구경하는 재미가 좋다. 종철이는 여자가 생기면 일본 소설《대성》을 읽게 해주고 싶었다. 여자가 어려운 환경 속에서 지혜롭게 헤쳐나가며 목표를 가지고 열심히 살아가면서 꿈을 이루어가는 것을 알려주고 싶고, 그런 여자와 결혼하고 싶었다. 종철이는 베스트셀러관에 전시된 책 중에서 고려대 신경외과 과장 이시형 박사가 저술해서 베스트셀러 6위에 오른《자신 있게 사는 여성》을 샀다. 종철이는 신문에 연재되던《배짱으로 삽시다》를 통해 이시형 박사의 글을 읽으며 사고의 전환을 가져오는 획기적인 내용에 푹 빠져 읽었다.

종철이 자신도 어린 나이에 예기치 않게 사회에 뛰쳐나와 현장에서 부딪치다 보니 감당하기 힘든 때가 많았다. 가슴이 떨려서 말 한마디 던지기가 힘들었던 순간에는 내면에 있는 두 개의 자신과 싸워야 했다. 강해져야 한다. 이렇게 할 말도 못하고 살다가는 힘든 세상을 어떻게 헤쳐나갈 것인가? 그렇게 혼자 고민하고 방법을 몰라 힘들어할 때 만나게 된 것이 이시형 박사의《배짱으로 삽시다》였다. 처세와 살아가는 방법에 대해 전무였던 종철이는 책을 통해 삶의 방향과 방법을 배우게 되었다.《배짱으로 삽시다》가 남자의 책이라면《자신 있게 사는 여성》은 여성을 위한 지침서인 것 같다.

책 소개 내용 중 "불만이나 후회보다 자기주장을 분명히 하는 여자여야 한다", "남이 나를 어떻게 보는지도 겸허한 자세로 듣고 배우고 정보를 교환하며 기회를 넓혀가야 한다", "쉽게 삽시다", "꽃의 아름다움보다는 향기라는 프로의 시대가 오고 있다" 등 내면을 갖추고 적극적으로 밖으로 표현하는 여성시대를 제시하고 있다. 종철이는《자신 있게 사는 여성》책을 잘 포장해서 윤선 씨에게 선물한다.

"어머 종철 씨, 이 책 저한테 주는 거예요?"

"네, 윤선 누나. 재밌게 읽으세요."

"아유, 고마워요. 책 제목처럼 자신 있고 당당하게 살아갈게요. 종철 씨가 옆에 있어서 힘이 나요."

"제가 도움이 되나요? 능력이 없어서요. 배짱도 없고 지식도 부족한데…."

"종철 씨가 옆에 있다는 것만으로도 기분 좋고 든든해요."

종철이는 윤선 누나가 말하는 뜻을 알 수 없지만 든든하단 말에 윤선 누나에게 든든한 사람이 되어야겠다고 다짐해본다. 종철이와 고윤선은 종로 거리를 걷는다. 길가는 사람들은 명절 때라서 그런지 더욱 잘 차려입었고 간간이 한복 입은 사람들도 눈에 띈다. 종로 YMCA를 지나서 둘은 나란히 걷는다. 앞에서 지나가는 사람들은 둘을 쳐다보며 지나쳐 간다. 종철이와 윤선 누나는 나이 차이는 있지만 잘 어울리는 남녀다. 고윤선이 묻는다.

"오늘 스케줄 어떻게 돼요? 호호호."

종철이는 갑작스런 질문에 당황한 듯 말을 더듬는다.

"아, 예예. 인사동에서 밥 먹고 구경하고."

"종철 씨가 가자고 하는 데 다 따라갈 테니 안내만 잘하세요. 호호."

종철이는 사실 윤선 씨 앞에 서면 기가 죽는다. 멋진 모습 하며 명문대 출신인 데다 멋쟁이 여성이니 좋아하기는 하면서도 쫄리고 도망갈 것 같은 두려움에 조심스럽다. 고윤선 씨는 이런 종철이의 내성적인 성격을 파악한 터라 조금은 적극적으로 리드하려고 한다. 종철이한테 내맡겨졌다가는 말도 제대로 못 하고 우물쭈물하다가 어느 여우가 채갈 것 같은데, 고윤선은 이런 종철이가 너무 사랑스럽고 귀여울 뿐이다. 그렇다고 너무 오버하면 여자가 조신하지 못하다고 종철이가 이상하게 볼까 봐 오히려 조심스럽게 대하는 것이다.

고윤선은 종철이의 팔을 꼭 잡으며 묻는다.
"인사동에는 와봤어요?"
"아니요. 텔레비전에서 봤어요."
"저는 몇 번 와봤어요. 학생 때 거리공연도 한 적 있어요. 분장하고 돌아다니면 사람들이 사진 찍자고 길을 막곤 했어요. 오후에 행사 끝나면 밥도 먹고 차도 마시고 했어요. 2차는 신촌으로 넘어가서 음악 듣고요."
"춤도 추셨어요?"
"호호호, 디스코도 추었죠."
"블루스도 추셨어요?"
"춰봤죠."
"남자하고요?"
"네."
고윤선은 종철이가 어떻게 나오나 보려고 대화를 이어가고 있다. 종철이는 말이 없다.
"화나셨어요?"
"아니요."
"남자하곤 블루스 안 췄어요. 안심하세요."
고윤선은 고개를 돌려 종철이를 바라보며 미소 짓는다. 종철이는 고윤선 씨가 남자들과 어울리는 것에는 질투가 나지만 그럴 수 있고, 윤선 씨를 믿는 마음에 기분을 바꾸어 수많은 남자 중에 자신이 지금 윤선 씨와 함께 할 수 있다는 것에 자부심을 갖는다.

"저는 윤선 누나가 남자들하고 어울리는 거 안 좋게 생각 안 해요."
"막 다녀도 괜찮아요? 저를 좋아하지 않는다는 뜻이네요?"
종철이는 겁이 더럭 난다. 갑자기 추궁하는 듯한 윤선 누나의 질문에 대답 잘해야겠구나 생각한다.
"아니요. 좋아하지만 누나가 하는 일에는 이유가 있을 것이고 저는 누나를 도와주는 것만 잘하면 돼요."
"호호, 저는 남자 좋아하지 않고 따로 만나지 않아요. 종철 씨만 빼고요."
종철이는 윤선 누나가 더욱 좋아지는 걸 느낀다. 하지만 윤선 누나가 자신을 좋아한다는 것은 아직 알 수 없으니 조금 답답한 마음이다. 자신을 좋아한다면 얼마나 좋을까 생각해본다. 낙원상가가 보이고 인사동 입구에 다다랐다.
"종철 씨 칼국수 좋아해요?"
"네, 좋아해요."
"저기 바지락칼국수 집에 가서 칼국수 먹어요."
"네."
종철이와 고윤선은 칼국수 집으로 들어간다. 자리에 앉은 종철이는 윤선 누나를 바라보니 너무나 이뻐서 이렇게 이쁜 여성이 자기 앞에 앉아 있다는 것이 믿기지 않는다. 직장인 육송가든을 떠나서 이렇게 서울 인사동에서 단둘이 마주하고 있다는 걸 사람들이 알면 아마 놀랄 것이라고 생각하니 스릴감도 있고 기분이 좋아진다.
"종철 씨 맛있는 거 사드려야 하는데, 칼국수 괜찮아요? 올 때 보니 한일관 불고기집도 있었는데."
"아니에요. 칼국수도 맛있어요. 윤선 누나하고 함께 먹을 수 있어서 좋아요. 그리고 저한테 말 놓으세요."
고윤선은 손을 흔든다.
"아니에요. 종철 씨는 남자인데 어떻게 반말해요. 종철 씨가 저한테 말 놓으세요."
"아유, 누나가 말을 안 놓는데 제가 어떻게 말을 놓겠어요."

"저는 존댓말이 편해요. 그리고 종철 씨를 존중해요. 그래서 존댓말로 하는 게 더 편해요."

"그래요? 저도 누나가 어렵고 존경해요."

존경한다는 말에 고윤선은 얼굴에 미소를 띠면서 탁자 위에 있는 종철이 손을 잡는다.

"종철 씨 우리 편할 때 말 놓기로 해요. 저는 종철 씨가 하나도 어리다고 생각 안 해요. 남자답고 듬직하고 멋져요."

종철이는 용기를 내어 자신의 손을 잡고 있는 고윤선의 손 위에 손을 얹는다.

"누나는 제가 좋아요?"

"그럼요. 어제도 종철 씨 만날 생각에 잠을 못 잔 걸요. 호호."

"어디가 좋아요?"

"다 좋아요."

"왜요?"

"그냥 좋아요."

"그냥이 어딨어요? 이유를 말해줘요."

"이유 없어요. 좋아하는데 이유가 있어야 해요?"

"네."

이번엔 종철이가 윤선 씨를 놀리듯 질문을 이어가고 있다.

"좋아하는 데는 이유가 없는 거예요."

"저는 나이도 어리고 키도 작고 고등학교 1학년 중퇴이고 집안도 못살고 눈도 작고 내세울 게 하나도 없어요."

"저는 종철 씨 다 좋아요. 저는 키 큰 거보다 종철 씨가 딱 좋아요. 목소리도 좋고 순진한 모습도 좋고 수줍은 듯 살짝 웃는 얼굴 너무 좋아요."

종철이는 고윤선 씨가 좋다는 말에도 이성적으로 좋아한다는 건지 그냥 좋다는 건지 알 수가 없다. 종철이는 윤선 누나가 여자로 보이고 이성적으로 좋아하면서도 나이 차이가 있기 때문에 이성적으로 좋아한다는 것은 감히 있을 수 없는 일이라 생각된다. 혼자 윤선 누나를 생각할 때는 이성으로서 좋아하는 마음이 들고 연인으로 상상하는데, 막상 가까이에서 대하고 보니 좋아한다는 말이 목까지 올라왔다가도 입 밖에 내놓으면 윤선 누나가 황당해할 것만 같다. "동생으로 예쁘게 봐줬더니 그게 무슨 소리니?" 할 것만 같다. 종철이는 이내 그런 마음을 포기하고 담담한 마음을 갖는다.

"윤선 누나는 육송가든에 언제까지 계실 거예요?"

"종철 씨 있을 때까지요. 종철 씨는 언제까지 있을 거예요?"

"돈 모아서 분식 가게 차릴 거예요. 1~2년 지나 600만 원 모으면 내 장사 하려고요."

"그러면 종철 씨 그땐 못 보겠네요?"

"만나면 되지요."

종철이는 내심 고윤선 씨가 함께하면 안 되냐고 물어봐주길 바란다. 칼국수가 나왔다. 바지락이 노란 속살을 벌리고 날 좀 먹어달라고 유혹하는 듯하다. 녹색의 애호박, 빨간 당근이 신선하여 머릿속을 맑게 한다. 윤선 씨는 칼국수를 크게 한 젓가락 집어서 종철이 그릇에 넘긴다.

"많이 드세요. 오늘 저 데리고 다니려면 힘드실 텐데. 호호."

"누나도 많이 드세요."

종철이는 많이 먹으라며 덜어주는 윤선 누나가 더욱 이뻐 보인다. 면발을 보니 가느다랗고 일정한 굵기가 기계로 뽑은 면이다. 손으로 썬 칼국수 면은 굵고 꼬불꼬불해서 식감이 좋다. 기계면은 굵기가 가늘고 일정해서 먹기는 편하다. 간간이 노란 황태도 보인다. 조미료를 많이 쓰면 국물맛이 진하고 맛있다. 진한 맛을 내기 위해서는 한우 잡뼈를 고아 첨가하면 비용도 적게 들고 맛과 영양도 좋다. 잡뼈는 3시간 이상 핏물을 뺀 후 끓는 물에 3시간 이상 삶으면 잘 우러난다. 뼈는 한 번 쓰고 버리지 않고 다시 1~2회 우려내서 쓸 수 있다.

언젠가 칼국수집 앞에서 보았던 장만호 시인의 시가 떠오른다. 굵은 비 주룩주룩 내리던 날 방안 가득 어린 자식들 위해 끓여주시던 엄마의 칼국수, 뜨거운 양푼이 안에서 방안 가득 칼국수 면발처럼 사랑이 피어나던 칼국수는 은근히 서로의 정을 느끼게 해주는 음식이다. 종철이와 고윤선이 처음 함께하는 식사는 우연히도 수제비와 칼국수다. 후루룩후루룩~ 서로의 얼굴을 마주 보며 소리로 눈으로 사랑을 느낀다.

"칼국수는 제가 사드릴게요. 좋은 책도 사주셨는데."

종철이와 윤선이 밖에 나오니 구경꾼이 삥 둘러 서 있다. 어릴 적 군산역에서 보았던 약장수 공연은 아니지만, 대금 명인의 대금 연주다. 특색 있게 국악 음악이 아니라 가요인 〈목포의 눈물〉을 연주하고 있다. 육십 좀 되어 보이는 남자 명인은 평소 약주를 많이 하시는지 얼굴에 술살이 벌겋게 피었다. 예술과 전통을 이어간다는 일이 쉽지 않다는 것을 느낄 수 있다. 소품도, 배경도, 운치도 없이 도심 한복판에서 오직 대금 하나에서 우러나는 소리는 오랜 세월과 목포의 향수를 느끼기에 충분하다. 여기저기서 박수가 터져 나온다. 흔한 게 디스코텍이고 라디오고 TV인 팝의 시대에 우리 전통 음악은 시대의 흐름에서 살짝 밀려난 것이니 누굴 탓할 수 없다. 이렇게 대중 앞으로 찾아 나선 것도 바람직한 일이다. 대중문화는 시대의 흐름에 따라가고 시대에 맞게 생산된다.

1980년대, 세계 경제와 문화에 영향을 주는 미국과 영국의 경제안정, 그리고 MTV의 뮤직비디오 출현으로 진지하고 내면적인 음악에서 밝고 활기찬 음악으로 바뀌었다. 영화와 뮤지션의 영향도 크다. 디스코풍 영화인 〈토요일밤의 열기〉, 〈그리스〉 그리고 마이클 잭슨, 프린스, 마돈나, 두란두란, 컬처클럽 등 인기 절정의 팝가수와 수많은 팝이 쏟아져 나왔다.

인사동 놀이마당에 하얀 태권도복을 입은 시범단 10여 명이 나온다. 송판을 한 장씩 들고 나란히 무대 끝에 선다. 검은 띠를 맨 유단자들이 띠 양쪽 끝을 탁탁 잡아당기며 자세를 잡은 후 기합을 넣는다.

"으아~~~"

송판 깨는 게 목적이 아니고 소리 지르러 나온 것처럼 얼굴이 빨개지도록 두 팔을 부들부들 떨면서 기합을 내지른다. 군산역 광장에서 내지르던 차력사들의 기합 소리가 생계를 건 처절함이 있었다면, 지금 젊은 태권도 선수들의 기합 소리는 하고자 하는 열망의 소리로 들린다. 10명의 선수들이 한 사람씩 목에 목말을 태우고 섰다. 한 팀은 처음에 약속이 안 되어 있있는지 서로 태우라고 실랑이하더니 뚱뚱한 사람이 목말에 올라타자 아래에 있는 사람은 중심을 못 잡고 비틀거린다. 관장인 듯한 사람이 마이크를 잡고 점잖게 멘트를 한다.

"자! 준비되셨으면 이단 올려차기 송판 격파 시범을 보여드리겠습니다. 준비! 얍~~~~ 아얍~~"

관장의 기합 소리와 함께 한 사람씩 먼저보다 기합을 더욱 크게 지르며 튀어나간다. 왼발 무릎을 허공에 올리며 공중으로 붕 떴다가 오른발로 송판을 격파한다. 송판은 클레이 사격장의 접시처럼 산산조각 깨지며 파란 하늘을 차 오른다. 종철이의 팔을 잡고 구경하던 고윤선은 놀랐는지 어마! 소리를 내며 종철이의 팔을 두 손으로 끌어안는다. 이럴 때는 포근히 안아주어야 하는데, 종철이는 아무렇지 않은 듯 담담한 표정으로 서 있다. 고윤선의 애정 표현에 종철이도 긴장을 조금씩 풀고 자신감을 얻어 고윤선의 어깨를 감싸안는다. 그리고 한 손은 고윤선의 손을 잡는다. 이젠 누가 보더라도 다정한 연인이요, 남들이 봐도 부러울 만큼 멋진 한 쌍이다. 연인 간의 멋은 겉멋만이 아닌 서로 간의 존경과 순수함이 있어야 좋은 향기가 나고 진정한 멋을 풍긴다.

태권도 시범단도 순수함과 진실한 열정을 느낄 수 있는 시범을 보여주니 관객 역시 뜨겁게 환호를 보내주고 있다. 지갑이 열린다는 말처럼 돈이 있다면 후원하고 싶은 마음이 들 정도로 감동적인 태권도 시범을 보고 나니 종철이도 앞으로 하고 싶은 공연예술에 대해 생각하는 좋은 경험이 되었다.

태권도 시범이 끝나자 박수로 대신 구경값을 지불하고 썰물처럼 빠져서 둘은 인사동 안을 느릿느릿 걷는다. 칼박물관 지하에 들러 여러 가지 칼을 구경한다. 보검, 대검, 장검 등 큰 칼도 있고 호신용 작은 칼, 은장도도 있다. 옛날에는 부녀자가 자신을 보호할 때 최후의 수단으로 쓰기 위해 은장도를 몸에 지녔다는데 요즘은 왜 지니지 않는지 궁금하다. 막대기에 매달린 쇠줄 끝에는 무섭게 생긴 철퇴가 매달려 있다. 종철이는 윤선 누나에게 처음으로 농담을 던져본다.

추석선물 3종 세트

"이걸로 맞으면 아프겠어요?"

"호호호, 맞으면 안 돼요. 아야해요."

"하하하."

이번엔 종철이 윤선 누나의 손을 먼저 잡는다. 피하거나 뿌리치지 않는 윤선 누나가 더욱 사랑스럽게 느껴지는 종철이다. 종철과 윤선은 인사동 거리를 한가롭게 걷고 있다.

"누나, 인사동은 서울에서도 분위기가 예스러워요. 조선왕조 궁궐 옆이라서 그런가요?"

"저도 들은 얘기인데요. 조선 시대의 대표적인 유학자인 이율곡 선생의 가택이 이곳에 있었고, 1919년 3월 1일 독립운동을 이곳에서 시작했대요. 근대에는 작가들의 작품을 선보이는 화랑들, 고서점들, 필방들, 공예품들, 우리 전통차와 국악, 전통음식, 주점들이 생겨나기 시작하니 그런 예스러움을 좋아하는 사람들이 많이 찾게 됐대요. 외국 사람들도 많이 오지요."

"네, 그렇군요. 서울에도 이런 곳이 한 곳쯤은 잘 보존되면 좋겠어요."

"그래요. 앞으로는 문화관광 시대인데 경복궁, 비원, 광화문은 역사를, 인사동은 문화를, 남대문시장이나 명동은 쇼핑을, 이태원이나 홀리데이인 서울, 극장식당 같은 곳은 유흥으로 연계하면 좋겠어요."

"네, 그렇군요. 굴뚝 없는 산업이라는 말 들어본 거 같아요."

"호호, 그렇지요. 종철 씨도 갈비, 한식 명장이 되어 요리사로 유명해져 보세요. 프랑스나 이탈리아에서는 요리사 인기가 좋아요. 유명 요리사도 많고요."

"그래요? 저도 요리도 배우고 공부해서 대학에서 학생들 가르치는 사람이 되고 싶어요."

"그럼요. 종철 씨는 똑똑해서 뭐든 마음 먹은 거 다 이루실 거예요."

"제가 똑똑해요?"

"그럼요. 영화도 많이 보시고, 노래도 많이 아시고, 악극단 공연도 5천 편 이상 보셨다고요?"

"예, 헤헤~ 어릴 적 엄마 찾아 시장에 가면 군산역 광장하고 공설운동장에서 매일 공연했어요. 하루에 여러 편도 봤지요. 그러고 보니 5년만 해도 5천 편은 봤겠네요. 저희 어머니는 장사하시느라 공연하는 줄도 모르셨대요."

"어머! 그래요? 아버님은 영화광이셨고 어머니는 노래를 가수만큼 좋아하시고 잘 부르셔서 광화문에서 열린 이승만 대통령 팔순 생신기념 전국노래희망자대회에서 〈방랑시인 김삿갓〉을 불러 큰 상도 받으셨다면서요."

"네? 어떻게 다 아세요?"

"저번에 통닭집에서 얘기하셨잖아요. 저는 종철 씨에 대해선 뭐든 안 잊어버리고 다 기억하고 있어요. 전에는 집에서 쉴 때 교보문고에 가서 책 보며 살다시피 하셨다고요?"

"네, 헤헤. 만 권은 읽었던 거 같아요. 그중 만화하고 무협지도 많아요."

"노래도 수천 곡을 외우고 영화도 천 편 이상을 보시고, 그게 다 나중엔 재산이에요."

"재산요?"

"그럼요. 지적재산이죠. 나중에 문화사업하는 데 많은 도움이 되지요. 영화나 드라마, 소설, 음악, 공연 등 다양한 문화콘텐츠로 활용될 수 있어요. 대원각에 있을 때 대기업 정 회장님께서 직원들에게 매일 책 읽기 등의 노력이 하루하루 모이면 나중엔 집대성된다고 하신 말씀을 들은 적이 있어요."

"네, 저는 초등학교 때 큰형이 장래희망란에 빵공장 사장이라고 써서 저도 학교에서 장래희망 쓰라 하면 빵공장 사장이라고 썼어요. 하하."

"호호호."

"앞으로는 소설가나 영화배우라고 써야겠어요. 저는 주방장 이야기를 소설로 쓰고 싶어요. 영화에도 출연하고 싶고요."

"어머! 그래요? 좋은 생각이시네요. 저도 글 쓰는 거 좋아해서 문학소녀가 꿈이었어요. 그럼 종철 씨 소설 속에 저와의 이야기도 들어가겠네요?"

"아! 그런가요? 맞아요! 누나 이야기도 들어가겠네요. 아름다운 이야기."

"잘해야겠네요. 소설 속에 제가 들어간다니 좀 더 예쁜 이야기, 예쁜 추억 많이 만들어요."
"네, 누나 만난 건 행운이에요. 이런 얘기도 듣고 생각할 수 있어서요. 지금껏 남자들한테는 좋은 얘기를 별로 못 들었어요."
"남자들은 무슨 얘기 나눠요?"
"나누는 게 아니고 그냥 자랑 많이 해요."
"자랑요…? 요리 같은 거 자랑하나 보죠?"
"식당일 하며 일어난 일들요."
"그게 자랑이에요? 아! 요리비법 얘기요? 빨리 얘기해줘요."
윤선은 한 손은 종철의 팔짱을 끼고 한 손은 옆구리를 간지럽힌다.
"아~ 하하하."
종철은 어쩔 수 없이 자백할 수밖에 없다.
"그전에 육부실 형들이 일하는 집마다 여자 잡…는 얘기했어요."
"잡아요? 호랑이 떡장사 얘기요?"
"아유~"
종철이는 말을 못 하고 끙끙 앓는다. 이런 종철이가 귀여워 죽겠다는 듯 고윤선은 시치미를 뚝 떼고 모르는 척 추궁한다.
"빨리 말해줘요."
고윤선은 어린아이가 조르는 것처럼 빨리 재미난 얘기 들려달라는 기세다.
"그… 형들이 따…는 얘기 많이 해요."
"따? 따는? 그게 뭐예요? 저는 첨 듣는 얘기만 하세요."
종철이는 갑자기 겁이 살짝 난다. 고상한 윤선 씨에게 얘기가 잘못 들어가고 있다고 느낀 것이다. 오늘 즐겁게 잘 보내고 있었는데 이야기가 엉뚱한 곳으로 흘러서 진땀을 흘리고 있다. 여기서 잘못 얘기했다가 화내고 돌아선다면 큰일이다. 고윤선은 부드럽게 묻는다.
"육부실 형들은 여자를 많이 좋아하나 보죠?"
"네."

"종철 씨도 좋아했던 여자 있었죠? 남자가 여자 좋아하는 거 당연한 거죠."
"전에 강서구에서 일할 때 폭포가든이라고 있었어요…."
"거기서 좋아하는 여자 있었어요? 얼마나 사귀었어요?"
"사귄 게 아니고 좋아한 적 있어요."
"어떻게요?"
고윤선은 답답하다는 듯 여태까지와는 다르게 질문이 빨라진다.
"거기 들어간 지 며칠 안 됐을 때 일 끝나고 이불 가지러 3층에 올라갔는데, 저보다 두 살 어린 아가씨가 혼자 장롱에 몸을 기대고 서 있었어요. 저를 보곤 '힘드시죠?' 하고 물어봤는데, 그 말이 마음에 와 닿았어요."
"종철 씨는 그래서 뭐라 했어요?"
"'네' 하고 대답했죠."
"그러고요?"
"그 말만 했어요."
"호호호. 아유, 종철 씨답네요. 그 후론 대화 안 해봤어요?"
"예, 거기 육부실 형한테 그 아가씨 얘기했어요. 좋아한다고."
"어떻게 생겼어요?"
"키 좀 크고 날씬하고 얼굴은 착하면서 영리하게 생겼어요."
"아, 종철 씨가 어떤 스타일 여자 좋아하는지 알았어요. 육부실 형은 뭐라고 카운슬링 해줬어요?"
"일 끝나고 그 아가씨 방에 가서 문 팍 열고 '야! 한 번 줘!' 하고 문 닫고 다음 날 가서 또 하고. 세 번만 하면 준대요."
"호호호. 그래서 그렇게 해봤어요?"
"아뇨, 거기 고만두고 큰형한테 연애편지 써달라고 했어요. 그래서 폭포가든에 두 번 부쳤는데, 답장 안 왔어요."
"그게 다예요?"
"네."
"아이고 종철 씨, 여자 안 사귀어본 거 다 알아요."

"어떻게요?"

"얼굴 보면 다 알 수 있어요. 호호."

"어느새 걷다 보니 남대문까지 왔어요. 누나도 걷는 거 좋아해요?"

"그렇게 좋아하진 않는데, 이렇게 걷는 건 좋은데요? 재미있어요. 얘기도 하고 구경도 하고 정말 처음 느껴보는 좋은 기분이에요."

"저는 서울 와서 늘 혼자 걸었어요. 여기 남대문은 일자리를 찾기 위해 왔었고, 짜장면집에서 골목골목 배달 다녔던 길이에요."

"고생하셨네요. 사람 사는 게 다 다른 거 같아요. 누구는 치열하게 살아가고, 누구는 마지못해 무의미하게 살고, 종철 씨는 고생도 많이 했지만 경험도 많이 하셨어요. 젊어 고생은 사서도 한다고 하잖아요."

"누나도 열심히 사셨잖아요."

"아니에요. 대학은 부모님 덕에 그냥 다녔고, 그다음은 현실도피가 되어 시간 가는 대로 그냥 산 거 같아요. 종철 씨는 어린 나이에도 사회 나와서 열심히 사셨어요. 종철 씨를 만나고 나서 배운 점 많아요. 저는 스무 살 때 대학 입학해서 아무것도 모르고 학교 가고 친구들하고 어울리고 집에 가서 편안히 밥 먹고 쉬고 용돈 받아 쓰고 그리고 내 맘에 안 든다고 집 나와서 살고. 제 일을 제가 부딪쳐서 해결 못 하고 도망간 거 같아요."

"이제부터 공부하시면서 즐겁게 생활하시면 되지요. 제가 옆에서 도울게요."

"정말요?"

"네, 누나는 멋진 사람이에요."

"종철 씨같이 훌륭한 사람이 칭찬해주니까 너무 좋아요. 이젠 자신 있게 살 수 있겠어요. 고마워요, 종철 씨."

"고맙긴요. 제가 고마워요."

3년 만에 와보는 남대문 지하상가는 그대로다. 수많은 작은 상점들이 다양한 물건을 판매하고 돈을 벌어 먹고산다. 아침에 눈 뜨면 나와서 밤 되면 집에 가고, 종일 햇볕 한 번 보지 못하고 근무한다. 누구도 자기 혼자 잘 먹고 잘살기 위해 일하는 사람은 없다. 가족을 위해 열심히 살아가는 사람들은 바로 우리 이웃이다. 종철이는 시장에 오면 정감이 가고 마음이 편안해진다. 그도 그럴 것이 두 살 때부터 시장에서 장사하는 엄마를 따라와서 살다시피 했으니 말이다.

엄마는 새벽 일찍 시장에서 장사하기 위해 준비하고 나가다 보면 잠든 종철이를 놔두고 가게 된다. 준비해놓고 잠시 후에 데리러 와야지 하다 보면 시간이 늦을 때도 있고, 그럴 때면 종철인 배가 고파서 울 때가 많았다고 한다. 하루는 낮에 햇볕이 내려쬐는 마당에 데리고 나왔는데 종철이가 아기 '나무늘보'처럼 비실비실해서 엄마는 종철이를 안고 울었다고 한다. 종철이는 엄마 정을 못 받아서 그런지 윤선 누나 같은 연상녀에게 더욱 끌린다. 내성적인 성격도 한몫하는데, 연상녀는 편하게 리드해주고 무슨 말을 해도 내치지 않고 받아줄 거 같다는 안도감이다.

남대문시장은 수없이 많은 사업체가 있고 수많은 무대가 있다. 모두가 주연이고 연출가다. 상인도 여러 유형이 있다. 먹이를 찾아 어슬렁거리는 하이에나형도 있고, 은둔하고 고객을 기다리다가 한 방에 제압하는 표범형, 마구 떠들고 손뼉을 치는 원숭이형, 우아하게 고객을 녹여주는 공작새형, 고객의 마음을 애교로 녹이는 푸들형도 있다.

종철과 윤선은 신세계백화점을 끼고 명동으로 건너간다. 명동길은 아무 대사 없이 걷는 것만으로도 영화가 된다. 쭉 뻗은 각선미 사이를 걷는 것 같은 명동길은 걸어가는 뒷모습만 보아도 그림이 되는 데이트의 완성 코스 같다.

명동 입구 우체국을 지나 중화민국대사관 앞을 거쳐 다시 우측으로 꺾어지니 코스모스백화점과 코리아극장이 나온다. 언젠가 혼자 와서 영화 〈사운드 오브 뮤직〉을 보았는데, 그땐 이렇게 예쁜 여자와 함께 걷게 될 줄은 몰랐다. 물론 명동의 밤거리 불빛을 따라 걷다가 우연히 들렀던 꽃다방에서 흘러나온 팝송 〈comeback〉을 들을 때도 혼자였다. 명동에 오면 1970년대 영화로 만들어진 〈비내리는 명동거리〉가 있고, 백영호 작사·작곡의 배호 노래 〈비 내리는 명동〉이 있다. 배호가 지병으로 아파서 병실에 누워 있다가 녹음했다는 배호 노래 중 5대 수작으로 꼽히는 이 노래에는 "뜨거운 두 뺨을 흠뻑 적시고"라는 가사가 이채롭다. 이 노래가 나온 지 10년이 지난 지금은 수많은 명동거리의 연인들이 헤어지고 만나기를 반복한다.

지금도 연인 간의 헤어짐에 뜨거운 눈물로 밤을 지새울 남녀가 있을까? 명동의 메카 세시봉이나 OBs캐빈 등 클럽이나 음악다방에서도 부킹과 헌팅이 매일 밤 일어나고 있다. 주방장도 일자리가 천지에 널려 있어 한 집에서 두 달 일하면 "야! 너 오래 버틴다"고 할 정도로 이직이 비일비재했다. 1980년대로 넘어오면서 남녀가 만나기 쉬워진 세태에는 뜨겁게 울 일도 없어진 것은 아닌지, 그리고 만남의 의미도 결혼을 목적으로 만나서 사귀었던 시대의 노래는 이별이나 연인의 변심이 애통하고 애절할 수밖에 없다.

1950년대 가요황제 남인수가 무대에서 공연 중 피를 토하고 쓰러진 후 요양차 진주에 내려갔을 때 작곡가 백영호가 들고 찾아 내려갔던 노래가 이 가사다.

> 다시 한번 그 얼굴이 보고 싶어라
> 몸부림치며 울며 떠난 사람아
> 저 달이 밝혀주는 이 창가에서
> 이 밤도 너를 찾는 이 밤도
> 너를 찾는 노래 부른다
>
> — 〈추억의 소야곡〉, 한산도 작사, 백영호 작곡, 남인수 노래

가사에서 보듯 떠난 임을 잊지 못하는 순정남, 순정녀의 시대이니 세대가 흘러 세태가 변한 요즘 젊은이들은 고루하고 질척거리는 가사를 좋아하지 않는 게 당연할지 모른다. 백영호 작곡가의 명작으로 이미자가 부른 〈여자의 일생〉도 마찬가지로 가사와 멜로디는 시대를 대변한다.

> 참을 수가 없도록 이 가슴이 아파도
> 여자이기 때문에 말 한마디 못하고
> 헤아릴 수 없는 설움 혼자 지닌 채

고달픈 인생길을 허덕이면서
아아 참아야 한다기에 눈물로 보냅니다
여자의 일생

— 〈여자의 일생〉, 한산도 작사, 백영호 작곡, 이미자 노래

그러나 시대가 아무리 변해도 그 시대를 거쳐온 올드 팬 입장에서는 그때가 그리워서 듣고 부르는 게 사실이다. 명동은 이래저래 남녀 간의 만남과 헤어짐을 간직한 거리다. 지금도 종철과 윤선이 이 길을 걷고 있다. 훗날 만남의 거리가 될지 헤어짐의 거리가 될지 모르지만 두 사람은 또 하나의 추억을 만들고 있다.

비 내리는 명동 거리 잊을 수 없는 그 사람
사나이 두 뺨을 흠뻑 적시고 말 없이 떠난 사람아
나는 너를 사랑했다 이 순간까지
나는 너를 믿었다 잊지 못하고
사나이 가슴 속엔 비만 내린다

— 〈비 내리는 명동〉, 백영호 작사·작곡, 배호 노래

"종철 씨 다리 아프시죠? 우리 돈가스 먹어요. 그전에 친구들이랑 왔었던 '준레스토랑'이라고 있는데, 돈가스 맛있어요."

"예, 좋아요. 저는 한 번도 못 먹어봤어요."

"그래요? 잘됐네요. 저하고 처음 드셔보는 의미가 됐네요. 제가 사드릴게요."

종철이는 기분이 좋아서 고윤선을 빙긋이 바라본다. 두 사람은 손을 잡고 이 시간이 아까운 듯 천천히 걷고 있다. 마주 잡은 두 손의 체온이 같아져 한 몸처럼 포근하고 따뜻하다. 종철이는 잡고 있는 윤선 누나의 손을 끌어다가 가슴에 대고 더욱더 느껴보고 싶은 충동을 억제한다. 고윤선이 이끄는 대로 걷다 보니 2층에 준레스토랑이 나타난다. 아직은 어둠이 내리지

않은 명동거리지만 빨강, 파랑 네온사인 글씨가 황홀하다. 역시 혼자일 때와 둘일 때 그 느낌은 두 배가 되는 것인가 보다. 빨강 카펫이 깔린 2층 계단을 오르던 종철은 갑자기 아무도 없는 계단을 둘만이 오르니 기분이 이상야릇함을 느낀다. 오랜 연인이라면 뽀뽀라도 할 분위기다. 계단의 반짝이는 불빛들이 밤하늘의 별처럼 둘만을 위해 비춰주고 있기 때문이다. 사람의 마음속에도 밤하늘의 별처럼 무수한 별들이 반짝이고 있을까?

오늘 돈가스를 처음 먹어보는 것처럼 종철은 외부로부터의 새로운 자극에 어떻게 느끼고 반응할지 자신을 경험하는 호기심도 재미가 있다고 생각한다. 준레스토랑 문을 열고 들어서자 환한 밖과는 다르게 어두컴컴한 실내가 묘한 분위기를 연출하고 있다. 하얀 와이셔츠에 검정 조끼를 입은 웨이터가 다가온다.

"어서 오세요."

실내에는 손님들이 몇 팀 있고 음악이 흐르고 있다. 귀에 익은 컬처클럽의 노래가 흥겹다. 종철과 고윤선은 밖이 보이는 창가 룸으로 안내되었다. 고윤선은 푹신한 긴 의자에 핸드백을 내려놓으며 익숙한 듯 자리에 앉는다. 창밖에는 사람들이 한가롭고 여유롭게 오가고 있다. 명절이라서 더욱 여유를 즐기는 사람들의 모습 속에 함께하는 자신도 멋지게 느껴진다. 그전에 혼자서 돌아다니고 영화 보고 혼자 밥 사 먹던 자신은 얼마나 보잘것없이 느껴졌고 외로웠던가? 지금은 나를 인정해주고 소중하고 고귀하게 생각해주는 사람이 있다는 것에 힘이 난다.

"여기 돈가스 두 개 주세요."

"빵으로 드릴까요, 밥으로 드릴까요?"

"종철 씨 여기 빵 맛있어요. 빵 괜찮죠? 빵으로 주세요."

"네."

웨이터는 주문을 받고 커튼을 내리고 간다. 룸 안에 단둘이 있으니 둘만의 공간이 아늑하고 너무 좋아서 종철이는 이 시간이 흘러가지 말고 이대로 멈추었으면 좋겠다고 생각한다. 스피커에선 블랙 사바스의 노래 〈She's Gone〉 기타 반주가 흘러나온다. 끊어질 듯 이어지는 노랫소리는 판소리 〈쑥대머리〉 같기도 하고, 남인수의 〈청춘고백〉 같기도 하다. 뜻도 모르는 노래도 가슴에 와 닿을 수 있다는 것을 생각해본다. 두 사람은 마주 앉아 아무 말 없이도 많은 생각과 의사 표현을 주고받는다. 고윤선은 종철이 앞에 냅킨으로 싸인 수저 세트를 집어서 펼쳐놔준다. 웨이터는 접시에 담긴 수프를 조심스럽게 앞에 놔준다. 뜨끈하고 고소한 크림수프가 입안에 부드럽게 퍼진다.

 일본 소설 《대성》에서 영업집은 순가락 하나 방석 하나도 손님을 끄는 매력이 있어야 한다고 했다. 지금껏 써온 밥 먹던 수저는 밥을 입으로 퍼나르는 역할을 했는데, 오늘 수프를 입으로 떠넣는 스푼은 입안에 들어와 인사를 건네는 듯 부드럽게 혀를 감싼다.

 "종철 씨, 맛이 어때요?"

 고윤선은 종철이가 작은 접시를 앞에 두고 조금씩 수프 맛을 보고 있는 모습이 귀여운 듯 미소를 띠며 묻는다. 종철은 빙그레 웃는다.

 "죽 같아요. 처음 먹어보지만 맛있어요."

 고윤선은 종철이의 순수한 모습에서 편안함과 자신을 얻었는지 유머를 생각해낸다.

 "시골에서 서울 첨 올라온 사람이 돈가스 시켜놓곤 수프만 먹고 돈 내고 나가면서 맛도 없고 서울 사람은 저거 먹고 농사 어떻게 짓냐고 하더래요. 웨이터가 고기 금방 나온다고 했는데, 돈 없다고 화내며 그냥 갔대요."

 "하하하."

 "호호호."

 "누나는 웃을 때 너무 예뻐요."

 "호호, 종철 씨도 너무 잘생겼어요. 오늘 집에 온 조카처럼 귀여워요."

 "조카 누구요?"

 "오빠 아들요. 집에도 가기 싫어요."

 "왜요? 싫으면 시집가라던대요. 하하."

 고윤선은 금세 시무룩한 표정을 짓는다.

 "네, 시집 안 가냐고 성화세요. 집에 들어와서 직장 다니다가 좋은 남자 만나서 시집가래요."

"시집가셔야 하니 저와 볼 일도 많지 않겠네요."

종철이도 시무룩해지는 걸 표 안 나게 애써 담담히 말한다.

"종철 씨 같은 남자라면 좋겠어요."

"네?"

종철이는 얼굴이 빨개지며 가슴이 두근거린다. 자신이 하고 싶었던 말을 고윤선이 말해주니 속마음을 들킨 것처럼 피할 수 없어 어쩔 줄 모른다.

"지금껏 결혼할 남자 못 만났어요?"

"대학생 땐 남자를 몰랐어요. 밴드하는 사람하고 사랑인 줄 알고 그땐 몸살을 심하게 앓았는데, 대원각에서 사회를 많이 배웠어요. 대기업 간부들, 공직자, 경영인, 정치인들, 또 같이 어울리는 여자들, 업소 여자들 그리고 그곳에서 만나 연애하는 남녀들 많이 보았어요. 돈이나 성적 욕망이나 원초적 본능은 필요하지만 지나치면 안 좋지 않을까요? 자신도 안 좋지만 상대에게 기대하는 것도 이기적일 것 같아요. 상대의 순수와 진실을 사랑하며 존중과 존경하는 마음이 있다면 좋겠어요."

고윤선은 잠시 말이 없다가 다시 입을 연다.

"종철 씨는 어떤 여자를 만나 사랑하고 싶으세요?"

"지적이고 엄마 같은 여자요."

"남자들은 보통 가부장적이고 순종하는 여자 좋아하지 않나요?"

"여자는 나이에 따라, 처해진 환경에 따라 역할이 바뀐다고 생각해요. 결혼해서는 함께 먹는 먹거리 잘 챙기고 집안 살림 잘하는 게 자기 책임이겠죠. 남자가 가족을 부양해야 하는 의무처럼요. 아이들을 낳으면 성년이 될 때까지 잘 보살펴줘야겠죠. 살림 잘하면서 자기개발이나 여가생활도 해야 되겠죠."

"가장 기본적인 것이네요."

"네, 기본적이지만 상황변수는 많을 거예요. 맞벌이를 한다 할지, 시집식구와 함께 산다든지 변수가 생기면 뜻 맞추기가 어려우니 서로 이해와 양보가 있어야겠지요."

"종철 씨는 어떻게 그렇게 잘 아세요?"

"하하하. 그냥 생각나는 대로 말씀드렸어요."

"엄마 같은 아내를 원하시면 받는 걸 원하시는 건지요?"

"아니요. 그래서 지적인 엄마라고 했는데요. 서로 지적이고 존중하고 존경하는 사이가 되면 좋겠어요. 사랑을 주었다고 해서 받으려 하지 말고 감싸주고 이해해주고 자상하게 감싸주고 싶어요."

"어머~ 최고시네요. 엄마 찾으셔서 응석만 부리려는 줄 알았는데 자상한 남편이 되려는 마음도 있으시네요."

"네, 그럼요. 아내가 아무리 나이가 많아도 여자는 어린아이같이 감싸줘야겠다고 생각하는 마음도 있지요. 열여덟 살 때 좋아했던 노래가 있어요. 작은형이 일하고 있던 군산역 앞 활주로나이트클럽에 찾아갔을 때 홀에서 팽팽히 흘러넘치던 노랫소리였는데, 가수 이리의 〈어제〉라는 노래예요. 가사에 '나는 너를 위했고 너는 나를 위했었지'라는 부분이 있어요. '위한다'는 말이 너무 좋아요."

지나간 날 우리는 얼마나 사랑했는가
너는 나를 위했고 나는 너를 위했었지
가야 할 길이라면 보내드리련만
아무 말 하지 않고 가야만 한다는 건 무슨 사연인가요
헤어지잔 그 말은 어떻게 할 수 있나요
사랑한단 그 말은 어떻게 할 수 있나요

― 〈어제〉, 이리 작사·작곡·노래

"어떤 여자가 종철 씨 아내가 될지 부럽네요."

"저는 요리를 많이 경험하고 배워서 장미가든처럼 큰 갈비집을 하는 게 꿈이에요. 직원들 복지도 잘되어 있고 함께 일하는 사람들이 요리나 서비스로 즐길 수 있으면 좋겠어요. 공연과 음식, 소품, 건축, 한국문화를 즐길 수 있는 음식점요. 제 아내도 저와 뜻을 같이해서 함께 재능을 닦아서 돕고 함께할 수 있는 사람을 찾고 싶어요."

"와~ 너무 좋겠어요. 상상만 해도 신나요. 일하는 사람들도 행복하고 요리와 한국문화, 여가, 공연이 공존하는 복합문화 공간이네요. 일하는 사람들도 직장에 대한 자부심이 크겠어요. 그냥 식당이 아니고 유명 외식 브랜드 사업체, 가족한테나 지인들한테도 당당히 자랑스럽게 말할 수 있는 직장요."

"네, 누나가 더 잘 아시네요. 하하, 누나는 어떤 남편 원하세요?"

"좋아하는 사람이라면 생각만 해도 입가에 미소가 퍼지고 설레고 두근거리는 그런 사람이라고 요즘에야 알게 됐어요. 자상하게 나만 사랑해주고 언제나 믿어주고 아빠가 딸 사랑해주는 마음으로 자상하게 사랑해주고 가끔 노래도 불러주고 가끔 맛있는 요리도 만들어주고 모르는 거 따뜻하게 가르쳐주고 내가 슬퍼할 때는 포근히 안아주면 좋겠어요."

종철이를 바라보는 고윤선의 눈이 촉촉하다.

"그런 남자 꼭 만나셔서 평생 죽을 때까지, 아니 천국에 가서도 하늘도 갈라놓지 못하는 행복한 사랑 나누세요."

스모키의 〈Living next door to Alice〉 음악이 흐른다. 감미롭고 칼칼한 음색이 어떻게 한 목소리에서 나올 수 있는지 신기하다. 음식도 사람도 한 가지 맛이 아니다. 여성스럽고 섹시하고, 부드럽고 무섭고. 지금 앞에 앉아 있는 고윤선이 그렇다. 종철이에게는 만날수록 시간이 지날수록 좋아지면서도 속마음을 함부로 꺼낼 수 없는 두려움이 있다. 면박이나 하진 않을까 하는 마음, 보잘것없는 자신이 감히 넘볼 수 없는 상대에 대한 쑥스러움도 한몫한다.

처음 먹어보는 돈가스의 맛처럼 달콤하고, 고소하고, 황홀한 분위기처럼 처음으로 나누어보는 사랑 이야기에 종철이는 사랑하는 사람과 함께 맛있는 음식을 나누는 시간이 가장 여유롭고 행복한 시간임을 확인했다. 좋은 무대에서 노래할 때는 긴장감이 따르고 부족함을 느끼는데, 맛있는 음식을 먹는 시간만큼 여유롭고 즐겁지 않을 것이라고 비교해본다. 사랑은 달콤한 과일과 같아서 설익은 사랑은 풋내나고 뜹뜨름한[떫은] 것이니 설

불리 대들면 입맛이 개운치 않은 법이다.

"종철 씨는 잘생기고 재주 많고 맘씨 좋아서 결혼하면 아내한테 잘해주고 잘살 거예요."

"누나를…?"

종철이는 다음 말을 잇지 못한다.

고윤선은 종철이의 다음 말을 기다리는데, 종철이는 눈을 내리깐 채 다음 말이 목에 걸려서 나오지 않는다. 이래서 술이 있나 보다. 술은 사랑의 묘약이라더니 사랑은 상대의 마음을 훔치려는 도둑이고 그 마음을 들키지 않아야 하는데 양심으로는 어려우니 사랑의 묘약은 상대의 마음을 사기 위한 무엇이다. 상대가 원하는 것을 주는 것이 사랑의 묘약이 될 것이다. 설령 그것이 거짓말일지라도….

"저는 누나를… 누나가… 좋아요."

"저도 종철 씨가 좋아요. 생각만 해도 미소가 지어지고 마음이 든든해요."

"저도 누나 생각 계속해요. 눈 뜨면 생각하고 일하면서도 계속 생각 나요."

"정말요? 아이 좋아라. 종철 씨가 저를 그렇게 생각해주는 줄 몰랐어요. 고마워요. 종철 씨, 오늘 밤 집으로 가세요?"

"아니요, 수원 가게로 들어가야죠."

"그럼 좀 있다 가야겠네요?"

"네, 광화문에서 703번 타고 안양에서 65번 버스 갈아타고 소나무공원에서 내리면 돼요."

"저는 오늘 저녁에 가족들 모두 모여서 저녁식사 하기로 했는데 가기 싫어요."

"왜요?"

"시집가라고 해서요."

"네, 집에서 주무시고 아침 일찍 내려오셔야겠네요."

"네, 그래야지요."

종철은 순간 병삼이 형과 임지선 씨가 내일 만날 일이 걱정되어 버스 끊어지기 전에 가야 한다며 서두른다. 종철이와 고윤선이 준레스토랑을 내려오니 명동거리의 상점 불빛들이 반짝반짝 빛을 밝히고 있다. 준레스토랑에 들어갈 때와는 분위기가 많이 바뀌었다. 술에 취한 사람들이 비틀거리며 걷고 있고 불 꺼진 가게 앞에 고개 숙이고 앉아있는 사람, 전봇대를 한 손으로 붙들고 흔들거리는 남자, 꼭 껴안고 한 몸처럼 걸어가는 남녀도 있다. 다양한 군상 속에 두 사람은 광화문까지 무수한 발자국만큼이나 아쉬움을 남겨둔 채 각자 갈 곳을 찾아 한 사람은 북쪽으로 또 한 사람은 남쪽으로 각각 버스를 타고 떠난다.

종철은 버스 좌석에 앉아 차창 밖을 내다보며 사랑의 간절함에 가슴이 아려온다. 젊은 연인이 쟈니 리의 〈뜨거운 안녕〉 가사를 적어놓고 여인숙 방에서 동반자살했다는 이야기를 떠올린다. 노래와 사랑과 죽음은 하나인가? 노래는 생명이다. 살아있는 한 원 없이 사랑하고 맘껏 노래해야지. 종철은 주체할 수 없이 아쉬운 마음에 차창 밖을 바라보며 쟈니 리의 노래 〈뜨거운 안녕〉을 부른다.

1966년 히트곡 〈뜨거운 안녕〉의 주인공 쟈니 리의 본명은 이영길이다. 평남 진남포에서 태어난 영길은 평양기생이었던 엄마를 따라 이집 저집에 맡겨졌다. 돈 주고 맡겨진 남모르는 집에서 첫날만 밥을 먹고 따뜻한 방에서 잘 수 있었다. 두 달 만에 찾아온 엄마는 한쪽 무릎을 땅에 대고 영길의 양팔을 붙잡고 눈을 맞추며 말했다.

"영길아, 추웠지? 배도 곯았지? 형들한테 매도 맞았지?"

엄마는 보기라도 한 듯이 말했다.

"영길아, 담에 오면 또 엄마가 맛있는 냉면 사줄게."

그러고 나서 6.25가 터졌고 1.4후퇴 때 피난민에 휩쓸려서 부산에 떨어졌는데, 이때가 다섯 살이었다고 한다. 맘씨 좋은 미군을 만나서 피아노도 배우고 했지만, 호강도 잠시 미군은 미국으로 떠나고 영길은 노래를 하며 떠돌다가 서영은이라는 작곡가를 만나서 노래를 하나 받게 되었는데 그것이 〈뜨거운 안녕〉이다. 녹음실에서 노래를 녹음하는데 가사가 엄마를 연상하게 하여 반주 듣고 첫 소절인 '또다시'의 '또' 자에 목이 메어 가사가 안 나와서 애를 먹었다고 한다. 음반 발매 후 1960년대로서는 드물게 35만 장의 판매고를 올리며 당시에 크게 히트한 노래이고 현재까지 불리고 사랑받는 노래다. "인생은 가도 노래는 남는다"는 말처럼 명곡은 세월이 가도 변치 않는 것인가?

> 또다시 말해주오 사랑하고 있다고 별들이 다정히 손을 잡는 밤
> 기어이 가신다면 헤어집시다 아프게 마음새긴 그 말 한마디
> 보내고 밤마다 울음이 나도 남자답게 말하리라 안녕이라고
> 뜨겁게 뜨겁게 안녕이라고
>
> – 〈뜨거운 안녕〉, 박영진 작사, 서영은 작곡, 쟈니 리 노래

선정합섬 30주년

추석 전에 예약했던 선정합섬 30주년 기념식 날이 10월 14일 금요일 17시로 정해졌다고 알려준 건 고윤선이다. 종철이 점심식사를 마치고 잠시 앉아있는데, 눈짓을 해서 따라가 보니 미소지으며 말한다. 좀 전에 사모님이 불러서 따라갔다고 한다.

"고윤선 씨 학교 어디 나왔어?"

"네?"

"혹시 이대 다니지 않았어?"

"네, 어떻게 아세요?"

"어머! 반가워. 장구춤 추는 거 보고 혹시나 했는데 반갑고, 아니라고 할까 봐 조심스러워서 묻지 못했어. 나도 무용과 69학번이야."

"네? 전 76학번이에요. 선배님 너무 반가워요."

고윤선은 눈이 뜨거워지는 걸 느낀다. 그동안 대학도 무용도 다 잊고, 아니 잊자며 오기로 살았는데 뜻밖에 낯선 곳에서 무용을 하게 되고 학교 같은 과 선배를 만나고 보니 강해져야 한다고 버티었던 딱딱한 껍질이 한 순간에 허물어지는 자신을 느낀다. 누군가 의지하고 싶은 대상을 찾았는지도 모른다. 처음 의지하고픈 대상이 종철이였다면, 이제 뜻밖에 학교 선배까지 만나고 보니 자신감이 솟아오른다.

"이번 선정합섬 30주년 창립기념일에는 그룹 본사에서도 회장과 사장단들이 내려오고 경제부장관, 국회의원들도 올 수 있는 큰 행사를 여기에서 치르게 될 거라고 선정합섬 비서실에서 좀 전에 연락이 왔어. 특별히 수원이 효의 도시인데 정조대왕이 1795년 화성행궁에서 어머니인 혜경궁 홍씨 회갑연을 열어드리고 어르신들을 모셔다가 양로연을 열어드렸다는 역사가 《원행을묘정리의궤》라는 책에 나와 있는데, 이번 창립행사에 뜻깊게 188주년을 기념해서 연로하신 어르신 백여든여덟 분을 선정해서 효도잔치를 열어드리겠다는 거야. 그 여흥의 무대를 고윤선이가 무용과 국악을 하고 뮤지컬과 가요를 종철이가 맡아서 둘이 한번 구성해봐."

"헤? 제가 할 수 있을까요?"

"대원각에도 있었다며. 공연팀들 섭외해봐. 출연료는 섭섭지 않게 줄 테니까. 우리 육송가든도 이번 행사를 잘 치르면 뜻 있는 일에 동참하고 좋은 일도 되고, 또 많이 홍보도 될 거야. 부탁해."

"네, 좋은 일에 함께할 수 있어서 감사합니다. 종철 씨하고 의논해서 잘 해볼게요."

"그래, 잘해봐. 준비할 거 필요하면 수시로 찾아와."

"네."

고윤선은 가슴이 뛴다. 종철이와 의미 있는 큰일을 하게 되어 몸 안에서 열정이 솟아나는 걸 느낀다.

"종철 씨는 어때요?"

"아유~ 좋지요. 누나는 대원각에서도 대학 무용과 졸업생들이랑 공연했다며요. 아는 분들 몇 팀 부르면 되겠네요."

"네, 종철 씨는 이전에 육송가든 장기자랑에서 공연했던 팀들 몇 개 보여주면 되겠어요."

"네, 저는 병삼이 형 아내 되실 분 모시러 수원역에 나가봐야 해서 갔다 올게요. 또 얘기해요."

"네? 무슨 일 있나 보죠? 나중에 얘기해주세요. 조심해서 잘 다녀오세요."

"네."

종철이는 오늘 병삼이 형 아내와 장모님 되실 분을 만나게 해드리기로 했다. 병삼이 형은 저번에도 잠바 입은 중년 남자 두 명이 입구 쪽에 나타나자 정보부 요원인 줄 알고 도망쳤다가 한참 후에 나타났다고 했는데, 이제는 도망자 신세를 벗고 사랑하는 여자와 자식에 장모님까지 만날 시간도 얼마 남지 않았으니 그야말로 불행 끝 행복 시작이라 생각하자 종철이는 마음이 떨려온다. '병삼이 형, 1시간만 참아요.' 종철이는 병삼이 형한테 일부러 미리 알리지 않았다. 생방송이 주는 극적 상봉의 기쁨을 극대화하기 위해서다. 녹화가 아닌 생방송 말이다.

수원역 앞 우측 실외 2층 계단을 길게 쏟아져 내려오는 인파 속에 배가 부른 모습의 지선 씨와 그 옆에 어머니가 보인다. 한 번 본 사람은 이리도 다를까? 그저께 한 번 만나보았다고 오늘 보니 친척을 만난 듯 너무 반갑다. 지선 씨가 먼저 한발 앞서 종철이 앞으로 온다. 마음이 급해서일까? 지선 씨가 종철이를 보고 먼저 인사한다.

"안녕하세요? 오래 기다리셨어요?"

지선 씨는 활짝 웃으며 인사한다. 이틀 동안 편히 잠자고 잘 지내셨는지 얼굴이 좋아졌다.

"아닙니다. 방금 도착했어요."

종철이는 또 병삼이 형 장모님께 웃으면서 고개를 깊이 숙여 인사한다.

"오시느라 힘드셨죠?"

어머니가 이야기를 받는다.

"아니에요. 그래도 자리를 양보받아서 앉아서 편하게 왔어요. 저희 때문에 바쁘신데 일하시다가 일부러 이렇게 시간 내서 나와주시고 고맙습니다."

"아닙니다. 잠시 바깥바람 쐬니까 몸이 날아갈 것 같아요. 하하."

"호호."

"호호."

광장 앞에는 택시가 20여 대 줄지어있다. 맨 앞 택시를 타고 15분 만에 육송가든에 도착했다.

"어머! 식당이 이렇게 큰 데는 첨 보네요. 이야! 놀이동산 같아요."

"너무 넓어서 사람 잃어버리면 찾지도 못하겠어요."

"하하."
"호호."
"이쪽으로 오세요."

종철이는 지선 씨와 어머니를 별관으로 모셔드리고 병삼이 형이 일하는 야장으로 간다. 손님은 식사 마치고 나가고 병삼이 형은 먼저 숯불을 빼고 장치실로 간다. 그사이 홀 아가씨는 탁자 위의 빈 그릇들을 쟁반에 담아두고 행주로 탁자를 닦는다. 병삼이 형이 야장에 서있는 종철이를 보고 반가우면서도 어쩐 일인가 싶은 표정이다. 평소와 다른 걸 감지한 모양이다.

"종철이 어쩐 일이냐? 여기까지 다 나오고?"
"예, 그릇 주방에 두고 오셔요. 잠깐 저하고 할 얘기가 있어요."
"뭔 얘기? 할 얘기 있으면 그냥 하면 되는데. 할 얘기 있다고 하니까 긴장된다."
"김장요? 하하하, 지금 김장할 때는 아닌데요."
"그러니까. 하하하, 하여튼 좋은 일이지? 종철이 표정 보니까 나쁜 일은 아닌 듯한데."
"아~ 빨리 갔다 오셔요. 기다릴 텐께."
"하하. 뭔 얘긴데 그리 뜸을 들이냐?"

병삼이 형은 주방에서 수박 한쪽을 가져와 종철이에게 내민다.
"수박 먹어라."
"형 이리 와봐요."
"뭔데에?"

종철이는 수박을 홀 아가씨에게 주고, 병삼이는 종철이 뒤를 따른다. 잠시 정적이 흐른다. 병삼이는 무슨 생각을 하며 종철이 뒤를 따르고 있을까? 오랜 시간 쫓기는 생활 속에 뭔가 짚이는 게 있는지 긴장한 듯 사슴처럼 한발한발 내딛고 있다. 짧은 나무다리를 지나서 종철이 별관 문을 열고 들어서는데, 병삼이 선뜻 들어오지 못하고 동태를 살피는 듯 멈칫거리며 속마음을 들키지 않으려는 것처럼 무표정으로 별실 쪽으로 몸을 디민다.

"병삼 씨!"

옅은 갈색 원피스에 분홍 머플러를 맨 지선 씨가 반가움을 참지 못하겠다는 듯 울면서 병삼이를 부르며 달려든다. 병삼인 슬쩍 종철을 한 번 바라보더니 지선이에게 달려가 큰팔로 껴안는다.

"지선 씨, 얼마 만이야?"

하루가 1년 같던 날도 많았으니 100년은 훌쩍 지난 것 같다. 겉모습은 20대인데 속은 문드러져서 노인이 다 됐다. 껴안은 지선이의 몸이 예전같지 않음에 병삼이는 지선의 어깨에 손을 얹은 채 고개를 숙여 부른 배를 바라본다.

"병삼 씨 아이예요."

"그래? 고마워. 수고했어."

수고했다는 말에 지선은 또다시 눈물이 말없이 주르르 흐른다. 병삼이도 눈물을 훔친다. 비로소 뒤에서 홀로 말없이 지켜보고 계신 분을 의식하고 쳐다본다.

"제 어머니예요."

병삼은 놀라움 반, 반가움 반인 표정을 지어 보이더니 지선 씨 어머니를 향해 성큼성큼 걸어가서 콘크리트 자갈 바닥에 엎드려 넙죽 절을 한다. 병삼의 뜻밖의 행동에 모두 놀라면서도 흐뭇한 표정으로 지켜본다.

"어이구, 어서 일어나게."

"안녕하세요? 어머니. 유병삼입니다. 첨 뵙겠습니다. 진작에 찾아뵙고 인사를 드려야 했는데, 이렇게 힘들게 오시게 해서 죄송합니다."

"아유, 별말씀을. 괜찮아요. 이렇게 잘생긴 사위를 고생시켜서 미안해요. 애들 아빠가 오해가 있어서 이렇게 됐는데 용서하시구려."

"아닙니다. 제가 다 못나서 일어난 일입니다. 제가 도망가지 말고 지선 씨를 지켰어야 했는데, 지선 씨랑 어머니 고생시켜드려서 죄송합니다. 앞으로 그동안 고생시켜드린 것 다 갚도록 더 잘하고 잘살겠습니다."

"아이구, 우리 잘생긴 사위 말씀도 잘하시네."

종철이는 한적하고 전망 좋은 곳으로 갈비상을 부탁해놓고 다시 별관에 돌아와 보니 세 사람은 편안히 앉아서 이야기를 나누고 있다.

"배 더 부르기 전에 결혼식을 올렸으면 좋겠네. 유 서방 생각은 어떤가? 지선이 아버지 말로는 자네 아버님도 조만간 복직되신다고 하던데."

"예? 그게 정말이세요?"

"지선이 아빠 말로는 군에서 다시 조사해서 잘 처리됐다고 했어요."

"네, 아유 감사합니다."

병삼이는 소매로 눈물을 닦는다. 얼마나 한이 맺히고 간절히 기원하던 아버지의 복직인가.

"감사는요. 관할 대대장이 일이 확대될까 봐 바로 해직 처리한 모양인데, 경미한 책임만 지고 잘 됐나 봐요."

"네~ 오~ 하나님 감사합니다."

병삼은 두 손을 이마로 모으며 뜨겁게 합장한다.

종철을 발견한 지선이 손짓한다.

"종철 씨, 이리 오세요."

"어머! 저 총각이 이렇게 우리를 만나게 해준 장본인이야. 아이고, 잘생긴 총각 이리 와요. 고마워요."

"종철아!"

병삼이는 사람 놀렸냐는 듯한 장난스러운 표정으로 일어나서 종철이를 껴안는다.

"또 도망칠 준비했잖냐."

"하하, 저도 못 믿어요? 하하."

"하하. 종철아, 고맙다. 은혜 잊지 않을게."

"형, 인제 달리기할 일 없을 거예요. 느긋하게 다녀요. 하하."

"하하하, 그래. 도망자 신세라 살 안 찌려고 체중조절하고 새벽에 조깅하고 애로 많았다. 이젠 실컷 한번 먹어봐야지. 하하."

"하하. 형, 이리 와요. 내가 만남을 축하하는 뜻에서 갈비 사줄게."

"정말? 아~ 내가 사야지."

"어머니 이쪽으로 가시죠. 식사 준비 했습니다."

"그래요. 갑시다. 그래서 나도 돈 많이 준비해서 왔어요. 종철이 총각도 함께 식사해요."

지선 씨도 다가온다.

"네, 그래요. 종철 씨 함께 가요."

"아~ 어떡하죠? 사주실 줄 알았으면 식사 안 하고 굶는 건데. 밥 먹었어요. 하하."

"하하. 종철아, 여하튼 고맙다. 가시죠."

도망자 신세에서 예비부부와 장모가 한 자리에 모이는 특별한 만남의 시간이 서서히 보통 가정의 화목한 만남으로 분위기가 잡혀간다. 모두가 한마음으로 기쁨을 만끽하는 가을날, 초목도 푸르르고 얼굴에 스치는 바람도 부드럽고 여유롭다.

병삼은 선정합섬 행사 치르고 나서 말일 월급날까지 일하고 그만두기로 했다. 다운타운가에 음악다방 디제이 일자리 알아보고 학업 준비해서 내년에 복학할 거라고 한다.

"종철아, 결혼식은 대학 졸업하고 직장 다니다가 자리 잡으면 할 거고, 11월쯤 친척들 몇 분 모시고 상견례하고 혼인신고 할 거야. 종철이 넌 내 친동생이나 마찬가지다. 그때 꼭 좀 와주라."

"알았어, 형."

육부실은 선정합섬 행사날에 쓸 갈비 준비로 바쁘다. 금요일 선정합섬 행사와 토요일, 일요일 바쁜 날이 연속으로 이어지기 때문에 양념갈비를 넉넉하게 비축해야 하기 때문이다. 행사 프로그램은 선정합섬 회사 측 관리부 직원이 찾아와서 고윤선과 사모님, 지배인, 종철이가 함께 모여 정했다. 5시부터 20분 정도 할 식전 축하공연은 고윤선 씨가 민요 가수를 불러 오기로 했다. 종철이가 노래 한 곡 하고, 병삼이가 노래 한 곡을 소개하며 리믹스와 댄싱을 하기로 정했다.

회사 측에서 제시한 본행사는 사장님 인사말씀, 본사 회장님 격려사, 정부 인사 축사, 연혁 보고, 장수 어르신 선물 증정, 외부인사 감사패, 직원 공로자 표창, 떡케이크 커팅, 각 부서장 인사, 만찬, 축하공연으로 태평성대를 기원하는 태평무 공연, 민요, 가요, 장구춤, 폐회사 순이다. 내빈석과 메인 상에는 기본 갈비 반찬에 구절판, 신선로, 대하찜이 추가되었다.

냉면장은 축하공연 때 차력을 보여주겠다고 한다. 날달걀 네 판을 넓게 펼쳐놓고 그 위에서 고고 음악에 맞춰 춤을 추는 묘기를 해 보이겠다며 한가한 시간에 주방에서 음악을 크게 틀어놓고 달걀 위에 올라가서 춤을 추다가 달걀이 깨지며 넘어지고 난리가 아니다. 찬모가 시끄럽다며 카세트 코드를 뽑아버리니까 냉면장은 담배를 물고 야장 쪽으로 나간다. 나무와 풀숲이 우거진 속에 뭔가 어른거리니 꿩인가 하고 살금살금 다가간다.

냉면장은 언젠가도 산에서 내려온 꿩 한 마리를 돌로 맞혀 잡아서 꿩육회를 만들어 소주 안주하고 꿩만두를 만들어 찬모 아줌마, 홀 아가씨에게 줘서 인기를 끌었다. 남은 뼈는 냉면 육수 끓이는 데 넣고는 홀에다가 '꿩냉면 개시'라고 써 붙여놨다가 지배인한테 혼난 적이 있다. 풀숲을 살짝 헤치고 돌을 던지려는 찰나, 젊은 여자와 눈이 딱 마주쳤다.

"어맛!"

젊은 여자는 풀숲에서 바지를 내리고 앉아 소변을 보다가 냉면장하고 맞닥뜨린 것이다.

"저리 가욧!"

냉면장은 가지 않고 슬슬 기웃거린다.

"아니, 여기서 볼일 보면 어떡해요?"

젊은 여자는 냉면장 쪽을 보고 앉아 있던 터라 일어나지도 못하고 돌아서지도 못하고 고개를 숙이고 저리 가라고 소리지른다.

"괜찮아요오. 가만 계세요."

"계장님~ 김 계장님~"

젊은 여자가 소리지르자 야장 쪽에서 덩치 크고 험상궂게 생긴 남자가 쫓아온다. 냉면장은 도망치지 않고 서 있다가 남자에게 멱살을 잡히고 만다.

"너 뭐야? 이 자식!"

술이 거나해진 남자는 얼굴이 벌겋다.

"아이 지랄엠병, 달구빠리 놔두고 암간 데나 소피 본 데여."

냉면장은 당황했는지 강원도 사투리로 지껄여댄다. 쎄게 나가면 겁먹을 줄 알았는데 중년 남자는 술 한잔한 탓인지 갑자기 냉면장 귀싸대기를 갈긴다. 젊은 여자는 창피해서 어디론가 사라졌다.

"야이 새끼들! 지배인 나오라고 해! 사장 나오라고 해!"

사람들이 모여들고 지배인이 왔을 땐 냉면장 얼굴에 코피가 난다. 지배인은 이 손님들을 눈여겨본 모양이다. 전형적인 아베크 불륜 커플인데, 낮거리를 하러 왔다는 것쯤 유흥계 고수 눈은 정확하다.

"파출소로 갑시다. 주방 기술자한테 이렇게 상해를 가하면 장사 어떻게 합니까? 내일 단체도 있는데."

지배인은 점잖게 멘트를 날린다. 중년 남자는 지배인의 풍모를 한눈에 알아보고 저자세가 되어 말한다.

"이쪽으로 가서 얘기합시다."

냉면장이 주방에 들어가니 찬모 아줌마랑 설거지 아줌마가 보고 놀란다.

"아니, 잠깐 사이에 볼딱지가 벌겋게 붓고, 거~ 목덜미는 왜 그렇게 쥐어 뜯겼어? 누구하고 싸웠어?"

"아, 씨! 어떤 여자가 농장 쪽에서 오줌 싸잖여."

"그래서? 여자 볼일 보는 거 구경하다가 맞았고만."

"맞긴 누가 맞드래요? 여자가 암간 데나 보고 난리야."

"여자 볼일 보는 거 신경 쓰지 말고 내일 갈비탕이랑 구절판에 쓸 지단 좀 부쳐줘. 아까 발로 밟아 깬 건 버리고. 그건 왜 냉장고에 넣어놨어? 버려! 더럽게."

"아 씨, 홀 언니들 얼굴 마사지하면 될 거 아녀."

"그려, 그거 홀 언니들 갖다주고 꼬셔봐. 잘 넘어오겠다."

"냉면장~"

지배인이 주방에 대고 부른다.

"이리 나와봐!"

냉면장은 지배인한테 3만 원을 받았다.

"아~ 줄라면 진작 주지. 추석 때 양복이 없어서 고향에 못 갔고만. 아!

이걸로 수미네 지하 룸싸롱 가서 술이나 마셔야겠다."

"뭔 돈인데에?"

"그런 게 있어. 다~ 좋은 일 하면 생기는 돈여. 킁! 아이코 코짠뎅이야."

"코를 어디서 풀어! 그러니 장가를 못 가지. 어떤 여자가 좋아해!"

종철이는 내일 선정합섬 행사 때 고윤선을 도와서 공연을 해야 하고 갈비도 비축해야 하기 때문에 부지런히 갈비를 만들고 있다. 갈비 만드는 힘은 무엇보다 카세트에서 흘러나오는 노랫소리가 신명을 내준다. 이번에 주방장이 선물로 준 백승태의 〈노래하며 춤추고〉는 통통 튀는 전자오르간과 독특한 미색의 음성이 날아가는 흥끼를 무도장으로 끌고간다. 주현미·김진규의 〈쌍쌍파티〉 역시 힘들지 않고 갈비 만드는 일에 전념하게 해주는 마법의 노래다. 노래 반, 반주 반 합쳐서 백 점 나무랄 데 없는 명음이다. 그리고 나온 것이 김연자의 〈노래의 꽃다발〉이다. 차분하게 가슴속으로 밀고 들어오는 반주를 타고 팔각정에서 장구 치는 기생처럼 간드러지게 듣는 이를 희롱한다.

어릴 적 차분히 감성을 적시던 소리에서 현란하고 황홀한 리듬은 갈비 작업하며 듣기에 최고다. 스스로 노래를 듣기도 하려니와 노래가 종철이의 몸과 마음을 일으켜 끌고 가기도 한다. 노랫소리는 지치지도 않고 싫어하는 기색도 없이 언제나 신나게 달려간다.

신선로, 구절판, 대하찜은 잔칫날 상차림을 살려주고 분위기도 살려주고 사진발에 좋다 하여 특별히 중앙 테이블에 차리기로 했기에 주방장이 요정에서 일하는 친구를 초빙해서 일당을 주고 만들기로 했다. 신선로 열 개, 구절판 열 개, 대하찜 열 개 만드는 일은 육부실에서 종철이가 보조하기로 했다.

선정합섬 창립기념 단체 예약날 아침이 되자 요정에서 주방장 친구 용갑이라는 주방장하고 입술에 빨간 루주를 칠하고 화장을 찐하게 한 중년 여성이 함께 왔다. 주방장은 두 분의 손님을 단체손님 받는 비어있는 별실로 안내하고 가게 앞 이목다방에 전화해서 쌍화차 네 잔을 시킨다.
"야! 용갑아, 와줘서 고맙다. 오랜만이다."
"야! 가게 크다. 이거 몇 평이냐?"
"한 만 평 될 거야."
"와따매 허벌나게 크고마잉. 우리 가게 백 배는 돼불것네."
주방장은 옆에 있는 화려하게 차려 꾸민 중년여성을 쳐다본다.
"응, 우리 가게 사모님인데 옆에서 보조도 하고 구경한다고 따라왔어."
주방장은 용갑이가 일하는 요정 사모님이 맘에 드는 듯 야릇하고 멍한 표정으로 어깨를 움츠리며 인사한다.
"안녕하세요? 첨 뵙겠습니다. 용갑이하고는 고향 불알친구여요. 시골서 같이 올라왔는데, 요놈은 요정으로 빠지고 나는 갈비집으로 일 들어왔어요."
용갑이 친구는 주방장을 바라보며 장난스레 묻는다.
"야! 넌 아직 혼자 사냐?"
"같이 살어."
친구 용갑이의 눈이 커진다.
"결혼식은?"
"야, 같이 산다고 다 결혼식 허냐?"
"하하하. 짜식, 여전허구나."
"너는 자식아."
"나도 동거하던 여자 있었는데 심심하다고 집 나갔어. 이런, 우리가 식당일 하니껜 아침 일찍 나갔다가 밤 늦게 오쟎냐. 밥할 일이 있냐, 뭐 쉬는 날이 있냐. 혼자 밥 해먹기 귀찮다고 동네식당에서 대놓고 밥 사먹고 춤바람 나서 나가버렸어."
듣기 민망한지 요정 사모님은 화장실 간다고 자리를 비운다. 주방장은 친구 용갑이의 얼굴을 야릇한 눈빛으로 바라보며 묻는다.
"야! 이쁘게 생겼다. 어떤 사이냐?"
"자식!"

용갑이는 새끼손가락을 까딱해 보인다.
"남편은 건설회사 설계사인데 해외 자주 가고, 나하고 만난 지 2년 됐어."
"그 가게에서?"
"응, 일 들어간 지 2년 좀 넘었는데 손님들 늦게까지 안 가면 나머지 종업원들은 퇴근하고 숙소 가서 자고 둘이서 화투 치고 놀다가 내가 자빠뜨렸지. 히히."
"자식 좋았겠구나. 남편한텐 안 들켜?"
"남편? 얼마 전에 귀국했다가 다시 나갔는데, 내 꺼 시계 하나 사다줬어. 가게 잘 좀 봐달라고. 하하."
"야아~ 마누라 잘 봐달라고는 안 하고? 나도 그런 데 하나 소개시켜줘라."
"여기도 끝내주는 여자들 많고만."
"여긴 다 애인들 있어."
"골키퍼 있다고 공이 안 들어가냐?"
"거기는 여자들 몇 명이냐?"
"주방 셋, 홀 네 명."
"요정 사모하곤 나중에 살려고?"
"인마! 여자 하나 가지고 양이 차냐? 주방에 또 한 명 있지이~"
"야, 너 재주 좋다."
"몰래몰래 먹는 맛이 죽인다."
요정 사모가 나타나자 급하게 화제를 바꿔서 용갑이가 묻는다.
"야, 시작이 6시면 신선로는 오전에 준비해놓고 구절판, 대하찜은 어느 정도 시간 맞춰서 만들어야 맛도 좋고 모양도 살아있어 좋아."
주방장은 종철이를 가리킨다.
"응, 애가 보조해줄 거야. 데리고 일 시켜."
종철이는 요정 주방장 용갑이에게 인사한다.
"안녕하세요? 종철이라고 합니다."
"응, 한정식집에는 있어봤어?"

"아니요. 배우고 싶었는데 못 배웠어요."

요정 사모가 종철이 앞자리에 앉아 미소 지으며 묻는다.

"아유~ 잘생기셨네. 몇 살이에요?"

종철이 얼굴 가까이 있는 요정 사모 입에서 담배 냄새가 풍겨난다.

"스무 살요."

주방장은 요정 사모에게 호감을 느끼는지 종철이를 요정 사모에게 자랑스럽게 소개한다.

"종철이 애는 가수예요. 저번 직원 노래자랑에서 대상 받고 오늘 행사 때 600명 앞에서 노래해요."

"어머~ 오늘 노래 구경해야겠네. 와! 너무 멋지다."

용갑이 싸한 눈빛으로 주방장의 대화를 끊으며 묻는다.

"신선로 그릇은 다 구해놨냐?"

"응. 그릇 가게에서 공짜로 빌려줬어. 원래는 그릇 값의 10프로 내야 하는데, 우리가 그릇을 많이 팔아주니까 공짜로 빌려줬어. 우린 다 사기그릇이잖어. 얼마 전에도 그릇이 많이 깨져서 추가로 600만 원어치 들여왔어."

"와! 장난이 아니구나. 종업원이 많아서 먹는 것도 수억 되겠다."

"저쪽에다 간이 가스 설치해놨으니까 한갓지게 저기서 준비해. 주방에 필요한 거 있으면 종철이 애 시키고."

"응, 알았다. 칼은 내 꺼 가져왔으니까 신경 쓰지 말고 넌 이제 가서 일해라."

"응, 수고해라."

종철이는 요정 주방장 옆에서 한정식 만드는 모습을 보니 신기하고 재미있다. 신선로에 들어갈 천엽을 펴서 밀가루를 발라 달걀을 입혀서 팬에 지져낸다. 용갑이 주방장은 한두 번 시범을 보이곤 종철이에게 넘겨준다.

"아무리 급하다고 불 쎄게 하면 오그라들어서 모양이 엉망이 되니까 불 건들지 말고 요대로 해라."

"예."

종철이는 달걀 부치는 건 분식집에서 오므라이스 할 때 해보곤 처음이라서 정신을 집중해서 천엽을 부쳐낸다. 용갑이 주방장은 미나리 줄기를 이쑤시개에 여러 개 꽂는다. 밀가루를 묻혀서 달걀옷을 입혀 천엽처럼 부쳐낸다. 지단도 황백지단 나눠서 부치고, 홍고추는 길게 반으로 갈라서 씨를 빼고 길이 5센티미터, 너비 1.5센티미터로 자른다. 달걀 황백 지단, 천엽은 검은색, 미나리는 파란색, 홍고추 빨간색으로 오방색이 만들어졌다.

신선로 그릇에 한우고기와 무국을 끓여서 건더기만 신선로 그릇 바닥에 깔고 그 위에 다섯 가지 썬 것을 안쪽으로 세워서 삥 돌려 가지런히 담는다. 한 그릇에 색깔별로 네 번 겹쳐 돌린다. 다섯 가지 색, 네 개씩 20개가 들어가고 그 위에는 소고기를 다져서 간장, 마늘, 설탕, 참기름으로 양념한 후 동그랑땡을 만들어 밀가루를 입혀 튀겨서 네 개를 동서남북에 하나씩 올려준다. 은은한 녹색 은행도 똑같이 올려주고, 대추도 씨를 빼고 두 개 겹쳐 말아서 반을 잘라놓으니 보기 좋다. 육수는 따로 보관했다가 손님상에 나갈 때 뜨겁게 끓여서 신선로에 부어 낸다. 신선로 재료를 다 만들어서 그릇에 담고 보니 화려한 모양에 눈이 호강한다.

"와! 멋지네요."

종철이 입에서 감탄사가 절로 나온다. 용갑이 주방장을 갑자기 존경하고 싶어진다. 한식은 음식을 만드는 과정이 크고 거칠다. 냉면이나 갈비탕, 갈비를 만드는 과정은 큰 들통에 끓이고 갈비 한 짝을 해체하고 낑낑 댈 정도로 무겁고 큰 힘을 필요로 하는데, 한정식은 작고 아기자기하고 개수를 맞추고 길이를 재어 준비하니 산술적이다.

용갑이 주방장은 비로소 한 가지 요리가 끝나자 담배를 물고 밖에 나간다. 옆에서 거들던 요정 사모님은 종철이 손을 두 손으로 잡으며 미소 짓는다.

"어머~ 어쩜! 남자 손이 이렇게 여자 손처럼 곱대야. 총각 이름 뭐라 했어요?"

"종철이요."

"오! 종철 씨. 여기서 오래 있었어요?"

"개업할 때 왔어요. 5개월 정도 됐어요."

"아우~ 너무 잘생기셨다. 주방 남자들 우락부락하게 생긴 줄만 알았는데 이렇게 곱상하게 귀티 나게 생기셨어. 애인은 있어요?"

종철은 고윤선 씨를 생각했지만 혼자서만 좋아하지 아직은 자신이 없다. 그렇다고 없다고 볼 수도 없으니 이럴 땐 뭐라고 해야 할까.

"아 … 으."

"네? 아니 이렇게 잘생긴 총각이 여태 여자친구가 없어요? 여기 여자들은 다 눈이 삐었나 보네요. 종철 씨 우리 가게 한번 놀러와요. 여자도 소개시켜주고 맛있는 거 사드릴게."

용갑이 주방장이 들어온다.

"야! 가게 엄청 크네. 저쪽 포도밭까지 갔다가 왔는데 다 이 집 거라네. 종철아, 여기 사모님 나이가 어떻게 되냐?"

"서른일곱인가? 그래요."

"그래? 여기 사람 안 구하냐? 내가 와서 일하게."

요정 사모님은 눈을 흘긴다.

"또, 또! 버릇 나온다."

"왕새우 까서 손질해놔야지."

종철이는 새우를 가지러 주방으로 가니 다들 바쁘게 움직인다. 손님 음식 해내랴, 저녁 예약 준비하랴 바쁘다. 찬모는 종철을 보자 말을 건다.

"신선로 어떻게 만드는가 배웠어?"

"한번 봐서 아나요."

"그래도 나중에 나 알려줘. 내가 술 한잔 사줄게."

찬모는 앉아서 시금치 데친 걸 찬물에 헹구다가 종철이 다리를 만진다.

"어머! 종철 씨 운동했어? 다리가 장작개비네."

옆에서 냉면 반죽한다고 양다리를 크게 벌리고 팔굽혀펴기 하듯 쭉쭉 밀던 냉면장은 이마에 흐르는 땀을 팔뚝으로 닦으며 일어난다.

"마른 장작이 화력이 좋잖여. 장작은 박장작이라고 내가 진짜 마른 장작이여. 만져봐, 밤새 안 꺼지고 잘 타지."

"저리 치워! 어딜 다리를 얼굴에다 디밀고 난리야~ 하여간 반또라이야."

냉면장은 손님이 주문한 냉면을 내주고 남은 사리를 그릇에 담아 육수를 부어 종철이에게 내민다.

"냉면 먹어라. 시원하게 물냉면."

종철이 냉면을 먹고 왕새우 40마리를 들고 별관으로 가니 용갑이 주방장이 화장실에서 나온다. 별관은 예약만 받고 평소에는 손님을 받지 않는다.

"새우 가져왔냐?"

"예, 40마리요."

"담배 한 대 피우고 와야겠다. 물에 담가놔라."

잠시 후 요정 사모님도 화장실에서 나오는데, 얼굴이 발그래해져서 민망한 듯 옷매무새를 고친다.

"종철 씨 왔어요?"

요정 사모님은 기운이 없는 듯 의자에 앉으며 용갑이 주방장 나간 문쪽을 쳐다보며 혼잣말하듯 작은 소리로 말한다.

"때 안 가리고 혼자 기분 내는 데는 뭐 있다니까."

요정 사모님은 종철을 쳐다본다.

"큰 가게에서 일하느라 힘드시겠어요."

"아니에요. 음악 들으면서 일해서 안 힘들어요."

"이리 와요. 내가 어깨 좀 주물러 드릴게."

"아니에요. 제가 주물러 드려야죠."

요정 사모는 얼굴을 활짝 밝히며 말한다.

"그래요? 한 번만 만져줘요."

종철은 의자에 앉아있는 요정 사모님의 어깨를 주무른다.

"아, 하~ 시원하네. 내가 나이 많이 돼 보여요?"

"아니요, 마흔 살?"

"엄머! 아이 좋아라. 오! 너무 기분 좋다. 내가 마흔만 되어도 종철 씨 한번 꼬셔볼 텐데."

용갑이 주방장이 들어온다.

"그림 좋네. 나 꼬실 때도 어깨 주물러달라고 하더만."

"음식 하는 사람이 마음을 좋게 써야지. 내 어깨 주물러주지는 못할망정 주물러주는 거 시기해?"

"아유 알았어, 알았어. 많이 주무르고 재미보셔."

용갑이 주방장은 왕새우를 내려다본다.

"흐따매~ 새우 한번 허벌나게 크다. 요런 거 구하기 힘들 건데 잘 사왔네. 요런 걸로 해불면 요리할 맛 나제. 왕새우 좀 가져오라면 째깐한 것만 갖다준께. 지랄~ 접시가 사나."

요정 사모님은 일하러 왕새우 쪽으로 가는 종철이를 아쉬운 듯 바라본다. 용갑이 주방장은 소쿠리에 새우를 담아서 쟁반에 받치고 도마 위에 올린다.

"야! 종철아. 새우껍질을 요로코롬 벗겨설라무네. 새우 등살을 길게 칼로 썰어서 새우살을 양옆으로 펼쳐. 내장은 빼내고 그래가지고 도마에 놓고 칼끝으로 두드려 칼집을 넣어줘. 그래야 새우를 쪘을 때 오므라들지 않아. 살 위에다가 맛소금 조금 뿌리고 후춧가루 조금 뿌리고 살 위에다가 짧게 채 썬 황백 지단, 석이버섯, 청양 풋고추, 홍고추를 채 썰어서 새우살 위에 올려주면 끝이야!"

새우 머리와 수염, 새우살과 오색 고명, 새우 꼬리가 멋지고 화려하게 재탄생했다. 오색 쪽두리 쓴 화관무 궁중 무희 같다. 새우 한 마리가 이렇게 고급스럽게 변신한다는 것에 종철이는 새삼 용갑이 주방장이 무대 위에 선 화려한 가수보다 더 멋있게 보인다.

"와! 멋있네요. 못 먹겠어요. 너무 예뻐서."

"상 위의 마담이지. 모양이야. 그래도 한 상에 4만 원씩 받을라면 신선로, 대하찜 올라가야 해."

종철이는 갈비 가격의 두 배나 비싸다는 말에 놀란다.

"와! 갈비보다 많이 비싸네요?"

"그럼, 활어회도 들어가지. 갈비찜, 불고기도 나와. 거기다가 양주 먹지, 아가씨 팁 주지 1인당 4~5만 원은 그냥 나와."

"와!"

오후가 되니 점심 먹고 난 웨이터들, 홀 아가씨들이 별관에서 무얼 하나 하고 구경들 온다. 구절판에 들어가는 오이채를 만드는데, 곧게 뻗은 오이를 껍질째 돌려깎기 해서 채 써는 기술이 신기하다. 종철이는 오이채 써는 새로운 방법이 신기해서 온정신을 집중해서 조금씩조금씩 돌려깎기를 한다. 일정한 두께로 끊어지지 않게 열심히 하고 있으니 웨이터들 눈엔 종철이가 기술자로 보였나 보다.

"이거 지금 뭐 하는 거여? 오이로 하는 거여?"

용갑이 주방장이 한마디 한다.

"보지도 못했냐, 이 고추야!"

홀 아가씨들이 까르르 웃는다.

"야! 니네들 구경만 하지 말고 이거 밀전병 부쳐. 숟가락으로 밀가루물 한 숟가락 떠서 프라이팬에 놓고 숟가락 등으로 살살 돌리며 모양을 만드는 거야."

밀가루에 소금 넣고 물로 개어서 고운 체에 받친 밀가루물을 콩기름 두르고 팬에 부쳐내니 부드럽고 쫀득한 식감의 밀떡이 된다. 밀전병 한장한장 사이에 눌어붙지 말라고 잣을 다져서 뿌려준다. 용갑이 주방장은 소스를 만든다며 홀 아가씨보고 양재기를 잡아달라고 한다. 거기에 간장, 설탕, 식초, 마늘, 참기름, 통깨, 겨자를 넣고 국자로 저어준다. 용갑이 주방장은 소스는 안 쳐다보고 얼굴을 홀 아가씨 얼굴에 가깝게 대고 눈을 찡긋거리며 젓고 있다.

구절판에 올라가는 고명은 황백 지단, 홍고추, 오이채, 표고버섯, 당근채, 고기채, 애호박채 등을 볶아서 접시 가장자리에 돌려 담는다.

구절판 준비도 다 끝나고 왕새우는 5시 반쯤 찐다고 해서 그때 보기로 하고 종철이는 행사 준비하는 야장으로 간다. 음향 마스터 아저씨가 와서 무대를 설치하고 조명을 점검하고 있고, 의자와 탁자를 트럭으로 싣고 와서 야장에 놓고 있다.

보통 공사가 아니다. 머리 위에는 만국기가 펄럭이고 있고 곳곳에 꽃과 풍선이 분위기를 돋운다. 스피커에선 〈Beautiful Sunday〉 팝송이 경쾌하게 흘러나온다. 음악 소리에 종철이는 처음으로 사는 게 즐겁다는 생각을 해본다. 그리고 살고 싶다는 기운이 가슴에서부터 올라와서 코로 훅 하고 빠져나간다. 스스로 그런 생각을 한 것이 아니라 자신도 모르게 그런 기분이 생겨났다.

야외라는 분위기가 한몫했을 것이다. 힘들게 일하며 듣던 음악은 피로를 풀어주고 힘을 내주었다면, 무거운 짐을 다 내려놓고 파란 하늘 아래 펄럭이는 만국기와 우거진 녹색 숲, 음악, 그리고 윤선 누나를 볼 수 있다는 설렘이 처음으로 성숙한 만족을 준 것이다.

환상 속으로만 생각하던 요정 음식 만드는 걸 가까이서 직접 보고 만들어보고 한 것도 종철이의 기분을 좋아지게 했다.

고윤선이 불러온 민요 가수와 한국 무용수들은 서로 동작 맞춰보느라 한창이고, 고윤선은 한쪽에서 노트를 들고 볼펜으로 무얼 적고 있다. 종철은 갑자기 어디서 용기가 났는지 고윤선 가까이 가서 등 뒤에서 껴안는다.

"누나~!"

"어머, 누구?"

종철이는 얼굴이 빨개져서 팔을 내리며 고윤선을 바라본다.

"오~ 종철 씨네요."

고윤선은 놀라지 않은 듯 종철을 사랑스런 눈빛으로 바라본다.

"한정식 요리 다 끝났어요?"

"네, 다 준비하고 대하찜만 좀 있다가 찌면 돼요."

평소답지 않게 대범히 고윤선을 껴안은 종철은 자신이 어떻게 그런 행동을 했을까 되새겨본다. 그전 같으면 혼날까 봐 하지 못했을 행동을 갑자기 저지른 것은 기분이 갑자기 좋아지며 힘이 난 거와 명동에서 둘이 만나 둘만의 시간을 가졌다는 자신감에서일 것이다. 이렇게 아무렇지 않은 일을 여태 끙끙 앓고 용기를 못 내어 가슴을 태웠던가? 종철은 또 한 번 제대로 껴안고 싶은 충동을 억제하고 있다.

"종철 씨 어디 아파요. 왜 얼굴을 찡그려요?"

"아, 아니에요."

"괜찮아요?"

종철은 억지로 웃어 보인다.

"네, 괜찮아요. 누나 안아봤더니 정신이 없어요. 하하."

"아이, 호호. 깜짝 놀랐잖아요. 오늘 기분 좋은 일 있었어요?"

"네, 한정식 요리도 배우고 누나도 보니까 기운이 갑자기 뻗쳤어요. 놀라셨죠? 죄송해요."

"아니에요. 종철 씨 기분 좋으니까 나도 좋아요."

"누나 기분 좋으니까 나도 좋아요."

"호호."

"하하."

"윤선 누나, 준비는 잘 돼가요?"

"네, 음향 다 연결됐나 봐요. 이제 리허설할 거예요. 종철 씨도 함께 가요."

육송가든 개업해서 최초의 큰 행사를 원만히 치르기 위해 사모님과 전 직원이 며칠 동안 준비했다. 바닥을 고르고, 탁자를 놓고, 풀 뽑고, 나뭇가지 치고, 잡동사니 쓰레기 버리고, 청소하고, 주차장부터 간판 전등 하나 고장 난 것까지 전부 고치고, 갈고, 정리하고, 버리고, 홀 아가씨들은 쉬는 시간에 고무장갑 끼고 퐁퐁 풀어 닦고. 마치 전국체전이라도 유치한 것처럼 대대적인 개선 작업이 있었다. 주차장 화장실 문짝 고장 난 거며 전등 하나 고장 난 것, 청소 등 전 직원이 하나가 되어 귀한 손님들을 맞으려 한 마음으로 노력한 것이다.

그도 그럴 것이 섬유산업은 우리나라의 경제성장과 일자리를 많이 책임지는 분야로 그중에서도 선정합섬은 섬유산업 업계의 대표주자이기 때문이다. 지역의 자랑인 선정합섬 창립기념 행사를 유치하고 서울에서 그룹 사장단들도 방문하니 만큼 모든 직원에게 누가 되지 않으려는 책임 있는 마음에서 진심으로 노력한 것이다. 며칠 전에는 수원시청 지역경제 과장하고 환경위생과 직원들이 와서 관심인지 격려인지 수고 많다며 둘러보고 갔다. 종철은 적극적으로 세상 밖으로 나와서 성장하고 발전하고 성공하려면 세상과 잘 소통해야 한다는 것도 배웠다. 아무것도 하지 않고 가만히 있으면 부담도 없고 편할지 모르지만 꿈을 이룰 수 없다는 것도 알게 됐다.

무대 뒤 큰 현수막에는 '경축 선정합섬 30주년 기념'이라고 쓰여 있다. 무대 위에선 병삼이 형이 음향 아저씨와 상의하고 있다. 객석 쪽에서 무대 앞까지 붉은색 카펫이 깔려있어 큰 행사장처럼 멋진 분위기를 느끼게 한다. 큰 나무숲으로 그늘진 야장에는 음양 하저씨가 매단 조명도 반짝이고 신록이 불빛에 반사되어 신비롭고 묘한 분위기를 연출한다. 종철이는 그동안 봐왔던 육송가든에 이런 멋진 분위기가 있었나 하고 신기하고 멋진 분위기 덕분에 기운이 솟는다.

식전 사회는 고윤선 씨가 보기로 했다. 민요 가수 네 사람이 한복을 쭉 빼입고 병풍처럼 서 있다. 쪽진 머리에 올림머리를 하고 화려한 벚꽃 비취 비녀에 금설꽂이, 설화꽂이 등으로 치장을 하고 비취옥 오봉 노리개, 견사 매듭 천연비취 노리개 등으로 멋을 냈다. 거기에 얼굴 분장 또한 국악원에 출연하는 무용수처럼 속눈썹도 붙이고 색조 화장에 입술까지 바른 모습에 궁궐이 옮겨져온 듯 조선 시대로 돌아간 것 같은 착각을 불러온다.

"아! 아! 마이크 테스트, 마이크 테스트를 하고 있습니다. 쌔 쌔"

병삼이가 마이크 테스트를 마쳤는지 고윤선에게 마이크를 건네며 리허설을 시작한다.

"아 아, 안녕하세요. 오늘 선정합섬 30주년 창립기념 식전 축하공연 사회를 맡은 고윤선 인사드립니다. 오늘 수원왕갈비 육송가든에서 거행되는 선정합섬 30주년 창립기념일을 진심으로 축하드립니다. 특히나 예부터 수원은 효원의 도시인데요. 오늘 백여든여덟 분의 어르신들과 함께 효도잔치를 하게 되어 모두 뜻깊고 기쁘게 행사를 준비했습니다. 함께해주시고 격려해주셔서 감사드립니다. 30주년 창립기념일을 맞이해서 국가경제발전을 위해, 또 고향에 계신 부모형제들을 위해 불철주야 고생하신 선정합섬 사장님과 근로자 여러분, 내빈 여러분 그동안 너무나 수고 많으셨습니다. 오늘 하루만큼은 근심걱정, 피곤함 모두 창공 속에 음악소리에 날려버리시고 맛있는 음식과 갈비로 영양보충하시길 부탁 말씀 올립니다. 여러분의 노고에 보답하는 뜻에서 여러 가지 공연과 수원왕갈비를 준비했으니 맘껏 즐겨주시기 바랍니다."

고윤선은 사회 때 멘트 할 내용을 리허설해 보이고 있다.

"첫 번째 순서로 중요무형문화재 제57호 경기민요 이수자인 송순옥 선생 외 세 분의 〈창부타령〉, 〈방아타령〉, 〈경복궁타령〉을 들려드리겠습니다. 박수와 함성 부탁드립니다."

많이 해본 솜씨로 유연하게 사회 리허설을 하고 있는 고윤선의 진행 솜씨에 모두 표정이 밝아진다. 빼어나고 중량감 있는 외모로 진행을 편안하게 봐주니 오늘 손님들과 내빈들이 좋아할 거라는 믿음이 생긴다. 이어서 민요 가수들의 노래가 시작된다. 부드러운 듯 풍부한 네 사람의 보이스는 시원한 바람을 타고 손가락 사이를 말려주듯 나뭇가지 사이로 퍼져나간다. 살랑살랑 손을 가볍게 흔드는 일치된 동작은 멋과 여유로움을 주고 참석하신 많은 손님들 흥을 돋우고 분위기 띄우는 공연으로는 최고다.

종철이가 리허설을 마치고 별관으로 가보니 용갑이 주방장이 가스불 위에 찜통을 올려놓고 왕새우를 찌려고 물 끓기를 기다리고 있다. 요정 사모님이 작은 손거울을 들여다보고 있다가 종철이가 나타나자 반긴다.

"어머~ 종철 씨! 어디 갔다 왔어?"

"저쪽 야외에 무대 차려놓고 공연 연습하고 있어요."

"종철 씨 노래 잘한다며. 난 노래 잘하는 남자 좋은데. 아! 멋지다아~"

용갑이 주방장은 담배를 물고 나간다. 요정 사모님은 종철이 팔을 잡으며 말한다.

"쉬는 날 우리 가게 한번 놀러 와요. 내가 잘 아는 중식집 있는데, 맛있는 거 사줄게요."

요정 사모님은 주머니에서 명함을 꺼내어 종철이 바지 주머니에 넣어준다.

"꼭! 전화하고 와요."

대답을 재촉하듯 종철이 얼굴을 쳐다본다.

"네!? 꼭 약속해요."

"네…에."

요정 사모님이 새끼손가락을 내밀자 종철이도 새끼손가락을 갖다 댄다.
"안 오면 내가 찾아올 거예요."

요정 사모는 눈을 살짝 흘긴다. 용갑이 주방장은 커다란 채반 찜기 두 칸에 왕새우를 20마리씩 겹치지 않게 꼼꼼히 담는다.

"새우가 서로 붙거나 겹쳐지면 안 돼. 왕새우 찌는 데는 색깔 내는 게 관건이야. 너무 찌면 살이 오그라들어서 모양이 엉망이 돼. 새우 색깔이 가장 붉게 살아났을 때 그때 꺼내서 식혀야 해. 찌는 시간은 5분 내외인데, 그렇게 정확하게 하기 위해서는 물이 끓을 때 새우통을 올려서 시간을 봐야 해. 환경이 바뀌고 불 세기에 따라 익는 시간이 달라지기 때문에 신경을 바짝 세우고 봐야 해. 바쁘다고 딴 데 잠깐 한눈팔면 조지는 거야. 그래서 주방장들 성격이 불같아. 때론 칼날처럼 날카롭지. 사람들은 유한 사람을 선호하지. 그런 사람들은 일도 대충해. 그러나 깐깐한 주방장은 음식할 땐 타협을 안 해. 자기 고집 하나로 일을 하지. 그래서 더 성질이 나빠지고 고독해져."

종철은 주방장의 고뇌를 조금은 알 것 같다. 음식에 대해 모르는 손님의 얘기에도 "예, 알았습니다" 하고 맞춰줘야 하고 아래 직원들이 손님들 계신데 잡담을 하고 떠들건, 홀 아가씨들에게 환심 사기 위해 음식을 막 만들어서 주건 모른 척하고 있으면 성격 좋다고 하고 뭐라 하면 싫어하니 말이다. 좋은 사람 되긴 쉬워도 나쁜 사람 되는 게 어렵다는 걸 깨닫는 순간이다.

용갑이 주방장은 남의 집 대문 들여다보듯 찜솥 뚜껑을 슬쩍 열고 고개를 갖다 대어보곤 닫더니 30초만 더 있으면 되겠다고 한다. 우수이다에 칼집을 넣어 모양을 내고 타원형 접시 한쪽에 올린다. 그 위에 파슬리를 소복이 담고 당근으로 나비를 만들어 날아갈 듯 올려놓는다. 그리고 주인공인 대하 네 마리를 접시에 담으니 색상과 모양이 너무 황홀해서 눈이 휘둥그레진다. 대하 머리는 붉게 피어나고 수염은 용의 수염처럼 양옆으로 펼쳐지고, 몸통의 새우살은 넓게 펼쳐져 있고, 그 위에 황백 지단, 석이버섯, 홍고추, 청고추 다섯 가지 색으로 장식됐다.

한 사람의 능력이 이렇게 대단하다는 것을 처음 느끼는 순간이다. 여기에 간장과 건고추를 넣고 갖은양념을 한 후 조린 소스를 작은 종지에 곁들여놓으니 그야말로 금상첨화가 따로 없다. 새우 수염이 살아있는 듯 멋지게 웨이브로 뻗어 있다. 용갑 주방장은 완성된 왕새우, 아니 대하찜을 바라보며 한마디 한다.

"대하찜은 사실 입으로 먹지 않고 눈으로 먹는 음식이지. 1970년대는 배를 채우기 위해 음식을 먹었고, 지금은 입으로 먹고, 앞으론 눈으로 먹는 시대가 온다고. 그러다가 귀로 먹는 시대가 올 거야."

종철은 궁금하다.

"귀요?"

"응, 매스컴 말이야."

종철은 알 수 없는 말을 하는 용갑이 주방장이 철학적인 사람이라고 생각한다.

주방에서는 메인 상에는 올라가지 않는 잡채와 홍어무침이 맛나게 접시에 담아지고 있다. 종철이가 제일 좋아하는 게 시금치 들어간 잡채다. 찬모는 맨손으로 잡채를 콩나물 뽑듯 잡아서 갈비탕 대접에 담으며 종철이에게 내민다.

"종철 씨, 주방 뒤로 가서 잡채 먹어."

종철이는 잡채를 받아 주방 뒤켠 숫돌에 칼 갈던 장소에 서서 잡채를 한 입 가득 물었다. 입안에 부드러운 당면 감촉이 퍼지며 달콤하고 간이 잘 밴 짭조롬한 간장 맛과 부드러운 참기름 냄새가 코로 밀고 들어온다.

"흐음~"

금세 행복한 기분이 온몸에 퍼진다. 아까 대하찜이 눈으로 보는 거였다면 찬모가 만든 잡채는 입이 행복한 음식이다. 큰 대야에 삶은 당면을 가득 넣고 빨래하듯 투박하게 힘으로 버무려내는 음식이 바로 한식의 맛이다. 시간도, 계량도, 공식도 없이 그냥 만드는 사람의 감각으로 대충 때려 넣고 버무리면 손맛이 입에 와서 감긴다.

손맛의 정의는 손으로 주물러주는 기능이다. 마치 기공사가 환자의 몸에 맺히고 뭉친 근육을 풀어주고 순환을 원활하게 해주듯 음식도 본재료와 양념이 잘 섞이고 어우러져서 가장 맛있는 맛이 나는 시점까지 적당한 시간에 버무려줘야 한다. 덜 주물러도 양념이 안 섞이고 안 어우러지고, 너무 짓이겨도 재료가 곤죽이 되어 재료 속에서 물이 나와 대책 없이 싱거워진다.

그래서 요리하는 사람은 몸과 마음이 건강해야 한다. 육체적으로 아파도 안 좋지만, 기분이 나쁘거나 화가 날 때는 음식을 다뤄서도 안 되고 마음 관리를 잘해야 한다. 특히 손에 기가 세면 음식을 버무릴 때도 기가 팍팍 들어간다.

"종철 씨, 홍어무침도 좀 먹어봐. 막걸리도 한 잔 가져왔어."

"나 막걸리 먹으면 얼굴 빨개져요."

찬모 아줌마는 종철이 엉덩이를 손바닥으로 때린다.

"아이구, 그래가지고 여자는 어떻게 꼬셔? 술도 먹고 술도 멕여야 자빠뜨리지이~ 나한테 배워. 내가 공짜로 가르쳐줄 텐께. 한 모금만 마셔."

찬모는 막걸리 잔을 종철이 입에 갖다 댄다. 종철이는 마지못해 인상을 찡그리며 받아 마신다.

"그렇지. 쭉쭉~ 어이구 잘한다."

찬모는 종철이 엉덩이를 톡톡톡 두드린다. 홍어무침은 참 독특한 우리나라 전통 음식이다. 달콤하고, 새콤하고, 매콤하고. 미나리와 배와 홍어를 한 젓가락에 잡고서 입에 넣으니 꿀맛이다.

"이야, 술 좋아하는 사람들은 한정 없이 땡기는 맛이네요."

"그렇지. 이제 맛을 아네. 그렇게 먹다가 취하면 옆에 있는 임도 가슴에 품어보고. 끝내주지? 종철 씨 해봤어? 못 해봤지? 으이그, 아직 애기여 애기."

밥모는 옆으로 오며 말한다.

"하하하, 뭐가 애기예요?"

"한번 봐봐. 애긴가 아닌가."

"아줌마 술 마셨죠?"

"그래 마셨어. 속상해서. 남들은 다 남자 여자 끼고 갈비 먹으러 오는데,

나는 이 좋은 날씨에 식순이 노릇만 하니 내 신세가 처량해서. 가까이 있는 남자들이 내 맘을 알아주나."

종철이는 갑자기 찬모가 안쓰럽다는 마음이 든다.

"빨리 가봐. 무대에서 기다릴 텐디 내가 주책이네."

종철이는 찬모를 살며시 안아준다.

"힘내세요."

"그래, 고마워. 내가 종철 씨니까 이런 말하지. 육송가든에서 내 맘 알아주는 사람은 종철 씨밖에 없어."

무대로 향하는 종철이는 갑자기 우울해진다. 좋은 사람, 나쁜 사람 기준은 뭘까? 그리고 사람은 다 외롭고 힘들다는 것도. 종철이도 외롭고 혼자인 적이 있었다. 그땐 그걸 당연하게 생각했다. 돈도 없고, 사람도 없고, 아무것도 없었으니까. 사람은 가는 정이 있으면 오는 정이 있다고 한다. 종철이는 누구한테나 좋은 점을 보고 좋은 말을 하려고 한다. 힘든 일이 있으면 도와주려 하고 힘들어하면 격려의 말 한마디 건넨다. 사실 주방 아주머니들께도 종철이는 평소에 힘든 일을 도와드릴 때가 많다. 김치 겉절이나 깍두기를 큰 고무다라이에 놓고 낑낑대며 버무릴 때면 종철이가 달려와서 "전부 다 나오세요" 하곤 코끼리분식집에서 국수 반죽하던 실력으로 버무려주면 아주머니들은 놀라며 한마디씩 한다.

"육부실에서 날고기만 뜯어 먹더니 역시 남자라 다르고만."

이럴 땐 종철이도 유머로 응수한다.

"남자라고 다 똑같은 남자 아니에요."

"호호호, 맞어. 종철 씨가 최고야."

종철이는 모든 사람이 외롭지 않고 고통받지 않고 행복하길 간절히 기도해본다.

"종철이 빨리 오래."

웨이터가 종철이를 보고 무대 쪽에서 부른다고 한다. 행사장엔 손님들이 오기 시작하고 말끔히 양복에 넥타이를 맨 신사들도 많이 보인다. 무대 쪽으로 가니 고윤선이 부른다.

"종철 씨, 어서 오세요. 얼굴이 왜 빨개요?"

"아뇨, 뛰어와서 그래요. 금방 괜찮아져요."

"호호, 얼굴이 빨간 게 귀여워요. 무대 뒤에 가시면 얼굴 분장해줄 거예요. 가보세요."

"네, 점심은 맛있게 드셨어요?"

"네, 많이 먹었어요. 호호."

종철은 잡채 좀 가져다가 윤선 누나 드릴 걸 그랬다고 아쉬운 생각이 든다. 무대 뒤로 돌아가니 민요 선생이 화장품 가방을 펼쳐놓고 병삼이 형 분장을 해주고 있다. 눈썹도 짙어지고 코도 오뚝하고 얼굴엔 분가루가 두껍게 발라져서 외국 사람처럼 변했다.

"총각, 이리 와 앉아요. 다 됐어요."

종철이도 분장은 처음이라 신기하고, 예쁜 여자가 얼굴을 만지며 화장해주니 기분이 좋아진다.

"어머, 여자 피부보다 더 좋네. 화장이 잘 받네."

종철은 여드름 때문에 한동안 고생해서 피부에 신경이 많이 갔다. 피부에는 물이 중요하다. 지하수로 세수하면 피부가 거칠고 안 좋아진다. 그래서 시골 사람들이 서울 오면 예뻐진다는 말을 듣는다. 좋은 물로 세수하면 피부가 좋아진다는 걸 경험을 통해 알게 됐다. 종철이만의 피부관리 비법이라면 스킨을 바르고 나서 양손 다섯 손가락을 벌리고 이마, 볼, 눈, 턱 이곳저곳 백 번을 골고루 때려준다. 그리고 로션을 바르고 나서 똑같이 백 번을 때려준다. 그냥 두드려주는 게 아니라 큰 소리 나게 때려주면 얼굴 피부 근육이 단련되며 피부가 탱글탱글해지고 얼굴이 작아진다. 하루 이틀 해선 안 되고 보디빌더 선수처럼 평생 하면 얼굴 근육이 10년, 20년 탄력 있고 젊어진다.

무대의상은 수원 시내 비바맞춤사에서 무대복으로 한 벌 맞췄다. 짙은 남색 재킷은 고급스러운 이미지와 마음에 안정을 주는 색으로 알려져 있다. 오늘 노래는 초등학생 적에 즐겨 부르던 나훈아의 〈고향역〉과 〈물레방아 도는데〉다. 나훈아도 나비넥타이를 맨 적이 있기에 오늘 종철이도 나비

넥타이를 맸다.

갑자기 앞쪽에 앉아있던 양복 입은 직원 10여 명이 황급히 일어나며 주차장으로 몰려간다. 분위기가 심상치 않다. 주차장에는 선정합섬 직원들이 양옆으로 도열해 있다. 잠시 후 검정 리무진과 밴이 들어오고 그 뒤로 승용차가 몇 대 더 들어온다.

"회장님 오신다!"

누군가 서울 번호판을 단 고급 승용차를 보고 소리친다. 정말 높은 사람이 오는 듯 양복 입은 사람들이 차려 자세로 있고, 차는 정지하며 양복 입은 사람이 뒷좌석을 열어준다. 중후한 멋을 풍기는 60대 신사가 차에서 내리고 수행원들에 둘러싸여 행사장으로 이동한다. 그룹 총수에게서 풍기는 기운을 보니 평상시 일반인들에게서는 좀처럼 볼 수 없는 모습이다.

종철이는 정상의 자리에 있는 선정합섬 회장의 모습을 보면서 장미가 든처럼 크고 멋진 갈비집을 해야겠다는 생각과 기량을 연마하고 공부해서 자신을 멋지게 만들어 세상을 위해 일해야겠다는 감동이 솟아오른다. 이어서 정부 측 관료도 경기도청 순시를 마치고 선정합섬 30주년 행사를 축하하기 위해 찾아주었다. 귀빈석에 자리를 잡고 앉으니 이때를 맞추어 밴드에서 생일 축하 음악이 잔잔히 흐르고 있다. 세상에서 가장 많이 불리는 노래 〈Happy Birthday To You〉다. 30주년 생일이니 당연히 생일 축하 노래가 제격이지만, 편안히 부르고 듣던 노래에 애꿎은 사연이 있었으니 알고 듣는 게 나을지.

이 노래는 미국에서 1893년에 처음으로 연주자인 밀드레드와 패티 힐 자매가 〈Good Morning To All〉이라는 노래를 만들었다. 그로부터 30여 년 후에 로버트 콜맨이라는 사람이 〈Happy Birthday To You〉라는 제목으로 가사만 조금 바꾸어서 발표했다. 이에 자매는 소송을 제기했지만, 자신들이 처음 만들었다는 것만 알려지고 결과는 뒤집어지지 않았다는 사연을 갖고 있다. 이처럼 좋은 노래 하나가 만들어지기까지는 많은 사람의 노력과 창작의 고통이 따른다는 것이다. 이어서 축하곡이 전체 행사장의 자리 배정과 지인들과의 만남, 인사, 대화로 조금 소란스러워진 분위기를 중화

시켜주고 기분 좋게 해주는 작용을 한다는 것도 알게 됐다.

생일 축하곡은 음반제작자협회(ASCAP) 등 작사가·작곡가들이 뽑은 20세기 최대의 히트곡이라고 한다. 그 뒤로 흐르는 곡은 행사장 분위기를 더욱 신나게 만든다. 〈Birthday〉는 1968년 존 레논과 폴 매카트니가 작곡하고 영국의 록그룹 비틀스가 부른 신나고 경쾌한 곡이다. 이 노래도 들어보니 호흡으로 가사를 누르며 묵직하게 쏟아내는 맛이 있다. 무대 한켠에 고윤선이 한복을 입은 채 마이크를 들고 대기하고 있는 것으로 보아 바로 식전 축하공연이 시작될 모양이다.

드디어 고윤선이 조심스럽게 무대 중앙으로 살랑살랑 걸어 나온다. 평소에도 성숙한 미모인데 멋진 한복에 화장을 하고 머리에도 비녀와 장식으로 꾸미니 사람들 시선이 모두 무대로 향한다.

"오늘 귀한 발걸음으로 찾아주신 어르신, 내빈 여러분! 선정합섬 창립 30주년 기념의 주인공들이신 직원 여러분 축하드립니다."

고윤선은 고개를 천천히 숙여 인사를 드린다. 박수가 터져 나온다.

"오늘 뜻깊고 영광된 자리에 설 수 있어 감사드립니다."

또 박수가 쏟아진다. 첫출발 분위기가 너무 좋다.

"선정합섬 창립 30주년 및 어르신 효도잔치 식전 축하공연 사회를 맡은 고윤선 인사드립니다. 오늘 축하해드리기 위해 특별히 민요 가수를 초대했습니다. 첫 번째 순서로 중요무형문화재 제57호 경기민요 이수자인 송순옥 외 세 분이 〈창부타령〉, 〈방아타령〉, 〈경복궁타령〉을 들려드리겠습니다. 박수와 함성 부탁드립니다."

한복을 멋지게 차려입은 국악인 네 분이 우아하게 걸어 나오고, 고윤선 사회자의 멘트가 계속된다.

"경기민요는 1975년 7월 12일 중요무형문화재로 지정되었습니다. 오늘 들려드릴 가락은 흥겨운 중중모리장단으로 시작해서 경쾌하고 역동적인 자진모리로 신명을 불러일으킵니다. 노래 속에는 인생의 깊이와 번창을 기원하는 마음이 담겨 있습니다."

반주가 흐른다. 장내에 있는 선정합섬 직원들, 내빈들은 멋진 국악인들의 부드러운 하모니에 빠져 들어가는 듯 시선이 무대 위로 끌려간다. 〈창부타령〉 가사 중 "나물 먹고 물 마시고 팔베개하고 초원에 누웠으니 대장부 살림살이가 넉넉하다"는 소리가 멋지다. 욕심내지 않고 남의 것 탐내지 않고도 넉넉하게 살 수 있어 좋다는 뜻을 담고 있는 노래 같아 좋다.

나무가 우거진 넓은 공터의 테이블 150개를 꽉 채운 사람들의 모습이 장관이다. 이 넓은 공간에서 수많은 사람이 갈비구이를 먹는 모습을 영상에 담아 전 세계에 내보낸다면 바비큐파티 갈비구이를 먹고 싶어서 미국, 유럽, 중국, 일본, 동남아 사람들이 떼를 지어 갈비여행을 올 것이다. 백 마디 말보다 사진 한 장의 감동이 대단할 것이다. 이러한 일이 이곳 육송가든에서 지금 시작되고 있다. 중앙무대와 비교해도 손색이 없는 멋진 병풍처럼 한복을 차려입은 국악인의 비주얼과 소리에 한 곡이 끝날 때마다 열렬한 박수와 함성을 보내주고 있다.

스피커를 야장 사방에 설치하니 서라운드가 되어 사운드 좋고 경관 좋고 하늘 배경은 덤이요, 날씨 또한 전형적인 가을 날씨로 오감 만족을 느끼기에 충분하다.

"네, 감사합니다. 중요무형문화재 제57호 경기민요 이수자인 송순옥 선생님 수고하셨습니다. 여러분 어때요? 우리 한복 입은 여인네들 아름답죠?"

"네, 좋아요."

"멋져요."

"감사합니다. 오늘 아주 아름다운 가을날 조선 22대 임금인 정조 시대에 소나무를 많이 심었다는 유서 깊은 이곳 소나무거리에 위치한 육송가든에서 선정합섬 창립 30주년 기념행사 및 어르신 효도잔치가 열리고 있습니다. 오늘 축하해주기 위해 오신 초대 가수 한 분을 소개해 올리겠습니다. 이분은 약관의 나이로 방년 스무 살입니다. 파릇파릇 꽃다운 나이죠? 이분은 이곳 육송가든 노래자랑에서 당당히 대상을 받으셨고 잠시 후에 맛보게 될 갈비를 만드는 육부 요리사이기도 합니다. 김종철 씨를 소개합니다. 부르실 노래는 〈물레방아 도는데〉입니다."

"안녕하세요! 생일을 축하드립니다. 오늘 팔도에서 모이신 선정합섬 임

직원 여러분께 고향을 생각하는 노래 1972년 정두수 작사, 박춘석 작곡, 나훈아의 〈물레방아 도는데〉를 보내드리겠습니다."
　은쟁반에 옥구슬 굴러가듯 반주가 또로로로 흘러 쏟아진다.
　또로로로 또로로로 또로로로 ~

　돌담길 돌아서어며~ 또오오~ 한 버언 보오오오고~
　징검다리 건너갈 때 뒤돌아보오며~ 서울~ 로오 떠~어나간 사아람~
　천리~타아향~ 머얼리 가~더어어니~ 새보옴이 오기 전에~
　잊어버어려었나~ 고오오향~에에 물레에바앙아~
　오오오늘도오 돌아가느은데~~

　"와! 앵콜~ 앵콜~"
　"네, 아직 2절이 남았습니다."
　"호호호."
　박수와 함성이 터져 나오고 고윤선도 신이 나서 조크를 던진다. 600여 명의 관객이 일시에 보내는 환호는 정말 대단하다. 종철이는 생각지도 않은 관객의 환호에 놀라면서도 신이 난다. 어릴 적 집의 전축에서 흘러나오던 소리 그대로를 생각하며 원음 그대로 부르려고 절제하며 창법을 그대로 표현하고 있다. 일본의 어느 음악평론가는 나훈아의 〈물레방아 도는데〉가 나오기 전까지 일부 일본인은 자기네 엔카가 한국 노래의 원조로 알고 있었다고 한다. 그런데 나훈아의 〈물레방아 도는데〉를 듣고선 일본 노래에서는 찾을 수 없는 남성적인 강렬함을 느꼈다고 한다. "천리타향 멀리 가더니"라는 가사에서 뿜어나오는 힘은 일본 엔카에서는 느낄 수 없는 남자의 야성미라는 것이다. 그래서 한국의 아리랑 트로트를 일본의 엔카보다 한 수 위라고 극찬했다는 기사가 있다 하니 일본 여성들이 드라마 속 한국 남자의 순수한 정열을 부러워하는 것으로도 연결된다.
　종철이는 아직 사랑하는 여성에 대한 뜨거운 열정을 발산해보진 못했지만, 고윤선을 생각하면 스스로 제어하기 힘든 열병이 넘쳐나는 걸 확인한다. 얼마 전 육부실 직원들과 회식 후 잠자리에 누웠으나 고윤선이 보고 싶어 견딜 수 없어 자리에서 벌떡 일어나 고윤선 집으로 걸어갔다. 평소에는 맘먹은 대로 행동하지 못했겠지만, 이날은 기분 좋게 몇 잔을 들이킨 힘으로 찾아간 것이다. 중간쯤 갔을 때 하필 소낙비가 억수로 쏟아지고 왠지 내리는 빗줄기도 외로울 것이라는 생각에 '짝이 없는 내 처지와 같구나. 나라도 맞아주자' 하고 빗줄기를 온전히 다 맞았다. 고윤선 집의 창문을 끝내 두드리지 못하고 창가에 주저앉아 깜박 잠에서 깬 후에도 내리는 비를 맞으며 숙소로 온 적이 있다. 사랑은 이런 것인가 하고 종철이는 생각했다.

"네, 다음 순서가 많이 남았는데, 여러분의 성원이 대단하여 노래 한 곡 더 해야겠네요."

고윤선은 노래를 마친 종철이 손목을 잡고 말한다.

"어떻게 할까요? 그냥 들어가라 할까요?"

"앵콜~"

"앵콜! 앵콜!"

"안 나오면 쳐들어간다. 쿵자자작작, 엽저언 여얼다안냥~ 안 나오면 쳐들어간다다. 쿵자자작작, 엽저언 여얼다안냐앙~"

종철이는 할 수 없이 2부에 부르려 했던 노래 〈고향역〉을 써먹기로 한다.

"~짠, 짠, 짜~ 자자 짜자자 잔잔~ 짠짠자~ 자자자자장"

〈고향역〉 반주가 흘러나오자 뒷좌석 쪽의 선정합섬 공원들이 일제히 쏟아져 나오며 서로서로 뒤에서 어깨를 잡고 수십 명이 무대 앞으로 기차놀이 하듯 음악에 맞추어 돌아간다. 삽시간에 기차놀이 인원은 늘어나서 100명이 넘었다.

"달려어어라~ 고오향 여얼차~ 설레에는 가아슴 안고"

모두 합창을 하며 기차놀이로 객석을 누빈다. 회장님과 사장님도 자리에서 일어나 활짝 웃는 얼굴로 박수를 치고 노래를 따라부르고 신바람이 났다. 사장님, 회장님의 회사 사랑, 직원 사랑이 물씬 풍겨져 나와서 장내는 그야말로 위아래 구분 없이 하나 되어 즐거운 분위기다. 전라도, 경상도, 충청도, 강원도, 제주도, 경기도, 이북5도 사람들 모두 고향을 떠나서 돈 벌러 객지에 와서 생활하느라 고생했는데 모두 〈고향역〉 노래를 함께하며 향수에 젖는다.

　종철이는 작은 체구지만 어려서부터 갈비씨라 불리던 자신의 타고난 약한 신체를 오히려 강하게 하기 위해 태권도를 하고 턱걸이를 하여 힘을 쓰는 호흡이 강해졌다. 단단한 몸에서 뿜어져나오는 노래의 열정에 모두 환호로 보답하며 하나가 되는 광경은 한 번 보고 흘려버리기엔 아까울 정도로 장관이다. 역시나 뒤쪽에선 카메라맨이 캠코더로 동영상을 찍고 있다.

　"앵콜! 앵콜! 앵콜!"

　"네에~ 대단하네요. 정말 감사합니다. 선정합섬 직원 여러분 대단하십니다. 이렇게 열정이 많으시고 에너지가 넘치는 분들은 첨 봤습니다. 다음 2부가 또 준비되어 있으니 양해해주시고 그만 진정해주시길 부탁드립니다. 호호호. 자! 저희가 준비한 마지막 순서 하나만 하도록 하고 오늘 정식 행사를 계속해서 이어가도록 하겠습니다. 대학교 축제, 종로·명동 음악다방 디제이로 많은 팬을 몰고 다니던 디제이 병삼 씨를 소개합니다. 이분 역시 저희 육송가든 직원입니다."

　"안녕하세요, 반갑습니다. 오늘 선정합섬 30주년 창립기념일을 진심으로 두 손 모아 축하드립니다. 디스크자키 병삼입니다."

　병삼은 무대 중앙으로 나오지 않고 음향이 있는 한쪽에서 선글라스를 끼고 한 손으론 헤드폰을 귀에 쥐고 한 손은 레코드판에 얹고 스탠드 마이크에 대고 디스코텍 디스크자키 음성으로 멘트를 날리자 음악이 터져 나온다. 우리에 갇혀 있던 야생마가 말문이 열리자 뛰쳐나오는 기세로 "~땅 다 다 다, 다 다 다 다 다 어쩌다 마주친 그대~"

　노래를 처음 듣는 사람이라도 전주 첫 시작 부분의 멋드러진 일렉트릭 기타 소리는 마치 불자동차 달려가는 듯 급박한데, 그 불이란 열정을 끌어내는 마법의 소리다. 종철이도 한겨울 밤중에 종로3가를 걸어갈 때 어디선가 흘러나오는 첨 듣는 전주 첫 소절 소리를 듣고 빨리 듣고 싶어서 소리를 따라 달려간 적이 있었다. 종로 호다방 2층 계단을 노래를 빨리 듣기 위해 숨도 안 쉬고 달려 올라갔다. 병삼의 디제이식 멘트가 나온다.

"오늘 축하곡으로 송골매의 〈어쩌다 마주친 그대〉를 준비했습니다. 자신이 놀 줄 안다고 생각하시는 분들은 지금 바로 앞으로 뛰쳐나오기 바랍니다."

그렇지 않아도 춤을 추기 위해 슬슬 일어나서 나오던 대다수의 공원들이 물 만난 고기 떼처럼 신나게 춤을 추며 노래를 따라 부른다.

"그대에게, 할말이~이 있는데, 왜 이리 용기가아~ 어없을까, 끙! 말을 하고 싶지만"

이 대목에서 음악이 멈추고 디제이 멘트가 나온다.

"네. 할 말이 있으신 분들은, 아직도 할 말이 남으신 분들은 지금 당장 말해주세요. 오! 예에!"

펑키 록디스코 사운드의 신나는 비트를 믹싱해서 멘트와 어우러지는데, 병삼이의 시원스럽게 생긴 마스크도 오늘 선정합섬 여공들의 여심을 빼앗기에 충분하다. 이렇게 어이없이 열광의 도가니로 무너뜨렸으니 오늘 밤 시내 나이트클럽은 불폭탄의 불타는 밤이 될 것이 우려스럽다.

"와~! 한 곡 더!"

무대 앞 객석 통로에서 몸부림을 치던 직원들의 기세를 보면서 고윤선은 송골매 음악이 끝날 때 신속하고 강력한 멘트로 행사장 분위기를 진정시킨다.

"네에~ 디스크자키 병삼 씨의 무대 잘 봤습니다. 오늘 디스크자키 병삼 씨는 오늘 무대를 끝으로 다시 대학에 복학하고, 임신한 사랑하는 아내와 행복한 가정을 이룰 수 있도록 여러분! 축복의 박수 부탁드립니다."

고윤선은 뭔가 의미 있는 화제를 소개하며 직원들의 시선을 돌리고 흥분을 가라앉히고 있다.

"여러분~ 이제 흥분을 가라앉히시고 자리에 앉아주시면 감사하겠습니다. 잠시 후 2부도 준비되어 있으니까요. 아~ 정말 대단하십니다. 선정합섬 직원 여러분 존경합니다. 에너지와 열정이 넘쳐서 공연하는 우리가 너무나 큰 힘을 받고 감동을 받았습니다. 자! 다음 본행사를 위해 마이크를 넘기도록 하겠습니다."

"아! 아! 자~ 지금부터 선정합섬 창립 30주년 기념식을 효의 고장 수원의 어르신들과 회장님과 내빈, 직원 여러분을 모시고 거행하도록 하겠습니다. 모두 자리에서 일어나 국기를 향해주시기 바랍니다."

선정합섬 의식행사는 엄숙하고 질서 있게 착착 진행되고 있다. 서울에서 회장님도 오시고 정부 고위 관료도 참석한 만큼 수행원들 하며 분위기가 대단하다. 고급 승용차들 하며 수행원들, 고급 밴 차량, 검정 선글라스를 쓴 경호원들이 사방에서 무전기를 들고 이어폰을 귀에 꽂은 모습들이 영화의 한 장면처럼 공연자들도 자신이 한가닥하는 사람처럼 느껴질 정도로 행사장 기운이 예사롭지 않다.

종철이는 한번도 경험해본 적 없는 행사장 인파와 권력과 경제력을 가진 사람들을 직접 보니 대단하다는 걸 느낀다. 종철이는 한편으로 대원각에서 오래 근무한 윤선 누나는 저런 사람들을 많이 보았고 대해보았을 것이라는 생각을 한다. 인사말, 축사, 격려사, 장수 어르신 선물 증정, 케이크 커팅, 30년 근속 표창, 모범사원 표창, 감사패 수여가 끝나고 기념촬영도 마치고 축하 여흥 2부가 시작되면서 음식이 나오기 시작한다. 2부 사회자 종철이가 마이크를 들고 무대 중앙 쪽으로 나오자 여성 팬의 환호성이 터져 나온다.

"오늘 생일을 맞으신 선정합섬 직원 여러분, 사장님, 회장님, 어르신, 내빈 여러분 축하드립니다. 오늘 육송가든에서는 고객 여러분의 눈과 귀를 즐겁게 해드리고 음식으로도 기쁨을 드리기 위해 우리 육송가든 전 직원은 최선을 다해서 진심을 다해 모시고 있습니다. 아무쪼록 오늘 이 시간은 여러분의 시간이니 만큼 맘껏 즐겨주시고 환호해주시고, 웃어주시고, 박수도 많이 부탁드립니다."

수원왕갈비 비법

웨이터들이 준비된 음식들을 쟁반에 받쳐 들고 테이블로 들어온다. 화려한 색깔의 요리들이 세팅되자 귀빈들도 생각지 않게 특급호텔에서나 봄직한 요리들이 차려지니 눈이 휘둥그레진다. 이런 때가 표정 관리하기 힘든 때인지도 모른다. 갈비는 특별 제작된 바비큐 구이대에서 1차 초벌이 되어 각 테이블로 날라지고 있다. 빠른 갈비구이 제공과 연기가 옷에 배지 않고 편안한 식사를 위해 생각해낸 아이디어다. 이것은 종철이가 수원왕갈비의 원조인 경춘관 주방장한테서 들은 이야기를 참고해서 제작한 것이다. 마차처럼 나무로 짜고, 석쇠는 큰 것이 없어서 유기 젓가락 만드는 공장을 찾아내어 1.2미터 길이로 길게 잘라서 테두리는 알루미늄으로 직접 만들었다. 구이대는 드럼통 반 짜갠 걸 뉘여서 다리를 만들고 숯불을 피워서 석쇠판을 올리니 고기 굽는 데 그만이다. 집게를 양손에 쥐고 두 명이 양쪽에 서서 구우니 엄청 빨리 구울 수 있다.

이러니 서빙 아가씨 일도 절반 이상 줄어들어 인력도 여유 있고 갈비 제공도 빨라져 고객도 갈비 먹는 데 맥이 끊기지 않아서 좋다. 맨 먼저 회장님 테이블로 갈비구이가 배달되고 음식이 차려지니 탁자가 음식으로 꽉 차고 색상이 화려하다. 그도 그럴 것이 신선로, 구절판, 대하찜 등 서울에서도 일류요정에서만 구경할 수 있는 요리들이 생각지 않게 나오니 깜짝 놀랄 수밖에. 손님들은 초벌구이 되어 나온 갈비를 보곤 세 번 놀랐다고 한다. 첫째는 왕갈비의 크기요, 둘째는 살아있는 고기의 색상인데 국산 참깨로 볶아서 짜낸 고소한 참기름이 대파, 배즙, 마늘 등 천연양념들과 어우러져 육색이 반짝반짝 빛을 발한다. 셋째는 간장과 조미료가 일체 들어가지 않고 소금으로 간하여 넉넉한 참기름의 고소한 맛, 생마늘을 다져 넣은 매콤하고 시원한 맛, 수원갈비의 진수를 처음 보게 되니 한입 물고 탄성이 저절로 나온다.

"이야! 갈비가 이렇게 맛있을 수가 있어?"

얼굴에 장난기 가득하던 간부는 화가 잔뜩 난 표정을 하곤 야단치듯 말한다.

"야! 갈비가 왜 이렇게 맛있는 거야? 대체 갈비에다 무슨 짓을 한 거야?"

"와~ 하하하."

"당신은 계속 말해. 나는 말없이 계속 먹어줄 테니까."

그렇다. 수원왕갈비 먹을 때 말은 필요없다. 오직 전진뿐.

수원왕갈비는 맛있을 수밖에 없는 이유가 있다. 비법을 공개한다면 수원갈비 양념의 대가가 개발한 양념 노하우는 파인애플과 대파다. 특히 파인애플의 양이 중요하고 민감한데, 들어가는 양 조절을 잘해야 한다. 많이 넣으면 갈빗살이 곤죽이 된다. 수없이 많은 실험을 거쳐 찾아낸 비율은 갈비 양의 0.5%다. 예를 들어 갈비가 10킬로그램이면 파인애플즙은 50그램이다. 물론 생파인애플을 써야 한다. 살짝 다진 대파는 반 대접 정도가 들어가는데 설탕, 꽃소금을 5:1 비율로 섞고 후추는 소금 양의 3분의 1을 넣고 잘 섞어준 후 갈비 10킬로그램에 500그램을 넣는다. 여기에 참기름 400그램, 마늘 400그램을 넣어서 고무장갑을 끼고 버무려준다. 양념을 골고루 묻혀주고 3시간 정도 숙성시키면 세상에 없는 깜짝 놀랄 수원갈비의 맛을 느낄 수 있다.

달콤하고 고소하고 쫄깃한 식감의 맛, 세상에 단 하나밖에 없는 고기와 양념과 숯불의 맛이다. 물론 기본적으로 포를 뜬 갈빗살에 칼집을 넣어줘야 한다. 서울식은 다이아몬드 칼집이고, 수원식은 빗살무늬 칼집이다. 수원식은 칼을 세워서 5밀리미터 간격으로 칼집을 일정하게 넣어주는데, 갈비 맛을 제대로 느끼려면 가위로 자르지 않고 젓가락으로 뜯어서 원시적으로 먹어야 더 깊은 풍미를 느낄 수 있다.

칼집을 넣는 공정을 거치는 이유는 첫째로 갈빗살이 오그라들지 않게 하기 위함이다. 갈빗살은 단백질 식품으로 열을 가하게 되면 오징어처럼 오그라드는 성질이 있다. 힘줄을 끊어줌으로써 오그라드는 것도 방지하고 연하게 한다. 그리고 양념이 잘 배고 숯불의 스모크향이 많이 배어서 맛과 향을 좋게 한다. 여기에 파인애플이 들어가서 고기를 연하게 만드는데, 고기가 연하면 먹는 양을 1.5배, 두 배가량 더 먹을 수 있게 하는 효과가 있다. 갈비집 주인한테는 매출이 올라서 좋아할 만한 비밀이다.

고기를 씹다가 턱, 아구가 피로해지면 뇌에서는 그만 먹고 싶다는 사인을 보내고 맛이 없게 느껴지도록 한다. 한데 고기가 연하면 식감으로도 더욱 먹고 싶은 맛을 느끼게 하는 것이다. 결론은 칼집과 파인애플이 고기를 연하게 만들고 맛까지 좋게 하고 갈비를 땡기게 하는 것이다. 폭풍흡입이라는 말이 이런 것인가? 체면도 잠시 잊게 만드는 맛이고 젓가락이 바쁘게 연신 입으로 직행이다. 갈비 먹을 때는 초반 서빙이 대단히 중요하다. 초반엔 먹는 양이 많고 스피드가 빠르므로 여기에 맞춰서 고기를 빠르게 굽고 날라야 한다. 초반 기선제압을 하고 나면 중반부터는 서브맨들이 여유가 생긴다.

이때 지배인이 짧은 머리를 휘날리며 이리로 저리로 혼자서 왕복달리기 하듯이 서빙을 한다. 지배인이 솔선수범하니 웨이터, 홀 아가씨 등도 모두 열심히 뛰어 다닌다. 책임자 한 사람의 역할이 대단히 중요하다. 일하는 사람들의 막힘을 뚫어주고, 우선 할 일에 일머리를 잡아주고 해결해주니 일이 술술 풀린다.

갈비가 주연이라면 신선로, 구절판, 대하찜은 조연 역할을 한몫 톡톡히 해주고 있다. 오늘 회식엔 소주보다는 비싼 마주앙이 어울리는 궁중 요리라며 차가운 와인이 여기저기 글라스에 채워진다. 일반직원들 상에는 시골잔치상에 빠지지 않는 최고 인기 음식 홍어회와 잡채가 접시에 푸짐히 담겨 있으니 풍성함에 마음으로 배가 부르고 즐겁다. 오늘 선정합섬 행사 사회는 관리부장님이 맡았는데, 회장님 부름을 받고 달려온 관리부장은 비장한 표정으로 마이크를 잡는다.

"아! 아~ 잠시 안내 말씀 드리겠습니다. 선정그룹 회장님께서 식전공연을 보시고 공연팀들에게 금일봉을 준비하셨는데, 이어서 나온 격조 높은 음식들을 보시곤 요리를 준비해주신 주방과 홀 직원들에게 또 한 개의 봉투를 준비해주셔서 봉투가 두 개입니다."

"와! 감사합니다."

"최고입니다."

"와~ 최고! 최고! 최고!"

봉투와는 상관없는 선정합섬 직원들까지 박수를 치고 좋아한다. 마치 자신들이 팁을 주고 싶었다는 듯, 아니 자신들이 받은 듯 환호를 보낸다. 고윤선은 마이크를 들고 무대에 오른다. 사뿐사뿐 큰 꽃사슴 같다. 아니 공작새처럼 예쁜 모습으로 장구를 메고 오른다.

"오늘 선정합섬 창립 30주년 기념행사를 맞이해서 멋지고 귀한 시간을 만들어주신 선정합섬 회장님, 사장님, 직원 여러분! 이곳 육송가든 사장님을 대신해서 감사 말씀 드립니다. 더구나 저희 직원들 격려금까지 베풀어주심에 감사드립니다. 잠시 후에는 일반무대에선 보기 힘든 정통 궁중무용 장구춤을 감상하는 시간을 가져보도록 하겠습니다. 명문대 무용과 출신 고윤선 선생의 궁중 장구춤입니다. 여러분~ 박수로 맞이해주세요. 고윤선, 바로 접니다."

"하하하. 와! 예쁘다."

그렇다! 고윤선은 몇 년 만에, 아니 오늘이 생애 최고로 예쁜 날일 것이다. 그동안 자기 모습을 찾지 못하고 이리저리 세파에 떠밀려 내려가는 나뭇잎 같았으나 오랜만에 재주를 갈고닦아 자신을 맘껏 표현하고 멋을 내니 스스로도 자신의 모습에 황홀해서 지금을 즐기고 있다. 마치 시집가는 날 드레스를 입은 새신부처럼. 장구춤은 치마를 몸에 붙게 잡아 돌린 게 특징이다. 장구에 끈을 달아 비스듬히 어깨에 메고 왼손엔 궁글채, 오른손엔 채편을 쥔다. 동작마다 정확한 시선 처리가 춤의 중심을 잡아준다. 장단으로는 중모리로 시작해서 굿거리, 자진모리, 휘모리로 흥을 끌고 간다.

궁중 장구춤은 풍물놀이 설장구처럼 가락 위주가 아니고 무용 위주로 추는 것이 특징이다. 고윤선은 자진모리, 휘모리로 넘어갈 때 장구를 양손에 들고 끝장이라도 보려는 듯 뱅글뱅글 돌다가 장구 끈을 목으로 감아 돌리며 사정 없이 돌 땐 백조처럼 고고하고 멋이 있으니 이번엔 내빈석에서 기립박수가 터져나온다. 주차장에서부터 창립 본행사에 이르기까지 근엄하게 무게를 지키고 있던 내빈들이 젊은 시절로 돌아간 듯 체면이라는 두꺼운 외투를 벗어 던지고 마음껏 표현하고 있다. 그것은 고윤선의 감동 어린 동작이 보는 사람에게 체면을 버릴 만큼 공감을 준 것이다.

"와! 와!"

"휘~ 휫~ 잘한다."

마지막 반주에서 딱! 소리가 날 때 양팔을 벌려 마무리 정지 동작으로 끝을 낸다.

"휘~ 휘~ 호우~"

"앵콜~! 앵콜~!"

특히나 정부 측 내빈께서 고윤선의 춤을 보고서 너무나 좋아하니 선정합섬 사장님은 사회자를 따로 부른다. 봉투 하나를 몰래 주며 오늘 공연 팀들 저녁에 시원하게 맥주 한잔씩 하라며 고윤선에게 무용 하나를 더 부탁한다. 고윤선은 예측이라도 한 듯, 혹여나 하는 대비인지 진도북을 무대 뒤에 준비해놓았다. 고윤선은 장구를 벗고 진도북으로 바꾼다. 종철이는 고윤선 옆에서 장구를 벗고 북을 메는 데 도와준다. 진도북 끈을 잡아주고 허리로 감고 돌려주고 하면서 종철이는 고윤선을 꽉 껴안고 싶은 충동을 꾹 참으며 떨리듯 말한다.

"윤선 누나, 떨지 마시고 맘 푹 놓고 하세요."

고윤선은 종철을 사랑스러운 눈으로 바라보다가 종철이 알통을 잡으며 빙긋이 웃으며 말한다.

"걱정 말아요. 혼자 독무로 추는 거라서 순서 걱정 안 하고 제 맘대로 추어도 돼요. 호호호."

병삼은 막간을 이용해서 댄스팝을 틀어주는 기지를 발휘하고 있다. 1978년부터 지금까지 전 세계를 강타했고 특히 롤러장, 클럽에서 10대 후반부터 20대를 열광시킨 유로디스코 〈Born to be alive〉를 소개한다. 페트릭 헤르난데스의 곡으로 프랑스 국적의 원 히트 원더 가수다. 페트릭 헤르난데스는 이 곡 하나로 보니 엠, 아바 등과 어깨를 나란히 할 정도로 대단한 히트를 쳤다.

　"빌보드 댄스 차트 1위의 〈Born to be alive〉! 마돈나가 방송 데뷔 첫 백댄서를 한 노래 〈Born to be alive〉!!!"

　"와~ 와~"

　밖은 난리가 났다. 젊은 사람이라면, 가슴속에 열정이 있는 사람이라면 흥분하지 않을 수 없는 강렬한 사운드가 빨랫줄처럼 뻗어나가고 있다. 종철은 물컵을 가져다가 고윤선의 얼굴 가까이 내민다. 고윤선이 물컵을 받아서 한 모금 마시고 종철이에게 건넨다. 종철이 컵을 받아들고 물을 마시려다가 고윤선을 쳐다보니 눈으로 응답한다. 종철은 물컵을 입에 가져가며 더욱 가까워지는 걸 느낀다. 어느덧 댄스음악은 멈추고 고윤선은 무대 뒤에 바짝 선다. 종철이는 고윤선의 공연을 소개하기 위해 무대에 오른다.

　"네에~ 대단하십니다. 정말 열정적인 스테이지입니다. 이런 에너지로 일을 하시니 회사가 30주년 동안 크게 성장한 원동력이라고 생각합니다. 자! 이번에는 우리 음악 듣는 순서를 가져보도록 하겠습니다. 고윤선 씨의 진도북춤을 보여드리겠습니다. 진도북춤은 원래 진도지방에서 북놀이로 즐기던 것을 규방춤으로 재안무하여 구성된 춤입니다. 특별히 오늘은 모든 액운을 물리치고 행운을 북소리에 담았습니다. 큰 박수로 맞이해주시면 감사하겠습니다."

　음악이 흐르고 역동적이고 교태미가 있는 진도북춤이 무대 위에서 겅충댄다. 세상과 단절된 산속에서 겁먹은 듯 뛰어노는 노루처럼 보는 사람들에게 애처로워 감싸주고 싶은 충동이 일게 하는 모습이다. 양손에 짧은 채를 쥐고서 북춤을 추는 모습은 좀 전의 장구춤과는 또 다른 분위기다. 북을 두드리는 가락이 돋보인다. 좀 더 어두워지면서 조명을 받으며 춤을 추는 모습은 온갖 멋과 기술을 뽐내는 농익은 맛이 물씬 난다.

행사는 순조롭게 끝나가고 있다. 주최 측에서는 행사가 원만히 마무리 되길 두 손 모아 기도한다. 지배인은 음식이 다 나가고 나니 한가한지 무대 뒤로 슬슬 걸어오더니 민요 가수랑 사람들이 보이자 기분이 좋은지 얼굴이 활짝 핀다.

"아따! 나 머리털 나고 이렇게 많은 사람은 첨 보네. 오! 이쁘다."

지배인은 와이셔츠 주머니에서 담배를 꺼내 이마에서 볼로 한 바퀴 돌리며 담배를 입에 문다. 종철이는 그 동작이 너무 코믹하고 웃겨서 깔깔대고 웃자 민요 가수들이랑 옆에 있던 웨이터들도 재미있어서 웃는다.

"하따 허벌나게 와부렁고마잉. 그 넓은 주차장에 차가 꽉 차버렸어야. 와! 민요 가수님들 겁나게 이쁘요이~"

"호호호호."

"이야, 누가 데려갈지 겁나게 부럽소이. 으~ 미치겠다."

"호호호호."

"이 언니는 초등핵교 댕기는 딸이 있어요."

"워매워매워매, 머다요? 결혼해부렀소? 난 또 행사 끝나고 서울로 따라갈라고 했드만."

"호호호호."

종철이는 지배인의 넉살과 사람들을 휘어잡는 만담을 부럽게 바라보고 있다. 축제는 끝나고 전쟁을 치르고 난 벌판처럼 탁자 위에는 빈 그릇들이 장렬히 전사한 병사들처럼 황망히 흐트러져 있다. 이제는 치우는 일만 남았다. 행사는 컴플레인 안 나고 무사히 끝나면 성공이다! 승리다! 직원들이 속속 모여들고 새벽부터 힘들게 일했지만 모두 열심히 일한 결과에 대해 보람과 만족스러운 표정이고 분위기다. 종철이도 오늘 야간작업하고 잠은 한두 시간 주방의자에 앉아서 존 게 전부다. 그렇지만 긴장을 많이 해서 피곤한 줄 모르고 여태 집중하고 있는 것이다.

드디어 해냈다는 승리감, 우리가 이렇게 큰일을 해냈다는 것에 자신감과 자부심을 느끼는 순간이다. 여럿이 합심해서 그리고 용갑이 주방장 등 많은 이들의 도움으로 치러낸 큰 행사다. 아무리 많은 일이라도 여러 사람이 힘을 합쳐서 하나가 되어 한다면 못 할 것이 없다는 경험을 한 것이 무엇보다 큰 성과다. 일을 마치고는 직원 모두 모여서 자축의 시간을 갖는다. 남은 음식들을 한 군데로 모아 차려놓고 맥주, 소주에 갈비 파티다.

"이야! 언제 먹어도 갈비는 맛있어."

"그니까. 나도 갈비집 많이 다녀봤지만 여기만큼 맛있는 갈비는 없었어."

"카~ 술맛 조오타!"

냉면장은 고무장화를 신은 채 빨간 고무장갑을 벗으며 빠르게 테이블로 다가오며 소리친다.

"야! 갈비 어딨어? 다 먹지 마!"

"여기 많아요. 걱정하지 말고 이리 와요."

"야! 씨! 내가 안 왔으면 기둘려야지. 니들끼리만 먹냐? 이 보리문둥이 자슥아!"

"하따! 냉면장 형, 욕허지 말고 빨리 먹어요. 갈비 많아요. 여기 고기 익었어요."

"놔둬! 나는 날고기로 먹는다."

갈비집만의 밤은 축제처럼 깊어간다. 포도밭에 들어가서 옷에 포도 물감 들면 잘 지워지지도 않는다. 달밤은 별밤, 한쌍한쌍 그림자를 만들어낸다. 별들도 눈이 먼다.

아침이 밝으니 다들 부산하다. 씻는 소리, 깨우는 소리, 이름 부르는 소리, 내 양말, 내 신발 어디 갔냐는 고함소리.

"야! 태식아! 밥 먹고 자라!"

앉아서 일어나지 않고 명상하는 사람, 엉덩이 쳐들고 엎드려서 낑낑대는 사람.

"아~ 씨 술 허벌나게 많이 먹었네. 야! 너는 몇 병 마셨냐?"

"두 병은 마셨나 봐."

"야! 나는 병식이랑 셋이서 열한 병은 마셨을 거야. 아~ 머리 아퍼."

"허천나게 먹었구나. 야. 너 어제 미순이랑 같이 있더만?"
"아! 민규 그 자식 자꾸 훼방놓잖아."
"민규가 왜?"
"내가 딱! 옆에 앉혀놓고 작업 다 돼가는데, 이 새끼가 와가지고 안 가는 거야. 하이, 증말."
"크크크, 민규 그놈이 훼방놓는 데는 일가견이 있는 놈이고만."
"그놈아, 그거 어디 흘린 거 없나 하고 여기저기 숲속까지 기웃거리고 다니는데 미친다."
지배인이 담배를 물고 나타난다.
"야~ 아그들아! 기상 못 허것냐! 기상! 3초 내로 빤스 벗고 뛰쳐나온다."
아침밥을 먹고 나니 주방장이 종철이에게 다가온다.
"종철아, 사모님이 카운터에서 부르신다."

음식, 쇼핑, 유흥, 명품관 견학

 카운터로 가니 카운터 아가씨가 다시 안채로 가보라 한다. 현관문을 열고 신발장 앞에 서니 안채에는 고윤선이 먼저 와서 붉은빛 나는 고급스럽게 생긴 큰 소파에 사모님과 마주 보고 앉아 있다. 종철이 거실에 들어가자 사모님이 웃으며 종철이를 반긴다.
 "어서 와, 종철이! 아유~ 어제 수고 많았지? 힘들었지?"
 "수고는요. 고윤선 씨가 수고 많았죠. 저는 한 거 없어요. 재밌었어요."
 옆에 앉은 고윤선은 사랑이 가득 담긴 눈으로 종철을 바라보며 말한다.
 "종철 씨, 어제 수고 많았어요. 갈비 하랴, 요리 도우랴, 노래하랴. 호호."
 "그래요. 두 사람 다 고생했어. 윤선이는 대학 후배이고 종철 씨는 막냇동생 같아서 두 사람이 있어서 얼마나 든든하고 좋은지 몰라. 내가 복이 많나 봐. 잘한 것도 없는데 어제는 선정합섬 사장님한테만 인사드리고 안 나갔어. 조심스럽기도 하고 내가 있으면 일들 하는데 경직될까 해서 창문으로 마이크 소리 듣고 카운터에 전화해서 잘 돼가나 묻곤 했어. 나는 잘 마무리해야 할 텐데 하고 가슴이 조마조마했어. 어젯밤 야장에서 직원들 술 먹는 소리에 이제 무사히 끝났구나 하고 가슴을 쓸어내렸어. 종철이 갈비 많이 먹었어?"
 "네, 좀 먹고 방에 가서 책 봤어요."

"무슨 책?"

"일본 소설 《대성》이라고요."

"일본 소설도 읽어? 무슨 내용인데?"

"여자가 음식점을 어렵게 성공해서 나중엔 큰 호텔을 경영하는 내용이에요."

"어머 좋다. 그 책 나도 좀 보여줘."

"네."

"아침에 선정합섬에서 전화가 왔는데 지배인이 그곳에 갔다 왔어. 회장님이 직원들, 공연 팀들 너무 열심히 잘해줬고 공연도 멋졌다고 금일봉 또 보냈어. 사장님도 별도로 주시고 언제 회사에 초대하면 직원들한테 공연해달라고도 했어. 개런티도 주겠다고. 회사에서 주기적으로 강사 초청해서 마인드, 서비스교육 하는데, 이번에는 즐거움과 감동을 주는 문화공연으로 대체하겠다는 거야. 서울 본사 공연도 하고. 어때, 괜찮아?"

사모님은 종철과 고윤선의 얼굴을 번갈아 본다. 고윤선이 입을 연다.

"종철 씨, 좋지요?"

"네, 좋아요."

"호호호, 종철 씨 허락 맡아야 돼?"

"호호호."

"두 사람 너무 고생했고, 내가 고맙고 보고 싶어서 보자고 했어. 우리 세 사람이 힘을 합쳐서 육송가든을 잘 키워보자고."

"네."

"네."

"우리 파이팅 한번 할까?"

세 사람은 가운데로 손을 내밀어 맞댄다.

"파이팅!"

"휴무날 맞춰서 종철 씨랑 윤선이랑 나랑 셋이 서울 신라호텔 뷔페 먹으러 가자. 맛있는 것도 먹고 신세계백화점 가서 옷 한 벌씩 사줄게. 구경도 하고 차도 마시고 놀자."

"네."

"아이 신난다."

고윤선은 지금 당장 서울에 가는 것처럼 들뜬 목소리로 좋아한다. 종철이도 사모님과 윤선 누나와 함께한다는 게 너무 좋아서 설레지만 감정을 드러내지 않으려 애쓴다. 좋은 건 잘 드러내지 않으려는 습성 때문인지 억지로 참고 있다. 그것이 인상을 찡그린 것으로 보였는지 사모님이 묻는다.

"종철 씨 나랑 서울 가는 거 안 좋아?"

걱정스러운 표정으로 조심스레 묻는다.

"아니요. 좋아요."

"좋은데 왜 찡그린 거 같지?"

옆에 고윤선이 웃으며 말한다.

"종철 씨는 좋으면 찡그려요. 호호."

"어머! 화 나는 건 못 참고 좋은 건 참는 건 아니지? 누구처럼."

"헤헤, 좋은 건 잘 표현 안 하게 되나 봐요. 고쳐야지요."

"그래야지. 우리 남편도 무뚝뚝해서 직장생활하는 데 부하직원들 군기 잡느라고 화난 것처럼 표정 짓나 봐. 어떻게 생각하면 안 됐다는 생각도 드는데, 음식도 내가 해주면 생전 맛있다는 말 안 해. 종철 씨도 그래?"

"아니요."

"맛있으면 맛있다, 좋아하는 사람 있으면 좋아한다 말해요. 혼자 끙끙 앓지 말고. 좋아하는 사람 있으면 나한테 말해봐요. 내가 해결해줄게."

종철이는 고개를 숙이고 안절부절못한다.

"호호호."

"호호호."

"아유, 참네! 남자가 왜 그래요? 여자 싫어해요? 네?"

"아니요."

"좋아하는 여자 없어요? 눈이 높은가 봐. 아니면 맘에 드는 사람이 없나?"

종철은 "옆에 있는 윤선 누나요" 하는 말이 목까지 올라오는데 입 밖으로 나오지 않는다. 실은 종철이는 사모님도 좋아한다. 포근한 걸로 치면 사모님한테도 엄마 품 같은 사랑을 느끼는 종철이다.

"아유, 답답해. 종철 씨 프러포즈 기다리다가 없는 손자 환갑 닥치겠네."

고윤선도 한마디 거든다.

"종철 씨는 여자보다 노래를 더 좋아하는 거 같아요. 육부실에 한번 갔다가도 노랫소리가 크게 나서 방해될까 봐 그냥 왔어요."

"맞아, 종철 씨는 노래 많이 좋아해. 그렇지?"

"아니요."

"호호호."

"호호호."

"아이고, 웃겨 죽겠네. 배고파서 밥 또 먹고 물어야겠네. 호호호, 언제든 할 얘기 있고 나 보고 싶으면 와. 차도 한잔 마시고. 내가 없더라도 들어와서 음악도 듣고 텔레비전도 봐."

"네, 네."

"아유, 재밌게 잘 놀았네. 윤선이 오후에 시간 있어?"

"예."

"그럼 점심 먹고 이리 와. 팩이 있는데 팩하게."

"네."

"시간 많이 뺏었네. 같이 오래 얘기하고 싶은데 같이 일하는 사람들 눈치 보이지? 잘 가."

"네, 안녕히 계세요."

고윤선이 먼저 나간다. 종철이는 시간차를 두고 나가려고 잠시 현관에 서 있다.

"종철 씨, 잠깐만 있어요."

사모님은 안방에 들어갔다가 나온다.

"이거 얼굴에 발라. 젊다고 피부관리 안 하면 나이 들어서 거칠어져요."

샤넬 알뤼르 옴므 스킨과 로션이다. 종철은 손을 내밀어 주는 것이니 받기는 했지만, 혼자만 받아도 되는 건지 다른 사람들에게 미안한 생각이 든다.

"종철 씨는 개업 때부터 육부실에서 갈비 만드느라 고생한 거 알아. 밤새 야간작업도 해주고 다 알아. 내가 몇 번 가봤는데, 종철 씨 혼자서 갈비 만들고 하는 거 다 봤어. 고마워. 내가 자리 잡으면 다 갚을게."

종철이는 사모님 눈이 빨개지는 걸 보자 눈물이 나오려는 걸 참는다. 지금 대답하지 않으면 눈물이 흐를 것 같아 빨리 대답한다.

"알았어요."

"고마워."

종철이는 몸을 돌린다.

"종철 씨, 피곤하고 몸 아프면 이리로 와. 아픈데도 참고 하지 말고."

"네."

종철이는 대답하고 서둘러 나온다. 야장에 완연한 가을이 찾아왔다. 낙엽이 떨어지고 가끔씩 바람이 나뭇가지에 매달려있는 나뭇잎을 건드리고 지나간다. 종철과 고윤선은 휴무를 맞추어 사모님과 함께 신라호텔에 가서 뷔페를 먹고 신세계백화점에 들렀다. 고윤선은 투피스를, 종철이는 양복을 샀다. 사모님은 원피스를 샀고, 오후에는 하얏트호텔에 있는 'JJ마호니스'라는 술집에 가보자고 사모님이 제안한다.

"하얏트호텔에는 JJ마호니스라는 빠가 있는데 친절도 배우고 공연도 배우고. 거긴 라이브 공연이 좋아."

"네, 좋아요."

그런데 고윤선은 말이 없다.

"윤선은 싫어?"

"아니요. 잠시 생각하느라고요. 그전에 무용과 친구 따라가서 공연했던 적이 있어요."

"오! 그렇지. 졸업 전에 여러 군데 무대에 서보라는 제안이 많이 들어오지. 우리 때도 호텔 등 여러 군데 나가는 친구들 있었어."

종철은 하얏트호텔도 구경하고 바에서 칵테일도 마시고 육송가든으로 내려왔다. 병삼이 형은 복학 준비한다고 퇴사했지만, 공연이 있을 때면 함께하기로 했다. 선정합섬 직원교육에 공연을 해 보이는 건 직원들에게 우리나라의 문화를 접하게 함으로써 예술성을 갖게 하여 감성을 높이려는 취지와 육체와 정신의 피로를 풀어주는 뜻이 있다. 한번 해봤던 공연이라 어렵지 않게 성황리에 마칠 수 있었다. 서울 본사 공연에는 사모님도 함께 했다. 이번에는 특별히 이대 동창인 태권도 김영숙 사범이 이대 앞에 개원한 여성 전용 태권도장 관원들을 대동하고 태권도 시범을 보이기로 했다. 사모님은 대학 때 취미로 했던 시 두 편을 낭송하기로 했다. 하나는 길옥윤 작사·작곡, 패티김의 〈구월의 노래〉이고 두 번째는 조지훈 시인의 〈승무〉다. 패티김의 본명은 김혜자다(1938년생). 판소리대회에서 입상했고 3년 후 미8군 무대에 데뷔했다. 미국의 유명 가수 패티 페이지처럼 되고 싶어 예명을 패티김으로 지었다.

> 구월이 오는 소리 다시 들으면
> 꽃잎이 피는 소리 꽃잎이 지는 소리
> 가로수에 나뭇잎은 무성해도
> 우리들의 마음엔 낙엽이 지고
> 쓸쓸한 거리를 지나노라면
> 어디선가 부르는 듯 당신 생각뿐
>
> 구월이 오는 소리 다시 들으면
> 사랑이 오는 소리 사랑이 가는 소리
> 남겨진 한마디가 또다시 생각나
> 그리움에 젖어도 낙엽은 지고
> 사랑을 할 때면 그 누구라도
> 쓸쓸한 거리에서 만나고 싶은 것
>
> — 〈구월의 노래〉

〈승무〉의 조지훈은 본명이 동탁이며 박목월, 박두진과 함께 일제에 항거한 청록파 시인이다.

조지훈은 〈승무〉를 쓸 때 춤을 여러 번에 걸쳐 보았으며, 시로 옮기며 율동과 가락의 흐름을 고착하는 데 많은 어려움이 있었다고 한다. 파계승의 고뇌를 나타낸 이 춤에는 수행의 길이 어렵다는 것과 끝내는 포기하고 마는 좌절, 그리고 그것을 잊고자 하는 고뇌를 춤으로 승화한 것이라 하니 시나 춤이나 애절하기 그지없다. 여승이 승복을 입고 고깔을 쓰고 북채를 양손에 쥐고 긴 소매를 밤하늘 높이 던지는 것은 자유롭고자 하는 이상과 마음의 번뇌를 달님에게 털어내고자 하는 인간의 약한 기대심리의 표현이다. 조지훈은 가을에 수원의 용주사라는 절에서 행해지는 큰 재행사에서 승무를 보고 1년의 산고 끝에 시를 완성했다고 한다.

얇은 사(紗) 하이얀 고깔은
고이 접어서 나빌레라.

파르라니 깎은 머리
박사(薄紗) 고깔에 감추오고,

두 볼에 흐르는 빛이
정작으로 고와서 서러워라.

빈 대에 황촉(黃燭)불이 말없이 녹는 밤에
오동잎 잎새마다 달이 지는데,

소매는 길어서 하늘은 넓고,
돌아설 듯 날아가며 사뿐히 접어올린 외씨버선이여,

까만 눈동자 살포시 들어
먼 하늘 한 개 별빛에 모두오고,

복사꽃 고운 뺨에 아롱질 듯 두 방울이야
세사(世事)에 시달려도 번뇌는 별빛이라.

휘어져 감기우고 다시 접어 뻗는 손이
깊은 마음 속 거룩한 합장(合掌)인 양하고,

이 밤사 귀또리도 지새우는 삼경(三更)인데,
얇은 사 하이얀 고깔은 고이 접어서 나빌레라

- 〈승무(僧舞)〉, 조지훈

'외씨버선'이란 오이씨처럼 갸름하고 코가 예쁜 버선을 표현한 말로, 춤추는 자는 디딤새를 통해 은근한 교태미를 표현하고 춤의 시작과 완성을 나타내는 게 버선코다. '나빌레라'는 순우리말로 나비와 같음이 틀림없다는 확신에 찬 감탄사다. 종철이가 고윤선을 보면서 느낀 애잔함이 〈승무〉 시를 통해 잘 나타난 것 같아 종철은 사모님의 시 낭송을 통해 처음 들어보는 이 시를 좋아하게 됐다.

사람은 누구나 삶에 고통이 있다. 사람이 태어나면서 처음 보는 사회는 가정인데 엄마, 아빠의 사랑이 무엇보다 중요하고, 커서는 연인과의 사랑, 결혼해서는 부부간의 사랑 그리고 자식에 대한 사랑으로 완성된다.

공연 중 태권도 시범에서는 품새와 격파 그리고 호신술 강연이 있었는데, 종철은 졸지에 치한으로 둔갑해서 작은 체구의 여성 태권도 시범단을 뒤에서 껴안은 대역을 하여 발등을 찍히고 옆구리를 가격당하고 발로 얼굴과 복부를 연달아 얻어맞는 역을 하고 나니 온몸 여기저기가 욱신거린다. 공연단 중에 남자라고는 종철뿐이니 얼굴에 검정칠하고 치한으로 분했다. 연습할 땐 살살하기로 했는데 실전에선 인정사정없이 돌려차는 통에 관객으로부터 웃음과 박수는 폭풍처럼 받았다. 남 맞는 것을 그렇게 좋아하는 줄은 처음 알았다.

키 작은 여중생 시범단한테 맞아서 아프다는 엄살도 못 부리고 끙끙 앓는 종철이는 노래 순서를 마치고 대역했기에 망정이지 그 몸으로 노래하긴 무리다. 숨을 크게 쉬려면 갈비뼈가 끊어질 듯 아프니 노래가 되겠는가? 웃어야 할지 울어야 할지 난감히 앉아 있는데, 사범님과 학생이 울상을 지으며 다가온다.

"저 선생님, 많이 아프시죠?"

"아, 아니! 괜찮아요."

"많이 아프실 거예요. 아까 보니까 제대로 꽂히는 것 같던데. 얘! 선민이가 첨 하는 건데 떨려서 배운 대로 정신없이 했대요."

학생은 울상이 된 얼굴로 모기만 한 소리로 말한다.

"아저씨 죄송해요. 아프셨죠?"

"응 아, 아, 아니야. 괜찮아."

종철은 갑자기 '선생님', '아저씨'라는 말을 들으니 어리둥절하지만 의자에서 벌떡 일어나 발차기를 하며 손으로 얍! 얍! 해 보인다. 종철이의 몸동작이 웃겼는지 그제서야 사범님과 여학생은 호호호 까르르 웃는다.

"아주 잘했어. 실전에서도 그렇게 인정사정 봐주지 말고 사납게 악당을 물리쳐야 해?"

"네, 감사합니다."

옆에서 지켜보시던 예쁘게 생기신 관장님은 시범할 때의 사자 같은 기합 소리와는 다르게 목소리도 예쁘다.

"고맙습니다. 동창이 운영하는 갈비집에 계신다고요? 제가 한번 찾아가겠습니다."

"네, 오십시오."

공연을 마친 후 사모님이 태권도 시범단들과 신촌에 있는 갈비집으로 회식을 간다고 말하니 모두 환호성이다. 특히 태권도 학생들, 직장인반, 주부들이 좋아서 펄쩍펄쩍 뛴다.

"야호, 나는 3인분 먹어야지."

"나는 갈비 먹고 맛있는 냉면도 먹을 거야."

국악팀 그리고 병삼이 형과 함께 온 친구 후배 댄싱팀 모두 20여 명이 갈비집으로 가서 갈비 단백질로 실컷 몸보신을 한다. 회식을 마치고 종철은 사모님이 운전하는 차를 타고 고윤선과 함께 수원으로 내려왔다.

무죄

 며칠 후 서울 큰이모 집에 들른 엄마가 종철이가 일하는 육송가든에 찾아오시기로 했다. 종철이가 엄마에게 경치 좋은 이곳을 구경시켜드리고 맛있는 음식도 사드리고 싶어서 초대했다. 우선 엄마는 종철이에게 옷을 한 벌 사주고 싶다고 해서 남대문시장에서 이모와 만나기로 했다. 엄마는 추석 때 돈 버시느라고 못 본 막내아들에게 옷 한 벌 사주고 싶으신 것이다. 군산에서 종철이 어릴 적엔 추석, 구정 명절을 보름 앞두고 엄마는 꼬까옷, 때때옷, 신발을 사주셨다. 명절 때 입을 옷을 옷장에 넣어두고 매일 꺼내서 입어보며 명절날이 빨리 와서 꼬까옷을 입고 밖에 나가 친구들에게 자랑하고 놀고 싶어 손꼽아 기다렸다.
 군산시장에서 20여 년을 장사하신 엄마는 이곳 남대문시장에 종철이 옷을 사주러 둘러보고 나니시다가 한 옷가게에 자세를 잡으셨다. 옷 장수는 종철이가 입을 만한 옷을 이것저것 권유하는데, 엄마는 캐주얼 양복식의 옷이 맘에 드시는지 종철이보고 입어보라 하곤 종철이가 맘에 들어하니 간단하게 말한다.
 "얼마요?"
 "만이천 원만 주세요."
 "싸요."
 "예?"

아저씨는 무슨 말인지 몰라 어리둥절해한다.

"이 아저씨가 말귀를 못 알아듣나. 싸요! 싸달라고요."

"아, 예? 아."

"장사 안 해요?"

"예예."

아저씨는 엉거주춤 좌판에 있는 옷을 개는 척하지만 선뜻 행동이 빨리 이어지지 않는다. 남대문시장 장돌뱅이로 이 자리 저 자리 전전하다가 이제 제대로 점포 하나 하고 있지만 깎지 않고 물건 사는 사람은 처음이다. 만이천 원 부를 때는 손님이 만 원에 해달라고 하거나 팔천 원에 해달라고 하면 "아유, 그렇게는 안 돼요" 하며 불쌍한 듯 표정을 지으며 "구천 원까지 해드리겠습니다" 하는 레퍼토리와 손짓, 몸짓, 표정이 있다. 깎아줄 준비가 되어 있는데 한푼도 깎지 않고 싸달라고 하니 미심쩍어서 자신 있게 행동으로 이어지지 않는 것이다. 아저씨는 옷을 잘 개어서 비닐봉투에 담았는데, 엄마는 육천 원을 세어서 내민다. 아저씨는 돈을 한번 보고 엄마 얼굴을 본다. 엄마는 담담히 말한다.

"옷 사천 원에 사왔을 것이고 차비하고 경비 쳐서 육천 원 드리면 되죠?"

아저씨는 이러지도 저러지도 못하고 엉거주춤이다. 긍정도 부정도 못하고, 뻔히 알고 말하니 부정도 못 하고, 인정하자니 속보이고 자존심 상하고 난감하다. 이럴 때 관록에서 밀린다는 것인가? 엄마는 군산시장 노점 초창기에 장사꾼들 텃새로 장사를 못 할 때는 시장에서 옷을 사다가 보따리에 싸서 머리에 이고 이집 저집 팔러 다니셨다.

"개시라서 손해 보고 드리네. 손해 보고. 아휴~"

옷 장수는 멋적으니 인심 쓴다는 듯 심각한 표정을 지으며 옷을 건넨다.

종철이는 점심시간 끝나고 시간 맞춰서 버스정류장 앞에 나갔다. 엄마는 수원역까지 마중나간다는 걸 한사코 거절하셨다. 버스가 정류장에 들어오고 느낌상 엄마가 타셨을 것 같아 마음이 설렌다. 버스에서 내리시는 엄마는 활짝 미소를 지으시며 종철이에게로 다가오신다.

"엄마!"

"응, 종철아~"

종철은 엄마와 손을 맞잡고 옆의 송연가든으로 갔다. 포도밭과 통닭구이를 하는 집이다. 얼마 전 주방 사람들과 회식 와서 봐뒀던 곳이다. 그날은 열화와 같은 주방사람들의 노래 요청에 나훈아가 부른 〈행복을 비는 마음〉 노래를 불렀다. "차라리 당신을 만나지 않았다면 이렇게 흐느끼며 울고있지 않을 것"이라는 가사인데, 다음 날 찬모 아줌마는 그 노래 나 때문에 불렀냐고 심각한 표정으로 물었다가 웃었다. 켄터키 프라이드 치킨과 거봉 한 바구니를 시켜놓고 나무 그늘에 앉아있으니 선선한 바람과 흙냄새, 풀냄새, 나무냄새가 마음을 편안하게 한다. 어디선가 새들도 짹짹짹 소리 내고, 여유 있고 싱그럽고 자유롭고 기분이 너무 좋다.

"갈비집이 크더구나. 잠자는 곳은 불편하지 않니?"

"네, 괜찮아요. 육부실 사람만 따로 방 하나에서 둘이 자요."

"공부를 계속 했어야 하는데, 부모가 너를 이끌어주지 못해서 종철이 니가 고생이 많구나."

"아니에요. 저는 공부하는 거 싫어요. 고등학교 안 다녔어도 요리 잘 배우고 공부하면 나중에 대학교수도 할 수 있어요."

"그게 맘대로 되냐?"

"학교 공부만 공부 아녀요. 사회 공부도 대학 못지않게 중요한 공부고, 한 분야에서 최고가 되면 학벌 없어도 남 가르치는 선생 할 수 있어요."

"그래 장허다. 엄마는 니가 부모 원망하지 않나 걱정했는데, 그런 생각으로 열심히 일하고 있으니 기특허다. 종철이 너는 어려서부터 착하고 생각도 깊었다. 어릴 적, 엄마가 시장에서 장사를 마치고 집에 오면 너는 조그만 손을 꼭 쥐고 기다리고 있다가 손을 펴면 땀에 젖은 네 손바닥 안에 작은 사탕 하나가 들어 있었어. '어머니 드리려고 안 먹고 기다렸어요.' 그때 그 모습이 아직도 선하다."

엄마는 탁자 위에 냅킨을 뽑아서 눈물을 닦는다. 종철이는 통닭과 거봉을 맛있게 먹는다. 종철이는 처음 먹어보는데 거봉을 좋아하게 됐다. 담에 또 사 먹어야지 맘 먹는다.

"엄마 노래 하나 불러줄게요."

 옛날에 이 길은 꽃가마 타고 말 탄 님
 따라서 시집가던 길 여기던가 저기던가
 복사꽃 곱게 피어있던 길
 한세상 다하여 돌아가는 길
 저무는 하늘가에 노을이 섧구나

 옛날에 이 길은 새색시 적에 서방님
 따라서 나들이 가던 길 어디선가 저만치서
 뻐꾹새 구슬피 울어대던 길
 한세상 다하여 돌아가는 길
 저무는 하늘가에 노을이 섧구나

  – TBC 일일연속극 〈아씨〉(1970, 지구레코드사), 임희재 작사, 백영호 작곡, 이미자 노래

 엄마도 노래가 시작되자 따라서 부르신다. 이 노래는 이미자의 〈아씨〉라는 노래로 엄마가 더 잘 아는 노래인데, 얼마 전부터 종철이도 좋아하게 됐다. 엄마는 젊어서부터 가족을 위해 고생을 많이 했지만, 지금은 빈털터리가 되어 자식을 가르치지 못하고 객지의 험한 곳으로 떠돌게 만든 죄인 아닌 죄인의 심정으로 가슴에 한이 맺혀 있다. 생각지 않은 곳에서 모자간의 짧은 만남의 시간은 야속하게 정해진 데로 떠나야 한다.

 엄마 손에 3만 원 쥐여드리고 택시를 타고 멀어지는 신작로에서 종철이는 쓸쓸히 돌아선다. 다른 사람들은 만나고 헤어질 땐 즐거운데, 가족을 만나고 헤어질 땐 아쉽고 긴 여운이 남는다. 자갈이 깔린 주차장을 지나가는데 키 크고 오래 근무한 웨이터가 묻는다.

"아까 그분 어머니야?"

"응."

 종철은 우울한 기분으로 육부실을 향한다. 한창 갈비 작업을 하고 있는

데 카운터와 연결된 인터폰이 울린다. 윤선이 누나 목소리다.

"종철 씨, 전화 받으세요."

종철이는 이상한 생각을 갖는다. 카운터에 전화가 와있으면 카운터 담당 직원한테서 연락이 안 오고 왜 윤선 누나가 인터폰을 하지? 종철은 카운터로 향하는데 나무 아래 어두운 곳에서 부르는 소리가 들린다.

"종철 씨."

쳐다보니 윤선 누나다.

"누나."

윤선 누나는 사람들한테 보이지 않게 나무 뒤쪽으로 몇 발짝 걸어간다. 종철이도 따라가니 윤선 누나가 슬픈 표정을 짓고 돌아본다. 종철이는 가슴이 철렁한다.

"누나, 왜 그러세요? 무슨 일 있어요?"

"종철 씨 어머니 오셨다면서요?"

"예? 어떻게 아셨어요?"

"어떻게 안 게 중요한 게 아니고 어떻게 그럴 수가 있어요?"

종철이는 무슨 일인가 영문을 모르겠는데, 윤선 누나의 심각한 모습에 말을 못 하고 가만히 있다.

"어머니가 오시면 저한테도 얘기해주셔야 하는 거 아니에요? 종철 씨 어머니가 오셨으면 저도 인사는 해야지. 오셨다가 그냥 가시면 저는 종철 씨한테 아무것도 아닌 사람인가요?"

종철이는 그제야 윤선 누나가 왜 화가 났는지 조금은 알 것 같다. 애기를 하고 인사를 시켜야 하는 거를 생각지 못했는데, 이제야 듣고 보니 난감해서 어쩔 줄 몰라한다.

"미안해요. 누나 전 그 생각 미처 하지 못했어요. 쑥스러워서 누구한테 보이고 싶지 않았고 엄마한테 경치 좋은 곳 구경시켜드리고 싶다는 생각에 갑자기 오시라 한 거예요."

"엄마가 남이 보면 안 되는 모습이에요?"

"아니요."

무죄

"알았어요. 바쁘실 텐데 불러서 죄송해요."

고윤선은 돌아서서 야장을 향해 걸어간다. 종철은 머리를 심하게 긁으며 얼굴을 찌푸려보지만 이미 엎질러진 물이라 주워 담을 수도 없고 버스 지나간 뒤 손 흔드는 꼴이니 난감하다. 윤선 누나와 좀 더 가까워지고 싶고 점수 따고 싶고 이쁨받고 싶었는데, 그래서 일요일에 윤선 누나 배 아프다고 할 때도 동네약국이 문을 닫아서 시내까지 버스 타고 걸어가서 약을 사오기도 했는데, 이런 일로 윤선 누나가 서운해하니 종철이로서는 어떻게 윤선 누나의 마음을 풀어줘야 할지 안절부절 마음이 무너져내린다.

종철은 숙소에 들어와서 며칠 밀린 일기를 쓴다. 보름 전까지는 기억이 나니 돈 지출한 거, 있었던 일 등을 기록한다. 종철이는 윤선 누나를 만난 날짜를 손가락을 꼽으며 헤아려본다. 만난 지 150일째 되는 날이 며칠 안 남았다. 윤선 누나 마음을 달래기도 할 겸 커플 은반지를 맞춰서 선물하기로 맘먹는다. 그제서야 마음이 조금 안정되어 잠자리에 들 수 있다.

깜박 잠들었다가 시끄러운 소리에 깨어보니 밖이 소란스럽다. 방문을 열고 나가보니 웨이터 한 명이 굳은 표정으로 문턱에 걸터앉아 운동화 끈을 매고 있다.

"어떤 놈이 여자 숙소에 들어가서 아가씨를 겁탈하려다가 야장 쪽으로 도망쳤대."

"야! 포위해서 잡아!"

홀 아가씨 여섯 명이 함께 쓰는 큰방에 불이 꺼지자 안동네에 사는 사내가 여장을 하고서 방에 들어간 것이다. 홀 아가씨 한 명이 밖에 술 먹으러 가고 안 들어와서 방문을 잠그지 않은 게 화근이었다. 이 사내는 방바닥의 비어 있는 곳에 살그머니 누워서 아가씨 허벅지에 손가락을 대고 있다가 아가씨가 잠든 것을 확인한 후 이곳저곳 탐험가처럼 탐색하다가 아가씨 손을 잡고 자기 그곳에 갖다댄다. 이 즈음 아가씨는 잠에서 깨었지만 해코지를 당할까 봐 무서워서 손도 못 빼고 가만히 있는다. 사내는 아가씨 치마를 올리고 손을 집어 넣는다. 무성한 풀밭을 능숙하게 헤치고 나아가더니 언덕 넘어 샘골까지 다다른다. 아가씨는 발끝을 가늘게 움직인다. 사내가 급기야 아가씨의 내의를 양손으로 잡고 내리려 하자 아가씨는 잠꼬대하는 척 소리를 내며 잡았던 거를 놓고 옆으로 돌아눕는다. 사내는 잠시 멈칫하고 있는데 방문이 열리며 밖에서 들어온 아가씨가 형광등 줄을 잡아 방 불을 켜려 하자 사내는 바지도 올리지 않은 채 방을 뛰쳐나간다. 밖에서 들어온 아가씨는 술김에 뒤따라 나와 문 앞에서 "도둑이야~" 소리치니 야장에서 술 먹고 있던 웨이터 네 명이 같이 "도둑이야~" 하고 소리친다.

"야! 도둑 잡어."

"어디야! 어디?"

깜깜하고 넓은 야장에서 순식간에 웨이터들이 여기저기 퍼져서 도둑놈을 잡는다고 난리다. 치한이 들었던 방의 아가씨들은 놀라고 무서워서 주방 아저씨들, 웨이터들이 있는 방으로 뛰쳐 들어와서 울며 소리친다. 바퀴벌레 하나가 나와도 무섭다고 웨이터들 방으로 뛰어왔는데 바퀴보다 열 배(?)는 더 큰 치한이 들었으니 얼마나 놀랐겠는가.

"도둑 들었어요."

큰소리로 울부짖으니 순식간에 남자 20여 명이 뛰쳐나온다. 젊은 웨이터들은 여자들을 돕는다는 의협심에 삽과 곡괭이 자루를 들고 뛰어간다.

"어떤 놈이 여까지 들어온겨. 몸이 근질근질하던 차에 잘 되았다. 어떤 놈인지 오늘 걸리면 뒈졌어."

"야! 애들 다 깨워. 오늘 끝장을 봐버릴라니까."

야장에서 치한을 쫓던 새로 온 나이 먹은 웨이터는 덩치 큰 웨이터한테 맞아서 쓰러졌다. 컴컴한 야장 연못을 돌아서 치한을 쫓던 두 사람은 서로 양쪽 길에서 맞닥뜨려서 서로가 치한으로 오인하여 한방씩 사정없이 내갈긴 것이 나이 많은 웨이터가 안면을 정통으로 맞으면서 옆구리도 발길에 얻어맞은 것이다. 으악 소리에 이상해서 살펴보니 자기네 편인 걸 확인하고 덩치 큰 웨이터는 참담한 심정으로 보살피고 있다. 이것이 숙소 쪽에서는 웨이터 한 명이 치한한테 맞아서 병원에 실려갔다고 전해지자 웨이터 한 명은 그 자리에서 맥주병을 깨서 이 새끼 죽인다고 뛰어간다.

"야! 개 풀어. 개 풀어서 잡어!"

"야! 잡았다."

"뭐, 잡었어?"

다들 우르르 몰려가니 웨이터 한 명은 플래시를 비추고 있고 노란 파마 머리 사내가 땅바닥에 맨발로 앉아 있다. 신발 신을 새도 없이 허리띠 잡고 도망치다가 컴컴한 숲속에서 나무와 부딪치고 잠시 기절한 걸 주방 사람이 플래시를 들고 나왔다가 발견한 것이다.

"야, 이 새끼 잡어다가 죽여버리자."

"야! 끌고 와. 묻어버리게."

"야! 경찰에 넘겨서 깜방에 보내버려."

"안 돼. 이런 놈은 즉결처분해야 쓰것고만."

농자재며 연장 등을 보관하는 창고로 치한을 끌고 와서 보니 30대 초반의 머슴처럼 생긴 것이 눈은 풀리고 어딘가 모자라 보인다. 웨이터 한 명은 굵고 묵직한 쇠파이프를 시멘트 바닥에 쌍쌍~ 쌍쌍 소리 내어 끌면서 들어온다. 곡괭이 자루를 든 사람, 깨진 병을 든 사람 등 분위기가 살벌하다. 어깨가 드러난 난닝구를 입고 있는 웨이터는 목청을 있는 대로 높여 갈라진 소리를 내며 욕한다.

"너 이 새끼! 무릎 안 꿇어!"

치한은 겁먹은 표정이 되어 순순히 무릎을 꿇는다.

"야! 이 개새끼야~"

웨이터 한 명이 이야! 소리를 길게 내며 주먹을 머리 위로 뻗으며 달려들더니 발로 면상을 깐다.

"너 때문에 흑흑~ 용대 형이 쓰러졌어. 이 개자식아!"

"컥!"

엎어진 치한의 등짝을 발로 밟는다. 치한이 쓰러지자 수돗가에 있는 바케스에 물을 받아서 끼얹는다.

"야! 저 새끼 묶어."

"똑바로 서, 이 새끼야!"

치한은 맨발에 물을 뒤집어쓰고 일어나자 몸에서 물이 떨어진다. 이때

창고 문이 열리며 냉면장이 손에 가죽 혁대를 감아쥐었는데, 묵직한 버클이 형광등 불빛에 번쩍거린다.

"어딨어? 이 상열어자식!"

웨이터가 냉면장을 잡는다.

"놔 이 새끼, 내가 쪼사벌란게."

"형, 우리가 다 알아서 하니까 형은 중요한 일이 있어. 저 새끼 묻게 메주콩밭에 가서 삽으로 땅 좀 파고 있어요."

"그려? 그렇게 중요한 일을? 알았어."

냉면장이 삽을 들고 있는 웨이터 앞으로 가자 웨이터는 삽을 냉면장에게 넘겨주고 냉면장은 양어깨를 좌우로 흔들며 밖으로 나간다.

"너 여기 몇 번째 왔어? 조사하면 다 나온다. 솔직히 말하면 살려주고 조금이라도 거짓말하면 넌 오늘 여기서 죽는다."

"야! 경찰에 넘겨어. 창고 쇠때 가져와. 가둬놓고 낼 파출소 데려가게."

"경찰은 무슨! 이 새끼 죽여서 저기 메주콩밭에 묻어버리면 돼."

웨이터는 치한의 멱살을 잡고 묻는다.

"아가씨들 옷 훔쳐간 놈도 너지? 팬티도 훔쳐가고 팬티에다가 거시기 묻혀놓고 다시 빨랫줄에 걸어놓고?"

"창문 열고 쳐다본 놈도 저놈일 거야. 아가씨가 얼마나 무서우면 며칠 밥을 못 먹었다잖아."

"몇 번 들어왔어? 이 새끼야!"

웨이터는 사내의 대가리를 손바닥으로 쩍 소리 나게 때린다.

"다섯 번 들어왔습니다."

"햐! 저 새끼 맞구만. 열 번은 왔을 거야."

"저 새끼 바지 벗겨봐!"

"똑바로 선다! 차렷!"

치한이 차렷하자 한 명이 치한의 허리띠를 푸니 자크가 내려가 있다. 바지를 내리니 여자 팬티를 입고 있다.

"저 새끼 저거 문숙이 빤스 입은 거 아녀?"

"하하하."
"저 새끼 여잔가? 남잔가? 빤스 벗겨봐."
"얼라? 야! 빤스를 또 입었다."
"머셔?"
"음마, 하나, 둘, 셋. 여자 빤스가 석 장이여."
"죽여!"
"살려주세요."
치한은 울상이 되어 살려달라고 빈다.
"내가 판사다. 너에게 형벌을 내리겠다. 둘 중에 니가 골라라. 하나는 곤장 오십 대, 하나는 짤르는 것. 어떤 걸로 할래?"
"다시는 안 오겠습니다. 한 번만 용서해주세요. 판사님!"
"와, 하하하."
"판사님이래."
"저놈 모지리 아녀?"
"모자라니까 여자 숙소 오지, 똑똑하면 오겠냐?"
"너 인마, 밖의 아저씨는 너를 위해 땅까지 파고 있어. 그 아저씨 오기 전에 빨리 대답해."
파마머리는 눈을 한쪽으로 돌리며 생각한다.
"오십 대 맞겠습니다."
"너 여자 방에 들어가서 뭐 했어? 몇 명 건드렸어?"
"안 했습니다."
"딴 데서는 어디 갔었어?"
"신발공장요."
치한이 스무 살 될 무렵 동네 불량배 형들이 치한을 많이 놀렸다. 안동네 신발공장 여공 기숙사에 들어가서 잠자는 여자 치마 속의 털을 뽑아오면 때리지도 않고 짜장면을 사준다는 말에 시작해서 지금까지 이어지고 있다고 한다.
"신발공장? 신발공장 가선 뭐 했어?"

"동네 형들이 털 뽑아오면 안 때리고 짜장면 사준다고 했어요."
"하하하."
"푸후후."
"그럼 여자하고 한 번도 안 했어?"
"예."
"이 새끼 거짓말하는 거 봐. 그럼 팬티는 왜 훔쳤어?"
"손으로 했어요."
"집에 가서 손으로 했단 말야?"
"예."
"어떻게 했어. 해봐!"
파마머리는 눈을 감고 미친 척한다.
잠시 소란스러운 때, 설거지 아저씨가 창고 문을 연다. 사이다병을 이마로 깨서 일명 '사이다 아저씨'로 통하는 설거지 아저씨는 조직에 몸담고 있다가 삼청교육대에서 나와서 잠시 몸을 숨기고 있다고 종철이에게만 고백한 적이 있다.
"야~ 그만 보내라."
웨이터 몇 명은 민망한 듯 몸을 돌리며 일행이 아닌 듯 시선을 이리저리 돌린다.
"애들아, 내일 일해야지. 지금 새벽 3시다."
"예."
"야! 누가 담배 있냐?"
웨이터들은 서로 얼굴을 보는데 급하게 튀어나오느라 담배는 없나 보다. 한 웨이터가 담배 꽁초를 내민다.
"여기 장초 꼬바리 하나 있어요."
다들 뿔뿔이 흩어지고 웨이터 몇 명이 치한을 데리고 나간다. 아침이 밝자 간밤의 소문이 쫙 퍼져서 애기들이 한창이다.
"아유~ 내 주먹에 한 방 제대로 맞았으면 그놈은 죽었는데."
종철이 주방에 들어오니 냉면장은 어젯밤에 일어난 얘기를 중계방송하느라 바쁘다. 찬모는 큰 양재기에 파란 나물을 볶으며 혼자 말한다.

"그놈이 아가씨들 방만 기웃거려. 우리 방은 얼씬도 안 해. 은근히 기분 나쁘네."

아침밥을 먹는데 건너 테이블에서 아가씨들 말소리가 들린다.

"야! 도둑놈이 방에 들어와서 만지는데도 가만있었다며?"

"좋았나 보지, 뭐."

"호호호. 여자 부대에서는 밤에 누우면 고추나 한 가마 떨어졌으면 좋겠다고 한다더니. 그래서 그 남자는 어떻게 됐대?"

"웨이터들하고 주방 아저씨들한테 끌려가서 반 죽도록 맞았대. 옷 벗겨 놓고 때렸대."

"어머, 살벌하다 얘. 누가 그랬냐? 그럴 사람이 없는데 지배인도 퇴근하고."

"누구 주먹이 쎈가 내기도 했대."

"어머, 그래서 안 죽었대니?"

"옷 벗겨서 보냈대. 웃긴 건 여자 팬티를 석 장이나 입고 있더래."

"엥? 내 팬티도 하나 없어졌는데 빨랫줄에 널어놓은 거."

"쉿! 얘 누가 듣겠다."

종철이 밥 먹고 야장 자판기로 가는데 윤선 누나가 다가온다.

"종철 씨, 어젯밤에 별일 없었어요? 다치기라도 했을까 걱정했어요."

"아니, 괜찮아요. 밖에 나가지 않고 방에서 책 보고 있었어요."

"아, 네~ 잘하셨어요. 그런 일에 끼지 말고 몸조심 하세요."

"네, 누나. 박카스 사다드릴게요."

종철이는 윤선 누나가 피로할 때 박카스를 먹으면 피곤이 풀린다고 한 말을 기억하고 약국으로 간다. 안채 쪽으로 통하는 나무다리를 건너갈 때 안채 창문이 조금 열렸는데 사모님이 부른다.

"종철 씨~ 현관문으로 들어와 봐요."

"예."

소파에 앉으니 사모님이 홍삼차를 타서 찻잔에 담아 탁자에 놓고 맞은 편에 앉는다.

"종철 씨, 어제 어머니 오셨다 가셨어?"

종철이는 어젯밤에 한번 혼난 게 있기에 정신이 어릿해진다.

"예."

"갈비 사드렸어요?"

"아니요. 통닭요."

"통닭요? 아니 웬 통닭? 어머니가 통닭 드시고 싶대요?"

"아니요. 그냥 저기 송연가든 가서 조용히 켄터키 후라이드 치킨하고 거봉 먹었어요."

사모님은 감정을 누르면서 조용한 어조로 묻는다.

"어머님이 오셨으면 갈비 사서 드리고 나한테도 얘기해야 되는 거 아니에요? 그렇게 오셨다가 무슨 죄지은 사람처럼 조용히 가시면, 그리고 그런 말을 다른 사람들한테서 들으면 내 기분은 어떤 줄 알아요? 종철 씨하고 나하고 아무런 사이도 아니에요? 지난 몇 개월 동안 난 종철 씨 친동생 이상으로 생각했고 정이 들었어요. 가게 오픈하고 육부실에 사람 없어서 종철 씨 혼자서 야간까지 음악 틀어놓고 갈비 만드는 거 혼자 보면서 육부실 앞에서 몇 번이고 들어갈까, 과일이라도 깎아다줄까, 남들이 보면 어떻게 생각할까 전전긍긍했어요. 이제는 남 눈치 안 보고 잘해줘도 되겠구나 했는데, 어머니가 오셨는데도 말도 안 하고 서운해요."

사모님은 갑자기 종철이에게 존댓말을 쓰면서 어느새 눈가에 물기가 맺힌다. 종철은 사모님이 말한 '죄지은 사람처럼'이라는 말을 듣고 보니 중학교 다닐 때 학교 체육대회를 해서 반에서 잘사는 아이 엄마는 보란 듯이 당당하게 전기밥통에 따끈한 밥을 해왔는데 공부 못하고 못사는 집 아이 엄마는 음료수병에 숭늉을 담아서 신문지로 병마개를 대신해서 가져온 것을 보았다. 그 아이는 엄마가 온 걸 창피하게 생각하여 숨어서 나타나지 않았고 그 엄마는 안 나타나는 아들을 한참 동안 기다리다가 돌아간 생각이 난다.

가난이 죄는 아닐진대 엄마는 자식에게 못해준 게 한이 되고 죄인이 되어 남모르게 눈물을 흘리신다. 종철이도 피해의식인지 당당히 엄마의 방문을 알리지 못하고 남들에게 굳이 밝히지 않은 것이다. 아무 생각 없이 한 자신의 행동이 다른 사람을 아프게 할 수도 있다는 것을 처음 배우게 된 종철이 눈도 빨갛게 뜨거워지며 물기가 맺힌다.

"종철 씨 책망할 생각은 눈곱만큼도 없어요. 어머니는 아들이 큰 갈비집에서 일하니까 소갈비도 잡수시고 냉면도 드실거라고 생각하셨을 거예요. 종철 씨 일하는 곳도 구경시켜드리고 여기 오셔서 홍삼차도 드시고 제가 차로 역까지 모셔다드렸으면 얼마나 좋았을까요?"

사모님이 아쉬워하는 모습을 보니 애처로운 생각이 든다.

"죄송합니다, 사모님. 제가 생각이 부족했어요."

"아니에요. 종철 씨는 잘못 없어요. 그래 엄마하고는 즐거운 시간 잘 보냈어?"

"예, 노래도 세 곡 불렀어요."

"호호호, 시간 잘 보냈네. 여기 같으면 노래도 못했을 텐데. 종철 씨 다음에 어머니 오시게 되면 미리 말해줘. 내가 다 알아서 모실 테니."

"예, 알았어요."

방위 입대 송별식

갈비집의 겨울은 길고도 적막하다. 손님도 봄가을 성수기에 비하면 절반으로 떨어진다.

"야! 이주일이 왔다."

밖에 나가보니 야장 등나무 안에 두 남자가 서서 수석 좌대를 감상하고 있는데, 진짜 TV에서 보던 유명한 코미디언 이주일 씨다. 이주일 씨는 수석을 만지며 TV에서 보고 듣던 말씨로 말한다.

"이거 다~ 깎아서 만든 거냐?"

함께 온 사람도 유머 있게 답한다.

"고구마냐? 깎게!"

이주일 씨는 사람들이 많이 쳐다보는 걸 의식한 듯 특유의 양 팔꿈치를 겨드랑이에 붙이고 어깨와 엉덩이를 씰룩거리며 주차장으로 빠르게 걸어간다.

나이 어린 설거지는 주방에 들어오며 호들갑스럽게 소리친다.

"이주일이 왔었어요. 이주일이 '고구마 팍팍 깎았냐?' 했어요. 되게 웃겨요. 히히."

냉면장은 뜨끈한 냉면 가마 앞의 낮은 의자에 앉아서 졸고 있다가 눈도 제대로 안 뜨고 시답잖다는 듯 말한다.

"얌마, 고무신 신었다고 다 니네 엄마냐? 머리로 생각 좀 해라. 머리는 벽돌 깰 때 쓸려고 달고 다니냐. '꽉꽉 무쳤냐' 한다고 다 이주일이 아녀어. 내가 전에 일하던 호텔 나이트 왔었는데 하루 출연료가 300만 원이다. 자식아! 따지냐!?"

"아, 진짜 왔었다니깐요. 일단 한번 믿어보시라니깐요."

"남대문 지게꾼도 순서가 있고, 똥물도 파도가 칠 날이 있다. 나도 언젠가는 이주일처럼 한번 뜰 날이 온다. 그때는 니네들 나 아는 체하지 마라. 그동안 나를 무시하고 우습게 봤던 인간들 죄다 내 앞에 와서 무릎을 꿇을 거다."

"형! 맴을 곱게 써야 성공도 하고 출세도 하는 거요."

"너 지금 따지냐! 짜식이 좀 키워줬더니 사람 석죽이고 있어."

"미안혀요."

"미안은 쌀눈이고 불쌍은 절에 가면 있고. 나는 졸린다. 잠이나 잘란다."

해가 바뀌어 봄이 되니 야외 예식 손님들이 예약을 하고 칠순잔치 단체도 예약이 들어온다. 칠순잔치에는 식사와 여흥을 묶어서 공연을 해드린다. 고윤선이 대원각에서 잔치 전문 민요팀을 초대해서 권주가 등 노래와 음주 가무로 즐겁게 해드린다. 봄에는 여성들이 결혼식을 많이 하고 가을에는 남자들이 결혼식을 많이 한다? 종철은 육부실에서 갈비를 만들고 잔치가 있을 때는 나가서 노래도 한다.

또 한 해가 바뀌어 종철이는 신체검사를 받고 난 후 생각지 않게 영장이 나왔다. 학력이 딸리니 혹시나 뒤로 밀리다가 면제되지 않을까 내심 기대하고 있었는데, 갑자기 영장을 받고 보니 심란하다.

방위 소집 영장이다. 14개월 군복무하면 소집해제를 받는다. 현역은 제대이고 방위는 해제라고 한다. 종철이 큰형은 군산에서 예비군 중대본부 방위를 받았고, 작은형은 송추수색대 방위를 받았다. 군산에 살 때 방위들이 노란 바탕에 검정 큰 글씨로 '방위'라고 쓰인 완장을 차고 낡은 검정 농구화를 신고 시내 길바닥에 앉아서 동전 따먹기 하는 모습을 종종 보았다. 군인도 아니고 예비군도 아니고 민간인도 아닌 방위를 '똥방위'라 불렀다. 누런 완장을 빗댄 말인가? 동에서 근무한다 하여 된소리로 똥방위라 했는지는 모르지만, 똥에 비유한 건 그저 헛웃음만 나올 뿐이다. 또 하나 불리는 이름이 있었으니 '조또방위'다.

군산의 유명한 홍시감, 땡감, 곶감 등을 취급하는 감 전문시장 '감똑'이라는 골목에 룸살롱이 많았는데, 방위 네 명이 호기 있게 술집에 들어가니 옆집에서 출장 온 아가씨들까지 네 명이 한 사람씩 옆에 앉더란다. 화기애애하게 좋다고 술을 먹고 있었는데, 멋있는 옷차림의 공수특전부대 군인 네 명이 들어오니 아가씨들이 그쪽으로 싹 가더니 오지를 않더라는 것이다. 이에 화가 난 방위 한 명이 참다참다 벌떡 일어나서 단추를 풀어 헤친 윗옷을 흔들며 공수부대 군인들과 함께 있는 여자들을 향해 소리쳤다.

"야! 내가 입고 있는 이 옷이 방위지, 조또방위냐?"

이날 이후로 방위를 부를 때 '조또방위'라고 부른다는 전설 같은 얘기가 전해져 내려온다.

종철이는 이제 한창 일하는 것에 재미를 붙이고 돈도 400만 원이나 모아서 돈 모으는 재미도 쏠쏠하고 사람들과도 정이 많이 들었는데, 모든 걸 다 접고 방위로 떠나야 한다는 게 너무나 심란해서 영장 받고 입대일 한 달 동안 살이 쭉쭉 빠져서 꼬챙이만 남았다. 어릴 적 별명이 '갈비씨'였는데, 별명대로 갈비집에서 일하고, 이젠 남모르게 갈비씨가 되어가고 있다.

종철이는 고윤선과 사모님한테 말하려니 차마 입이 안 떨어진다. 아침밥 먹고 나면 으레 커피 자판기로 가는데, 혹시나 기대를 갖고 쳐다보게 되는 안채 쪽 창가에서 사모님이 소리없이 손짓을 한다. 종철이 커피 빼는 걸 생략하고 인채 응접실에 들어가니 사모님이 묻는다.

"종철 씨 사직서 썼다며?"

"네."

"영장 나왔어?"

"네."

실낱 같은 기대를 가지고 종철의 군 입대를 확인한 사모님은 종철보다 더 큰 한숨을 내쉰다.

"사실이네. 우리 오빠, 남편 군대 간다 할 때도 안 울었는데 어젯밤 많이 울었네. 슬퍼서도 아니고 아쉬워서도 아니고 그냥 눈물이 주룩주룩 나왔어. 입대 날짜는 언제야?"

"8월 10일요."

"아이구, 많이 더울 때네. 내가 그날 갈게."

종철은 응접실에서 밖으로 나오며 한 고개 넘었구나 하고 긴 숨을 내쉰다. 종철이 윤선 누나에게 말을 못 하고 눈치만 보고 있을 때 퇴근 후 통닭집 앞에서 만나자는 인터폰을 받은 건 저녁 무렵이다. 퇴근 후 통닭집 앞으로 가니 윤선 누나가 통닭집 안에서 문 앞으로 마중 나오며 미소 짓는다.

"종철 씨~"

종철이도 윤선 누나를 보니 기분이 너무 좋다. 언제 봐도 너무나 예쁜 얼굴, 사랑스런 목소리, 천사같이 고운 마음씨다.

"누나 오래 기다렸어요?"

"아니요."

고윤선의 손엔 종이봉투 통닭이 들려 있다.

"아까 저녁에 전화해서 통닭 한 마리 포장해놨어요. 제 방에 가서 한잔 해요."

종철이는 기분이 설렌다. 윤선 누나 방에 가보고 싶었는데, 이렇게 윤선 누나가 먼저 가자고 할 줄은 꿈에도 몰랐다. 윤선 누나 방은 어떻게 생겼을까? 종철이는 통닭을 받아든다.

"우리 슈퍼에 들러서 맥주랑 과일 사요."

종철이 윤선 누나와 같이 슈퍼에 들어가니 신혼부부가 된 것 같은 기분이 든다. 윤선 누나가 내 아내면 얼마나 좋을까 생각한다.

"오늘은 내가 사는 거예요. 종철 씨, 우리 둘만의 송별식 해야죠."

"어떻게 아셨어요?"

"종철 씨는 저한테 아무것도 감추지 못해요. 호호호."

"하하하."

오랜만에 소리 내어 웃어보는 종철이다. 어릴 적에는 유머도 많고 웃기는 얘기들을 적어놓고 친구들한테 써먹기도 했는데, 식당일 하면서는 마음

터놓고 지내는 사람도 없고 항상 긴장 속에서 생활한 것 같다. 오직 음악만이 유일한 친구였다.

윤선 누나 집의 대문을 열고 들어가니 작은 마당이 있고, 안집은 마루가 있고, 우측에는 부엌이 있다. 윤선 누나 방은 왼쪽인데 작은 부엌이 달려 있고 부엌 안에 미닫이 방문이 있다. 방에 들어가니 오른쪽에 비키니 옷장이 있고 문갑 위에 화장품이랑 액세서리 등이 놓여 있다. 왼편에는 이불이 가지런히 잘 개어져 있다.

"창피해요. 방이 너무 단출하죠?"

"아니에요. 너무 좋아요. 깨끗하고 아늑하고. 여자 방은 첨이에요."

종철이는 여자 방은 처음인데 향긋한 여자 향기가 너무 좋다.

"종철 씨, 부엌에서 발 씻고 싶으면 씻어도 돼요."

"저는 발 안 씻어도 냄새 안 나는 체질인데요. 오기 전에 청소하면서 씻었어요. 하하."

"호호, 그래요? 저도 사실 숙소에서 씻고 왔어요. 호호."

고윤선은 개다리소반을 꺼내어 통닭과 맥주잔을 놓는다.

"자, 우리 맥주 한잔하면서 축배를 들어요. 종철 씨 군 생활 잘하시고 건강한 모습으로 다시 만나게 되길 기원해요. 건배!"

"건배! 아~ 시원해요. 북극곰이 깜짝 놀라게 차가워요. 하하."

"네, 시원하네요. 정신이 번쩍 났어요. 호호."

"하하."

"누나, 쉬는 날은 어기서 밥은 안 해먹어요?"

"네, 전날 빵 하나 사서 우유랑 먹고 전철 타고 서울 집에 가요. 친구들 만날 때도 있고."

"혼자 방 쓰면 편하죠?"

"편해서 방 얻어 지내는 거 아녀요. 방세만 나가고 출퇴근하며 걸어야 하고, 오히려 불편한 게 많아요."

"그러면 왜 따로 방 얻었어요?"

"제가 잠버릇이 좀 심해요. 그래서 숙소 생활 못 해요."

"코 골아요?"
"아니요."
"이 갈아요?"
"아니요."
"? 그럼 막 뒹굴어요?"
"아니요."
"그럼 막 발로 차고 팔을 휘둘러요?"
"아니요…."
"말하기 창피한 버릇이 있어요."
"뭔데요?"
"궁금하세요?"
"네."
"종철 씨가 궁금하시다는데 말해야지요. 감출 수가 없네요. 지난번에 말했듯이 대학 2학년 때 신촌에서 알게 된 가수를 사랑했어요. 가난한 음악인이었어요. 돈이 없어 저한테 밥 한 번 사지 못했어요. 그래서 더 안쓰럽고 정이 갔어요. 그 사람과 사랑했는데, 친오빠가 알게 되어 반대하고 훼방놓아 헤어졌어요. 그리고 나서 그 남자는 다른 여자를 만났어요. 꼭 한 번의 사랑에 임신하게 되어 병원에 갔는데, 자연유산되었고 앞으로 아이를 가질 수 없다고 했어요. 그 후로 잠꼬대를 하는 버릇이 생겼어요…."
"무슨 버릇인데요?"
"정사할 때 내는 소리요."
"예…?"
"섹스할 때 여자가 내는 소리를 잠꼬대로 하는 거예요. 그래서 이 방을 얻을 때도 제 방 옆에 부엌이 있고 옆집 방 있는 거 보고서 얻었어요. 옆방에 들릴까 봐."
"그런 사연이 있었군요."
종철은 윤선 누나를 안타깝게 바라본다.
"괜찮아요. 걱정 마세요. 혹시 애인이 생기면 그런 버릇은 없어질 거예요. 너무 마음속에 상처가 커서 그렇대요."

"누가요?"

"병원에서 심리상담 받았어요."

"네."

종철은 이렇게 예쁜 누나한테 그런 버릇이 있다는 게 매치가 되질 않는다. 언젠가 윤선 누나가 결혼하지 않고 혼자 살겠다고 한 말도 조금은 알 수 있을 것 같다. 그래서 함부로 남자를 사귀지도 않는다는 것도.

"종철 씨 놀랐죠?"

"아니요. 안 놀랐어요. 다만 누나가 힘들어하지 않나 해서 안타까워요."

"괜찮아요. 다 지난 일이에요. 지금은 제 숙명으로 받아들여요."

"저는 누나가 어떤 안 좋은 습관이든, 어떤 과거가 있든 상관 안 해요. 저는 누나가 너무 좋아요. 생각만 해도 좋고 부자가 된 듯 가슴에 보석이 꽉 차 있는 것 같아요. 아무것도 안 부러워요."

"종철 씨, 고마워요."

"누나, 왜 저한테 반말 안 해요?"

"저는 종철 씨를 존경해요. 그래서 반말하지 못하고 존댓말이 좋아요. 종철 씨가 저한테 반말한다 해도 저는 존댓말 할 거예요. 사랑은 뭐든 해주고 싶고, 존경하고 싶고, 순종하고 싶은 것 같아요."

"네, 저도 누나가 좋아요. 뭐든 다 해드리고 싶어요."

"고마워요. 말씀만 들어도 기쁘고 힘이 나요. 종철 씨 군대 가고 나면 저 살 많이 빠질 거예요."

"왜요? 왜 살이 빠져요?"

"글쎄요. 그럴 거 같아요."

종철이는 윤선 누나의 힘없는 말에 우울해진다.

"종철 씨, 내일 낮에 시간 있어요?"

"예, 쉬는 시간 있어요."

"낮에 시내 나가서 손목시계 하나 사드리고 싶어요."

"예, 고마워요."

"맥주 세 잔 마셨더니 피곤하네요."

"누나 주무세요. 저도 이제 가볼게요."

종철은 일어나서 방을 나온다. 가로등만이 밝혀주는 밤길을 걷고 있는데, 자꾸만 "종철 씨" 하며 부를 것 같아 뒤를 돌아보며 힘없이 걷는다. 얼마 전 시내 팔달문에 나가 한일레코드사에서 좋아하는 노래만 녹음해왔다. 테이프에 수록되어 있던 배호의 〈오늘은 고백한다〉라는 노래가 떠올라서 부르며 걷는다. 윤선 누나 앞에서 불러 보일 걸 하는 생각이 머리를 스친다. 노래란 이럴 때 내 마음을 대신해주는 좋은 수단이 된다. 종철이는 이럴 때도 한 템포 느린 자신이 답답하다. 꼭 지나간 후에 생각나니 말이다.

그날 밤 처음 본 검은 눈동자에는
사랑의 외로움이 가득히 찼었지
나는 왜 그 사연 알고 싶을까
사랑을 안 했는데 보고 싶을까
오늘은 고백한다
가슴을 털어놓고 사랑을 한다고

내 마음 휘잡는 검은 눈동자에는
말 못할 그리움이 가득히 찼었지
끌리는 내 마음
나도 모르게 사랑을 했습니다
나도 모르게 오늘은 고백한다
이 생명 다하도록 사랑을 한다고

– 〈오늘은 고백한다〉(1970), 백영호 작사·작곡, 배호 노래

4

자랑스런 방위

관상쟁이

 종철은 군 입대 5일 전에 가게를 그만두고 군산 집에 들러서 엄마에게 200만 원 드리고, 여동생 용돈도 주고, 옆집 살던 오덕민이라는 친구도 만나고 하루 만에 올라왔다. 종철은 사실 고향 집에 가면 마음에 기운이 떨어지는 것을 느낀다. 아버지 사업 실패 후 쉽게 일어나지 못하는 집안 형편 때문에 힘이 빠지는 종철이다. 다시 서울로 올라온 종철이는 광화문 교보문고에 가서 책도 읽고 영화도 보고 음식도 사 먹고, 사직공원에도 올라가서 철봉도 하고 활터에 가서 구경하고 내려온다. 깨끗한 공원에는 나무와 꽃들이 피어있고 사람들도 간간이 지나다닌다. 음식점도 크고 유명한 집으로만 사람들이 몰리는데 공원도 쏠림현상인가? 놀이 기구도 없고 크지 않은 사직공원엔 사람들이 별로 없다.
 언젠가 아이를 데리고 나온 멋쟁이 젊은 엄마는 동네 사람이라서 산책 나왔을까? 종철이는 혹시나 그때 그 여인을 다시 볼 수 있을까 하여 두리번거려보지만 아이와 함께 온 젊은 엄마라고는 한 사람도 보이지 않는다. 중년의 남자는 벤치에 앉아 직장을 잃었는지, 여인을 잃었는지 허공을 응시하고 있다. 남자한테 필요한 것은 일과 여자인 것 같다. 일을 잃고 힘든 것보다 사랑을 잃었을 때가 훨씬 애절하고 상실감이 큰 것 같다.
 사랑을 잃은 노래는 있어도 직장을 잃고 힘들어하는 사연의 노래는 없는 까닭이다. 공원 스피커에서는 정풍송 작사·작곡, 조용필의 〈허공〉이 흘러나오고 있다. 입대 하루를 남겨놓고 종철이는 머리를 깎기 위해 이모 집에서 나왔다. 미아리 시내에 버스 타고 지나다니면서 봐둔 미용학원이 있다. '남자 머리 250원'이라고 적혀 있었다. 3층 미용학원에서 실습생에게 실습용 머리가 되어 방위머리로 싼값에 머리를 깎고 보니 가수 종철이는 어디 가고 시골 머슴 같은 사내가 거울 속에서 인상을 쓰고 있다.

경기도 화전 300보충대에 입소하여 군복, 아니 낡은 훈련병 옷으로 갈아입고 4주 동안 훈련을 받는다. 종철이는 입소 후 3일째 되어서야 화장실에서 큰 걸 볼 수 있었다. 너무 긴장하여 에너지를 소비해서 그런지 몸에서 배출할 것도 없이 모두 소진된 모양이다. 8월 땡볕은 고된 훈련만큼이나 힘이 든다. 이유 없이 땡볕 아래 맨바닥에 앉혀놓고 마냥 꼼짝없이 땀을 죽죽 흘리고 있어야 하니 이것도 훈련의 일종인지 극기훈련의 한 방법인지 두꺼운 긴 팔 훈련복이 땀에 젖는다. 땀을 많이 흘리니 지급된 소금도 억지로 먹어야 한다. 소금 먹는 것이 이렇게 곤혹스러운지 처음 알았다.

한 내무반에 현역 조교가 네 명, 소위 교관이 한 명이다. 50분 훈련하고 10분 휴식 시간에 화장실에 가거나 나무 아래에서 담배를 꺼내 한 모금 쭉 내뿜으면 그야말로 고향 생각, 애인 생각이 절로 난다. 사람마다 사연은 다 있고 다들 무슨 생각들을 하는지 말이 없다. 더러는 학교 친구, 동네 친구와 반갑게 얘기를 나누기도 한다. 훈련소에서 조교는 훈련병들한테 때론 마치 저승사자 같은 존재다. 조교는 교관의 "숙달된 조교 앞으로~"라는 명령이 떨어지면 훈련병들 앞에서 총검술이나 엎드려쏴, 제식훈련 등 절도 있고 숙달된 동작으로 시범을 보여준다. 무용수가 멋진 동작을 보여주는 것처럼 멋있지만 훈련병들이 제대로 못 할 때는 가차 없이 기합을 준다.

대가리 박아, 깍지끼고 엎드려 뻗쳐, 뒤로 취침, 철조망 통과 등 욕과 함께 워커 발로 정강이를 걷어차기도 한다.

"이 새끼들 봐라! 군기가 빠졌다. 대가리 박어, 이 새끼들아!"

입에는 늘 욕을 달고 있으니 잠꼬대도 욕을 하지 않나 모르겠다. 훈련병 중에도 그런 조교들이 절절매는 사람이 있었으니 다름 아닌 관상쟁이가 훈련소의 주연이다. 고대 철학과 재학 중에 입대했다는 이 사람은 보통

보다 조금 큰 키에 얼굴 피부가 하얗고 호남형으로 생겼다. 친구 엄마가 무당인데 관상, 수상을 배웠다는 것이다. 관상은 얼굴로만 끝나는 것이 아니라 머리터럭, 가슴, 엉덩이, 습관, 버릇, 태도, 걸음걸이, 목소리, 말투 등 사람한테 나타나는 모든 것에서 그 사람의 길흉화복이 결정된다는 것이다.

가슴이 크면 모유가 많아서 다산할 상이고, 자식 정이 많아서 웬만하면 부부 해로한다는 것이고, 얼굴은 위에서 아래로 삼등분해서 상정, 중정, 하정을 보고 좌우대칭으로 부모 유전과 인생이 평탄한가, 굴곡이 심한가를 점친다고 한다. 귀를 보면 첫째 상인가 둘째 상인가도 알 수 있고, 입술을 보면 정조 관념, 코를 보면 처복을 알 수 있고, 누당, 미간, 인중, 금갑 등은 운이 모이는 자리이고, 눈썹 길이를 다섯 등분해서 운, 명, 복, 권, 주를 점친다고 한다. 여대생들 관상 봐줄 땐 관상 보는 걸로 녹여놓으면 운명을 알려준다며 가슴도 만져볼 수 있고, 엉덩이도 만져봤다고 은근히 자랑이다. 귀를 보면 여자의 성기가 윗붙음인지, 아랫붙음인지, 대소 유무까지 알 수 있다 하니 여자들한테 인기 최고이고 술도 공짜, 담배도 공짜, 밥도 공짜, 재미도 쏠쏠하다고 한다.

훈련소 3주차부터는 관상 잘 본다고 소문이 나서 이웃 부대에서 중대장들도 찾아와서 봐달라고 사정한다. 휴식 시간이 되면 조교들이 담배를 가지고 와서 관상 좀 봐달라고 줄을 서니 훈련병들은 차례가 오기 힘들다. 훈련받다가 잠시 대기라도 하게 되면 그 틈을 노려서 관상을 봐달라고 한다. 어떤 때는 훈련 중에 관상쟁이만 어디론가 슬쩍 불려가기도 한다. 대대상이 지프차를 타고 와서 시원한 나무 그늘에서 불러내는 것이다. 관상은 공짜로 보면 안 된다는 미신이라도 있는 것인지 음료수나 담배, 초코파이 등 가지각색이다.

종철이는 생각한다. '이야~ 관상, 저것만 볼 줄 알면 인기가 괜찮겠다. 나도 배워야지.' 드디어 종철이한테도 휴식 시간에 차례가 왔다. 내성적인 성격에 훈련소 생활이 굴욕적일 정도로 적응이 안 되는 상황에 여드름은 심해지고 태양빛에 그을려서 구두닦이 같은 상판을 들이밀었는데, 관상쟁이는 의외로 "뭇사람들에게 정신적인 지주가 될 상이다"라고 말해주니 종철이 자신도 의아하다. 그래도 희망적인 말을 들으니 힘이 솟는다. 훈련소 4주차가 되니 훈련에 적응 못 하는 사람은 유급되어 퇴소도 못하고 한 번 더 훈련소 생활해야 한다고 겁을 준다.

그리고 처음으로 목욕할 기회를 준다고 해서 좋아했는데, 철모에 물 세 바가지로 목욕하라고 한다. 종철이는 어처구니가 없는데 몸에 물 묻히고 비누칠 한 번 하고 헹궈내니 충분히 샤워를 마칠 수 있음에 놀란다. 훈련소 4주 동안 400여 명의 훈련병 중 한 사람의 낙오도 없이 모두 건강히 퇴소할 수 있었다. 1년 중 제일 힘든 8월이라고 하는데 종철이는 더위는 참아도 추위는 못 참는 체질이어서 한겨울에 입소하지 않은 걸 그나마 다행으로 여기고 가방 하나 들고 무사히 이모 집에 가는 버스에 오른다.

큰이모 집에 도착해보니 아무도 안 계신다. 부엌에서 반찬을 찾아 양재기에 김치, 고구마순, 이것저것 밥이랑 넣고 고추장, 참기름 넣고 달갈프라이 하나 해서 착착 비비니 꿀맛이다. 씻고 옷을 갈아입고 시내에 나와 할 일 없이 돌아다닌다. 교보문고, 종로를 지나 우미관극장에 들러서 〈사망탑〉 영화 한 프로 보고 종로3가 호다방에서 커피 한잔에 디스크자키와 음악감상, 춤 구경을 한다. 국일관, 새로 생긴 디스코텍, 서울데크 앞을 서성이다가 괜히 건물 현관에 서서 지나다니는 사람들 구경하고 있는데, 건달 두 명이 지나가다가 종철이 반팔에 가슴이 드러나는 딱 맞는 티를 입은 상체를 보더니 묻는다.

"야, 너 주먹공장에 좀 다녔냐?"

종철이가 아무 말이 없자 "자식! 몸 좋네" 하며 건달들은 2층 당구장으로 올라간다. 종철은 썩 기분 나쁘지 않아서 주먹을 손바닥에 탁탁 치면서 걸어가는데, 길가 포장마차 안에서 개그맨 양종철하고 서세원 씨가 잔치국수를 먹고 나오며 서울데크로 들어간다. 종철은 서울데크 밖의 크고 현란한 네온사인 간판 앞에 서서 안에서 흘러나오는 디스코 음악을 듣는다. 〈Sexy Music〉, 〈Come Back〉 등이 흘러나온다. 세상은 바뀌었다. 어릴 적 동네 형들이 듣던 고고 페스티벌에서 디스코로, 가요에서 디스코메들리로,

'흑백TV, 오디오형'에서 '컬러TV, 비디오형' 가수로 유행에 잘 따르는 사람이 성공한다.

어릴 적 만화책에서 본 "때를 아는 자 성공하고, 운을 잡은 자 행복하다"라는 글귀가 생각난다. 종철은 군복무 기간이니 현실에 충실하자는 각오를 새겨본다. ○○사단 21연대에서 1주 교육 후 보직을 받아서 배치된다. 1년 동안 이모 집에서 기거하며 버스를 타고 근무지까지 출퇴근해야 한다. 이모에게 여유 있게 생활비를 드리니 이모께 효도가 되고 종철이도 숙식이 해결되어 수월하게 군 생활을 보낼 수 있어서 좋으니 이런 것이 상부상조라던가.

버스를 타고 은평구 신사동사거리에서 하차하여 부대로 걸어간다. 위병소 신고는 목소리가 크다며 분대장이 종철이한테만 시킨다.

"충성! ○○사단 21연대 2대대 이병 김종철 외 145명은 695부대에 교육 있어 왔습니다. 뒤로 돌아! 기준! 좌로 번호 하나, 둘, 셋, 넷. 뒤로 앉아. 번호 하나! 둘, 셋, 넷… 앉아! 일어낫! 앞으로 갓! 오른발! 왼발! 발맞추어 가! 하나! 둘! 셋! 넷!…."

연대에서 하는 일은 무기고 총기 상자 들어 나르는 일, 연병장 땅 고르는 일, 제식훈련 등이다. 연대 대기 일주일 되면 대대나 지역으로 자대 배치된다. 점심 먹고 나무 그늘에 앉아서 담배를 피우고 농담들 하느라 바쁘다.

종철이는 육송가든에 있을 때 큰 나뭇가지에 매달려 턱걸이 훈련을 많이 해서 쌀힘이 장난이 아니다. 웨이터들과 팔씨름을 할 때는 호흡 한번 들이마시면 3초 내로 넘어간다. 웃통 벗고 총기 상자를 들고 나를 땐 고참들이 탄복한다.

"야! 저런 애들이 우리 무기고로 와야 하는데."

그 후 종철이는 사단체육대회에 연대 대표로 턱걸이 대회에 나가서 우승한다. 턱걸이는 호흡과 팔힘, 기술이다. 내려오는 것보다 올라가는 게 더 쉽다. 호흡만 들이마시면 쑥쑥 올라간다. 방위는 부대에 부족한 현역병들을 보충하는 임무를 가진다. 방위의 주요 보직은 동사무소, 예비군 중대본부, 지역 해안가의 경계병 등 주로 후방이나 지역에서 부족한 병력을 대체 수단으로 썼으나 수도권에서는 국방부, 육군본부, 미8군 등 안 가는 곳이 없다. 종철이는 운 좋게도 동사무소 예비군 병사보조로 보직을 받아서 뙤약볕에서 훈련 안 받고 눈보라 속에서 경계근무 서지 않고 비교적 편안하게 군 생활을 하게 되었다. 예비군 편성 카드에 기재하기 위해서는 글씨 연습도 해야 하고 타이프 치는 것도 배우고 병사 업무도 배운다.

4주간의 훈련소 교육을 무사히 마치며 한 장의 기념사진 으로 피로를 푼다.

병사보조 방위

"충성! ○○사단 21연대 2대대 이병 김종철 은평구 동사무소 병사보조로 보직을 명 받았습니다. 이에 신고합니다."

우선 4층에 있는 동대 본부에 출근해서 동대장에게 신고한다. 여기는 예비군 자원이 많아서 1, 2동으로 나눠진다. 2동대장님은 신병 김종철에게 훈시한다.

"군 생활 14개월 동안 중대장 말 잘 듣고 고참 말 잘 듣고 무사히 제대하기 바란다. 애인은 있나?"

"어, 없습니다."

"동대장도 애인이 있는데, 젊은 사람이 애인이 왜 없어?"

동대장은 관심인지 자랑인지 애인 있냐 묻고는 미소를 띤다. 저녁 6시 2동대장이 칼퇴근한 후 방위 선배들의 후배 방위 환영식이 성대하게 열린다. 20여 명의 방위병이 사무실에서 나오자 옥상에서 다시 고참의 훈시가 이어진다. 3기가 최고참이고 5기로 이어진다.

"워커 뒤축이 닳도록 뛰어다녀야 한다."

"예! 알겠습니다."

"복창 소리 봐라. 군기가 빠졌고만. 차렷! 열중쉬어! 차렷! 전방을 향하여 힘찬 구령 조정 3회 실시!"

"열중~ 쉬엇! 부대~ 차렷! 뒤로~ 돌아!"

"전방을 향하여 힘찬 함성 5초간 발사!"

"아 아 아 아 아~"

"목소리 하나는 좋고만."

군대 오니 공짜로 발성 연습까지 시켜주는 것에 종철이는 군대도 공부가 된다고 생각한다. 체력 단련도 공짜로 시켜주니 좋다.

"5기 앞으로! 복명복창한다. 5기 앞으로!"

"5기 앞으로!"

"너희들은 아래 기수들 하나 확실히 못 잡고 뭐 하는 건가? 강일수!"

"예, 일병 강일수!"

"그렇게밖에 못 하겠나!"

"확실히 하겠습니다."

"오늘 신병도 새로 왔고 너희들 한따까리 해야 쓰것다. 얼차려 받은 지 한참 됐지? 5기 위치로 복명복창한다! 5기 위치로!"

"5기 위치로!"

"너희들이 잘해야 후배 기수들이 군기가 살아서 너희들 군 생활도 편하다. 차렷! 열중쉬어! 대가리 박어!"

열중쉬어 자세에서 머리를 옥상 시멘트 바닥에 박으려니 앉으며 무릎을 꿇은 자세에서 머리에 힘을 주며 무릎을 펴야 한다.

"동작이 보인다. 모두 일어서! 열중쉬어! 대가리 박어!"

"박어!"

"쿵 쿵."

머리를 옥상 바닥에 박는 소리가 우당탕 난다. 3기 최고참 세 명이 그다음 기수 5기 여섯 명을 둘러싸고 시범적으로 기합을 주고 있다. 나머지 기수 10여 명은 기수 순서대로 일렬로 서서 부동자세로 기합받는 광경을 떨면서 바라보고 있다. 기합은 위 기수부터 아래로 내려오는데, 종철이는 제일 말번 기수 8기여서 혼자 맨 끝에 서 있다.

동사무소 선배는 작년 9기로 제대하기 몇 달 전부터 후임 기수가 보직 받고 오면 업무 인수인계해주고 잘해주려 했는데, 기다리고 기다려도 오지 않아서 애가 탔다고 한다. 방위들은 몇 기수 위는 아버지, 아들 사이라고 하고 기수 차이가 8개월 정도 되면 할아버지라고 한다. 할아버지가 손주 기다리는 것처럼 종철이를 기다렸는데, 할아버지는 날짜가 다 되어 제대해 버렸다.

혼자 근무하는 동사무소 보직은 꽃보직이라서 기합을 더 주려고 벼르고 있는 상황이다. 동사무소 선임병이 있을 때 미리 보직 받아왔으면 할아버지 고참으로부터 보호도 받고 잘해주라는 당부도 받았을 텐데 종철이는 아쉬운 마음이다.

"이 새끼들아! 잘해주니까 같이 놀라고 하냐?"

3기 고참 하나가 머리 박고 있는 5기의 옆구리를 발로 밀어 차니 줄줄이 우당탕 밀려 넘어진다.

"아이고, 아코."

"기상! 뒤로 취침!"

하늘에선 갑자기 비가 내리기 시작한다. 고참 기합이 늘어날수록 아래 기수 졸병들한테는 더욱 기합 강도가 쎄지니 걱정이다. 아주 오늘 작정한 모양이다.

"이 새끼들 봐라? 니네는 졸고 있나! 니네도 대가리 박어, 이 새끼들아!"

5기들은 뒤로 취침 자세여서 빗방울이 그대로 얼굴로 떨어진다.

"철조망 통과 실시!"

"철조망 통과 실시!"

옥상 바닥에 드러누워 왼발, 오른발 밀면서 오른어깨, 왼어깨 들면서 앞으로 전진한다.

"위치로 좌로 번호!"

"하나, 둘, 셋, 넷, 다섯, 여섯, 번호 끝!"

"뒤로 취침, 좌로 굴러, 우로 굴러, 기상!"

"기상!"

"확실히 하겠습니까?"

"확실히 하겠습니다."

"확실히 졸병들 잡겠습니까?"

"확실히 잡겠습니다."

"어디 한번 보겠어. 확실히 해라!"

"예."

비를 맞아서 그런지 3기 고참들은 생각보다 빨리 사무실로 들어간다. 나머지 기수들은 너희들이 알아서 굴리라는 뜻이다. 5기 여섯 명이 군복에 묻은 빗물을 털어내며 일어난다. 몇 명은 창고로 들어가서 수건으로 머리와 옷을 닦는다. 5기 중 키가 작고 독종같이 인상이 더럽게 생긴 고참 한 명은 이를 갈듯이 앙다물면서 맨 꽁지로 슬슬 일어난다.

"이 새끼들! 이 상황에서 웃음이 나오지? 물에 빠진 생쥐가 뭔지 보여줄게."

웃은 사람이 없는데 웃었다고 말하니 누군가 웃음을 보여서 더욱 화가 나게 만들었구나 생각한다.

"전부 어깨를 건다. 실시!"

"실시!"

"어깨에 올린 손이 풀어지는 놈은 빤스만 입고 동네 한 바퀴 돈다. 앉아, 일어서, 동작 봐라. 이 새끼들, 앉아, 일어서, 뒤로 취침, 기상!"

뒤로 누웠다가 팔을 어깨동무한 채로 일어서려니 몸을 뒤틀며 억지로 일어나려 안간힘을 쓴다. 10명 정도의 방위는 모두 어깨동무를 하고 내리는 비를 맞으며 서 있고, 기합을 받고 난 5기 세 명은 창고에 들어가서 워커를 벗어 안에 든 물을 쏟아내고 슬리퍼로 갈아 신고 있다. 사무실 쪽으로는 다방에서 레지가 커피 배달을 왔는지 들어간다.

"야! 커피 왔나 보다. 들어가 보자."

"그려."

세 명은 사무실로 들어가고, 한 명은 우산을 쓰고 옥상 난간에서 먼 산을 바라보며 담배를 피우고 있다.

"앞으로 취침!"

"앞으로 취침!"

"느그들이 어영부영하면 할수록 기합은 길어진다. 오늘 퇴근 없이 계속 기합 받는다. 오늘 1동대장도 안 들어온다. 사단에 교육 들어갔다가 바로 퇴근한다고 했다. 니들 내 성미 건들면 좋을 것 하나 없다. 난 어차피 막가는 인생이다. 난 고아나 마찬가지여서 돈도 빽도 없어서 방위 들어왔는데, 오늘 나 열받게 하지 마라. 알겠나!"

"예!"

"목소리 그것밖에 안 나오냐? 알겠나!"

"예! 알겠습니다."

"앞으로 전진!"

어깨를 걸고서 앞으로 나아가려니 가관이다.

"이 새끼들~ 똑바로 못 해? 이 새끼들이! 장난하네."

5기는 몹시 화가 난 듯 두리번거리더니 창고로 들어가서 마포 대걸레를 꺼내와서 걸레 쪽을 발로 밟아 부러뜨린다. 엎드려서 기고 있는 방위들 엉덩이와 머리로 사정없이 몽둥이가 떨어진다. 국방부에서 구타 금지 지휘 서신이 내려온 지 몇 해지만 현장에선 구타가 빈번히 일어난다.

"이 새끼들이 좋게 끝내려고 했더니 사람 성질을 건드네."

사무실에서 소리가 들린다.

"야! 칠복아, 커피 마실래? 한 잔 남았다."

옥상 난간에서 담배를 피우던 5기는 사무실로 들어가고 한 명은 3층 화장실 간 지 오래다. 인상 나쁜 5기 혼자. 5기는 워커 발로 엎어져 있는 방위를 밟는다.

"이 새끼야, 내 말이 말 같지 않아?"

"으아악~"

그때 한쪽 끝에 있던 핸섬한 얼굴의 방위 한 명이 일어나더니 어깨에 힘을 주며 창고 쪽으로 걸어간다.

"야~ 너 어디 가?"

"난 허리 아퍼서 못 해."

6기인 대학 재학 중에 들어온 방위는 더 이상 기합을 받아야 할 이유가 없다는 듯, 귀찮다는 듯 대꾸하고 창고로 들어간다. 기합 주던 5기는 혼잣말로 꿍얼댄다.

"짜식, 법대 다니다 왔으면 다야?"

또 6기 한 명이 일어나며 사타구니에 양손을 대고 오줌보 터진다는 표정으로 달려나간다. 그 뒤 두세 명씩 일어나며 전열이 흐트러진다.

"느그들 오늘 8기 첫날이고 하니까 요 정도로 마무리하겠다. 해산!"

나머지 6기, 7기 방위들이 일어나며 창고, 사무실, 2층 화장실 등으로 뿔뿔이 흩어진다.

"야! 짬뽕에 고량주 한 병 시켜라. 오늘 한잔 허야지?"

"너 돈 얼마 있냐?"

"없어. 외상하면 되지."

"아까 있더만."

"공금이야. 향군회비 받은 거."

"야, 짜장면 시키면 탕수육 서비스로 주냐?"

"그래? 결혼할 때 처제도 덤으로 따라오면 좋겠다."

"공짜 좋아하기는. 담배도 두 갑 시켜. 먹다 죽은 귀신 때깔도 좋다더라."

"야! 천호는 뭐 하냐?"

"옷 벗고 몸에다가 비누칠하고 샤워한대요."

"크크크, 그놈 훈련소에서 샤워하고 오늘 첨 샤워하는 거 아냐?"

"야~ 같은 5기인 게 창피하다."

"히히히, 냅둬라. 술만 안 먹이면 돼."

"누가 먹이냐? 지가 처먹는데."

"아이고, 빨리 제대해야지."

옥상에서 노랫소리가 들려온다.

"멋있는 사나이 많고 많지만 바로 내가 사나이 멋진 사나이 싸움에는 천하무적 사랑은 뜨겁게 사랑은 뜨겁게 내가 바로 사나이다 멋진 사나이"

아까 기합을 주던 인상 드러운 5기인데, 이름이 천호인 모양이다. 혼자서 팬티만 입고 몸에 비누칠하고 빗속에서 노래를 하며 옆구리에 양손을 없고 뒤꿈치를 번갈아 튕기며 박자 맞춰 군가를 부르고 있다. 종철이도 맨 꽁지로 중대본부 사무실에 들어가니 워커 발을 책상에 올리고 반팔 난닝구에 담배를 물고 있는 3기 고참이 종철이를 부른다.

"야, 8기!"

"예, 이병 김종철!"

"너 노래 한번 해봐라."

종철은 빼지 않고 생각나는 대로 노래 한 곡 뽑는다. 폭포갈비 주화 형이 부르던 노래다.

하늘 위에 땅 위에 그대만 있어요
태양처럼 뜨거운 내 가슴에 안기어
고이 잠든 님의 얼굴 바라보니 곱구나
우리들은 햇님과 달님 높고 높고 사랑

– 〈햇님과 달님〉(1973), 반야월 작사, 고봉산 작곡, 나훈아 노래

"와~ 와~ 앵콜~"

"앵콜, 앵콜!"

"이야~ 애 노래 끝내준다. 너 가수 해도 되겠다."

3기 민기식 일병은 이태원에서 브레이크댄스를 추던 춤쟁이인데 5명 한 팀이 낮에 태권도장을 빌려서 연습을 하고 밤에는 밤무대에서 각설이, 브레이크댄스로 공연을 한다고 한다.

"야, 너 우리랑 같이 공연 다녀도 되겠다."

종철이 동사무소에 병사보조로 보직을 받고 왔는데, 예비군 동대장이 일주일간 교육시킨다며 동사무소로 출근시키지 않아서 병사담당은 불만이 많은 상태다. 일주일이 지난 후 월요일부터 동사무소에 출근하니 동직원 병사담당 박성수 씨는 반갑게 종철이를 맞이한다. 예비군 병사보조로 국방부에서 방위병 보조를 할애해주었으니 무상 지원병이 생긴 것이다.

박성수 씨는 점심시간에 종철이를 데리고 나가 시장 국밥집에서 밥을 사 준다.

"야! 종철아. 너 동사무소로 보직 받기가 쉽지 않았을 텐데 돈 얼마 쓰고 동사무소로 왔냐?"

"안 썼어요."

"고뤠~?"

박성수 씨는 믿어야 할지 말아야 할지 고개를 갸우뚱한다. 종철이는 병사 업무를 배우게 된다. 남자가 태어나서 제일 먼저 병역을 접할 기회는 18세 무렵에 제1국민역 신고부터 시작된다. 병역에 편입되는 것이다. 그 후 신체검사를 받아서 고졸 이상 1~3급까지 현역, 고퇴 이하 중졸은 4급 보충역을 받게 된다. 제대하면 동사무소 병사담당에게 향토예비군 편성 카드를 작성하고 동원예비군으로 편성된다. 그리고 전출입 시 예비군은 함께 신고해야 한다. 예비군 중대본부는 6년차 일반예비군을 관리하고, 종철이는 동사무소에서 1년 동안 동원예비군에 관련된 업무를 보게 된다. 예비군 훈련기간이 되면 통지서를 작성하고 지역에 나가서 번지수를 보고 훈련통지서를 돌린다. 종철이는 출근할 때는 아침 8시 버스를 타고, 퇴근할 때는 저녁 6시 이후 광화문까지 걸어서 간다. 어쩌다가 6시 정시 퇴근할 때는 칼퇴근이라며 좋아한다.

얼마 전 같은 8기인 다른 동 중대본부 오태섭 동기가 준 나훈아 노래 테이프는 태양음향에서 발표된 것인데, A면에는 〈세 글자〉, 〈울긴 왜 울어〉, 〈잡초〉, 〈여자이니까〉, 〈그냥 가세요〉, B면에는 〈잊지는 말아요〉, 〈당신 때문에〉, 〈세월이 가네〉, 〈고향으로 가는 배〉, 〈삼등열차〉 노래가 수록되어 있다.

밤길을 찻길 대로변으로 걸으며 노래하면서 집에 가다 보면 두어 시간이 걸린다. 어릴 적 전축으로 듣던 노래도 좋았지만, 요즘 듣는 나훈아 노래는 실제로 여인과 사랑하는 애절하고 섬세한 감정을 느끼고 표현하는 맛이 있어 좋다. 집에 가서는 방에서 두꺼운 이불을 뒤집어쓰고 노래한다. 가수가 되기 위해서도, 노래대회에 나가기 위해서도 아니다. 그런 건 알지도 못하고 가수가 된다는 생각도, 되려는 생각도 하지 못했다. 가수는 가수만이 하는 걸로 알고 있고 감히 가수가 되려는 꿈도 꾸지 못하지만, 오직 노래가 좋아서 노래를 부른다.

갈비 작업할 때는 신나기 위해, 힘이 들 때는 피로를 풀기 위해 노래를 듣고 따라 불렀고, 지금은 혼자라는 외로움을 담아서 그리고 노래가 유일한 친구가 되어 정말 함께하는 것처럼 노래를 부른다.

일주일에 하루씩은 집체교육을 받으러 노고산 교장으로 간다. 이때는 위병소를 통과할 때 목소리 큰 종철이가 신고한다.

"16연대 2대대 은평구 동사무소 8기 이병 김종철 외 47명, 노고산 교장에 집체교육 신고합니다."

발성은 복부의 힘과 호흡으로 한다. 아랫배에 힘을 주고 소리를 호흡으로 누르며 지르다 보면 항문까지 조여질 정도로 힘이 들어간다. 경례와 신고하는 목소리가 작거나 말을 더듬거나 위병 고참의 심기를 건드리게 되면 기합을 받을 수도 있다. 또 여러 차례 반복하는 일이 발생하기 때문에 한 번에 통과한다는 각오로 신경 써서 힘껏 경례와 관등성명, 인원수, 임무를 잘 보고해야 한다.

신고하는 사람 한 명이 함께 온 전체를 책임지는 것이다. 신고하는 사람이 잘하면 전원 기합을 받지 않으니 신고하는 사람을 잘 만나야 한다. 뒤에서 많은 병사들이 지켜보는 가운데 무대에 선 것 같은 심정이 들기도 한다. 소리는 온몸에서 나오는 것으로 평소 턱걸이를 하며 호흡과 아랫배에 힘을 주는 훈련 덕분인 것 같다. 부대에선 오전에 빡쎄게 세식훈련으로 군기를 잡아놓고 M16 사격 훈련을 한다.

점심은 이모가 싸주신 도시락을 방위들과 함께 둘러앉아 먹고 씨름도 하고 노래도 부른다. 노래는 후임 기수들 불러놓고 "노래 일발 장전!" 하면 복명복창한다.

"노래 일발 장전! 발사~! 발사~"

김종수라는 쫄병이 가수 김정수의 〈당신〉이라는 노래를 아주 맛깔나게 잘 부른다. 가사를 음미하며 오징어 씹듯이 질겅질겅 씹는다. 역시 노래는 창법과 감정을 끌어내는 것이 포인트다. 훈련 마치는 5시가 되면 바로 집으로 퇴근하면 좋은데, 중대본부에 들러서 일석점호에 참석해야 한다. 동사무소는 독립된 보직이나 중대본부에서 자원관리를 한다는 명목으로 신병들을 붙잡아두고 잔무를 시키고 할 일 없는 고참들은 퇴근하지 않고 신병들을 가지고 논다.

애인이 있는 고참은 6시 되면 칼퇴근이지만 졸병들은 고참이 퇴근해야 하는데, 높은 기수별로 퇴근한다. 신병은 위 기수들이 퇴근하라고 해야 퇴근할 수 있기에 고참들 눈치만 보고 있는 처지다.

"야! 김 이병."

"예, 이병 김종철!"

"가서 솔담배 한 갑 사와라."

방위 5기 이상 더러운 고참은 100원을 주며 담배 한 갑을 사오라고 한다. 속으로 '솔담배는 450원인데' 하고 생각하며 종철이 머뭇거리다가 100원을 받아들고 나온다. 한쪽에선 키득키득 웃음소리가 난다. 이럴 때는 워커 소리 요란하도록 뛰어야 한다. 중대본부가 4층 옥상에 있기 때문에 두세 번 심부름을 하고 나면 힘이 쭉 빠진다. 특히나 지금은 여름철인데 고참들은 군복 윗도리를 벗고 난닝구 차림으로 선풍기 옆에서 남 보기에도 신선놀음처럼 편안한 표정으로 업무를 보고 있다. 심부름을 한꺼번에 시키면 좋은데 빠르게 뛰어갔다가 오면 또 심부름시킨다.

"야! 신병."

종철이는 중대본부 발령 온 지 며칠 안 됐기에 군기가 바짝 들어 있다.

"예! 이병 김, 종, 철!"

"요 아래 봉자다방에 주전자 가지고 가서 물 좀 받어와라."

"예, 알겠습니다."

종철이 주전자를 챙겨들고 뛰어나간다. 다방에서 공짜로 보리차를 얻어와야 한다. 지하 봉자다방에 들어선 종철은 문 앞에서 부동자세로 서 있다.

"예비군 중대본부에서 물 가지러 왔습니다."

다방 안은 밖에 비해 어두운데 주방에 아줌마 한 분과 홀에는 남자 손님 두 명에 홀 아가씨 한 명이 동석하고 있고 주인 마담과 아가씨가 의자에 앉아 심심한 듯 화투패를 떼고 있다.

"어머, 호호호. 못 보던 총각일세."

"새로 왔나 봐, 언니."

"잘생겼다, 애."

"주방 아줌마한테 보리차 달라고 해요."

주방 아주머니는 커피잔을 정리하던 중 종철이를 보자 말을 건넨다.

"새로 왔나 봐. 언제 왔어?"

"일주일 됐습니다."

"호호호, 일주일밖에 안 됐구나. 여기 와선 힘 빼도 돼. 호호."

"좀 있으면 자동으로 빠져. 너무 빠져서 탈이지."

"저번에 왔던 방위도 첨엔 나한테도 경례하고 그랬는데, 요즘은 차 마시며 더듬을라고 해. 호호."

"이 총각도 잘 더듬게 생겼다."

"총각, 다방에 다녀봤어?"

"안 다녀봤습니다."

건너편에 앉아서 다방 레지 어깨에 손을 얹고 있던 중년 남자 두 명은 종철이와 다방 아줌마들의 대화를 재밌게 듣고 있다가 말한다.

"어이 방위, 이리와 봐."

"어디 방위야?"

"여기 중대본부에 있습니다."

"거기 박상철 중대장 잘 계신가?"

"예, 2동대장이십니다."

"응, 방위는 할 만해?"

종철은 머리를 긁적인다. 그 옆의 아저씨가 무게를 잡는다.

"난 3공수 나왔는데 방위가 군인인가? 우리 군대 생활할 땐 훈련받다가 사고나는 사람도 있었어."

"야이, 사람아. 방위도 군기 쎈 데는 쎄. 해안경비도 군기 쎄."

다방 아가씨 허벅지를 살살 만지던 아저씨는 아가씨 얼굴에 대고 묻는다.
"야, 너는 방위가 좋냐? 군인이 좋냐?"
"난 돈 많은 남자."
"야이~ 하하하."
남자는 가슴을 가리키며 묻는다.
"요건 얼마냐? 하하하."
종철은 물주전자를 들고 4층 계단을 뛰어올라간다.
"야, 물 뜨러 가서 왜케 늦게 오냐?"
"저놈이 벌써 빠져가지고. 다방 레지하고 노닥거리고 온 거 아냐?"
"야, 거기 머리 짧은 여자 있데?"
"예."
"뭐 하고 있데?"
"남자들하고 앉아 있습니다."
"고거 귀엽단 말야."
"야! 북아현동 술집 가면 아줌마들이 옆에 앉아서 같이 술 먹는데, 재밌어."
"야, 한번 같이 가자."
고참 두 명은 예비군 명부 서류정리를 마쳤는지 책상 위의 서류들을 챙겨서 캐비닛에 넣는다.
"야! 퇴근하자."
"일석 점호는 안 하나?"
"얌마, 분대장도 퇴근했는데 뭐 점호냐!"
"가자~"
종철이는 방위복을 사복으로 갈아입고 워커랑 군복, 도시락을 가방에 넣고 어깨에 둘러메고는 중대본부를 나선다. 6차선 큰 도로를 따라서 명지대 쪽으로 걸으며 노래를 부른다. 1982년 김성신 작사, 안치행 작곡, 윤민호 노래다. 역시 좋은 노래는 작사가, 작곡가를 잘 만나야 한다. 이호섭 작

4. 자랑스런 방위

곡가는 안치행 작곡가를 은인으로 생각한다고 한다. 세 살에 큰어머니에게 맡겨지는 기구한 운명에도 열심히 공부했고 작곡가의 길을 모색했지만 아무도 거들떠보지 않던 무명 작곡가를 이끌어준 사람이 안치행 작곡가라는 것이다. 이호섭은 그 후 문희옥이라는 가수를 안치행 작곡가의 소개로 만나서 〈천방지축〉 노래와 〈사투리 디스코〉가 그야말로 대박이 나면서 가수들의 상담 문의가 집 앞에 장사진을 쳤다고 한다.

윤민호도 좋은 작곡가를 만나서 한방에 최고가수 반열에 오를 수 있었다. 이 노래가 처음 나올 때는 〈연상의 여인〉이었다가 제목이 풍속에 부적절하다는 주위의 의견이 있었는지 그 후 〈환상의 여인〉으로 바꿨다가 다시 〈연상의 여인〉으로 바로잡았다. 종철이 역시 윤민호의 〈연상의 여인〉 노래를 처음 듣는 순간부터 좋아해서 윤민호처럼 잘 부르고 싶어서 애를 쓰지만, 미사일처럼 쭉 뽑아 올라가는 최고 고음 부분 "사랑했던 여인 연상의 여인"을 맘껏 소리치며 연습할 기회가 없어서 가슴이 답답하다. 그나마 차가 많이 다니는 큰길가에서 지나가는 사람이 없을 때는 맘껏 소리를 질러본다.

> 이제는 잊어야 할 당신의 얼굴에서
> 수줍던 지난날의 내 모습을 봅니다
> 내 젊음을 엮어서 내 영혼을 엮어서
> 사랑했던 여인 연상의 여인
> 못다한 사랑이 못다한 내 노래가
> 그리운 마음에서 당신 곁을 스치네
>
> - 〈연상의 여인〉

오늘 낮에 동사무소로 전화가 와서 종철이는 설레는 마음에 받아보니 전화기 너머로 들리는 반가운 목소리는 사모님이다.
"김 이병, 전화 받어."
오랜만에 사람(?) 목소리를 듣는 듯 새롭고 가슴이 아려온다. 2개월가량 됐는데 아주 먼 이야기, 그런 세월이 있었나 싶을 정도로 먼 시간인 것처럼 느껴진다.

"종철 씨 잘 지냈어?"

종철이는 갑자기 눈물이 핑 돈다.

"사모님…."

"종철 씨, 전화 늦어서 미안해. 전화라도 해서 목소리 듣고 싶은 마음, 통화 안 되면 더 마음이 힘들 것 같아서 망설이다가 이제사 하게 됐어. 쫄병 생활 힘들 텐데 아버지한테 얘기해서 사단장 만나 종철 씨 잘 봐달라고 얘기할까?"

종철이는 사모님의 마음 씀에 고맙고 일개 동사무소 방위 한 명을 잘 봐달라고 하기 위해 사단장을 만나겠다는 말에 사모님이 귀엽다는 생각이 든다.

"아니에요. 동사무소라서 그래도 힘들지 않아요."

"내가 토요일에 한번 올라갈게. 만나서 맛있는 거 사줄게."

"가게 바쁘신데 여기까지 왔다 갔다 시간 많이 걸려요. 제가 한번 내려갈게요."

"그래, 전화 오래 할 수 없을 테고, 내려올 때 전화해. 꼭."

"네."

종철이는 사모님이 먼저 전화를 끊으면 끊으려고 기다리는데 전화가 계속 살아있다. 수화기 너머에선 낮게 흑 소리가 났다. 종철은 심장이 움찔하며 위장이 가늘게 떨려오는데, 신체로 신호가 오는 걸 느낀다. 수화기에선 사모님의 말소리가 혼잣말처럼 들린다.

"종철이가 나에게 얼마나 힘이 되는지 종철이는 모를 거야."

종철이는 낮에 사모님한테 온 전화를 생각하며 노래를 부르는데 눈물이 콧날개를 타고 흘러내린다. 짧은 통화였지만 여운은 길게 남아 보고 싶고 만나고 싶고 느끼고 싶다는 생각이 사무친다. 사랑이란 무엇일까? 육송가든에서도 사모님을 보면 좋고 설레고 했는데, 훈련소 근무하는 동안은 생각하지 않으려 생각 속에 깊이 들어가지 않았다. 생각할 수 있는 환경도 아니지만, 생각을 하면 현실을 이겨내는 데 너무나 힘들다는 것을 알기에 의도적으로 생각을 차단한 것이다. 물론 지금도 마찬가지다. 훈련소보다는 훨씬 낫다고 하지만, 아직도 여자를 생각하기에는 만만한 현실이 아니다. 짧게 깎은 머리에 얼굴은 시커멓고 여드름까지 도졌으니 이런 모습을 보이고 싶지도 않고, 사모님은 멋지고 세련된 여인이라서 어딜 가나 사람들의 시선을 대번에 받는데 볼품없는 집 잃은 강아지 같은 몰골로 만날 용기가 없어서다. 두 사람이 어떤 관계인지 매치도 조합도 어렵다. 이몽룡과 방자도 이렇게 차이 나진 않을 것이고, 성춘향과 향단이도 이러진 않을 것이다. 이렇게 혼자서 퇴근 후에 찻길을 걸으며 노래하는 이 감정이 혼자 즐길 수 있는 유일한 수단이다.

종철이는 어려서부터 걷는 것을 좋아해서 다섯 살 때는 엄마가 장사하는 시장에 걸어서 찾아갔고, 일곱 살부터는 산으로 다니며 산딸기를 따서 먹고, 들로 나가 개구리를 잡아먹고, 냇가에서는 붕어낚시를 하고, 더우면 방죽에서 친구들과 수영을 하고 놀았다. 초등학교 다닐 때는 책가방을 마루에 던져놓고 걸어서 해망동 선창가까지 가서 바닷가를 바라보고 고깃배들 드나드는 거 구경하고 갈매기처럼 날아다니고 싶다는 생각도 해보았다. 노래가 좋다. 아무것도 필요하지 않고 언제 어디서고 걸으며 혼자 부를 수 있어 좋다. 그리고 좋아하는 사람이 있어서 그 사람을 생각하며 부르는 노래에는 사랑의 감정이 생겨나고 사랑이 다시 채워지는 듯하다.

종철이는 광화문까지 걸으며 노래 한 곡이 끝나면 또 한 곡을 부르고 계속 쉬지 않고 부른다. 광화문까지 걷는 재미, 그리고 세종문화회관 앞에서 버스를 타고 차창을 바라보며 쌍문동 이모 집으로 가는 코스는 종철이의 지금 유일한 낙이다.

어릴 적부터 레코드판으로 들었던 노래들 뒷면에 보면 어떤 노래는 3절 가사까지 적혀 있다. 공부는 하기 싫고 외우는 건 안 돼도 노래 가사는 한두 번만 들으면 멜로디와 가사가 그냥 외워진다. 남인수, 백야성, 이미자, 고복수, 황금심, 백설희, 하춘화, 손인호, 나훈아, 남진, 배호, 오은주, 심지어 백남봉, 서영춘 노래, 만담까지 다 외웠고 노래는 3,600곡 가사를 다 외웠으니 안 보고 창법, 음정, 박자 다 맞게 부를 수 있다. 명지대 정문을 지나서 왼쪽으로 꺾으면 홍제동이 나오고 무악재를 지나면 서대문사거리가 나온다. 왼쪽 찻길로 가면 사직터널이 나온다. 터널을 넘어가면 사랑의 감정이 떠오르는 사직공원이 왼쪽에 나타난다. 어차피 집에 가봐야 방에서 할 일도 없고 사직공원 벤치에 앉아서 저번에 사직공원에서 보았던 여인 그리고 사모님, 고윤선을 생각한다. 천천히 여기까지 걸어오면 2시간 남짓 60여 곡 정도 노래를 부르며 오게 된다. 철봉에 가서 매달리면 온몸의 근육이 쭉 펴지는 듯하다.

 1년 중 가장 무더웠던 8월이 지나고 9월도 지나자 선선해지는 날씨만큼 신병 생활이 지나면서 종철이한테도 졸병이 생겼다. 종철이는 8기인데 9기가 들어온 것이다. 물 떠오고 담배 심부름 같은 것은 이제 졸업한 것이다. 신병 때는 군기가 바짝 들어서 멋모르고 시키는 대로 다 했지만 한두 달 지나면 뺀질이가 되어서 "야! 담배 사와라" 하면 "바빠요" 이런다. 그러니 꼭 도움이 필요한 업무적인 일은 부탁해야 하는 분위기로 바뀐다. 그렇다고 군기가 아주 없어지는 것은 아니고 때로는 단체기합을 받기도 하고 고참, 졸병 구분은 존재한다. 다만 부당하게 당하지 않을 힘은 생긴다. 몇 달 함께 근무하다 보면 자기 편도 생기고 고참들끼리도 서로 미워하고 편이 갈리기도 한다. 그러다 보면 끼리끼리 뭉치게 되기도 한다. 점심시간에는 각자 싸 온 도시락을 꺼내놓고 함께 점심을 먹고 다방으로 가서 커피를 마신다. 다방 레지들하고 농담 따먹기를 하고 노는 재미로 커피 한잔씩 시켜놓고 노가리를 푼다.
 중대본부 방위들은 예비군들을 많이 상대하기 때문에 대한민국 군인들의 주특기, 보직을 다 안다. 제일 흔한 게 일빵빵 보병 소총수이고 세탁병, 금관악기병, 당구장 관리, 카투사, 3공수, 9공수, 유디티 등등 수도 없는 특수부대와 보직이 있다. 군대는 보직과 직책이라는 말이 있다. 계급이 높아도 보직이 좋은 계급 낮은 군인의 눈치를 봐야 할 때가 있다. 헌병대나 보안사 수사관 같은 경우는 끗발이 좋은 게 사실이다. 중대본부 방위들은 여러 부대에서 제대한 예비군들을 상대하기 때문에 예비군들의 무용담을 들어서 군대 이야기를 많이 알고 있다. 그것을 이런 다방이나 퇴근 후 술집에서 여종업원들에게 뻥을 치며 어떻게 한번 꼬셔볼까 구라를 푸는 것이다. 이때는 방위라는 신분이 쪽팔려 여자를 꼬실 수 없으니 대위나 상사 등의 호칭을 쓴다. 덩치 좀 있는 고참한테 계급을 올려서 김 대위, 오 상사 하고 부르며 군대 이야기를 한다. 들은 얘기는 많아 대충 지어내서 썰을 푼다.

"야! 이 하사, 박 대통령 서거하셨을 때 김일성이 내려오려고 준비 다 했다가 못 내려왔다며?"

"예, 대한민국에는 방위라는 특수부대가 있다는 보고가 올라갔다고 합니다. 김일성 위원장이 '방위가 있어?' 하곤 방위부대가 뭔지 알아보라 했는데 방위가 뭐 하는 부대인지 모르겠고, 전부 가방을 하나씩 메고 다닌다고 보고했답니다. 가방 속에는 뭐가 들어 있는지 모른답니다."

"아~ 그래서 방위가 뭐 하는 부대인지 몰라서 그거 조사하느라고 시간 보내다가 못 내려왔구만."

양 일병이 바통을 받는다.

"김일성이 주재하는 회의에서 방귀 소리가 났다. '누구요? 조사하면 다 나오게 돼있시요. 날래 자수하기요.' 평양 부대장이 나선다. '제가 꼈시요.' '아오지 탄광.' 잠시 후 김일성의 일장연설의 정막을 깨고 또 '뿌웅' 소리가 났다. '누구요? 날래 나오라요. 조사하면 다 나오게 돼있시요.' '제가 꼈시요.' 이번에도 평양 부대장이다. '사살하라우.' 잠시 후 또 '뿌웅' 소리가 났다. 이번엔 진짜 김일성이 화가 나서 소리친다. '누구요! 조사하면 다 나오게 돼있시요. 자수하기요.' '제가 꼈시요.' 이번에도 평양 부대장이다. 김일성은 상기된 표정으로 소리친다. '박수 치기요.'"

이런 말도 안 되는 이야기들을 지어내서 얘기들 하고 놀며 레지들이 혹하고 관심을 보이기 시작하면 그때부터 살살 작업이 들어간다. 땅이 어떻고, 건물이 어떻고, 현금이 얼마니 하며 돈 많은 행세를 하고 사기를 쳐서 레지들을 꼬시기도 한다.

종철이는 혹시나 동사무소로 윤선 누나한테 전화가 오지 않나 해서 점심 먹으면 동사무소 근무 자리에 가서 서류들을 들여다보고 있다. 종철이 외근 중일 때 전화를 두 번 못 받았기 때문에 윤선 누나로 생각하고 사무실을 지키고 있는 것이다. 이 때문에 동사무소에서는 새로 온 방위 종철이가 아주 착실하다고 소문이 나기도 했다. 언젠가 집체교육 받으러 간 날은 어떤 미모의 여성이 찾아왔다고 한다. 중대본부에서 고참이 내려와서 보고 뿅갔다는 것이다. 자기가 좋아하는 스타일이라나 뭐라나 하면서 긴 생머리에 속눈썹은 길고 큰 쌍커풀에 뽀얀 피부, 풍만한 가슴, 잘룩한 허리, 뇌쇄적인 골반 라인에 잘 벌어진 삼각지 허벅지와 종아리, 뒤꿈치까지 어느새 그렇게 샅샅이 보았는지 소개시켜달라고 안달이다.

"누나냐? 형수냐?"

미치겠다고 하는데 종철이는 속으로 '내가 더 미친다 이놈아' 했다. 그것도 그날은 비가 많이 내려서 사격훈련, 제식훈련 다 취소하고 강당에서 정신교육 받던 날인데 윤선 누나가 허탕치고 빗속을 돌아서 갈 때 심정이 어땠을까 생각하면 종철이는 가슴이 아려온다. 종철은 윤선 누나가 종철이 군대 가고 나면 살 빠질 거라고 한 말을 이제사 알 것 같다. "떠나는 자와 남은 자"라는 소설 속 이야기도 있는데, 떠나는 사람은 계획이 있어 떠나고 가는 곳에서 살아갈 궁리를 해야 하지만 남은 자는 오직 떠난 임을 그리워하고 빈자리가 허전해서 사무치게 그리운 법이다. 있던 자리에 없다면 그 빈 공간만큼 얼마나 그립겠는가?

윤선 누나가 동사무소로 찾아온 날은 종철이가 동원예비군 훈련 들어가기 3일 전 일이다. 은평구 내에서도 착실한 병사보조 방위로 특별히 차출되는데, 종철이도 동에서 추천을 받은 것이다. 종철이 책상에 앉아 서류 정리를 하다가 무심코 고개를 돌려 민원인 의자를 보니 윤선 누나가 앉아서 종철이를 바라보고 있다. 언제 보아도 예쁘고, 멋지고, 세련되고, 고상한 윤선 누나의 모습이지만 또한 자신의 초라한 모습에 부끄러워지는 종철이다. 사람은 누구나 자신이 돋보이고 싶고 좋은 모습을 보이고 싶은 법이다. 그렇지 못할 때는 아무리 반가운 사람을 만나더라도 숨거나 피하기 마련이다. 지금 종철이 심정이 그렇다.

아무리 보고픈 윤선 누나지만 자신의 처지가 바닥인 상태를 보이기 싫은 본능인지 모른다. 언제부터 조용히 자신을 지켜보고 있었을까? 종철은 짧은 순간에 시간을 되돌려 생각해본다. 병사담당 아저씨와 잠깐 서류정리할 내용에 대해 몇 마디 나누었고, 예비군 아저씨 전입신고 하나 받았고, 그리고 연명부 작성하고 있어서 크게 창피한 점을 보이진 않은 것 같다. 때론 병사담당한테 야단맞을 때도 있지만 그럴 때를 보여주지 않아서 다행이라고 생각하며 종철이는 일어나서 조용히 윤선 누나 앞으로 가서 손을 잡는다.

"누나."

"종철 씨."

종철은 윤선 누나를 이끌고 다방으로 간다.

"누나 언제 오셨어요?"

"한 15분 됐어요."

"아유, 갑자기 민원인 소파에 앉아계셔서 순간 제가 헛걸 봤나 했어요. 이젠 헛것이 보이는구나 했죠. 하하."

"호호호, 귀신같았죠? 머리는 길게 늘어뜨리고. 호호."

"아니요. 사실 숨고 싶은 마음도 있었는데 이쁜 건 변함없어요."

"아주 멋지시던데요. 업무도 척척 보시고. 제가 종철 씨를 상상했던 생소한 모습이에요. 맨날 갈비 칼질하는 모습만 봤지 사무 보는 모습도 잘 어울리세요."

"기합받고 있을 때 안 오셔서 다행이에요."

"난 종철 씨 기합받는 모습 봐도 슬프거나 부끄럽게 생각 안 해요. 오히려 남자답고 멋있게 생각할 거예요. 남자가 군대에 와서 명령에 복종하고 참고 인내하고 규율 속에서 성실히 생활하는 모습은 멋진 남자의 모습이에요. 폼 잡고 기합 준다고 멋있진 않아요."

종철이는 윤선 누나의 말에 조금 창피한 마음이 사라지고 육송가든에서 만나던 그 기분으로 돌아가는 것 같아서 얼굴이 펴진다.

"아까 종철 씨 얼굴 어땠는지 아세요? 호호호."

"네? 어땠는데요?"

"좋아하는 여자친구하고 손잡으라고 선생님이 시키니까 부끄러워 얼굴이 홍당무가 되는 어린아이 같아서 귀엽고 웃음을 참느라 제 얼굴이 빨개지는 것 같았어요. 종철 씨 지금 11시 반이니까 들어갔다가 점심 같이 먹게 오세요. 고참 한 분하고 함께 오세요. 제가 밥 사드릴게요."

"아니에요. 그러지 않아도 돼요. 혼자 올게요."

"그럴 줄 알았어요. 호호, 몰래 와서 고참들 만나서 밥 사드리고 종철 씨 잘 봐달라고 부탁드릴려고도 했어요."

"안 그러셔도 돼요."

종철이는 서둘러 사무실 서류정리를 하고 윤선 누나와 함께 점심을 먹기 위해 동사무소에서 나왔다.

"종철 씨, 이 근처에 제일 비싸고 맛있는 식당으로 가요."

"여기 옆에 유명한 설렁탕집 있어요."

"겨우 설렁탕요? 비싼 집으로 가요. 오늘은 제가 종철 씨 맛있고 몸보신 되는 걸로 사드릴려고 돈 많이 가지고 왔어요."

종철이는 얼마 전 중대본부 고참이 동사무소에 들어오며 말하던 것이 생각났다.

"와따! 큰길가에 웬 전경들이 쫙 깔렸냐? 전경 버스가 몇 대 왔어야!"

중절모를 쓴 민원 아저씨가 들어오며 참견한다.

"김영삼 총재가 설렁탕 먹으러 왔대."

동사무소 직원이 묻는다.

"김영삼 총재가 왔어요?"

"예, 연금당했는데 수행원들하고 최형우, 김동영, 뭐~ 측근들하고 봉희설렁탕 집에 왔대요."

"와! 구경 가야지."

동사무소 직원 몇 명이 뛰어나갔다. 종철이는 설날 군산 집에 갔을 때 순철이 외삼촌이 재야인사 두 분이 결성한 '민주화운동추진협의회' 훈련국장을 맡은 팸플릿을 보았다. 종철이는 김영삼 총재가 왔었다는 봉희설렁탕을 꼭 먹어보고 싶었는데, 오늘은 의미 있게 윤선 누나하고 먹고 싶다. 윤선 누나는 실망했는지 힘이 쭉 빠진 얼굴로 대꾸한다.
 "알았어요. 종철 씨가 드시고 싶은 거 사드릴게요. 그러나 담에 올 때는 한정식집으로 가요. 제가 잘 아는 성북동에 있는 장원한정식집 가요."
 "그래요. 한정식 먹고 싶어요. 갈비찜도, 육회도, 잡채도 다 먹고 싶어요."
 "그래요. 다 사드릴게요."
 윤선 누나는 눈물이 나는지 핸드백에서 손수건을 꺼내 눈가를 닦는다. 종철은 가슴이 철렁한다.
 "설렁탕 먹는다고 제가 고집부려서 우시는 거예요?"
 "아니요. 맛있는 거 드시고 싶어 하는 마음이 가엾어서요. 훈련소에서도 음식 제대로 못 드셨을 텐데."
 "아니에요. 옛날하곤 달라요. 먹을 만해요."
 "종철 씨 얼굴이 많이 야위었어요."
 "누나도 많이 말랐어요."
 "호호호, 우리는 같이 홀쭉이 됐어요."
 "하하하, 그래요. 홀쭉이와 낄쭉이. 헤헤헤."
 "종철 씨 웃으니까 너무 귀여워요."
 "누나도 귀엽고 예뻐요."
 "아유~ 얼마 만에 웃는지 모르겠어요. 가슴이 뻥 뚫렸어요."
 윤선 누나는 정말 가슴이 후련한 듯 큰 숨을 뱉으며 가슴을 쭉 편다.
 "여름 동안 밥맛도 없고 종철 씨가 육부실에 없다고 생각하면 허전하고, 아쉽고, 보고 싶고. 그전에 사귀었던 사람보다 종철 씨 보고 싶은 마음이 더 강했어요. 제 이성과 자제력으로 감당할 수 없을 만큼 힘들어서 술도 먹어보았지만 몸만 더 축나고 괴롭기만 했어요."
 종철은 윤선 누나의 얘기를 들으며 설렁탕에 밥을 말아서 한 숟가락 듬뿍 담아서 입에 넣는다. 국수와 편육과 대파가 충분히 들어간 설렁탕 뚝배기에 깍두기 국물을 조금 넣고 또 한 숟가락을 연거푸 입에 밀어 넣으니 이 집이 왜 유명한지를 알 것 같다. 국수도 면발이 탱글탱글하고 고기는 씹을 수록 찰지고 고소하다. 대파는 송송 썰어 넣었는데, 아삭아삭 싱싱한 맛이 전체적으로 살아있다. 한우 설렁탕 육수의 뽀얀 색깔에 입안에서 매끌거리는 육수 맛이 진함을 알 수 있다. 뚝배기를 두 손으로 감싸고 국물을 후루룩 들이켜니 세상 부러울 게 없을 만큼 기쁨이 가득 찬다. 몸에선 열이 훈훈히 올라와서 몸 밖으로 퍼진다.

"종철 씨 제 말 듣고 있는 거예요?"

"네, 잘 듣고 있어요."

"저 지금 종철 씨한테 하소연하고 애교부리는 거예요."

"네, 하하! 누나 얘기 다 공감하고 가슴이 아려요. 지금 저도 똑같으니까요."

"그래요?"

"네~ 쿵 하면 척이죠. 저는 지금 누나가 사주는 설렁탕 몸보신 제대로 느끼고 있어요. 제 이마에 땀나는 거 보세요."

"어머, 땀 좀 봐! 못 드셔서 골은 거 아녜요? 호호."

"하하, 그 정돈 아니에요."

윤선 누나는 손수건을 꺼내 이마를 닦아준다. 콧등에 난 땀도 닦아준다.

"제가 보약 한 재 지어드릴게. 가까운 한의원에 가요."

"아이 괜찮아요오."

"종철 씨 건강이 제일이에요. 종철 씨는 혼자 몸 아녜요."

종철은 일부러 능청을 떤다.

"예? 혼자 몸 아니면 제가 임신이라도 했어요?"

"네, 아이 가졌어요."

"예?"

윤선 누나는 얼굴이 빨개지며 할 말을 못 한다. 종철이도 갑자기 가슴이 두근거린다. 두 사람은 말없이 설렁탕집을 나오는데 종철이 멋쩍은 듯 말을 건넨다.

"여기 설렁탕집은 봉희가 딸 이름이라서 봉희설렁탕이라고 지었대요."

"호호호, 정말요?"

"네. 봉심, 봉순, 봉팔 그렇대요."
"호호호, 재밌네요."
종철과 윤선은 사거리 한의원에 들러서 종철이 한약을 짓고 나와서 문 앞에 섰다.
"누나 고마워요. 오늘 돈 많이 써서 어떡해요?"
"많이 쓰긴요. 혼자 몸이라 쓸 데도 없어요. 종철 씨는 저한테 기쁨을 주고 힘을 줘요. 제가 덕을 많이 봐요. 종철 씨가 저에게 얼마나 힘이 되는지 모를 거예요."
윤선 누나는 붉은 가죽백을 열어 하얀 봉투를 꺼낸다.
"종철 씨 또 안 받는다는 말 하지 마세요. 얼마 안 돼요. 차비라도 하시고 퇴근하면 드시고 싶은 거 사 드세요."
종철이는 안 받는다고 하면 윤선 누나가 실망할 테고 받자니 미안하여 안절부절못하는데, 왼쪽 가슴 윗주머니 단추를 풀고 봉투를 넣어주어 뿌리치지도 못하고 가만히 서 있는 종철이에게 윤선 누나는 사랑스런 표정으로 말한다.
"그래요. 얼마나 이뻐요. 제가 할 때 종철 씨는 가만 있어주기만 하면 좋겠어요."
종철이는 윤선 누나의 손을 잡는다.
"누나 여기까지 찾아오느라 힘들었을 텐데 좋은 시간 함께 보내지 못해 미안하고 고마워요."
"아니에요. 짧은 시간이지만 즐거웠고, 얼굴 보니 기쁘고 건강히 잘 지내는 것 같아 행복해요."
"저도요. 첫째로 누나가 더 예뻐졌어요."
"살이 4킬로그램 빠졌어요. 얼굴도 안 좋았고요. 오늘은 종철 씨 만난다고 화장도 하고 얼굴이 좋아야 한다고 최면 걸었어요. 호호, 이제 들어가 보세요. 너무 늦어서 혼나겠어요."
"병사담당한테 누나가 찾아와서 조금 늦는다고 했어요. 친누나냐고 묻기에 그렇다고 하니까 거짓말 말래요. 자기가 병사담당 10년인데, 누나가

방위 찾아온 적은 한 번도 없대요. 하하."

"호호."

▲ 병사 담당과 동원 예비군 훈련 통지서 준비에 여념이 없는 김 방위병

▼ 무더위와 방위 2개월 차 영혼마저 털린 듯 멍한 표정에는 왠지 모를 책임감이 느껴진다.

46곡 앵콜송의 신화

 가을이 한창 익어가는 10월 말경이 되자 종철은 동원예비군 소집통지서를 돌리고 노고산 교장으로 5박 6일 동원예비군 훈련에 보조병사로 합숙하게 된다. 방위는 내무반에서 예비군 인원 파악과 청소를 담당한다. 50여 명의 침상을 정리하고 걸레로 닦고, 바닥을 쓸고 닦고, 주전자에 물을 떠놓고 컵을 닦고, 쓰레기통을 비운다. 내무반 형태는 가운데는 복도식이고 양옆으로 50센티미터 높은 마루형 침상이 있는데, 사물함이 있어서 침낭과 수건, 군복을 챙겨놓는다. 종철이는 이곳에서 5박 6일 동안 예비군들과 함께 먹고 자고 생활하게 된다. 방위들은 내무반 하나에 한 명씩 맡아서 예비군들이 훈련받으러 나가면 내무반 청소를 한다. 이번 동원훈련은 은평구 전체에서 소집되었기에 병력도 많고 여러 동대에서 차출된 방위 20여 명이 들어왔다. 그중 종철이보다 아래 기수는 9기 한 명이 들어왔는데, 짧은 군인머리지만 앞머리를 살짝 길러서 하이칼라로 옆으로 돌린 폼이 가수 설운도와 닮았다. 방위 바지를 입었는데도 허리에서 엉덩이로, 엉덩이에서 허벅지로 쫙 뻗은 선이 멋지다.
 유철호라는 종철이 아래 기수 후배는 몇 마디 얘기를 나눠보니 자신을 숨기지 않고 묻지 않은 얘기도 술술 잘한다. 유철호는 사회에서 자신이 제비를 했다고 순순히 밝힌다. 자랑도 아니지만 감출 것도 없고 그 생활이 재미있었는지 이야기를 재밌게 잘한다. 지루박, 블루스도 양손을 올리고 몸은 곧게 세우고 상체는 그대로 둔 채 긴 다리를 쭉쭉 옮기는데 멋지다. 자신을 제비라고 당당히 밝힌 이유가 있었다. 제비가 있고 제비족이 있는데, 제비는 여자를 즐겁게 해주고 용돈을 받는 사람이고 제비족은 여자를 등쳐먹는 사람이라고 한다. 제비족들은 돈 많은 여자를 찾아내어 온갖 잔머리로 수단과 방법을 총동원하여 여자에게 환심을 산 후 약점을 이용해서 돈을 뜯어낸다고 한다. 하지만 제비는 오직 처음부터 끝까지 매너와 친절로 여자를 즐겁게 해주고 용돈 받아서 생활한다고 한다. 직업제비 할 때는 여자와 만나 사귀게 돼도 밖의 일은 사업이고 살림은 별개란다. 지금은 헤어졌지만 술집 여자와 동거하며 방안에서 레슬링도 하고 재밌게 지내서 그 여자도 자기를 못 잊을 거라며 회상하듯 들려준다.

"같이 제비 하던 찔찔이란 녀석은 사모님한테 춤춰주고 서비스한 대가로 용돈 받으면 술집에 가서 술 먹고 한 번 데리고 잘 때는 화대를 다 지불해놓고 약값이 필요하니, 방세를 내야 하느니 하며 찔찔댄데요. 울고 있으면 불쌍해서 여자가 몸값으로 돈 받은 걸 도로 돌려준대요. 그래서 별명을 '찔찔이'라고 불러요."

"하, 하, 하."

주위에서 방위들 몇 명은 제비라는 말에 호기심 반 부러움 반으로 9기 신병의 얘기를 듣고 있다. 종철이도 지루박 춤에 관심이 있어서 스텝을 배우고 마주 서서 따라 해본다. 제비들의 언어도 얘기한다.

"카바레에서 첨 본 사모님을 지루박으로 뽕가게 만들고 블루스로 녹이는 데는 대화가 중요합니다. 예를 들어 '집이 어디예요?' 하는 거보담 '계시는 곳이 어디세요?' 하는 게 좀 더 품위 있게 들리지요."

종철이는 제비들의 습성을 잘 배우고 있다. 동원예비군 훈련 들어온 지 3일이 넘어가니 힘이 든다. 군대에 들어온 것 자체가 기를 못 펴고 적응도 안 된다. 어젯밤은 방위 고참이 전부 집합을 걸어 내무반 뒤 으슥한 곳 진땅에서 기수별로 내려오며 기합을 받았다. 종철은 무기력하게 내무반 침상에 워커를 신고 엉덩이만 걸친 채 잠시 누워 있었다. 중대장처럼 노련하게 생긴 한 예비군이 종철이를 보곤 측은한지 힘내란 뜻에서 영어로 한마디 한다.

"젊은이여, 야망을 가져라! Boys, Be Ambitious!"

말소리에 종철이 눈을 뜨고 일어나 보니 예비군 아저씨는 빠르게 사라졌다. 종철은 예비군의 한마디에 힘이 생긴다. 어쩌면 그렇게 자신의 심정을 잘 알아서 그런 말로 격려를 해줄까. 선배의 가르침이 될만한 충고에 깊이 에너지를 받는 듯하다.

동원훈련 마지막 날 금요일 밤이 되니 그동안 조용히 자중하고 지내던 예비군들이 하루만 지나면 토요일 오전에 퇴소한다는 설렘으로 전체 내무반이 떠들썩하고 복도에도 사람들이 나와서 8.15해방이라도 맞이한 듯 혼잡하다. 어디서 났는지 술도 한 잔씩 하곤 모르는 예비군들끼리도 여러 명이 어깨동무를 하고 노래를 크게 부르며 춤을 추며 복도를 쓸고 다닌다. 술을 많이 먹은 듯한 장난기 가득한 얼굴의 예비군은 남들 떠들고 다니는 걸 보곤 너무 떠든다고 손으로 가리키며 웃는다. 내무반 안에선 장기를 두고, 만화책을 보고, 화투를 치고, 오랜만에 만난 동창, 동네 친구들과 떠들썩하게 담소를 나누고 있다.

종철이가 마포걸레로 내무반 바닥에 떨어진 물기를 닦고 있는데, 한 예비군이 친구도 없고 책도 안 보고 혼자 멀거니 있다가 심심한지 혼자 일하고 있는 종철이를 향해 말을 던진다.

"야! 방위! 너 노래 한 곡 해봐라!"

종철이는 "야! 방위"라는 말에 순간 기분이 살짝 나빠지려다가 노래하라는 말에 기분이 좋아지며 마음을 가다듬고 김수희의 〈못 잊겠어요〉를 생각해낸다. 종철이가 처음 김수희 노래를 접한 건 종로3가 호다방에서다. 그냥 노래만 들었더라면 듣고 지났었을 텐데 디스크박스 오른쪽 아래에 시외버스 매표소처럼 작은 구멍이 뚫려있고 그 안에 작은 바구니가 있어서 누구나 작은 메모지에 간략한 사연과 함께 신청곡을 적어 넣을 수 있다. 디제이는 메모지를 들고 읽는다. 보통은 신청곡만 틀어주는데 사연이 재미있었는지 소개까지 해준다.

"디제이 아저씨 수고하십니다. 입대하기 전 여자친구와 함께 와서 신청했던 노래 듣고 싶습니다. 지금은 술 한잔하고 혼자입니다. 김수희의 〈멍게〉를 틀어달라고 군인 아저씨가 신청해주셨습니다. 김수희의 〈멍게〉는 준비가 안 됐고 〈멍에〉 나갑니다."

"하하하."

종철이는 디제이의 소개가 재미있어서 노래에 빠져들 수 있었다. 애절한 노래, 가성이 돋보이는 매력 있는 노래라서 좋아했는데 통닭집에서 호프 마실 때 들으면 제격이다. 김수희가 부른 〈너무합니다〉, 〈못 잊겠어요〉를 나훈아가 부른 걸 들었는데, 종철이 입에 착 감기는 맛이 좋아서 동사무소 퇴근 후 찻길을 걸으며 부르던 노래다. 나훈아 풍으로 부르니 모든 노래가 가창력과 감정에서 중심이 잡혀 노래가 안정감이 있고 부르기 쉽다.

가로등도 졸고 있는 비오는 골목길에
두 손을 마주 잡고 헤어지기가 아쉬워서
애태우던 그 밤들이 지금도 생각난다
자꾸만 생각난다 그 시절 그리워진다
아~ 지금은 남이지만 아직도 나는 못 잊어

사람 없는 찻집에서 사랑 노래 들어가며
두 눈을 마주 보고 푸른 꿈들을 그려보았던
행복하던 그날들이 지금도 생각난다
자꾸만 생각난다 그 시절 그리워진다
아~ 지금은 남이지만 아직도 나는 못 잊어

— 〈못 잊겠어요〉(1982), 남석현 작사·작곡, 김수희 노래, 리메이크 나훈아

언젠가 탕부 아저씨, 주방 아줌마 두 분, 아라이, 종철이 다섯 명이 육송가든 앞에 있는 식당 온돌방에서 삼겹살 구워 먹으며 돌아가면서 노래를 부르며 젓가락 장단과 손뼉 장단에 맞춰 술 먹으며 논 적이 있었다. 이날은 독특하게 탕부의 입장단이 압권이었다. 누군가를 지목하고 이어서 노래한다.

"안 나오면 쳐들어간다~ 궁자자작작~ 엽저언 여어얼 다앗냐앙~"

이 노래 소절이 끝나는 박자에 맞추어 대부분 노래를 하지 않으려고 빼던 사람이라도 리듬을 타고 노래를 시작하기 마련이다. 노래를 못하는 사람도, 수줍음이 많은 사람도 어색하지 않게 곡목을 생각하도록 반주를 깔아주는 배려와 기교는 가히 예술이다. 노래를 시작해서 잘 달릴 수 있도록 하모니를 넣어주고 소절소절 입장단을 빠! 빠~! 넣어주니 노래가 흥이 나고, 리듬이 살고, 노래하는 사람이 부르기 쉽고 편하다. 고음이 올라가는 부분에선 여러 사람이 고음과 저음으로 합창을 해주니 누가 노래를 부르던 사람인지 모르게 이 대목에선 합창을 하며 함께 즐긴다.

한 곡 부르면 자연히 또 한 곡 부르고 싶어지는 건 인지상정이다. 반주도 없고 마이크도 없지만 서울 술집에 있다는 가라오케와는 비교가 안 될 정도로 재미가 있고, 감성이 살고, 듣는 느낌이 좋고, 함께 즐기는 맛이 있다. 남의 노래를 듣고 싶어 하고 노래가 끝나면 앵콜로 화답하는 우리 민족은 함께 어울리고 공감하고 환호해주는 민족이다.

하지만 오늘은 즉흥 내무반 가요쇼 현장에 외롭게 홀로 서 있는 종철이다. 마이크도 없고 반주도 없다. 물론 입반주도, 코러스도 없이 그렇게 46곡 연속 앵콜송의 신화가 시작될 거라고는 아무도 생각지 못한 역사적인 순간이다.

첫 소절 "가로등도~"에서부터 본인도 모르는 기술이 들어갔으니 충분한 연습과 기교의 발산이다. "~가로등~" 하면서 '등'에서 끊고 코의 공명으로 북을 치듯 쿵 하며 코를 타고 울림이 올라가야 한다.

"~가로등~도 조홀고~ 이있는 ~비호느흔 골모혹길에
두 소늘 마주우 잡꼬오~ 헤여어지기히가~ ~~아, 아아
쉬이워서 애~태우더언 그으날드흘이이 지금도 생각난다
자꾸만 생각난다아 그 시절 그으리워지인다아
아~! 아아아~ 지금은 남이지만 아!지이이이익도~
나느흔 못이잊이겨어~~~"

계속해서 코의 공명과 코음의 꺾기 기술이 들어간다. 종철은 어떻게 불

렀는지도 모르고 앞에 있는 사람들 반응을 살필 겨를도 없이 방위 퇴근 후 걸어서 차들이 지나다니는 컴컴한 밤길에 불렀던 노래를 자신에게 취해 열창했다. 그 후 놀라운 일이 벌어졌다. 노래가 끝남과 동시에 앵콜 소리가 동시에 터져나온다. 월드컵에서 우리나라 선수가 골을 넣었을 때처럼 짧고 힘찬 발음으로 내무반의 예비군들은 앵콜을 동시에 외쳐댄다. 그렇게 적극적으로 앵콜을 외치는 심리는 다시 안 부를까 봐서 안 부르면 안 된다는, 꼭 불러야 한다는 의지, 강력한 의지의 표현이다. 꼭 또 듣고 싶다는 성원과 환호를 보내어 지지 의사를 밝히는 것이며, 이것은 나 혼자만의 생각이 아니라 누구나 공감하고 있을 것이라는 자신감의 표현이다.

그만큼 가슴에 와 닿는 감성의 감동이 컸던 모양이다. 가창력과 감정, 목소리, 발성에서 그동안 밤길을 걸으며 부르거나 방에서 이불을 뒤집어쓰고 불렀던, 훈련이 충분히 되어서 배힘과 발성에 에코가 들어갈 정도로 트레이닝되었던 것이다. 거기에 모든 노래창법을 기본이 되어 잘할 수 있는 나훈아 풍으로 부르니 감정과 기교가 안정되고 노래에 맛을 실어내어 듣는 사람이 노래에 빠져들어간다. 한 곡이 끝날 때마다 우레와 같은 함성과 앵콜을 연호하고, 매일 동원훈련 중 한 갑씩 지급받는 담배를 갑째로 집어던진다. 심지어 100원짜리 동전과 천 원짜리 지폐까지 던지며 앵콜을 연호한다.

반주 없는 생라이브이니 1절이 끝날 때마다 앵콜이 쏟아지고 열 곡, 스무 곡이 넘어갈 땐 노래를 부르며 다음 노래할 걸 생각해야 한다. 불렀던 노래를 또 부르면 안 되니 중복되지 않게 미리 생각해둔다. 그래서 앵콜하면 리듬을 타고 다음 곡이 바로 나가야 한다. 시간을 지체하다가는 설익은 솥뚜껑 여는 것처럼 김새기 때문이다. 그러다가 맥이 끊기고 열기가 식으면 노래를 더 못하게 되니 계속 밀어붙여야 한다. 그만큼 종철이는 지금 이 순간을 즐기고 있다.

좋아하는 노래를 여러 사람들 앞에서 환호를 받으며 원 없이 부르고 있으니 노래에 대한 끼와 스타 기질이 유감없이 발휘되고 있다. 그도 그럴 것이 내무반 상황이 화투를 치고, 친구들과 담소를 나누고, 만화책을 보는 등 각양각색 사람들의 휴식 시간을 종철이의 노래 공연으로 모두가 감상하니 얼마나 종철이 노래가 듣기 좋았으면 열광의 도가니가 되었겠는가!

앵콜송 40곡이 넘어가자 이젠 노래 부르는 종철이보다 듣고 있는 예비군 관객이 대단하다. 남인수, 나훈아, 남진, 배호, 하춘화, 이미자, 김수희, 백야성, 손인호 등 유명 가수들의 히트곡이 종철이의 목소리로 재현될 때마다 폭발적인 환호와 함성, 박수와 앵콜이 있었기에 종철이는 멋지게 열과 성을 다해서 노래할 수 있었다.

남인수 노래를 할 때는 남인수의 창법과 음색을 떠올리고 거기에 나훈아 풍과 종철이의 목소리가 가미되니 세 사람, 세 가지 맛을 느낄 수 있다. 옆의 내무반에서도 함성에 놀라 몰려와서 복도를 가득 메운 예비군 관객으로 극장 안처럼 북새통이다. 급기야 마이크 없이 목소리를 높여 부르다 보니 결국 갈라지는 소리가 나자 그제서야 예비군들은 종철이를 놔준다.

하룻밤만 자면 동원예비군 5박 6일 노고산 교장을 퇴소한다. 종철이는 가슴이 벅차서 잠이 오질 않는다. 힘들고 지루한 내무반 보조 일이 끝나는 해방감도 있지만, 처음 경험해보는 수많은 사람들 앞에서 독무대로 열화와 같은 환호를 받으며 46곡 연속 앵콜송을 부른 것에 대한 가슴 벅찬 여운이 남아있기 때문이다.

컴컴한 내무반에 누워 눈을 감고 노래했던 순간들을 복기해본다. 남인수 선생의 노래 〈청춘고백〉에서 첫 글자인 '헤' 자를 가성으로 쭉 끌고 올라가는 대목이 가장 중요하다고 생각하며 다시 속으로 그려본다. 이 노래는 한 글자 한 글자를 꾹꾹 눌러서 필름을 넘기며 보듯 읽어주며, 끊지 말고 한 호흡에 쭉 노래 중간까지 유려하게 가야 한다.

"헤 -어 지- 면 그 리 -웁 고- 만- 나 보 면 시 들 하 고 -몹 쓸 것 이 내 심 사."

꺾기와 공명은 맛을 내주는 양념으로 모든 노래에 공통적으로 필요하니 자신 있게 써야겠다고 다짐한다. 노래를 원곡 가수처럼 똑같이 부르려고 긴장하지 말아야 한다. 또 너무 잘 부르려고 애쓰기보다 자기만의 감정과 창법으로 자신감 있게 마음껏 화려하고 멋지게 불러야 한다. 노래란 사람들에게 보여주고 기쁨을 주는 것. 오늘 사람들 앞에서 노래자랑을 통해 느낌과 경험을 배우게 된 건 큰 소득이다.

    종철은 노래할 때 예비군들이 던져준 돈과 담배를 가방에 담고 퇴소하여 집으로 간다. 집에 가서 방바닥 한가운데 가방을 뒤집어 수북이 쌓인 돈과 담배를 헤아리고 있는데, 이모가 방문을 열고 눈이 휘둥그레진다.

국내 최초
브레이크댄스맨

　민기식 일병은 이태원에서 자기가 국내 최초로 브레이크댄스를 춘 사람이라고 말한다. 브레이크 뜻은 '부서지다', 웨이브는 '물결'이라고 알려주는데, 중대본부에서 가끔 춤을 추어 보이고 가르쳐주기도 한다. 손가락 첫째 마디 관절부터 꺾기 시작해서 손목, 팔꿈치, 어깨, 목으로 넘어가서 반대편 손으로 건너가는 춤동작을 보여주고 가르쳐준다. 또 물구나무서서 머리로 도는 헤드스핀, 등으로 도는 거북등도 보여준다.
　어느 날 민기식 고참은 종철이에게 나이트클럽으로 공연 간다며 퇴근 후에 구경하러 따라오라고 한다. 매니저가 봉고차를 끌고 공연팀 다섯 명과 종철이까지 일곱 명이 처음엔 작은 스탠드바에 들어간다. 종철이는 앞의 테이블에 앉았는데, 민기식 고참 댄스팀이 각설이 공연을 보여준다. 각설이 두 명이 무대 위에서 지나가다가 시비가 붙어 싸우는 연기인데, 종철이는 생각지 않게 각설이 분장을 하고 코믹한 말투로 싸우는 연기 모습에 남 눈치 안 보고 박장대소, 포복절도, 마구마구 웃게 됐다.
　"너 같은 놈은 빗맞아도 코피야, 인마!"
　멍충이 말투며 팔을 휘두르며 몸이 꼬이는 동작에서 종철이는 배를 잡고 웃는다. 그러다가 〈육자배기 신사〉 음악이 나오고 전부 한 줄로 서서 고무신을 신고 똑같이 춤을 추는데 예술이 따로 없다.

> 넓다란 넥타이를 목에 두르고 고무신을
> 신고 가는 신사야 유리 없는 안경에다 모양을 내고
> 커다란 목소리로 육자배기를 삘릴리리야
> 부르면 가잔다 산들바람 불어 기분도 좋아
> 고무신을 신고 가는 신사야
>
> — 〈육자배기 신사〉, 김시라 작사, 박시춘 작곡, 김경호 노래

생김새도 행동도 노래와 똑같이 고무신에, 양복에, 넓고 짧은 넥타이, 알 없는 커다란 안경테 그리고 넥타이 허리끈을 질끈 매고 가사에 나오는 대로 동작도 따라서 널따란 넥타이를 만졌다가 다리를 들어 고무신을 보이고 손가락으로 안경 모양을 내고 왔다 갔다 춤을 추는데 전원이 한 동작이다. 춤을 추다가 한 명은 무대 뒤로 들어가고 음악이 끝나며 김정호의 노래 〈님〉이 흐른다.

"간다~ 가아안다~ 정든 님이 떠나간다."

거지가 보따리 하나 가슴에 안고 다리를 절면서 노래에 맞춰서 연기를 하는데, 우리 민초의 삶의 애환을 끌어내는 작품으로 눈시울을 젖게 한다.

김정호는 1973년 〈이름모를 소녀〉로 데뷔했는데, 순수하고 독특한 음색으로 단박에 여학생 팬들의 감성을 사로잡았다. 종철이 초등학교 3학년 때였는데, 집에 앨범이 있어서 종철이도 김정호 노래는 다 좋아한다. 〈하얀나비〉, 〈날이 갈수록〉, 〈하얀새〉 등. 그가 병마와 싸우며 폐를 쥐어짜면서 녹음한 〈님〉이라는 노래를 남기고 영영 우리 곁을 떠났다는 소식을 들은 건 며칠 전 신문을 통해서다. 종철은 좀 전에 배를 움켜잡고 웃음을 참던 때와는 다르게 닦아도 닦아도 눈물이 마구 흐른다. 각설이 품바는 노래가 진행될수록 추운 겨울 엄동설한에 추위와 굶주림에 가신 님을 애타게 찾듯 더욱 다리를 절며 한 손을 뻗어 앞으로 나아간다.

"~어쩌면 그렇게도 야속하게 가시나요 허, 허~"

종철은 사랑하는 사람이 떠난다는 생각을 하니 더욱더 슬픔이 온몸을 적신다. 갑자기 윤선 누나가 보고 싶어진다. 버스를 타면 1시간 남짓이다.

미친 듯이 쫓아가 보고 싶은 마음이다. 종철은 노래가 사랑의 감정을 더욱 불타오르게 하는 도끼와 같다는 생각을 해본다. 노래는 장작을 뽀개는 도끼와 같아서 뜨겁게도, 아프게도, 힘들게도, 때론 무섭게도 한다.

드디어 민기식 고참 댄스팀의 전문 메뉴 타임 브레이크댄스 시간이 돌아왔다. 음악이 흐르고 다섯 명의 팀원이 음악에 맞추어 건들건들 무대로 걸어 나온다. 외국영화를 보면 뉴욕 뒷골목에서 춤을 추는 사내들을 연상케 하는 별 희한한 복장을 하고서 한 사람씩 나와서 장기자랑 하듯 춤을 뽐내다가 시원시원하고 유연하면서 파워풀하고 화려한 동작들이 나올 때마다 고정팬이 있는 듯 박수와 환호성이 뿜어 나온다.

"와~!"

기본동작이 끝나자 한 손에 양파망 같은 걸 재빨리 씌우고 바닥에 대고는 팔꿈치를 배에 대고 몸의 중심을 잡고 한 손으로 풍차 돌아가듯 점점 빠르게 돌아간다. 이번엔 키가 작고 다부지게 생긴 체구의 비보이가 다리와 팔을 택견 동작하듯 손과 발을 앞뒤로 빠르게 흔들다가 바닥에 누우며 상체는 눕고 다리의 회전을 이용해서 상모 돌리기 하듯 뺑글뺑글 돌아간다. 이것을 '윈드밀'이라고 하는데, 지금까지 본 동작 중 가장 화려한 동작이다. '거북등'이라고도 하는데, 누워서 거북처럼 다리와 팔을 웅크린 듯 모으고 등으로 빠르게 돌아간다. 환호성과 박수가 쏟아져 나온다.

다른 비보이가 나와 무릎으로 도는 니스핀(knee spin), 그리고 헤드스핀으로 마무리한다. 무대 뒤쪽으로 가니 민기식 일행이 옷과 가방을 챙겨 들고 나오는데, 여성 팬 10여 명이 몰려온다.

"영준이 오빠! 아저씨~ 지금 끝났어요? 밥 먹으러 가요. 아니, 술 사드릴게요."

"어디로 가세요?"

"용산으로 가요."

좀 전 봉고차 안에서 활발하게 떠들며 얘기하던 사람들이 아가씨들이 몰려와서 적극적으로 구애와 애프터가 쇄도하자 수줍은 사람처럼 내숭 떠는 모습을 보니 재밌다. 밤무대 출연자 역시 부단한 자기개발과 반복적 연습으로 기량을 향상시켜 어디 가나 환호받고 탐나도록 해야 한다. 그래서 좀 더 좋은 무대로 진출하고 좋은 사람들을 만나는 것이 꿈을 향해 가는 길이다.

종철이는 갈비도 잘하고 한성식도 배워서 요리를 멋지고 맛있게 해서 유명한 사람이 되겠다는 열정이 온몸에 퍼진다. 매니저 아저씨는 나이트클럽에서 연락이 왔는데, 갑자기 인기가수 남진 씨가 출연하기로 되었다며 오늘은 안 와도 된다는 연락을 받았다고 한다. 다들 탄식 소리가 나온다.

"아! 쓰! 진짜! 저번에도 그러더니 갑자기 펑크를 내면 우리는 스케줄 조정 다 해놨는데 환장하느만."

"야! 억울하면 출세하랬다고, 젠장 일만이처럼 돈 많은 과부나 하나 물어서 프로덕션 하나 차려야 하는데 미치겠다."

매니저는 달리던 봉고차를 세우고 불이 번쩍이는 스탠드바에 들어간다.

"야! 여기 전에 왔던 데 아니냐?"

"온 거 같은데. 한쪽 스피커가 좀 안 좋았지?"

"응 맞어."

매니저가 힘없이 걸어온다.

"지금 손님 없다고 담에 보잔다."

매니저는 어디론가 또 차를 몰고 간다.

"형, 어디 가는 거여?"

"야, 돌아봐야지."

"어디 오란 데가 있었으면 좋겠고만."

"은근과 끈기로 된다고 생각하고 될 때까지 해야지."

"그려, 해보자! 된다는 보장은 없지만."

매니저는 그렇게 몇 군데를 무작정 들어가서 댄스팀이라고 소개하고 필요하다고 하면 얼마 받고 공연해주는 모양이다. 그렇게 다섯 번째 들른 디스코장에서 공연할 수 있었다. 종철은 밤늦게까지 함께 다니다가 해장국집에 들러서 소주를 마시고 종철이는 먼저 집으로 향한다.

날이 밝아 만원 버스에 몸을 실은 종철이는 왜 같은 시간에 이렇게 출근들을 하느라고 고생일까 생각해본다. 밤중에는 관공서, 회사, 학교들이 올 스톱하고 아침 시간에만 몰려서 전부 출근한다고 난리니 출근 시간대를 나눠서 하면 어떨까? 종철이가 깨닫지 못하는 같은 시간에만 출근해야 하는 세상의 원리가 있는 것인지? 저번 절에 갔을 때 스님께 물어볼 걸 그랬다.

방위 가수 이태오

옥상 중대본부에서 불러서 뛰어올라가니 연대에 전령 갔다 오라고 한다. 이번 동원예비군 참석자 명단을 올려야 한다. 종철이 가파른 언덕길을 올라서 연대 연병장을 지나 사무실에 들어서서 "충성! 김종철" 하고 경례하니 사무실 안에 있던 10여 명의 현역, 방위 행정병들이 일제히 종철을 쳐다본다.

"니가 이번에 노고산 교장을 발칵 뒤집어놨다는 방위 김 이병이냐?"

"예…?"

"야! 노래를 얼마나 잘하면 예비군들이 앵콜하느라고 목이 다 쉬었다고 하냐?"

"하하하."

"우하하."

"너 노래 한 곡 해봐라. 노래 일발 장전!"

"발사!"

종철은 이번엔 빼지 않고 노래를 바로 이어서 나간다. 어디 가서든 노래하게 되면 첫 번째로 나훈아의 〈추억의 용두산〉을 부르고 앵콜이 나오면 두 번째로 〈물레방아 도는데〉를 부르기로 정해놨다. 최치수 작사, 고봉산 작곡 〈추억의 용두산〉 노래는 사연이 있다. 고봉산은 야인초 작사, 한복남 작곡의 노래 〈한 많은 대동강〉을 받기로 했다. 노래 연습을 두 달가량 하다가 지방에 공연이 있어 떠난 뒤로 신인가수 선발대회에서 1등으로 혜성같이 나타난 손인호라는 신인가수한테 이 곡을 빼앗기게 된 사연이다.

고봉산이 돌아왔을 때는 도미도레코드사에서 이미 〈한 많은 대동강〉 노래가 레코드판으로 만들어져 나왔으니 작곡가한테 항의하고 원망해본들 무슨 소용 있겠는가? 고봉산은 술을 마시고 용두산공원에 올라 억울함과 자신의 처지를 원망하다가 갑자기 떠오른 한 생각에 손으로 무릎을 탁 쳤다. '맞다! 내가 작곡을 하자. 그래서 이런 설움을 다시는 받지 말자' 하고 지은 노래가 〈용두산 엘레지〉다. 술을 마시며 설움 속의 심정을 적어서 당시 아세아레코드사 사장인 최치수 님께 드리니 가사를 제대로 교정해주었다. 후에 이 노래를 〈추억의 용두산〉으로 제목도 가사도 반주도 조금씩 편곡해서 나훈아가 부르게 된다. 당시 고봉산을 절망케 했던 대상은 훗날 유명 작곡가가 되게 하는 동기가 되었으니 오히려 은인이라 할 수 있지 않을까?

용두산아 용두산아 꽃 피던 용두산아
님의 고운 손길 잡고 맹세하던 젊은 그날
한 계단 두 계단 일백구십사 계단에
사랑 심어 다져놓은 그 사람은 어딜 가고
나그네 된 내 그림자 외로워 외로워
아~ 추억에 운다

용두산아 용두산아 못 잊을 용두산아
인정 따라 세월 따라 변하는 게 사랑이냐
한 계단 두 계단 일백구십사 계단에
변치 말자 맹세하던 그 사람은 간 곳 없고
맹세하던 이 발길이 서러워 서러워
아~ 추억의 용두산

- 〈추억의 용두산〉, 나훈아 노래

노래가 끝나자 유리창이 터져나갈 듯 앵콜이 쏟아져 나온다.

"앵콜, 앵콜, 앵콜!"

종철은 미리 준비한 나훈아의 〈물레방아 도는데〉를 차분히 감정과 가창력을 생각하면서 한 소절 한 소절 정성스럽게 맛나게 먹고 있다. 이때는 환경과 상황, 사람들을 의식하지 말고 혼자 연습할 때처럼 자신의 감정에 취해서 불러야 떨지 않고 부를 수 있다.

돌담길 돌아서며 또 한 번 보고
징검다리 건너갈 때 뒤돌아보며
서울로 떠나간 사람
천리타향 멀리 가더니
새봄이 오기 전에 잊어버렸나
고향에 물레방아 오늘도 돌아가는데

두 손을 마주 잡고 아쉬워하며
골목길을 돌아설 때 손을 흔들며
서울로 떠나간 사람
천리타향 멀리 가더니
가을이 다 가도록 소식도 없네
고향에 물레방아 오늘도 돌아가는데

– 〈물레방아 도는데〉(1972), 정두수 작사, 박춘석 작곡, 나훈아 노래

"앵콜!"
"앵콜!"

종철이 연거푸 다섯 곡을 부르고 나서야 현역 병장 선임은 업무 봐야 한다며 중지시킨다. 종철이 업무를 다 보고 가려는데 희멀건 방위 한 명이 사무실에 들어오며 경례를 한다.

"충성! 이태오."

"야! 오늘 뭔 날이다냐? 진짜 가수가 와분졌네. 하하."

"가수가 어쩐 일이여?"

"야! 가수 너 노래 한 곡 불러라."

종철은 무슨 소리인가 싶어 호기심으로 바라본다. 가수 이태오는 종철보다 먼저 유명인이 된 모양이다.

"야~ 이태오 쟤는 판도 냈잖여."

"태오야, 무슨 노래냐?"

"〈소나무 같은 남자〉입니다."

"맞어, 그 노래 좋더라. 한번 불러봐라. 박수~ 짝! 짝! 짝!"

소나무 같은 남자도 뜨겁게 안아주던 여인과의 체취가 그리워서
바람에 흔들리고 솔방울이 되어 날린다.
소처럼 밭을 갈 때 아이를 등에 업고
정성 들인 산나물밥상 채반에 이고 사랑하는 그 여인은 꿈속에 있네
성공하면 돌아간단 그 말만을 남기고 떠도는 타향
나는 나는 외로운 한 마리의 송학

- 〈소나무 같은 남자〉(1985), 김종만 작사, 심기영 작곡, 이태오 노래

"와! 앵콜, 앵콜!"

역시 가수는 일반인과 다르다는 걸 종철이는 이태오의 노래를 들으며 느끼고 있다. 앵콜송으로 남진, 나훈아 노래 두 곡을 더 부르고 이태오는 서류를 건네주고 담배 피우러 밖으로 나온다. 송철이는 이태오에게 깊은 호감을 갖고 말을 건넨다.

"와~ 노래 정말 잘하십니다. 가수라서 역시 다릅니다. 얼마 전에 신문에 난 기사 봤습니다. 같은 방위가 신곡 발표한다고 해서 관심 있게 봤습니다."

"아, 그렇습니까? 고맙습니다."

이태오는 방위복 상의 주머니에서 담배를 꺼내 종철이에게 권한다. 그리고 라이터 불을 켜서 종철이에게 대준다.

"고맙습니다."

"별말씀을…."

"가수를 직접 보긴 첨입니다. 저는 어려서부터 집에 있던 전축으로 노래를 많이 들었습니다."

"아! 그렇습니까? 사무실 밖에서 노랫소리 들었습니다. 보통 실력이 아니던데요? 저는 경북 봉화 촌놈입니다. 가수가 되려고 작정하고 서울에 올라왔는데 힘드네예."

"네, 그렇군요. 노래 잘하시고, 목소리 좋고, 힘도 넘치고, 키도 크시고, 잘생기시고. 꼭 성공하실 겁니다. 그럼 지금 혼자서 어떻게 생활하십니까?"

"방위 들어가기 전에 다니던 공장에서 먹고 자고 일하고, 밤에는 밤무대 가서 노래하고 얼마씩 벌어서 생활하고 있어요."

"고생이 많으시네요."

"종철 씨는 무슨 일 하다가 방위 왔습니까?"

"네, 저는 갈비집 주방에서 일합니다."

"아, 그렇습니까? 저도 요리하는 거 좋아하는데 부럽습니다. 근데 저는 꼭 유명 가수가 되어서 성공해야 합니다. 노래가 좋아서 가수가 되려고 무작정 집의 돈 가지고 서울에 올라왔습니다. 고향에 계신 어머니 고생하시는데 서울에 모시고 올라와서 함께 살고 싶고, 가수로 꼭 성공해서 좋은 노래 사람들에게 들려주고 싶어요."

"네, 저도 응원하겠습니다. 잘되길 바랍니다."

종철이는 오늘 중대본부 들어가는 길에 버스를 타지 않고 많은 생각을 하며 걷는다. 나는 요리사로 성공하려고 이렇게 많은 어려움을 헤쳐왔고 또 많은 노력을 해왔는데, 저렇게 가수 이태오처럼 노래로 가수로 성공하기 위해 힘든 환경에서 고생하고 노력하는 것이 안쓰럽고 대단하다고 생각해본다. 유명 스타 가수로 꼭 성공해서 잘살길 간절히 빌어본다. 유명 가수가 되면 보는 사람은 부럽고 멋지게 보이지만, 과정은 힘들다는 것을 요즘 알게 된 종철이다.

종철이 중대본부에 들어가 보니 신병이 와 있다. 키가 크고 얼굴은 시커먼데, 입고 있는 옷이 방위복이 아니라 현역 군복처럼 생겼다. 이제부터 들어오는 방위들은 복무기간이 18개월로 늘어났고, 명칭도 방위가 아니라 '공익근무요원'이라고 하니 종철이 기수를 끝으로 14개월 오리지널 마지막 방위가 되는 것이니 '방위'라는 이름도 역사 속으로 사라지는 것이다.

종철이는 14개월 동안 국가의 부름을 받고 국민의 의무와 권리인 병역 의무를 무사히 마친다. 현역처럼 제대가 아니라 법률상 소집해제가 되어 다시 사회로 복귀하게 된다.

5

트라보호텔 입사

호텔 면접

한 달 전 육송가든 사모님 전화를 받았다. 상의할 게 있으니 만나자고 하여 종철이는 흔쾌히 말했다.

"제가 육송가든으로 가겠습니다."

종철이는 오랜만에 가게도 보고 싶고 윤선 누나도 만나려는 계산이다. 제대 남기고 한 달 전부터 머리도 기르고 남대문시장에 돌아다니며 바지랑 재킷이랑 새로 사고 목욕탕에서 목욕도 마쳤다. 입대할 때는 1년 중 가장 무더운 8월이었는데 14개월 근무 마치고 나니 선선한 10월이다. 쌍문동 이모 집에서 아침밥을 먹고 옷을 갈아입고 구두를 닦고 집을 나선다. 시청 앞에서 전철을 타도 되지만 오늘은 시간 여유가 있어서 광화문 국제극장 옆에서 703번 안양 가는 버스를 타고 가려 한다. 창밖 시내 구경도 하고 사색을 하려는 것이다. 빙위 생활했던 서 마음의 정리도 하고, 앞으로 살아갈 일도 구상해야 한다. 구상하는 데는, 홀로 사색하는 데는 버스가 제격이다.

소갈비는 어떻게 해서 생겨났을까? 너무 궁금하고 그것을 생각하니 마음에 갑갑증이 일어난다. 부산의 해운대갈비, 전라도의 담양떡갈비, 수원의 소금왕갈비, 서울갈비, 부일갈비, 홍릉갈비 등 전국의 차별화된 방식들을 직접 보고 싶다. 그리고 충남 예산의 소복식당, 군산의 압강옥은 구이대에서 완전히 익혀서 돌판에, 스테이크 판에, 손님상에 나가는 방식을 취하고 있다.

칼질이나 양념에 조금씩 차이가 있다. 홍릉갈비 양념은 전분이 걸쭉하게 들어가고, 수원왕갈비는 소금이 들어가고 간장은 안 들어간다. 서울과 부산식은 간장과 물을 쓰고, 담양떡갈비는 갈빗살을 다져서 양념하고 양념장을 끼얹어가며 굽는다. 이런 정보도 큰 갈비집 장미가든 육부실에 있다 보니 전국의 육부들이 많이 거쳐가면서 알게 된 것이다. 언젠가는 시간 내서 전국의 유명 갈비집을 찾아다니며 구경도 하고 맛을 보리라 다짐한다.

안양역에 도착하여 원천유원지가 종점인 65번 버스로 갈아타고 소나무거리 육송가든 앞에서 내리면 된다. 달리는 버스는 수원 초입 지지대고개를 지나서 소나무거리에 들어선다. 종철이는 기분이 좋아진다. 그전에 보았던 그 모습 그대로다. 조선 22대 왕인 정조 때 심어졌다는 몇백 년 된 굵직한 노송들은 꾸불꾸불 몸을 틀어 하늘을 향해 뻗어 있다. 버스 길도 일자로 쭉 뻗으면 가까운 거리인데 구불구불 데이트하기 좋은 코스다. 이 길은 장미가든에서 카운터 보던 아가씨와 가슴 떨리고 아무 정신없이 첫 데이트하던 길이다. 그리고 아침에 주방 사람들과 조깅하던 코스다. 주방장과 딸기밭 아저씨는 의기투합해서 새벽에 조깅하기로 하고 시내 남문시장에서 추리닝도 맞췄다.

아침 7시에 주차장에서 만나기로 약속한 두 사람은 하루는 주방장만 나와서 기다리다가 그냥 들어갔고, 하루는 딸기밭 아저씨만 나와서 오지 않는 주방장을 기다리다가 혼자 그냥 들어갔다고 한다. 두 사람의 조깅회는 3일 만에 깨졌고 그 후 주방, 홀 사람들 20여 명이 조깅을 하게 됐다. 이때 몸이 불은 주방장이 맨 꽁지로 뒤처져 들어와서 사람들의 놀림을 받았다. 주방장은 넉살 좋게 말했다.

"이야, 내가 다 몰고 오느라고 아주 혼났네."

"와~ 하하하."

버스는 여유 있게 소나무 커브길을 돈다. 육송가든 앞의 다방과 점방도 그전 모습 그대로 그 자리를 지키고 있다.

주차장 자갈밭을 지나서 안채 현관문 손잡이를 돌리니 기분 좋게 돌아가며 문이 열린다. 살그머니 안으로 조심스럽게 한두 발짝 들어가니 사모님이 돌아서서 앞치마를 두르고 주방에서 음식을 분주히 만들고 있다.

"사모님, 안녕하세요~"

"어머, 종철 씨 어서 와요. 아우~ 아주 든든한 청년이 되었네. 이제 반말 못하겠네."

"잘 지내셨어요?"

사모님은 웃으며 손의 물기를 앞치마에 닦고 종철이의 두 손을 잡는다.

"종철 씨, 나 안 보고 싶었어? 그렇게 전화도 없고 한번 놀러 오지도 않고. 머야아~"

"하하, 죄송합니다. 저도 마음은 굴뚝같은데, 감정이 치우치면 또 추스르기 힘들까 봐 아무것도 하지 못했어요."

"아유, 말하는 것도 1년 사이에 어른이 다 됐네. 소파에 잠시 앉아있어. 점심 차려줄게. 맛있는 잡채랑 김치찌개, 달걀말이, 돼지갈비찜 준비하고 있어."

"저도 함께해요. 음식하고 싶어요."

"호호호, 날라리 주부가 요리사 앞에서 음식 실력 들통나겠네."

"걱정 마세요. 요리사 입이 아닌 저는 어릴 적 엄마가 해주시던 잡채가 제일 맛있어요."

"종철 씨 어머니한테 배워와야겠다. 어머니가 전라도분이시라고 했지?"

"네, 음식점도 하셨어요."

"오우, 음식 솜씨 대단하시겠네. 돼지고기랑 채소는 다 준비되어 있어."

"네, 잡채는 시금치가 생명이에요. 돼지고기 채 썬 것도 필요하고요."

"내가 종철 씨 보조해야겠네. 우선 말로 설명해줘. 준비할게."

"돼지고기채, 표고버섯채, 양파채, 당근채를 순서대로 넣으면서 간장, 마늘, 후추, 참기름, 설탕 넣고 쎈불에 볶아줘요. 그리고 쟁반에 펼쳐서 식혀요. 시금치를 데쳐서 물기 짜내고 칼로 썰고 참기름, 소금, 마늘 넣고 무쳐요. 당면을 삶아 소쿠리에 받쳐서 물기를 살짝 빼고 뜨거울 때 진간장,

설탕, 마늘, 참기름, 후추, 통깨를 넣고 살짝 버무리면 양념이 잘 녹고 잘 배요. 거기에 볶아서 식혀놓은 채소와 시금치 넣고 살살 버무려주면 돼요."

"어머, 맛있겠다. 그러니까 고기하고 채소 볶고, 시금치 삶고, 당면 삶고, 무쳐주면 끝이네. 요리할려면 맨날 헤매는데 종철 씨한테 물어보고 하면 쉽겠어. 돼지갈비찜은 어떻게 해?"

"돼지갈비를 3시간 이상 물에 담가 핏물 빼고요. 물 5개, 간장 1개, 설탕 1개, 마늘, 참기름, 후추, 소주, 생강, 청양고추 좀 넣고 끓으면 갈비 넣고 1시간 25분 삶아요. 중간에 끓으면 불 좀 줄여주고요. 거의 되면 기름을 걷어내고 전분물로 걸쭉하게 하면서 쎈불에 졸여주면 색도 살고 맛도 좋아져요."

"물과 돼지갈비 양은?"

"갈비가 잠길 정도의 양념물을 만들어서 끓여요. 졸일 때 물이 많으면 좀 덜어냈다가 식혀서 불고기 양념하면 돼요."

"오케이! 오늘은 내가 한 갈비찜 봐줘. 거의 돼가는데."

"네, 간 맞추고 전분 넣고 쎈불에 졸이면 색깔이 반짝반짝 나요. 청양고추 넣으면 매콤해서 훨씬 맛있어요."

"이야, 종철 씨 너무 멋지다. 어떤 여자가 시집올지 복 터졌네."

"하하하. 아유, 너무 띄워주시네요."

"아니야, 진짜야. 너무 부러워."

"돼지갈비는 간장, 설탕만 맞으면 짠맛, 단맛 기본은 된 거예요. 거기에 매운 고추 넣으면 짠맛, 단맛, 매운맛이 어우러져 아주 맛있어요. 나머지 재료는 부재료예요. 잡채랑 돼지갈비는 미원 들어가면 사실 더 맛있어요."

"맞아, 근데 우린 신랑이 싫어해서 못 넣어. 몰래 넣기도 하는데. 호호, 김치찌개는 내가 전문이야. 돼지 목살 사서 냄비 바닥에 깔고 그 위에 묵은지 넣고 고춧가루, 마늘, 소금 넣고 뚜껑 딱 덮고 40분 찌면 돼."

"그건 김치찜 같은데요?"

"찜이야? 호호호, 김치랑 고기랑 건져서 가위로 잘라 넣고 두부랑 대파 뚝뚝 썰어 넣으면 김치찌개 돼. 호호. 아, 참! 물도 좀 넣어야겠다. 호호호."

"하하. 네, 맛있겠어요."

"김치찜도 다 됐을 거야. 간 좀 봐줘."

"와! 맛있어요. 칼칼하고 시원하고. 와! 군침 돌아요. 빨리 밥 먹고 싶어요."

"그래, 그릇에 담아서 먹자구. 종철 씨가 밥 퍼줄래?"

"네."

작은 솥에 갓 지은 새 밥에 잡채, 김치찜, 갈비찜 세 가지를 식탁에 놓고 보니 푸짐하고 식욕이 돈다. 여기에 묵은지와 겉절이김치. 종철이는 맨 먼저 잡채 그릇에 젓가락이 간다. 시금치와 고기, 당면을 한 젓가락 가득 입에 가져와 한입 물으니 간장의 짭짤한 맛과 달콤한 맛, 마늘의 매콤한 향, 고소한 맛이 입에 가득 차며 코로 흘러 들어간다.

"후룩~ 후룩~"

"아유, 종철 씨 맛있게 먹네. 나는 밥 안 먹어도 배부르다. 호호."

사모님은 커다란 김치를 손으로 찢어서 종철이 앞에 있는 빈 접시에 놓아준다. 김치 하나 먹으니 입안이 싹 정리된다. 돼지갈비찜은 뼈 양끝을 엄지와 검지로 잡고 한입 물으니 살이 뼈에서 쏙 빠져나온다. 부드럽고 달콤하고 고소한 맛! 물엿과 전분을 넣고 조려서 맛이 찐하고 육질이 빤닥빤닥 윤이 난다.

"종철 씨, 잡채 그거 한 접시 혼자 다 먹어."

사모님은 따로 작은 접시에 잡채를 가져온다. 종철은 서너 젓가락 잡채를 집어 먹고는 접시를 손에 든 채 입에 대고 밀어넣기 권법으로 잡채 한 접시를 순식간에 비워버렸다.

"화~ 종철 씨 군대에서 밥 안 줬나 봐. 호호호, 하기야 한창 먹을 나이지. 잠깐 더 담아줄게."

종철이 앞에 돼지갈비 뼈가 수북이 쌓이고 나서야 점심 오찬이 끝났다. 함께 설거지를 마치고 소파에 편하게 앉는다.

"종철 씨는 믹스커피, 나는 원두커피. 종철 씨 군대 가고 나서 야장을 연회와 결혼식을 할 수 있도록 꾸며서 예약이 잘 들어오고 있어. 올가을에도 결혼식 일곱 개, 회갑잔치 여덟 개, 돌잔치 다섯 개 들어왔어. 지금은 한 주방에서 음식을 만들다 보니까 인력이나 공간이 너무 혼잡해. 예식 전용 주방을 새로 만들고 전문요리사도 따로 있어야겠어. 그래서 그 일을 종철 씨가 해주면 좋겠는데."

"예? 전 잔치 음식은 해보지 않았는데요."

"그래서 생각한 게 수원 트라보호텔에 아는 사람이 있어서 얘기해봤는데, 실습생을 교육하는 제도가 있대. 3개월 있다가 잘하면 연장해서 6개월 후 정식직원으로 발령도 받고, 다른 곳으로 취업을 하든 자유래. 수습 기간엔 봉급이 적은데, 여기서 육부 하며 받는 월급은 내가 채워주고 종철 씨는 거기 가서 한정식, 회갑연 상차림 등등 배워오면 어때?"

"사모님이 하라는 대로 할게요. 괜찮은 거 같아요. 저도 한정식 배우고 싶었거든요."

"그래, 회사에서 연수 보내준다 생각하고 호텔에 가서 배워와. 그래서 우리 연회 사업도 잘 펼쳐보자. 공연도 하고."

"네, 좋아요. 사모님 감사합니다. 이렇게 생각해주셔서."

사모님은 종철이 두 손을 꼭 잡는다.

"우리 잘해서 나중에 호텔처럼 멋진 가든으로 키워보자."

"네, 사모님 감사합니다."

"종철 씨 우리 큰아들 삼을까? 아니면 동생 삼을까? 16년 차이니까 애매한 나이지? 옛날 같으면 열여섯에도 시집가서 자식 낳았지."

종철이는 윤선 누나를 떠올린다.

"엄마요."

"호호, 징그러워라. 종철 씨 제대하니까 내 맘이 든든하네. 전에는 어린 아이 같았는데 이제 듬직한 청년이야. 아가씨들이 보면 반하겠어. 호텔에 가서도 아무 여자나 막 사귀지 말고 조심해! 여자는 요물이야! 내 말 알겠지?"

사모님은 이 대목에서는 표정을 학교 선생님처럼 하고 종철이 얼굴을 힘주어 쳐다본다.

"네."

종철은 안채에서 나와 야장과 주방에 들러 아는 사람들과 반갑게 인사를 하고 밖으로 나온다. 1년 사이에 모르는 사람이 많아졌다. 그만큼 그만둔 사람도 많다는 뜻일 게다. 식당은 이직률이 높다. 두 달 있으면 "야! 오래 버틴다"고 할 정도다. 아무 때고 일자리도 많고, 조금 기분 나쁘면 때려치우는 게 식당 사람들이다.

종철이는 이목다방에서 윤선 누나를 기다리고 있다. 아침에 미리 전화해서 점심시간 지나 만나기로 한 것이다. 이목다방 문을 여니 윤수일의 노래 '아파트'가 흘러나온다. 종철이는 누가 볼까 봐 구석자리에 앉았다. 식당은 말도 많고 탈도 많다는 것이 식당에서 일하는 사람들이 흔히 하는 말이다. 다방 안에는 손님이 두 테이블 있는데, 남녀 한 쌍과 아저씨 두 사람이 사업 얘기를 하는지 진지하다. 다방 주인아줌마는 홀 아가씨하고 앉아서 손님이 사줬다며 수레미 다리를 찢어서 입이 비틀어지도록 스피커에서 흘러나오는 음악에 맞춰서 씹어먹고 있다.

"얘, 김 사장 요즘 안 왔지?"

"안 왔어요. 파장동 선화다방에 다닌다고 하더라고요."

"누가?"

"거기 일하는 보라 엄마한테 들었어요."

"개새끼! 거기 희란이라는 애 보러 다니는고만. 으이그~ 이래서 남자들은 잘해주면 안 된다니까. 너도 너무 남자 믿지 마. 이번 남자하곤 잘 지내니?"

"몰라 언니."

"으이그. 오실 땐 단골손님~ 안 오실 땐 개새낀데~ 누구 노래도 있잖아."

다방 문이 안으로 열리며 윤선 누나가 들어온다. 너무나 예쁘고 반가운 얼굴이다. 홀 아가씨 유니폼에 겉에는 스웨터를 걸쳤다.

"종철 씨 오래 기다렸어요?"

"아니요. 10분 정도 됐어요."

"어머 미안해요. 혼자 심심했죠?"

"아니요. 혼자 생각도 하고 속으로 노래도 하고 하나도 안 힘들었어요. 누나 기다리는 시간은 설레고 즐거워요."

"일찍 오려고 했는데, 제가 서빙하는 손님이 늦게 일어나서요. 누구한테 맡기고 오면 되지만, 내 책임을 다해야 돼서요. 금방 일어날 듯하다가 안 일어나서 속이 탔어요."

"어쩐지 들어오실 때 탄내가 났어요."

"네? 숙소에 들러서 씻고 왔는데요?"

"아니, 농담이에요. 하하."

"아이, 난 또 깜짝 놀랐어요."

"근데 늦었다면서 씻을 시간은 있었어요?"

"아이, 종철 씨 만나는데 깨끗이 씻고 와야죠."

"저는 어제 목욕했는데요. 누나 만나려고요."

"오늘은 안 씻었어요?"

"네."

"안 씻고 오면 어떡해요?"

"씻었어요. 하하, 누나 오늘 왜 그래요?"

"종철 씨 못 봐서 심술 났나 봐요. 종철 씨 만날 때 입으려고 며칠 전 비번 시간에 시내 나가서 옷도 한 벌 샀는데, 오늘 못 갈아입고 나왔어요. 속상해요."

"괜찮아요. 누나는 아무래도 이뻐요."

"그래도 방심하면 안 돼요. 요즘 예쁜 여자가 얼마나 많은데요. 저는 종철 씨한테 최고로 이쁘게 보이고 싶어요. 예쁘게 가꾸는 시간, 차려입는 시간이 여자한테는 행복한 시간 같아요."

"누나 아직도 그 집에 살아요?"

"아니요. 야외예식장 옆에 예약실을 새로 지었는데 이제 홀서빙 안 하고 예약 담당하고 있어요. 신부대기실, 폐백실 등 거기에 제 숙소도 있어요. 혼자 있어요."

"와! 좋겠어요."

"네, 욕실도 있고 작은 주방도 있어요. 사모님이 배려해주셨어요."

"이야, 좋겠어요. 방 구경하고 싶어요. 집들이 했어요?"

"종철 씨 오면 하려고 안 했어요. 이제 종철 씨 얘기 좀 해봐요. 사모님 만났죠?"

"어떻게 아셨어요?"

"내려오시면 사모님 만날 거라 생각했어요."

윤선 누나는 아닌 듯하지만 기분 안 좋은 표정이 슬쩍 스쳐간다. 언제부턴가 사모님은 윤선 누나와 만나는 걸, 윤선 누나는 사모님과 만나는 걸 견제하는 눈치라서 종철이는 조심스럽다. 흔히 말하는 삼각관계는 시어머니-며느리-남편 등 여러 종류가 있겠으나 솔직히 종철이가 감당하기에는 힘든 때도 있었던 게 사실이다. 종철이는 사모님과 상의한 내용을 윤선 누나에게 그대로 전한다.

"잘 되셨네요. 축하할 일이에요. 그렇지 않아도 결혼식, 회갑 음식에 격식이 좀 필요해요. 그냥 식당 반찬보다는 육송가든이 발전하려면 인테리어와 음식, 직원교육이 지속적으로 필요해요."

"네, 그렇군요."

"앞으로는 갈비집이 전국적으로 많이 생겨날 것이기 때문에 잘하는 집만 살아남고 노력하지 않는 집들은 사라질 거예요."

"노력은 어떻게 해야 해요?"

"반찬도 식당 반찬이 아닌 한성식처럼 고급으로, 그릇도 새롭고 보기 좋은 거로. 사람도 그렇잖아요. 자다가 일어난 사람처럼 아무렇게나 하고 만나는 거와 계절 따라 유행하는 옷으로 갈아입고 깔끔하고 멋스럽게 향수도 뿌리고 교양과 학식을 갖추면 좋지 않을까요?"

"네, 그렇군요. 지금은 똑똑하신데 아까는 제가 탄내 난다고 하니까 못 알아들었잖아요."

"호호, 그거하곤 달라요. 농담하면 진짜인 줄 알아요, 호호."

"제가 복이 많은가 봐요. 장미가든, 육송가든, 사모님, 누나, 좋은 직장과 좋은 사람들과의 만남. 저는 지금 꿈만 같아요."
"대원각에 오셨던 대기업 정 회장님은 말씀하셨어요. 사람은 생김새, 학력, 조건, 안 따지고 3년만 열심히 노력하면 하나님이 좋은 인연을 만나게 해주시고 길을 열어주신댔어요. 종철 씨도 그동안 힘든 환경 속에서도 진실되게 열심히 노력하셨잖아요."
"그동안 누나도 공부 많이 하셨나 봐요."
"네, 경영학 이론, 서비스학 등 시간 날 때 책 봐요. 오늘 저 때문에 공부되셨으면 밥 사줘요."
"아, 맞아요. 배고프시죠? 식사도 못 하셨을 텐데. 어서 가요. 제가 밥 사드릴게요."
"짜장면 사줘요."
"좋은 거 드셔야죠."
"아니에요. 짜장면 먹고 싶었어요. 어릴 적에 온 가족이 중국집에서 짜장면 먹던 생각 나요. 엄마랑 아빠랑 오빠랑… 종철 씨 제대하면 사달라고 하고 싶었어요."
"네, 누나가 사준 한약 먹고 밥맛이 좋아서 자꾸 먹고 싶어요."
"아까 사모님하고 밥 드셨어요?"
"네."
"아유, 미워요. 내 생각 안 났어요?"
"당연히 생각났죠."
윤선 누나는 표정이 엄숙해지며 종철이를 바로 쳐다본다.
"종철 씨!"
"예?"
"호텔은 이곳 여자들하곤 달라요."
"네? 뭐가 다르죠?"
"이곳 아가씨들은 순간을 즐기기 위해 남녀가 만나고 헤어진다면 호텔 같은 곳에서는 상대방의 비전을 보고 만날 거예요. 음… 장래를 보고 상대방을 고른단 얘기죠. 종철 씨같이 잘생기고 기술 있고 머리 좋은 남자는 일등 신랑감이에요. 여자들이 만나자고 해도 함부로 만나면 안 돼요. 알았죠? 약속해줘요."

종철은 전과 다르게 사모님과 윤선 누나가 자신을 찻길 옆에서 노는 어린아이처럼 걱정하는 것 같아 머리가 멍해진다.

"네? 알았죠?"

"네."

윤선 누나는 그제야 얼굴에 미소가 번진다.

"가요. 가서 맛있는 거 먹어요."

종철이는 버스를 타고 시내에 나와서 수원에서 제일 유명하다는 만리향 중국집에 들러서 짜장면과 탕수육을 먹고 윤선 누나와 헤어졌다. 종철이는 이제 호텔에서 근무할 생각에 걱정 반 설렘 반으로 며칠을 보낸 후 수원 트라보호텔에서 온 전화를 받은 건 이모다.

"여기 트라보호텔입니다. 김종철 씨 서류심사에 합격했으니 담주 월요일 오후 3시에 면접 보러 오세요."

조리사 자격증 시험에 응시했다가 떨어져 자격증이 없어서 조금 불안했는데, 다행히 합격하여 종철이는 기쁘다. 사모님께 바로 전화해서 자랑하고 싶었지만 최종 면접에 합격하고 출근 날짜를 잡아야 안심이다. 종철이는 면접에 대비해서 반듯이 서 있는 자세를 위해 장롱에 반듯이 서서 5분 동안 기대기, 거울 보고 웃는 얼굴, 미소 짓는 얼굴을 연습하고 신문 보고 또박또박 읽는 것, 말하는 연습을 했다.

그리고 일반상식을 알기 위해 교보문고에 늘러서 새로 나온 책늘, 베스트셀러 순위 등을 살펴보고 간단한 영어 회화, 일어 회화를 공부했다. 몸이 찌뿌듯하면 사직공원에 올라 산책도 하고 철봉도 하고 영화도 보며 주말과 휴일을 보냈다.

드디어 월요일, 점심을 먹고 양복을 입고 시청역에서 전철을 타고 수원역에 내려 택시를 탔다. 트라보호텔에서 내려 엘리베이터를 타고 12층에 내리니 연회장 입구에 면접을 보기 위해 사람들이 몇 명 와 있다. 고등학교 졸업하고 온 사람, 대학 재학 중에 온 사람, 전통조리학과 졸업생, 30대의 나이 든 사람도 끼어 있다.

면접 시간인 3시가 다 되어가자 40여 명의 면접생이 초조하게 서성이는데 가운데 엘리베이터가 열리더니 안경 쓰고 풍채 좋은 중년의 신사와 조리복이 멋져 보이는 중년 남자, 붉은빛 도는 감색 투피스 차림의 여직원, 세 사람이 들어온다. 면접생들의 시선이 일제히 엘리베이터에서 내린 사람들에게 쏠리더니 몇 사람은 얼떨결에 인사를 하고 급하게 양옆으로 비켜선다. 면접관인 듯한 세 사람은 소연회실로 들어간다. 잠시 후 감색 투피스를 입은 여직원이 밖에 나와서 인쇄물을 두 군데 붙인다. 사람들은 인쇄물 쪽으로 몰려가서 본다. 면접자 명단 순서다.

"오늘 트라보호텔 면접 보러 오신 여러분 수고가 많으십니다. 방금 제가 붙인 면접 명단과 번호를 참고하시고 면접 보시면 되겠습니다. 너무 어렵게 생각하지 마시고, 중요한 것은 면접에 통과하시고 현장실습에서 결정되니까 오늘 면접은 편안하게 보시기 바랍니다."

"네."

그제서야 면접생들 얼굴에 화색이 돌고 활짝 핀다.

"얘, 나 루주 너무 진하지 않니?"

"응, 조금."

"지우고 다시 칠해야겠다."

면접생들은 마치 합격이라도 한 듯 함께 온 친구들과 얘기를 나눈다.

"오은미, 김성태, 박미라, 양경수 네 사람 들어오세요."

한 번에 네 명씩 면접을 보는 모양이다. 종철은 11번이니까 세 번째 면접 순서인가 보다. 무대에 설 때보다 더 가슴이 두근거린다. 10분쯤 지나고 먼저 면접 본 사람들이 문을 열고 나오는데, 표정이 밝다.

"야, 뭐라고 하대?"

"밥은 먹었냐고."

"하하하."

"야! 장난하지 말고 똑바로 말해봐. 시간 없어."

"가족이 몇 명이냐, 왜 지원했냐, 감명 깊게 읽은 책은? 영어로 자기 이름 말하기 이런 거 물어봤어. 아! 담배 피우는가도 물어봤어."

"담배도?"

"얌마, 웨이터가 담배 냄새 풀풀 풍기면서 서빙하면 되겠냐? 키가 커도 안 되고, 너무 잘생겨도 안 되고, 나처럼 수수해야 해. 하하."

"얌마, 잘생기면 좋지 왜 안 돼?"

"애인하고 호텔 갔는데 웨이터가 키가 크고 잘생겼어. 니 애인이 그 웨이터만 쳐다보면 기분 좋겠냐?"

"나는 오늘부터 담배 안 피운다."

"다음 5, 6, 7, 8번 들어오세요."

종철이는 화장실에 또 간다. 초등학교 운동회 때 100미터 달리기를 앞둔 것처럼 자꾸 오줌만 마렵다.

"합격은 개별 통보해드리니 면접 끝나신 분들은 돌아가셔도 됩니다. 9, 10, 11, 12번 들어오세요."

"김종철 씨, 양손 내밀고 폈다 오므렸다 해보세요. 요것은 무슨 색입니까?"

손은 조리하는 데 이상 없겠는지, 시력은 좋은지, 색맹인지 확인해본다. 고기 등 식재료의 상태를 잘 볼 줄 아는 것이 요리의 시작이 될 것이다. 육류가 상했는지, 식재료가 변질됐는지 눈으로 보는 것도 중요하다.

"김종철 씨 경력은 좀 있으신데, 전에 직장에서는 왜 그만두셨죠?"

"더 좋은 직장에서 새로운 일을 배우고 싶어서 자리를 옮겼습니다."

"여기 트라보호텔은 왜 지원했죠?"

"더 늦기 전에 한정식과 요리 기본을 좀 더 체계적으로 배우고 싶어서 지원했습니다."

"목표가 있다면?"

"제가 만든 음식을 드시고 즐거워하시는 고객을 보는 것이 저의 보람이고 목표입니다."

면접관인 조리부장은 종철의 답변에 고개를 끄덕끄덕해 보인다. 면접을 마치고 종철은 윤선 누나를 보러 가고 싶은 생각이 간절하지만, 근무하는 데 피해가 될까 봐 참고 버스를 타고 수원역으로 향한다. 종철은 수원역에서 내려 서울 가는 전철을 타지 못하고 대합실과 지하도를 서성인다. 종철은 멀리서라도 누나를 보자고 마음먹고 버스를 타고 육송가든으로 향한다. 윤선 누나를 보러 가는 길인데 사모님을 만나게 되면 뭐라 하지? 저번에 윤선 누나하고 짜장면 먹으러 갔을 때도 사모님이 아시고 순간 표정이 안 좋은 걸 느낀 종철이다.

종철은 윤선 누나에게 사랑한다는 말을 하고 싶지만 나이 차이 때문에 그런 말을 하고서 무안당하거나 거절할까 싶어 말이 목까지 올라왔다가도 말하지 못한 게 여러 번이고, 꽉 끌어안고 뽀뽀라도 하고 싶은 마음이 간절하지만 용기가 없어서 하지 못했다. 몸은 점점 달궈지는데 말은 하지 못하고 속앓이에 점점 몸과 마음이 야위어가는 자신을 느낀다. 끓어오르는 젊음을 발산하지도 못하고 남자로서 여자를 품에 안아보지 못한다는 자존심에 화나고 기가 많이 죽는 것도 사실이다. 그전에 폭포갈비에서, 장미가든에서 일할 때 형들의 무용담에 한편 부러워하기도 했던 게 솔직한 심정이다. 여자를 만나면 으레 하룻밤을 함께하고 사랑을 확인하고 내 사람으로 만들어야 하는 것으로 수없이 들었기에 윤선 누나 앞에 서면 자신의 속마음을 들키지 않으려고 더 주눅 든 것도 사실이다. 편하게 대할 수 있는 것도 도둑이 제 발 저린다고 성이라는 약점을 가지고 있기에 대할 때 더 떨리고 저자세가 된 것 같다.

남자 대 여자로 당당히 사랑할 수 있다는 자신감을 가져야 하는데 누나한테 그러면 안 된다는 관념을 깨는 게 어렵다. 종철은 자신도 모르게 자석에 이끌리듯 육송가든까지 왔지만, 윤선 누나가 있다는 예약실 가까이 가지 못하고 주차장 밖의 길을 걷고 있다. 처음 장미가든 입사할 때도 들어가지 못했는데, 그때는 명분이 있어서 결국 들어갔지만 오늘은 명분을 찾지 못하고 누구라도 마주칠까 봐, 누구 아는 사람에게 들키기라도 할 것 같아 숨어서 주위를 맴돌고 있다.

오후 5시가 조금 넘어서 아직은 비번 시간이라 주차장에 아무도 보이지 않는다. 종철은 빠른 걸음으로 주차장 화장실을 지나서 예약실 있는 쪽으로 가니 하얀 건물의 예약실이 나온다. 저 안에 윤선 누나가 있을 텐데 종철은 멋쩍고 쑥스러워서 한 발짝도 더는 나아가지 못하고 나무 뒤에 몸을 숨기고 서 있다. 혹시나 누군가 오다가 마주치면 "너! 거기서 뭐 하냐?"라고 하면 뭐라고 할까? 할 말을 찾지 못하고 왔다 갔다 지나가는 척하고 있다.

종철은 용기를 내어 예약실 근처까지 갔는데, 문이 열리는 걸 보고 황급히 뛰어서 나무가 있던 제자리로 돌아와서 보니 홀 아가씨가 야장 쪽으로 걸어가고 야장과 주차장엔 일제히 불이 들어온다. 이제 저녁 장사 준비가 시작된다. 종철은 '에이, 다음에 전화하고 와서 만나면 되지' 하고 속으로 자기합리화를 하고 씩씩하게 주차장을 가로질러 걸어간다.

다시 수원역으로 가는 버스를 타기 위해 버스정류장에 있던 종철은 이때쯤 윤선 누나가 나타나면 얼마나 좋을까 생각하면서 미련을 갖는다. 한참 후 버스는 들어오고 종철은 버스를 타면서도 돌아보고, 버스에 올라서도 창문 밖으로 육송가든 주차장과 안동네에서 나오는 길을 번갈아 보며 누군가를 애타게 찾는다. 눈에 띄기만 하면 다음 정거장에서 내려서 뛰어갈 텐데, 사모님이 계시는 안채에도 문 열고 들어가 당당히 보고 싶어서 왔다고 말할 용기가 없으니 이럴 때는 남자답고 패기가 있다면 얼마나 좋을까 하고 생각해본다. 오늘은 윤선 누나를 보는 게 목적이라서 사모님에게 들킬까 겁내는 자신이 답답하다. 쓸쓸히 멀어져가는 사랑을 아쉬워하며 종철은 내 마음대로 할 수 있는 이성과의 교제를 절실히 원해본다.

쌍문동 이모 십에서 하룻밤을 보내고 다음 날 집에는 아무도 없기에 종철이는 혹시나 트라보호텔에서 전화가 오지 않을까 해서 전화통 옆에서 지키고 있다. 방위 동기가 들어보라며 준 태양음향에서 출시한 나훈아 테이프를 카세트에 꽂고 따라 불러본다. 〈고향으로 가는 배〉, 〈그냥 가세요〉, 〈흰구름〉 등이 수록되어 있다.

고향으로 가는 배 꿈을 실은 작은 배
정을 잃은 사람아 고향으로 갑시다

산과 산이 마주쳐 소곤대는 남촌에
아침 햇살 다정히 풀잎마다 반기니
고향으로 가는 배 꿈을 실은 작은 배
정을 잃은 사람아 고향으로 갑시다

산비둘기 쌍쌍이 짝을 찾는 남촌에
피리 부는 목동의 옛 노래가 그리운
고향으로 가는 배 꿈을 실은 작은 배
정을 잃은 사람아 고향으로 갑시다
고향으로 가는 배 꿈을 실은 작은 배
정을 잃은 사람아 고향으로 갑시다
고향으로 갑시다

- 〈고향으로 가는 배〉(1982), 김진경 작사, 정민섭 작곡, 나훈아 노래

    종철이는 고음이 안 올라갈 때는 두꺼운 이불을 뒤집어쓰고 부른다. 낮은 담장 옆집에 아줌마가 세 아이를 키우고 있는데, 남편은 해외에 근로자로 나갔다고 한다. 언젠가 옆집 마루에서 사진 앨범을 펼쳐들고 가족사진을 보여준 적이 있다. 해외에서 일하며 동료들과 함께 찍은 아저씨 사진도 있다. 이쁘장하게 생긴 아주머니는 방문판매 회사에 다닌다고 한다. 이모는 옆집 아줌마가 저녁 무렵에 대문 앞에서 어떤 젊은 남자와 키스하는 걸 보았다고 한다. 그리고 이쁜이 수술도 했다고 한다.
    남편은 올해가 3년차여서 이제 귀국한다고 편지가 왔는데, 옆집 아줌마는 1년만 더 하면 큰 집 살 수 있다며 더하라고 했다고 한다. 그러고는 그 후 아이들을 시집 할머니한테 맡겨놓고 방 빼서 돈 챙겨가지고 도망갔다고 한다. 이모는 언젠가 광명 쪽 아파트에서 옆집 아줌마를 보았다고 한다. 종철이는 전에 옆집 아이들을 사직공원 활터에 데리고 간 적이 있었다. 잘 놀다가 일순 우울해한 적이 있어 이상하게 생각했는데, 아이들이 엄마 아빠와 함께 온 가족이 화목하게 지나가는 것을 본 후였다. 남녀가 둘이 만날 때는 자기들 마음대로 만나서 사랑해도 되지만, 아이들이 생겨나면 아이들

을 책임져야 한다.

느지막이 양푼에 밥을 비벼서 먹고 있는데 전화벨이 울린다. 종철이는 급하게 입안을 정리하고 밝게 전화를 받는다.

"여보세요?"

"거기 김종철 씨 댁이죠?"

"예, 접니다."

"트라보호텔입니다. 김종철 씨 면접 본 거 합격했습니다. 목요일부터 출근하시면 됩니다."

"예, 감사합니다."

종철이는 뛸 듯이 기뻐서 수화기를 놓고서 일어나 두 팔을 천장으로 펼친다.

"대한 독립 만세!"

종철이는 이제 호텔에서 일할 기회가 생긴 거다. 전에 대원각에 입사하고 싶었는데, 설거지부터 시작해서 몇 년 투자해서 요리를 배우려 했는데 이제야 그 꿈을 이루었으니 기쁘고, 이제 열심히 배워서 수습에서 합격하면 정식직원이 되는 것이다. 호텔에 근무하려면 방을 얻어야 한다. 종철은 방위 받을 때 5기 고참하고 수원에 있는 레스토랑에서 주방장 하는 친구 가게에 함께 놀러 간 적이 있었다. 고참 친구가 생각난 종철은 그가 일하는 수원의 레스토랑으로 찾아갔다. 2층에 있는 로빈레스토랑이다. 실내에선 〈Hotel California〉 음악이 흐른다.

"안녕하세요?"

"오랜만입니다."

주방장은 종철이를 반갑게 맞이한다.

"여기 수원 트라보호텔에 수습사원으로 취직이 되어 방을 얻어야 해서 방 구할 때까지 함께 있을 수 있을까 하고 부탁드리러 왔습니다."

"아, 예. 안 그래도 혼자 있기 심심했는데 있어도 됩니다. 내가 집에 안 들어가는 날도 많아요. 가게에서 술한잔 하거나 손님이 늦게까지 안 가면 의자 붙여놓고 가게에서 자요. 언제 출근이에요?"

"목요일요."

"오늘이 화요일이니까 내일 밤에 오세요. 나랑 집에 같이 가서 자고 아침에 출근하면 되지요. 실례지만 나이가 어떻게 되세요?"

"아! 고맙습니다. 64년 용띠입니다."

"아유 동갑이네요. 담에 볼 땐 말 놓고 친구처럼 지냅시다. 이름이 뭐라 했지요?"

"김종철입니다."

"아! 종철 씨~ 나는 황민기입니다. 잘 지내봅시다. 종철 씨 식사 안 했으면 돈가스 하나 해줄게요."

"예, 고맙습니다."

종철이는 양식 주방장 황민기 씨가 주방으로 들어가자 가게 안 출입구 쪽에 있는 공중전화로 간다. 사모님에게 전화하기 위해서다. 10원짜리 동전 두 개를 넣고 다이얼을 돌리자 뚜루루루루, 뚜루루루루 신호는 자꾸 가는데 받지 않는다. 종철은 전화를 끊고 윤선 누나가 근무하는 예약실로 전화를 걸었다. 뚜루루루룻, 뚜루루루룻.

"여보세요? 육송가든 웨딩사업부입니다."

사모님 목소리다. 반갑고도 냉철함이 묻어있는 목소리다. 종철이는 들킬까 봐 도둑처럼 얼른 전화를 끊는다. 가슴이 두근거린다. 종철은 힘없이 자기 탁자로 돌아와 앉는다. 잠시 후 젊은 아가씨가 수프를 가져온다. 방위 받기 전에 사모님은 윤선 씨 집에 바래다줬냐고 물은 적이 있다. 아무것도 아닌 듯 물어보았지만 좋은 표정은 아니었다. 그 후 종철은 윤선 누나를 만날 때는 사모님 눈치를 보고, 사모님 만날 때는 윤선 누나 눈치를 보게 됐다. 또 일하는 사람들 눈치도 봐야 해서 종철이로서는 속앓이만 하는 날들이었다. 오늘도 윤선 누나가 근무하는 예약실에 전화했는데 사모님이 받자 순간 고양이처럼 달아나며 작은 가슴을 쓸어내린다.

종철이는 내일 다시 짐 싸가지고 레스토랑으로 오기로 하고 수원역으로 향한다. 용기 있는 자가 미인을 얻는다는 옛말도 있듯 종철이는 못 먹는 술이라도 잔뜩 먹고 윤선 누나 집으로 찾아갈까 하는 생각도 해본다. 종철이는 지금 이럴 때가 아니고 출근해서 일할 걱정이 몰려온다. 아쉬운 마음을 뒤로하고 서울 집으로 가기 위해 전철에 몸을 싣는다. 종철은 의자에 앉지 않고 일부러 출입구 문에 기대서서 차창 밖을 바라본다. 카세트에서 나오는 즐겨 따라 부르던 노래를 속으로 부른다. 눈에는 눈물이 맺혀서 자꾸 깜박여보는데도 마르지 않고 결국 한 방울이 주책없이 흘러내린다. 윤선 누나는 내 생각을 하고 있을까?

> 웃으며 떠난다고 욕하지 마오 겉으로는 웃어도
> 마음은 울고 가요 어차피 헤어지는 당신과 난데
> 그까짓 눈물은 흘려서 무엇해
> 만났던 그날처럼 웃으며 가요
>
> 괴로워하지 말고 헤어집시다 마음으론 울어도
> 겉으론 웃고 가요 이제는 돌아서는 당신과 난데
> 이별이 서러워 울면은 무엇해
> 원망을 하지 마오 웃으며 가요
>
> — 〈웃으며 가요〉(1970), 이용일 작사, 백영호 작곡, 배호 노래

논에는 노란 곡식들이 흔들흔들 여유롭게 몸을 흔들고 있다. 한 해 비바람과 태풍과 땡볕을 이겨내고 언제 그랬냐는 듯 푹 익은 자의 여유, 기품마저 느껴지는 훤칠한 벼이삭들이 축배를 앞두고 황금 향연이 펼쳐지는 듯하다. 종철은 가을 추수를 앞둔 벼이삭처럼 멋지게 나이 들어서 품위 있고 멋을 풍기는 삶을 살아가야 할 텐데 생각해본다.

서비스맨들

 종철은 이모 집에 도착해서 입을 옷들을 빨아서 옷걸이에 널고 바지를 다리고 이튿날 수원으로 갈 준비를 한다. 가방을 수십 번 싸다 보니 가방 싸는 데는 도사가 다 됐다. 전에 비해 살림이 늘어난 건 스킨, 로션, 구두다. 다음 날 종철이는 가방을 챙겨들고 느지막이 수원의 레스토랑으로 향한다. 레스토랑 주방장 황민기 씨의 자취방은 다행히 호텔과 가까운 곳에 있어 걸어서 출근할 수 있는 거리다.
 한식 주방에는 실습 두 명이 배정됐다. 양기철은 종철이보다 세 살 아래인데 전남 함평에서 고등학교를 졸업하고 일반식당에서 일하다가 실습사원으로 종철이와 함께 동기가 됐다. 한식 주방에는 주방장, 한식부 두 명, 냉면부 두 명, 탕부, 찬모, 밥모, 부침다이, 세척부 두 명, 육부 두 명, 장치부 두 명으로 인원이 총 열다섯 명인데 실습 두 명이 늘었다. 한식부 박 주방장은 조회를 하니 다 모이라고 소리친다.
 "야! 장치실에도 조회한다고 모이라고 해!"
 모두 주방의 밥솥 기계가 있는 넓은 공간에 두 줄로 섰다. 하얀 조리복에 흰색, 검정 마름모 무늬가 있는 바지를 입었고 주방장은 검정 바지에 검정 목타이를 맸다. 노란 타이는 그 밑의 직책 수장이고 파란색, 흰색 순으로 직책에 따라 목타이를 맨다. 검정 노트를 든 박 주방장은 간부회의에서 있었던 전달사항으로 주방에서 시음 행위 금지, 홀에 들릴 정도로 잡담 금지, 선입선출 철저 등 지시사항을 얘기한다.

"오늘 간부회의에서 나온 말입니다. 손님상에 반찬이 떨어졌을 때, 손님이 더 달라고 하기 전에 알아서 가져다주면 상수, 손님이 요청해서 갖다주면 중수, 손님이 추가 달라고 했는데도 안 갖다주면 하수입니다. 주방에서도 홀에서 반찬을 더 달라고 하면 바로바로 내주세요. 김종철, 양기철 앞으로 나오세요. 오늘 새로 들어온 수습사원인데, 앞으로 잘 도와주고 잘 지내시길 바랍니다. 자기소개 해봐요."

"김종철입니다. 스물세 살이고요. 잘 부탁드립니다."

"양기철이고요. 나이는 스무 살 맞고요. 뭐든 시켜만 주세요. 끝내주겟습니다."

"하하하."

'고놈 참 웃기는 놈일세' 종철이는 속으로 생각한다. 조회를 마치고 자유롭게 티타임 시간이다. 탕부가 선배여서인 듯 여유롭게 종철이에게 다가오며 묻는다.

"너 육부 하다 왔냐?"

"예."

"오! 그래 잘됐다. 어디 있었냐?"

"서울 장미가든에 있었습니다."

"뭐셔, 장미라고라. 진짜여?"

"예."

"와~ 막강한 수습이 들와분졌고마이. 고향은 어디여?"

"전라북도 군산요."

"와따매~ 우리 같은 절라도네. 와따매 반갑꼬만. 악수나 허자고. 나는 고흥이여. 여기 탕부 맡고 있고 뭐 갈비탕 먹고 잡프면 애기혀. 나는 서른하난께 말 놔도 되제?"

"예, 잘 부탁합니다."

키가 작달막하고 배가 나오고 통통한 남천만이라고 하는 탕부 아저씨는 아침부터 뭘 주워 먹었는지 입 주위에 기름이 번질번질하다.

"야, 나도 안양호텔에서 오래 있었는데 갈비를 배우고 싶었지만 갈비 배울 기회가 안 왔다. 갈비만 할 줄 알았어도 주방장으로 갈 수 있는데. 시간 날 때 나 갈비 좀 배워도라."

"예, 알려드릴게요."

"천만이 성, 탕고기 안 꺼내요?"

냉면장이 소리친다. 갈비탕이 다 삶아진 모양이다. 갈비탕은 1시간 30분 삶으면 되는데, 더 삶을수록 살이 물러지니 제시간에 건져야 한다. 박 주방장이 간부회의에 갔다가 오는지 검정 노트를 손에 들고 주방 문을 열고 들어온다.

"양기철이는 꽃게 잡는 거 가르쳐달라고 해서 손질하고, 종철이는 맷돌에 녹두 갈아라."

"꽃게 많이 잡아봤습니다."

"그려? 한번 해봐."

양기철이는 바닥에 있는 꽃게를 능숙한 솜씨로 잡는다. 갈비 반찬에 나갈 꽃게인데, 해동된 꽃게 껍데기를 벗겨내고 수저로 모래집을 긁어내고 나서 생선칼로 네 등분 하는 것이다.

"야, 너는 손이 익었구나, 익었어."

종철이는 물에 불린 녹두와 멥쌀을 맷돌에 넣고 돌린다. 물이랑 함께 국자로 퍼서 넣어준다. 급할 것도 서두를 것도 없이 느긋하게 영감처럼 장시간 돌릴 각오해야 한다. 빈대 아줌마가 다가오며 말한다. 빈대떡 부치는 전다이 담당인데, 주방 사람들은 줄여서 빈대 아줌마라고 부른다.

"이 총각 성격 느긋하네그려. 급허면 맷돌이 부서지지. 어깨도 나가. 총각, 직원식당에 가서 밥 먹고 와서 해. 늦게 가면 맛있는 반찬 다 떨어져."

종철은 맛있는 반찬 떨어진다는 말에 벌떡 일어난다. 주방 밖으로 나와서 자갈 깔린 주차장을 지나니 조립식으로 지은 직원 라커룸과 직원식당이 나온다. 식당 입구로 들어가려 하는데 누군가 큰소리로 "종철이 형" 하고 불러서 돌아보니 양기철이다.

"형! 같이 가요."

"꽃게는?"

"다 잡었지요."

"두 짝을?"

"아이, 하루 종일 꽃게만 잡기도 했어요."

"야, 어쩐지 빠르다 했어."

식판을 들고 밥통에서 밥 담고 국그릇에 국 푸고 반찬으로 김치, 파란나물, 오징어채볶음, 계란말이 네 가지 담고 빈자리에 가서 앉는다. 양기철이도 따라와서 앞에 앉는다.

"군대서는 식판이 고무다라이 재질인데 여긴 스텐 식판이네."

"군대 갔다 왔어요?"

"응, 제대한 지 얼마 안 됐어."

"빨리 갔다 왔네요."

"응, 방위라고 있어 특수부대."

"와, 좋은데 나왔네요."

식사 마치고 주방에 가니 주방장이 한마디 한다.

"밥 먹으러 다닐 때 뭉쳐 다니지 말고 따로따로 다녀라. 주방에 지키는 사람이 있어야 다 가버리면 주방에 누가 훔쳐가도 모르겠다. 저녁에 한정식 서른다섯 명 예약 있으니까 준비 잘해야 한다. 이병호 국회의원 상견례다."

한식부는 뷔페식당에 올라갈 음식들을 준비하고 있다. 큰 타원형 실버그릇에 오징어무침, 도토리묵, 김치, 탕평채, 잡채, 갈비찜, 파란나물, 나박김치, 불고기, 도라지무침 등을 만들어서 당근이나 오이, 우수이다, 파슬리 등으로 데코레이션해서 담는다.

종철이도 옆에서 오이편을 썰어 실버 그릇 가장자리에 쭉 돌려주고 갑오징어무침을 가운데 소복이 담는다. 그리고 볶음깨를 넉넉히 뿌려준다. 숯불고기는 장치실로 불고기를 가지고 가서 석쇠에 구워 가위로 알맞게 잘라주고, 마르지 않게 바로 찜용 실버 그릇에 담아 뚜껑을 덮어 가져가고 뷔페 진열대에서 불고기가 식지 않게 밑에 고체연료를 놓고 불을 켜준다.

해외 대기업 직원식당에서 주방 책임자를 했다는 한식부 유 주임은 갈비찜을 아주 잘한다. 1시간 40분간 찌고 마무리로 20분을 잘 조려 갈비에 윤기가 반짝반짝 난다. 거무스름한 색깔에 살결 사이사이 힘줄이 풀어져서 보기에도 야들야들 군침이 돌고 먹고 싶어진다. 뼈에 붙은 살이 잘 익은 과일처럼 금방이라도 쏙 빠질 것 같이 아슬아슬 매달려 있다. 갈비찜에는 굵은 생률을 넣고 당근, 무를 차돌만 하게 동그랗게 깎아서 같이 찜을 했는데 색깔도 살려준다. 위에는 파란 쑥갓을 올려서 멋을 냈다. 홍어무침과 다르게 갑오징어무침은 칼집에 멋이 있다. 코스모스 꽃송이처럼 오징어에 칼집을 넣으면 익으면서 꽃이 활짝 피어 보기에도 좋고 씹는 맛도 일품이다.

음식 준비가 다 됐으면 주방에서 일하는 몇 사람만 빼고 모두 뷔페로 출동이다. 객실을 지나 2층 오픈 뷔페식당에 올라온 종철은 많은 음식 앞에서 눈이 휘둥그레진다. 홀 중앙에 원형으로 뻥 둘러서 놓인 육, 해, 공! 양식, 중식, 일식, 한식, 제과제빵, 이탈리아식 등 생전 처음 보는 요리들이 은은한 조명 아래 저마다 자태를 뽐내고 있다. 이러는 종철이를 의식한 듯 탕부 천만이 형이 자랑스레 말한다.

"촌놈 뷔페에 오면 어리둥절 오금이 저려서 빵만 잔뜩 담아서 먹지도 못하고 전전긍긍한당께. 종철아 너 애인 데리고 와라. 내가 안내해줄게. 저 앞쪽에는 빵하고 빠다가 잔뜩 있어. 거기 가면 안 돼. 우선 채소 종류로 워밍업을 딱 하는 거야. 그래가지고 육류, 해산물을 조져. 그리고 설라무네 파스타, 볶음밥, 초밥 쬠씩 맛만 봐. 초밥, 회는 맛있는 거면 좀 더 먹어둬. 그리고 튀김, 작은 케이크 그렇게 한 바퀴 돌았으면 지금까지 먹었던 음식 중 제일 맛있었던 거 집중공략하는 거야. 육회, 석화, 전복, 멍게, 이런 거 아주 아작을 내주는 거야. 그리고 점잖게 과일과 디저트로 마무리하면 돼."

"꼭 저같이 가르쳐준다."

언제 왔는지 한식부 유 주임이 음식들을 간격 맞춰서 잘 놓고 있다.

"야, 돈 있는 사람들이 너같이 기름진 거 막 먹는 줄 아냐? 채소하고 소고기 조금 먹고 석화 하나 먹고 커피로 입가심해! 종철아, 앞으로 저 천만이하고 같이 다니지 마라! 순진한 애 다 버리겠네."

천만이 형은 빈정 상한 듯 목소리 톤이 올라가며 말이 빨라진다.

"나도 특급호텔에 있어봤거든? 돈 많은 사람들이 더 환장하고 먹어. 음식 빨리 안 가져온다고 소리쳐서 가보면 돈 많은 아줌마들이여."

"야, 니가 돈 많은지 봤냐?"

"척 보면 알지. 나한테도 밖에 나가서 만나자고 몇 번 그랬어."

"하하하."

주위 사람들이 여기저기서 헛웃음을 날린다.

"야, 만나지 그랬냐?"

"나는 아무 여자나 안 만나."

"그럼 어떤 여자가 니 맘에 드냐?"

"황신혜!"

"와, 하하하하."

"황신혜가 너 같은 거 쳐다나 본데?"

"안양에서 황신혜하고 똑같이 생긴 여자하고 동거했어."

"하하하."

"그럴 수도 있지. 전혀 불가능한 얘기는 아냐. 근데 넌 이름이 천만이가 뭐냐? 쳐맞어가 낫겠다."

"한문 서당 훈장님이 지어주신 이름이여. 남자 남, 하늘 천, 일만 만. 남자 중의 남자, 하늘 천 평보다 땅 만 평보다 좋다는 뜻이여!"

"환장하겠네. 하하하."

점심시간 지나서 3시가 되면 뷔페 올라간 거 철수하러 수대로 올라간다. 종철이는 처음에 요리모자 쓰는 것이 어색했지만 이제는 적응되어 괜찮다. 키도 커 보이고 사람들이 멋있다고 종종 말한다. 모자를 쓴다는 것이 처음엔 제약처럼 생각되어 자존심이 좀 상하기도 했는데, 조회 때 높은 조리모자는 요리사의 권위를 나타낸다는 조리부장의 말에 감동을 받았다. 조리복이 더러워지면 오전에 하우스키핑에 가서 세탁한 새 옷으로 언제든 갈아입을 수 있어 좋다.

한식뷔페 올라간 음식들을 철수할 땐 실버 그릇에 담긴 걸 밀차 왜건에 싣고, 남은 건 요리사들이 손으로 들고 내려온다. 걸어서 내려올 때는 객실 긴 복도를 지나쳐야 한다. 낮이지만 조명이 약한 객실 복도는 어두컴컴하다. 천만이 형은 실버에 담긴 음식을 객실 문 앞에 "에잇!" 하며 버리는 우스꽝스런 행동을 보인다.

종철은 의아해한다.

"낮부터 인간들이 호텔에 와서 썸씽을 한다고 꼴려서 못 지나간다니까."

먼저 출발한 기철이는 천만이 형과 종철이가 가까이 가자 객실 문틈에 귀를 대고 검지를 코에 댄다.

"형, 이거 들어봐요."

발걸음을 멈추고 가만히 객실 안 소리에 귀를 기울이니 안에서 그냥 듣기 민망한 소리가 요란히 들려온다.

"아! 헉, 좋아. 더~"

목소리로 보아 40대는 되는 것 같다. 종철이는 이러는 자신이 잘못된 행동이라고 생각하면서도 끓어오르는 감정을 주체하기 힘들다. 천만이 형은 많이 들어봐서 우습다는 듯 말한다.

"야, 기철아 빨리 가자. 주방에서 기다리겠다."

"아~ 쫌만요."

종철이 주방에 내려오니 밥모 아줌마가 전화기를 들고 소리친다.

"종철 씨 전화 왔어요."

주방 전화로 종철이 찾는 전화가 왔다. 누굴까?

"여보세요?"

"황민기여. 오늘 집에 누구랑 같이 들어가야 해서 오늘 하루 어디서 자면 안 되겠어?"

"아, 예. 아 알았어."

전화를 끊고 생각하니 애인을 데리고 와서 자야 할 일이 생긴 모양이다. 생각해보니 낮에도 애인을 데리고 놀다가는 모양이다. 언젠가 베개가 축축해서 이상하다고 생각했다.

그날 밤 시내 쪽 버스정류장 앞에 있는 2층 여인숙에 올라가니 하룻밤

자는 데 4천 원이라고 한다. 세면장과 화장실은 맨 끝에 있다. 씻고 누우니 차량 지나다니는 소리가 커서 잠이 안 온다. 호텔에서 일하는 건 힘든 게 없는데, 방위 신병 때처럼 입사한 지 얼마 안 되어 그런지, 계속 긴장 상태로 있어서 그랬는지 정신은 말짱한데 몸이 저린다. 종철은 자신이 털털한 성격이었으면 좋겠다고 생각해본다. 넉살 좋고 얼렁뚱땅한 탕부 천만이 형이나 양기철처럼 유머 있고, 자신감 있고, 남자답고, 씩씩한 사람이 되겠다고 다짐한다.

얼마나 잤을까? 종철이는 화들짝 놀라 시계를 본다. 지각이라도 하면 큰일이니 깜짝 놀라서 시계를 보자 새벽 1시다. 옆방에서 아이 소리가 들린다.

"아빠, 엄마 언제 와?"

대여섯 살쯤 된 여자아이 목소리다.

"엄마 언제 오냐니까?"

"며칠 있으면 올 거야."

"빨리 오라 해에~ 보고 싶단 말야아~"

"응, 엄마 돈 벌어 올 거야."

"아빠하고 싸워서 나갔잖아. 아빠가 빨리 오라 해에~"

"알았어. 어서 자고 유치원 가야지."

"나 유치원 안 가."

"왜?"

"돈 내야 해. 돈 있어?"

"무슨 돈?"

"수재의연금."

"우리가 불우이웃인데, 화재난민인데, 누굴 도와?"

"몰라아~ 돈 내래."

"가게 불만 안 났으면 엄마도 안 나가고, 장사 잘하고 살 텐데. 미치겠네."

"술 먹지 마아~ 또 술 먹어."

"이것만 먹을 거야."

"새벽에 노가다 안 나갈 거야? 돈 벌어야 엄마 들어오지."
"알았어어~"
종철이는 아이가 맹랑하면서도 철이 꽉 들어서 어른스런 소리를 하니 귀엽게만 느껴지고, 어떻게 생긴 아이인지 얼굴을 보고 싶다. 군산에 있을 때, 종철이는 네 살 먹은 여동생이 귀여워서 놀리느라고 "너도 텄다!"라고 말하곤 했다. 그러면 여동생은 순박한 얼굴로 "오빠도 추워서 얼굴 텄어!"라며 미소 지었다. 그 말이 또 귀여워서 자주 했던 기억이 문득 떠오른다. 잠이 든 후 새벽에 옆방 아저씨는 현장에 일 가는지 일어나서 나가는 소리가 난다. 일어나서 문을 슬쩍 열어보니 옆방 아저씨하고 눈이 마주쳤다. 키가 작고 눈도 작고 순박하게 생긴 아저씨다.
"밤에 시끄러웠죠? 미안합니다. 애가 엄마를 찾느라고."
"아니에요."
종철이는 미리 준비해둔 2만 원을 내민다.
"이거 어젯밤에 그 방 문 앞에서 주웠어요."
"돈 잃어버린 거 없는데요."
"가져가세요. 아니면 버릴 거예요."
아저씨는 마지못해서 돈 2만 원을 받아서 방으로 들어간다. 출근시간 9시에 맞춰서 경비실에 들러 출근 카드판에 꽂혀있는 이름을 찾아 시간 찍고 라커룸에 들러서 개인 사물함을 열고 조리복으로 갈아입고 주방으로 들어간다.
"안녕하세요?"
양기철은 어디서 났는지 종이컵을 들고 마시고 있다.
"아따, 아침에 블랙커피 한잔 마셔야 진정한 현대인 아니것어요?"
"야, 커피 어디서 났냐?"
한식부 유 주임이 묻는다.
"2층 뷔페 아가씨가 한잔 줬지라."
"너는 온 지 며칠 안 된 놈이 아가씨도 사귀었냐?"
"예, 오늘 밤에 만나기로 했어요."

"어디서?"

"아주대 앞 지하 레벤브로이 맥주집에서요."

"그 아가씨 단발이지?"

"예, 어찌 아셔요?"

"바람맞은 사람 많다."

"하하하."

종철이는 냉면 반죽을 한다. 전에도 한 번씩 해봤는데, 이곳 냉면장은 반죽하는 것도 예술이다. 냉면 반죽통에 사지를 쭉 펴고 오른손, 왼손으로 반죽을 비벼대는데 온몸의 기운이 작은 반죽 안에 담기는 것 같다. 손반죽 한 번에 냉면 열 그릇 정도가 만들어지는데, 그렇게 열 덩어리는 만들어야 한다.

이번에는 종철이가 반죽하기에 대들어보는데 메밀가루 1대접, 전분 1대접, 소바가루 0.5대접 넣고 소다 티스푼 1개 넣고 뜨거운 물은 적지도 많지도 않은 밥공기 두 개 반 정도 넣고 손이 뜨거우니 가쪽부터 뜨거운 물 쪽으로 살살 섞다가 빠르게 골고루 섞어야 한다. 그다음은 손바닥으로 쭉쭉 펴주는데 소림사 철사장 생각이 난다. 충분히 치대줘야 면발이 끈기가 있다. 힘과 기술을 요하는 반죽이다. 함흥냉면 반죽은 쉽다. 평양냉면 반죽은 되고 많이 치대줘야 면발에 탄력이 있고, 함흥냉면은 물양만 맞으면 뜨거운 물에 골고루 비벼주면 된다.

반죽 솥단지를 깔끔하게 반죽해야지 나중에 반죽 솥에 눌어붙어 있던 딱딱하게 마른 반죽 동가리가 반죽에 섞이면 면발 뽑는 분창의 구멍이 막혀 터질 수 있다. 가끔 금이 가거나 터지기도 하는데, 그래서 여유분의 분창이 있어야 한다.

박 조리장이 검정 노트를 손에 들고 주방에 들어오며 소리친다.

"오늘 5시 갈비스테이크정식 60명, 6시 한정식 40명 예약 있다. 차질없이 맡은 음식들 올려주세요."

"예."

"와따, 예약 솔찬히 들와번지네. 나는 새우찜만 허면 되니께 한숨 자고 와서 혀도 되지?"

 밥모 아줌마는 탕부 천만이 형한테 눈을 흘긴다.

 "여기도 도와줘야지. 자기 할 일만 쏙하고 그러니 장개를 못 가지. 내가 중신할려고 했더니."

 "한번 혀봐요."

 전다이 아줌마는 잣과 멥쌀을 불려서 맷돌에 갈아 소금과 설탕을 조금씩 넣고 잣죽 끓일 준비를 한다. 한정식은 분업화되어 각자 맡은 음식들을 준비해서 밀차에 담아 소연회실이 있는 6층으로 올라간다.

 찬모는 물김치, 오이소박이, 겉절이, 포기김치, 보쌈김치, 갓김치, 도라지무침·시금치·고사리 삼색나물, 마늘장아찌, 명란젓, 미나리무침, 표고버섯볶음, 낙지강회, 잡채, 전다이부에선 조기구이, 김구이, 잣죽, 녹두전, 장떡 등, 한식부에선 숯불고기, 갈비찜, 신선로, 대하찜, 육회, 진지, 아욱국, 송이구이, 돼지갈비찜 등 각자 맡은 음식들을 준비하니 소란스럽지 않고 척척 되어간다.

 오늘 종철이는 갈비스테이크 보조로 육부장을 따라 옥상으로 간다. 옥상에는 구이대가 있고 참숯 등이 준비되어 있다. 구이대가 두 개인데, 숯불을 피워서 넓게 펼친다. 한쪽에는 스테이크 놋쇠판을 펼쳐놓고, 다른 한쪽에서는 고기를 구울 준비를 한다. 예약 시간이 되니 슬슬 갈비를 굽기 시작한다. 뼈와 살을 완전히 익혀서 큰 재단가위로 자르며 갈비통에 담는다. 소연회실 웨이터가 옥상으로 올라와 한손을 들었다가 내리며 방송국 피디처럼 소리친다. 많이 해본 솜씨다.

 "스탠바이, 큐!"

 이때부터 손이 빨라진다. 스테이크 판 옆에 물통을 갖다놓고 집게에 물을 묻혀 스테이크 판에 뿌려본다. 치익! 스테이크 판이 너무 달궈졌으면 짧은 칙! 소리를 내며 물방울이 동그랗게 뭉치며 떼구르르 굴러간다. 그러면 국자로 물을 조금 떠서 스테이크 판을 조금 식혀야 한다. 적당히 달궈진 정도는 물을 뿌렸을 때 촥~ 소리내며 물을 튕기며 먹어야 한다. 덜 달궈진 것은 물이 퍼지면서 소리도 작고 뜨겁지 않은 걸 알 수 있다. 이것은 경험이 필요한데, 현장에서 많은 경험을 하면 감각이 생긴다. 주방일은 처음부터 잘하는 사람도 없고, 노력하는데 안 되는 경우도 없다.

스테이크 판 위에 뼈 한 개와 갈빗살 자른 것 1인분을 육안으로 적당히 담아내는데, 판이 덜 달궈져 금방 식어도 안 되고, 너무 달궈져서 살이 타도 안 되고, 손님상에 도착할 때까지 적당히 탄력 있게 지글지글 맛있는 소리를 내줘야 한다.

갈비를 다 담아주고 나니 갈빗살이 조금 남는다. 1시간 반 정도 연회가 끝나면 연회장의 웨이터들은 그동안 익숙한 듯 갈빗살을 노리고 슬슬 모여든다. 대신에 좋은 술 마주앙을 가지고 와서 한 잔씩 따라주고 갈비를 먹는 물물교환의 현장이다.

종철이도 맛있게 생긴 갈빗살 한 점을 입에 넣는다. 달콤짭쪼롬하고 쫀득한 식감이 그동안 먹어봤던 갈비맛하곤 확연히 차이 나게 맛있다.

"와! 왜 이렇게 맛있어요?"

김봉만 육부장은 인상을 찌푸리며 말한다. 이 사람 스타일인 모양이다.

"소문 내지 마, 인마!"

"비법이 뭐예요?"

종철이는 알고 싶어 몸이 달아오른다.

"파인애플, 대파, 그리고 손으로 갈비에 양념을 발라주고 그담은 숯불이 쎄니까 직화가 잘돼서 숯불 향도 잘 배고 맛있는 거야. 갈비 맛의 최고봉은 양념 맛, 연한 맛, 숯불 맛이야! 양념 맛은 양념을 해서 갈비를 손으로 잘 무쳐주어야 육즙이 나와서 양념하고 어우러져 제3의 맛이 우러나지. 연한 맛은 칼집, 파인애플. 그담은 쪼끄만 숯불로는 맛이 안 나. 이렇게 큰 구이대에서 쎈불에 순식간에 익혀야 맛있어. 너! 전수비 200만 원 내라!"

종철이는 이곳의 소갈비 양념 맛을 꼭 배우고 싶다는 욕심이 일어난다.

레스토랑 주방장은 시골에서 어머니가 올라왔다며 며칠만 비워달라고 또 전화가 왔다. 갑자기 애인이 새로 생긴 모양이다. 며칠 전 방에서 혼자 자는데 종철이 베개에 여자의 긴 생머리카락이 붙어 있는 것을 보았다. 이럴 때 종철이는 이성이 그리워서 심한 감기 몸살처럼 밤새 잠을 제대로 자지 못하고 뒤척이다 보면 창문 밖으로 서서히 날이 밝아온다.

다시 여인숙으로 들어가니 복도에서 옆방 여자아이가 세발자전거를 타고 놀고 있다. 머리카락이 어깨까지 길고 이목구비가 또렷하니 예쁘장하고 귀여운 얼굴이다.

"안녕~"

"아저씨는 누구세요?"

"응, 여기 옆방 아저씨야."

"아줌마는 어딨어요?"

"아저씨 혼자야."

"아줌마 집 나갔어요?"

"아니, 아직 결혼 안 했어. 총각이야."

"아, 아, 그렇구나. 우리 가게는 불나서 나왔어요."

"뭐 했는데?"

"분식집요. 근데 불났어요."

"응, 그렇구나. 안됐구나."

"엄마는 돈 벌어온다고 아빠하고 싸우고 나갔어요."

"응, 엄마 오실 거야. 밥은 먹었니?"

"아빠가 오면 라면 끓여줄 거예요."

종철이는 그렇잖아도 호텔에서 뷔페 철수할 때 아이 주려고 남은 음식들을 싸왔다. 갈비찜, 케이크, 김치, 떡, 튀김, 김밥 등.

"너 이름 뭐니?"

"혜선이요. 김혜선."

"응, 김 씨구나. 혜선아, 아저씨가 호텔 요리사인데 음식 좀 가져왔어. 이거 먹을래?"

종철이는 가방에서 음식이 든 비닐봉지를 꺼내서 옆방 문 앞에 밥상을 놓고 펼쳐놓는다.

"와아~ 내가 좋아하는 김밥이다! 케이크다!"

"천천히 먹어."

종철이는 어릴 적 군산에 살 때 여동생 기억을 떠올린다. 네 살 된 여동생은 길에서 100원짜리 동전을 주워서 종철이에게 내밀었다.

"오빠 이거 뭐야?"

하얀 조개껍데기 같은 작은 손에 100원짜리 동전이 있었다. 종철이와 여동생은 붕어빵을 사 먹었다.

옆방 아이 혜선이는 며칠 굶은 것처럼 갈비찜 먹다가, 빵 먹다가 이것저것 마구 먹는다. 종철이는 방에 들어가서 추리닝으로 갈아입고 세면장에서 씻고 나오는데, 옆방 아저씨가 들어온다.

"안녕하세요? 이제 오세요."

"아, 네 아침에는 고마웠시유. 인사도 제대로 못 혔네요."

"제가 여기 트라보호텔 주방에서 일하는데, 음식을 좀 가져와서 아이에게 줬어요."

"아, 고맙습니다. 혜선아!"

"아빠! 이 아저씨가 김밥 줬어. 아빠도 먹어. 음식 많아."

"응, 혜선이 많이 먹어."

옆방 아저씨는 종철을 쳐다보며 말한다.

"인사나 하고 지냅시다. 나 김찬식이유."

"예, 저는 김종철입니다."

"와! 같은 김 씨네. 어디 김 씨데유?"

"김해 김이요."

"이야! 나도 김해 김이유. 종씨 만났시유. 우리 술한잔 혀유."

"예, 한잔해요."

"여기 안주도 좋은 거 있네. 내가 술 사올게유."

김찬식 아저씨는 술을 사러 내려간다. 라면하고 소주하고 과자를 사 와서 종철이 방에 두고, 과자 하나는 혜선이 갖다주고 방에서 브루스타와 냄비를 가져온다.

"우리 라면에다 소주 먹읍시다. 근데 실례지만, 나이가 어떻게 된대요? 난 서른셋이유."

"저는 스물셋이에요."

"아, 그려요? 지하구 10년 차이네요."

"예, 말 놓으세요. 형님이네요."

"아, 또 이렇게 사람을 사귀게 되네. 완전히 타향인디. 기냥 아무도 모르는 곳으로 왔는디."

"집이 어디신데요?"

"서산. 그나저나 한잔 먼저 받어요."

"제가 먼저 따를게요."

"아녀, 내 술 먼저 받어. 서산서 고등핵교까정 마치고 직장 다니다가 애 엄마 만나서 분식가게 한 5년 했는디 한 달 전에 가게에 불이 나가지고 홀라당 다 타번졌시유."

"아이고, 큰일 겪으셨네요."

"내 잘못인게 누구 원망도 못 혀요. 그냥 애엄마 퇴근허고 나 혼자 가게 담날 장사헐 거 준비 좀 하다가 친구 전화 받고 친구 아버지가 돌아가셨다는 바람에 가스불 켜논 걸 깜박하고 문 닫고 잠깐 갔다 온다는 게 상갓집 갔다가 와보니까 소방차가 와있고 난리가 아녀. 2층 상가까지 다 태워가지고 있는 거 다 털어서 보상해주고 마누라하고 싸우고 대들어서 한 대 팬게 집 나갔시유. 누가 수원 남문시장에서 봤다 해가지고 며칠 전에 올라왔어. 애는 낮에 유치원에 사정해서 보내놓고 마누라 찾으러 다녀. 친정에다 여기 있다고 전화번호랑 갈켜줬으니까 찾아라도 왔으면 좋겠고만."

"혜선이가 있으니까 올 거예요. 어려울수록 가족이 힘을 모아야죠."

"맞어! 내 말이 그 말요. 불이 아니라 홍수가 나도 정신만 차리면 사는 거요. 까짓거 젊은디야. 태날 때 불알 두 쪽 차고 나왔지 누군 금댕이 들고 나와? 벌면 되지. 근디 종철 씨는 무슨 일혀?"

"여기 수원에 트라보호텔이라고 있는데, 거기서 주방보조로 일해요."

"와따 좋은 데 다니시네. 호텔이라면 우린 친척 결혼식 때 딱 한 번 가봤는데, 와! 으리으리하더만. 그냥 바닥이 맨질맨질혀가지고 미끄름 타도 되것어. 음식은 한 접시밖에 못 먹었시유. 많이 먹으면 흉본다고 혀가지고,

맞어?"

"아뇨, 많이 드셔도 돼요."

"호텔에서는 네꼬다이 매고 일혀?"

"예, 맨 사람도 있고요. 주방은 매도 되고 안 매도 돼요."

"아, 자기 맴이고만. 나는 네꼬다이 집에 어딨는지도 몰라아~ 결혼식 때 첨 매보고 안 매쓴게."

종철은 세상엔 순박한 사람도 있다는 걸 처음 알았다. 사기꾼들이 많은 세상에 뭔가 가르쳐줄 수 있는 사람이 있다는 게 기분 좋고 도와주고 싶다는 마음이 마구 생겨난다. 중학교 때 덕용이라는 친구는 너무 착하고 뭐든지 종철이한테 물어보고 겁이 많아서 항상 도와주고, 감싸주고 싶어 했던 친구였다.

"내일은 집 짓는 데 노가다 해주러 가기로 해서 오늘은 술 고만 마시고 자야 쓰것네. 잘 자시유. 먼저 갑니다."

종철이는 밤에 끓여 먹는 라면 맛이 이렇게 좋은 줄 처음 알았다. 아저씨가 시골에서 가져왔다는 갓김치와 라면은 낮에 먹었던 갈비와는 또 다른 맛이다. 어느 것이 더 맛있다고 할 수 없을 만큼 맛있는데, 둘 중 하나를 고르라면 지금은 라면을 선택할 것 같다. 소주와 라면 면발, 뜨끈한 달걀, 파 국물, 순박한 시골 사람의 구수한 사투리까지 더해져 잊지 못할 새로운 맛을 하나 발견해냈다.

수습 기간이지만 첫 월급을 타고 보니 호텔 매출이 많이 올라서 서비스 차지가 많아 봉투가 제법 두둑하다. 여인숙에 들어가니 혜선이가 못 보던 옷을 입고 요술공주 지팡이 같은 장난감을 손에 쥐고 노래를 부르고 있다. 종철은 방위 받을 때 교보문고에서 〈관상보감〉이라는 책을 사서 열심히 공부했다. 요술공주 지팡이를 든 혜선을 보니 관상이 꼭 공주상이다.

"혜선아~"

"아저씨!"

종철이가 한쪽 무릎을 굽혀 앉는 자세를 취하니 혜선이는 달려와서 종

서비스맨들

철이 두 팔에 안긴다.

"오늘 유치원 갔다 왔어? 뭐 배웠어?"

"단소 부는 거 배웠어요. 엄마가 낮에 왔어요."

"뭐? 엄마 왔어?"

"네, 아빠가 엄마 마중 갔어요."

"오~ 그래? 혜선이 좋겠네."

"네, 좋아요. 헤헤."

좋아하는 혜선이 얼굴을 보니 눈물이 핑 돌다가 눈물 한 방울이 코 옆 금갑을 타고 내려온다. 종철이도 어릴 적 엄마가 아빠와 싸우고 집 나간 적이 있었다. 종철이가 골목에서 친구들하고 라면 노래 부르며 놀고 있을 때 엄마가 작은 보따리 하나를 들고 지나가기에 "엄마, 라면 사 먹게 20원만 줘요" 했다. 아빠는 군산 째보 선창에서 배를 타고 서울로 가려는 엄마를 극적으로 발견하곤 집에 함께 와서 방문 앞에 콩나물 통을 막아놓고 두 분이 방안에서 얘기하는 것을 들었다.

일. 일하는 여러분
이. 이상한 라면이
삼. 삼양라면을
사. 사용하십시오
오. 오글오글 끓는 물에
육. 육 그램짜리 스프를 넣고
칠. 칠칠에 끓이지 말고
팔. 팔팔하게 끓여서
구. 구수하게 드십시오
십. 십원짜리 동전 두 개 일원짜리는 필요 없음

- 라면 노래, 김종철

종철이 씻고 누워서 책을 보고 있는데, 옆방에 혜선이 엄마 아빠가 들어온 모양이다. 말소리도 또렷이 들린다. 혜선이 엄마는 분식집에서 일하는 모양이다. 간혹 옆방 종철이 얘기도 오간다.

종철이는 요 며칠 혜선네를 옆에서 지켜봤는데 가족이 하나 되니 큰힘이 된다는 걸 느낀다. 가족이라도 마음이 분열되면 서로가 적이 되는데, 마음이 합쳐지니 행복한 가정이 되었다. 그곳이 대궐 같은 집이든, 여인숙 방이든….

종철은 그동안 누군가에게 도움만 받으려 했고 불평했던 마음에서 누군가에게 사랑을 주고 도움을 줄 수 있다는 것에 큰 기쁨과 기운이 솟아나는 것을 느낀다.

아침에 출근하려 1층에 내려가니 혜선이가 엄마와 함께 있다가 종철이를 발견하고 달려온다.

"아저씨~"

"혜선아~"

무릎을 굽히고 앉아 팔을 벌리니 혜선이가 양팔에 안긴다.

"혜선이 유치원 가는 거야?"

"네, 아직 안 갈 시간이어서 엄마랑 놀고 있어요."

혜선이 엄마가 다가오며 미소를 띤다.

"안녕하세요."

혜선이처럼 얼굴이 작고 이목구비가 또렷하다.

"네, 안녕하세요. 혜선이 엄마신가 봐요."

"네, 우리 혜선이 잘 보살펴줘서 고맙습니다."

"아니에요. 세 번 정도밖에 안 됐어요."

"출근하시나 봐요."

"네, 호텔 한식 주방에 있어요."

"어머, 멋있으시다. 요리 자격증은 땄지만 저도 배우고 싶어요. 호호."

"네, 가르쳐드릴게요. 하하."

"네, 감사합니다. 잘 다녀오세요."

"네."

종철이는 혜선이 엄마의 "잘 다녀오세요"라는 말이 귓가에 남아 있다.

마치 아내라도 되는 인사를 듣고 보니 기분이 좋아지며 아내 같은 여자를 빨리 만나고 싶어진다. 종철은 수습사원이라 기가 조금 죽었는데, 자신을 멋있게 생각해주고 도움을 필요로 하는 사람이 있다는 게 신이 난다. 그래서 발걸음도 힘차게 호텔로 걸어간다.

이제 트라보호텔에 입사한 지도 두 달이 되어가고 육송가든 사모님은 수습기간 봉급을 채워준다며 한번 들르라고 말했지만 가지 못했다. 요리기술은 배우면 자기 것이 되는데, 돈을 받는다는 것도 미안하다.

호텔 주방에 들어가니 박 조리장이 종철이를 부른다.

"종철아, 지금 육부실 김봉만 육부장이 갈비집 개업하는 데 스카우트되어 퇴사하는데, 종철이 니가 육부실 내려가서 육부를 해라."

종철이는 속으로 쾌재를 불렀다. 수습 끝나면 합격할 수 있을지 아직 불안한데 육부 기술이 있어서 제자리에 못 박으니 이제 안정이다. 갈비 하며 한정식은 틈틈이 배우면 된다. 미소가 나오려는 걸 참고 무표정하려는데 참기가 힘들다.

"표정이 왜 그러냐? 어떠냐, 해볼래?"

"예, 하겠습니다."

종철이는 갈비 기술이 있어서 이제 수습사원이라는 굴레를 벗고 당당히 기술자로 대우받을 수 있다. 그리고 시간 날 때 틈틈이 냉면이나 갈비탕, 한정식을 배우면 될 일이다.

"이리 와라. 육부실에 한번 가보자."

지하로 내려가니 눈이 작은 육부 아저씨가 혼자서 갈비 작업을 하고 있다.

"야! 서발무. 서로 인사해라."

"안녕하세요. 김종철입니다."

"나 서발무."

서발무 씨는 악수하는 손을 꽉 쥐면서 작은 눈을 종철이 눈에 맞추고 빤히 쳐다보며 한마디 한다.

"야무지게 생겼네. 잘해봅시다."

"예, 많이 배우겠습니다."

"육부장은 어디 갔어?"

"라커에 짐 정리한다고 갔어요."

"내일모레까지 근무인데 뭘 벌써 짐 싸고 난리야."

"빨리 가고 싶은가 보죠. 시골서 가져온 국산 참깨하고 참기름, 들깨 누구 준다고."

"좌우지간 육부실은 잘들 혀봐. 난 간다."

육부실 안에는 대형 냉장실, 냉동실이 벽에 맞춰져 있다. 갈비 작업하며 카세트 갖다놓고 음악 듣기는 딱이다. 서발무는 두 손바닥으로 현란하게 제스처를 해가며 일장연설을 한다.

"내가 시골에 있는 놈들 불러다가 죄다 갈비 갈켰는데, 전부 오픈 자리들 찾아가고 선생님한테 술 한잔 사는 인간이 없어."

"김봉만 육부장님도 가르쳤어요?"

"그렇지. 내가 갈쳤지. 설거지하던 애들 내가 죄 가르쳤지."

"와! 갈비계의 대부시네요."

"응, 갈비 원조 천호연 씨가 우리 큰형 친구야. 그래가지고 내가 10년 전에 첨 배워가지고 시골서 똥지게 지던 놈들 불러올려가지고 내가 다 갈비 갈쳤지. 너 똥지게춤이라고 들어봤냐? 이놈들 촌에서 단체로 똥지게춤 추던 놈들여, 이놈들."

"똥지게춤요?"

"너 못 봤냐? 아아, 너 사는 동네는 점잖은 동네라 안 싸는 모양이구나. 똥구루마 끌며 은쟁반에 옥구슬 구르는 소리로 '똥 퍼' 하고 소리쳐. 교육청 똥 푸는 날은 똥바가지로 퍼서 물지게 같은 원형 나무통에 담고, 지게로 져서 100미터 밖에 있는 나무로 만든 똥리어카까지 날러. 열댓 명이 지게를 지고서 한 줄로 흥청흥청하면서 노래하며 언덕길에서 내려오는데 그야말로 장관이지. 무릎을 굽신굽신해야 흘리지 않고 자전거라도 앞쪽으로 휙 지나갈 때면 뒤로 주춤했다가 앞으로 나아가는데, 전원 똑같이 한 발 뒤로 물렀다가 앞으로 나아가는 게 예술이다. 멈추면 안 돼. 흘리고, 무게 때문에 힘들어. 가는 탄력으로 리듬에 맞춰 곧장 계속 가야 해."

노래라는 말에 종철이 귀가 솔깃한다.

"무슨 노래요?"

"날 좀 보소, 날 좀 보소, 날 좀 보소오오~ 동지섣달 꽃본 듯이 날 좀 보소~ 교육청 똥 냄새는 지독해서 사람들이 잘 안 갈려 해. 그래서 품삯이 쎄지. 선생 똥은 개도 안 먹는다고 하잖냐."

종철이는 주방 난장 무릎춤만 아는데, 똥지게춤에 호기심이 생긴다.

"그 춤 언제 한번 봤으면 좋겠네요. 혹시 서 육부장님도 춤춰보신 거 아니에요?"

서 육부장은 두 손을 내젓는다.

"아녀, 난 못 춰. 봉만이한테 춰봐달라고 해."

"예, 근데 똥지게춤 추던 사람들 불러다가 갈비 가르쳐줬는데, 고맙다고 안 해요?"

"고맙단 놈 한 놈도 없어. 어떤 놈은 지가 나를 가르쳤대. 이런 상열어 자식!"

서발무는 혀 짧은 소리를 하며 욕을 해댄다.

"으~ 허기지네. 야! 종철아 너 냉면 먹을래?"

"예."

"너 여기 있어라. 내가 맹글어올게. 똥지게 애기허다가 냉면 먹는다니께 쪼깨 껄쩍지근허다이."

"저는 춤 애기로 들었는데요. 우리나라 전통춤요."

"그려? 이야 고등교육 받은 사람은 다르구나."

"나도 키가 10센티미터만 컸어도 카바레에서 날리는 제비 했을 텐디. 우리 때는 초등학교 나오면 잘 나온 거여. 가방끈도 짧고, 송장도 짧고. 허기진다."

"그래도 우리나라 전통음식 수원왕갈비 1인자이시잖아요."

"허허허, 그려?"

서 육부장은 눈에 힘을 주고 입을 꾹 다물더니 손바닥을 마구 비비며

1층 주방으로 성큼성큼 올라간다. 종철이는 육부실을 둘러본다. 책상이 하나 있고 벽장이 있다. 그리고 밖을 볼 수 있는 작은 창문이 있고 그 앞에 작업대 의자가 있으니 쏙 들어간 창문에 카세트를 틀어놓고 작업하면 제격이겠다. 이때 서발무 씨가, 아니 이제 육부장 서발무다. 쟁반에다가 보기 좋게 생긴 스텐 대접에 담긴 냉면 두 그릇을 가져온다.

"야, 종철아! 빨리 먹어라. 비빔하고 물냉면 가져왔는데, 너 뭐 먹을래?"

"물냉면요."

"그래? 너 물냉 먹고 비냉도 좀 맛봐라."

서 육부장은 비빔냉면을 작은 접시에 덜어준다.

"육부장님 드세요."

"너 많이 먹어라."

서 육부장은 일부러 종철이 먹이려고 주방에서 냉면을 빼온 것이다. 사람들 욕할 때완 다르게 인정이 많은 사람이다. 종철이는 물냉면을 좋아한다. 시원하고 새콤달콤한 육수를 쭉 들이켜면 혀와 입안과 목으로 넘어갈 때 단맛, 신맛, 고소한 맛이 다 느껴진다. 오이는 소금에 절여 물기 없이 꼭 짜서 꼬들꼬들하고 맛있다. 서 육부장은 기분 좋은 듯 말한다.

"육부장 되고 나서 종철이 니가 맨 먼저 육부장이라고 불러주니 육부장 호칭 개시혔다."

육부실 문이 열리며 김봉만 육부장이 자루 두 개를 양손에 들고 들어온다.

"야! 내가 쓰던 라커실 옷장은 새로 온 종철이한테 주고 이거 국산 참깨하고 들깨인디 서발무 너 가져라!"

"내가 뭐에 쓰냐? 종철이 너 이거 필요하냐?"

종철이는 혜선이네가 생각난다. 혹시 분식집이라도 차리게 되면 필요할 것이라 생각한다.

"예, 감사합니다."

김봉만 육부장은 떨떠름한 표정으로 말한다.

"야! 내가 주는 거냐, 서발무 니가 주는 거냐?"

"이 자식은 꼭 따지기는. 따지냐!"

서 육부장은 이주일 목소리 흉내를 낸다.

"하하하."

"너 참기름, 고춧가루도 필요하냐? 말만 해라."

종철이를 바라보며 김봉만 육부장이 말한다.

"예, 근데 미안해서요."

"미안할 거 없다. 너한테 고마워서 주는 거다."

"예?"

"저번에 옥상에서 갈비스테이크 단체 받았을 때 종철이 너한테 육부장 사람 어떠냐고 물어본 사람 있었지?"

그제야 종철이는 생각난다. 어떤 멋쟁이 사모님이 종철이한테 다가와서 갈비는 누가 양념하냐, 성격은 좋냐 등을 물어봐서 김봉만 육부장님이 매일 양념하고 너무 좋은 분이라고 말한 적 있다.

"그때 스카우트되어 좋은 조건에 오픈 자리 주방장으로 간다."

"아, 네. 축하드립니다."

"한번 놀러 와라. 의왕에 '황소나라'라고 한우농장에서 식당 차렸어."

"예."

"서발무 너는 오지 마라."

"이 자식이! 안 가, 자식아! 하기사 니네 사모님이 나 보면 나를 쓰겠냐? 너를 쓰겠냐?"

"하~ 이 사람. 야! 종철아, 애하고 나하고 누가 잘생겼냐? 주방사람들은 서발무 눈이 깨알만 하다고 놀렸는데 깨가 튀어서 눈으로 퐁당 들어갔댄다. 종철이 너 어떻게 생각하냐?"

종철이는 머리를 굴린다. 그래도 같이 근무할 서 육부장한테 잘 보여야 한다.

"두 분 다 잘생기셨어요. 서 육부장님은 젊은 여자들이 좋아할 타입이에요."

"하하하, 니가 사람 볼 줄 아는구나."

"야, 그럼 나는 할머니들이 선호하는 타입이냐?"

"아니요. 골고루요."

"그래, 인제 니네 둘이 잘해봐라. 나는 그곳 사모님하고 그릇가게 갈려고 커피숍에서 만나기로 했다."

김봉만 육부장은 통통하고 희여멀건한 얼굴이 웃음으로 활짝 피었다.

"니네 일자리 필요하면 나한테 연락해라. 하하하."

"야, 영어 하지 말고 농담 쌈치기 할 시간 있으면 갈비 칼질 좀 하고 갈라면 빨리 가라."

김봉만 육부장은 기분이 좋아서 서 육부장하고 기쁘게 악수를 나누고 육부실을 나선다.

서발무 육부장은 친절하게 종철이에게 육부실에서 할 일을 얘기해준다. 냉동실 문을 여니 갈비가 양옆으로 20짝씩 40여 짝이 갈고리에 걸려 있다.

"육부실 하루 일과를 얘기해줄게. 아침에 출근하면 전날 냉동갈비 해동하려고 꺼내논 거 한쪽에 놓고 핏물 닦아내고, 주방에 올라가서 마늘, 파인애플, 대파 갈아오고 전날 갈비 포 뜬 거 꺼내서 양념하고 칼집 넣고 말아서 주방에 올려주고 아침 먹고 갈비 작업하고, 재단하고 포 떠서 냉장고에 넣으면 돼. 양념은 8층 구매창고에서 타오면 돼. 참기름, 설탕, 참깨, 장갑, 세제 등 구매하고. 너 상고 나왔다며?"

"아니요. 중퇴했어요."

"가재나 게나, 조개나 바지락이나. 니가 장부 정리 좀 해라. 골머리 뽀개진다. 그날 갈비 작업하는 거 기름 몇 킬로그램, 탕마구리 몇 킬로그램, 갈비 몇 킬로그램인지 작업일지에 다 적어야 돼. 갈비 몇 대 판매, 재고 몇 대, 짝갈비도 구매 몇 짝, 작업 몇 짝, 재고 몇 짝인지 다 맞아야 돼. 그리고 매달 말일 총무과에서 직원들이 나와서 인벤터리 재고 파악해. 설탕까지 저울에 다 달아. 골 아퍼. 그래서 육부장도 김봉만이 저놈한테 하라 했더니 이 자식 일은 안 하고 간부회다, 뭐다 맨날 돌아다니고 한 달에 한 번씩 사장님이 업장 간부들 데리고 큰 버스 한 차로 회식도 가. 이자식 갔다 오면 자랑만 하고. 이번에 스카우트도 내가 가야 하는데 육부장이라고 저놈을 찾으니까 그쪽 사장이 룸에서 육부장 불렀나 봐. 너한테 물어봤다며? 갈비 누가 양념하냐고."

"예, 김봉만 육부장이 한다고 했죠."

"담엔 누가 물어보면 내가 한다고 해라."

"예, 서 육부장님이 하신다고 할게요."

"그 자식 갈비집 옆에 아파트 하나 얻어준다고 해서 지하 월세방 짐 다 버리고 가는 거야. 그쪽에서 냉장고, TV, 커튼까지 다 사준대. 으~ 배 아퍼."

"인제 육부장님의 시대가 열릴 거예요."

"그럴 것 같냐?"

"예, 그럼요."

서 육부장은 기분 좋은 표정을 지으며 갈비 포 떠놓으라고 하면서 주방으로 올라가다가 돌아서며 말한다.

"종철아, 벽장 안에서 내려다보면 거기가 지하 나이트클럽 무대 뒤야. 아래에서 쇼 하는 거 다 볼 수 있다. 국악인 최창남 선생, 김뻐꾹 선생 공연도 볼 수 있고 외국인 무용수들 속옷 갈아입는 것도 보고 재밌다. 너만 혼자 보고 아무한테도 얘기하지 마라. 나 주방에 올라간다."

종철이는 갈비 세 짝 잡아서 골절기로 잘라놓은 거 슬슬 포 뜨면 9시까지 작업하고 청소하면 10시에 퇴근 시간 맞출 수도 있지만, 일단 주방에 올라가서 한정식 도와주고 배우고 내려오려고 서둘러 작업을 한다. 저녁 7시가 되니 벽장 안 지하에서 음악 소리가 들려오기 시작한다.

종철이 호기심에 벽장 안에 신발 벗고 올라가 보니 한쪽 벽 위가 뚫려서 담장 너머 구경하듯 컴컴한 아래쪽으로 무대가 보이고, 무대 막 뒤쪽의 공연자들 나가고 들어오는 것이 한눈에 다 보인다.

어릴 적 TV에서 보던 국악인 최창남 선생은 남색 쾌자를 입고 장구를 메었는데, 몸매가 호리호리하고 장구춤을 날렵하고 맵시 있게 추신다. 양옆에는 여성 제자들을 세우고 서도소리를 신명 나게 하신다. 가수 몇 사람 나오고 김뻐꾹 선생이 나와서 대금을 코로 멋지게 부시고, 입을 마이크에 대고 기차가 웩~ 하고 출발하는 소리가 웅장하고 멋지시다. 국악 순서가 끝나고 밤이 무르익어가는 9시가 넘어가자 외국인 무용단 여섯 명이 나와서 춤을 춘다. 춤 중반에 옷을 하나씩 벗는데 초미니 비키니 수영복을 입었다. 앞에 아래는 아슬아슬하고 엉덩이 쪽은 둔부가 다 드러났다. 브래지어는 가슴을 받치는 부분만 있고 유두가 다 드러나서 큰 대봉처럼 정면을 보고 있다. 종철이는 생각한다. 술 먹는 사람들 좋으라고 보여주는 것인지 괴롭히려고 보여주는 것인지 의문이다. 무용수 공연이 끝나고 사회자 역시 큰 숨을 내쉬며 멘트를 한다.

"여러분, 공연 잘 보셨습니까? 아이고 큰일났습니다. 제가 어떻게 해드려야 합니까? 참 난감합니다."

혜선네 출장요리

퇴근 후 여인숙에 들러보니 혜선네 가족이 시장에서 돼지족발이랑 소주랑 맥주랑 환타랑 사놓고 종철이를 기다리고 있다.

"아저씨!"

혜선이가 제일 먼저 반겨준다. 아저씨도 웃으며 반긴다.

"어서 와, 종철이! 혜선이 엄마가 종철이 오면 같이 먹자고 사 왔어."

혜선이 엄마가 종철이에게 인사한다.

"안녕하세요. 방에 들어오세요. 한잔해요."

"네."

혜선이 엄마는 분식집에서 한 달에 두 번 쉰단다. 오늘 쉬는 날 파출부로 아파트 청소해주러 갔는데, 그 집 남편이 회사 부장으로 진급해서 음식 장만을 같이하자고 했다고 한다. 한정식 스타일로 하고 싶은데 할 줄은 모르고 아는 데는 없고 걱정해서 종철 씨가 생각나 한번 부탁해본다고 했다는 것이다. 큰 회사 부장으로 진급인데 상무, 전무 등 윗사람들도 참석하니 돈이 얼마가 들 건 잘 차리고 싶다고 한다. 집도 커서 80평이고 손님은 40명 정도 예상하는데, 음식 재료랑 일체 구매해서 차려주는 데 30만 원 주겠다고 한다.

처음에는 요리학원에 알아봐서 재료비랑 인건비 다 책정해서 30만 원에 해주기로 했는데, 나중에 인건비를 두 사람 더 추가하고 재료값이 올랐다며 재료비도 훨씬 더 많이 요구해서 일단 보류했다고 한다. 이제 종철이 결정만 남았다.

"혜선이 엄마 아빠 자립을 돕는 뜻에서 제가 해드리겠습니다. 저도 잘하지는 못하지만 한번 같이 해봅시다."

"네, 감사합니다."

혜선이 엄마 아빠는 눈을 동그랗게 뜨면서 좋아한다. 종철이는 출근해서 한정식에 들어가는 메뉴와 재료, 조리법을 노트에 적어 체계화하기 시작한다. 수동적으로 시키는 일만 할 때는 몇 년 배워야 할 것 같던 한정식 메뉴가 막상 적어서 펼쳐놓고 보니 원리는 어렵지 않다. 반찬하고 요리하고 나누어서 생각하니 쉬운 일이다. 반찬 종류는 혜선 엄마를 가르치고 갈비찜, 불고기, 신선로, 잡채, 구절판 등 요리는 종철이가 책임지기로 작전을 짰다.

다음 날 여인숙 방에 다시 모여서 작전을 짜는데, 혜선이가 옆에서 신난 듯 웃으며 말한다.

"엄마 나도 도울래. 나물 다듬고 심부름할 수 있어."

옆에서 혜선이 아빠도 거든다.

"나도 도울게. 중고 자전거 한 대 사서 심부름할게."

"네, 그러세요. 요리도 배우세요. 원래 호텔이나 요정은 남자가 다 주방장이에요."

종철은 잔칫날에 맞춰서 휴무를 잡고 새벽부터 시장을 보기 시작한다. 잔칫집은 잘사는 사람들이 사는 큰 평수 아파트인데, 거실이 군산에 살 때 부잣집 앞마당만큼 넓다. 집주인 여자형제들과 친구들도 돕는다고 여섯 명이나 와서 집 정리도 하고 그릇들도 각자 쓸 만한 거 가져와서 펼쳐놓고 있다. 집주인이 멋쟁이로 맘씨 좋게 생기셨다.

"어머~ 총각이 요리사예요? 호호, 잘 부탁드립니다. 근데 차가 없으시다고요? 얘! 명자야! 니가 요리사분하고 같이 가서 시장 좀 봐서 날라라. 웬만한 건 단지 내 슈퍼에 다 있으니까 배달시키면 되고. 내가 할만한 아는 재료는 어제 사서 다듬어놨어."

"응, 알았어. 덕분에 총각하고 데이트하게 생겼네. 호호."
"호호호."
"얘, 내가 운전할 줄 알면 내가 가면 좋은데. 호호."
 손님들은 저녁 6시에 오신다고 했으니 서둘러서 준비하면 될 것이다. 종철은 상차림 메뉴를 쭉 적어오고 메뉴에 따른 재료들 조리법까지 두 군데 적어온 걸 냉장고와 식탁 옆에 붙여놨다. 그리고 상차림 메뉴 위치까지 그림을 그려놨다. 일종의 도면이고 설계도인 셈이다.
"어머, 이렇게 적어놓고 그려놓으니 참 일하기 편리하겠어요. 벌써 음식이 다 된 것 같이 든든하네요."
"그러게. 얘, 잔치 끝나면 우리 동창 애들 모아서 요리사 아저씨 불러다가 요리강좌 한번 열자."
"그래 좋아! 요리사님 강사료는 드릴게요. 부탁드립니다. 호호호."
 갈비찜용 잘라온 고기는 핏물을 빼기 위해 흐르는 찬물에 담가놓고 불고기는 재워놓는다. 그리고 신선로에 들어갈 재료 열 테이블 양을 준비한다. 신선로 그릇은 그릇 가게에서 빌려왔다. 웬만한 음식들은 주부 경력 20년 이상씩이니 말만 해도 알아서 착착 준비되어간다.
"우리 보조 잘하죠?"
"야! 우리 총각 요리사 따라다니자. 호호."
 요리가 얼추 준비되어가자 종철이는 한쪽 방에서 요리복으로 갈아입고 요리모자에 목 머플러까지 하고 나온다.
"어머, 와! 멋있다."
"와! 특급호텔에서 요리장 초빙한 줄 알겠다."
"오! 그러니까. 오늘 손님들 놀라겠다."
"제대로네!"
 종철이는 사람들 환호에 기분이 좋아지며 기운이 솟는다. 유니폼이 중요하다는 걸 새삼 느낀다. 군인의 군복이 멋도 주고, 위엄도 주고, 전투력도 보여주듯 의사도 가운을 입어야 환자에게 신뢰감과 안심을 주어 병 치료에 도움이 된다.

"어머~ 이게 신선로야."

늦게 방문한 주인댁 친구분은 신선로 그릇에 정갈하게 담긴 음식 모양을 보고 감탄한다.

"와! 정말 예술이네. 색감이 너무 화려해서 모양이 흐트러질까 봐 먹을 수가 없겠어."

신선로 아래는 보온을 위해 숯불을 놓는데, 오늘은 고체연료를 놓았다. 전화벨이 또로르~ 울린다. 회사에서 출발했다는 전화다. 음식들을 차리기 시작한다. 이제 음식을 도와주는 사람들이 10여 명으로 늘었으니 빠르게 상에 놓는다. 중앙에는 신선로에 불을 붙이고, 대하찜, 구절판, 갈비찜, 불고기 등이 자리하고 가쪽에는 나물류들이 색을 맞춰서 놓인다. 스푼도 특별히 금장 스푼으로 빌려왔다. 국은 토속 된장을 푼 아욱국을 준비했고 맨 먼저 에피타이저로는 잣죽과 1인 채소 샐러드를 제공한다. 후식은 거봉과 아이스크림, 곶감이 들어간 수정과다. 종철이는 개인적으로 호텔에 와서 처음 먹어보는 아욱국에 매료됐다. 주방 신순자 아주머니가 양은솥에 쌀뜨물을 넣고 된장 풀고 건새우를 넣는데, 아욱국의 맛은 매콤하고 시원한 맛을 내주는 고춧가루에서 난다고 생각하는 종철이다.

이제 준비는 끝났다. 할 일은 손님들 식사하는 동안 음식 서브와 부족한 음식을 약간씩 채워주는 일이다. 파티에서 요리사의 존재감은 보여주는 서비스도 된다는 걸 확인하는 종철이다. 손님들이 한꺼번에 들어오신다. 윗분들 노착할 때까지 아파트 입구에서 모두 기다렸다가 함께 올라오는 것이다. 서빙을 자청한 안주인 지인들은 앞치마를 착용하고 양옆에 서서 두 손을 모으고 오는 손님들께 인사를 한다. 상궁들 도열하듯 작은 궁궐을 보는 듯하다. 술도 다양하게 준비했다. 맥주, 양주, 막걸리, 소주, 마주앙, 그리고 각얼음, 우유, 토닉워터, 음료수 등. 모두들 상에 차려진 음식들을 보고 눈이 휘둥그레지고 벌린 입이 안 다물어진다. 서로들 얼굴을 쳐다보며 놀라움을 금치 못한다. 모두 각자의 잔에 원하는 액체를 채우고 제일 높은 전무이사의 건배 제안으로 잔을 높이 든다.

"김용남 부장님의 건승을 위하여!"

"건승을 위하여, 위하여, 위하여!"

신선로가 보글보글 끓으며 구수한 내음이 솔솔 풍겨난다. 혜선이 엄마 아빠는 오전부터 기분이 좋아서 하루 종일 싱글벙글이다. 혜선이 엄마는 음식 준비 때부터 손님들 도착해서까지 사람들의 만족하는 반응에 너무 기뻐서 눈가에 눈물을 몇 번 닦아냈다.

"종철 씨, 고마워요. 이 정도일 줄은 몰랐어요. 말씀드리고 한편으로 걱정도 많이 했는데, 상상외로 잘해주시니 대만족이에요. 감사합니다."

옆에 있던 혜선 아빠도 종철이에게 진실한 표정을 보인다.

"종철이 고마워. 아직 끝나진 않았지만, 너무 고생 많이 했어. 오늘 나도 많이 배웠어. 사람이 한 가지 일에 이렇게 혼신의 노력을 다한다면 그것만으로 정말 값진 삶이라고 느꼈어. 나도 어떻게 살아야 하는지 오늘 알았어. 주어진 대로 무슨 일을 하든 정성을 다해서 한다는 것."

"우리 남편 최고다!"

안주인이 세 사람 얘기하는 곳으로 다가온다.

"요리사 총각, 새댁. 이제 한숨 돌렸어. 저기 작은방에 가서 음식 좀 들어. 낮에도 제대로 못 먹었는데. 손님들은 우리가 보고 있을게. 젊은 새댁 수고 많어."

종철과 혜선 엄마, 아빠는 작은방에 가서 국에다 밥을 말아서 김치와 잡채, 불고기를 먹는다.

"음식을 넉넉히 해서 좋아요."

혜선 엄마도 배가 고팠는지 밥을 말아서 한입 가득 먹으며 말한다. 종철이도 이제야 시험에 통과한 수험생처럼 긴장이 풀리며 시장기가 몰려와서 잡채를 크게 한 젓가락 집어서 입안 가득 넣고 씹는다. 국에 만 밥 위에 포기김치를 얹어서 입안 가득 떠서 먹으니 꿀맛이다. 혜선 아빠도 신이 난 모습이다.

"이야~ 이거 출장요리만 해도 좋겠네. 돈도 벌고 맛있는 것도 먹고, 좋은 집 구경도 하고. 하하하."

"호호호, 그러게요. 분식집 가면 하루 종일 앉지도 못하고 힘든데, 이 일은 정말 고급지고 재밌어요. 종철 씨."
"네, 제가 요리 가르쳐드릴 테니 해보세요."
"오매, 종철이가 가르쳐줄 텐가? 그러면 우리 혜선 엄마 이젠 고생 끝이여! 하하하."
"하하하."
"호호호."

종철이도 이렇게 값없이 웃을 수 있다는 게 너무 순수하고 기분이 좋다. 욕심도 거짓도 없이 이렇게 순박한 사람들끼리 살면 좋겠다는 생각이 든다. 방이 전부 6개인데 넓은 거실과 방 4개에 40여 명의 손님들이 나누어져 술판이 무르익자 한쪽 방에선 노랫소리가 흘러나온다. 병에 숟가락을 꽂고 흔들며 젓가락 장단을 맞추는데, 옆의 사람들이 웃으며 농담한다.

"야, 술집에 돈 꽤나 갖다줬겠다. 노는 게 예사롭지가 않네."

종철 일행이 거실에 나타나자 안주인이 소개한다.

"오늘 음식을 정성껏 준비해주신 요리사와 도와주신 분들입니다."

"와~ 박수~"

박수 소리가 요란하다. 누군가 불쑥 말한다.

"아! 우리 요리사님 노래 한 곡 불러보셔요. 요리사들은 노래 솜씨도 좋다는데."

"와~ 앵콜!"

"하하하. 야, 너 어디 갔다 왔냐? 아직 노래 안 했어."

종철은 어릴 적 레코드판으로 즐겨듣던 백야성의 〈잘있거라 부산항〉이 떠오른다. 〈봄날은 간다〉를 작사한 손로원 작사의 1962년 작품으로 김용만 작곡의 항구, 마도로스 노래다. 이 노래는 음색을 독특하게 잡는 게 관건이다. 입 앞쪽과 안쪽 코음 세 부위를 이용하여 소리를 내주는데 낮은 음색에서 시작해서 공명을 줘서 올려야 하는 독특한 노래다.

아 아 아 아~ 잘 있거라 부산 항구야
미스 김도 잘 있고요 미스 리도 안녕히

온다는 기약이야 잊으랴마는
기다리는 순정만은 버리지 마라 버리지 마라
아~ 또다시 찾아오마 부산 항구야

아~ 잘 있거라 부산 항구야
미스 김도 정들고요 미스 리도 정들어
만나면 반가웁고 그리워해도
날이 새면 떠나야 할 마도로스다 마도로스다
아~ 또다시 찾아오마 부산 항구야

노래가 끝나자 일제히 박수와 함성이 터져 나온다.
"와~ 앵콜~"
"아니, 요리사 노래 듣고 싶다니까 왜 가수를 불렀어?"
"하하하."
전무님 유머에 모두 한바탕 웃는데, 방에 있던 사람들이 뭔일 났나 하고 거실로 다 뛰쳐나온다. 종철이 이번에는 비장의 무기인 이미자의 〈수원 처녀〉 노래를 불러보기로 큰맘을 먹는다. 호텔에 입사하기 전 보건증 하러 보건소에 갔다가 접수 대기실에서 영상으로 나오던 이미자의 노래를 듣고 수원시 노래가 있다는 걸 알게 됐다. 자막에는 1972년 수원시에서 수원을 알리기 위해 거금을 들여 수원 노래를 만들게 되었다고 한다. 〈여자의 일생〉으로 유명한 작곡가 백영호 작곡의 노래다. 거기에 이용일 작사가가 수원의 특산품과 명물인 소재를 잘 따서 노랫말을 지었다. 종철이도 수원에서 사는 만큼 수원 노래를 사랑하자는 뜻에서 두 달을 열심히 연습하고 오늘 첫선을 보인다. 여기 잔칫집에 오신 분들과 향토기업의 발전을 성원하는 진심을 담은 선곡이다.

철쭉꽃 딸기꽃이 초원에 피면은
타네요 수원처녀 가슴이 타네요
달 뜨는 호반길 님과 놀던 길

첫사랑을 맺어놓고 멀리 떠난 사람아
서장대의 푸른꿈을 잊으셨나요
기다리고 있습니다

청포도 익을때면 설레는 그마음
꽃다운 수원처녀 가슴을 달래요
달 밝은 호반길 님과 걷던 길
행복주고 사랑주고 멀리 떠난 사람아
서장대의 푸른꿈을 잊으셨나요
기다리고 있습니다

- 〈수원 처녀〉(1972, 지구레코드사), 이용일 작사, 백영호 작곡, 이미자 노래

노래가 끝나자마자 앵콜이 터져 나온다. 돈을 주는 사람도 있고, 양주를 따라주기도 한다. 손님 중에 중년 여자 손님은 좀 있으면 집안 잔치가 있는데, 별장에서 바비큐 파티 해줄 수 있냐고 묻는다. 잔치 날짜를 보낼 테니 시장 봐서 요리를 해달라고 한다. 종철이는 약속을 하고 전화번호도 주고받는다. 안주인은 싱글벙글 종철이와 혜선 엄마를 작은방으로 따로 부른다.

"오늘 너무 수고했어요. 음식으로 최고 만족을 주셨으니 뒷정리 파출부 일은 안 해도 돼요. 우리가 뒤처리는 다 할 테니 지금 퇴근하세요."

안주인은 봉투를 내민다.

"이거 팁이에요. 받으세요."

"아니, 돈 다 받았는데요. 또 주세요?"

"맛있는 거 사드세요. 총각 요리사는 장가가야겠어요. 여자들한테 인기가 많아서. 호호호, 친구들 중에 잔치한다는 사람 있으면 또 연락드릴게요."

"남아서 마무리 다 해드릴게요. 설거지도 해야 하고요."

"아니에요. 그러면 너무 늦어서 안 돼요. 미안해하지 말고 가셔도 돼요. 우리도 잔치를 많이 해봐서 치우는 건 도사예요. 호호."

종철이는 혜선 엄마 아빠랑 음식을 싸가지고 여인숙으로 돌아오니 혜선이가 복도에서 공기놀이를 하고 있다가 달려온다.

"엄마, 아저씨~"

종철이가 혜선이를 번쩍 안아서 들어 올린다.

"혜선이가 엄마 아빠보다 종철이 삼촌을 더 좋아하네. 삼촌 힘들어. 내려와."

"와~ 좋다. 나 키 크다."

"우리도 술한잔 해야지."

"혜선아 맛있는 거 가져왔다. 먹어."

"와~ 신난다. 갈비찜도 있어?"

"응. 갈비찜에 맛들렸네. 호호."

혜선 아빠는 종철이에게 술을 따라주며 말한다.

"내가 오늘 생각해봤는데, 종철 씨한테 요리 배워서 전단지 맞춰서 아파트마다 돌리고 주문 음식이나 출장요리 하면 어떨까?"

옆의 혜선 엄마는 몸을 움츠리며 미안한 표정을 짓는다.

"우린 좋지만 종철 씨한테 미안해서. 너무 신세를 지는 일이지."

종철이는 흔쾌히 답한다.

"제가 도와드릴게요. 자리 잡으실 때까지 퇴근하고 시간 내든 휴무날 맞춰서 하든 시간 나는 대로 해드릴게요."

혜선 엄마는 눈물을 글썽인다. 혜선 아빠도 종철이를 쳐다보며 울먹이는 목소리로 말한다.

"고마워. 이 은혜 잊지 않을게."

"고마워요. 종철이 삼촌. 아무도 모르는 타지에 와서 이런 도움 받을 줄 몰랐어요."

혜선이는 갈비찜을 먹다가 종철이를 바라보며 양손을 올린다.

"삼촌 고마워요. 헤헤."

"하하하."

"호호."

"하하하."

모두 한바탕 웃는다.

"요리는 여인숙 주인한테 얘기해서 옥상에 천막 쳐놓고 거기서 만들면 될 것 같아. 돈 좀 모이면 작은 가게 하나 얻자고."

"당신은 언제 옥상까지 봐뒀어요?"

"하하, 내가 눈치 빼면 시체잖아. 군대에서도 김눈치 일병이라고 유명했어. 하하."

"하하하."

"호호호."

"혜선 아빠는 불만 안 냈으면 백 점짜리 남자야."

"불나면 더 잘산다고 하잖아. 나는 지금 희망이 보여. 우리 종철 아우를 이렇게 만나서 너무 기쁘고 고마워. 자! 우리 파이팅 한번 하자고~"

"건배!"

"파이팅!"

"파이팅!"

혜선이도 파이팅을 외친다. 여인숙에 얘기해서 비용을 드리고 전화를 쓰기로 했다. 저번에 파티해준 안주인 아는 사람들을 통해 예약이 세 건 들어왔고, 전단지 홍보로 예약이 다섯 건 들어왔다. 얼마 후 혜선네는 골목 안에 작은방 딸린 상가 한 칸을 월세로 얻었다. 종철이랑 그릇 가게에 들러서 여러 가지 필요한 그릇과 조리기구, 식료품을 샀다. 중고차도 한 대 사고 음식을 만들어서 차려만 주면 되는 것이다.

종철이는 밤에 일 끝나면 도와주고, 아침에 해야 할 일이 있으면 아침 일찍 일어나서 도와주고, 쉬는 날은 하루를 함께 보내며 잔치 음식을 도와준다. 작은 간판도 걸고 '혜선네 잔치음식'이라는 상호도 지었다. 영업허가도 냈고, 음식 맛이 좋고 친절히 잘해주니 소개가 자꾸 늘어난다.

종철은 요 며칠 바쁘게 지내면서도 고윤선 씨 생각이 불쑥불쑥 날 때면 기분이 우울해졌다. 오늘은 점심시간 지나서 쉬는 시간에 육송가든에 가보기로 맘먹는다.

소나무공원 버스정류장에서 내린 종철은 육송가든 쪽으로 가려고 찻길을 건너려는데 저 멀리 예약실 건물에서 윤선 씨가 나온다. 반가운 마음에 한 발짝 뗀 순간 뒤따라 감색 양복을 입은 키가 훤칠한 남자가 윤선 씨를 따라나온다. 종철이는 주춤하며 두 사람을 지켜보는데, 가슴이 두근거리기 시작한다. 이것을 질투심이라고 하나? 불안한 마음이 동반되며 종철이 자신은 양복 입은 남자와는 비교도 되지 않는 왜소함에 자신감이 다운된다.

나이도 윤선 씨보다 서너 살 더 먹어 보인다. 두 사람은 검정 승용차에 타고 서서히 주차장 자갈밭 소리를 내며 시내 쪽으로 멀어진다. '윤선 씨와 내가 친했나?' 하는 생각마저 드는 종철이는 예약실 쪽으로 조심스레 걸어간다. 혹시라도 사모님과 맞닥뜨린다면 뭐라고 할까? 종철은 머릿속이 복잡하다. 또 예약실에 가서는 뭐라고 윤선 씨 외출을 물어볼까? 정신이 몽롱한 상태와 불안과 질투, 초조함이 뒤섞인 흥분된 마음에서였을까? 전 같으면 전전긍긍하며 많이 망설였을 테지만, 지금은 그럴 새 없이 예약실 문을 열고 안을 들여다본다. 안에는 처음 보는 얼굴의 아가씨가 종철이가 고객인 줄 알고 친절히 맞이한다.

"어서 오세요. 예약하시게요?"

"아, 네. 여기 다른 아가씨 계시던데?"

"네, 웨딩사진 문제로 스튜디오 가셨는데 1시간 후에 들어오실 거예요."

"앉으시죠."

"아, 예. 담에 같이 오겠습니다."

"네, 신부 되실 분이랑 찾아주시면 잘 안내해드리겠습니다."

"네, 수고하세요."

종철은 아는 사람들의 시선을 피할 수 있는 버스 내린 곳 뒤의 소나무에 몸을 숨기고 윤선 씨가 오기만을 기다린다. 육송가든 주차장에 들어오는 차와 내리는 사람들을 보며 2시간을 기다리는 동안 별생각이 다 든다. 윤선 씨는 그 남자와 맛있는 걸 먹고 차를 마시고 웃으며 즐거운 시간을 보내는지. 윤선 누나는 자신보다 아까 그런 신사와 어울린다고 생각하는 종철이다. 기다린 지 2시간이 넘어가고 호텔의 비번 시간이 6시까지여서 이젠 들어가봐야 한다. 아쉽지만 종철은 찻길을 건너가 호텔 쪽으로 가는 버스를 탄다.

마음이 슬퍼진다. 중국집에서 종철이에게 짜장면을 덜어주고 탕수육을 입에 넣어주던 윤선 씨 생각에 종철의 콧방울로 소리 없이 눈물이 흘러내린다.

처음에 김미성이 불렀던 〈먼 훗날〉 노래도 좋았다. 첫 반주 딩~ 디디딩이 시작되면 가슴이 뭉클해진다. 후에 나훈아가 리메이크한 김미성의 〈먼 훗날〉은 감정이 좀 더 들어가서 더욱 슬프다. 종철은 〈먼 훗날〉을 속으로 부르며 육송가든에서 멀어져간다.

행여나 날 찾아왔다가 못 보고 가더라도
옛정에 매이지 말고 말없이 돌아가주오
사랑이란 그런 것 생각이야 나겠지만
먼 훗날 그때는 이 사람도 떠난 후일 테니까

행여나 날 찾아왔다가 못 보고 가더라도
추억에 머물지 말고 그대로 돌아가주오
사랑이란 그런 것 생각이야 나겠지만
먼 훗날 그때는 이 사람도 떠난 후일 테니까

- 〈먼 훗날〉(1978, 2집 앨범), 정귀문 작사, 장욱조 작곡, 김미성 노래, 리메이크 나훈아

호텔 수습 동기이자 동생인 양기철이 천만이 형 방에서 함께 지내자고 한다.

"천만이 형한테는 말했어?"

"아니요. 이제 말하면 돼요."

기철이는 주방에서 탕고기를 썰고 있는 천만이 형한테 다가간다.

"종철이 형이랑 형 방에 좀 있을게요."

"안 돼."

"왜 안 돼요? 낼부터 짐 가지고 들어갈게요."

"안 된다니까."

"갈게요. 그렇게 아셔요."

"안 돼! 여자 생기면 함께 써야 해."

"아이! 그때까지 있을게요. 언제든 하루 전에만 얘기해줘요."

"아, 새끼 안 된다니까. 귀찮게 구네. 조용히 있어라."

"예."

탕부 천만이 형과 종철이, 양기철 세 사람은 한옥집의 작은 부엌 딸린 6만 원짜리 월세방에 함께 지내게 되었다. 주방에는 수습사원이 새로 들어왔다. 처음에 종철이랑 같이 면접 보고 출근한 아가씨인데, 내심 한식 주방으로 함께 떨어지면 좋겠다고 기대했지만 아쉽게도 양식 주방으로 갔다. 면접과 오리엔테이션을 거치며 지켜본 이 아가씨의 솔직하고 당차 보이는 모습과 순수한 이미지가 종철이 맘에 들었다.

아가씨가 양식 주방에 출근하면서부터 주방 남자가 매일 추근덕거리더니 직원회식 있는 날 술집 화장실에서 강제로 뽀뽀하려는 걸 소리쳤다는 것이다. 주위에 있던 직원들이 뛰어와 그 광경을 목격해서 여자 수습사원이 원하는 대로 한식 주방으로 옮겨준 것이다.

해외 대기업 직원식당에서 주방 책임자로 있었던 한식부 유 주임은 점잖은 스타일로 종철이에게 잘해준다.

"종철아, 직장 생활은 상사의 눈과 귀와 입을 즐겁게 해주면 만수무강에 지장 없다. 내가 해외에서 번 돈으로 부동산을 갔는데 집 80평하고 땅 500평이 나왔는데 어느 걸 샀어야 됐냐?"

종철이는 둘 중에 하나를 골라잡는다.

"땅요."

"그러니까 내가 그렇게 똑똑하다. 땅을 샀어야 하는데 집을 사가지고 지금도 후회막급이다."

총각 탈출

아침에 출근하자 젊은 여자 요리사가 와있으니 양기철, 천만이 형 모두 헤벌레한다. 천만이 형이 진지한 표정으로 묻는다.

"야! 기철아, 저 아가씨 이쁘게 생겼다. 몇 살이라냐?"
"스물두 살이라고 들었어요."
"너는 몇 살이냐?"
"스무 살요."
"너는 안 되고 종철이는 몇 살이냐?"
"종철이 형은 스물세 살요."
"종철이도 안 되겠고 천상 내가 해야겠다."
"뭘 해요?"
"동거."
"예?"
"새끼 놀라기는. 니네 방 뺄 준비해라!"
"떡 줄 사람 생각지도 않는데 김칫국물 마시지 마요."
"얌마, 다~ 나를 좋아하게 돼 있어."
"왜요?"
"니네 둘 월급 합쳐도 내 월급 안 될걸?"
"아이, 지금 수습 기간이라 그렇지 나중엔 많이 받아요."

조회 시간이 되니 모두 두 줄로 주방 한가운데 모였다.
"미스 한 앞으로!"
새로 온 수습사원은 씩씩하게 주방 사람들 앞으로 나온다.
"오늘 새로운 수습사원이 추가로 왔어요. 첨엔 양식으로 발령받았다가 한식이 좋다며 다시 한식으로 왔어요. 자기소개 해봐요."
"안녕하세요? 한소정입니다. 전부터 한정식, 갈비 배우고 싶었는데 이제야 기회가 왔습니다. 열심히 배우겠습니다."
인사를 마치려 하자 탕부 천만이가 묻는다.
"나이는 몇 살이요? 애인은 있어요?"
"하하하."
"얌마, 그런 걸 지금 물으면 어떡하냐?"
한소정은 당차게 응수한다.
"나이는 이땡이고, 애인은 있었는데 시원찮아서 얼마 전에 발로 뻥 차버렸어요. 데이트 신청 언제라도 오케이입니다."
"하하하, 잘못 건드렸다."
"하하하."
종철이는 한소정의 화통함이 맘에 든다. 자신은 내성적인 성격이라 항상 전전긍긍하는 때가 많아 스스로도 답답한데, 한소정이 순간적으로 당돌하리만치 자신을 솔직하고 적극적으로 표현하는 것에 속으로 놀란 것이다.
서 육부장 쉬는 날 종철이 혼자 육부실에서 갈비 작업하고 있는데 똑똑 똑 문을 두드리는 소리가 난다. 육부실에 들어오면서 노크하는 경우는 없는데 누굴까 궁금해하는데, 한소정 씨가 미소를 띠고 들어온다.
"안녕하세요. 이곳에서 혼자 일하시는군요."
종철이는 나훈아 메들리를 듣고 있다가 카세트 볼륨을 줄인다.
"어서 오세요. 이리 앉으세요."
"네, 고맙습니다."
"커피 한잔 드실래요?"
"네, 좋지요."

"한식 주방 할 만하세요?"

"네, 첨엔 양식이 좋아 보여서 내 체질인가 했는데, 적응이 안 되고 겉도는 시간을 보냈어요. 그러다가 한식을 해보니 저는 한식 체질인가 봐요. 재밌고 힘도 하나도 안 들어요."

"네, 다행이네요."

"또 한식 주방에는 종철 씨 같은 매력남이 계셔서 더욱 좋아요."

"네?… 하 하 하. 기분 좋은데요. 저도 실은 소정 씨 맘에 들었어요."

"어떤 점이요?"

"화끈하고 솔직한 점요."

"화끈한 여자 좋아하세요?"

"아니요. 한소정 씨처럼 이쁘기도 해야죠."

"호오~ 기분 좋아요. 제가 술한잔 살게요. 퇴근하고 만나실래요?"

종철은 갑자기 가슴이 두근거린다. 이렇게 쉽고 빠르게 젊고 예쁜 여자와 데이트를 할 수 있다니.

"네, 좋아요."

"그럼 10시에 아주대 앞 2층 피렌체레스토랑에서 만나요."

"예."

종철이는 좋아하는 여자와 만나서 맘껏 사랑하는 온갖 상상을 다 하며 노래를 들으며 갈비 작업을 한다. 시간은 더디 가지만 시계 초침을 붙들어 매다 해도 어김없이 긴장되는 약속 시간은 다가온다. 종철이는 서둘러 갈비 작업을 마치고 발 씻고, 세수하고, 스킨로션 바르고, 빗질하고, 저녁에 집에서 미리 갖다놓은 옷으로 갈아입고 약속장소로 나간다. 종철이는 먼저 왔다고 생각했는데, 한소정 씨가 무릎이 보이는 치마를 입고 먼저 와서 입구에서 기다리고 있다.

"와! 빨리 오셨네요?"

"어서 오세요. 퍼스트레이디~ 여자가 먼저 나와서 기다려야죠."

"하하, 들어가시죠."

종철은 가슴이 두근거리는데 여유 있는 신사처럼 보이려고 호기를 부려본다. 전에 육송가든에서 일할 때 장미가든에서 카운터 보던 아가씨와 일 끝나고 만난 적이 있었다. 그때는 노송길을 걸으며 가슴이 두근거려서 자신이 뭐라고 말하는지 정신이 없었다.

"사실은 함께 들어가려고 기다리고 있었어요. 혼자 들어가는 거보담 둘이가 남 보기에도 좋잖아요?"

"네, 그렇죠."

2층에 있는 레스토랑은 홀이 넓고 창문 쪽으로 키 높이만큼 칸막이가 있는 룸식 탁자가 쭉 있다. 종철이와 한소정은 창가에 자리 잡았다. 창밖으로는 차들이 지나가고 호텔 직원들도 퇴근하는 게 보인다. 소정 씨가 먼저 메뉴를 고른다.

"저는 해물스파게티 먹을게요."

"저는 함박스테이크요."

"종철 씨, 우리 기념으로 맥주 마셔요."

"네, 그래요. 맥주 잘 드세요?"

"아니요. 한두 잔 먹어요. 종철 씨는요?"

"저도요. 술 체질이 아닌가 봐요. 소주 반 잔만 마시면 얼굴이 빨개져요."

"호호, 예쁘겠네요. 오늘 빨개진 얼굴 보겠네요?"

"하하, 안 빨개지도록 정신 차려야죠."

"종철 씨 애인 있어요?"

종철이는 소정 씨의 갑작스런 질문에 고윤선 누나를 떠올려보았지만, 애써 누나라고 단정한다.

"애인 없어요."

"저도 없는데, 그럼 저하고 한번 사귀어보실래요?"

종철은 이게 꿈인가 생시인가 싶다. 수많은 시간과 공을 들여야 이성으로부터 얻어낼 수 있는 결정을 소정 씨가 손쉽게 제안해주니 그저 고마울 따름이다.

"네, 좋아요."

"종철 씬 어떤 여성 원하세요?"

"정조 관념 뚜렷하고 내조 잘하는 사람요."

"그건 옛말 아닌가요?"

"예, 맞아요. 판소리《춘향가》중〈사랑가〉에 보면 이런 대목이 있어요. '네 마음 일편단정 내 마음 원형이정' 상대에게 뭔가를 기대할 땐 자신에게는 더 큰 책임이 따른다는 내용 같아요."

"간단하지만 많은 걸 담고 있네요. 저는 진실하고 책임감 있는 남자요. 머리도 좋아야 하고요. 솔직히 그전에 두 사람과 교제해봤어요. 저는 결혼하면 부부 두 사람이 독립해서 사는 걸 원해요. 시집 식구들에게 간섭받기 싫어요. 한 남자는 똑똑한 줄 알고 사귀었는데, 자기고집이 강해서 헤어졌어요. 종철 씨는 집에서 몇 째이신가요?"

"셋째예요. 물론 결혼하면 따로 살 거예요. 저는 열일곱 살 때부터 혼자 집 나와서 쭉 살았어요."

"목표는 무엇인가요?"

"저는 멋진 갈비집을 하는 게 꿈이에요. 제가 하고 싶은 일을 하면서 직원들과 그 꿈을 함께 공유하고 복지도 잘 되어 있고 월급도 많이 주고 서비스 교육이나 직업인 마인드가 잘 되어서 함께 멋진 음식점을 키워가는 거예요. 가족들한테나 지인들에게 직장 이름을 떳떳이 밝힐 수 있고 자랑이 되는 브랜드로 키우는 거예요. 손님들께도 좋은 음식, 좋은 분위기, 좋은 서비스로 오시는 분들이 건강하고 행복한 음식점을 운영하는 것이 제가 하고 싶은 일이에요."

"좋은 꿈을 가지셨네요. 제가 도와도 되겠죠?"

종철은 이 질문이 무얼 의미하는지 아리송하다. '영원히 함께하자는 뜻이라면 좋을 텐데'라고 생각해본다.

"소정 씨도 음식점 하는 거 좋아하세요?"

"그럼요. 남편이 하는 일이라면 제 몸이 부서져도 함께 도와서 꿈을 이루어야죠."

"남편요?"

종철은 모른 척 일부러 소정 씨 눈에 초점을 맞춘다.

"네, 종철 씨하고 결혼하고 싶어요."

"네?"

"종철 씨 첫 면접 볼 때부터 제가 눈여겨보고 있었어요. 물론 첫눈에 맘에 들어서죠. 젊은 나이에 많은 걸 이루었더군요. 그 나이에 보통 남자들은 부모님 돈으로 대학 다니면서 친구들하고 놀고 목표 없이 사는 사람이 많은데, 종철 씨는 고생도 많이 하고 사회 경험도 많이 하고 좋은 기술을 습득하시고 매력 있었어요. 저는 남자가 진실하고, 책임감 있는 사람이 좋아요. 종철 씨는 사고도 열려 있고 똑똑하세요. 제가 원하는 남자로는 백 점이세요."

종철은 빙그레 웃는다. 상대의 과분한 칭찬을 들으니 소리 내어 웃음이 나오기보다 더욱 신중하고 겸손해지는 마음이다.

"그럼 면접은 다 끝난 거예요? 남편감으로 합격인가요?"

"네, 섣부른 판단이라고 성급하다고 생각하진 말아주세요. 저는 프리연애보담 결혼을 전제로 교제는 자유롭게 하고 싶어요. 자기 인생은 스스로 선택하고 책임져야 하니까요. 숨기거나 내숭은 안 좋다고 생각해요. 종철 씨는 저에게 묻고 싶은 거 없나요?"

"결혼하면 저를 도와서 함께 목표를 향해 가겠다는 마음이면 충분해요. 결심이나 다짐보담 자기가 마음이 내켜서 하는 것이 중요한 것 같아요. 저도 객지 나와서 혼자 지낸 시간이 많아서 군대 제대하면 빨리 결혼하고 싶었어요. 어릴 적에도 부모님이 시장에서 장사를 하셨기 때문에 좋은 환경은 아니었어요."

"우리 건배해요. 이제 우린 예비부부예요."

"네, 좋아요."

"부부는 서로의 의견을 존중하고 서로 뜻을 따라주는 거예요. 종철 씨도 저한테 필요한 거 있으면 언제든지 말하세요. 다 따르겠어요. 대신 상대를 존중해야 해요. 종철 씨도 제 의견 잘 따라주실 거죠?"

"네, 그럼요. 뭐든 시켜만 주세요. 여왕으로 모시겠습니다."

"네, 좋아요. 호호, 우리 건배해요. 우리의 결혼을 위하여!"

"결혼을 위하여! 하하, 우리처럼 만나자마자 초스피드로 결혼하는 커플은 없을 거예요. 오늘 만나서 오늘 결혼했네요."

"그런가요? 저는 종철 씨 처음 본 날부터 오늘까지 지켜보고 혼자 좋아했어요."

"제가 나쁜 놈이네요. 하하."

"호호, 맞아요. 여자 맘을 몰라주셨으니. 종철 씨, 우리 뽀뽀해요."

"예?"

"기념으로 뽀뽀하고 싶어요."

종철이는 머릿속이 복잡해진다.

"종철 씨, 저 뽀뽀하자는 말 처음이에요. 또 종철 씨가 처음이자 마지막이길 바라요."

종철이는 소정 씨를 긍정하는 눈으로 바라본다.

"뽀뽀하려면 이쪽으로 오세요. 너무 멀어요."

"네."

종철은 소정 씨 왼팔 건너편으로 간다. 소정 씨가 안쪽으로 들어가주는 걸 보고 자리에 앉는데 생각보다 조금 옮겨서 그만 소정 씨 허벅지를 조금 눌러앉으며 바짝 밀착되었다. 그러는 종철이를 소정 씨는 팔로 허리를 감는다. 종철이는 순간 놀라서 그대로 있다. 그러다가 종철이도 어디서 그런 용기가 났는지 오른손으로 소정 씨의 어깨를 감싸안는다. 소정 씨의 상체를 소파 등받이로 밀착하며 왼손바닥을 소정 씨의 턱에 갖다 대고 입술에 입맞춤을 한다.

함께 같은 느낌과 같은 소리를 공유하는 것이 이렇게 황홀한 것인지 그 맛을 처음 느낀 종철이는 이런 기회를 주는 소정 씨가 사랑스럽고 고맙기까지 해서 이 여자를 위해 뭐든 해주고 싶다는 생각이 저절로 일어난다.

"종철 씨는 마음도 몸도 부드럽고 건강해요."

"소정 씨도 포근하고 너무 좋아요. 흥분됐어요."

"저도 흥분돼요. 호호."

종철이는 갑자기 잡지에서 본 유머가 생각난다.

"흥부가요~ 새끼들은 열셋인데 쌀도 떨어지고 배가 너무 고파서 놀부 집에 갔대요. 놀부네는 곡식 창고에 쌀이 가득한데 쌀 좀 얻을까 하고요. 근데 부엌에서 놀부 마누라가 뒤돌아 서서 솥단지에서 김이 모락모락 나는 허연 쌀밥을 푸고 있더래요. 놀부 마누라가 큰 엉덩이를 흔들어대면서 밥을 푸고 있는 뒤에서 흥부가 모기만 한 소리로 '저 흥분데요, 저 흥분데요' 하니까 놀부 마누라가 돌아보는데 또 흥부가 '저, 흥분데요' 그랬대요. 그러니까 놀부 마누라가 누군지 제대로 보지도 않고 누가 자기 뒤에서 엉덩이를 훔쳐보다가 흥분된다고 그러는 줄 알고 소릴 질렀대요. '뭐가 흥분돼, 이 자식아!' 하고 밥 푸던 주걱으로 귀싸대기를 때렸대요. 그러니까 흥부가 자기 뺨에 붙은 밥풀을 손으로 떼먹으면서 이쪽 뺨도 때려달라고 했대요."
 "호호호."
 "하하하."
 "와아~ 너무 재밌어요. 호호호! 너무 웃겨요. 흥분돼요! 호호, 흥분돼요."
 "하하하."
 소정 씨는 정말 재미있는지 종철이 가슴을 치면서 좋아라 깔깔대며 자지러진다.
 "또 해줘요. 재미난 얘기 또 해줘요."
 종철은 중학교 때 친구들이 웃기는 얘기해달라고 졸랐던 기억이 떠오른다. 한번 웃기는 얘기를 해주게 되면 사람들은 계속 웃기는 사람으로 정해놓고 웃기는 얘기 또 안 해주나~ 하고 얼굴만 쳐다본다. 그래서 《선데이 서울》이나 유머집에서 본 내용 중에 재밌는 걸로 외워두어야 했다.
 "하나만 더 해드릴게. 더 해달라고 하면 안 돼요. 하하."
 "네, 약속할게요. 호호호, 저 어렸을 때 할머니가 집에 놀러 오시면 밤에 옛날얘기 해달라고 막 졸랐어요. 할머니는 옛날얘기 너무 좋아하면 가난하게 산다고 하셨지만, 그때 저는 '가난해도 좋아요. 이야기가 좋아요' 그랬어요. 호호."
 "옛날 어느 시골에 부부가 살았어요. 하루는 이웃 마을에 친척이 상을 당해서 남편은 상갓집에서 밤을 새우고 오겠다고 아내한테 말하고 건넛마을로 나서는데 앞에서 스님이 오는 거예요. 아저씨는 절에 다니기 때문에 정중히 합장해서 예를 갖추었는데, 스님이 아저씨 얼굴을 보더니 '아무리 화나는 일이 있더라도 한번 참으면 살인도 면합니다' 하더래."

종철은 소정 씨에게 이야기를 들려주며 자연스레 존댓말은 안 하고 반말이 되어 말이 나온다.

"아저씨는 '예' 하며 다시 한번 합장을 하고 상갓집에 갔지. 부인에게는 친척 집 일 도와주고 담날 아침에 온다고 했는데, 일이 일찍 끝나서 집 걱정에 새벽에 집에 도착했는데 방문이 잠겨있어서 부엌으로 해서 방으로 통하는 문을 열고 들어가니 방안에 발이 네 개가 있는 거야. 아저씨는 이 연놈들을 다 죽인다고 광에 가서 낫을 가지고 뛰어오는데, 갑자기 전날 스님이 했던 말이 생각나는 거야. '한번 참으면 살인을 면한다'는 말에 마음을 가라앉히고 방에 가보니 한 동네 사는 처제가 와서 함께 자고 있었던 거야. 그래서 뒤에 감췄던 낫은 슬며시 밖에 두고 세 사람이 화목하게 잘 잤대."

"우앙~ 큰일 날 뻔했네요. 아무리 화나는 일이 있어도 한 번만 참으면 좋겠네요. 종철 씨도 잘 참죠? 알았죠?"

"그럼요. 우리 소정 씨를 생각하면서 참아야지."

"종철 씨가 저한테 반말하니 사랑받는 듯 좋아요. 벌써 연인이 된 듯하고요."

"그럼 소정 씨도 반말해."

"아니에요. 저는 존댓말하는 게 좋아요."

종철은 이러는 소정이가 더없이 사랑스럽다. 소정은 첫 만남을 부부 된 날로 정하고 다음 만남을 기약하며 레스토랑에서 일어선다. 계단을 내려올 때 소정 씨는 종철의 팔을 살며시 잡는다. 종철이 소정 씨에게 묻는다.

"집이 어디세요?"

"호텔 뒤쪽이에요. 연회장에서 근무하는 친구하고 양식 주방의 수습 동기하고 셋이 같이 써요. 종철 씨는 탕부 아저씨, 기철이랑 세 사람 같이 있죠?"
"잘 아시네요."
"호호, 육송가든에서 육부 했다는 것도 알아요."
"어떻게요?"
"비밀이에요. 왜 또 존댓말 써요?"
"담에 반말할게요. 소정 씨는 나에 대해 사전점검을 마친 듯하네요."
"결혼할 사람인데 그만한 관심은 가져야죠. 서로 면접도 충분히 봐야 하는 거 아닌가요?"
"그래서 나 합격이에요?"
"네, 장원이에요. 성격, 비전, 건강, 능력, 머리 다 좋아요. 특히 애무는 짱이에요. 계속 받고 싶어요. 근데 전 샘이 많아요. 저만 해줘야 해요. 호호."
"네, 약속할게요. 서로에게 신뢰를 잃지 말아야죠. 자기 할 일에 대한 본분, 책임이 중요한 거 같아요."
"그래요. 자신은 못 하면서 상대한테만 바라면 그 관계는 건강치 못해요. 종철 씨, 저는 어때요. 합격인가요?"
"네, 저한테는 과분해요."
"왜 그렇게 생각하시죠?"
"저는 가진 거 하나 없어요. 학벌도 없고, 돈도 없고."
"저는 그 점이 더 맘에 들어요. 어설프게 배워 돈만 좀 있고 바르게 살지 못하는 거 보기 안 좋아요. 열심히 살고 생활 속에서 배우고 꿈을 갖고 항상 공부하는 자세를 가진 종철 씨가 좋아요."
"소정 씨는 예쁘고 맘씨는 더 예뻐요. 돈이나 몸매는 세월 따라 변하지만 맘씨는 안 변해요. 소정 씨는 당차게 말하지만 사려 깊고 옳고 그름이 분명해요."
"그럼 몸매는 안 좋단 말이에요? 호호."
"몸매도 예뻐요. 제 이상형이에요. 그러나 몸매만 좋고 맘씨 안 좋으면 무슨 소용 있나요?"
"맞아요. 우리는 남의 눈치보담 자기 내면의 소리에 귀를 기울이고 상대의 내면의 아름다움을 보는 눈을 뜨면 좋겠어요."

"와~ 소정 씨, 철학 공부하셨어요?"

"호호호, 아니에요. 아는 척해봤어요. 종철 씨한테 잘 보이려니 나도 모르는 말들이 막 나와요."

"그님이 오셨나요? 하하하."

"호호호. 네, 그런가 봐요."

애기하다 보니 소정 씨 집 앞에 다 왔다. 3층 건물 옥탑방에 산다고 한다. 종철은 현관문을 닫고 안으로 따라 들어가서 소정 씨를 껴안는다. 소싯적 태권도장에서 배운 껴안고 깍지끼고 뒷목 아래 등 쪽을 힘주어 조여주니 소정 씨 목 뒤에서 오도독 소리가 난다.

"어머, 이상해요. 종철 씨는 못하는 게 없어요."

"하하, 담에 또 해드릴게요. 잘 자요."

"잘 가요. 오늘 즐거웠어요."

종철이 기분 좋게 밤길을 걷는다. 가슴이 쭉 펴지고 얼굴엔 미소가 가득 차 오른다.

봄이 오는 아리랑고개, 제비 오는 아리랑고개
가는 님은 밉상이요, 오는 님은 곱상이라네
아리아리랑, 아리랑고개를, 님 오는 아리랑고개
넘어넘어 우리 님만은 안 넘어가요~

이 노래에서 아리랑고개는 돈암동에서 정릉으로 넘어가는 고개를 말하는데, 1926년 나운규 감독이 이곳에서 〈아리랑〉 영화를 찍으면서 유명해졌다고 한다. 1941년도에 나온 노래로 박영호 작사, 김교성 작곡, 백난아의 노래다. 종철은 한 번도 불러보지 않은 노래인데, 자신도 모르게 몸 안에서 입을 통해 흘러나온다. 상황에 따라 그에 맞는 노래 가사가 자동으로 나오는 새로운 습성이 생겨난 자신에게 깜짝 놀란다. 어려서 레코드판 300장에서 3,600곡을 완창하고 3절까지 외웠으니 어떤 상황에서나 단어 하나 나오면 단어와 연관되는 노래가 자동으로 따라나온다.

아침에 출근해서 주방에 들어가 보니 양기철과 냉면 시다가 홀 아가씨하고 얘기를 하고 있다. 냉면 시다는 홀 아가씨를 어떻게 한번 꼬셔보려고 안간힘을 쓰고 있다. 아가씨는 입맛이 없어서 아침밥을 안 먹겠다고 한다.

"왜 그래, 배 아퍼? 어젯밤 술 많이 먹었구나. 어디 갔었어?"

"아베."

"아라베스크나이트클럽 갔구나? 술 먹었을 때는 해장으로 메밀냉면이 좋아. 내가 한 그릇 빼줄게."

"정말? 고마워요."

냉면 시다는 냉면 가마에 물도 아직 끓지 않았는데 냉면을 삶아주려고 따로 가스불에 냄비를 올려 물을 끓인다. 기계에서 나오는 냉면 사리를 끓였던 냄비에 받아서 다시 가스불에 끓여서 익혀 찬물에 씻는다. 보통 정성이 아니다. 손님이 그렇게 해달라고 했으면 죽어도 안 된다고 했을 것이다.

조회 시간이 되자 20여 명의 한식부 조리사들이 두 줄로 서 있다. 들어온 지 얼마 안 된 사원은 똑바로 서 있고, 몇 년 된 조리사들은 주머니에 손 넣고 짝발하고, 아주머니들끼리는 수다를 떤다. 예의 검정 노트를 든 조리장이 앞에 선다.

"자, 아침 인사 한번 해봅시다. 안녕하세요?"

"안녕하세요?"

"자! 옆 사람 보고 반갑습니다."

"반갑습니다."

인사하며 멋쩍은지 히죽히죽 웃는다.

"오늘도 6시에 갈비스테이크 정식 60명, 6시 반에 한정식 45명 예약 있습니다. 차질없이 준비해주세요. 그리고 주방에서 시음 행위가 아직도 근절이 안 되고 있어요. 냉장고 안에서 밥 먹거나 홀 아가씨들 냉면 빼주는 거 하지 마세요. 특히 냉면 시다! 홀 아가씨들 냉면 빼주지 마라!"

"안 해요. 절대 안 줘요."

"육부실! 오늘 주방 휴무자가 많으니까 한정식 지원 좀 해주고 스테이크 올려줘."

"예."

"그리고 어제 간부회의에서 나온 말인데, 요리는 뭐고 조리는 뭔지 아는 사람…?"

"냉면 시다 양반 말해봐."

"예? 요리로 와라! 조리로 가라! 요리조리 싹싹 피해라!"

"하하하."

"니가 그만큼 알면 많이 아는 거다. 종철이! 말해봐."

"조리는 음식을 먹기 좋게 씻고 썰고 볶고 찜하고 여러 가지 가공을 하는 것이고, 요리는 만든 음식에 멋과 기교를 한층 더 발휘하는 것입니다."

"와~"

"이야! 종철이 니가 어제 간부회의에 있었어야 했는데. 어제 사장님이 어디서 배워오셨는지 요리와 조리의 차이점을 말하라 했는데, 아무도 대답을 못 하는 거야. 종철이가 말한 대로 단순히 조리만 하지 말고 요리로 승화시켜서 음식을 해주시기 바랍니다."

"저희 세척부는 어떻게 합니까?"

"하하하."

"그릇을 어떻게 하면 빨리 닦고, 위생적으로 씻고, 안 깨지게 하고, 소리를 적게 나게 할지 연구해라. 개인위생도 중요하다. 야! 못생기고 지저분한 애가 그릇 닦는 거와 예쁜 아가씨가 그릇 닦으면 넌 누가 설거지한 그릇으로 밥 먹겠냐?"

"그야 당연히 예쁜 아가씨 꺼로 먹죠."

"하하하."

"그러니까 남 입장도 생각하면서 일하라는 거야. 침 아무 데나 뱉지 말고 담배 피운 손으로 닦은 그릇 옮기지 말고. 항시 손 씻고."

"애는 빵 먹을 때도 손 안 씻어요."

"하하하."

"너 먹는 건 너 알아서 하는데, 병 걸리고 주방에 들어오면 안 된다."

총각 탈출

"하하하."

종철이는 한정식 예약을 도와주고 스테이크정식 60인분 갈비통을 어깨에 메고 주방용 엘리베이터 '덤웨이터'에 싣는다. 소정 씨도 종철이와 함께 스테이크 단체 도와주라는 조리장 말에 종철이는 좋아서 가슴이 뛴다.

김봉만 육부장이 있을 때는 옆에서 보조하는 입장이었지만, 이제는 바비큐 전체 일을 직접 다 하는 책임자가 되었다. 이러한 모습을 소정 씨에게 보여주고 싶은 종철이는 가슴이 설렌다. 갈비는 덤웨이터에 넣어 6층으로 올려보내고 종철과 소정은 계단으로 걸어서 올라간다.

비상구 전등만 켜진 비상계단은 어둡다. 무서워하는 소정 씨 손을 꼭 잡고 두 사람은 걸어서 옥상 바비큐 구이장에 도착한다. 몇 년 전 충무로 소나무갈비집에서 잠시 숯불 장치를 볼 때 숯불 피우는 노하우로 가늘고 자잘한 숯을 모아서 종이에 불을 붙여 전기풍로로 바람을 천천히 불어주면 서서히 숯불이 살아난다. 그 위에 숯을 수북이 장작처럼 쌓아놓고 풍로를 켜놓고 스테이크 판을 옮기고 주변 정리를 하는 10분이면 숯에 불이 완전히 살아난다. 드럼통을 반으로 짜개어 눕혀놓은 구이대 아래는 깊기 때문에 중간에 숯불이 놓일 판이 있어 숯을 넓게 펼쳐놓는다. 그리고 나서 석쇠를 올리고 스테이크 판을 펼쳐놓고 달군다. 소정 씨는 이러한 과정을 능숙하게 해내는 종철이를 지켜보며 듬직해하는 눈치다.

"와! 종철 씨 기술자 다 됐어요. 척척척 알아서 다 하시네요."

"하하, 갈비공과대학 나왔잖아요."

"호호호, 정말 그런 대학이 있어요? 종철 교수님, 저도 잘 가르쳐주세요. 호호."

"네, 한소정 학생! 하하. 지금은 웃을 수 있지만, 좀 이따가 갈비를 굽고 자르고 스테이크 판 온도 맞춰야 하고 갈비 담아줘야 하고 일이 한꺼번에 몰리니까 바빠요. 집중해야 해요."

소정 씨는 일순 긴장한 얼굴이다.

"스테이크 판이 너무 뜨거우면 여기서 손님 테이블에 가는 동안 고기가 타버려요."

"그럼 어떡해요?"

"그러니까 물을 떨어뜨려봐서 너무 뜨거우면 안 돼요."

"그럼 차갑게 해야겠어요."

"하하하, 차가우면 안 되죠. 하하."

"저는 종철 씨만 믿어요."

"네, 저만 믿으세요. 제가 다 알아서 할게요. 그전부터 많이 해봤어요."

"와~ 종철 씨 멋지시다~"

"하하, 기분 좋은데요. 자~ 주방일은 준비만 잘돼 있으면 다 해낼 수 있어요. 오늘은 보조가 좀 약하니 갈비를 조금 구워서 잘라 미리 통에 넣어둘 거예요. 좀 있다가 요이 땅 하면 웨이터, 웨이트리스들이 스테이크 가지러 마구 몰려올 거예요. 거기서 당황하면 안 되고, 음식을 착착 내줘야 해요. 적군이 몰려올 때 물리쳐야지 절절매면 전쟁에서 패하는 거예요."

"전쟁요?"

"네, 일하는 건 전쟁이에요. 하하, 바쁠 때는 손님도 적군이라는 생각이 들어요. 성을 함락하기 위해 몰려오는 적군. 우린 빠르게 음식을 제대로 내줘서 손님들이 맛있게 드시고 가시면 비로소 승리하는 거죠. 절절매고, 음식 안 나가고, 손님들 소리치고, 기다리다가 나가버리고, 나쁜 소문 내고 하면 전쟁에서 패하는 거죠."

"네, 재미있는 비유네요. 맞아요. 종철 씨처럼 프로 근성을 배워야겠어요. 종철 씨 뽀뽀할 때는 너무나 어린아이 같고 부드러운 남자인데, 일할 때는 전쟁터의 장수처럼 매서워요."

"어릴 적 열 살 때인가. 설날에 용돈 받은 거로 좋아하는 팥죽을 사 먹으러 혼자 시장에 갔어요. 근데 내가 생각했던 김 모락모락 나는 팥죽이 아니라 도토리묵처럼 단단하게 굳은, 전날 팔다 남은 차가운 팥죽을 제 앞에 내놓는 거예요. 저는 어렸지만 이건 아니라는 건 알죠. 그렇다고 안 먹을 용기도 없어서 조금 먹다가 돈만 내고 나왔어요. 지금은 제가 요리사가 되었지만, 음식 하는 사람은 정말 정성껏 제대로 된 음식을 만들어서 내놔야 한다는 게 제 신념이에요. 주방에서도 다른 사람들이 음식을 제대로 하지 않으면 화가 나요."

"오우~ 무서워요."

"하하, 소정 씨는 봐줄게요. 저는 배우려는 사람은 이뻐요. 실수하는 건 얼마든지 이해돼요. 한데 자기 고집대로 잘못된 걸 계속 안 고치는 사람도 있어요."

"맞아요. 그런 사람 있어요. 종철 씨 말, 이해가 돼요. 종철 씨 저는 어때요. 일하는 거?"

"아유~ 소정 씨는 너무 똑소리 나세요. 어떨 땐 무서워요. 하하."

"네에? 호호, 맞아요. 저도 일할 땐 예민해요."

생각보다 소정 씨는 침착하고 정확하게 옆에서 스테이크 판을 적당히 데워서 갈비뼈와 갈빗살을 올려준다. 지글지글 익는 스테이크 판을 웨이터들이 양손에 한 개씩 들고 날라댄다.

경력자 웨이터는 양손에 세 개씩 들고 빠르게 걷는다. 최선을 다한 갈비를 최상의 맛으로 서빙하기 위해 20대의 젊은 요리사, 웨이터, 웨이트리스들이 열심히 몸을 움직이고 뛴다. 스테이크가 모두 나가고 나니 맘씨 좋은 심재현 지배인과 조리장이 슬슬 걸어온다.

"야, 잘 끝났냐?"

"예."

"이야, 인제 맘 푹 놓고 맡겨도 되겠다. 갈비 남았냐?"

"예, 좀 남겼어요."

"남겼다고 하지 말고 담부팀 남았다고 해라."

"예."

웨이터 한 명은 갈비를 입에 넣으며 경상도 말씨로 "죽인다, 죽인다"를 연발한다. 갈비를 처음 먹어보는 소정 씨는 눈을 휘둥그레 뜨면서 말은 못 하고 연신 갈비를 집어 먹는다.

퇴근 후 자취방에 들어서니 부엌에서 기철이가 연탄불에 작은 노란 냄비를 올려놓고 라면을 끓이고 있다.

"오늘 쉬면서 집에만 있었냐?"

"낮에 팔달문 나가서 영화 한 프로 때리고 집에서 잤어요. 냄비가 작아가지고 한 개씩밖에 못 끓여요. 지금 두 개쩬데."

종철은 씻고 누웠는데 소정 씨 생각이 계속 난다. 보고 싶고 만나고 싶은데, 같은 방 친구들과 호프 마시기로 약속했다고 하여 오늘은 혼자 집에 왔다. 기철이는 라면을 다 먹었는지 또 나간다. 김치는 옆방의 한식 홀 아가씨들 방에서 조금 가져와 먹으며, 라면은 연탄불에 냄비에다가 한 개씩 끓여서 먹고 또 부족한 물 채우고 물 끓으면 라면 넣고 먹기를 반복한다.

"아~ 라면 네 개째 끓여 먹는 중이에요."

"너 낮에 밥 안 먹었냐?"

"짜장면 사 먹었어요. 곱빼기 시켰는데 양이 작더라고요. 먹고 걸어왔드만 배가 다 꺼져버렸나 봐요. 천만이 성은 왜 안 와요?"

"오늘 선보러 갔어. 직원식당 아줌마가 자기 동생 소개해줬어. 공장 다닌데."

"천만이 성은 선보는 첫날에 봐버릴라고 할 텐디."

"봐버려?"

"아, 저번에도 객실 청소하는 아줌마가 시누이 소개해줬는데 룸싸롱에 가서 술 잔뜩 먹고 덮쳤다지 뭐예요."

"이야~ 일할 때는 굼뜬데 그럴 땐 선수다야."

"체중이 꽤 돼버리니까 올라가면 여자가 밑에서 꼼짝을 못하나 봐요. 꼼짝없이 당한다 말이 그런 때 하는 말인가?"

"이야, 하하하."

"그려가지고 담날 객실 청소하는 아줌씨한테 불려나가 귀싸대기 맞았대요. 룸싸롱 웨이타가 구해주지 않았으면 진짜 클날 뻔했대요."

종철이는 노트에 일기를 쓰고, 기철이는 텔레비전을 크게 틀어놓고 보고 있다. 밤 12시가 다 되어서 탕부 천만이 형이 몸에 술이 가득 차서 한 손에 1.5리터 페트병 맥콜 한 병을 손가락에 끼우고 방문을 열고 들어온다. 기철이는 엎드려서 고개를 돌리며 큰소리로 묻는다.

"형, 오늘 선 잘 봤어요?"

"잔말 말어, 새끼야~"
"술 많이 드셨네. 오늘 뭔일 없었어요?"
"뭔일이 있어, 인마! 3차까지 술 마셨는데 돈 200 빌려달라고 하더라."
"그래서요?"
"뭐가 그래서요야, 인마. 돈이 썩어나냐?"
"200 빌려주고 결혼하면 빚 없어지는 거 아녀요?"
"아~ 젖탱이는 크더라. 내 한 손에 다 안 들어와."
"만졌어요?"
"어딜 만져. 눈대중으로 그렇단 얘기지."
"그러면 오늘은 못 하고 눈요기만 했어요?"
"아, 시끄럽다. 잠이나 자야쓰것다."
"씻고 자요."
"아까 씻고 나갔어. 냄새 맡아봐라, 인마."
"아~ 저리 치워요. 냄새 나요. 얼굴 닦는 수건으로 발 닦지 말아요."
"발은 남의 살이냐! … 뜨르렁~"

천만이 형은 누운 지 1분도 안 되어 코를 곤다. 기철이는 라면 먹고 갈증이 나는지 천만이 형이 사들고 온 맥콜을 따서 입을 대고 벌컥벌컥 들이켠다.

"억! 커~어~ 시원허다."

아침이 되자 맥콜 병은 찌그러진 채 마게가 잠겨있고, 천만이 형은 어젯밤 신었던 크로커다일 메이커 새 양말을 누가 신고 나갔다며 투덜댄다.

"기철이 이 자식이 맥콜도 다 먹고 내 양말 신고 갔지?"

며칠 후 종철과 소정은 휴무에 맞춰서 함께 과천 관악산에 놀러 가기로 했다. 집 앞에 잘 아는 사진관에서 카메라도 빌렸다. 아침에 소정 씨 집에서 밥 먹고 출발하기로 하여 소정 씨가 사는 3층 옥탑방에 올라가니 소정 씨가 아침 일찍 시장을 봐서 플라스틱 개다리소반에 반찬을 해놨다. 김치, 시금치나물, 콩나물무침, 고등어자반구이, 달걀프라이, 김 등.

"종철 씨, 어서 오세요. 밥은 다 돼서 푸면 되고요. 된장찌개 끓였는데 간 좀 봐줘요."

소정은 수저를 종철에게 내민다.

"호록~ 아유, 맛있어요. 이야~ 빨리 밥 먹고 싶어요."

"앉아요. 밥 퍼줄게요."

종철은 밥상을 보니 신혼살림 하는 것 같아 새롭고 기분이 좋다. 환타도 한 병 사다놨다.

"아침에 밥 차리려 생각하니 밥상이 없는 거예요. 방바닥에서 먹을 수도 없고 시장에서 밥상 하나 사왔어요."

"아유~ 아침에 시장에 같이 갈 걸 그랬어."

"아니에요. 쉬는 날인데 종철 씨 잠 좀 푹 자야지요. 저번에 스테이크 바비큐 할 때 보니까 불 앞에서 너무 힘들어 보였어요. 남자들이 직장생활 하는 게 쉽지 않구나 하고 마음이 안타까웠어요. 나는 결혼해도 종철 씨 도와서 일할 거예요. 직장 다니면 맞벌이하고 장사하면 내가 일 더 많이 할 거예요. 내가 남편 아껴야지 일한 만큼 늙는다고 하잖아요. 그리고 돈도 혼자 버는 거보다 둘이 합심해서 벌면 빨리 집도 사고 잘살 수 있지요."

종철이는 옳은 말만 하는 소정 씨가 든든하면서도 너무 똑똑하고 적극적이어서 한편 부담감이 솔직히 10분의 1은 든다.

"종철 씨, 이것 좀 드세요."

소정 씨는 달걀과 김치를 밥 위에 올려준다. 이번엔 된장찌개를 떠서 입에 넣어준다.

"아~ 해요."

"아, 맛있다."

"호호, 오늘 밥 첨 해봤어요."

"네?"

"아뇨. 남자한텐 첨이라고요. 호호."

"네, 하하."

종철은 밥 먹다 말고 소정 씨를 끌어안는다. 소정도 종철을 꼭 끌어안

앉다가 슬쩍 밀어낸다.

"어서 밥부터 먹어요. 찌개 식어요."

종철은 조금 멋쩍게 웃고는 다시 밥을 한 숟가락 퍼서 맛있게 먹는다.

"종철 씨 환타 먹어요. 병따개가 어디 갔지?"

"내가 딸게요."

종철이 수저로 환타를 따자 뻥 소리가 방안 가득 요란하다.

"어머, 뻥소리 났다. 소리 엄청 커요. 와~ 종철 씨는 못하는 게 없어요."

"하하."

"콩, 콩, 콩, 처녀! 처녀! 옥탑방 처녀 있어? 안에 없나 봐? 안에서 잠갔으니까 안에 있것제. 처녀! 쾅 쾅!"

"누구예요?"

"집주인인 모양이네."

소정 씨가 일어나 부엌으로 나간다.

"아줌마야."

"왜요?"

"문 좀 열어봐. 고구마 쪄왔어. 수도세도 받아야 하고."

딸깍.

"안녕하세요?"

"응. 시골서 가져온 고구마 쪄왔어. 먹어봐. 혼자 있어? 좀 들어가도 돼?"

"아니요. 저 샤워하고 바로 나가봐야 해요."

"수도세 1,500원 나왔어."

"제가 좀 있다 내려가면서 빈 그릇이랑 드릴게요."

"다른 처녀들한테 총각들 불러들이지 말라 해. 전에도 남자들 방 줘서 애 많이 먹었어. 술 먹고 시끄럽고, 담배꽁초 아무 데나 버리고, 옥상에서 오줌 싸서 냄새나고. 총각들은 방 안 줄 거여."

"예, 그러세요. 좀 있다 내려갈게요. 문 닫아요."

탁!

"산에 가려면 늦지 않게 서둘러."

호텔 직원 노래자랑

  1987년 트라보호텔 송년의 밤 행사로 열흘 전부터 부서별 노래자랑 신청을 받는다고 난리다. 종철이도 가슴이 뛴다. 호텔은 일반 업소와는 차원이 다르다. 일할 때도 유니폼이 번들번들하지만, 퇴근할 때 옷차림들을 보면 명동거리 저리 가라로 쫙쫙 차려입고 애인을 만나러 가는지 밤무대 뛰러 가는지 화려하다. 거기다가 나이트클럽 직원까지 합하면 500여 명의 직원이 대연회장에 모여서 장기자랑을 하는 거라 부담감도 있지만, 노래할 맛 나겠다고 승부욕이 일어나는 종철이다. 많은 사람 앞에서 재능을 뽐내고, 특히나 소정 씨 앞에서 무대에 올라 멋지게 노래할 생각을 하니 설레다 못해 흥분된다.

  "아! 이번 송년의 밤 노래자랑은 누가 나갈래?"

  박 조리장은 주방 책상에 앉아 큰소리로 물어본다.

  "입상자 상금은 부서에 회식비로 나온다. 우리 한식 주방에서는 그동안 입상자가 없었어."

  천만이 형이 주방 바닥의 낮은 의자에 앉아서 파를 다듬으며 묻는다.

  "상 받는 사람은 모두 몇 명이에요?"

  "최우수상, 우수상, 장려상, 인기상, 스타상이 있는데, 스타상 상금 3만 원, 인기상 5만 원, 장려상 7만 원, 우수상 10만 원, 최우수상 50만 원."

  "헤? 와! 최우수상 받으면 웨이타들 거진 두 달 월급이네, 와!"

천만이 형은 상금에 놀라면서 한 손에 들었던 대파를 던지듯 놓는다.
"이야! 최우수상 받으면 상금 받아갖고 튀어야겠네."
"글 안 혀도 너 같은 놈이 있었다. 재작년인가? 나이트클럽 웨이터가 최우수상을 받고는 상금 갖고 튀었는데, 역앞 역마차 웨이터로 몰래 가서 일하고 있는 걸 기도 애들 다섯 명이 찾아가서 잡아가지고 뒷골목에서 존나게 팼다는 거 아니냐."
"와, 매값 치렀네."
"얌마, 맞고 끝나는 게 아니고 상금도 다 게워냈잖여. 욕먹고, 매 맞고, 돈 도로 토해내고, 직장에서 쫓겨나고. 그러면 되겠냐? 맘을 좋게 써야지. 그 뒤로 나이트 노래자랑 대표 출연자는 각서를 쓰고 나간다더라."
양기철이가 웃기려는 듯 말한다.
"천만이 성 한번 나가봐요."
양기철의 말이 떨어지기가 무섭게 주방장이 손사래를 친다.
"야야, 방안퉁수는 안 돼. 몇 년 전 포장마차에서 술 먹고 노래할 땐 좀 부르나 하고 송년의 밤 때 출전시켰더니 무대에서 손을 떠는데 사시나무 떨듯 떨었잖냐?"
"아이, 그날 독감이 지독하게 걸렸다니까요. 아, 미치겠네."
육부장이 말한다.
"우리 육부실 종철이가 노래 잘 흐던디."
밥모 아줌마도 한마디 거든다.
"종철이 출근하면 하루 종~일 육부실에서 카세트 틀어놓고 맨날 노래해요."
주방장이 결심한 듯 말한다.
"그려? 종철이 올라오라고 혀봐."
"아, 거기 전화하면 될 것 아녀…요?"
박 주방장은 책상 위에 있는 구내 전화기를 집어든다.
"종철아, 잠깐 올라와 봐라."
종철이는 영문도 모른 채 주방 문을 빼꼼히 열고 안의 분위기를 살핀다. 혹시 소정 씨랑 사귀는 것 알게 되어 물어보려고 하나? 도둑이 제 발 저린다.

"야! 종철아! 노래 한번 불러봐."

종철이는 이럴 때를 대비해서 준비를 해놨다. 언제나 노래 일발 장전은 해놓은 상태이니 방아쇠만 당기면 나가게 되어 있다.

"헤어지면 그리웁고오~ 만나보면 시들하고~ 몹쓸 것 이 내 시임사~"

남인수 선생의 〈청춘고백〉이다. 첫 소절부터 목청을 높게 잡고 부르는 노래라서 첫 노래부터 호응을 끌어내는 데는 제격이다.

"이야, 됐어! 1등 하겠다. 최우수상 받으면 삼겹살 회식 댓 번은 하겠다."

탕부 천만이 성이 또 한마디 한다.

"오늘 대관식당 예약할까요? 상금 타면 준다고 하고?"

"와하하하."

"야, 야! 됐다, 됐어! 너, 또 외상술 먹지 마라!"

"하하하."

"그러면 한식 주방 대표는 김종철로 결정한다."

상금 욕심이 나는지 천만이 성이 끼어든다.

"상금 나오면 출전한 사람 얼마 떼주지 않나요? 글고 한 명 더 나가면 안 돼요?"

"야, 부서가 20개야. 주방만도 메인 주방, 직원식당, 커피숍, 한식, 일식, 그리고 식음료, 객실, 영업, 관리, 구매, 교환실, 하우스키핑, 공무과, 오락실, 사우나, 프런트, 도어맨, 벨맨, 주차, 경비, 전기, 보일러실, 나이트도 몇 개로 나눠지고."

천만이 형은 실망한 표정을 지으며 서 육부장을 바라보며 말한다.

"점심시간 지나고 노래 못하는 우리는 장기나 한판 둬서 저녁에 실내 포장마차에서 라면에 닭발에 소주 내기나 합시다."

"평생 장기 안 두기로 작심한 나야."

"왜요? 장기 알에 맞았시유?"

"내가 첨 열다섯 살에 시골서 올라와 안양역 앞의 해장국집서 주방일 시작할 때 한 달 일하고 월급 타가지고 은행에 딱 넣었지. 그땐 통장에 볼펜으로 예금주 이름 적고 액수 쓰고 옆에 작은 도장 찍었어. 그리고 한 3개월 열심히 저금했는데, 거기 탕부장이 꼭 천만이 너같이 생긴 탕부장이."

"아으… 왜 또 나여?"

"탕부장이 나보다 다섯 살 많았는데, 어느 날 오목 한판 두자는 거여. 내가 시골서 동네 노인정에서 바둑을 좀 배웠거든. 첨에 한 판에 천 원짜리 두자고 해서 내가 이겼지. 그랬더니 이번엔 한 판에 2천 원 내기하자는 거야. 그래가지고 또 내가 이기고 그렇게 4천원, 8천원, 만 6천 원 계속 올라가는데 내가 계속 이기고 이젠 돈이 없으니까 월급날 받기로 하고 외상으로 계속 됐지."

"와~ 어지간허네."

"탕부장이 막 씩씩대면서 바둑알을 바둑판에 쾅쾅 내려치는데 무섭더라고. 고만하자는데도 계속 하자는 거여. 돈 따고 안 하냐고 막 팰려고 하더라니까. 내 차례 땐 빨리 두라 하고. 그래가지고 열두 판째 204만 8천 원짜리 한 판에서 내가 졌어. 내가 액수도 안 잊어버려. 그랬는데 탕부장이 고만하잰. 그래가지고 그날부터 빚쟁이가 돼가지고 은행에 저금한 거 돈 찾으러 갔더니 내 이름이 서발무인데 통장에는 서반무로 돼있다며 돈을 안 줘서 그냥 왔어. 오목 둬서 빚진 건 매달 월급에서 까기로 했는데. 다음 달에 월급 타고 도망 나왔지. 으~ 허기지네. 그 뒤로 장기고 바둑이고 화투고 일절 안 해."

"아이고~ 액땜 한번 지대로 했네요."

육부실에 돌아온 종철이는 이번 송년의 밤 노래자랑에서 무슨 노래를 할지 선곡에 고심하고 있다. 작년에 냉면장이 〈추풍령〉을 불러서 입상을 못 했다는데 너무 옛날 노래를 불러도 올드해서 젊은 직원들 호응도가 많지 않을 것 같다는 생각에 몇 해 전 발표해서 인기를 끈 현철과 벌떼들의 〈사랑은 나비인가봐〉를 부르기로 마음먹었다. 현철은 1970년대부터 1980년대 초까지 무명가수로 부산에서 밤무대 활동을 하며 힘든 세월을 보내던 중 〈사랑은 나비인가봐〉, 번안곡인 〈다함께 춤을〉 등을 내놓으면서 알려지기 시작했다.

그의 성실함과 인간미를 높이 산 〈추억의 용두산〉 작사가이자 아세아 레코드사 사장인 최치수 씨가 현철의 자사 레코드 〈현철과 벌떼들〉 제작 때 앨범 뒷면에 장문의 감사와 추천 글을 실은 게 예사롭지 않다. 물론 가수는 노래만 잘하면 된다지만 그 사람의 내면에서 나오는 감정과 목소리가 어떤 것을 담고 있는가도 중요하다. 왜 그런가 하면 사람은 순수해야 하고, 착한 사람들과 교감해야 하기 때문이다.

> 우선 서러운 무명가수 생활 15년간의 긴 세월 동안 온갖 어려움과 역경을 참고 30대가 되도록 피나는 노력과 말없이 가요계에 묵묵히 활동하시는 벌떼들의 리드싱어 현철 씨에게 제작자인 본사는 충심으로 동정과 경의를 표하는 바입니다.
>
> 1965년도 동아대학교 상과대학을 수석으로 입학하여 장학생으로 공부한 그(본명 강상수)가 전공학을 버리고 조금도 후회의 표정 없이 오직 외골수로 일생을 가요계에 불사르겠다는 그의 굳은 의지에 아낌없는 찬사를 보내지 않을 수가 없습니다.
>
> 본 제작자는 그의 개성 있는 특이한 목소리로 지난해에 제작한 바 있는 〈다함께 춤을〉(I was made for Dancing), 〈사랑은 나비인가 봐〉 등에 많은 팬들의 열렬한 박수와 수만 장의 판매 실적에 힘입어 현철 씨의 자작곡으로 오늘 새로운 신곡을 출판함에 무한한 기쁨으로 생각하며 여러분의 지도 협조와 아울러 아낌없는 팬들의 호응과 사랑을 바라오며 벌떼들의 앞날에 무궁한 행운이 깃들기를 바라면서 우리나라 가요계에 참신한 한 알의 이삭이라도 되어 수확되기를 간절히 빕니다.
>
> - 아세아레코드사 대표 최치수 올림

종철 역시 가수 현철의 삶이 담긴 노래인 〈사랑은 나비인가봐〉를 그저 손뼉 치며 부르는 노래가 아닌 무명의 공감을 안고 뜨겁고 진실하게 부르기로 마음먹는다. 종철은 노래가 '꿈을 꾸게 하는 것'과 '꿈을 이루게 하는 힘'을 가지고 있고 그런 메시지를 담고 있어야 한다고 믿고 있다. 듣는 사람이나 부르는 사람 모두 공감하길 바라면서… 이제 소정 씨와의 사랑을 통해 완숙한 사랑의 노래를 부를 수 있을 것 같다는 자신감도 가져본다.

"오늘 송년의 밤 행사에는 음식이 추가로 올라가지 않으니까 두 군데 나눠서 연회장에 올려줘라."

오늘 사회를 맡은 영업부 이지상 주임은 노트와 펜을 들고 주방을 들여다본다.

"아! 종철 씨 마침 주방에 있었네. 육부실에 전화하니까 안 받더라고. 오늘 부를 노래 곡목은?"

"예, 현철과 벌떼들의 〈사랑은 나비인가봐〉입니다."

"아따 길다. 참가번호 11번입니다."

"예, 수고하세요."

종철은 오늘 노래 도전 때 포인트를 주기 위해 수원백화점에서 빨간색 나비넥타이를 준비했다. 주방 아주머니 두 분은 뭔가 하려는 듯 앞으로 나서며 말한다.

"아니, 텔레비전 보면 가수가 나와서 노래할 때 여자 백댄서들이 춤을 추던데 종철 씨 최우수상 타려면 옆에서 나비처럼 춤추면 좀 낫지 않나?"

탕부 천만이 형도 거든다.

"맞어! 나랑 셋이 하면 되겠네."

"탕부는 좀 빠져주셔. 웬 파리가 돌아다니나 하지."

"하하하."

천만이 형은 화가 나서 말한다.

"좌우지간 1등만 못 혀봐. 아줌마 둘이 돈 채워놔."

"미쳤냐?"

주방 아줌마 둘이 연습한다고 춤을 추는데, 사람들이 배꼽을 잡고 웃는다. 어디서 구했는지 커다란 나비 리본을 머리에 꽂고, 하얀 조리복에 하얀 짧은 치마를 입고 하얀 스타킹에 무용할 때 신는 하얀 신발을 신었다. 〈백조의 호수〉를 보았는지 팔과 다리를 뻗고, 돌고, 뛴다. 한 사람은 키 작고 날씬하고, 한 사람은 키 크고 체격이 좋다. 덩치 큰 아줌마가 작은 아줌마를 안고서 돌 때는 표정이 진지하고, 낑낑대며 돌 때는 아무리 목석같은 사람이라도 웃지 않을 수 없다.

퇴근 시간이 다가오자 음식들을 전부 왜건에 실어 올려주고, 다들 옷을 갈아입고 대연회장으로 속속 모여든다. 호텔에 와보니 윤선 누나 말마따나 예쁜 여자들이 즐비하다. 다들 패션모델처럼 늘씬하게 쫙쫙 빠져서 옷도 멋지고 세련되게들 입고 뽐내듯 연회장에 자기들 부서가 적혀 있는 좌석을 찾아간다.

"야! 여기야, 여기. 자리 잡아놨어. 이리 와!"

여기저기 친한 사람을 찾으니 이산가족 상봉장 같기도 하다. 입사 후 연회 음식 가지고 한 번 와봤지만, 오늘처럼 자세히 느껴보긴 처음이다. 유럽의 궁전풍으로 인테리어를 해서 이중 커튼이 고급스럽고 붉은빛 도는 푹신한 카펫을 밟으니 몸과 마음이 붕붕 날아서 시골에 살 때 친구들이랑 풀밭에서 마구 뒹굴고 놀던 생각이 난다.

송년의 밤을 위해 특설무대를 설치하고 음향팀이 와서 악사와 함께 음악을 연주하고 있다. 트럼펫, 색소폰, 기타, 드럼 등 악기의 칼칼한 쇳소리가 생명력을 느끼게 한다. 언제부턴가 관객과 좋은 무대, 악단을 보면 멋있게 노래하고픈 충동을 느끼는 종철이다.

"종철 씨~"

돌아보니 소정 씨다.

"종철 씨, 이리 와요. 내 옆에 앉아요. 장날 시골 처녀처럼 무얼 그리 두리번거려요? 호호."

"하하, 사람이 많으니 어리둥절해요. 오늘 400명 이상 올 거라는데. 와! 연회장이 꽉 차겠어요."

"그러게요. 대단해요. 근데 사람이 이렇게 많은데 노래할 수 있겠어요?"

"아, 이건 아무것도 아니에요. 사람 많으면 더 힘이 나요. 하하."

"오우~ 대단해요, 종철 씨. 호호."

"소정 씨 오늘은 더 예뻐 보여요."

"정말요? 화장을 좀 더 했어요. 립스틱도 빨간 거로 하고요. 종철 씨 부인이 딴 여자들보다 밀리면 안 되죠. 종철 씨 체면이 있는데, 맞죠?"

"하하하, 맞아요. 역시 이뻐요. 쪽!"

종철은 입을 모아 뽀뽀하는 시늉을 한다. 직원들이 꽉 차고 사장님을 위시해서 전무, 상무, 실장, 부장들이 줄줄이 들어와서 자리에 앉는다. 관리부장이 연단으로 나와 마이크에 대고 시작을 알린다.

"에~ 86 송년의 밤 행사를 시작하겠습니다. 모두 자리에서 일어나 국기를 향해 주십시오."

국기에 대하여 경례, 묵념, 애국가 제창, 모범사원 표창, 사장님 말씀이 끝나고 만찬으로 이어지며 노래자랑 사회자 이지상 씨가 마이크를 들고 무대 중앙으로 나온다. 평소 유머 있고 말을 조리 있게 잘하는 젠틀맨으로 소문난 이지상 씨가 무대 앞에 나와 사회를 시작하니 멘트도 하기 전부터 모두 박수를 치고 웃고 즐거워한다.

"소도 잡을 때는 물을 먹이고 잡습니다. 오늘 여자분들은 옆에 있는 남자가 술을 따라주는 대로 넙죽넙죽 들어 마시지 마세요. 다 잡아먹으려는 작전이니까 조심하시기 바랍니다."

"하하하."

"자, 오늘 트라보호텔 송년의 밤 행사 사회를 맡은 이지상 인사드립니다. 올해 송년의 밤 행사 노래자랑은 입상자 상금이 대폭 인상되었습니다. 이것은 트라보호텔 직원 여러분께서 한해 동안 열심히 일해주신 덕분이고, 사장님의 배려로 많은 상금을 내걸 수 있었습니다. 출연자분들은 열심히 해주시고, 또 자기 부서가 아니더라도 뜨거운 박수와 환호 부탁드립니다. 자! 그럼 첫 번째 출연자를 모셔보도록 하겠습니다. 나이트클럽 오성호 웨이터를 소개합니다."

"참가번호 1번 오성호입니다. 조용필의 〈못찾겠다 꾀꼬리〉를 부르겠습니다."

주최 측에서 1번 출연자로 정하는 사람은 분위기나 수준을 이끌 수 있는 사람으로 정하기 마련인데, 역시 1번 출연자의 몫을 톡톡히 해냈다.

"네, 오늘 축제에 잘 어울리는 조용필의 〈못참겠다 꾀꼬리〉, 셔플리듬의 24비트, 리드미컬한 곡을 가성과 탁성으로 조화롭게 잘 구사해주셨습니다. 우리 나이트에도 조용필 있죠?"

"와하하하."

소정 씨는 종철이에게 연신 뭐 먹고 싶냐고 물어보고, 한 개 갖다주고 또 물어보고 또 갖다가 입에 넣어주고 한다.

"종철 씨 맥주 한잔 마시고 해요. 긴장 풀리게."

"ㅎㅎ, 한잔 마셔볼까?"

"종철 씨 지금 웃음 어색했어. 지금 떨고 있지요?"

"ㅎㅎㅎㅎ, 안 떨려."

"호호."

"자! 기대되는 출연자 참가번호 11번 조리부 한식 주방의 김종철 씨를 소개합니다."

"네, 여러분! 현찰이 좋지요? 현철 동생 현찰입니다. 〈사랑은 나비인가봐〉 부르겠습니다."

"와하하, 현찰 좋지!"

"현철 동생 현찰? 말 된다."

따라라라라라라라라~
궁따라라따라라라 띠리라라라라라라라, ~
따-라-라라, 따따, 따라라라~ 따라라라라라라
고요한 내 가슴에 나비처럼 날아와서
사랑을 심어놓고 나비처럼 날아간 사람
내 가슴에 지울 수 없는 그리움 주고 간 사람
그리운 내 사연을 뜬구름아 전해다오
아아아, 아아아아아~~~
사랑은 얄미운 나비인가봐

조용한 내 가슴에 나비처럼 날아와서

행복을 심어놓고 나비처럼 날아간 사람
내 가슴에 지울수 없는 그리움 주고 간 사람
보고픈 내 마음을 뜬구름아 전해다오
아아아, 아아아아아~~~
사랑은 얄미운 나비인가봐

- 〈사랑은 나비인가봐〉(1981), 박성훈 작사·작곡, 현철 노래

중간에 주방 아줌마 두 분이 나온 백댄서는 확실히 효과가 좋았다. 양쪽에서 나와서 교차하며 옆 동작으로 양팔과 양발을 쭉 뻗으며 공중을 교차하여 오르는 동작이 두 번 세 번 반복될 때 사람들은 가수는 안 쳐다보고 아줌마들 코믹댄스에 자지러지고 포크를 들고 음식을 입에 가득 문 채 넋을 잃고 웃는다. 사장님, 전무님, 간부들도 앉아서 두 다리, 두 팔을 들면서 웃어젖힌다.

"네에~ 대단하십니다. 풍부한 성량과 탁월한 가창력, 온몸에서 뿜어져 나오는 열정을 느낄 수 있는 순서였습니다. 백댄서는 점수에는 반영이 안 됩니다. 단, 호응도는 점수에 영향을 줍니다. 심사위원님, 그렇지예?"

"하하하."

"참가번호 18번 나이트클럽 김철민, 이선주 듀엣입니다. 아~ 기타와 하모니카까지! 높은음자리의 〈저바다에 누워〉를 부르신답니다."

작사, 작곡도 하고 음악 활동을 하고 있다는 두 사람은 프로다운 면모를 보여준다. 떨지 않고 마치 친구들과 소풍 나와서 부르는 듯 서로의 얼굴을 쳐다보며 관객과 교감하는 능력이 좋다. 하모니가 돋보이는 팀이다. 이 팀의 노래하는 모습을 보며 종철이는 많은 것을 배운다. 노래는 소리만이 아니라 유연하고 멋지게 보여지는 제스처도 함께 연습해서 익어가야 한다는 것을.

"네, 스무 팀의 노래를 다 들어보았습니다. 심사 집계가 모아지는 동안 초대가수 한 분 소개하겠습니다. 작년 송년의 밤 최우수상 받으신 분의 노래를 청해 듣도록 하겠습니다. 식음료부 오송찬 씨를 모시겠습니다. 뜨거

운 박수로 맞이해주시기 바랍니다."

남진의 〈미워도 다시한번〉 반주가 흘러나온다. 훤칠한 키에 반주를 타고 걸어 나오며 노래를 한다.

이 생명~ 다 바쳐서~ 죽도록~ 사랑했고~
순정을~ 다 바쳐서~ 믿고 또~ 믿었건만~

한 소절의 세 글자, 네 글자를 가슴으로 올려서 씹듯이 토해내는 멋이 일품이다. 무대 앞 통로를 걸어서 길게 나갔다가 뒤돌아서 들어오는 폼이 기성 가수의 매력을 뽐낸다. 역시 전년도 최우수상의 여유를 느낄 수 있어 부럽고 멋지다.

"네에, 수고하셨습니다. 벌써 1년이라는 시간이 흘렀고 더욱 멋진 모습을 보여주셨습니다. 네, 제 손에는 오늘 입상자 명단이 들려 있습니다. 스무 팀 중 다섯 팀만 수상해서 입상자에 오르지 못하신 분들은 서운하실 텐데요. 오늘 특별히 범계주류 사장님께서 오셨는데, 참가자 전원에게는 건강음료 세트를 선물해주시기로 하셨습니다. 감사의 박수를 부탁드립니다."

"호우~ 휙휙~"
"짝짝짝짝짝"
"자! 입상자 발표를 하겠습니다. 오늘의 스타상~ 네, 경비실에서 나왔습니다. 박넝배 씨!"
"와아~"
"다음은 인기상! 영업부 하승철."
"와아~"
"다음은 장려상! 프런트 이미영 씨."
"와아~"
"다음은 우수상! 네, 멋진 열정이 돋보였죠? 한식 주방 김종철 씨."
"와아~"
"자, 최우수상만 남겨놓고 있는데요. 최우수상! 두두두두~ 나이트 김철민, 이선주 듀엣입니다."

"와아~"

"최우수상은 특별히 멋진 크리스틸 상패가 주어집니다. 시상에는 연철중 사장님께서 해주시겠습니다."

"축하드립니다. 말은 어떻게 하느냐가 중요하고, 사람은 주변 환경이 좋아야 하고, 사람은 사람을 잘 만나야 성공합니다. 두 분의 하모니 좋았습니다."

종철이 최우수상은 놓쳤지만 우수상도 멋지기에 소정 씨는 좋아서 어쩔 줄 모른다. 마치 내 남편이니까 아무도 눈독 들이지 말라고 많은 사람들한테 일부러 알리기라도 하듯 팔짱을 끼고 팔짝팔짝 뛰고 신나한다.

"종철 씨, 너무 수고 많았어요. 노래 연습한다고 아침 일찍 산에 올라 노래하고 밤에는 찻길을 걸으며 노래하고 고생했어요. 이젠 맘 푹 놓고 음식 먹어요. 아~"

소정 씨는 갈비찜의 뼈를 발라서 종철이 입에 넣어준다.

"맥주도 한잔해요."

"아직 고기 안 씹었어요."

"호호호, 천천히 드세요."

조리장도 축하해주고 서 육부장도 축하해준다.

"야, 종철아 수고했다. 다들 잘해서 걱정했는데 우수상이 어디냐."

종철이는 송년의 밤을 통해 트라보호텔에선 일약 스타가 됐다. 보는 사람마다 알아보고 노래 잘한다고 칭찬이다. 천만이 형은 회식할 거 다섯 번은 저축됐다며 좋아한다. 그리고 다니면서 종철이가 자기하고 한 방 쓴다며 자랑한다.

가는 님, 오는 임

점심시간 지났는데 주방에 전화벨이 울린다.
"종철이 전화 받아라."
종철이는 짚이는 데가 있어 겁이 더럭 난다. 아니나 다를까. 전화를 받으니 고윤선 누나 목소리다.
"여보세요?"
"종철 씨예요? 나 고윤선이에요."
"네, 안녕하세요?"
종철은 "오랜만이에요" 하려다가 다음 말을 못 한다.
"저 지금 트라보호텔 커피숍에 와 있어요. 잠깐 시간 되세요?"
"네, 금방 갈게요."
수화기를 내려놓고 돌아서니 소정 씨가 걱정스런 표정으로 서 있다.
"누구예요?"
"전에 일했던 육송가든에서 사람이 찾아왔어요."
"여자요?"
"네."
커피숍 소파에 앉아있는 윤선 누나를 보니 고급스런 커피숍과 잘 어울리는 모습이라고 종철이는 생각한다.
"윤선 누나!"

"종철 씨."

종철은 순간 껴안고 싶다는 충동을 느꼈으나 이제는 그럴 수 없다고 마음을 돌린다.

"누나, 좋아 보여요."

"좋아요? 마음은 안 그런데 종철 씨는 잘 지내나 봐요. 전보다 여유 있고 성장한 모습이에요. 왠지 낯설게 느껴져요. 안 본 지가 석 달 좀 넘었나요?"

"네, 연락 못해서 미안해요."

"괜찮아요. 일은 잘 배우고 계신가요? 배울 만해요?"

"네, 죄송한 말씀 드려야 해서 많이 망설여지고 피로워요."

"무슨 일 있나요?"

종철은 솔직하게 털어놓기로 마음먹는다. 주방에서 전화 받고 나올 때 소정 씨의 걱정스런 표정을 보고 결심할 용기가 난 것이다. 그리고 윤선 누나에게도 더 이상 죄를 짓지 말아야 한다고 생각한 것이다.

"저한테 여자가 생겼어요. 죄송해요."

"그랬군요. 혹시나 기대한 제가 잘못이에요. 이루어질 수 없는 사랑이란 걸 알면서도 종철 씨를 좋아하는 마음에 제가 욕심을 부렸어요. 누군지 부럽네요. 저는 언제나 누나로 남아 있을게요. 종철 씨가 생각날 때면 언제든 누나로 생각해주시고 얼굴 보여주세요. 종철 씨의 행복을 빌어요. 먼저 일어날게요."

윤선 누나가 일어나는데 굵은 눈물이 탁자에 뚝 떨어진다. 종철은 순간적인 생각으로 소정 씨를 버리고 윤선 누나를 쫓아가서 잘못했다고 빌고 붙잡고 싶은 충동이 일어나는데, 몸은 제자리에 앉아 있다. '누나 미안해요.' 종철은 힘이 쭉 빠지며 마음속이 아려온다. 너무나 순수하게 사랑했던 누나에게 고통을 안겨주고 만 자신이 한없이 무력하게 느껴진다. '사랑은 정말 괴롭고 슬픈 것이구나. 〈사랑은 눈물의 씨앗〉이라는 노래도 있는데.'

며칠 전 천만이 형 말로는 이곳 동쪽파 깡패들이 새벽 4시에 집에서 자고 있는 연철중 사장님을 커피숍으로 불러냈다고 한다. 깡패 두목은 앞자리에 앉고 세 명은 연철중 사장 뒤에 병풍처럼 지켜 섰다고 한다. 트라보호텔에는 나이트클럽도 있고 슬롯머신도 새로 오픈해서 깡패들이 노리는 곳이다. 얘기 몇 마디 내놓던 깡패 두목은 겁을 주려는 듯 결론적인 말을 던진다.

"나가 직접 왔응께롱. 너는 시방 우리 말 듣지 않으면 죽는다."

깡패의 말이 떨어지기가 무섭게 연철중 사장의 눈에서 불꽃이 튀며 곰발바닥 같은 두툼한 손바닥으로 깡패의 뺨을 후려치며 엄중히 말했다고 한다.

"나한테 용돈 받으려면 내 앞에서 고개를 숙여라."

종철은 행성이 우주에서 충돌한 것처럼 머리에 큰 충격을 느끼며 연철중 사장이 받았을 충격을 생각한다. 커피숍 이 자리는 만나고 헤어지고 평범한 자리가 아니다.

종철은 조리복을 입은 채 영업장에 더 이상 앉아 있으면 안 된다고 생각하고 일어선다. 그전 같으면 윤선이 누나가 나간 곳으로 뛰어갔을 텐데 이러지도 저러지도 못하는 현재 상황이 감당키 어렵다. 빨리 밤이 되어 퇴근해서 술이라도 왕창 취하도록 먹고 싶은 충동이 인다. 커피숍을 힘겹게 일어서는데 스피커에서 가슴 저린 노래가 흘러나온다. 방위 받을 때 같은 부대는 아니지만 〈돌같은 사나이〉라는 앨범을 냈던 이태호라는 방위 출신 가수가 이번에 신곡 〈미스고〉 노래를 내놨다. "시인처럼 사랑하고 시인처럼 스쳐간 너"라는 가사가 이태호의 목소리로 절규하듯 애절하다. 종철이 힘없이 주방 문을 열어보니 소정 씨가 안 보인다. 천만이 형은 소정 씨가 라커룸에 쉬러 갔다고 말한다. 종철이는 조금 안심이 되어 육부실로 내려온다. 퇴근하여 종철과 소정은 실내 포장마차에 들러 골뱅이무침에 소주를 시켜놓고 앉았다.

"종철 씨, 솔직히 말해줄래요?"

"커피숍에 찾아온 여자는 육송가든에서 누나로 알고 지내던 사람이에요. 사실은 이곳 호텔에서 한정식 배워가기로 사모님하고 약속하고 온 거예요. 근데 생각지 않게 소정 씨를 만나서 사랑하게 됐고, 사실 얼마간 갈등하며 고민했어요. 그곳에 간다고 해서 소정 씨하고 관계는 변함없지만, 아무래도 여자관계가 단순하진 않을 거라 생각은 해요. 그래서 고민도 했고요."

"그래서 종철 씨는 어떻게 하고 싶으세요?"

"오늘 솔직히 얘기했어요. 호텔에 와서 사랑하는 사람이 생겼다고. 결혼할 사람이라고 했어요. 그랬더니 '그런 느낌 들었는데 역시 그랬군요' 하면서 행복하길 바란다고 하고 갔어요."

"그랬군요. 솔직하게 말해줘서 고마워요. 종철 씨 마음 많이 아프세요?"

"아니라면 거짓말이고 좀 아퍼요. 좋은 누나였어요."

"결혼하기 전에 이런 일이 해결되어 다행이에요. 나는 사랑하는 사람이 여자관계는 깨끗해야 한다고 생각해요. 사실 낮에 종철 씨 전화 받고 커피숍 갔을 때 심장이 뛰고 쓰러질 것 같아서 조퇴하려다가 일을 크게 만드는 거 같아서 우황청심원 사 먹고 누웠더니 좀 나았어요."

"그래요? 큰일 날 뻔했네요. 좀 나았다니 다행이에요."

"종철 씨 마음에 앙금 남지 않게 지금 다 얘기해줘요. 그곳 육송가든에는 수습 기간 끝나면 가고 싶은 마음이 조금이라도 있는 거예요?"

"소정 씨는요?"

"저는 반대예요. 종철 씨가 그곳에 간다면 제 맘은 안 편할 거예요."

"알았어요. 소정 씨하고 새로운 인생을 만들어가요. 우리 둘만의 꿈을요."

"고마워요. 그 여자분하곤 어떤 사이, 음…."

"어디까지…?"

"육체 관계는 가졌어요?"

"아니요. 맹세해요."

"뽀뽀는요?"

"뽀뽀도 안 했어요."

"진짜예요?"

"네."

"그럼 책임질 일도 없네요?"

"네."
"돈 받은 거 있어요? 있으면 내가 갚아줄게요."
"없어요."
"그럼 이제 우리 두 사람 더욱 서로 믿고 의지하며 사랑해요."
"그래요. 고비를 잘 넘겨서 힘이 나요."

천만이 형은 주방에서 탕고기를 삶아서 손질하는데, 김이 모락모락 피어오르고 그 옆에 소금을 갖다놓고 맛있게 생긴 고기만 골라서 소금을 찍어 먹는다.
"아이 쓰, 나는 왜 만나는 여자마다 진상이냐."
"왜요?"
"몇 번 만났는데, 한 다섯 번 만났나? 만날 때마다 비싼 것만 처먹어. 내가 돈 다 내고. 어제는 만나서 밥만 먹고 피곤해서 일찍 들어간다고 해서 헤어졌는데, 이상해서 뒤따라가 보니까 어떤 남자하고 만나서 여관에 들어가는 거야. 으! 아이, 어디 돈 많은 과부라도 없나?"
조리장이 들어오며 한마디 한다.
"야! 천만아! 너 시골 식당에 백반이 500원이야. 근데 500원짜리 백반에 소갈비구이 나오는 거 봤냐?"
"아니요."
"그 밥에 그 나물이란 얘기야. 마음을 곱게 써라. 언제 어떻게 될지 모른다."
"그렇게 얘기하면 신간이 편하세요?"
"하하하."
양기철이는 2층 뷔페 주방에서 홀 아가씨들하고 농담 따먹기 하고 오는지 주방 문을 열고 들어오며 참견한다.
"천만이 형도 책 좀 봐요. 조리사 자격증 공부도 하고요."
"책 볼 시간이 어딨냐?"
"종철이 형은 책 많이 읽으니까 여자 생겼잖아요. 유치원생들도 과외

받는데 결혼하려면 신문이라도 읽어야 해요."
"신문? 야! 종철아, 새로 생긴 신문 보면 자전거 준다더라. 한 부만 신청해주라."
"아이, 장난으로 하는 말 아니래요."
"기철이 너 강원도냐? 왜 갑자기 강원도 말을 쓰냐?"
"천만이 성을 생각해서 말해주는 내 진심을 알아달라는 거지라."
주방장은 책상으로 가서 앉고 기철이는 천만이 형한테 빈정상한 듯 한마디 한다.
"주방에서 고기 손질하며 맛있는 고기만 골라서 다 먹지 말아요. 회식 때 불판 위 삼겹살도 안 익은 거 마구 집어 먹으면 다른 사람들 못 먹잖아요."
"야! 먹는 게 퇴직금이고 먹다 죽은 귀신 때깔도 좋다더라. 자격증도 급할거 없다. 세월이 좀먹냐, 새털같이 수많은 날, 천천히 쉬어감서 할란다. 이래도 한세상, 저래도 한세상, 참새가 어찌 봉황의 깊은 뜻을, 니가 알것냐! 에구, 속 좁은 내가 이해 해야지."

　1년 중 사계절은 일정하게 변동 없이 찾아온다. 다만 사람들이 살아가는 환경만 바뀌고 생각도 바뀌고 내용도 바뀐다. 트라보호텔도 봄이 되면 춘계야유회, 가을이 되면 추계야유회, 연말이 되면 송년의 밤 행사를 어김없이 한다. 직원들의 사기진작과 단합, 휴식을 위한 배려이고 그중의 하이라이트는 노래자랑이다. 버스를 타고 이동할 때 앞에서부터 자기소개와 노래를 부르는데, 노래를 못하는 사람은 이때가 가장 곤혹스럽고, 떨리고, 난감하고, 스트레스이고, 노래에 자신 있는 사람은 이때가 사람들에게 자신을 뽐내고 드러낼 수 있는 좋은 기회다.
　그런 면에서 종철이가 노래의 감성과 소질을 물려받은 것은 천복을 이미 받고 세상에 나온 것이다. 노래를 잘 부르는 즐거움도 있지만, 듣는 감성을 가진 즐거움도 크다. 노래 재능을 개발하기 위해서는 노래를 많이 듣고 많이 불러보아야 한다. 자기가 좋아하는 노래뿐만 아니라 대중이 좋아하는 노래도 많이 듣다 보면 좋아지게 되고 노래의 영역도 넓어진다.

　노래든, 스포츠든, 글쓰기든, 무용이든 어떤 장르도 혼자 힘으로는 도달할 수 없다. 좋은 스승을 만나는 길이 자신의 재능을 성장시킬 수 있는 절대적 조건이 된다.

　소정과 함께 지낸 지 3년 정도의 시간이 흘렀고, 트라보호텔에서의 변화는 서발무 육부장이 조리장이 되고 종철이가 육부장이 된 것이다. 그리고 한식 주방 조리장 아래 2인자 수장이라는 직책도 받았다. 1년에 세 번 총 아홉 번 노래자랑에 도전했지만, 한 번도 최우수상은 받지 못하고 입상만 했다. 할 때마다 꼭 강자가 한 명씩 있어서 정상까지는 올라가지 못했다.

　한소정과 결혼날이 잡혔다. 함께 지낸 지 3년 만이다. 양가 부모님께 인사 올리고 종철이가 근무하는 트라보호텔에서 결혼하기로 장소를 잡았다. 회사에서 사원복지 차원에서 직원 결혼할 때는 무료로 해주겠다고 발표나고 첫 번째로 결혼하는 것이다. 소정 씨와 결혼하는 해는 좋은 일이 많이 생겼다. 조리사 자격증 시험에도 합격했고, 개관 10주년 모범사원에 뽑혀 표창 받고 해외연수도 가게 되었다. 그리고 그렇게 원하던 노래자랑 대상을 추계야유회 때 나훈아의 〈울긴 왜 울어〉를 불러서 1등을 한 것이다.

　그동안 야유회 장소로는 몽산포해수욕장, 남이섬, 여주 신륵사, 은모래 사장 등으로 전 직원을 반으로 나눠서 이틀에 걸쳐 야유회를 가는데, 반을 나눠도 300여 명 가까이 관광버스 일곱 대에 나누어서 가기 때문에 대단한 행차다.

　이때는 나이트클럽의 연예인 출연진도 합세하게 되는데 외국인 무용단, 이주일 씨 등도 함께했다. 보물찾기, 달리기, 씨름, 줄다리기 등 여러 가지 프로그램으로 그동안 쌓인 스트레스를 바닷가 파도에 날리며 하루 동안 다양하게 즐긴다.

　그러나 역시 노래자랑이 최고 인기다. 개인전이지만 자기 소속 업장의 직원들이 나오면 서로 질세라 땀 튀기는 응원전이 펼쳐진다.

　"뭔가 보여준다더니 이주일이 지났는데도 안 보여주냐!"

　종철이가 이주일 흉내를 내면 사람들이 웃긴다며 좋아한다. 이주일을 너무 좋아해서 1980년도에 피카디리극장에서 이주일 주연의 〈평양 맨발〉이라는 영화를 보기도 했고. 세종문화회관 별관에서 '이주일쇼'도 어렵게 시간 내어 보았다. 방위 받을 때도 동기들과 이주일 말투 흉내를 내고 놀았던 기억이 있는데, 실제로 이주일 씨를 보게 되니 신기하고 기쁘다. 종철이는 이주일 씨와 함께 사진도 찍고 사인도 받았는데, 종철이 손을 잡고 한마디 하신다.

"자네는 작아도 소갈비처럼 단단하네."
"소갈비 요리사입니다."
"하하, 그래? 따지냐!"
"하하하."

이주일 씨는 직원들 노래자랑 하기 전에 〈못생겨서 죄송합니다〉 노래를 구성지고 멋들어진 특유의 율동까지 보여주니 사람들이 너무 좋아한다.

얼굴이 못생겨서 죄송합니다
얼굴이 잘났으면 앞줄에 섰을 텐데
풍채라도 좋았으면 어깨라도 폈을 텐데
그래도 남자라고 울지도 못하고
가슴에 쌓인 한을 풀기 위해서
이제는 조용히 조용히
뭔가 보여주고 싶습니다
뭔가 보여주고 싶습니다

— 〈못생겨서 죄송합니다〉(1980), 이주일 노래

사회자도 오늘은 신이 났다.
"이주일쇼 한번 보려면 몇백 줘야 하는데, 오늘은 꽁짜입니다."
"하하하."

유명한 이주일 씨가 왔다는 소문에 인근 식당 주방 아주머니들까지 달려나와 사인해달라고 줄을 서는 진풍경도 한쪽에서 연출된다. 이주일 씨는 노래와 만담, 〈수지큐〉 춤까지 보여주는 등 역시 코미디 황제의 면모를 유감없이 보여주니 모두 즐거워한다.

    종철이는 이주일 씨가 함께하는 야유회 노래자랑에서 1등을 하여 사람들에게 뽐내고 싶은 욕심이 가슴에서 일어난다. 종철이는 사람이 적을 때보다 많을 때 노래할 맛이 나고, 무대가 크고 음향이 좋으면 더욱 멋지게 노래하고 싶은 열정이 생긴다. 그리고 노래자랑에서 노래 잘하는 사람이 있을 땐 '그래 한번 겨뤄보자' 하는 승부욕이 생긴다. 이날도 많은 사람들 앞에서 한 달 동안 나훈아 테이프를 틀고 연습하고 길거리를 걸어가며 연습한 효과가 톡톡히 나타났다. 첫 소절부터 아니 첫 글자인 '울'에서부터 뒤집어주고 강한 기교가 들어가는 노래라서 익힐 때는 어렵고 힘들지만 소절소절 맛 내는 재미가 짜릿하다.

    울지 마 울긴 왜 울어 고까짓것 사랑 때문에
    빗속을 거닐며 추억일랑 씻어버리고
    한잔 술로 잊어버려요
    어차피 인생이란 이별이 아니더냐
    울지 마 울긴 왜 울어
    바보처럼 울긴 왜 울어

    울지 마 울긴 왜 울어 고까짓것 미련 때문에
    흐르는 강물에 슬픔일랑 던져버리고
    돌아서서 웃어버려요
    어차피 인생이란 연극이 아니더냐
    울지 마 울긴 왜 울어
    바보처럼 울긴 왜 울어

                  - 〈울긴 왜 울어〉(1982), 나훈아 작사·작곡·노래

    일식 주방에서 일하는 김홍배는 종철이가 나와서 노래를 하니 제 딴엔 응원해준다고 혼자 나와서 춤을 췄는데, 처음 반주만 조금 리듬이 있다

가 그 후 반주가 슬로로 계속되니 본인도 어색한지 슬그머니 들어간다. 슬프고 느린 노래라서 관중의 호응이 많지 않았는데, 심사위원들 수준이 높았는지(?) 막상 대상을 받고 보니 더욱 기분이 좋다. 올해부터는 1등을 최우수상이 아닌 대상으로 상향 조정해서 첫 대상의 주인공이 되었고 상금도 올랐다.

상금과 상패, 부상으로 침실에 놓는 커다란 등갓을 짊어지고 소정 씨에게 자랑하려고 집에 찾아갔다. 소정 씨는 좋아서 깡충깡충 뛰며 종철이 가슴에 안긴다.

"포장지 버리지 말고 잘 싸놨다가 우리 결혼하고 신혼방에 놓으면 좋겠어요. 살림 하나 늘었네. 호호. 종철 씨, 두 달 동안 야유회 대비해서 그렇게 열심히 노래 연습하더니 성공했어요. 어떡하면 그렇게 노래를 잘할 수 있지요?"

"카세트가 노래 선생님이지. 많이 듣고 많이 부르는 게 최고인 거 같아요."

트라보호텔 춘계 야유회 노래자랑 대상

주방 냉장고 안에서 식사하는 최초의 사진
(모델 누구?)

사내 결혼식

　종철은 결혼식 날짜도 잡히고 기쁜 일이 생기니 윤선 누나와 육송가든 사모님이 생각난다. 서발무 조리장에게 부탁하여 한정식 잘하는 웨딩사업부 주방장을 구해드리긴 했으나 그래도 많이 서운해했다. 그렇지만 결혼할 아가씨를 만난 것은 축하한다며 결혼식 때 꼭 청첩장 보내라 했다. 종철은 누군가를 좋아하고 사랑하는 일엔 책임이 따른다는 것을 가슴 아프게 느끼고 있다. 종철은 날이 밝으면 근무하는 호텔 커피숍에서 직원들에게는 30% 할인해준다는 크고 모양 좋은 케이크를 사 들고 육송가든에 가서 사모님을 찾아뵙고 조금이나마 마음을 풀어드리자고 생각한다.
　결혼식 날짜는 10월 28일 토요일이고, 장소는 트라보호텔 연회장이다. 양가 부모님 상견례도 마치고 혼수도 상만하고 신혼방은 호텔에서 걸어 다닐 수 있는 곳으로 얻었다.
　종철은 친구가 없다. 열일곱 살에 고향 떠나서 이곳저곳 전전하다가 방위 받고 직장 생활하니 친구를 사귀지 못한 것이다. 첫째는 술이 안 받는 체질인지 소주 반 잔만 마셔도 온몸이 빨갛고 입에서 몸에서 받지를 않는다. 책을 보고 일기 쓰고 운동하고 노래 듣고 부르고 글 쓰는 걸 좋아한다.
　결혼식 날에는 호텔에서 친하게 지내던 사람이 퇴사하여 찾아준 사람이 몇 사람뿐이고, 친한 고향 깨복쟁이 친구는 뒷집 살던 강공섭 한 명뿐인데 연락이 안 된다. 신랑 친구들 사진 찍을 때는 웨이터, 관리부 직원 등 식장에 있던 호텔 직원들이 친구를 대신해서 자리를 메워주었다. 소정 씨는 학교 친구들이 많이 찾아주었고 친구가 축가도 불러주었다.

축가 부를 때 종철과 소정은 식장을 바라보고 나란히 섰는데 앉아 있는 하객, 서 있는 하객들로 밖에까지 식장을 꽉 메웠다. 종철이 눈이 맨 뒤로 향하는 순간, 병삼이 형이 웃어주고 있고 사모님과 고윤선 누나가 보인다. 며칠 전 청첩장을 주러 육송가든에 들렀을 때 안채 거실에서 고윤선 누나가 앞으론 누나가 되겠다고 선언하자 사모님은 "그럼 나는 엄마네!" 하며 웃었다. 종철이 심정은 미안해서 눈물이 날 지경이다. 욕하거나 매를 맞는 것이 차라리 맘은 편할 거 같은 종철이다. '윤선 누나, 사모님 죄송합니다.'

좋은 일 뒤에 안타까운 일이 찾아왔으니 종철이 결혼식 올리고 두 달 되던 때 12월, 호텔에서 근무하는데 오후에 아버지 부고를 받게 된다.

그전에 방위 제대하고 집에 하루 있을 때 지병이 있는 아버지가 방에서 쓰러지셔서 종철이는 아버지를 업고 가까운 병원 응급실까지 갔었다. 종철이는 아픈 아버지를 보면서 안타까운 마음에 서울에 올라가지 말고 아버지를 모시고 살까 생각했다. 병실에 누워계신 아버지께 "제가 군산에 내려와서 아버지 모시고 함께 살까요?" 하고 몇 차례 물었으나 아버지는 대답을 안 하셨다.

아버지는 낯선 땅 군산에서 어린 아들 삼형제 먹여살리려 콩나물을 키워서 팔았고 콩나물공장을 하고 단체 일도 하며 법인체로 만들려고 모든 걸 바쳤지만 결국 뜻을 이루지 못하고 지병을 얻어 59세로 유명을 달리하셨다.

언젠가 순철이 삼촌이 "내 청춘을 누가 보상하냐"고 했던 말이 떠올라 종철이 눈엔 눈물이 흐른다. 삼촌은 1978년 제10대 국회의원 선거 종로·중구 유세장에서 "박정희는 독재자"라고 하여 또 정보부에 연행되었다고 한다. 어쨌든 삼촌도 평범한 삶을 살지 못하고 민주화라는 큰 시류에 휩쓸려서 여태 자리를 못 잡고 어렵게 살고 계시다. 육송가든에서 병삼이 형이 아버지의 복직에 감격의 눈물을 흘린 것처럼 종철이도 20대 때 객지의 식당 주방 여기저기로 떠돌 때 아버지가 숙원하시던 법인 허가가 되었다는 전화를 받게 되길 간절히 기원했었다. 그렇게 한 세대는 가고 또 한 세대가 오고 있다.

부고를 받은 날은 크리스마스 이브, 세상에나 눈이 엄청나게 펑펑 쏟아지는 날이었다. 집 앞 신작로에서 가까스로 택시를 탔으나 100미터 가는 데 30분째 제자리라서 결국 택시에서 내려 다음 날 가기로 결정했다. 다음 날 부모님 집에 도착하여 아버지 영정에 절을 올리고 아버지 방에 들어갔다. 쓸쓸히 걸려있는 아버지 양복 주머니를 보니 100원짜리 동전 18개, 1,800원이 있어 손수건에 소중히 담아 간직했다. '그래, 이것이 아버지가 나에게 물려주신 유산이다.'

제주도로 신혼여행을 가서 첫날밤에 종철은 소정 씨에게 묻는다.
"내가 어디가 좋아서 결혼하게 됐어요?"
"머리가 좋아서 똑똑한 2세를 낳을 것 같고, 노래를 잘해서 반했어요."
허니문 베이비를 가졌을 때 종철은 모범사원 표창으로 동남아 해외연수를 가게 된다. 이때 주방의 양기철과 함께 뽑혀서 동행하게 됐다.
종철이 18세 때 세상 풍파를 헤쳐가기가 너무 힘들었다. 그래서 중이 되려 절에도 찾아갔었는데…. 자신을 닮은 자식이 태어나면 살아가는 데 힘들지 않았으면 해서 작가가 되라는 뜻을 담아 이름을 소리 나는 대로 지은이라 지었다.

〈전국노래자랑〉 도전

20대가 지나는 나이인 1992년, 29세 때 거리에 〈전국노래자랑〉이 수원에 온다는 현수막이 걸려 도전하게 되었다. 종철은 사전 접수를 하고 예심이 열리는 시민회관으로 향한다. 이때는 소정과 둘이 아닌 식구가 하나 늘어서 두 살 된 딸 지은이와 양기철이도 함께 네 사람은 시민회관으로 향했다. 가파른 언덕길을 한참 동안 걸어서 산꼭대기 수원시민회관에 도착하고 보니 엄청난 사람들이 몰려왔다. 참가하는 사람도 많고 구경꾼도 많고 수원에서 제일 큰 수원시민회관 1, 2층 600석을 가득 메우고 로비며 밖에까지 번데기, 풍선, 장난감, 아이스케키 등을 파는 장사꾼들까지 몰려 장터 분위기다.

점심 먹고 1시가 되자 한 사람이 마이크를 잡고 무대 가운데로 나온다.

"에… KBS 〈전국노래자랑〉에 신청해주신 수많은 신청자와 수원시민 여러분 안녕하세요? 오늘 심사를 맡은 작곡가 임종수 인사드립니다. 잠시 후에 예심이 시작되겠는데요. 간략히 예심에 합격할 수 있는 방법을 알려드릴 테니 잘 듣고 모두 합격하시길 바랍니다. 우울한 노래는 안 좋습니다. 일요일 가족들이 모두 모여서 티브이를 시청하는데 슬픈 노래를 부른다거나, 지금 날씨가 쌀쌀한데 방송 나갈 때쯤 되면 눈도 올 텐데 "콩밭 메는~" 〈칠갑산〉 이런 노래는 바로 땡입니다. 겨울에 땅이 얼어서 파지지도 않지만 씨 뿌려도 싹 안 납니다. 절대 부르면 안 됩니다. 이렇게 말씀드렸는데도 좀 있다가 또 부르는 사람이 있습니다. 그리고 1차 예심은 반주 없이 노래합니다. 저희는 한 소절만 들어도 노래를 잘 부르는 사람인지 못 부르는 사람인지 다 압니다. 그래서 시간 관계상 끝까지 듣지 않고 탈락이신 분은 땡 하지 않고, 땡 하면 기분 나쁘겠지요?"

"네."

"'수고하셨습니다' 이렇게 할 겁니다. 그러니까 '수고하셨습니다' 하면 떨어진 줄 아시면 됩니다. 알았죠?"

"예~"

"'수고하셨습니다' 했는데 노래를 계속 부르거나 합격했다고 우기시면 안 됩니다! 합격한 사람은 그냥 '합격'이라고 할 겁니다. 그러면 2차 예심 신청서를 받아가셔서 다시 신청서를 작성해서 내주세요. 어떤 사람은 1차 예심 합격했다고 집에 가는 사람 있어요. 이런 분은 떨어진 겁니다. 녹화날 오셔서 합격했다고 우기시면 안 됩니다!"

"네~"

임종수 심사위원 선생은 자리에 앉고, 신청번호 1번부터 40번까지 무대 옆쪽으로 나와서 줄을 선다. 종철은 183번이니 한참 여유가 있다. 종철은 저번 추계야유회에서 1등 한 나훈아의 노래 〈울긴 왜 울어〉를 부르기로 오기 전부터 마음먹었다. 트라보호텔에서 대상 받았다는 자신감과 요 근래 연습해서 입에 익은 노래를 부르기로 한 것이다. 심사위원 선생이 우울하고 슬픈 노래는 하지 말라 했지만 원래 마음먹었던 노래라서 바꾸지 않고 갈등은 했으나 밀고 나가기로 작정한 것이다. 원래 가장 자신 있는 노래는 나훈아의 〈고향역〉인데, 호텔에서 1등 한 노래 〈울긴 왜 울어〉에 자부심을 갖고 1등 했다는 여세를 몰아 도전하기로 마음먹은 것이다.

종철은 아내인 소정과 양기철, 두 살 된 딸 지은이와 함께 1층 좌석 중간쯤에서 구경하고 있는데, 긴장되어 아무 말 없이 앉아 있다. 가죽 잠바를 입은 40대 아저씨 차례인데, 윤수일의 〈아파트〉 노래를 가사도 제대로 안 외우고 마구잡이로 부르고 있다.

"별빛이 허러는 다리를 건너 바람 불어버리는 갈대숲을 지나버져 언제나 나를 애타게 기다리던 영숙이의 연립주택."

복싱 체육관 링 위에서 고개 숙이고 양 주먹을 마구 휘둘러대는 식이다. 가사도 외우지 않고 생각나는 대로 노래를 질러대니 실내에 있는 많은 사람이 웃으며 '저것도 노랜가. 나는 저보다는 더 잘 부르겠다'는 희망을 준다.

임종수 심사위원장이 점잖게 "수고하셨습니다"라고 말했는데도 못 들었는지 노래를 계속 부르고 있다. 보통은 "수고하셨습니다" 하면 창피하고 무안해서 신속히 들어가는데, 이 아저씨는 더욱 신이 나서 큰소리로 노래를 부른다. "수고하셨습니다" 해도 그칠 줄 모르니 심사위원장은 손에 막대기를 들고 땡 소리를 크게 친다. 그제서야 아저씨는 들어가며 "띵 해도~ 나는 좋아~"라며 리듬을 맞춰서 몸까지 흔드니 관객석은 요란법석 웃음의 도가니다. 종철도 헛웃음이 나오는 걸 참고 줄을 서기 위해 무대 우측으로 나간다.

행사 진행자는 160번부터 200번까지 나와달라는 글자가 적힌 작은 칠판을 들고 흔든다. 노래자랑에 나갈 때는 무대에 올라가서 스타 의식을 가지고 자기 실력을 맘껏 뽐내면 되는데, 예심은 반주도 없고 짧은 순간에 당락이 결정되어 제대로 보여주지도 못하고 탈락하니 더 긴장이 된다. 실력을 제대로 보여줄 기회조차 없이 떨어질 수 있다는 상황이 정신을 아득하게 만든다. 종철은 자신감이 떨어지며 '그냥 돌아갈까? 내가 왜 여기 와서 이러나' 하는 생각도 든다.

드디어 종철이 차례가 돌아왔다.
"참가번호 183번 김종철입니다."
"울지마~ 하, 울긴 왜 울어~ 고까짓것 사랑 때문에~ 빗속을 거닐며."
"수고하셨습니다."
마이크를 타고 심사위원의 말소리가 조용히 들려온다. 종철은 창피해서 황급히 무대를 내려온다. 무언가 훔치다가 들킨 사람처럼 사람들이 다 나만 쳐다보는 것 같다. 종철과 소정, 양기철, 지은이는 수원시민회관 언덕길을 내려온다. 찬바람에 큰 낙엽이 길가에 나뒹굴고 큰딸을 안은 아내 소정은 적막을 깨고 담담히 한마디 한다.

"수고하셨습니다."

밝게 웃어 보이지만 종철은 웃음이 나오지 않는다. 무거운 시멘트 포대를 얹어놓은 것처럼 마음이 어둡다. 그 후 처가에 갔을 때 종철이가 말하면 아내인 소정의 "수고하셨습니다"라는 말에 사람들은 웃으며 즐거워하지만, 종철은 웃음이 나오지 않고 표정이 굳으며 씁쓸하다. 그 후로도 한동안 종철이 무언가 일장연설을 시작하려 할 때 옆에 소정 씨는 "수고하셨습니다"로 종철의 긴 말에 제동을 걸어주었다. 종철에게는 이날의 〈전국노래자랑〉 도전이 노래를 듣고 좋아하고 부르고 해서 박수도 받고 상도 받고 즐거움만 주었던 노래가 탈락의 기억으로 남아서 한동안 노래에 한이 맺히게 되었다.

퇴근 후 밤길을 걸어갈 때 통닭집에서 처음 듣는 노래가 흘러나온다.

술잔을 부딪치며 찬찬찬! 그러나 마음 줄 수 없다는 그 말,
사랑을 할 수 없다는 그 말, 쓸쓸히 창밖을 보니,
주루룩 주루룩 주루룩 주루룩, 밤 새워어~
내리, 느흔~ 빗물~ 뚜루루루, 뚜루

종철은 노래를 마저 듣기 위해 가던 발길을 멈추고 호프집 앞에서 누가 볼세라 뭔가 생각히는 척하면서 제자리를 서성인다. 노래가 사랑이 되고 사랑이 노래가 되고. "찬찬찬! 그러나 마음 줄 수 없다는 그 말" 편승엽이라는 새로운 가수의 〈찬찬찬〉 노래가 종철의 가슴속에 있는 감정을 밑바닥 앙금까지 온통 훑어 끌어올린다.

6
창업·강사·단체활동, 디딤돌을 건너다

액땜

중1 겨울에 종철은 돈 번다고 가출한 적이 있다. 수원역 다방에서 껌팔이도 하고, 구두닦이도 하고, 신문팔이도 하고, 중국집에서 배달도 했다. 훗날 도은 명리학 선생이 어릴 적 공부보다는 경제가 먼저 들어왔다는 사주풀이 탓인지 또 한 번 장사에 대한 열정이 가슴속을 온통 활활 태우려 하고 있다. 종철이도 지금 가슴속에서 일고 있는 창업에 대한 욕망이 잘못됐다는 것을 알면서도 망하더라도 가슴속 불을 끄는 것이 필요하다고 확신하고 잘 다니던 직장을 퇴사하고 만다.

어릴 적 책꽂이에 꽂혀 있던 《당신도 독립하라》는 책 제목이 영향을 주었는지도 모른다. 세월은 바람 앞에 구르는 낙엽처럼 굴러 하필 IMF에 광우병 파동으로 외식사업이 곤두박질치던 해에 '군산아구찜집'이라는 고향 이름을 딴 해물찜 집을 창업하기에 이른 것이다. 오랜 갈비집의 꿈을 광우병 파동으로 하지 못하니 임기응변으로 아귀찜 집을 하게 된 것이다. 그러다 보니 아이템만 정했지 요리 습득은 안 된 상태에서 급하게 일식 조리사 모임 회장에게 부탁하여 긴급 조리비법을 전수받게 되었다.

아귀찜 조리법의 핵심은 쭉쭉이 콩나물을 통통하고 아삭하게 삶는 것과 전분과 콩가루로 윤기 있고 걸쭉한 맛과 매콤한 맛, 고소한 맛을 내주는 것이 키포인트다. 아귀탕 국물맛은 '지라'라고 하는 아귀 간이 들어가야 하는데, 작은 깍두기 모양으로 썰어서 5~10개 정도 넣어주면 찐하고 기름기도는 고소한 맛이 나온다. 이것이 비법인데, 재료가 30년 요리사보다 나을 때가 있다는 걸 깨닫게 해준다. 그리고 언젠가 아버지가 말씀하신 아귀탕 비법은 찹쌀가루 빻은 물을 좀 넣어주면 국물이 약간 걸쭉해지면서 맛이 한층 좋아진다.

종철은 가게 자리를 얻기 위해 수원 시내는 물론 수원 인근까지 밤낮으로 돌아다녔지만 얻지 못하고 정신이 혼미하고 초조할 때쯤 도롯가 주차장도 없는 삼겹살집 했던 가게를 얻었는데, 사기꾼 가게였다. 가게 잔금 치르고 나니 사채업자들이 찾아오기 시작하고, 납품업자들이 외상값을 받으러 오기도 한다. 종철이는 영문도 모르고 사채업자들에게 욕을 먹어야 했고, 시설비 3천 주고 얻은 가게의 냉장고며 정수기 등에는 유채동산 가압류 딱지가 붙었다. 설상가상 처음으로 대판 싸운 아내는 처가에 다녀온다며 집을 나가고 말았다. 그렇게 강수로 나가면 이제라도 종철이 무모한 장사를 거둘 것이란 선택이었으리라.

그래도 종철은 열일곱 살 때부터 고집 하나로 살아온 성격을 시험이라도 하듯 계속적인 악전고투에도 끝까지 집념 하나로 버텨나간다. 전단지를 만들어서 신문지에 넣고 점심시간이 지나면 전단지 들고 나가 일일이 차량에 꽂고 아파트 맨 꼭대기 층부터 내려오며 2시간씩 돌리고 10여 가지의 반찬에 신경 쓰니 점차 매상이 100만 원씩 오르며 가게가 살아나기 시작했다. 한 번 왔던 손님들이 다른 손님들을 모시고 신나는 표정을 지으며 들어오는 모습은 음식에 매우 만족한다는 것을 알 수 있다.

그렇게 1인 3역으로 열심히 장사하던 중 오토바이 타고 배달 다녀오다가 사거리에서 우측으로 도는 버스와 충돌하는 교통사고를 당했다. 그리고 새벽에 조리사 조기축구회에서 공을 차다가 다리가 부러져 휠체어 신세를 지고 병원에 입원하기에 이른다. 신의 계시가 잘되는 쪽이 아닌 안 되는 쪽으로 계속 작용하니 장사도 내리막길이다. 가게를 팔려고 내놓아도 나가지 않으니 창살 없는 감옥이 따로 없다.

그동안 무모한 고집에 대한 하늘의 가르침인지 가슴속이 타들어가다가 비가 내리는 고통을 실컷 맛본 지 3년 만에 어둡고 긴 터널에서 벗어날 수 있었다. 가게 보증금과 약간의 시설비 받은 거로 빚잔치 하고 남은 돈으로 식당 창업 컨설팅을 시작했지만, 결국 남은 돈마저 다 까먹고 지하 월세방에 카드빚만 남은 상황에 인천 갈비집에서 기술 전수 의뢰가 들어왔다. 컨설팅 사무실 운영하며 구축해놓은 블로그를 보고 수원왕갈비 양념 전수를 부탁한 것이다. 200만 원 받고 양념 노하우를 가르쳐주러 간 자리에서 요리연구가를 소개받게 되었고, 창업외식 소스 아카데미 강사로 추천되어 요리 강사로 가게 되었다. 주방 일을 하며 그동안 터득한 조리비법을 공개하는 강좌였다. 처음 강사 제의에 자신이 오랜 세월 고생해서 이룩한 노하우를 공개하는 데 대해 종철이는 많이 망설여지고 생각도 많았다.

요리강사 가방을
어깨에 메다

첫 강의는 한 달이라는 시간 여유가 있었지만 준비할 것이 만만치 않다. 주먹구구식으로 그냥 대충 가르치면 되는 것이 아니라 레시피를 계량화해서 고기 몇 킬로그램에 양념 몇 그램씩 모두 적어야 하고, 만드는 방법도 순서대로 글로 설명해서 미리 메일로 보내줘야 한다. 수강생들도 외식업 베테랑들로 좀 더 고급요리 비법을 배우기 위해 고액의 수강료와 금쪽같은 시간을 할애해서 강좌를 신청하여 참석하는 것이다. 처음 자신만만하던 생각은 시간이 갈수록 점점 사라지고 그 자리에 두려움과 함께 수강생들을 어떡하면 만족시키고 감동시킬지 걱정이 앞선다. 중요한 재료 한두 가지 빼먹고 가르치겠다는 생각도 해봤고 내 기술을 고스란히 넘겨주는 것이 아까웠지만, 날짜가 가까워올수록 불안해졌다. 내가 가진 모든 실력을 다 쏟아서 진정 수많은 수강생을 만족시킬 수 있을까? 절체절명의 기로에 선 심정을 누가 알 것인가?

강의는 처음이기에 웅변학원에도 다니고 아이들 앞에서도 강의해봤다. 거울 보고 표정 연습도 하고, 시내 요리학원 아는 곳에 찾아가서 무료 요리강좌 수강생을 모집해서 몇 차례 예행연습도 해봤다. 그동안 주방장 모임인 요리동호회에서 총무도 하고 회장도 했지만, 천성적으로 사람들 앞에서 1분 이상은 떨려서 말하지 못하는 성격인데 하루 강좌에 3시간을 어떻게 버틴단 말인가? 1시간이라면 어떻게 비비겠는데, 3시간은 도망갈 곳도 없고 꼼짝없이 자신 그리고 앞에 있는 수강생과 싸워서 이겨야 한다.

대중 앞에 서서 1분도 제대로 말하지 못하는 그동안의 종철이로서는 무모한 도전이지만, 하겠다는 불굴의 의지만큼은 또 남다른 데가 있다. 이럴 땐 1981년 조간신문에 연재되던 이시형 박사의 《배짱으로 삽시다》 내용이 생각난다. 떨리면 떨린다고 하고, 자신의 실력이 얼만큼이면 솔직히 얼만큼이다, 모르면 솔직히 모른다고 하라는 내용이 생각난다. 종철은 새로운 일을 한다는 것에 대한 두려움과 준비, 노력을 이번 기회에 톡톡히 경험하고 있다. 문제는 내용과 결과인데, 알 수 없는 경험의 결과에 대한 호기심을 즐기는 것도 종철의 독특한 성격이다. 결국 어떻게 될 것인가? 성공할 것인가, 실패할 것인가? 그것은 지나봐야 알 수 있는 일이니 결과가 궁금하고 기대된다.

첫 강의는 울산에서 소스 강의가 잡혀 있다. 종철은 강의 자료와 칼, 요리복을 강사용 가방에 넣고 첫 출장길에 올랐다. 처음 1980년 주방에 입문해서 옷가방을 메고 식당에서 먹고 자고 일했던 식당뿐이에서 이제 2007년 27년 만에 주방 기술을 가르쳐주는 요리강사가 되어 가방을 메고 떠나는 것이다. 미리 예매해둔 기차표 시간에 맞춰 새벽에 기차를 타기 위해 수원역에 도착했다. 이른 아침이라 승객들은 간간이 보이고 노숙자들이 의자에 웅크리고 잠자고 있다. 사장과 노숙인은 한 끗 차이라는 걸 종철이는 자신의 경험으로 알고 있다. 그동안 상사가 밍해 빚에 쪼들리고 가까운 사람들의 배신에 증오와 적개심, 피해의식으로 모든 걸 포기하고 현실을 벗어나고 싶다는 생각도 했다.

차디찬 날씨에 몸을 펴지 못하고 꼼짝없이 자신이 쌓아놓은 벽에 갇혀 버리고 마는 사람들. 자신도 저럴 뻔했고 언제고 저렇게 될 수 있다는 경각심을 갖고 있다. 과거에 안 되는 가게를 붙들고 애를 태울 때 일 끝난 텅 빈 가게에서 뚝배기 하나 끓여놓고 한잔 두잔 마시던 술잔이 점점 늘었다. 술이 쓴지, 삶이 더 쓴지 확인해보고자 억지로 입에 밀어 넣었던 소주잔. 인생이 쓴 소주보다 더 쓰다는 것을 실감했다. 그렇게 몸에서 기가 다 빠져

나가 장거리 버스 타는 것도 무서워서 기차를 타고 다닐 정도로 몸과 마음이 많이 약해졌다. 시간은 어김없이 흘러서 울산역에 가까워오는데, 이대로 기차를 타고 한없이 달리고 싶은 약해지는 마음이 가슴을 무겁게 짓누른다.

울산역에서 하차해 택시를 타고 강의 2시간 전에 푸드아카데미센터에 도착했다. 준비된 재료들을 가지고 강의하기 수월하게 미리 칼질도 해놓고 마늘도 다져놓고 한참을 하고 있으니 사람들이 하나둘씩 들어오기 시작한다. 아무도 내 편은 없다. 완전히 손끝 하나까지 다 공개하며 요리비법을 전수해야 한다. 이것은 쇼도 아니고 오직 주방 현장의 숙달된 조교의 모습과 제대로 된 맛을 구현해내야 한다.

첫 메뉴는 한우편채다. '한우멍석'이라는 음식점을 오픈해줄 때 그곳 대표가 로스편채라는 술안주 메뉴를 원해서 개발한 메뉴다. 한우 채끝등심에 수원왕갈비 양념을 해서 팬이나 숯불에 겉이 1센티미터 정도 익게 굽는 것이다. 참기름, 마늘 다진 것, 대파 다진 것, 배 간 것, 참기름, 설탕, 소금을 한우 채끝에 발라 30분 정도 살짝 재운다. 채끝에 간이 배는 동안 찍어 먹는 소스를 만드는데, 모두 공개한다.

한우편채 소스	
간장	1T
물	1T
식초	1T
설탕	1T
참기름	1T
통깨	1T
땅콩가루	1T
마늘	1T
대파	1T
고춧가루	1T
겨자	0.3T
후추 톡톡	

재료를 순서대로 계량해서 큰 그릇에 넣고 잘 저어준다. 채끝에 싸먹는 채소는 양파채를 물에 살짝 넣었다가 물기를 빼주고, 깻잎을 곱게 채 썰어준다. 무순도 요리 접시 중앙에 소담스럽게 담아주고 노랑, 빨강 파프리카도 채 썰어서 둥근 모양으로 색깔을 맞춰 담아놓는다. 한우 채끝은 불에 익혀서 1.5밀리미터 두께로 길게 썰어서 요리 접시 가장자리에 빙 돌려 담는다.

시식할 때는 편채고기에 준비한 각종 채소를 골고루 넣고 말아서 소스를 찍어 먹는다. 색깔도 좋고, 고급스러워서 색다른 파티 요리나 술안주에 아주 좋다.

얼마 전 한 궁중음식 연구가가 인터넷을 보고 종철이에게 갈비집 반찬을 가르쳐달라고 찾아온 적이 있었다. 물론 공짜는 아니고 전수비 내고 가르쳐달라고 부탁하는 것이다. 중국 청도에서 갈비집을 내고 싶다고 한다. 전부 가르쳐주고 후에 종철이 요리강좌 간다는 말을 듣고 이곳 푸드아카데미 강사진의 강의 내용이 담긴 두꺼운 책자를 준다. 그전에 이곳에서도 수강한 모양이다. 그러면서 하는 말이 "그곳 수강생들이 좋아하겠네요" 한다. 왜 좋아한다는 것인지 궁금해서 물어보니 "자상하게 잘 가르쳐주니까요"라고 한다. 종철은 자신이 강의할 때 자세히 정감 있게 잘 가르쳐준다는 것을 알았다. 장점은 살려야 한다.

다음은 들깨 드레싱이다. 이것을 만들게 된 동기는 개업 때부터 인연을 이어오고 있는 수원의 최고 큰 갈비집 가보정을 방문했는데, 하루는 그곳 사모님이 하얀 소스를 내민다. 이것을 만들 수 있냐고 묻기에 흔쾌히 "이것보다 더 맛있게 만들 수 있습니다"라고 했다. 그리고 연구해서 만들고 이름을 지은 게 들깨 드레싱이다. 온전히 노력해서 만든 소스를 하나도 숨김없이 완전히 공개하는 것이다.

만드는 방법은 마요네즈, 소금, 설탕 등을 큰 그릇에 담고 옥수수콘, 푸르트 칵테일을 믹서기에 갈아서 거품기로 함께 섞어주면 된다. 종철이의 요리법 특징은 어렵고 복잡한 게 아니라 쉽고 간편하게 만드는 데 있다. 만드는 걸 한 번만 보고, 레시피만 있으면 누구나 손쉽게 따라 하고 제 맛을 낼 수 있다.

세 번째 요리는 동충하초 옛날 불고기다. 음식점에서 메뉴 개발을 하거나 창업할 때는 선호하는 좋은 재료를 이용하여 작명하면 한결 좋다.

들깨 드레싱

마요네즈	1통
들깨가루	800g
사이다	1kg
옥수수콘	큰 것 1통
푸르트 칵테일	큰 것 2통
식초	900g
백설탕	1.5kg
꽃소금	180g

양념장에 양파, 쪽파, 시금치, 당면, 버섯을 곁들여서 시식하면 좋다. 불고기 육수가 보글보글 끓으면서 고기도 익고, 강의실에 불고기 익는 냄새가 솔솔 풍겨 채워지니 사람들의 눈과 표정도 생기가 돈다. 음악소리와 음식향은 공간을 채워주는 효과가 있다.

그다음 요리는 육회비빔밥인데, 수원의 큰 갈비집 가보정에서 일할 때 연구한 육회 양념이다. 그곳 갈비집에서는 일주일에 한 개 정도 육회를 찾는 손님이 있었는데, 종철은 갈비 드시고 육회를 추가로 주문하는 손님이야말로 고급 손님이라 판단하고 꼭 잡아야 한다고 생각해 정성을 기울인 것이다.

동충하초 옛날 불고기	
소 목살	3kg
생수	4kg
진간장	720g
캐러멜	30g
백설탕	600g
청하	100g
참기름	100g
통깨	30g
후추	5g
간 마늘	80g
간 배	150g
간 양파	150g
간 사과	100g
간 대파	50g

손님이 정식 메뉴에 없는 육회를 주문하니 어쩔 수 없이 홀 아가씨는 인근 마트에 가서 한우고기를 조금 썰어달라고 해서 가져오는 것이다. 그래서 채소 가지러 냉장고로, 그릇 가지러 주방 이쪽저쪽 뛰어다니며 배랑 마늘을 썰고, 급조하여 만들어주는 상황이었다. 그러다가 냉장고기가 아닌 살짝 얼린 고기를 썰어서 양념하여 접시 옆에 과일과 채소로 데코레이션을 해서 내보내니 손님은 한 접시 가득 후식까지 덤으로 나오자 만족도가 최고였다.

그렇게 한번 찾은 육회 손님들이 기하급수적으로 늘어나 3일에 한 개, 매일 한 개, 세 개로 하루 주문이 점차 늘어났다. 육회에 정성을 쏟은 지 6개월쯤 되어 한 달에 180개가 나가는 대기록이 세워지니 사모님도 종철이에게 육회 한 접시 만들어달라고 해서 맛을 보신다. 사모님은 육회를 맛있게 드시며 기분이 좋으신지 옆에서 관심 있게 지켜보는 홀 아가씨들에게 농담하신다.

"야! 니네도 돈 내고 사먹어."

신이 나신 사모님은 공방에서 좋은 요리 그릇들을 사 왔다. 다양한 육회 접시 샘플 중 방짜 그릇으로 결정하고 20여 개의 방짜 육회요리 그릇을 사 오셨다. 그때 육회 레시피를 만들고 전용 냉장고에 여러 가지 재료를 미리 준비해서 좀 더 신속하게 육회를 만들어 제공했다.

양념도 한꺼번에 고기에 넣고 주물러서 맛과 모양을 살려야지 간 보고 또 넣고, 자꾸 주무르다 보면 고기 색도 죽고 맛도 싱거워지고 그러면 양념을 또 넣어야 하고 작품이 아주 엉망이 되어버린다.

육회용 고기 200그램에 설탕 5, 소금 1, 통깨 0.5, 후추 0.2를 섞은 배합양념을 20그램 넣어준다. 여기에 다진 마늘, 참기름을 넣고 버무려주면 단맛, 짠맛이 딱 맞는다. 육회 위에 마늘을 편으로 썰어서 올려주고, 달걀 노른자를 중앙에 놓은 다음 그 위에 잣가루를 뿌려준다. 옆에는 오이를 얇게 썰어서 다섯 봉우리를 만들고 무와 홍고추를 동그랗게 놓으면 왕 뒤에 병풍으로 치는 일월오봉도 형상이 된다. 이렇게 조금 신경을 써서 여러 가지 데코를 응용할 수 있다. 육회 판매 대박의 비결 중 하나는 양이 푸짐해야 살릴 수 있다. 살짝 얼린 고기 200그램을 요리 접시에 담으면 푸짐하게 모양이 산다.

이번엔 오늘의 하이라이트 요리법 전수인데, 갈비집의 필수 메인 반찬인 양념게장 만드는 방법이다. 1980년대 갈비집 찬모 중에 꽃게양념을 맛있게 살해서 주빙징들도 그 맛을 인정하여 그 찬모를 '게 찬모'라 불렀다. 모르는 사람이 들으면 '개 찬모'라고 들릴지 모르지만, 대단한 계급장 하나 단 거라고 말하는 욕쟁이 주방장이 작명한 예명이다. 이 욕쟁이 주방장은 주방에서 욕을 얼마나 잘하는지 입만 열면 욕이다. 어지간한 남자들도 듣기 민망해서 고개를 절레절레 흔들며 슬슬 피한다. 좌우지간 갈비집 찬모한텐 꽃게장무침이 필수과목이니 갈비집 다니려면 게장을 맛있게 무쳐야 하는데, 맛 내기가 까다롭다.

이걸 종철이가 기본 한 박스 꽃게 3킬로그램에 양념을 계량화해서 표준 레시피를 완성했으니 누구나 레시피만 있으면 일정하게 맛을 낼 수 있다. 냉동 꽃게든, 생물 꽃게든 토막 손질한 거로 3킬로그램을 물에 씻어낸 후 소쿠리에 받쳐서 물기를 조금 뺀 다음 버무릴 그릇에 담고 굵은 고춧가루 250그램, 꽃소금 60그램, 설탕 100그램, 통깨 40그램, 후추 5그램, 마늘 80그램, 식초 40그램, 소주 50그램, 생강 50그램을 넣고 주걱과 깔끔이주걱을 양손에 쥐고 1분 정도 버무려준 후 물엿을 500그램 넣고 다시 버무려준다. 양념이 골고루 퍼진 후에 물엿을 넣어야 양념이 한 곳으로 뭉치는 걸 방지한다. 양념들이 어우러지는 10분 정도의 시간이 지난 후 2차 버무려준 다음 통에 담고 깔끔이주걱으로 양재기에 있는 양념을 깔끔하게 쓸어 담아 바로 냉장고로 직행한다.

이로써 3시간 만에 다섯 가지 요리 소스가 모두 끝났다. 40여 명의 수강생들과 기념촬영하고 종철은 서둘러 그곳을 빠져나온다.

무사히 잘 끝냈다는 생각에 한시라도 빨리 요리강좌실을 벗어나고 싶은 마음뿐이다. 찻길 건너에서 택시를 잡아타고 울산역에 내리니 탈출한 것처럼 그제서야 깊은 숨을 토해내며 이제 좀 살 것 같다는 생각이 든다. 긴장이 풀리면서 갑자기 시장기가 몰려온다. 역사 안에 길게 늘어선 식당 중 맛있을 것 같은 식당을 골라서 들어가 김치찌개를 시켜서 정신없이 한 그릇을 비우고 나왔는데, 다시 공복을 느낀다. 이것은 배의 허기인가? 정신적인 허기인가? 누가 보면 창피하지만, 그 옆 식당에 또 들어가서 제육볶음을 한 접시 시켜서 공깃밥 추가해서 먹고 기차 시간을 기다리는데 문자가 두 개 들어와 있다.

"안동에서 2시간 걸려 내려가 요리강좌를 들은 보람이 있습니다. 그 어느 강사님보다 훌륭한 강의였습니다. 특히 음식 맛이 최고였습니다."

"강사님, 오늘 강의 너무 좋았습니다. 감사합니다."

종철은 문자를 다 읽고서 해냈다는 감동에 흐르는 눈물을 주체하지 못한다. 주책없이 눈물이 마구 쏟아지는데, 손으로 닦을 엄두도 내지 못하고 가방 속에 휴지가 있나 뒤지고 있다. 종철은 자신이 강의를 잘했는지 못했는지 모르겠고, 욕먹지 않고 3시간을 어떻게든 탈 없이 해내려 노력했다. 진실한 마음으로 최선을 다해서 하나도 숨김없이 가르쳐드렸는데 잘했다,

훌륭했다는 문자를 받고 보니 나한테 하는 문자가 맞는지 의아할 정도다.

두 달간 노심초사하며 고생과 노력에 대한 대가를 받은 거 같아서 자신도 모르게 기쁨의 눈물이 흐르는 것이다. 그만큼 이번 강좌에 절실하게 매달린 것이다. 강의 잘하게 해달라고 마음속으로 하나님께 얼마나 기도를 많이 했던가? 종철은 이제 삼류 주방장이 아니고 강의도 할 수 있다는 검증을 받은 것에 너무나 기쁜 날이다.

다음 주 강좌는 고기반 전문 수업이다. 15주 동안 진행되는 강좌에 국내 유명 셰프들이 초청되어 한 주씩 맡게 된다. SBS 〈요리왕중왕〉, 특급호텔 조리장, 유명음식점 셰프 등 국내의 내로라하는 요리 대가들이 자신들만의 요리와 비법 레시피를 공개하여 시연해 보이고 현장 그대로의 실전을 전하는 강연이다. 종철은 국내의 방송이나 잡지에서 활약하는 쟁쟁한 요리 고수들과 함께 강의할 수 있다는 것에 자부심을 갖는다. 그리고 어느 강사에게도 뒤지지 않으려 최선을 다해 준비하기로 각오를 세운다.

메뉴도 수강생들이 선호할 만한 것들로 뽑아봤고, 비장의 무기인 수원왕갈비를 공개하기로 결정했다. 그동안은 수원왕갈비 비법을 감추는 전략이었다면 이젠 공개다. 서울갈비, 수원왕갈비, 담양떡갈비, 석쇠고기, 돼지갈비 다섯 가지다. 레시피를 작성해서 창업외식에 미리 보내주고 인쇄해서 나와야 수강생들한테 한 부씩 나눠줄 수 있다. 종철은 추가로 숯불과 구이대를 준비해달라고 요청했다. 그런데 주최 측에서는 준비된 것이 없는 모양이다. 구이 하면 당연히 숯불구이대로 구워야 제맛이 날 텐데 그동안 팬에 구워서 강의한 모양이다.

종철이는 자신만 이상하고 유별난 사람이 된 것 같은 기분이 든다. 승용차가 있으면 구이대랑 숯이랑 직접 가지고 가면 좋겠다는 생각도 해본다. 떡갈비나 석쇠고기는 양면으로 접어지고 손잡이가 있는 석쇠가 필요하고, 생선 굽는 석쇠는 한 가닥으로 되어 있고, 고기 굽는 석쇠는 그물망식으로 된 걸 써야 해서 그 점까지 상세히 설명해주고 준비해달라고 부탁했다.

일주일이 마치 황소 달리듯 내달려 드디어 강의날이 되었다. 강의 시간은 오후 2~5시까지 3시간이다. 기차 시간은 아침 7시. 요리복, 요리모자,

앞치마, 칼, 대일밴드, 아스피린 등을 꼼꼼히 가방에 챙겨서 떠난다. 울산역에 내려서 점심을 먹고 택시를 타고 강의장 근처에 내리니 12시. 강의장 들어가긴 아직 이른 시간이다. 저번에도 문이 잠겨 있어서 기다렸었다.

강연장 옆에 성당이 있는데 정원이 아담하고 잘 꾸며져 있다. 낮은 조각상도 있고 잘 가꾸어진 아담한 나무들, 바위틈에 피어있는 작은 꽃나무들. 종철은 가방을 어깨에서 내리고 벤치에 앉았다. 저번 첫 번째 강의 때는 어떻게든 해내야 한다는 일념으로 강의를 마쳤는데, 오늘은 긴장이 풀리며 강의장 가는 것이 저번 주보다 더 떨리고 마음이 약해진다. 어디론가 떠나버리고 싶은 약한 마음. 그러나 여기서 물러서면 어디로 간단 말인가? 더 이상 물러설 곳도 없이 노숙자밖에 더 되겠는가? 사랑하는 아내와 토끼 같은 중학생 유진이, 고등학생 지은이를 생각하며 종철은 다시 힘을 내어 정신을 집중하고 요리강의실로 걸어간다.

텅 빈 강의실엔 재료들이 준비되어 있다. 종철은 요리강연 단상 옆 탈의실에서 조리복으로 갈아입고 구이대랑 참숯을 확인하고 나서 고기랑 채소들에 대충 밑작업을 한다. 잠시 후 문이 열리며 한 사람이 들어와서 앞쪽에 앉는데, 시커먼 옷을 입은 남성이다. 남자들끼리는 인사가 없다. 두 번째도 세 번째도 남자 수강생들만 들어온다. 저번 주 소스류 아카데미 시간에는 대부분 여성 수강생들이어서 처음 강의하는 신출내기 강사를 모성애로 기운을 살려주었는데, 전혀 예상치 않게 남성 수강생들만 들어오고 있다. 한두 명일 땐 그러려니 했는데 10여 명 이상의 남성이 시커먼 톤의 잠바를 입고 강의장에 채워지니 알 수 없는 답답한 기운이 엄습해온다. 종철은 작년에 전국강사협회에 가입해서 처음으로 모임에 참여한 적이 있었다. 백범기념관에서 열리는 강사들을 위한 강연회에서 여러 스타 강사들의 강연을 들었다. 강사협회 부회장은 강의 중 가장 힘든 대상자는 첫째가 중년, 둘째가 남자, 셋째가 경상도라고 말해 강사들의 공감을 샀다.

종철은 지금 생각지 않게 경상도 중년 남자라는 강사들의 난코스 길로 빨려들어가는 기분이다. 50여 석을 가득 메운 강의장에서 종철은 긴장할 여유도 허락지 않는 상황에 놓여있는 자신을 느낀다. 이 시간을 헤쳐나가야 할 책임감의 무게를 온몸으로 견디며 스스로 생각해도 버텨내기에는 버겁다는 걸 알고 있다. 강의 시작 1시간 전, 그리고 30분이 남았을 때는 그래도 여유가 있었지만 준비 다 해놓고 무대 뒤에서 대기하는데, 10분 앞으로 다가오니 갑자기 온몸이 떨려온다.

초등학교 운동회 때 100미터 달리기 출발선에 선 것처럼 이제 화장실에도 갈 수 없고 리듬을 잃지 않으려 겨우 호흡 조절만 하고 있다. 종철은 평소에 하던 스트레칭을 한다. 머리를 발아래로 숙이고 하나, 둘, 셋 … 천천히 열까지 세고 머리를 들어 허리를 뒤로 젖히며 하나, 둘, 셋, … 열까지 세어본다. 그러자 온몸에 조금 기운이 나고 긴장이 풀리는 듯하다. 경남창업 소속 직원인 여성 보조강사는 종철이의 조리복 상의 맨 위 단추에 마이크를 채워주고 조리대 중앙에 선다.

"오늘 고기반 제3차 강사님을 소개하겠습니다. 수원갈비문화원 원장님이시고, 여러분도 잘 아시는 수원 최고 갈비집 가보정 조리이사이십니다. 힘찬 박수로 맞이해주세요."

"짝짝짝~"

종철은 조리대 중앙으로 걸어나가 정중히 인사한다. 오늘 잘 부탁한다는 아부를 담은 인사가 아니라 간곡하고 겸허한 마음을 담아 절을 올리는 심정으로 배꼽 인사를 한다. 이번 강좌는 취미로 요리를 배우는 사람들을 대상으로 하는 요리강좌가 아니다. 외식업을 10년 이상씩 해서 성공을 이룬 사람들이 이제 시간적·정신적 여유가 생겨서 새로운 요리 세상도 접해 보고 다시 업그레이드하려는 외식업 성공 대표들이거나 육가공을 하면서 육류양념을 사업에 쓰기 위해 최고의 레시피를 원하는 책임자들이다.

현재 자신의 식당 고기 맛보다 더 좋은 맛을 얻어가려고 비싼 수강료와 금쪽같은 시간을 쪼개서 노하우를 배우러 온 만큼 조리하는 데 숙력된 스킬이 아닌 어설픈 손놀림이나 맛이 제대로 나오지 않으면 강사는 물론 강좌업체도 욕을 먹고 책임을 져야 한다.

따라서 오랜 세월 현장에서 육류를 다뤄보고 지켜본 수강생들이 인정할만한 실력이 나와줘야 한다. 고개가 끄덕여지고 공감대가 느껴지고 경외심으로 이어져야 좋은 강연이고 좋은 강사다. 새내기 강사 종철은 과연 외식업에 종사하는 50여 명의 경상도 중년 사내들의 공감을 얻어낼 수 있겠는가?

"첫 번째 요리는 서울식 간장갈비를 해보겠습니다."

종철은 강남에 있는 가든의 시조 장미가든에서 일할 때 어깨너머로 배웠던 양념법을 나름대로 레시피를 만들어서 호텔에서 해보았다. 수원왕갈비식에 비해서는 양념 재료비가 많이 절감되는 간장식 조리법이다. 레시피를 만들기 위해 일일이 저울에 달아서 표준 레시피를 완성했다. 하지만 그것을 따라서 하는 수강생도 저울에 달아야 하는 불편함이 있어서 투박하지만 옛날 방식인 바가지 레시피로 시연한다. 원래 옛날 주방장들은 불고기 육수든 갈비양념이든, 냉면 육수이든 갈비탕 양념이든 바가지로 계량하여 음식을 만들었다.

오늘 종철이도 25년 전 장미가든에서 보았던 갈비양념 방법을 그대로 재현하고 있다. 간장 한 바가지에 설탕 1개, 물 5개. 사실 이것만 들어가도 맛은 난다. 이것이 황금비율이다. 갈비찜이나 불고기 역시 마찬가지다. 단맛, 짠맛만 맞으면 기본은 된 것이다. 여기에 참기름 0.3, 후추 0.01, 간 마늘 0.2, 간 배 0.2, 정종 0.2, 볶음깨 0.2, 캐러멜 소주컵 한 개, 간 대파 0.2를 넣고 설탕이 녹을 때까지 국자로 저어주면 달콤하고 고소하고 마늘, 대파의 시원하고 매콤한 환상적인 맛을 느낄 수 있다. 간장과 설탕을 넣고 흔히 쓰는 채소와 양념을 넣었을 뿐인데 이렇게 고급스러운 맛이 나온다는 것이 신기할 정도로 달콤하고 독특한 맛이다.

1차 양념이 완성되면 4센티미터 정도 길이로 자른 갈비에 살을 펼쳐 포를 뜨고 다이아몬드 칼집을 넣어준다. 칼집 넣는 방법도 손의 감각으로 해오던 것을 칼질에 맞는 칼을 이용해서 1년 된 기술자만큼 할 수 있는 비결을 가르쳐주니 모두 놀라는 표정이다. 갈빗살을 약 15센티미터 길이로 잘라서 한 대씩 말아서 양념에 담가주면 끝난다.

다음 메뉴인 수원왕갈비 양념에 모두 호기심과 기대감으로 강의실 분위기는 더욱 흥미롭고 진지해진다. 수강생들의 집중하는 표정에 종철이도 자신감을 얻어 속으로 한숨을 걷어내고 제 페이스를 찾아서 여유 있는 강의를 시작한다.

수원왕갈비라면 종철이가 가장 잘할 수 있는 메뉴인데, 갈비양념으로 곤욕을 치른 적도 몇 번 있다. 스물다섯 살에 처음 안양 인덕원으로 주방장 면접 보러 갈 때 너무 떨려서 약국에서 우황청심환을 사먹었다. 근무를 시작하고 며칠 후 잘되던 갈비양념이 갑자기 원인도 모르게 맛이 안 나와서 심각했던 적이 있다. 소금의 간수가 덜 빠져서 수분이 많으면 같은 비율로 넣었더라도 짠맛이 강하고 쓴맛도 나서 갈비 맛을 버리게 된다.

또 한 번은 얼마 전 인천에 있는 갈비집에 수원왕갈비를 전수하러 갔다가 자신감이 넘친 나머지 대충해도 맛있다는 교만한 자세로 갈비양념을 했는데, 제 맛이 안 나는 것이다. 양념된 갈비 한 점을 맛보기 위해 입에 넣었는데, 작은 혀에 느껴지는 소금 맛이 부산에서 나고 서울에서 나는 것처럼 고기 맛이 이상했다. 원인은 굵은 소금으로 간을 했는데 소금이 녹지 않아서 여기저기에서 짠맛이 느껴지니 그 맛의 길이가 엄청나게 멀게 느껴졌다. 작은 입안에서 그 거리가 어찌도 그토록 길게 느껴질 수 있는가?

비법을 전수해주러 가서 자신이 느끼기에도 아닌 맛이 나왔으니 다음에 다시 와서 가르쳐주는 것으로 하고 물러나올 때 부끄럽고 자신을 정말 벼랑 끝에 세워두고 예리한 칼날처럼 혹독히 숫돌에 갈고 싶다는 생각을 했다.

그때 일로 배운 것은 소금은 물기 없는 뽀송뽀송한 고운 소금을 써야 하고, 양념 숙성은 3시간 되었을 때가 맛있다는 것도 알게 됐다. 그리고 음식은 상황이나 환경에 따라 맛이 변하기 때문에 자만하지 말고 집중해서 신중히 대해야 한다는 것도 깨달았다.

최근엔 농협 경기지역 본부 시식회 행사를 통해 수원갈비 양념을 현장에서 자주 실습할 기회를 가졌다. 소고기의 준선호 부위를 가지고 수원갈비로 양념해서 꼬치구이를 하고 떡갈비도 해보고 다양하게 요리를 개발해 볼 기회가 됐다. 그 결과 요리하고 레시피를 만들 때 어렵고 복잡하기보다는 쉽고 간편한 방법을 선택하게 된다.

드디어 수원왕갈비 양념의 비법이 공개되는 순간이다. 종철은 그전의 개인 전수를 통해 자신의 것을 아까워하거나 자신의 노하우를 가르쳐주는 것에 대해 고통스러워하는 선생이 되지 말자고 다짐했다.

"대접으로 소금 1, 설탕 5, 후추 0.2 이것이 황금비율입니다. 이것을 잘 섞어서 깔아놓은 갈비 한 판 위에 뿌려줍니다. 눈이 온다, 좀 많이 온다 싶게 손에 쥐고 골고루 뿌려줍니다. 참기름도 충분히 골고루 뿌려주고 다진 마늘과 다진 대파도 뿌려줍니다. 이렇게 반복해서 갈비를 깔아주고 양념을 뿌려줍니다. 그리고 뼈가 안 붙은 갈빗살이나 다른 부위 살은 레시피로 양념할 수 있습니다. 살코기 10kg에 소금, 설탕을 배합한 양념은 5%인 500그램, 참기름은 4%인 400그램, 마늘, 대파 갈아서 섞은 것은 3%인 300그램을 넣어서 버무리면 양념은 끝입니다."

강사의 시연과 설명을 듣는 수강생들은 너무 쉽고 간단해서 놀라고 좋아하면서도 과연 맛이 어떨지 궁금해하는 표정이다.

다음은 담양떡갈비 강의다. 종철은 《푸드아트》라는 잡지에 "김종철의 전국 소갈비 맛집 탐방" 칼럼을 쓴 적이 있다. 담양의 떡갈비 대표 맛집 중에서 신식당을 취재한 적이 있다. 홀 한쪽에서 여러 사람이 둘러앉아 한우 갈비를 발라 다져서 떡갈비를 만드는 것을 보았다. 뜨듯한 옥돌 위에 떡갈비를 올리고 그릇으로 덮어서 상 위에 올라왔다. 젓가락으로 뜯어서 상추에 올리고 고추, 마늘, 된장에 찍어서 싸먹으니 씹기도 부드럽고, 숯불에 굽고 자르고 번거롭지 않아서 나름 좋았다. 떡갈비를 구우면서 양념 소스를 연신 발라주는데, 장어구이 할 때 '데리야키' 바르는 것처럼 굽는다. 양념이 숯불에 타면서 맛도 배고 고기가 타는 것도 지연시켜 속까지 익혀주는 효과가 있는데, 조선시대 구이 설야멱이 연상된다.

종철도 양념하는 방법을 부단히 연구하고 농협 시식회를 통해 맛을 찾아가는데, 이번에는 현장에서 보고 맛보는 기회였다. 갈빗살에도 기본양념인 간장, 설탕, 참기름, 마늘, 대파, 소주, 후추가 들어간다. 그리고 칼로 마구 다져주고 손으로 치대어 고기 속의 공기를 빼줘야 고기가 부서지지 않고 모양이 유지되고 찰진 맛을 살려준다. 떡갈비 한 개에 80g씩 해서 1인분에 세 개를 준다. 떡갈비는 옛날 호텔에서 양식 요리사들이 하던 함박스테이크가 생각나는데, 양손으로 볼륨 있게 치대던 모습이 떠오른다. 떡갈비도 완성해서 쟁반에 비닐을 깔고 담아서 한쪽에 놓고, 석쇠고기 메뉴를 시작한다.

떡갈비는 여러 번의 농협 무료시식회 행사를 통해 레시피를 완성했다면, 석쇠고기는 강의를 앞두고 퇴촌에 있는 일제 피해 할머니 '나눔의 집'에 방문해서 수원갈비와 석쇠고기를 대접해드리면서 맛을 보았다. 사회에서 말하는 '위안부'라는 용어가 싫어서 종철이는 '일제 피해 할머니'라고 표현했는데 맞는 말인지 모르겠다.

고기 양념을 많이 하다 보니 노트와 볼펜을 쥐고서 생각만으로 재료와 양념 레시피를 만들어본다. 그렇게 해서 언제든지 기회를 만들어 숯불을 피워 시식회를 하게 되는데, 공식적인 행사가 될 수도 있고 지인들과 회식하는 기회가 될 수도 있다.

몇 년 전 양평 양수리에 있는 갈비집 주방장 이석호라는 친구를 만나고 오는 길에 찻길가에 있는 나눔의 집 안내판을 봤다. 언젠가 한 번 방문해서 평생 한 번도 드시지 못하셨을 수원왕갈비를 돌아가시기 전에 꼭 대접해드려야지 마음먹었다. 제일 친한 친구 한성창 가족과 양기철 가족 그리고 종철이 가족 세 집이 총출동해서 수원왕갈비와 석쇠고기를 직접 시연해 보였다.

이때는 생각지 못하게 김춘회 할머니가 장구도 잘 치시고 민요도 잘 부르시고 좋아하셔서 갈비 집게와 가위로 장단을 맞추며 노래하고 약간의 복분자술도 마시며 웃고 즐겼다. 처음 맛본 석쇠고기의 인기도 만만치 않아서 시식회는 성공적으로 마쳤다. 한 할머니는 평소 소고기를 드시지 않는데 수원왕갈비를 많이 먹게 됐고 또 속이 편하시다며 칭찬해주셔서 봉사하러 갔다가 오히려 큰 힘을 받았다.

석쇠고기는 국물 없이 간장과 참기름, 설탕, 후추, 마늘 등으로 양념해서 석쇠에 펼쳐 숯불에 뒤집으며 굽고 집게로 고기를 살살 펴서 속까지 익혀주는 메뉴다. 그런데 맨 앞에 앉아있는 중년의 아저씨는 다리를 꼬고 앉아서 팔짱을 끼고 무표정으로 움직임 없이 종철이를 노려보고 있다. 종철은 그 아저씨의 모습에 기분이 안 좋기도 하고 신경 쓰이고 자신감이 떨어져 의도적으로 시선을 피해서 강의를 하고 있는데, 급기야 떡갈비 강의에 대해 불만을 나타낸다. "돼지고기 떡갈비인 줄 알았는데 소고기로 떡갈비를 하냐? 이렇게 하는 거 처음 봤다"며 구시렁구시렁 무슨 말인지 모르게 불평을 한다. 종철이는 '최고의 강사가 되려면 저런 사람도 만족을 시켜야 하는데'라고 각오를 다졌다가 일순 '내가 그렇게 할 수 있겠나?' 싶어 바로 포기하는 마음이 든다.

마지막으로 돼지갈비는 호수가든에 근무할 때 그 집에서 오랫동안 해오던 수원의 원로 주방장 비법의 레시피 그대로 하는 돼지갈비 양념법이다. 특징은 대파가 많이 들어간다는 것이다. 돼지갈비를 포를 떠서 준비하고 목살을 갈비와 일대일로 썰어놓고 양념을 순서대로 넣어 고무장갑을 끼고 무친다.

마지막 시식이 남아있기 때문에 다섯 가지 메뉴를 시간이 늦지 않게 깔끔하게 마쳤다. 이제 오늘 강의에 대한 심사 시간이다. 조금 전 쉬는 시간에 숯불을 미리 맞춰서 피워놓았기에 40분 정도 지난 지금은 충분히 피워져 있을 것이다. 옥상에 피워놓은 숯불은 마침맞게 불이 올라오고 있다. 석쇠를 올려놓고 능숙하게 서울식 양념갈비부터 불 위에 올렸다. 칙 소리가 멋지게 귓전을 때린다. 오늘 시식이 잘될 것 같은 기분 좋은 예감이 드는 대목이다.

갈비를 이리저리 뒤집으면 육즙만 빠지고 고기가 제대로 익지 않아 맛을 내는 데 좋지 않다. 슬쩍 익혀 뒤집어 그다음에 가위로 잘라주고, 집게를 이용해서 전체적으로 갈빗살을 굴려주면 국물이 숯불에 떨어지면서 불과 연기가 피어오르며 갈비에 양념과 숯불 향이 배어 진한 맛이 난다.

스모크향은 조미료처럼 갈비의 좋은 맛을 내준다. 집게를 든 숙련된 손놀림과 강한 숯불이 받쳐줘야 타지 않으면서 순식간에 육즙을 가두어 제대로 된 갈비를 만들어낸다.

수많은 수강생에게 갈비 한 점씩이라도 맛보게 하려면 쎈불에 빠르게 익혀내야 한다. 농협시식회 행사에서 트레이닝된 구이대 위에서의 손놀림은 머뭇거리지 않고 무대 위에서 무용가들이 춤을 추듯 현란하고 신들린 듯하다. 손과 집게가 숯불 위에 놓인 석쇠 위에서 현란하게 움직이고 불꽃과 연기, 칙칙 소리와 갈비 굽는 숯불, 양념, 육즙 냄새가 사람들의 흥분 속에 익어간다. 이것이 바로 오감 만족이다. 종철은 갈비를 구워 잘라주면서 귀를 열어 사람들의 반응에 촉각을 세우고 집중한다.

"야~ 끝내주네."

"맛있다."

흡족한 표정을 지으며 고개를 끄덕끄덕하는 수강생들. 종철은 은근 신이 나고 자신감을 얻어서 갈비집에서 갈비 만들고 일하던 이야기들을 풀어내며 고기를 구워낸다. 서울갈비, 수원왕갈비, 떡갈비, 석쇠고기, 돼지갈비 순서대로 굽는데 숯불이 약해지면 석쇠를 들어 숯불을 한 번 뒤집어줘야 한다. 육즙이 떨어지면서 불이 약해지기 때문이다. 다행히 숯불을 넉넉히 피워서 화력이 좋아 불이 약해지지 않고 다시 살아나서 원만히 마칠 수 있었다. 고기 양념 레시피는 한 가지만 제대로 건져도 큰 수확인데, 수강생들 모두 흡족한 표정이고 처음 들어올 때와는 다르게 굳었던 몸놀림들이 슬슬 풀리는 듯 다른 사람들과 대화도 하고 인사도 하는 등 만찬장 분위기가 되었다.

종철은 강의를 무사히 마칠 수 있어서 남모르게 긴 호흡을 토해내며 서둘러 뒷정리를 하는데, 한 사람씩 슬며시 디기와 양념법에 대해 궁금한 점을 질문한다. 종철도 최대한 친절히 답해주는데, 아까 떡갈비로 불평하던 아저씨가 명함을 내밀며 언제 이쪽으로 지나갈 일 있으면 꼭 들러달라고 한다. 명함을 보니 안동의 갈비집 사장님이시다. 종철은 감사하다고 정중히 인사하고 서둘러서 요리 강연장을 빠져나온다.

종철은 일단 강의를 무사히 마쳤다는 것에 대만족이다. 택시를 기다리는데 전화벨이 울린다. 외식 잡지사에서 중국식품박람회에 출품하는데 도끼갈비 퍼포먼스를 해줄 수 있냐는 내용이다. 중국에 초청받아 가는 것인데, 강의료가 30만 원이라 해서 못한다고 말하고 전화를 끊었다. 국내에서는 3시간 강의에 60만 원인데, 5박 6일 체류할 시간도 없거니와 어떤 업체인지도 모르고 중국에 가는 건 불안하다. 20대 때는 외국이나 선진국에 대한 동경심이 컸는데 이제는 모르는 상태에서 외국에 가는 것은 무섭기도 하고 음식이며, 잠자리며, 불편하다는 생각이 든다.

종철은 기분 좋게 울산역에서 저녁 식사에 곁들여 소주 한잔을 마시고 수원행 열차에 몸을 싣는다. 다음 주 요리 강연은 부산의 외식비즈니스센터에서 주관하는 고수의 요리비법 강좌다. 인터넷을 검색하니 많은 유명 셰프들이 강사로 초빙되어 요리를 강의한 곳이다.

부산 강의 이틀 전 이른 아침에 TV를 켜니 봉하마을 노 대통령 서거 자막이 연신 뜨고 간간이 방송에 나오고 있다. 처음에는 깜짝 놀라기만 했는데 한참 보고 있자니 문상객들의 모습도 나온다. 불현듯 이렇게 있을 때가 아니라 문상을 가야겠다는 생각이 든다. 이틀 후에 부산 고기반 강좌가 있어 코스도 비슷해서 가고자 하는 마음이 더 생긴 것이다. 가방에 요리복을 챙겨 넣고 봉하마을로 향한다. 수원에서 마산, 마산에서 김해를 거쳐 진영 공설운동장에 도착하니 봉하마을로 문상가는 임시버스가 무료로 운영되고 있다. 버스에서 내리니 '봉하마을'이라 쓰인 바위돌이 있고 낯익은 시골 마을 농로가 펼쳐진다. 마을회관 앞 넓은 공터에 천막들이 쳐져 있고 영안실이 차려져 있다. 수많은 사람이 마음으로 공감하고 찾아주고 있다.

종철 역시 정치적인 이유보다는 생전에 고인의 인간적이고 소탈한 인상과 친근감 가는 몸짓을 잠시라도 느끼고 싶어서 자력에 이끌려 낯선 이곳까지 온 것이다. 대부분 사람들도 종철과 같은 마음일 것이다. 사람이 모이는 곳에는 음식문화가 있다. 옛날부터 많은 사람들이 모일 때는 약간의 고기와 들이나 산에서 손쉽게 구할 수 있는 나물들을 뜯어서 큰솥에 푹 끓인 육개장이 있었다.

큰솥 가득 끓인 국 속엔 고기가 절대 부족하던 시절이어서 고기 한 점 만나면 "어! 왕건이네" 했다. 뜨끈한 밥과 떡, 김치면 몸과 마음을 든든하게 가득 채울 수 있다. 거기에 너 나 할 것 없이 서로 나서서 설거지도 하고 여러 가지 일을 도우며 그렇게 큰일을 서로 도와서 분업하는 것이 보는 사람에겐 감동이다.

　밤이 되니 문상객들은 점점 늘어나고 종철은 장터에 나온 어린애처럼 이곳저곳을 돌아다닌다. 날을 샐 작정이었는데, 밤이 깊어지니 점점 추워져서 체면 불구하고 가방에 있는 조리복을 꺼내어 입고 있지만 이대로는 버틸 수 없을 것 같아 진영 읍내로 걸어 나온다. 찜질방이나 PC방에라도 들어가서 추위를 피해야 할 것 같아서다.

　종철은 오들오들 떨며 걸어서 진영 읍내 PC방에서 밤을 새우고 새벽 첫차를 타고 부산으로 향했다. 한 번 갈아타야 하는 김해에 내려서 걷다 보니 생각지 않게 종철의 시조인 김해김씨 김수로왕 왕릉이 있다. 합장하고 요리로, 외식문화사업으로 사람들에게 행복을 줄 수 있게 해달라는 소원도 빌었다. 종철이에겐 뜻깊은 하루가 되었다.

　부산은 스물다섯 살 때 처음 와보고 20여 년 만의 방문이다. 그때는 첫 주방장으로 간 갈비집에서 부하직원의 실수로 두 달 만에 안 좋게 그만두고 전국을 유람하다가 부산까지 오게 되었다. 남포동 길을 걷고 용두산공원에 올라 나훈아의 〈추억의 용두산〉 노래에 나오는 194계단을 세면서 노래했다. 오늘 두 번째 방문에 종철은 그때와 다른 마음의 여유가 가슴에서 올라온다. 부산은 큰 도시이면서도 지역적 푸근함이 있어 마음까지 탁 풀어지는 기운을 느낀다. 아무도 모르는 미지의 도시 부산역에 도착하니 큰 역과 빌딩숲, 어디선가 바다 내음이 솔솔 불어올 것만 같다. 거리를 가볍게 걷지만, 강의에 대한 부담감이 조금은 있다. 무대에 서는 가수처럼 여러 사람 앞에 마이크를 들고 뭔가 혼자 보여줘야 한다는 부담감 말이다.

　부산역에서 멀지 않은 거리의 강연장은 부산 시내가 시원하게 내려다보이는 새로 지은 건물 7층에 자리 잡고 있다. 센터 소장과 여성 팀장이 종철을 반갑게 맞이해준다. 접견실에서 커피를 마시며 인사를 나눈 후 종철은 옆방 탈의실에 안내되어 요리복으로 갈아입는다. 이곳도 숯과 구이대 준비를 생소하게 받아들였다. 인덕션이나 그릴, 오븐 등은 구비되어 있는데 구이대 사용은 처음인 듯하다. 어쨌든 넓은 창과 한낮의 햇살이 따뜻하고 깨끗한 강연장에서 강의하게 되니 기분도 햇살에 따뜻하게 말려지는 듯 기운이 솟는다.

　종철은 울산에서 한번 했던 메뉴를 그대로 강의하기 때문에 마음에 여유가 있다. 한번 검증받았던 강의이고 레시피를 보면서 저울에 양념을 달 때면 혹시라도 틀리면 어쩌나 하는 불안감이 있었다. 이제는 요리가 레시피에 따라 진행되기 때문에 인쇄하는 과정에서, 적어 쓰면서, 이메일로 전송하고 몇 차례 옮기면서 숫자 하나라도 바뀌면 맛이 달라지기 때문에 틀리면 어쩌나 하며 끔찍한 생각에 빠져들 때도 있었다. 이젠 노래 가사 외우듯 양념 그램 수를 눈으로 외웠으니 잘못된 계량 실수는 막을 힘이 생긴 것이다. 오늘은 자신 있게 강의를 즐길 수 있고 자신을 맘껏 뽐낼 수 있을 것 같은 자신감이 생긴다.

　강의 1시간 전부터 사람들이 들어오기 시작한다. 얼마 전 부산에서 식품박람엑스포가 있었나 보다. 그때 고기 요리 특강 홍보를 해서 그런지 참관자들 들어오는 숫자가 예사롭지 않다.

　"기존 수강생들에게는 수강료를 50% 할인해준다고 했더니 신청자가 너무 몰려서 선착순 120명으로 제한했어요."

　팀장은 기대 반 긴장 반의 표정으로 종철에게 미소를 보내며 말한다.

　"오늘 보조강사 두 명이 강사님 도와드리며 함께 진행할 거예요. 참관자가 많고 강연장이 넓은 관계로 강연장 중간에 모니터가 두 대 있어 강사님 강의하시는 모습을 찍으며 나갈 거고, 보조강사 한 명은 좀 떨어진 곳에서 강사님이 강의하시는 걸 그대로 재현하는 방식으로 진행할 거예요. 이 점 양해 부탁드리겠습니다."

　"아닙니다. 사람이 많으면 좋지요."

　"아니, 애들이 와 이렇게 안 오지? 점심 먹고 1시까지 오라 했꼬만서리. 응, 저기 오네. 오 주임 이리 와."

　파마머리 아가씨와 쇼트커트 아가씨가 종철이 앞으로 다가와 미소 지으며 목례를 한다.

　"오 주임, 인사드려. 수원갈비 고수 김종철 원장님이셔."

　"안녕하세요? 선생님. 사진으로는 많이 뵀는데 실물이 훨씬 젊고 잘생기셨습니데이."

"오 주임, 꼬리치지 말고. 강사님은 웬만한 여자한테 안 넘어가. 서울에 이쁜 아가씨들 많은데, 부산 아가씨들 억세서 좋아하나?"

그 말에 종철은 웃으며 응수한다.

"아유, 이쁘신데요. 팀장님도 미인이십니다."

"호호, 인사말로 하시는 거죠? 그럼 오늘 술한잔 해야겠네요. 호호."

"가정을 지키시죠."

"야! 오 주임, 이럴 때 가정이 왜 나와? 호호, 오늘 강연 잘 부탁드립니다."

팀장은 현관 쪽으로 걸어간다. 오 주임은 종철에게 한 발 다가서며 미소를 보낸다.

"오늘 메뉴가 다섯 가지인데, 중간에 시식하면서 진행하십니꺼?"

"아니요. 서울식 갈비 하고 수원왕갈비 하고 석쇠불고기 한 다음 석쇠불고기만 시식하고 10분간 휴식하고 나서 돼지갈비, 떡갈비 하고 네 가지 메뉴 시식 들어갑니다. 떡갈비, 수원갈비 하고 서울식 갈비, 돼지갈비 순으로 시식합니다."

"아, 네~ 고기에 양념 배는 시간에 맞춰서 시식하네예."

"네, 맞습니다. 역시 수석 강사님이시라 잘 아시네요."

"호호호, 칭찬 듣긴 첨이네예."

이곳 센터에서 오 주임의 직책은 수석강사다. 서른다섯 살 올드미스로, 식품학과를 졸업하고 유명기업 식품회사에서도 근무하고 대학에서 강의도 했는데, 나긋나긋하지 않고 깐깐한 성격 탓에 어디 가나 윗사람하고 부딪쳐서 오래 못 있고 이곳까지 오게 되었다. 이곳은 건물주가 친척이라서 전부터 알던 지인들과 의기투합해서 창업하게 되었는데, 정부나 관 행사를 많이 창출해서 강좌 사업, 외식창업 사업을 상당히 진행하는 상황이다.

"김종철 원장님, 오늘 잘 좀 부탁드리겠십니더."

"네, 저도 잘 부탁드립니다."

참관자 비율은 남성에 비해 여성이 많다 보니 여성 특유의 표현력 좋고 화기애애한 분위기 속에서 착착 진행되고 있다. 울산에서 강연할 때와는 강연장 색깔이 다르다. 울산에서는 부슬부슬 비 오는 날씨처럼 어둡고 우중충했는데, 오늘은 건물 바깥쪽이 전부 창문이어서 햇살이 비치고 여성들 의상이 형형색색 누가 더 화려한지 내기를 하는 것처럼 꽃들이 만발하다. 요리대 위에는 참관자 여성들이 커피며 음료들을 몇 개씩 갖다주어서 어느 것부터 먹어야 할지 모를 지경이다. 참관자들의 수강 분위기도 대도시의 활동가들이라 그런지 화통하고 이해도가 좋아서 한산한 대로변 드라이브하듯 막힘없이 강연을 마칠 수 있었다.

"교수님! 집에서 만들면 이 맛이 안 나는데 우야면 좋습니꺼? 교수님이 저희 집에 한번 오셔서 만들어주시면 안 되겠십니꺼?"

"하하하."

"호호호."

"식당이라면 가서 전수해드릴 수 있는데 여자분만 있는 가정집에 가도 괜찮을지요?"

"안 잡아먹을 텐께 한번 오이소. 잘해줄게요."

"호호호."

오 주임이 마이크를 들고 나온다.

"오늘 강의 잘 받으셨어요?"

"예."

"오늘 수고해주신 강사님께 힘찬 박수 부탁드립니다."

"와~ 짝짝짝."

"자, 기념 촬영이 있으니까 앞쪽으로 나와주세요."

종철은 화장실에 들러 요리복을 고쳐 입고 중앙 의자에 앉으니 초등학교 선생님이라도 된 듯 감개무량하고 기분이 좋아진다. 옆에 앉은 수강생은 팔짱을 끼고 서로 옆에 오려 밀치는 모습이 정말 기분 으쓱하고 스타가 된 듯 분위기 끝내준다. 사람들은 하나둘씩 강연장을 빠져나가고 오 주임은 조리대를 정리하는 척하면서 종철이 옆으로 다가온다.

"원장님, 제가 저녁식사 사드리고 싶은데 시간 좀 내주시겠습니까? 드릴 말씀도 있고예."

"네, 좋습니다. 그러시지요."

종철은 해운대 바닷가가 내려다보이는 전망 좋은 2층 횟집으로 안내되어 탁 트인 바닷가를 바라보니 이런 세상도 다 있구나 하는 생각이 든다. 그동안 작은 가방 하나 메고 이곳저곳 작은 주방으로 떠밀려 다니던 10대 식당뽀이 시절, 군산아구찜 식당 차려서 힘들 때는 몸 안에 있는 기가 다 빠지고 마음도 지쳤었다. 밤늦은 시간 지하 방에서 홀로 라면을 끓여서 못 마시는 독한 소주를 억지로 밀어 넣던 날들도 있었다. 날이 밝으면 어딘가 갈 곳이 있어야 없다면 절망이라는 생각에 불안도 했었다. 아침에 집을 나서서 사람들 왕래도 없고 한산한 도롯가를 걸으며 먹고살 궁리에 가슴이 답답하고 마음을 졸이며 살았는데, 오늘 요리강사로 세상 밖에 나오니 이렇게 멋지고 넓은 세상이 있는 줄 처음 안 종철이다. 그때는 경제적으로 힘든 것도 고통이었지만 그동안 수원왕갈비 요리사로 장인정신을 가지고 한 길을 걸어왔는데, 아무도 알아주는 사람이 없는 무명이라는 것이 더욱 마음을 힘들게 했었다.

"밖에 나와서는 오빠라고 불러도 될른지예."
"네. 하하하, 부산 아가씨라서 그런지 화끈하십니다."
"경상도 아가씨 처음이십니꺼?"
"예, 서울에서 일할 때도 경상도 말씨 쓰는 사람은 만난 적 없는 거 같아요."
"말씀 놓으시소. 그래야 지도 말 놓지예."
"와따 진도 빠르십니다. 하하."
"그럼요. 우린 파득파득합니데이. 기면 기고 아니면 아니고 마. 좋은 거 좋다카지 가슴속에 꽉 담아놓곤 못 삽니더."
"그러자구. 여자하고 술먹는 거 어색한데 시원시원하니 좋구만."
"저 솔직히 남자한테 칭찬받는 건 첨이고예. 종철 오빠처럼 부드럽고 자상한 남잔 첨이라예. 어릴 적에도 오빠가 다섯인데 맨날 심부름만 시키고 때리고 뭐라고만 했지 동생이라고 아껴주는 건 없었어예. 사회 나와서도 못했다, 더 잘해라, 잘해라. 지는 너무 싫었거든요."

"그렇군. 너무 씩씩해 보여서 강할 줄 알았는데 아픔이 많이 있었네."
"강한 척하는 거라예. 사실 종철 오빠 오시기 전에 센터에선 오빠 강의하는 스킬 모두 익혀서 앞으로 써먹으라 했거든예. 저보구 밥이라도 사면서 모르는 거 있으면 물어보고 배우라고 했지만, 전 종철 오빠 속이는 것 같아 그런 거 정말 싫은데 오늘 종철 오빠 보곤 일을 떠나서 좋아하게 됐어예."
"너무 솔직하네. 그런 건 별거 아니야. 맛있는 음식도 먹고 사람도 알고 서로 배우면 되는 거지. 나도 오 주임한테 배울 것이 있고. 서로 배우면서 진실하게 알면 되는 거지."
"어머! 너무 멋지시네예. 오늘 기분 너무 좋습니다. 제 잔 한잔 받으시소."
"오케이~"
"맞아예. 사람은 진실이 제일인 거 같아예. 진실이란 노래도 있잖아예."
"응. 남진의 〈진실〉이라는 노래가 있지. '~나는 당신에게 말을 하렵니다. 진실이라고 진실이라고' 나훈아 노래도 있어. '~진실한 사랑 앞에 목숨을 걸자 부모님 슬하 떠난 이 못난 자식' 음… 또 최성수의 노래 〈해후〉에는 '~사랑해 그 순간만은 진실이었어~'라는 노래 가사도 있지."
"어마~ 오빠 노래 잘하시네예. 요리사보다 가수가 더 잘 어울립니다. 힘든 요리 때려쳐뿔고 가수로 나가시소. 가수는 노래 세 곡만 부르면 우리 한 달 월급 넘심니다. 호호."
"하하하, 가수도 아무나 돈 버는 거 아니고 종류가 많아. 국민가수가 있고, 인기가수가 있어. 노래는 잘하는데 자기 노래가 뜨지 않은 무명가수가 있고, 출연자 중간 비는 거 땜질하는 땜빵 가수가 있고, 막간을 이용해서 세워주는 막간 가수가 있고, 맛이 갔다고 해서 맛간 가수가 있어."
"그건 뭡니꺼? 맛간 … 가수?"
"응. 무명 세월이 길다 보면 나이는 먹어가고 느는 건 술이고, 몸이고 얼굴이고 목소리고 맛이 갈밖에."
"아유 안됐네예."
"가수도 아무나 하는 거 아니고 쉬운 게 아냐."

"얘기 듣고 보니 그렇네예. 땜빵도 해야 하고, 오래 기다렸다가 막간에 노래 한 곡 달랑 하고. 그런 사람들은 얼마나 벌어예?"

"버는 게 아니라 노래시켜주면 다행이지. 2만 원도 받고, 그렇게 고생하다가 유명해진 가수도 있어. 설운도나 강진, 진성. 진성도 열네 살에 악극단에 들어가서 모진 고생 했다잖아."

"어머 안됐네예. 가엾어예."

"그렇게 하늘의 별 따기로 성공하는 유명 가수도 있지. 그런데 재밌는 가수도 있어."

"재미예? 아, 코미디 가수예?"

"아니, 노래를 못하는데 자신은 잘하는 줄 알고 온갖 멋은 다 내는 삼류 가수라고 있어."

"아, 예~ 요리는 못하면서 잘하는 줄 알고 식당 차리거나 요리 실력도 안 되는데 요리강사 하러 오는 강사들도 있어예. 삼류 주방장 같은 사람들예."

"하하하, 나는 어때? 삼류 주방장입니꺼?"

"아이고마 아니라예. 김종철 강사님은 제가 만난 강사 중 최고입니데이. 노래 실력도 아깝심더. 그럼 무명가수네예."

"하하하."

"호호호."

"오빠 근데예, 가까이서 오빠 노래하는 얼굴을 보니 먼가 다릅니데이. 턱을 아래로 떨어뜨리고 소리도 창경원이나 텔레비전서 본 호랑이나 사자 울음소리같고 희한해예, 오빠."

"하하하, 성숙한 여성이 오빠라고 부르니 기분이 희한하네. 하하, 역시 요리강사라서 보는 눈이 평범하지 않아. 집에서 먹는 음식하고 요리사가 만드는 음식하고 다르듯이 노래도 다른 것 같아. 내가 먹는 음식은 내 맘대로 만들지만, 돈을 받고 남한테 내놓는 음식은 맛과 재료, 모양 다 신경 써서 만들어야 되겠지. 노래도 어머니들이 일하면서 남 의식하며 속으로 삭이는 노래 또는 아빠들이 약주 드시며 마구잡이로 부르는 건 다르지. 가수는 아구를 열어 발성을 키우고 음정, 박자, 감정, 가창력, 그리고 가사, 발음에 집중하며 혼신을 다해서 부르는 거지. 노래 한 곡을 천 번 이상, 한 번 연습할 때 3시간을 부르다 보면 무아경지 속에 들어가지."

"아하, 그러니까 돈 받고 부르는 거와 돈 안 받고 자기 좋아서 부르는 거와 다르단 말이네예."

"하하하, 그런가? 역시! 오 주임은 시원시원하고 판단이 빠르고만. 지금까진 한탄조의 감정 위주 노래였다면 앞으로의 노래는 시원한 발성 위주의 시대가 올 거야. 노래를 표현하는 말도 전통가요에서 가요, 뽕짝, 트로트로 시대적으로 변천되어왔는데, 새롭게 창법과 장르로 불리는 때가 올 거야."

"그게 뭐죠?"

"음… 가수 나훈아는 우리의 전통가요를 '아리랑'이라고 했는데, 앞으로는 우리의 한을 다른 방식으로 표출할 거 같아. 과거엔 우리 민초들의 삶을 애환으로 표현했고, 6.25전쟁을 거치면서 이산의 아픔이 우리의 정서를 지배했지만 앞으로는 비탄, 애조보단 밝고 즐거운 노래, 이를테면 트로트에서 슬픈 감정을 살짝 빼고 발성을 올린… K트!"

"어머, 오빠한테 노래 배우고 싶어요. 저도 감정 너무 넣는 거 싫어요. 기면 기고 아니면 아니고 시원시원하게 소리내고 표현하고, 그렇지예?"

"응, 맞아. 하하하."

"호호호."

"노래는 리듬과 감정이야. 리듬을 타야 되고 감정을 내야 하고 기업에서 브랜드, 이름 짓는 데도 리듬이 중요해. 한방갈비탕이라고 들어봤어?"

"한약재 갈비탕예?"

"땡! 옛날엔 갈비뼈를 자를 때 도끼로 한방에 잘랐대. 그래서 한방갈비탕이야."

"호호호, 재밌네예. 오빠 근데 아까 갈비탕 끓일 때 소기름이 들어가야 국물이 맛있단 말 첨 들어봐예."

"응, 돼지는 기름을 '비계'라고 하는데 비계도 찌개나 전 부칠 때 쓰면 맛이 월등하고 소기름이 들어가야 육수가 진하고 고소한 맛이 나. 우거지 해장국도 기름이 들어가야 우거지나 무청이 부드럽고 맛있어. 된장찌개 끓일 때도 갈비뼈로 끓이면 맛이 기가 막혀, 해물탕 다대기나 비빔국수 다대기에도 기름기가 들어가야 빛깔도 좋고 맛도 좋아. 미국산 소고기는 무조건 안 좋다고 하는데 1970년대에는 안 좋은 소고기가 들어온 게 사실이야. 미국산 소고기도 여러 등급으로 나누어지는데 그때는 제일 아래 등급이 들어와서 노린내 나고 안 좋았어. 그러다가 88올림픽을 앞두고 '용품센터'를 통해 관광호텔로 좋은 등급의 미국산 소고기가 수입되면서 품질이 좋아졌어. 그때부터 생갈비도 생겨났지. 수원의 왕갈비집 여주인은 손님 테이블의 갈비 굽는 석쇠를 공장에서 작게 맞춰서 갈비 1인분 딱 올리면 불판을 덮어서 갈비 양이 많아 보이게 해서 효과를 봤대. 하하하."

"이야, 저도 식품학 공부했지만 그런 건 책에도 안 나오고 수업 때도 못 들었어예."

"그렇지. 현장이 중요하지. 의사도 소기름에는 비타민 E와 D가 들어있어서 적당히 먹어줘야 건강에 좋다고 해. 맛을 내는 데도 조미료가 들어가면 좋지. 미원이 몸에 안 좋다고 해서 강사들도 레시피에는 표기를 안 하지만 들어가는 게 맛있어. UN 세계보건기구에서도 안전한 식품으로 정해져 있어."

"근데 하나 궁금한 게 있어예. 미원하고 미풍하고 어느 게 맛있어예?"

"하하하, 사실 맛은 비슷해. 미원이 원조라서 먼저 쓰던 걸 안 바꾸려는 고정관념이 있지만, 그전 중국집에서 일할 때 청와대 문 주방장은 미풍이 더 맛낸다고 미풍만 고집했지. 가정에서도 불고기 많이 하는데 쉽게 맛내는 방법이 있어. 고기 양만큼 불고기 육수를 만드는데 간장 1, 물 6, 설탕 1 비율로 섞어서 불고기를 재워도 맛있어. 다른 부재료는 좀씩 넣어도 되고 또 즉석에서 국이나 찌개 맛있게 끓일려면 국물이 펄펄 끓을 때 고춧가루를 넣으면 고춧가루가 높은 온도에서 익혀져서 진한 맛이 나. 찬물에 고춧가루 넣으면 풋내나고 맛이 없어."

"어머머머, 오빠 척척박사시네예. 오늘 첨 듣는 얘기 많아예. 오빠 보물창고 같아예. 앞으로 전 오빠만 꼭 붙들고 있으면 든든하겠어예."

"하하하."

"호호호."

"뽕짝이랑 트로트는 뭐가 달라요?"

"음, 원래 '뽕짝'이란 말이 나쁜 의미는 아니야. 그런데 트로트를 너무 구슬프게 부르거나, 삼류 가수들이 메들리로 떠들어대면 사람들이 그런 걸 '뽕짝'이라며 비하하곤 하지. 그런데 말이야, 나훈아 가수도 우리 전통가요를 '뽕짝'이라고 했고, 이박사도 '뽕짝, 뽕짝' 두 박자가 걸어가는 게 꼭 사람 같다고 했잖아. 결국 둘이 만나 대화가 술술 잘 통하면, 뽕 하면 짝! 그게 바로 '뽕짝'이지."

"호호호, 그럼 지금 우리도 뽕짝이네요."

"하하하, 딱 그거지. 주방도 뽕짝이고, 우리 인생도 뽕짝이고!"

어느새 밖은 어두워지고 창밖 해운대 바닷가로 별들이 작은 새 떼처럼 날아다닌다. 작은 배 한 척이 뱃고동 소리를 통통통 내며 점점 멀어져간다.

요리대회 출전

집 앞 전봇대 앞에 기능경기대회 포스터가 붙어있다. 미용, 의상, 자동차, 요리 등 각계각층 다양한 기능인들이 경연을 겨루어 수상하는 대회인데, 종철이도 도전하고 싶은 열정이 생기다가 대회 참가 준비를 보곤 이내 포기한다. 누구한테 조력을 받을 수 있는 것도 아니고 대회 구경도 못 해봤는데 어떻게 준비해서 나간단 말인가?

종철은 일주일에 한 번 정도 강의는 나가지만 기술 전수나 컨설팅으로 상담이 들어오고 일감이 생겨야 수입이 되는데, 나름 고민하고 노력하지만 집안 경제는 썩 좋아지지 않는다. 아귀찜 집 할 때 아내가 집을 나가고 힘들어서 의지하려 나가기 시작한 게 성당이다. 세례도 받고 세례명도 생겼지만, 감동도 못 느끼고 크게 감사의 마음이 생겨지지 않고 생활도 나아지지 않는다. 부평에 볼일이 있어 와 있던 작은형이 종철이를 찾아와서 사정 이야기를 듣던 중 교회로 곧장 가지 왜 돌아가냐며 의아한 표정을 지으며 묻는다.

종철은 돌파구를 찾고 마음의 위안을 받으려는 마음에서 집에서 가까운 중앙침례교회에 찾아가서 새신자 교육을 받은 후 침례를 받고 일요일마다 교회에 나가기 시작했다. 처음 설교를 들을 때는 몸이 아프고 등짝, 목덜미도 아프고 졸음이 쏟아지더니 두세 달 지나면서는 고명진 담임목사님 설교를 들을 때면 꼭 나한테 하는 말 같아서 눈물이 주체할 수 없을 만큼 마구 흘러내려서 옆의 사람들 창피해서 눈물 닦는 것도 눈치가 보였다. 오전 예배 마친 후 로비에서 김장환 원로목사님 테이프를 사서 집에 와서 들어보면 부모가 자식을 위한 기도, 부부의 기도를 들을 때면 또 감동과 감사의 눈물이 흘렀다.

큰 갈비집 가보정에 방문해서 일하고 있는데, 어둑해질 무렵 그전 요리 동호회 할 때 알게 된 오남이라는 후배한테 전화가 왔다.

"종철이 형, 오늘 서울에서 한식 주방장 첫 모임을 갖는데, 형 한번 안 오실래요?"

종철은 속으로 쾌재를 불렀다. 그렇지 않아도 수원주방장조합에서 쫓겨난 후 낙동강 오리알 신세에 끈 떨어진 연처럼 기운도 없고 사람이 그리웠는데, 오남이 전화를 받고 보니 많은 사람들 속에서 어울리고 기운도 받고 싶다는 간절한 마음이 인다. 오남이는 서울에서 활동하던 한정식 주방장인데, 퇴사 후 일자리를 찾아서 수원까지 우연히 내려왔다가 아는 사람 소개로 종철이가 총무로 있는 요리동호회에 가입했다. 오남이도 타 지역에 내려와서 아는 사람이 없을 때 종철이가 특별히 관심을 갖고 따뜻하게 대해준 적이 있었다.

이제 반대로 오남이가 종철이를 서울까지 끌어주는 상황이 된 것이다. 종철은 밤 10시 모임에 맞춰서 일을 서둘러 마무리하고 7770 버스를 타고 사당에서 내려 지하철을 타고 학동 전철역 3번 출구에 내리니 오남이가 먼저 와서 기다리고 있다.

"저는 서초동에서 일해서 가까워요."

모임 장소인 '소나기'에 도착하니 넓은 홀에 많은 사람들이 들어 차 있다. '한식협의회 발대식'이라는 현수막이 걸려 있고 식탁에 프린트물이 놓여 있다. 서울에 흩어져 있는 20~60명 정도 되는 주방장 모임들의 회장과 총무들이 각 친목회의 대표로 참석하는 것이다. 음식점이나 요정, 호텔에서 근무하는 사람들, 한식 전공장 교수, 식품 관계자들도 많이 참석해서 서로 명함을 교환하며 인사를 나누고 아는 사람들에게 소개도 해주는 사교와 친목의 장이 펼쳐진다. 주최 측 교수와 사무총장은 종철에게 아주 호의

적으로 대해주는데, 수원지역 아니 경기도 대표쯤으로 여기는 분위기다.
"이분이 수원에서는 아주 대단한 분입니다. 수원조리단체에서 이분을 심하게 견제하며 상당히 겁을 내는 사람입니다. 모임도 크게 하고 있고요."
종철은 가만히 있는데도 높게 평가해주고 큰 관심을 가져주니 과히 나쁘지 않고 맘이 편해진다. 모임 시간인 밤 10시가 되니 200여 명의 사람이 입추의 여지 없이 홀에 꽉 찼다. 궁궐이 있는 한양의 주방장들이라서 그런지 옷차림도 깔끔하고 얼굴들이 핸섬하다. 종철은 서울 주방장들 열정이 대단하다는 걸 느낀다. 역시 지방하고는 다른 집중과 진지함을 느낄 수 있다. 사회를 맡은 혜전대 한식 전공장 김용문 교수는 모임이 결성되었으니 앞으로 홈페이지도 만들고 사무실도 얻어서 한식의 세계화와 지식, 정보, 화합, 봉사를 위해 앞장서서 열심히 해보자고 말씀하신다. 또한 각 소모임의 회장님, 총무님, 회원님들과 함께 국가적으로 한식이 살고 한식 요리사가 살 수 있는 일들을 찾아서 하자고 감동적인 말씀을 이어간다.
종철은 하루 종일 힘들게 일하고 밤늦게 모여 독립운동하는 사람들처럼 진지한 한식 주방장들의 모습을 보면서 감동을 받는다. 회의가 시작되고 1시간쯤 지나자 불고기 만찬이 시작된다. 술과 음식들이 들어오고 좀 전의 진지한 모습과는 다르게 밝은 웃음과 화기애애한 분위기로 바뀐다.
종철은 모여있는 사람들을 보면서 열정이란 무엇인가를 생각해본다. 열정은 하지 않아도 되는 일을 하는 것이라고 규정지어본다. 현장에서 바쁘게 일하다 보면 현실과 미래라는 선택의 기로에 직면하게 된다. 그때마다 마음속에서 일어나는 열의와 신념으로 지금 당장은 나에게 이익이 없더라도 그것들이 하나하나 쌓이면 경력이 되고 경험이 되고 내공이 된다고 믿는다. 물론 미래에 투자하는 좋은 방법이다.
종철은 오늘의 우연한 발길이 자신이 가고 있는 길에 엄청나게 중요한 일인 걸 이때는 몰랐다. 한식협의회 모임은 시작한 지 얼마 되지 않아 할 일이 많고 열정이 많아서 자주 모임을 갖게 되지만, 종철이도 한 번도 빠지지 않고 참석하니 사람들은 먼 수원에서 오느라 수고 많다고 점수를 아주 많이 쳐주는 분위기다. 주방장들 모임 특성상 일 마치고 모이는 시간이 빨라야 밤 10시이니 회의하고 밥 먹다 보면 12시가 넘어간다. 그러다 보면 차가 끊겨서 택시 탈 돈은 없고 길에서 잔 적도 있다. 강남 학동에서 모임 할 때는 근처에 찜질방이라도 있겠거니 하고 근처 동서남북 반경 500미터를 다 뒤져도 없기에 다리는 아프고 길거리 벤치에 누워서 모기한테 뜯기며 잠자고 새벽 첫 전철을 타고 내려온 적이 있다.

또 한 번 청와대 주방장 출신 위원장이 운영하는 광화문 '남강'에서 모임 하던 날은 버스도 끊기고 전철도 끊기고 서울역에서 출발하는 기차도 끊겨서 근처 남대문 새벽시장에 가면 궁색하지 않게 밤을 보낼 수 있겠다고 꾀를 낸 것이다. 희망이 있을 땐 힘든 줄도 모르는 법이다. 종철은 남대문시장에서 낭만 있게 차 한잔 마시며 밤을 보낼 수 있겠다는 생각에 밤중에 걸어 서울역에서 양동을 거쳐 남대문시장에 당도했다. 이 일대 역시 식당일 맨 처음 할 때 양동에서 잠자고 무허가 소개받고 남대문 중국집에 취직해서 골목을 누비며 배달하던 곳 아닌가. 그때는 이런 날이 올 줄 전혀 상상하지 못했다. 격세지감을 느낀다.

길가 카페 테라스에 앉아서 한 달 후 예정되어 있는 종철이가 주관하는 '수원갈비 관광 한마당' 문화 행사의 세부 기획을 짜는데, 놀랍게도 아이디어가 술술 떠올라서 답답해하던 문제를 해결한다. 초청 인사로는 한식협의회 민웅천 사무총장님과 궁중요리연구가 김복선 님인데, 식순도 짜고 수원왕갈비 시연회 및 수원왕갈비 양념꼬치구이 무료시식회, 수원갈비문화원 회원들과 함께 분담해서 하는 일 등을 정말 순식간에 짰으니 어떤 알 수 없는 힘에 의해 이루어진 기적 같은 일이라고 생각한다.

80년 전통의 대한민국 최대의 조리단체 '대조협'에서 단군 이래 최대 요리박람회를 개최한다며 한식협의회에 요청한 것은 그로부터 한 달 뒤다. 한식협의회 주최로 각 한식 소모임 전체 인원과 가족, 식품 관련업체 참여자 1,300여 명이 양재동 운동장에서 한식 세계화를 위한 한식산업군 단합 체육대회를 가졌을 때다. 대조협 측에서는 5일 동안 코엑스 대서양홀, 인도양홀 등 전체를 빌려서 대규모로 행사를 치르는 만큼 한식 주방장의 최대 조직인 한식협의회의 참여가 절대적으로 필요했다. 박람회는 세계 각국에서 조리사들이 참여하고, 국방부 소속 해군, 육군, 공군 등 부대에서도 요리사들이 요리대회에 참여하며, 각 지역 경찰청에서도 각자 소속된 지역의 명예를 걸고 참여한다.

그리고 지역 요리 명인들이 소속된 요리단체에서도 참여하는 요리대회가 이 행사의 하이라이트이고 식품전시회, 식자재, 식품 관련 기계 전시, 프랜차이즈 홍보 등이 있다. 요리대회는 라이브와 전시경연이 있다. 라이브는 행사장 내에 설치된 자기 부스에서 주어진 시간 내에 즉석에서 요리해서 심사위원이 조리하는 모습과 조리 시식을 채점해 점수를 매긴다. 전시경연은 전날 밤부터 새벽까지 요리를 만들어서 젤라틴을 발라 30센티미터 크기의 요리 접시에 담아 자기 테이블에서 전시하는 것이다. 이때는 개인전도 있고 단체전도 있다. 종철은 요리대회가 처음이라 배울 겸 단체전에 참여하게 되었는데, 자기가 만드는 요리를 코디 받아 내놓을 수 있는 이점이 있다.

종철은 전 국가대표를 지낸 사람과 운 좋게 8명이 한 팀이 되어 요리대회에 참가하게 되었다. 종철이가 낸 아이디어는 한우고기 육젓과 동충하초 수원왕갈비다. 한우고기 육젓을 생각해낸 동기는 생선 젓갈에 착안해서 소고기를 육회처럼 썰어서 짭짤하게 소금에 무쳐서 오래 두고 소고기의 맛과 단백질을 보충하면 좋겠다는 생각에서다.

여러 번 염도를 조절하면서 완성했다. 이것은 종철이가 그동안 갈비를 배우고 익히며 재해석한 소고기 요리 창작품이니 스스로 생각하기에도 기발한 아이디어여서 흡족하다.

코엑스에서의 5일 동안은 좁은 주방을 벗어나 바다에 나온 것 같이 많은 것을 보고 배우는 계기가 됐다. 웅변학원에 다닐 때 외쳤던 "여러분! 정상에서 만납시다"라는 구호처럼 이곳 큰물에 오니 정상에 있는 유명한 요리계통 사람들을 만날 수 있었다. 정상에 오니 조리명장, 유명 셰프, 권위 있는 조리과 교수 등을 다 만나는구나 하고 생각한다. 5일 동안의 음식박람회 행사가 끝나는 오후가 되자 시상식이 시작된다. 종철이 팀은 대상인 농림부장관상을 수상하게 된다.

요리대회 심사위원

그 후 결실의 계절인 가을에 들어서자 종철은 사당에 조리예술재단이 생기면서 한식단체에서 알게 된 장방수 씨가 사무총장으로 가게 되면서 회원으로 가입하게 되었다. 첫 사업으로 '한식 세계화 대전'이라는 큰 축제를 계획하는데, 요리대회도 함께 열린다고 하여 종철이도 출전하게 됐다. 서울 서초에 있는 양재aT센터에서 열리는 한식요리대전이 메인 행사이고 여러 식품, 음식업체들이 출품해서 자사 제품을 홍보하기도 한다. 특히 이곳에 와서 알게 됐지만 경기도에서 우수농산물에 대해 G마크를 선정하는 제도가 있는데, 이때 경기도 G마크 업체들도 나와서 업체를 홍보하고 무료시식회도 함께한다.

요즘 '로컬푸드'가 유행인데, 우리나라에서 생산되는 우리 농산물은 우리한텐 모두 신토불이 로컬푸드인 것이다. 품질 좋은 우리 농산물이라는 원재료가 있고 그것을 가지고 멋과 맛을 조리하는 요리대회가 함께하니 소비자에게는 좋은 정보가 되고 볼거리, 먹거리가 있는 유익한 행사다. 여기에서 종철이가 생각해낸 출품요리 아이디어는 순대국수다. 1981년 천호동 기사식당을 그만두고 작은형이 일하고 있는 이리역 앞 디왕클럽에 찾아갔다. 일을 마치고 나온 작은형과 함께 추운 겨울 포장마차에서 먹던 순대국수 맛을 잊지 못한다. 그 후로 남대문시장을 다리가 아프도록 돌아다니며 순대국수 하는 집을 찾았지만, 점점 발은 아프고 배도 고프고 머리는 어지러웠다.

그 후 어디에서도 순대국수 하는 집은 없었고, 세월이 흘러 익산역으로 바뀌고 찾아간 그곳에는 포장마차도 없어지고 혹시나 싶어 찾아봤지만 인근 식당 어느 메뉴판에도 없었다. 1981년도에 먹었던 순대국수 기억을 더듬어 순대와 국수, 콩나물, 대파, 들깨가루 그리고 돼지뼈로 우려낸 뽀얀 국물을 떠올리며 요리대회 출품작품을 만들었다. 결과는 대상을 받고 경기도지사상을 수상했다. 이때 김문수 도지사와 단독으로 사진도 찍게 되어 기쁨과 큰 힘을 받았다.

해가 바뀐 후 국내 최대 조리단체인 대조협에서 식품박람회를 개최하는데, 한식협의회 측에 또 요리대회 참가 요청을 했다. 요리대회 심사위원 총 40여 명이 행사 5일 동안 활동하는데, 한식협의회 측에 10명의 심사위원을 배정하고 추천 요청을 했다. 한식협의회 내부회의 결과 종철이도 심사위원으로 추천되었다. 심사위원으로 위촉된 사람들은 대조협 사무실에서 2주 동안 심사위원 교육을 받는다.

심사위원 위촉장 수여식에도 참석하게 됐는데 방송에서 보던 요리전문가, 국가요리명장, 잡지에서 보던 요리과 대학교수, 박사, 요리연구가 등이 다 와 있다. 종철은 그저 꿈만 같다. 갑자기 심사위원이 되어 심사비도 받고 하얀 코트형 심사위원복을 입고 행사장을 걷는 기적 같은 일이 자신에게 일어나니 그저 어리둥절할 뿐이다.

아침 8시 심사위원 미팅에 참석하기 위해서는 이른 아침 5시 30분에는 집을 나서야 한다. 요리대회가 열리는 삼성동 코엑스까지 가려면 집 앞에서 마을버스로 출발해 좌석버스 7770번으로 갈아탄 뒤 사당에서 내려 다시 지하철로 갈아타야 한다.

집 앞 현관문을 여니 해 뜨기 전이라 어둠에 눈앞이 캄캄하다. 이렇게 이른 시간에 일 보러 나서는 건 처음인 것 같다. 그러나 도롯가에 나오니 벌써 출근길 발걸음을 재촉하는 사람들이 보이고, 청소부 아저씨도 비질이 한창이다. 버스에 올라 자리에 앉으니 감사의 기도가 절로 나온다. '하느님, 이른 시간부터 일터로 나서는 많은 이들에게 복을 주소서….'

코엑스에 도착해 심사위원 미팅에 참석하고 난 후 드넓은 인도양, 대서양 홀을 유유자적 걸어본다. 이른 시간부터 도착해 분주히 준비 중인 요리대회 참가자들의 긴장된 모습도 보인다. 그때 한식협의회 위원장이 심각한 얼굴로 다가와 말을 건낸다.

"그전 김종철 씨가 가입하고 활동했던 주방장조합에서 거세게 항의가 들어왔어요. 김종철 씨가 심사위원 보는 걸 두고 '저 사람이 뭔데 심사위원을 하냐'며 배 아파 시비를 거는 거니까 대응하지 말고 무시하세요."

"시비를요?"

"심사위원에서 김종철 씨 빼지 않으면 자기들은 행사 참여 보이콧 하겠다며 깡패들 한 차로 싣고 와서 행사 방해하겠다고 해서, 주최 측에서 맘대로 하라며 쫓아냈어요."

아무 힘이 없는 종철이를 지켜준 한식협의회와 대조협에 감사의 기도를 드린다.

겨울에 씨뿌리다

종철은 넉넉하진 않았으나 요리 강의와 심사비를 받아 그럭저럭 생계를 꾸려왔지만, 겨울이 되자 모든 강좌가 휴강에 들어가고 수입이 끊기니 경제적으로 점점 어려움에 빠져들게 된다. 팔달산에서 인연이 된 명리학 선생은 "언제쯤 경제가 풀리겠습니까?" 하는 종철이의 질문에 5년 뒤를 얘기하며 바라본다.

"왜 너무 가혹한가요?"라며 오히려 반문한다. 하루가 급한 종철이한테는 절망적인 심정이다. 사주에 재주라는 나무는 많은데, 그 나무를 뽀개서 공예를 하든 땔감으로 쓰든 해야 하는데, 그러려면 잘 드는 도끼가 있어야지 연필 깎는 칼로 되겠냐는 비유를 한다. "칼은 돈인데, 돈이 없고 조력자도 없으니 추운 겨울에 씨뿌리면 싹이 나던가요?"라며 삶의 이치를 알려준다. 그러나 지금껏 창업, 강사, 조리단체 활동을 통해 많은 경험과 실력을 쌓았으니 K센터의 목표를 이루기 위한 디딤돌이 되었다고 믿는다.

종철은 당장 좋은 직장이 생기는 것도 아니고 컨설팅, 비법 전수 등 하던 일이 있으니 포기하고 배달 일이라도 아무 데나 들어가기엔 미련이 남아서 하루하루 용을 쓰며 보내다 보니 빚만 늘어나고 카드회사에선 빚독촉 전화가 오는 지경에까지 이르렀다.

옛날처럼 돈 없으면 덜 쓰고 덜 먹으면 되는 시대가 아니란 걸 요즘 들어 종철도 알게 됐다. 기본적으로 들어가는 돈이 있고 그것을 내지 않으면 연체가 되어 빚이 자꾸 늘어나고 이자도 기하급수적으로 늘어난다. 그러나 종철은 어려운 때일수록 더욱 활동을 많이 하게 된다는 것도 알게 되었다. 직장 잘 다니고 돈을 잘 벌 때 같으면 오히려 하는 일이 바빠서 여러 가지 새로운 일을 할 생각을 못할 텐데, 종철은 요리동호회 회원들과 봉사활동도 꾸준히 했다. 동광원 어린이집에서는 요리봉사를 하고, 장애인 시설인 에벤에셀의집에서는 성금 기탁과 장애인들과 놀아주기 봉사를 한다. 팔달시장에서 어르신 효도 무료급식 행사도 5년째 꾸준히 하고 있다.

근처 김기만 회원 식당에서 소고기무국을 들통으로 한솥 끓여서 점심 식사를 해드렸다. 처음엔 회원들 후원비로 시작했으나 여기저기서 후원해 주는 곳이 늘어났다. 소고기는 수원에서 제일 큰 갈비집 가보정에서 제공해주시고 쌀은 가까운 외환은행에서 주시는데, 대성방앗간에서는 밥을 해주신다. 전통요리학원 홍원장은 김치를 주시고, 라이온스와 로타리클럽에서는 쌀과 후원금도 주신다.

어떤 날은 우유 아주머니가 봉사자들 마시라며 우유도 주시고 야쿠르트 아줌마는 야쿠르트도 주신다. 시장 바닥에 고무다라이 하나 놓고 돌게를 파는 노점 아주머니에게 식사하시라고 말을 건넸더니 그 말이 고마워서 길다방 커피를 인원수대로 배달시켜주기도 한다.

좋은 일을 하고 있어 보람도 크지만, 항상 좋은 일만 있는 것은 아니다. 인근 식당에선 무료급식 때문에 자기 가게 손님이 없다며 항의하기도 하고, 노숙인들도 급식을 받다가 고기 더 달라며 여성 봉사자들에게 욕을 하고 술 먹고 음식 그릇을 집어던지며 행패도 부린다. 봉사활동 타이틀도 처음엔 노인무료급식이었으나 종철이가 효행급식으로 작명했다. 어떤 땐 재산 많은 건물주도 와서 식사한다며 봉사자들이 수군대지만, 종철이는 돈 많다고 외롭지 않은 건 아니라며 이해시킨다. 따뜻한 국밥 한 그릇에 힘들게 살아온 마음에 위로와 훈훈한 정을 느낄 수도 있지 않겠는가.

말쑥하게 차려입은 중년 남자가 무표정한 얼굴로 줄을 서 있다. 이 동네에서 자주 보던 얼굴인데, 일은 안 하는 것 같다. 누군가는 그가 공수부대 출신이라고 했다. 1980년 5월, 광주에 투입되었던 그때의 기억 때문인지, 그는 늘 멍한 표정으로 거리를 지나다녔다. 그날도 그는 무료 급식을 받으러 왔다. 종철이는 삼발이에 올려진 들통에서 우거지 해장국을 샷구로 떠주고 있었다. 그의 차례가 되자, 남자는 종철이를 바라보며 뜻밖의 말을 건넨다.

"좋은 일 하십니다. 현세에서 복을 못 받으면… 자식들이라도 복을 받을 거예요. 오월이 가까워오면 우린 미칩니다."

남자의 눈빛에는 깊은 어둠과 슬픔이 서려 있었다. 종철이는 샷구를 든 채, 그 말이 오래도록 귓가에 맴돌았다.

종철은 오래전 갈비집 육부실에서 일할 때 전국의 유명한 소갈비집을 탐방하며 갈비 맛도 보고 분위기도 느끼는 상상을 했다. 종철은 사당에 있는 조리예술재단에서 《푸드아트플러스》라는 잡지를 발행한다는 걸 알고서 맛집 칼럼을 써보고 싶다는 생각을 했다. 잡지사에서 글을 한번 써서 보내달라 하여 충남 예산에 있는 '소복갈비'를 방문하여 가게 분위기도 보고 갈비도 먹어보고 느낀 점을 써서 보냈더니 좋다며 3년여 계속 쓰게 되었다. 소복식당은 70여 년 전통에 고모할머니에서 올케로, 현재의 김 사장에게로 3대를 이어오며 1950년대 당시 대통령부터 시작해서 현직 대통령들이 찾아주는 유명한 갈비집이다. 특이한 점은 갈비를 손님상에서 구워 먹는 게 아니라 가게 입구 구이대에서 구워서 돌판에 담아 지글지글 뜨끈한 상태로 손님상에 가져가는 옛날 방식 그대로를 유지하고 있다. 친절하게 1인분도 판매되니 나홀로 관광객에게 지역의 명물 맛집을 즐길 수 있어 반가운 일이다.

종철은 그 후 전국의 소갈비 맛집으로 소문난 맛집들을 하나씩 섭렵해 가기 시작하는데 부산의 해운대갈비, 담양떡갈비 신식당, 홍릉갈비, 삼원가든, 본수원갈비, 가보정갈비, 서서갈비, 포천갈비, 국일갈비, 원주제주본가, 이박사갈비살, 미가할매, 송추가마골, 벽제갈비, 강강술래 등으로 이어진다. 잡지의 연재 타이틀도 "김종철의 전국 소갈비 맛집 탐방"으로 정했다. 처음 맛집 탐방을 쓸 때는 무작정 찾아가서 음식과 분위기를 보고, 맛보고, 느낀 대로 썼는데 이젠 취재할 업소에 전화를 해서 인터뷰 요청까지

하게 되었다.

　전국의 소갈비 맛집 중 포천 이동갈비도 빠지지 않는데, 그중 '김미자 할머니집'이 유명하여 종철은 미리 전화하여 약속을 잡았고 방문 날짜는 되었는데 찾아갈 차비가 없었다.

　종철은 강의 다니기 전 학원에서 무료 요리강좌 할 때 알게 된 칡냉면집 사장에게 2만 원을 얻어서 버스를 타고 찾아가게 되었다. 김미자 할머니는 잡지사에서 인터뷰 온다 하니 미장원에서 머리까지 하시고 종철을 반겨주신다. 손수 갈비도 푸짐하고 보기 좋게 고기 접시에 담아주시니 종철은 사진기에 부지런히 담는다. 생갈비, 양념갈비 골고루 숯불에 구워주셔서 종철은 맛있게 시식도 하고 고기 익는 사진도 멋지게 찍을 수 있었다. 김미자 할머니는 젊어서부터 홀로 되시어 갈비집을 하셨고, 바쁠 때는 밥에 물 말아 김치에 드시며 가게를 키워오셨단다. 동네 사람들 흔히들 가는 관광버스 야유회도 가게를 비워두는 게 맘이 안 놓여 한 번도 가지 않으셨다고 한다. 허무하게 늙어버리셨다는 할머니는 자식들에게 아무리 힘들어도 갈비집을 지키고 이어나가라고 말씀하신다.

　종철은 주머니에 돈이 없으니 갈비를 먹으면서도 은근히 걱정했는데, 갈비값도 안 받으시고 오히려 갈비를 싸주신다.

　바닥에서부터 어렵게 일어난 갈비집 주인들은 인심이 좋다는 것도 배우게 됐다. 어려울 때 오히려 많은 일을 하게 된다는 것도 깨달았다. 마치 추운 날 씨앗을 뿌리듯, 어려울 때 몰입해서 진정으로 하는 일들이 값지다는 것도….

　종철은 어느 날 시내를 걷던 중 한 가지 꾀가 생각나서 무릎을 탁 쳤다. 길가에 붙은 파산선고 광고를 본 것이다. 식당 한다며 빌린 대출금은 더욱 늘어나고, 거기에 카드빚까지 연체가 늘어나 독촉 전화받는 게 제일 고역이다. 종철은 '바로 이거다' 하며 희망을 가지고 법원 앞에 있는 법률구조공단에 들어갔다. 번호표를 뽑고 기다렸다가 창구에 인적 사항을 알려주고 상담해보니 간단하게 해당사항이 없다고 한다. 종철은 두말도 안 하고 힘없이 사무실 복도를 걷다가 벽에 기대 선다. 한 가지 희망이 생겨서 좋아했는데, 이제 어떻게 살아가나 막막한 심정이다.

그때 종철이 핸드폰으로 전화벨 소리가 울린다. 제일 친한 친구 한성창한테서 온 전화다.

"야, 종철아! 내가 세금을 너무 많이 맞아서 광교산에서 막걸리 한잔하고 있는데, 너 지금 어디냐?"

친구 한성창은 온라인 쇼핑몰 사무실에서 판촉 일을 하고 있다. 대학 때부터 알바, 날품팔이, 병원에서 시신 닦는 일 등을 해서 학비를 조달했을 정도로 요령과 생활력이 많은 친구다. 그렇게 이것저것 닥치는 대로 먹고 살기 위해 일하다가 우연히 쇼핑몰 사무실에서 판촉 일을 하게 됐다. 발군의 능력을 보여서 일하는 사람들을 십수 명 두고 사무실을 크게 따로 낼 정도로 매출이 커지고 활성화되었다. 그러다가 고액소득자로 세금추징을 2억 원 정도 맞았다며 속상하여 광교산에서 막걸리 한잔 마시고 있으니까 와서 위로 좀 해달라는 것이다. 아이러니하게도 단칸방 살림에 파산선고를 받으려는 사람한테 세금 많이 맞았다며 위로해달라니 종철은 '이게 무슨 일이다냐' 하며 딱히 할 일도 없어 친구한테 간 것이다.

친구 성창이는 술도 잘 못하는 체질인데, 광교산 보리밥집에서 홀로 도토리묵에 막걸리를 마시곤 얼굴이 빨개져 있다.

"야! 고액소득자 1만 명에 들어가지고 세무조사를 맞았는데, 추징금이 2억 나왔다."

성창이는 자랑인지 뭔지 모르게 그동안 있었던 일과 전국 고액소득자에 끼었다는 것, 세금 많이 물어야 한다는 얘기를 힘주어 말한다. 아는 술집 가려다가 종철이를 찾았다며 "나 잘했지?" 하며 얼굴을 내민다.

"너도 마담 하나 소개시켜줄까? 아니다. 종철이 넌 지금 안 돼."

성창이는 혼자 말하고 혼자 대답한다.

"참! 근데 넌 법원에 왜 갔냐?"

"요즘 여러 번 사업이 망해가지고 빚만 지고 이자도 못 내서 독촉 전화만 오고 파산선고 받으려고 갔는데 해당사항 없단다."

"야! 너같이 요리 잘하는 놈이 망하면 어떻게 하냐? 이해가 안 간다."

"행궁동에 가게 자리 하나 봐둔 게 있어. 5천만 원만 있으면 다시 한번 시작해보겠는데, 돈 좀 빌려줘라. 내가 이자는 많이 줄게."

"그래? 내가 5천 빌려줄게. 내가 재수가 얼마나 없나 한번 더 보자. 야! 택시 불러라. 거기 부동산에 가보자."

달리는 택시 안에서 종철은 계약이 잘되게 해달라고 기도한다. 종철은 향후 문화와 관광의 시대를 맞이해서 수원에서는 정조대왕의 행궁이 있는 행궁동이 역사와 문화의 중심지로 관광객이 많이 몰려오면 수원왕갈비도 알리고 장사가 잘될 거라 내다본 것이다. 부동산에 들르니 가게주인을 불러와서 즉석에서 계약했다. 보증금도 싸고 권리금도 없는 시설에 집기류 비용 약간 주고 얻었다. 종철은 성창이의 마음이 변할까 봐 계약하기까지 맘을 졸였는데, 계약을 마치고 나니 안도의 한숨을 길게 내뿜는다. 과거 식당에 처음 발을 디녀 보따리 하나 들고 이 식당 저 식당을 전전하며 몸에 이가 옮고 옴에 걸려 고생하던 처지에서 육부 기술자로 승진했던 것처럼, 요 근래 몇 년 이리저리 방황하다가 이제 가게가 생기고 꿈에 그리던 수원왕갈비집 오너셰프가 되는 것이다.

7
수원왕갈비집 창업

오너셰프 김종철

    종철이는 과거에 요리사와 관련된 해외토픽을 읽을 기회가 있었다. 프랑스의 한 요리사가 미슐랭 가이드에 별 3개를 받아서 유명해졌고 해마다 지정하는 평점에서 별 3개를 유지하다가 그해에는 탈락할지 모른다는 정보에 괴로워하다가 급기야 자살했다는 기사였다. 장례식에는 총리를 비롯해서 애도의 인파로 도로를 꽉 채우고 교통경찰이 파견되어 교통질서를 유지했다는 내용이었다.

    또 스페인 출신의 한 유명요리사는 큰 호텔을 열몇 개 관리하는 총괄요리사인데, 하루 일과가 헬리콥터를 타고 호텔을 돌면서 관리하는 것이라고 한다. 잡지사 인터뷰에서 향후 계획을 묻는 기자에게 노후에는 자신의 고향에 돌아가서 탁자 여섯 개만 놓고 작은 음식점을 하며 6개월은 요리연구, 식재료 탐방으로 보내고 6개월만 장사하며 자신만의 요리를 하는 것이 꿈이라는 기사를 보았다.

    종철이는 이런 기사를 만나고 나서 열정이 끓어오르는 걸 주체할 수 없었다. 요리사라는 직업이 멋있게 느껴지고 새삼 커다란 꿈을 키울 수 있었다. 이러한 기사를 만나지 않았고 꿈을 키우지 않았더라면 좀 더 편하고 평범하게 살았을 수도 있는데, 꿈과 열정을 갖는 순간 행복했다가 그걸 이루기 위해서는 때론 힘들어진다는 것도 알게 됐다. 꿈을 이루기 위해서는 이제 장기 레이스다. 그러기 위해서는 건강해야 한다. 그래서 담배와 작별한

지도 벌써 20년이 넘었다.

가게는 행궁 골목 외진 곳에 있는 식당인데, 구청에 영업신고를 하러 가보니 벌써 열두 사람이 망해서 나간 자리였다. 가게세와 권리금이 싼 만큼 가게도 허름하고 작은 뒷마당은 콘크리트 바닥이 울퉁불퉁하고 기울어져 있다. 400만 원이나 들여 도시가스도 새로 하고, 간판값도 200만 원 들었다. 손볼 곳도 많고 필요한 것도 많은데, 결국 돈이다. 추운 12월 개업날이 닥쳐오자 시장 봐서 음식도 준비해야 하는데 당장 식자재, 채소, 공산품, 고기값 등이 큰일이다.

종철이 과거 주방장들 모임을 만들어서 총무로, 회장으로 10여 년 이상 단체활동을 한 적이 있다. 처음에는 여덟 명이 모여서 의기투합하여 시작했고, 점점 기하급수적으로 늘어나서 1년 만에 60여 명이 되고 급기야 수원 시내 이름있는 큰 음식점 주방장, 냉면장, 육부, 탕부, 보조들이 전부 가입했다. 몇 년 지나다 보니 100여 명의 회원으로 늘었고 이젠 한 명씩 주방장들이 직접 식당을 창업하게 되는데, 특이한 점은 가게를 얻어놓고 공개적으로 알리는 주방장들이 없다는 것이다.

주방장 회원 아무한테도 얘기하지 않고 도둑장가 가듯이 슬쩍 차리는 이유는 주방장들한테 간섭받지 않으려는 심보다. 큰 식당에서 주방장으로 일하다가 기껏 상권 안 좋은 골목에 싼 가게 얻어서 누구에게도 알리지 않고 은근슬쩍 창업하는 것이다. 그리고 망하는 것도 소리없이 주방장들 아무도 모르게 치른다. 몇 개월 만에 모아놓은 돈 다 털어먹고 다시 남의 집 주방으로 간다.

옛말에 식당 지배인이나 마담들이 가게 차려 나가면 성공하고, 주방장이 식당 차리면 망한다는 말이 있다. 외식업에 성공하려면 음식도 잘해야 하지만 홀에서 영업관리가 무엇보다 중요하다는 것을 결과로 보여주고 있다.

주방장들 모임에서 10년 동안 30여 명의 주방장이 창업했는데, 오픈 전에 알리고 창업한 사람은 김기만이라는 주방장뿐이다. 김기만 주방장은 누구에게나 적극적으로 알리고 적극적인 도움을 많이 받았다. 그것은 성공할 수 있다는 자신감이기도 하다. 홀서빙, 설거지, 숯불 장치 등 직원들 구인도 종철이가 아는 사람들을 활용하여 구해다준 케이스다. 심지어 바쁜 김기만 주방장 회원을 위해 직접 교차로에 구인광고를 내어 직원을 구해주기도 했다. 결국 김기만 주방장만 창업에 성공하여 20년을 롱런하며 집도 사고 이젠 건물주가 되었다. 사통팔달 수원의 역사 중심지 팔달문에서 '화성갈비' 하면 모르는 사람이 없을 정도로 이젠 지역의 명소가 되었다. 어르신 손님이 많은 화성갈비 김기만 사장은 오랜 세월을 이겨낸 어른을 존경한다고 종철이에게 말한다.

30명 이상 되는 주방장 중에서 단 한 명만 성공하고 다 망했으니 성공과 실패 그 한 가지 공통된 조건을 보면 자기가 아는 사람들에게 알리고 도움을 받느냐 알리지 않고 혼자 하느냐의 차이다. 며칠 전 '혜선네'에서 3층짜리 작은 건물을 샀는데 개업식 한다며 연락이 왔다. 돈이 있어야 화분이라도 보낼 텐데 축하드린다 말만 하고 종철은 가지 못했다. 도움받는 것도 실력이다.

종철이 우여곡절을 거치며 개업 준비를 해나가는데, 개업 마무리 준비며 자금이 쪼들려 힘이 든다. 막막하고 힘이 들어 전에 다니던 중앙침례교회에 갔다. 교회는 수원에서도 교인이 많은 편이라서 예배가 끝날 때는 어릴 적 극장 끝나고 사람들 밀려 나오듯이 대단히 붐빈다. 2층과 1층에서 한꺼번에 로비로 밀려 내려올 땐 빈 공간을 찾아 발을 앞으로 조금씩 내밀면서 나아가야 한다. 종철이 사람들에게 떠밀리다시피 나오는데, 전에 팔달문에서 무료 요리강좌 할 때 수강하러 왔던 문 사장이라는 수강생과 눈이 딱 마주쳤다. 요리강좌 인연으로 신촌 서서갈비에도 갔고, 내려와서 노래방에도 함께 갔다. 정말 기이한 일이 아닌가? 오전 예배만 해도 3부까지 있는데, 수많은 사람 속에서 만난다는 것이….

두 사람은 반갑게 인사하며 큰길로 나와서 커피숍에 들어갔다. 서로의 안부를 묻게 되는데, 종철은 그동안 어렵게 가게를 얻어서 개업 준비 중 시장 볼 자금이 없어서 어렵다는 말에 문 사장이 묻는다.

"얼마가 급하세요?"

종철은 머뭇거리며 쑥스럽게 말한다.

"500만 원요."

"제가 빌려드릴게요. 그동안 미안했는데 도울 일이 생겨 다행이에요."

문 사장도 조그만 가게를 하다가 정리하고 쉬고 있는 상황이라 형편이 그렇게 넉넉한 편은 아니라는데, 선뜻 500만 원을 빌려주겠노라고 한다. 종철은 일을 벌여놓으면 생각지 않은 여러 가지 일이 생겨난다는 것을 알게 됐다. 개업 전날 매일 갈비탕 100그릇을 판매하겠다는 계획을 세우고, 밥통으로 쓸 스티로폼 대형 핫 박스를 준비하여 밥 식지 말라고 옛날에 봤듯 뚜껑 안에 전구다마를 설치했다.

개업 전날 다음 날 판매할 갈비뼈를 손질하는데, 다시 한번 생각하면서 망설여진다. 왕갈비탕을 옛날 1983년도 본수원갈비집에서 판매한다는 말만 들었지 한 번도 본 적도 먹어본 적도 없기 때문이고, 지금은 수원에서도 왕갈비탕을 하는 집이 없다. 이론과 실전은 다르다는 걸 확실히 경험한 종철이는 왕갈비탕도 막연히 그냥 끓이면 되겠지 하고 시시하게 생각해왔으나 막상 자신이 할 일로 닥치니 자신 없고 많이 망설여진다.

개업이 당장 내일로 닥치니 남들 하지 않는 걸 시도한다는 게 두려운 마음마저 드는 것이다. 그냥 평범하게 남들처럼 갈비뼈 작게 토막 내서 할까 망설이다가 힘을 내어 15센티미터 왕갈비로 작업해서 핏물을 빼기 위해 물에 담가놓았다. 개업날엔 떡도 하여 오전엔 주위에 떡을 돌리고 종철은 주방에서 갈비탕을 삶는다.

종철은 갈비탕 그릇으로 이중 스텐 대접을 준비했는데, 추운 겨울 가게 난방도 약하고 출입문도 이중문이 아니라서 문을 여닫을 때 찬바람이 실내로 쌩쌩 들어와 갈비탕이 금방 식어서 기름이 허옇게 굳고 손님들은 먹기가 안 좋아서 문제가 되었다. 이걸 목격한 종철이는 서둘러 그릇 가게에 가서 뚝배기를 사왔다. 가게로 와서 부랴부랴 뚝배기에 갈비탕을 끓여 내니 그제야 제대로 된 왕갈비탕이 자리를 잡아간다.

갈비구이는 가게 앞에 테라스를 만들어 인테리어 천막을 치고 옛날 전통 방식을 재현해서 갈비를 숯불에 초벌구이로 절반 익혀서 손님상의 불판에서 다시 굽는 방식이다. 종철이 처음 의도했던 돌판에 굽는 것은 열이 빨리 안 받아서 시간이 많이 걸리고, 한번 열받으면 갈비가 타기 시작하여 불을 줄여도 빨리 온도가 내려가지 않는다. 모임에 참석한 여성 회원이 말한다.

"이건 불판으로 적합하지 않아."

이것 역시 이론과 실제는 차이가 있다는 걸 심각히 경험하는 종철이다. 돌판 때문에 손님들이 힘들어하는 모습을 보면 안타까웠는데, 부산 강의 때 수강했던 조명재 선배가 좋은 강의 요리 레시피로 덕을 많이 본다며 한턱내겠다고 종철이 가게를 방문했다. 조명재 선배는 경상도 쪽에서 레몬뷔페식당 20여 개를 운영하는 체인 경영주다. 기존에 하던 맛보다 종철이한테 수강한 고기반에서 배운 소갈비, 돼지갈비, 소스, 냉면, 불고기, 육회 등 요리법이 월등히 맛있어서 그 레시피로 전부 바꿔 덕을 많이 봤다고 하신다.

돌판 때문에 힘들다는 종철의 말에 조명재 선배는 좋은 불판이 있다며 바로 그 자리에서 전화를 걸어 소개해준다. 골드 코팅 불판인데, 갈비가 잘 익고 쉽게 타지 않으며 불판을 갈아주지 않고 키친타월로 닦아주기만 하면 되는 특수 불판을 소개해줘서 한시름 놓게 되었다.

구도심 상권도 죽어있고 관광객도 찾지 않는 행궁동의 겨울은 그야말로 겨울방학처럼 찬바람만 쌩쌩 분다. 추운 겨울을 세 번 거치고 나니 처음 시작할 때 친구한테 5천만 원 빌린 것보다 빚이 더 늘어서 1억이 되었다. 어쨌든 장사하며 집에는 생활비를 매달 갖다주어서 고등학생, 중학생 두 딸과 먹고는 살았으니 남은 건 없어도 생활비로 다 들어간 것이다. 급기야 가겟세도 두 달 밀리고 한 명 남은 홀 직원 월급도 두 달이나 밀렸으니 이제 고깃값, 채솟값에 당장 내일 시장 볼 돈이 없어 문 닫을 처지에 이른 것이다.

이날 홀 직원과 의견충돌 끝에 종철은 가슴 밑바닥에서 올라오는 한마디를 내뱉는다.

"이제 가게 문닫아야겠구만."

화나서 맞장구칠 줄 알았던 홀 직원이 말한다.

"한번 문 닫으면 영원히 닫아야 해요."

이 말은 문 닫지 말라는 뜻 아니겠는가? 종철은 그 말에 화를 누그러뜨리고 하던 주방일을 계속한다. 주방 한켠에서 낮은 목욕탕 의자에 앉아 갈비탕 뼈를 손질한다. 요즘 방송을 보면 맛집들은 가게 앞에 손님들이 줄을 선다. 나도 요리사로 오랜 세월 주방에서 열심히 연구하고 일해왔는데, 우리 가게도 줄 서는 날이 오면 얼마나 좋을까? 나도 줄 서는 가게를 할 수 있을까? 종철은 고개를 젓는다. 그런 날이 온다는 것은 불가능한 일이다.

종철이 가게 옆에는 '송하 일식집'이라고 이 골목에서 세 번째로 오래 된 40년 된 식당이 있다. 동네 시장에 가려고 나섰는데, 무심히 바라본 가게 문 옆에 작은 액자가 걸려 있다. 걸음을 멈추고 글을 읽어보니 "그대 웃는 얼굴이 큰 보시요"라고 써 있다. 종철은 좋은 글이라고 생각하며 감동이 밀려온다. 봉사는 일부러 시간 내서 찾아가고 돈 들고 무거운 거 들고 힘든 일인데, 미소가 보시라면 참 쉬운 일 아닌가? 그리고 다짐한다. '그래, 미소 무한 리필 서비스 공짜! 아무리 힘들어도 미소를 잃지 말자.'

쌀쌀한 날씨가 조금 가시는 4월의 어느 날 오전, 갈비탕을 손질하는데 코끝으로 따뜻한 바람이 훅 스치며 가슴속에서 뜨거운 감동이 올라온다. 종철은 코끝이 쨍하고 왠지 행복한 감동에 눈물이 흐르며 시상이 떠오르는 대로 볼펜을 들고 갈비 박스에 적는다.

미칠 것 같이 좋은 날씨
눈물 나도록 좋은 봄날에
나는 주방 한켠에 쭈그리고 앉아서
갈비탕 뼈를 손질한다

대장간 무쇠칼로
갈비뼈에 붙은 기름을 제거하고
미친 듯이 펄펄 끓는
가마솥 물에 푸욱 끓여낸다

이 갈비탕 드시고 행복해할
손님들을 생각하면 마음이 벅차고
기뻐서 가슴으로부터
뜨거운 봄비가 흘러내린다

오늘은 좋은 날
갈비탕 만들기 좋은 봄날에
나는 사월의 봄 향기를 양념으로
진한 갈비탕을 정성껏 끓여낸다

― 〈4월의 효자갈비탕〉, 김종철 지음

오천＋오천 냉면 비법 전수

　가게에 자주 들르는 윗집 친구 김오곤 한의사는 종철이가 만든 냉면을 아주 좋아한다.
　"종철아, 냉면 맛 기가 막힌다. 양념갈비보다 냉면이 먼저 뜨겠다. 근데 식당도 3년은 묵어야 그때부텀 장사 된다. 그때까진 힘들겠지만 포기하지 말고 참아라."
　"응, 고맙다. 천만 원만 빌려도라."
　종철이 밀린 고깃값 주고 월급, 가겟세 주고 이것저것 필요한 데 쓰고 나니 한 달 만에 천만 원이 다 없어졌다. 밑 빠진 독에 물 붓기였다.
　소상공인지원센터에서 주관하는 창업상담박람회를 일산 킨텍스에서 개최하는데, 외식업조합에서 종철이에게 수원갈비스토리도 한번 나가보라며 추천한다. 종철이는 얼마 전 요리강좌도 했던 경험을 살려 수원왕갈비를 가지고 창업박람회에 참여했다. 황박사부대찌개, 청풍칡냉면, 곤지암 소머리국밥 등 프랜차이즈 또는 이름있는 큰 음식점으로만 창업상담자가 몰리고 종철이 부스로는 상담자가 안 온다.
　그도 그럴 것이 브랜드가 알려졌다는 이유도 있지만, 부익부 빈익빈으로 부스도 종철이는 한 칸밖에 안 되는데 잘되는 데는 부스가 서너 칸으로 크고 말끔히 차려입은 슈퍼바이저나 유니폼 입은 여직원들이 포진해있고 파우치, 상품, 동영상, 대형 홍보 모니터, 무료시식회, 샘플 등 대기업과 구멍가게만큼 수준 차이가 난다.

종철이는 갈비 레시피도 확립했지만, 냉면 맛을 찾아내는 데 옛날 무술 비급 익히듯이 어렵게 레시피를 구축했다. 냉면 육수는 큰 갈비집 가보정에 근무하며 3개월을 매일 가스불 앞에서 100리터짜리 들통과 씨름했다. 옛날이야기 중에 힘센 머슴이 밤중에 소피보러 마당에 나와 눈앞의 도깨비와 밤새 씨름하다가 지쳐서 대자로 쓰러졌는데, 아침에 보니 돌로 만든 큰 절구통을 붙들고 씨름을 했다는 것이다.

아내 소정은 종철이가 냉면 육수 맛을 내느라 힘들다는 얘기를 듣고 너무 힘으로만 냉면 육수 맛을 내려고 하지 말고 냉면 육수 끓이는 커다란 100리터 들통을 힘 빼고 사랑으로 대해보라고 말해준다. 종철은 그 말뜻을 정확히 알 수는 없으나 다시 한번 찬찬히 생각해본다.

온갖 재료를 한꺼번에 다 때려넣고 맛을 찾으려니 이것저것 자꾸 넣게 되고 맛도 미쳐버리고 종철이 머릿속도 뒤죽박죽되는 상황이다. 냉면 맛을 구성하는 맛의 종류는 무엇일까?

단맛, 짠맛, 신맛, 고소한 육수 맛, 채소 맛, 매콤한 맛 등. 종철이는 차분히 맛들을 쫙 펼쳐놓고 하나씩 느껴보고 완성하기로 작전을 짰다. 맛의 기본이 되는 소금을 먼저 넣고 간을 맞춘다. 단맛, 신맛 없이 저울에 달아서 적어가며 소금 맛을 보니 확실히 필요한 염도를 찾을 수 있다. 노트에 적고 다음은 단맛을 내주는 포도당이다. 여기에서 맛의 순서가 중요하다. 중식이나 볶음요리도 양념 넣는 순서에 따라 맛이 다르고 맛있는 요리를 만들어낼 수 있다.

신맛을 먼저 넣으면 너무 신맛만 나서 맛을 조절하기 어려운데, 짠맛 다음에 단맛을 먼저 넣고 맛있는 단맛을 기재하고 그다음에 신맛을 넣으면 맛있는 신맛을 느낄 수 있다. 냉면 육수는 짠맛, 단맛, 신맛이 맞으면 기본은 끝난 거다. 그다음으로 고기 육수의 고소한 맛, 마늘, 양파, 건고추의 채소 맛이 받쳐주면 깔끔하고 훌륭한 맛을 찾아낼 수 있다.

종철이는 3개월의 노력을 통해 마치 도공이 점점 불의 미학 속에서 도자기 굽는 깊은 경지에 빠져들 듯 스스로 공력의 속으로 깊숙이 빠져드는 것을 느낄 수 있었다.

"불광불급(不狂不及), 미치지 않으면 미칠 수 없다"는 말처럼 맛이든 노래든 평가는 가까운 데 있는 가족이나 지인, 직원들이 먼저 알아보는 것인데, 종철이가 만든 육수를 부어 가던 주방 아주머니가 손등에 묻은 육수를 찍어 먹어보곤 놀란다.

"어머! 어머! 냉면 육수가 왜 이렇게 맛있어?"

종철이는 그동안 냉면 육수를 매일 뽑으며 주방의 이 사람 저 사람에게 갖다주며 맛봐달라고 했는데, 반응은 신통치 않은 쪽으로 동일했다.

"아줌마, 오늘 냉면 육수 뺐는데 맛 좀 한번 봐주세요."

종철이 조심스레 냉면 육수 맛보는 아줌마의 얼굴을 계속 쳐다본다. 마치 맛있다고 해달라고 구걸하는 각설이처럼 대답이 늦으면 또 채근한다.

"어때요?"

"??"

"음… 맛있긴 한데 단맛이 조금 적었으면 좋겠어요."

종철이는 오늘 확실히 알았다. 노래든 요리든 물어보고 생각하는 것이 아니라 한순간에 감탄사가 터져 나와야 한다는 걸 말이다. 그러니 맛이 어떠냐고 묻는 게 아니라는 것도 알았다. 마치 노래 한 곡 듣고 좋으면 바로 힘찬 박수가 나오고 앵콜이 나오는 것이지 가만있는 사람한테 노래 어땠냐고 묻지 않는 것과 같다. 오늘은 냉면 육수가 맛있냐고 묻지도 않았는데 감탄사가 절로 나왔다.

냉면 육수를 완성했으니 이젠 비빔냉면 다대기 맛을 찾아내야 하는데, 고춧가루 베이스에 단맛, 짠맛 레시피 개념 찾기가 만만치 않다. 종철이는 냉면 다대기 만든 것을 작은 용기에 담아서 일 끝나고 밤 10시에 가게 근처에서 탁월하게 한식 요리 맛을 잘 보는 후배 광탁이를 만나기로 했다. 광탁이에게 비빔냉면 다대기 평을 듣기 위해서다. 종철이는 나름 비빔냉면 다대기 맛이 어느 정도 됐다고 기대를 품고 만나기로 한 닭갈비집으로 갔다.

"야, 광탁아! 비빔냉면 다대기 새로 만들어봤는데 맛 좀 평가해주라."

"형, 이건 양념치킨 맛인데요?"

종철이는 양념치킨 맛 같다고 해서 틀렸구나 하고 무안한데, 광탁이는 양념소스 통을 들고 건너 테이블에 앉아있는 손님에게로 가서 맛 좀 봐달라고 한다.

"이거 비빔냉면 다대기로 개발 중인데 맛 좀 봐주세요. 양념치킨 소스 맛이죠?"

종철이는 후배의 돌발행동에 무참함을 느꼈지만, 맛을 내지 못하니 이것도 감수해야 한다고 받아들인다. 그래, 이것도 과정이니 약으로 달게 받아마시자.

아침 일찍 출근하는데 슈퍼 아줌마가 인천공항에 가면 냉면집이 있는데 냉면 맛이 좋다고 정보를 준다. 종철이는 시간을 내서 아내와 함께 가보기로 하고 인천공항 버스 타는 곳에 가서 버스비 적힌 걸 보니 상상외로 비싸서 놀랐다. 시내버스 요금 정도 생각했는데 두 사람 왕복 버스비가 5만 원 정도이고 냉면값까지 계산해보니 가지고 있는 돈으로는 부족하다. 아내는 안 갈 테니 혼자 갔다 오라고 하며 뒤로 물러선다. 아쉽지만 종철은 맛있는 냉면 맛을 찾아낸다는 일념으로 혼자 갈 수밖에 없었다.

종철이는 여태 갈비만 전문으로 했고 냉면은 얼치기로 대충 맛없단 소리만 안 듣고 해왔다. 도대체 어떤 맛이 맛있는지 알아야 흉내라도 낼 텐데 입안에 기억이 없으니 개발하기가 어렵고도 난감하다. 다른 요리에 비해 비빔냉면 다대기는 맛을 찾아내기가 더 어렵다.

그렇게 답답하고 고통스런 시간이 2년여 흐른 어느 날, 종철이는 한식 모임 사람들과 요리대회에 참가하게 되었다. 광화문에서 남강한정식을 운영하는 청와대 주방장 출신 황 선배 가게를 찾게 됐다. 성북동 퍼부어한정식 박찬모, 신림동 한바탕한식 송 주방장과 종철이까지 세 명의 한식 요리사가 저녁을 먹고 있는데, 좀 전에 선배가 보던 노트인지 테이블 위에 두꺼운 검정 노트가 펼쳐져 있다. 성북동 찬모는 펼쳐진 노트를 보더니 소리 내어 읽는다.

"평창장국밥, 봉평막국수 다대기, 조선전통국밥, 오골계백숙, 옛날불고기, 북어양념, 오이피클."

사람들이 소리친다.

"뭔데?"

두꺼운 검정 대학노트를 펼쳐보니 그야말로 청와대 주방장 출신 선배의 40년 요리법 노하우가 꼼꼼히 적혀 있지 않은가. 거기에는 계절별 나물부터 산지, 무치는 법, 육류, 해물, 국수 종류, 오리탕, 토종닭 등 한식 요리가 총망라되어 있는데 막국수 다대기, 비빔국수 다대기 그리고 종철이가 애타게 찾던 비빔냉면 다대기 레시피도 있다. 종철이는 레시피만 봐도 짜임새가 있는 것이 제대로인 레시피라는 걸 한눈에 알 수 있었다.

홀로, 룸으로, 주방으로, 카운터로 왔다 갔다 하던 황 선배가 들어오자 사람들은 요리 비급 노트를 가리키며 웃으며 애교를 부린다. 박찬모는 황 선배 옆에 가서 술을 따라 드린다.

"황 선배님, 저기 노트에 있는 거 레시피 좀 적어가도 돼요?"

"내가 아무 데나 노트를 놔두니까 없어졌다가 며칠 있으면 또 와있어. 하하하."

황 선배는 대답도 안 하고 딴 말씀만 한다. 황 선배는 다시 나가고 신림동의 요리강자 한바탕한식 송 주방장이 비장한 표정으로 말한다.

"우리 이거 세 사람만 아는 것으로 하고 노트를 제본해서 간직하면 어떻겠어요?"

사람들 얼굴에 그런 방법이 있구나 하고 화색이 돈다.

며칠 후 종철이에게도 청와대 주방장 출신의 40년 요리 비급이 손에 들어왔다. 종철이는 급한 대로 비빔냉면 다대기 재료를 순서대로 저울에 달아서 큰 양재기에 담는다. 양파, 대파, 마늘은 썰고 다지고 고춧가루 넣고 설탕, 소금, 간장, 후추를 넣었다. 두근두근 드디어 맛을 봐야 할 순간이다. 검지로 찍어서 입에 넣으니 그냥 딱 맞는 맛이다.

두말할 것도 없이 바로 '이 맛이야~'라고 머리, 혀, 온몸에서 확인해준다. 그동안 비빔냉면 다대기 맛을 찾아헤맨 시간과 노력, 고생이 일시에 종료되고 황 선배에게 경외심이 생겨난다. 종철이는 누군가에게 말하듯 입

밖으로 소리 내서 말한다.

"이야! 어떻게 이렇게 딱 맞는 맛을 찾아내셨을까? 황 선배님 존경스럽습니다."

종철이는 설탕을 절반으로 줄여 매실 엑기스로 대체하고, 생수 대신 고기 육수를 넣어 걸쭉한 식감으로 보강하니 그야말로 맛도 상승하고 윤기도 돌아서 더욱 업그레이된 비빔냉면 다대기가 완성되었다. 이 비빔냉면 다대기는 '청와대 주방장 레시피'로 이름 붙이고, 황 선배에 대한 감사함과 함께 최고의 다대기로 귀하게 간직했다.

소상공인창업박람회를 마치는 저녁 시간이 되었는데, 종철이는 오늘 한 건도 올리지 못하고 힘 없이 정리하고 있다. 오늘 큰 기대를 가지고 비법 전수나 창업컨설팅을 해주고 목돈 좀 융통하려 가게 문도 하루 닫고 왔는데 힘이 빠진다. 그때다!

"저기요."

허름한 차림의 40대 부부다.

"저흰 경상도 영덕에서 왔는데요. 장금이라고 백반집 하다가 힘들어서 문 닫고 냉면전문집을 해보려고 왔는데요. 배달도 하고요. 냉면 육수하고 비빔냉면 다대기 만드는 법 좀 배우려 하는데, 저쪽의 청풍냉면집에서는 냉면 육수 비법만 5천만 원 달라고 해서요. 더 말도 못해보고 왔어요. 어지간해야 깎아보든지 하죠. 식당 새로 한번 해보려고 가지고 있는 자금이 4천만 원인데요."

종철이는 오전에 이곳을 한번 둘러볼 적에 청풍냉면집에서 몇 사람이 얘기 나누는 걸 들었다. 냉면 육수 비법 가르쳐주는 데 5천만 원인데, 다 안 가르쳐주고 한 가지 빼고 가르쳐준다고 자랑스레 얘기하는 걸 들었다. 종철이도 청풍냉면 육수 맛을 보았는데 솔직히 자신이 개발한 냉면 육수만 못하다고 평가한다.

"제가 가르쳐드릴게요."

종철이는 기술을 움켜쥐고 있다고 해서 돌이 금이 되지 않듯 자신한테

득이 되지 않는다는 걸 오랜 세월을 통해 느꼈기에 요리강의 때도 수원왕갈비 양념법을 공개한 것이다.

"네?"

"돈 없으시면 그냥 가르쳐드릴게요. 벌어서 담에 갚으세요."

"아이고, 이렇게 고마울 데가."

영덕에서 온 부부는 작은 소리로 기도한다.

"하나님, 감사합니다."

종철이는 영덕 부부가 한사코 성의라도 표시해야 한다고 하여 차비조로 50만 원만 받기로 하고 영덕에 아내와 함께 동행했다. 기차를 타고 저녁쯤 영덕에 도착하니 부부는 역까지 승용차로 마중 나왔고, 잠시 달려서 바닷가 펜션에 도착했다. 영덕 부부의 배려로 전망 좋은 펜션에서 하룻밤 자고, 다음 날 영덕 부부의 집 부엌에서 냉면 육수 만드는 법을 가르쳐드

김종철 표 물냉면 육수(30L)	
잡뼈	5kg
고기	2kg
무	400g
양파	300g
마늘	100g
대파	3대
청양고추	200g
감초	3쪽
진간장	270g
다시다	110g
천일염	450g
식용 빙초산	30g
포도당	2.3kg

비빔냉면 다대기	
진간장	3kg
고기 육수	3.3kg
물엿	2.1kg
설탕	2.15kg
매실 엑기스	1.5L
마늘	600g
양파	1.2kg
배	1.2kg
오이	1.2kg
사이다	1kg
식용 빙초산	40g
후추	15g
꽃소금	50g
대파	1kg
고춧가루	2.7kg
참기름	390g

렸다. 그리고 비빔냉면 다대기도 재료를 썰고 다지고 해서 레시피대로 만들어 완성해드리니 대만족하신다. 종철이는 하나도 빠뜨리지 않고 언젠가 요리강좌 수강생이 말한 대로 자신의 장기인 친절하고 자상하게 상대의 입장을 배려해서 잘 가르쳐드렸다.

요리 전수를 마치고 영덕 부부의 안내로 영덕대게 맛집에 도착하여 종철이 부부는 난생처음 영덕대게 한 상을 거하게 받았다.

"영덕대게는 12월부터 2월까지 겨울이 제철인데, 그중 싱싱한 걸로 특별히 부탁해서 준비했습니다."

부부는 영덕대게를 선물용으로 포장해서 종철이 부부에게 내민다.

"영덕에 내 집 하나 있다고 생각하시고 언제든 내려오이소. 저희가 잘 모시겠습니다."

종철이는 살면서 오늘처럼 특별히 대접받고 사람들한테 대단한 사람으로 대우받으니 가슴이 벅차온다. 요리를 배워서 요리사라는 직업을 가졌기에 이런 대접을 받는구나 싶어서 보람 있는 날이었다.

그리고 며칠 후 영덕 바닷가 기운을 받은 종철이에게 오후 3시쯤 전화가 한 통 걸려온다.

"KBS 〈스펀지〉 김지연 작가인데요. 텔레비전에서 〈스펀지〉 보신 적 있으세요?"

"아니요."

"이번에 '갈비로드'라고 수원갈비집 취재 가려고 하는데 괜찮으세요?"

종철은 갑작스런 질문에 잠시 생각해본다. 지금 이런 처지에 방송에 나가서 무얼 한단 말인가? 에이, 한번 나가볼까? 순간 스치는 생각에서 대답은 둘 중의 하나인데, 자신도 모르게 "나갈게요"라는 말이 불쑥 튀어나갔다. 반대로 "안 나가요" 하면 끝인 것이다. 생각하고 한 대답이 아니다. 어려운 시험문제를 갑자기 질문 받듯 정신이 멍한 상태에서 자신도 모르게 답변이 나간 것이다. 이때가 또한 종철이에겐 운명의 갈림길이 되었으니.

쌀쌀한 날씨가 풀리고 봄날의 따스함이 완연한 어느 날, 그러니까 〈4월의 효자갈비탕〉 시를 적고 난 며칠 후에 일어난 사건이다. 5년 전 컨설팅할 때 만들어놓은 블로그에 그동안 활동하며 글을 올렸던 것을 보고 방송국에서 전화한 것이다. 종철 자신은 지금 보잘것없는 처지라서 빈 깡통처럼 쪼그라져 있는데, 세상은 종철을 찾기 시작한 것이다. 방송 촬영을 위해 좋은 한우갈비 한 짝을 준비하고 옛날 방식으로 갈빗대를 자르는 도끼도 대장간에 부탁해 새로 만들었다.

촬영날 종철은 한우갈비 한 짝을 어깨에 메고 들어와서 갈비를 해체하고 긴 소갈비 뼈를 도끼로 야무지게 내리쳐 자르니 촬영팀들 눈이 휘둥그레진다. 아직까지 맛집 촬영하며 이런 적은 없었기 때문이다. 한우갈비는 총 13대의 긴 갈빗대가 나오고 3번, 4번, 5번, 6번, 7번은 생갈비용이라는 멘트가 세계 최초로 종철이 입을 통해 방송을 타고 전국에 퍼진 날이다.

줄 서는 식당의 꿈 이루다

방송의 위력이 대단하다는 것을 처음 알게 된 것은 TV에 방송이 나가고 있는데, 거짓말처럼 가게로 전화벨이 연신 울려댔다. 종철이는 처음에는 장난전화로 알았다.

"방송 나온 집 맞죠? 주소 좀 불러주세요."

방송을 한번 타니 이곳저곳 방송국에서 심심치 않게 찾아오고 손님들도 한두 달 집중해서 함께 몰려온다.

방송 한두 번 나갔다고 금방 부자 되는 거 아니고 갑자기 손님이 많아지니 대형 회전 가마솥도 새로 장만했다. 파출부도 불러야 하고 밥공기도 사야 하고 들통도 사야 하고 냉장고도 사야 하고 추가로 필요한 게 한두 가지가 아니어서 지출도 많아진다. 빈 항아리에 물 채워지듯 한동안 잠겨야 넘치게 될 것이다.

식당일은 무거운 짐을 온몸으로 감당해야 하는 일이기에 오늘도 하루 일을 마치고 어두워진 골목길을 지친 몸과 함께 무겁게 한발한발 내디딘다.

집에 가는 길에 '사랑방손님과 어머니'라는 주점이 있는데, 안에서 옆집 럭키슈퍼 김광호 사장이 튀어나오며 종철이의 팔을 잡고 이끈다.

"들어와서 술 한잔하고 가요."

사람을 부르는 데는 여러 종류가 있다. 문 안에서 손짓하는 것, 문 열고 부르는 것, 밖에까지 쫓아 나와서 팔을 붙잡고 이끄는 것. 신의 계시인지 슈퍼 김 사장은 지금 종철이가 지나가는 걸 안에서 유리문을 통해 보고서 문을 열고 뛰쳐나와 팔을 잡고 이끈 것이다. 이날 슈퍼 김 사장의 손은 종철이의 운명을 바꾸고 예능의 길로 이끄는 길잡이가 되었다.

어둑한 홀 안에는 백열전등이 노란빛으로 80년대 방위 받을 때 신촌의 주점에서처럼 낭만적 분위기를 내주고, 10여 명이 술잔을 들고 담소를 나누고 있다. 전축에선 김광석의 〈거리에서〉가 건조하게 흘러나오고 있다. 전부 모르는 사람들인데, 문학 교수나 문인들이다. 수원왕갈비 셰프라고 소개하자 종철을 좋게 보았는지 이 사람 저 사람 술 한 잔씩 권하는 걸 연거푸 몇 잔 마시니 종철이도 기분이 업된다. 그중 경기대 권성훈 교수라는 분이 종철을 향해 노래 한 곡 부르라고 권하니 종철은 나훈아의 노래 〈고향역〉이 만들어진 사연을 먼저 이야기한다.

임종수라는 무명 작곡가가 고등학교를 전라북도 황등에서 큰 도시 익산으로 가서 자취할 때 추석에 황등에 계신 어머니를 뵙고 익산으로 가는 기차 안에서 차창 밖에 피어 있는 코스모스를 보고 시를 썼다고 한다. 학교를 졸업하고 가수가 되기 위해 서울의 나화랑 작곡가 사무실에서 가수 공부를 하던 중 느낀 바가 있어 가수를 포기했다고 한다. 나훈아 남진이 양분하는 가요계에 본인이 설 자리는 마땅치 않다고 판단한 것이다. 그리고 작곡 공부를 해 작곡가가 되겠다고 나화랑 선생님께 어렵게 말씀드리니 혼날 줄 알았는데 어떻게 그렇게 훌륭한 생각을 했냐며 오히려 칭찬하며 허락하셨다. 임종수는 고등학생 때 지은 시를 노래로 만들어서 당시 최고 인기가수에게 곡을 주어 세상에 자신의 노래를 알리기로 작전을 짰다.

당시 최고 가수인 나훈아가 소속되어 있는 오아시스레코드사 정문에서 기다리기를 두 달. 드디어 나훈아가 탄 승용차가 들어오고 임종수는 절박한 심정으로 나훈아에게 딱 5분만 시간을 달라고 사정했다. 임종수는 피아노가 있는 작은방으로 안내되고 떨리는 가슴으로 피아노를 치며 자신이 만든 노래를 불러보는데, 1절이 끝나자 등 뒤에 있던 나훈아가 어느새 다가와 임종수의 귓전에 대고 말한다.

"노래 개안심더~"

임종수는 안도의 가슴을 쓸어내린다. 어렵게 취입한 노래는 멜로디가 좋지 않았는지 히트를 못 치고 이후 행사장에서 만난 나훈아는 임종수에게 진지하게 말한다.

"전에 주신 곡 좋았지만, 조금 밝게 편곡을 다시 해서 만들어주셨으면 좋겠습니다."

그렇게 만든 곡이 〈고향역〉이다. 〈고향역〉 노래도 앨범에 타이틀곡이 되지 못하여 크게 알려지지 않았고, 나훈아는 소속사를 바꿔 지구레코드사로 전속되고 바로 히트친 노래가 〈녹슬은 기찻길〉이다. 이에 오아시스에서는 저작권을 가진 나훈아의 노래 중에서 방송국, 연예기자 등에게 나훈아 노래 중에서 좋은 노래 순으로 설문조사를 하여 앨범을 출시했는데, 그중 〈고향역〉이 그야말로 대박이 났다고 한다.

"1972년 임종수 작사·작곡, 나훈아의 〈고향역〉을 불러드리겠습니다."

코스모스 피어있는 정든 고향역
이뿐이 곱분이 모두 나와 반겨 주겠지
달려라 고향 열차 설레는 가슴 안고
눈 감아도 떠오르는 그리운 나의 고향역

코스모스 반겨주는 정든 고향역
다정히 손 잡고 고개마루 넘어서 갈 때
흰머리 날리면서 달려온 어머님을 얼싸안고
바라보았네 멀어진 나의 고향역

방위 받을 때 46곡 앵콜송 때보다는 못하지만 깜짝 놀라며 호응해주는 문학 교수들에게 종철은 한국 전통가요 3,600곡 완창 보유자라고 너스레를 떨며 남인수 선생의 〈청춘고백〉도 후식으로 한 곡 더 안겨드렸다. 그 후 권성훈 교수는 종철이에게 이곳 행궁동 시 창작교실 개강식 때 만담과 노래 한 곡 해달라는 요청을 하게 된다. 이것이 종철이의 첫 무대다. 그 이후 시 창작교실 개강식과 수료식 때는 축하공연을 하게 되고, 동네 축제에 각설이 복장을 하고 남인수의 〈추억의 소야곡〉과 백설희의 〈봄날은 간다〉 노래를 사연과 함께 불러젖혀 동네 주민들, 특히 어르신들의 얼굴 주름살이 활짝 펴졌다.

이 행사에서 정조대왕 능행차 재현 역을 맡았던 이란의 태권도 영웅 남창도장 강신철 관장님이 보시곤 종철에게 감탄하며 한말씀 하신다.

"대단하네."

'사랑방손님과 어머니' 주점 사장인 박병주는 종철이와 나이가 같아 친구처럼 지내는데, 처음 시 창작교실에 축하공연 간다는 말을 듣고 "뽕짝 노래로 축하공연 한다는 거는 그건 아니다"라고 말했던 박병주. 그땐 은근 섭섭했는데, 오늘 각설이 복장의 공연을 보고는 진심으로 말한다.

"내 친구라는 게 자랑스럽다."

이날 공연 후 평소 안면 있던 사람들이 다가와서 팬이라며, 매니저 하겠다며 호응이 대단하여 종철이도 가슴 뿌듯하다.

그 후 이날 공연을 본 시울림 회장님의 소개로 수원연극제 시민낭독극 심 봉사 역으로 참여하게 되는데, 원래 심 봉사를 맡았던 사람이 갑작스런 사정으로 빠지고 종철이 운 좋게 심 봉사 배역을 맡게 되었다. 연습 때면 동료 배우들도 종철이의 연기에 만족했는지 연습이 끝나면 다가와서 열연 잘 봤다고 한다. 연출 유현서 선생은 첫 리딩 때 속으로 이렇게 외쳤다고 종철이에게 털어놓는다.

"여기! 심 봉사 왔습니다."

종철이는 그 후 연극 〈시집가는 날〉에서 주인공인 맹 진사 배역을 맡아서 주위 사람들을 또다시 깜짝 놀라게 하는 열연을 하게 된다. 종철이가 사회에 나와서 첫 번째로 시작한 일은 식당 주방의 요리사이고, 두 번째는 노래이고, 세 번째는 연기이고, 네 번째는 외식잡지 맛집 칼럼 글쓰기이고, 그다음 한국무용과 예술단 창단이다. 이 모든 일을 하나하나 섭렵해서 결국 공연하는 한국음식점을 하는 게 목표다.

요리도 처음엔 좁은 주방 안에서 습득했고, 그다음 음식과 문화로 연결해서 사람들에게 보여줄 수 있게 밖으로 나왔다. 첫 번째 밖으로 나온 게 수원 팔달시장인데, 수원왕갈비 맛을 보여주기 위해 생각해낸 것이 수원왕갈비 꼬치구이 무료시식회다. 우리나라의 전통 음식인 수원왕갈비를 알리기 위해 수원 갈비집 요리사들이 모여 모임 이름을 '수원갈비연구회'라고 지었다.

착실하게 직장 다니며 월급 받아 가족과 잘살지 못하고 조리사 단체활동 한다는 종철이를 보면 어머니는 "너도 아버지 닮아서 모임 만들어 회장하냐"며 걱정스럽게 말하셨다. 1981년도에 아버지가 콩나물 단체 법인 등록하러 여기저기 애쓰고 다닐 때 신군부 측 인사는 이런 제안을 했다고 한다. 콩나물은 전 국민이 애용하는 먹거리인데, 회원사가 전국에 3천 개나 되는 콩나물 단체에서 일간지 전면에 새 정부 출범을 지지한다는 광고를 내주면 허가를 내는 데 도와주겠다고 했다는 것이다. 아버지는 며칠을 고민한 끝에 만나기로 약속한 날 약속 장소에 가지 않았다고 한다. 아버지는 "권력은 영원하지 않다"는 말로 결국 생각을 바꾸지 않았다고 한다. 그렇게 좋은 기회가 무산된 후로도 종철이는 아버지의 콩나물 법인등록 사업이 이루어지길 염원했다. 그 후 콩나물 사업의 엄청난 시장성을 파악한 실력자의 부인이 친척인 ○○식품회사에 얘기해서 큰 회사가 영세 콩나물 사업에 뛰어들게 됐다. 사단법인 허가 낸다고 돈 다 쓰고 집도 없어지고 가족이 뿔뿔이 흩어져서 살아가니 가정경제가 인생에 무엇보다 중요하다고 느끼는 종철이다. 부모에게 물려받은 재산 하나 없이 결혼해서 한 가정을 책임지는 가장으로 여태 어려움을 견디어왔다. 가정 환경이 어려운 어린 자식들을 생각하면 길을 가다가도 가슴속에 간장을 끼얹은 듯 아리며 눈물이 흘렀다. 종철이도 생각해본다. 사업과 경제적 이익 앞에 자신은 소신을 바꿀 수 있겠는가?

이번 수원갈비 양념맛 꼬치구이 무료시식회 행사는 종철이가 장인정신을 가지고 꼭 해보고 싶은 일이다. 수원왕갈비 맛을 시민과 관광객에게 알리기 위해서는 사람들이 많이 다니거나 모이는 장소에서 해야 한다. 종철이는 여러 곳을 물색하다가 팔달시장 안내소 앞으로 정했다. 장소를 허가받는 일도 만만치 않다. 상인회 사무실에 들러서 허가를 받아야 하고, 문화재보호구역이라 시청 허가도 받아야 한다는 것이다. 아니! 시민을 위해 좋은 일 하자는데 도와주지는 못할망정 왜 자리 허가를 안 해주고 훼방을 놓는가? 종철이는 분통이 터졌다. 처음으로 세상이 내 마음 같지 않고 내 마음과 같이 안 된다는 걸 알았다.

이것저것 필요한 서류를 접수하고 기다리던 종철이는 속이 타들어간다. 계획한 일은 해야만 직성이 풀리는 성격이라 장소 허가를 안 해준다면 팬티만 입고 팔달문 꼭대기에 올라가서 소리소리 지르겠다고 각오를 다졌다. 하루가 지나고 종철이와 회원들, 지인들의 노력으로 수원왕갈비 맛과 문화 알리기 무료시식회 행사 허가가 떨어졌다. 상인회 관계자는 저번에도 품바공연 때 장소 허가 비용을 영세상인 발전기금으로 내고 했는데, 특별히 무료로 해준다고 한다. 꼬치구이를 천 개씩 만들어서 숯불 바비큐 구이대에 굽고, 수원갈비에 대한 설문조사와 시식회를 금토일 3일 동안 치렀다. 이에 필요한 경비 500만 원은 아내가 은행에서 대출을 받아서 해낼 수 있었다.

어느 날, 김오곤이 노래하는 신바람 이박사를 모시고 가게로 들어온다. 20년 전 방위 제대하고 예비군 훈련을 받으러 갔는데, 점심 먹고 쉬는 시간에 예비군 차에서 흘러나오는 노랫소리에 충격을 받았다. 이박사 신바람 메들리는 말 그대로 신선한 충격이었다. 그동안 메들리라면 김연자, 주현미, 나훈아, 백승태 등은 많이 들어봤는데 이박사 테이프는 독특한 목소리에 특이한 추임새의 노래였다. 종철이한테는 이박사가 어느새 노래 멘토가 되었다.

그렇게 이박사 노래를 좋아한 20여 년의 세월이 흘러 진짜 이박사가 종철이가 운영하는 가게에 들어오니 얼마나 충격이었겠는가? 이박사는 달력을 뜯어서 사인해주고 좋은 글도 써주었다.

"요리도 예술, 노래도 예술, 김종철 씨 예술가로 성공하세요!"

그 덕택인지 그 후로 장사는 승승장구하고 후일 이박사에게서 곡을 하나 받게 된다.

〈수원성에서〉라는 곡의 노랫말은 종철이가 썼다. 그전 21세기 수원만

들기협의회라는 단체에서 수원화성 길라잡이 교육을 받은 지식으로 수원 노래 가사를 지을 수 있었다. 여기에 이박사가 곡을 붙여 종철이의 노래가 탄생했다. 이박사는 이제 카세트테이프 너머로 노래만 들려주던 마음속 멘토에서 실제 멘토가 되었다. 덕분에 종철은 음반을 낼 수 있었고 저작권 등록도 하고 가수증도 받았다.

명리학 선생 말대로 5년 후부터 경제가 풀리겠다고 했고, 장사 시작하고 3년은 해야 자리 잡는다는 김오곤 한의사의 말처럼 때가 되자 진짜 장사가 되기 시작하더니 손님들이 가게 앞에 줄서기 시작한다. 가게 안의 카운터 앞까지 손님들로 점령되어 쩔쩔매고 손님들을 치러내는 데 온몸을 다 바쳐 탕을 삶아대고 한우갈비를 만들어댔다.

종철이 어릴 적 보았던 칼쌈하는 전쟁 영화가 생각난다. 성을 넘어 함락하려는 군사들과 정신없이 온몸으로 막아내는 병사들이 떠오른다. 활을 쏘고, 사다리를 성벽에 걸고 올라오고, 성 위에서는 불덩이를 던져서 타죽는 병사들. 종철이도 성이 함락되면 안 된다는 죽기살기 심정으로 150인분 큰 가마솥에 갈비탕을 삶는다. 2시간 30분이 지나야 부드럽게 삶아져 나오기에 그 틈새에 25인분 압력솥에 갈비를 넣고 또 삶아댄다.

50인분 밥솥에 밥을 하루에 열 번씩 해서 두 사람이 푸고, 또 틈새에 압력밥솥에 밥을 하고, 한우 짝갈비도 해야 하고, 양념도 해야 하고, 이리저리 정신없이 뛴다. 이러한 일들을 모두 온몸을 던져서 처리해야 한다. 아침부터 손님이 몰려오고 줄을 서고 하니 실내에는 테이블 하나라도 더 놓기 위해 빈 공간에 탁자를 추가로 놓았다. 너무 오랜 시간 줄을 서다가 힘들고 바빠서 아쉬워하며 무거운 발길을 돌리는 손님들의 얼굴을 보는 건 너무나 미안하다. 맛집을 찾아 30분 정도는 부담 없고 재밌게 기다릴 수 있는 시간이다. 그러기 위해서는 손님이 드시고 가는 시간과 오는 손님의 회전력인데, 테이블 40개는 되어야 몰려오는 손님을 원활히 치러낼 수 있다.

어느 날 점심 장사 지나고 가게 앞 테라스에 앉아 잠시 쉬고 있는데, 택시 한 대가 와서 선다. 번호판을 보니 충북 제천이고 택시비 14만 원을 현찰로 지불한다. 젊은 남녀 두 사람이 택시에서 내려 갈비탕 두 그릇을 먹고 간다. 테이블 15개에서 하루 230개 주문을 받았으니 15바퀴가 돌아간 셈이다. 종철은 줄 서는 집의 소원을 이제 풀었구나, 꿈을 이뤘구나 하는 생각에 가슴이 벅차다. 수원갈비스토리 5년차에 빚도 다 갚고 생애 처음으로 집도 장만했다. 이때 수박 카빙과 폐백음식 강의로 가게에 와계시던 임택, 최건호 스승께선 "김사장은 박터졌구만" 하신다.

사랑아 내 사랑아 님을 찾아 여기 왔건만
바람에 흔들리는 수원 처녀 마음이련가
서장대에 오색구름 피어오르면 나에 사랑
당신에게 드릴 거야 봄이 오는 소리 따라
팔달문 사랑하는 님을 찾아 창룡문
시인 같은 우리네 인생 아 아아 아아아
남은 세상은 수원성을 꽃피울 거야

바람아 봄바람에 팔달산도 취해있느냐
바람에 흔들리는 청개구리 마음이련가
아지랑이 모락모락 피어오르면 당신 모습
수원성의 그림 같네 님이 오는 발길 따라
화홍문, 사랑하는 님을 찾아 장안문,
노을 같은 우리네 인생 아 아아 아아아
남은 세상은 수원화성 물들여보세

정조 꿈이 서려있는 신풍루, 능수버들
춤을 추는 수원천, 백로 같은 우리네 사랑
아 아아 아아아~ 효원 내 고향
서장대에 맺은 사랑
우리 사랑 수원성에서

― 〈수원성에서〉(2020), 작사 김종만, 작곡 이박사, 노래 김종만

주방에서 늘 상상하고 그토록 선망하던 유유자적한 삶을 한낮에 잠시

동네 행궁동 공방거리를 걷는 것으로 채운다. 며칠 전 듣고 좋아하게 된 김민정의 〈꿈〉이라는 노래가 떠오른다.

> 그대 빛난 꿈을 가져봐
> 이 풍진 세상에 "세상을 경험했다 그게 어디냐"~
> 남산도 올라보고 명동도 둘러봐

어린 시절 무작정 서울로 올라와, 낯선 세상 속에서 살아남기 위해 몸부림쳤다. 30여 년 동안 일과 예술, 인연을 따라 끊임없이 배우며 세상을 경험했다. 결국, 세상을 경험했다는 것 자체가 가장 중요한 의미다. 옛말에 '젊어 고생은 사서도 한다'는 말이 있는데 딱 맞는 말이다. 그리고 무슨 일이고 닥치고 경험해보는 것, "세상을 경험했다 그게 어디냐" 이것이 우리 자식들 지은이, 유진이에게 — 그리고 방황하는 젊은 세대에게 — 전할 메시지다.

쑥대머리

2014년부터 예술의 길이 펼쳐졌으니 이것도 운명인가? 동네 행사 장기자랑에 나와달라고 해서 품바 복장에 〈봄날은 간다〉 노래와 사연을 만들어 들려주어 호평을 받았다. 너도나도 팬을 자청했고, 그걸 본 시울림 회장의 추천으로 심 봉사 배역을 맡게 되었다. 그리고 동네 경로잔치에 초대되어 어머니에게 배운 노래 〈추억의 소야곡〉을 불렀다.

전주대사습에서 장원을 하시고 대통령상을 수상하신 판소리 최영길 명창께서는 국립국악원에 18년 근속하시며 국내 유명 명창들과 공연하셨고, 은퇴하셔서 이곳 세계문화유산 수원화성에 오셨다. 종철이는 한 동네 사는 김오곤 한의사와 친구로 지내는데, 부인인 김명란 씨가 운영하는 한복 공방에 판소리교실을 열었다. 함께 공부하자고 하여 트로트 노래할 때 호흡을 강화하는 데 필요할 것 같아 판소리를 배우게 된 건 행운이었다.

《춘향전》의 〈사랑가〉와 〈쑥대머리〉를 집중적으로 배우니 호흡법과 발성법을 자연히 익히게 되고, 노래를 시작하기 전 목 풀기 용도로도 탁월한 효과가 있다. 최영길 명창께선 소리로는 어린아이 같은 종철이를 찬찬히 가르쳐주신다. 학생이 한 명뿐인데, 종철이 때론 판소리 공부가 하기 싫어서 하릴없이 시장을 돌아다닐 때 전화벨이 울린다. 최영길 선생님이시다.

"어디야? 왜 안 와?"

종철은 꾀가 나서 둘러댄다.

제18회 전주대사습놀이 명창부 장원이신 최영길 선생님께서 가끔 저희 가게에 오시면 왕갈비탕을 맛있게 즐겨드셨습니다. 모처럼 선생님 얼굴에도 환한 웃음꽃이 피어나셨습니다.

"다리가 아퍼서 오늘은 쉬겠습니다."
"다리가 아프지 모가지가 아퍼? 빨리 와!"

소리를 배운 대로 표현하지 않을 때면 "왜 거짓말하냐?"고 하신다. 선생님께서 한창 공부하실 때는 산동네에서 하숙하면서 더 깊은 산속에 들어가 만독을 할 때까지 안 내려왔다고 하신다. '만독'이 뭐냐 하면 솔가지를 따서 한쪽에 수북이 놓고 〈사랑가〉나 〈쑥대머리〉 한 대목이 5분 정도 소요되는데 한 번 하고 솔가지 한 개를 반대편 쪽에 놓는 것으로 솔가지 만 개를 채우는 일이다. 하루 8시간씩 석 달이 넘는 시간을 안 쉬고 반복해야 하는 고도의 수련 시간이다. 종철이는 그저 이런 말씀 듣는 것만 해도 소리 내공이 깊어지는 기분이다. 그래서 종철이도 노래 한 곡을 쉬지 않고 3시간씩 부른다. 2시간쯤 지나다 보면 평소 경험하지 못한 소리가 입에 쩍쩍 달라붙는 깊은 세계에 도달하는 경지를 체험한다.

빗자루 100개 이야기

가게에 들어오니 아내가 옆의 행궁광장에서 '대한민국 브랜드대전'이라는 큰 행사를 하는데 노래자랑도 한다며 한번 나가보라고 한다. 종철이는 접수하고 예심을 보는데, 요즘 배우고 좋아하게 된 주현미의 〈정말 좋았네〉를 선곡했다. 종철이는 축제장에 즐거움을 주기 위해 여자 노래이니 여장을 하고 나가면 사람들이 좋아할 거라는 생각이 들었다. 구제 가게에서 여자 원피스와 가발, 목걸이, 팔찌, 귀걸이 등으로 치장했다. 거기다가 화장하고 립스틱 바르고 하이힐 신고 예심자들 사이에 끼어 대기하니 사람들도 여자로 알고 있다가 나중에 남자였냐며 깜짝 놀란다.

토요일 1차 예심에 합격하여 일요일 본선을 하는데, 시상 때 맨 마지막 대상만을 남겨놓고 있다. 종철이는 출전 번호가 9번인데, 사회자는 "대상! 참가번호 9번"을 호명한다.

자전거 한 대와 건강검진권을 부상으로 받았고 아내는 뛸 듯이 기뻐한다. 종철은 그동안 먹고사는 데 힘들어서 노래마저 잊고 살았는데, 자신의 노래가 사람들한테 먹힌다는 것이 놀랍고 기분 좋고 노래에 희망을 갖는 계기가 됐다. 이날을 계기로 구민의 날 노래자랑에 나가서 〈고향역〉을 불러 대상을 받았다. 이제 노래자랑에 재미를 붙여 조금씩 자신감도 생기고 노래자랑이 열리는 곳이면 도전했다. 옆 동네 구천동 '공구상가축제' 노래자랑에 도전하여 또 대상을 수상했다. 종철은 집과 가게가 있는 이곳 행궁동에서 이제 유명인사가 되어가고 있다. 종철은 그동안 주방 안에서만 40년을 갇혀 살았다. 이제 조심스레 밖으로 나와본다. 동네 주민자치위원도 하고, 방위협의회에도 가입해 위원으로 활동하고 있다. 언젠가 주부모임 손님들이 보자기를 펼쳐놓고 옷감과 그릇을 놓고 얘기를 나누는 걸 보았다. 요리사는 고객의 취향과 문화도 알아야 좋은 음식도 계속 개발할 수 있다는 걸 깨달았다. 이때 모임에서 만난 최인자 선생은 한글세계화연합이라는 수원 지부장을 하면서 예술과 베푸는 삶에 모범을 보여주고 있다. 최인자 선생은 아버지의 가르침에 따라 예의와 베풂을 실천하며 아버지가 인생의 스승이라고 자신 있게 말한다. 최인자라는 이름 그대로 사람의 자식으로 산다는 것이 얼마나 아름다운지 새삼 가슴에 와닿는다.

종철이가 운영하고 있는 수원갈비스토리는 줄 서는 가게가 되고 큰길가 사람들도 수원갈비스토리라고 하면 알아준다. 죽었던 골목상권이 종철이 가게로 인해 줄을 서고 붐비니 이 골목에 언제 이렇게 사람이 많은 적이 있었던가 깃발 날린다.

골목에서 40년 장사하여 이 동네에서 두 번째로 오래된 옛날불고기집에 종철이 아침 먹고 커피 한잔하러 방문하니 사장님하고 처음 뵙는 나이 드신 아저씨 한 분이 계신다. 불고기집 사장님은 나이 드신 아저씨에게 종철이를 소개한다.

"김 사장, 이 동네 주방장 선배야. 인사드려."

"안녕하세요? 요 앞의 수원갈비스토리 가게 하고 있는 김종철입니다."

"아, 거기 그 집이 옛날에는 한성식집이었어. 내가 이쪽 시내에서 50년 전부터 주방장 했는데, 주방장 모임을 했지."

배 씨 성을 가지고 얼굴이 운동선수처럼 각진 주방장 선배가 이야기를 들려준다.

1960~1970년대 이곳 남문통은 사통팔달 수원의 중심지였다고 한다. 그때는 병원, 경찰서, 우체국, 모든 관공서와 돈 많은 유지들이 이곳에 다 밀집해 있고 큰 음식점, 요정도 많았다고 한다.

그때 주방장 모임을 하면서 술 먹고 노름만 하지 말고 뜻 있는 일을 하자며 이름도 '협동회'라고 지었고, 처음 시작한 활동이 찻길 대로변을 아침 일찍 빗자루로 쓸고 청소하자는 데 의기투합한 것이다. 배 씨 아저씨는 모임의 회장이면서 군기반장이 되어 아침에 참석치 않은 주방장이 일하는 식당에 찾아가서 후배 주방장을 불러내어 주먹다짐을 하기도 했다고 한다. 그 당시에는 나이가 계급이고 주먹이 법이었다며, 그때가 그리운 듯 주방장 선배는 말씀을 이어가신다.

매일같이 30여 명의 주방장이 빗자루를 들고 신작로를 쓸고 있을 때, 하루는 승용차 한 대가 서더니 명함을 한 장 주며 수원시장님이 출근길에 몇 번 보셨다며 뭐 하는 사람들이냐 묻기에 주방장 모임이라 대답하니 내일 수원시청 시장실로 들어오라고 했다고 한다.

승용차가 지나가고 주방장들은 모두 환호성을 지르며 "이야! 우리가 좋은 일하니 금일봉이라도 주시려나 보다" 하고 모두 일 마치고 밤에 모여 다음 날 갚기로 하고 외상술을 진탕 먹었다고 한다.

다음 날 수원시청 시장실에 회장, 총무 등 5명이 들어가니 주스 한 잔씩 줘서 먹고 나오는데, 비서가 안내해서 따라가니 빗자루 50개를 주더라는 것이다.

주방장들은 실망했지만 시장님이 알아준다는 것에 만족하며 모임의 구심점인 도로 청소를 이어나갔다고 한다. 물론 동네 아저씨는 완장이라도 찬 양 밤새 술 먹고 아침 청소에 불참한 주방장 가게를 찾아가서 불러내어 주먹질을 했다고 한다. 말리는 가게 주인에게는 시장실에 갔던 이야기를 해주며 의기양양 큰소리도 쳤다고 한다.

"우리가 응! 무슨 단첸 줄 알아요? 수원시장님도 우리한테 빗자루를 선물하고 시장실에서 차도 마시고 다 알아줘! 싸나이들이 말이야, 한번 결심했으면 제대로 해야지. 한 번 죽지 두 번 죽는 거 아냐!"

한정식집 주인장도 시청, 시장 얘기가 나오자 움찔 놀란다. 잘못 보여서 위생단속이라도 나오면 벌금 물고 영업정지 당하고 골치 아프니 굽신거리며 식혜라도 내오기 마련이다. 그렇게 모임에 재미를 붙이던 몇 달 후 어느 날 이번에도 승용차 한 대가 아침 일찍 도로 청소하는 주방장들 앞에 서더니 양복 입은 비서가 내려서는 시장님이 시장실로 회장하고 몇 사람 들어오라는 것이다.

이야! 이번에야말로 수고한다고 회식비라도 나오겠다며 모두 기대에 부풀어서 동네 아저씨가 쏜다는 외상술을 진탕 먹고 마시고, 다음 날 시장실에 갔다고 한다.

시장실 긴 탁자 위에는 고급 포도주스가 한 잔씩 놓이고 수고한다는 시장님의 격려사를 충분히 듣고 시장실을 나서자 앞장서는 비서의 뒤를 따라가니 이번에는 빗자루 100개를 주더라는 것이다. 더 열심히 쓸라는 당부와 함께~.

그날 남문 옆 수원천에서는 빗자루 100개를 태우는 연기가 온종일 하늘을 덮었다고 한다. 종철은 빗자루 100개 이야기를 들으며 어린 나이에 우연히 주방에 들어와서 젊음을 다 보내고 이제 아무것도 없이 성당에 복사 서는 것이 유일하게 할 일이라는 나이 드신 주방장 선배가 측은하여 거친 두 손을 꼬옥 잡아드리고 나왔다.

나의 〈전국노래자랑〉 도전기!

나의 20대는 항시 노래와 함께 이사를 다녔다. 20대를 보내는 마지막 해인 1992년 종철이가 살고 있는 수원시에 〈전국노래자랑〉이 들어왔다. 종철이는 큰 기대를 안고 아내와 두 살 된 장녀와 잘 따라다니는 후배 기철이랑 네 명이서 수원시민회관 언덕길을 힘도 안 들이고 올라갔으나 힘 한 번 써보지 못하고 완패하고 말았다. 그러고 나서 〈전국노래자랑〉을 잊고 살았다. 오직 주방장으로 때론 눈바람 몰아치는 들판에 서서 힘겹게 세월을 이겨왔다. 불속 같은 시간을 지나오고, 창살 없는 감옥같은 때도 거쳐왔다. 긴 터널을 벗어나니 몸 안에서 자신도 알 수 없는 노래의 끼가 살아났나 보다.

화성시 〈전국노래자랑〉을 시작으로 남양주, 충북 영동, 광명시 등 주방에서 일하다가 시간 날 때 틈틈이 〈전국노래자랑〉에 도전했다. 어머니가 사시는 남양주에서 〈전국노래자랑〉이 열릴 때는 1992년도 그날 그 현장에 함께했던 양기철 후배의 차에 동승하여 야심 차게 어머니까지 모시고 예심장으로 향했다.

1차 예심 〈고향역〉 합격! 심사위원은 종철이를 알아보고 "저번에도 나왔죠?" 한다. 합격증을 받아들고 돌아서는데 심사위원석에서 종철이를 향해 뒷담화를 던진다.

"저 양반이 노래는 잘해."

2차에서는 강진의 〈삼각관계〉를 불렀는데, 떨려서 그랬는지 역시 느낌을 백 퍼센트 살리지 못해서 떨어졌다. 어머니도 서운하셨는지 수많은 인파에 휩쓸려 예심장을 빠져나오며 말씀하신다.

"야! 니가 왜 떨어졌냐? 박자도 딱 맞고, 잘 불렀는데."

종철이는 어머니 팔을 잡고 끌면서 빨리 가자고 했으나, 어머니는 많이 서운하셨나 보다.

"아니, 가서 물어나 보자고. 왜 떨어졌나."

"엄니, 그건 나를 더 챙피하게 하는 거예요. 빨리 가요. 으~"

뒤뚱거리시는 엄니를 집에까지 모셔다드리고 집에 도착하니 밤 12시가 훌쩍 넘었다. 집 앞 슈퍼에서 소주 큰 거로 한 병을 사가지고 라면 끓여서 방바닥에 앉아있는데, 눈물이 흐른다. 장시간 노모를 힘들게 하고, 후배도 고생시키고. 아… 이젠 헛된 꿈을 버리자. 나도 고생이고….

다음 날이 되자 어제의 아픔은 엷어지고 '오디션은 재미로 보는 것이다'라고 종철이는 자신을 또 달래고 있다. 마음이 급해서 그렇지 지금 떨어지는 것이 오히려 훗날 좋은 일이 될 거라고 긍정한다.

이번은 충북 영동이다. 사전 접수처인 영동군 관광과에 전화를 걸었다.

"전국노래자랑 신청하려고 전화했습니다."

"성함이랑 주소가 어떻게 되세요?"

"김종철 수원시 팔달구입니다."

"타 지역 사람은 노래 심사 보실 때 안 뽑아주지 않을까요?"

"그럼 접수 안 돼요?"

"아니요. 접수는 해보세요."

종철은 노래를 좋아하니 노래하고 무대에 서고 도전할 수 있다면 좋고, 작은 기대라도 걸 수 있다면 지금으로선 만족이라고 생각한다. 이번 도전은 신경을 좀 쓰고 업그레이드했다. 무대 의상으로 시장에서 하얀 티를 사고 가슴에다가 빨간 글씨로 크게 '영동역'이라고 썼다. 선곡은 〈고향역〉으로 귀농을 유도해서 지자체에서 좋아할 콘셉트로 정하면 합격을 시켜주지 않을까 하고 나름 머리를 썼다. 이번엔 마음을 비우고 정말 즐기는 마음으로 출전했다. 특기이자 좋아하는 노래를 가지고 노래를 좋아하는 사람들과 한판 승부를 겨룬다는 이토록 기가 막히게 스릴 있는 일이 있단 말인가?

영동문예회관 실내는 참가자와 구경 인파로 북적이고, 늘상 〈전국노래자랑〉 예심장에서 울려 퍼지는 박상철의 〈빈깡통〉과 박구윤의 〈나무꾼〉 음악 소리가 쿵쾅거리니 설레고 긴장된다. 오후 1시가 되자 점심 식사를 마치고 오시는지 매번 본 멋있게 생기신 심사위원들이 현관문을 밀고 들어가고 있다.

이번에도 1차는 가볍게 합격! 심사위원은 "어르신들도 많이 오셨는데, 〈추억의 소야곡〉 한 곡 불러주시죠?" 한다. 이번엔 앵콜송까지? 이번이야말로 본선에 가까워진 분위기라고 은근히 기대했지만, 합격자 발표 때 종철이 이름은 끝내 호명하지 않는다. 밤길을 그렇게 또 걸어서 영동역까지 털레털레~ 몇 시에 끝날지 모르니 기차표 예매도 하지 못해서 한참을 기다린 후 늦은 귀가. 그래도 오늘 노래의 폭이 넓어진 것 같아 기분 좋은 종철이다.

이번에야말로 기대와 준비를 단단히 한 〈전국노래자랑〉 도전이다. 통일 광명시에 대한 시를 짓고 시인대학 권성훈 교수께 시평을 듣고 몇 차례 수정을 마쳤다. 송해 선생의 고향인 황해도 재령에서 가상 〈전국노래자랑〉이 열리는 헌정시를 지어서 예심날 광명시로 아내까지 대동하고 나섰다. 여러 번 노래로는 안 되니 시를 추가해서 이야깃거리를 주면 뽑아주지 않을까 해서 나름 잔머리를 쓴 것이다. 종철이가 생각해도 나는 상상력이 뛰어나다!

오전 일찍 도착해서 타 도시 참가자로 현장에서 등록하니 순서가 밀려서 참가번호 500번대. 점심을 먹고 나니 신경을 많이 써서인지 머리가 아파서 약국을 찾아 시내를 돌아다녀 약을 지어 먹고 나니 좀 안정이 된다. 종철이 순번 차례까지는 2시간 정도 여유가 있고 남는 시간에 30분이라도 노래 연습하러 노래방을 찾았다. 잠시 후 앞 순서 참가자들 구경할 때 1차 합격한 초등학교 3학년 정도의 여자아이가 엄마 손을 붙들고 노래 연습하러 들어온다. 초등학생 여자아이 두 팀이 1차 합격을 했는데, 두 아이 모두 노래도 잘하고 끼도 아주 풍부하다. 얄궂은 운명처럼 어쩔 수 없이 한 팀은 떨어져야 할 텐데 생각하니 마음이 아프다.

종철이는 그동안 1차 예심에서 재미를 본 〈고향역〉 카드를 또 집어들었다. 안전빵으로 가자는 계산이었는데, 이번엔 몇 소절 안 듣고 심사위원이 "수고하셨습니다" 한다. 종철이는 정말 머리가 띵해진다.

아니! 시도 준비해왔고, 아내는 시낭송을 하기 위해 대기하고 있는데, 심사위원은 종철이에게 마이크로 말한다.

"이제 그만 나오시고 수원에서 할 때 나오세요."

수백 명 관중 앞에서 너무 창피하여 종철이는 강아지구멍이라도 있으면 정말 숨고 싶은 심정이다. 이젠 무슨 재미로 사나. 이번 도전은 떨어진 것보다 도전할 기회가 박탈된 것에 대한 상실감이 크다. 어쨌든 헛된 꿈이라도 꿀 수 있어서 그동안 설렜는데, 타 지역 사람은 웬만해서는 뽑아주지 않는다는 걸 알면서도 노래가 좋아서, 도전이 좋아서 은근 기대로 즐겼는데….

그래도 종철은 스스로를 긍정하며 세월을 낚는 강태공 심정으로 지금의 상황을 받아들인다. 지난 모든 것은 앞으로 있을 영광의 과정이라고 스스로 예언한다. 그리고 마음을 추스르고 미래를 위해 묵묵히 준비하는 심정이 되어 3시간에 5천 원인 '음치기박치기' 노래연습실로 들어간다. 물 한 모금 마시지 않고 3시간 동안 한 곡을 계속 부르다 보면 평소 느끼지 못했던 세계 속으로 빠져든다.

무딘 칼을 계속 숫돌에 갈 듯 그리고 그동안의 수모를 만회할 KO 펀치 한 방을 남몰래 기른다. 어릴 적 보았던 액션영화 〈외팔이드래곤〉처럼 무언가를 이루기 위해서는 나의 것도 버리고 포기해야 한다. 그것은 시간과 노력이라고 믿는다. 한 가지 목표를 이루기 위해….

나는 나를 믿는다! 스물두 살 동원예비군 내무반에서 시전됐던 46곡 연속 앵콜송의 신화를 새롭게 되살릴 것이다.

그렇게 풀이 죽어 지낸 지 1년여. 생각보다 빠르게 기회가 찾아와주었다. 백종원을 닮아서 백 원이라 별명 붙은 부주방장 최병환은 아침 출근하며 길가에 내걸린 현수막을 봤다며 종철에게 알려준다.

"원장님, 수원에 송해 선생 〈전국노래자랑〉이 들어왔는데 나가보세요."

당연히 나가야지! 종철이는 속으로 쾌재를 불렀다! 생각보다 기회가 갑작스레 빨리 찾아오니 가슴이 두근거린다.

정초에 대로변에는 '2016년 수원화성 방문의 해!'라는 현수막이 걸렸다. 종철이는 수원시에서 〈전국노래자랑〉을 유치할 거라고 기대했다. 아니나 다를까 수원시 홍보 차원에서 KBS 〈전국노래자랑〉을 수원시에 유치한 것이다. 아침에 눈 뜨면 팔달산에 오르며 노래 연습, 노래방에서, 차 안에서, 걸어가면서, 수원과 가까운 서해 제부도까지 출장 가서 노래 수련하고 잠자다가 깨면 또 이어폰 끼고 비몽사몽간에 무슨 노래 공부가 되겠는가 하면서도 내 이성이 아닌 몸이 반응하는 것도 있을 것이라는 생각으로 자는 시간도 아까워서 노래 수련에 매진했다. 남문 은영아 노래교실, 장안구민회관 안성녀 노래교실 등의 회원들 앞에서 연습 삼아 노래도 해 보이고 개인 레슨도 받고 음치기박치기 연습실에서 훈련도 하며 예심 준비를 하던 도중 마가 끼었는지 가게에서 일하다가 사소한 일에 허리를 다쳤다.

날이 추운 2월, 10미터만 걸어도 다리와 허리 통증으로 걷지 못하고 결국 디스크 시술을 다섯 차례 받으며 예심 준비를 견뎌나갔다. 자주 들러 노래연습하던 엘피노래방 사장이 종철이에게 말한다.

"노래연습은 왜 하세요? 어차피 1등 할 텐데."

노래와 무대 매너를 지도해주던 은영아 노래교실 선생님은 저번주에는 노래를 진실하게 하라며 냉정하게 말하셨는데, 오늘은 의외의 칭찬을 하신다.

"지금 연습할 때처럼 이 정도만 해준다면 1등인 최우수상을 받겠어요."

종철이는 자신의 노래가 어떤지 갈피를 못 잡는 갈팡질팡 심정에 이렇듯 좋은 평가를 해주니 큰 힘과 자신감을 갖게 된다.

아무도 알아주지 않는 산속 오솔길, 그래서 종철이가 이름 붙인 세계문화유산 수원화성 팔달산에 있는 '팔달산소리꾼 김종철 소리길'을 따라 오늘도 노래연습을 하다 보면 종철이의 1만 평 야외 노래수련장이 나오고 정조대왕 동상에 다다른다. 종철이는 아버지 앞에서 재롱부리듯 어린아이가 되어 노래하며 율동도 해 보인다.

드디어 시간은 어김없이 흘러서 예심날이 다가왔다. 오후 1시부터 시작인데, 종철이는 가게에 안 들르고 바로 10시에 예심장소인 장안구민회관에 도착했다. 텅 빈 실내홀 맨 앞자리에 이상한 한복을 입은 한 처자만이 눈에 들어온다. 이번에는 직접 디자인한 종철이의 트레이드마크 명물 옷 팔달산소리꾼 바바리코트 복장을 입을 수 있어 좋다. 이제 그만 나오고 수원에서 할 때 나오라던 심사위원의 말처럼 드디어 남 눈치 안 보고 내 안방에서 제대로 놀아볼 수 있는 것이니 참으로 가슴 벅차고 감개무량한 일이다.

종철이의 팔달산소리꾼 복장은 변장술에 가까워서 심사위원이 종철이를 알아볼 수 없겠지만, 신청서에 적힌 김종철 이름만 봐도 수원에서 할 때 나오라던 그 사람을 잊지 않고 있을 것이다. 그 당시 종철이에게 그만 나오라고 해놓고 미안해하지는 않았을까?

종철이는 심사위원에게 내 집에서 여유를 가지고 좀 더 멋진 모습을 보여주고 싶은 충동이 일어난다. 고맙게도 그동안 타 지역에서 예심 볼 때 그래도 늘 1차 합격을 주어서 포기하지 않고 여기까지 오게 된 힘이 되었다.

오랜 벗을 만난 것처럼 눈에 익고 친근한 신재동 악단장과 정한욱 작가님은 오늘도 여느 때처럼 심사위원석에 앉아있다. 심사위원석에 앉아있는 정한욱 작가 선생이 종철이를 알아보곤 반갑게 말한다.

"이분 수원사람 맞아요. 수원갈비를 알리려고 전국을 다니셨죠. 수원갈비 자랑 좀 해보세요."

"수원왕갈비는 조선 정조 시대의 사통팔달과 실학사상 그리고 첨단 과학 개혁 신도시를 건설하며 생겨났습니다. 이때 전국 3대 우시장이 생기며 소고기 요리가 발달하고 수원왕갈비가 생겨났지요. 왕이 드신 음식이라서 왕, 크기가 커서 왕, 세계 유일의 왕이어서 수원왕갈비입니다."

심사위원도 제대로 반가운 사람 만난 듯 종철이에게 반갑게 말을 건네며 "합격!" 한다.

1차 예심번호 111번(참가인원 1천여 명). 인구 120만 명의 〈전국노래자랑〉 유치 인구수 1위인 수원시에서 열리고 그중에 1등을 뽑는 것이다. 서울시나 광역시도 구청별로 〈전국노래자랑〉을 유치하니 인구수는 50만 정도이고, 저번에 출전했던 충북 영동군 같은 지자체는 인구 4만 4천이다.

오늘 응원을 오지 못한 양기철 후배는 111번 1차 예심 1등 번호라며 종철이에게 힘을 준다. 1차 예심은 가볍게 합격! 종철이는 속으로 이렇게 쉬운 것을 여태 힘들어했구나 하는 생각마저 든다. 2차 예심 번호는 21번. 요리사 후배 양기철은 2차 예심 1등이라고 전화로 너스레를 떤다. 여기 노래자랑에 출전한 사람들은 도전하는 모습만으로 모두 훌륭한 사람들이다. 도전과 노력, 장시간 참여하는 열정은 누가 잘하고 못하고 없이 한없이 겸손해지는 분위기다. 누구도 감히 1등을 자신할 수 없고, 흔들림 없이 노력과 기량을 발휘할 수 있느냐 하는 자신과의 싸움인 것이다. 거기에 합격이면 다행이고 떨어지면 아쉽지만, 더욱 정진하여 다음을 기약할 일이기에 누구도 이의 없이 승복하고 아쉬운 발길을 스스로 거두는 것이 노래 경연장의 모습이다.

〈슈퍼스타K〉 도전 때 보았듯이 4천여 명의 오디션 참가자 중 단 한 사람도 결과에 반박하는 일이 없다. 오직 그렇게 갈고 닦은 노래 수련에 세월이 얹히며 몸과 마음에 고통과 사연들이 쌓여 발효되고 곰삭은 맛이 배어진한 엑기스처럼 목에서 뿜어져 나올 때 비로소 성음의 길이 열리며 자신의 소리에 만족하는 것이다.

전국에서 열리는 〈전국노래자랑〉에 출전하며 종철이는 많은 것을 느꼈다. 가요제 프로그램을 진행하고 준비하는 시스템을 보면 제작진, 스태프, 엔지니어들이 정말 열심이고 체계적으로 잘 운영되고 있어 우리나라는 문화강국이 맞다고 느낀 것이다.

1차 무반주와는 다르게 2차 때는 반주를 1절만 틀어준다. 종철이의 도전곡 두어 소절을 듣던 심사위원은 돌아서서 반주를 멈추게 하곤 반 키를 올려서 다시 반주를 틀라고 한다. 키를 올려주니 노래가 더욱 시원스럽게 목에서 잘 나온다. 평소 연습했던 노래방보다 지금 반주기가 키가 낮으니 올려준 것이다. 그리고 악단장님께서 전문가의 입장에서 종철이의 목소리에 맞춰서 제대로 키 높이를 찾아준 것이다.

〈전국노래자랑〉은 신청곡을 3곡 정도 준비해서 심사위원 재량껏 신청곡 중에서 이 노래 저 노래 불러보라고도 하고 키도 조절해주니 자신에 대한 배려도 특별한 건 아니지만, 일이 되려니 이런 혜택도 주어지는 것이다. 심사위원님께서 종철이의 노래에 가능성이 있다고 보신 것이고, 가능성은 자신이 만드는 것이니 역시 사람은 때가 있나 보다.

종철이 어릴 적 만화방에서 보았던 만화책 속의 얘기가 생각난다.

"봄에 피는 매화가 있고 가을에 피는 국화가 있듯 사람도 운이 피는 때가 있다. 때를 아는 자 성공하고 운을 잡은 자 행복하다."

과정은 고생이지만 뭔가 이루어질 때는 정말 싱겁게 되는 경우가 있다. 마치 당연한 것처럼 일이 술술 풀리니 말이다. 최종 본선 진출자를 가리는 일은 다음 날 새벽 2시가 되어서야 판가름 났다. 이른 아침 제일 먼저 요상한 한복 옷차림을 하고 예심장 맨 앞 좌석에 앉아 있던 그 처자와 경찰관, 래퍼, 어르신, 중년여성, 애엄마, 여성팀, 남성팀, 통닭거리팀. 그야말로 다양하게 구색을 맞춰서 본선 진출자 한 팀이 꾸려졌다. 물론 종철이도 당당히 본선 진출팀에 들었다. 하지만 막상 그렇게 원하던 순간이 닥치니 웃음도 나오지 않고 실감이 안 나고 담담하다.

최종 선발된 열다섯 팀은 경연장 맨 앞자리에 두 줄로 모여 앉는다. 종철이 이런 선택된 사람들이 모이는 순간을 얼마나 간절히 고대했던가? 오늘 지금 이 순간 〈전국노래자랑〉 최종 합격자들이 앞으로 진행될 일정에 대해 설명을 듣는데, 가슴이 벅차오르며 한편으로는 꿈을 꾸는 것처럼 실감이 나질 않는다.

본선 녹화날 아침, 종철이는 다리가 아파서 집에서 가까운 연무대 녹화장소까지 가기 위해 택시를 잡아탔다. 이번 노래 행사는 종철이의 노래 재능과 DNA를 물려준 어머니께 보답하는 마음으로 형님에게 어머니를 모셔오시라 부탁하여 남양주에서 전날 집에 오셨다. 〈전국노래자랑〉 김종철의 도전곡 〈정말 좋았네〉의 주인공! 엄니 홍순만 여사는 빙판에 넘어진 이후 건강이 많이 안 좋아지셨다.

종철이 이런 날 이런 분위기에서는 평소 같으면 기분이 업되고 기가 끓어올라서 물구나무를 서고 몸을 심하게 풀고 노래연습도 하고 율동도 할 텐데, 허리와 종아리가 찢어질 듯 아파서 의자에 앉아 혼자 조용히 고통을 삭이고 있었다. 잠시 후 심사위원께서 종철이에게 다가와서 말을 건넨다.

"아니, 전국을 휘젓고 다닌 양반이 오늘은 왜케 조용해요?"

종철이는 아무 말 하지 않으면 이상할 것 같아 머리를 굴리다 답한다.

"예, 허리를 다쳐서요."

"그럼 안 나오셔도 되는데."

아니 안 나와도 된다고? 아픔과 싸우고 있는 사람한테 안 나와도 된다니 우스개로 하시는 말씀인가? 무슨 뜻으로 하는 말인가? 녹화날 피치 못할 사정으로 참여치 못하는 출연자를 대비해서 미리 예비자도 선정해놓는다. 혹시 입상자가 이미 정해져 있나? 본선 진출이 처음이라 모든 것이 궁금하고 예민해진다.

오전 10시부터 실전처럼 리허설이 시작된다. 종철이에게는 참가번호 5번이 주어졌는데, 이것도 진행상 구색에 맞추어서 번호를 정했을 것이다.

1번부터 리허설 분위기를 띄우는 젊은 래퍼와 이상한 한복 옷차림의 젊은 처자가 앞 순서 배정! 제작진은 세밀하게 반주를 늘였다가 끊었다가 출연자의 기호에 맞춰서 율동, 춤에 맞춰서 연출을 맞춰준다.

입상자가 다 정해져 있나? 아주 상을 받게끔 만들어주는 거 아닌가? 종철이 차례가 왔다! 종철이한텐 딸랑 반주 한번 틀어주곤 리허설 담당 작가가 말한다.

"됐죠?"

아니, 전주도 다 틀어주지 않고 짧게 반으로 생략했다. 전주 때 보여줄 율동도 연습해서 준비해왔고, 키도 맞게 연주해줬는지 악단 쪽에 가서 확인해봐야 하는데, 종철이는 조심스레 묻는다.

"전주 다 주시면 안 돼요?"

제작자는 고개를 비틀며 심각한 표정으로 말한다.

"전주를 다 안 주는 이유가 있어요. 시간이 너무 지체되니까 안 주는 거예요."

종철이는 두말 못하고 내려와서 의자에 앉아있자니 허리도 아프고 다리도 아프고 온몸이 쌀 한 가마 짊어진 것처럼 무겁다. '나는 버리는 카드인가? 입상자는 이미 정해져 있나?' 하는 생각에 몸도 아픈데 녹화하기도 전에 종철이는 착잡한 생각에 마음이 무겁다.

종철이는 의자에 앉아있지만 경연 생각에 머릿속이 바쁘게 돌아간다. 종철이는 리허설 때 무대 앞에서 구경했던 아줌마 두 사람 있는 곳으로 다가가서 자문을 구한다.

"아까 저 노래하는 거 보셨죠? 노래하면서 율동하는 게 나아요, 안 하는 게 낫겠어요?"

두 여성은 무성의하게 퉁명스럽고 쌀쌀맞게 대답한다.

"그건 본인이 알아서 해야지, 우리가 어떻게 알아요?"

끙! 이런 된장. 이렇게 폭폭할 데가 있나. 몸도 아프고 분위기도 안 좋고 힘없이 돌아와 자리에 앉는다.

오늘 심사위원은 설명이 필요 없는 이호섭 작곡가와 〈짐이 된 사랑〉, 〈천년지기〉의 김정호 작곡가다. 오늘 초대 가수는 현숙, 조항조, 김연자, 윤민호, 미녀가수 박혜신, 박구윤이다.

경관 좋은 조선 22대 정조대왕 장용영 군사들 훈련장인 수원 연무대를 가득 메운 2만여 관객! 참가번호 5번~ 드디어 종철이 차례가 다가왔다. 아픈 다리를 끌며 절룩이는 모습을 보이지 않으려 고통을 참고 똑바로 걸어 무대로 나갔다.

어라? 반주 소리가 실내처럼 제대로 들리지 않는다. 앞쪽 허공으로만 소리가 울려 퍼지고 가수 쪽으로 있어야 할 스피커가 약한지, 야외라서 그런지 반주가 제대로 들리지 않는다. 내 정신이 아닌 상태에서 집중해서 감각으로 노래를 불러야 한다. 이제부터는 평소 연습한 내공 싸움 아닌가?

허둥지둥 노래를 마치고 대기실 자리에 앉아서 가쁜 숨을 몰아쉬는데,

심사위원석 이호섭 작곡가께서 앉은 자리에서 몸을 틀어서 종철이를 향해 엄지손가락을 치켜 보인다. 종철이는 그것이 자신한테 하는 것인지 옆쪽에 있는 제작진에게 하는 것인지 알 수 없지만, 가만 있을 수 없어 고개를 살짝 숙여 보였다.

종철이는 노래를 부르고 내려와서 이래저래 생각한다. 시간이 흐를수록 실의에 빠져들면서 문득 등수에서 멀어졌다는 생각이 든다. 마음을 추스르며 현실을 받아들이고 안정을 찾으려 노력하면서 본전 생각을 하게 된다. 1980년대 메들리 신화 종철이의 노래 멘토였던 김연자 씨와 사진이라도 찍으려 무대 뒤로 돌아간다. 연예인 대기실 쪽을 가보니 김연자 씨는 이미 다른 행사장으로 이동했는지 조용하다.

방위 받을 때 밤길을 걸으며 열창하며 좋아했던 〈연상의 여인〉의 가수 윤민호를 실제로 본 것은 오늘이 처음이다. 그동안 방송으로는 보지 못했고 라디오, 카세트테이프로만 들었던 것이다. 윤민호 가수도 안 보이고 아무도 없다. 힘없이 돌아서는데 〈뿐이고〉를 부른 박구윤 씨가 다가오고 있어 사진 한 장 찍자고 하니 흔쾌히 웃어주며 셀카에 응해준다. 사진을 찍는 짧은 순간에 종철이에게 한마디 한다.

"노래 잘하시네요. 큰 상 하나 받으시겠는데요?"

아니! 가수는 듣는 귀가 다른데 내가 노래를 잘했나 보네! 종철과 박구윤은 전화번호까지 주고받았다. 후일 박구윤의 결혼식까지 가게 된다. "큰 상 하나 받겠는데요"라는 멘트에 고마워서 종철은 박구윤을 좋아하게 된다. 말 한마디에 천냥 빚을 갚는다 하지 않았는가? 그리고 박구윤은 자기 노래도 좀 많이 불러달라고 해서 그 후 〈뿐이고〉를 즐겨 부르게 되었다.

종철이 입장에서 지금 심정은 입상만 해도 좋겠는데 큰 상이라 하니 마음이 놓이며 입상에 대한 기대감에 다시금 설렌다.

드디어 시상 시간. 인기상부터 발표인데 종철이는 이름이 불리지 않아 점점 초조와 불안으로 궁지에 내몰리는 긴장감에 휩싸인다. 우수상까지도 종철이 이름은 불리지 않고 최우수상 하나만을 남겨놓고 있다. 포커판에서 마지막 베팅을 하고 올인이 되었을 때 한 장의 카드를 쪼는 불안한 심정이!

배꼽 아래 기가 말려 올라가며 정신이 아득해질 때, 앞의 송해 선생이 왼손에 들고있는 입상자 발표지 맨 아래에 김종철 이름 석 자가 눈에 들어온다.

종철이는 잠시 혼란스럽다. 저 이름의 의미는 무엇인가? 왜 저기에 내 이름이 적혀 있지? 떠든 사람 이름도 아니고? 맨 아래면 1등인가? 확신할 수 없이 멍해지고 가슴은 더욱 뛴다.

그래, 1등이다. 내 이름 부르면 뛰쳐나가야지. 그 정도 연출은 해주는 게 상 준 사람한테 대한 보답이고 보는 사람에 대한 볼거리 제공이지. 짧은 순간에 참으로 많은 생각이 획획 스쳐 지나간다. 아직 확신하긴 이르지만 그래 최우수상 내 이름이다. 송해 선생이 마이크를 잡고 최우수상 수상자 발표를 한다.

"최우수상~ 남자가 어쩌면 여자 노래를 그렇게 잘하는지. 〈정말 좋았네〉를 부른 김종철 씨!"

"짠자라잔~ 짠~짠~짠~ 짠짜라자~ 아~~~"

악단에서 웅장한 악기 소리가 경쾌하게 퍼져 나간다. 종철이는 허리 아픈 것도 잊고 뛰어 올라갔다. 그래, 이 정도 해줘야지. 그래야 상 받는 사람의 예의 아닌가? 그래, 별거 아닌 하류인생. 오늘이 내 인생 최고의 날이다! 시상식 후 종철이는 최우수상 앵콜송 〈정말 좋았네〉를 부른다. 종철이의 우상 1980년대 방위 퇴근할 때 밤길을 걸으며 즐겨 불렀던 〈연상의 여인〉의 윤민호 가수가 미소를 지으며 서 있고 종철이 뒤로 현숙, 박혜신, 이호섭 작곡가, 수원시장, 송해 선생께서 미소 짓고 계신다.

종철이는 금메달을 소중히 호주머니에 넣고 매일 아침 노래연습하며 걷던 팔달산 길을 걷는다. 누군가 돈 100억을 준다 해도 바꾸지 않을 만큼 소중한 금메달. 오늘 세계문화유산 수원화성 방문의 해 기념 KBS 〈전국노래자랑〉 수원시 편에서 천 대 일의 경쟁을 뚫고 1등을 수상한 종철이 인생 최고의 날이다. 자신이 이름 지어준 '팔달산소리꾼' 소리길을 거쳐 정조대왕 동상을 향해 천천히 무릎을 접었다 폈다 하며 두 눈을 통해 하염없이 생산해내는 창조물을 대지에 뿌려준다. 그래도 세상은 진실하고 인생은 태양처럼 불태울 만하다.

내 몸에 단백질이 남아있는 그날까지 촛불처럼, 사골뼈처럼 뜨겁게 노래하며 살다 가리라! 한 마리 갈매기가 되어 훌훌 날아본다. 때론 오케스트라 반주 위를 가르는 물고기가 되어 신명나게 놀아본다!

제부도에서 소리 수련, 파도 소리와 나의 목소리 대결. 종철이가 개발한 海공부

8

문학과 예능의 길 펼치다

시인대학 장기자랑 대상

　이곳 행궁동에 무료 시인대학이 들어왔다. 고려대 최동호 문학 교수님께서 정년퇴임하시고 모교인 남창초등학교가 있는 이곳에서 주민과 시민을 위한 시인대학을 개설한 것이다. 문화재단 영상실에는 문학을 좋아하고 시를 좋아하는 사람들로 입추의 여지 없이 실내가 꽉 찼다. 오늘은 〈지란지교를 꿈꾸며〉라는 에세이로 유명한 유안진 선생의 특강이 있다. 종철이도 1980년대에 주방에서 읽으며 새로운 생각을 갖게 하는 책이었다. 이웃집에 슬리퍼인지 고무신인지 끌고서 찾아가도 편안한 사람이 있었으면 좋겠다는 내용이었다.
　오늘 유안진 선생께선 시의 간편함을 말씀하신다. 세상 어느 것 하나 마음대로 할 수 없고, 사람도 내가 좋아하면 상대가 싫어하고, 상대가 좋아하면 내기 싫지만, 시를 쓰는 건 내 맘대로 할 수 있다. 화가는 그림을 그리려면 물감을 사야 하고 돈이 들지만, 시인은 볼펜 한 자루만 있으면 된다고 하신다.
　종철이도 그동안 마음속에 있던, 하고 싶었던 말을 시로 써봤다. 그것은 아내에 대한 시 두 편인데, 제목은 〈아내의 한숨소리〉와 〈똥배가 아름다운 여자〉다. '한숨'과 '똥배'라는 단어는 부정적이지만, 한숨은 종철이가 아내에게 미안한 마음을 표현한 것이다. 종철이 사업한다고 가정경제를 어렵게 하여 가족 모두가 고통스러울 때 아내는 내색하지 않고 속으로 삭혔다. 삭혀서 발효되어 나오는 것처럼 방에 있으면 한밤중 거실에서 나는 한숨소리가 언덕을 오르는 증기기관차처럼 위태롭게 들렸다. 이제 아이들을 둘씩이나 낳아서 건강히 키워냈으니 그로 얻은 훈장은 아름다운 똥배가 되었다. 아가씨처럼 날씬한 배는 아니지만 중년여성의 봉긋한 배는 실제 아가씨의 홀쭉한 배 못지않게 매력 있고 섹시하다는 게 종철이의 솔직한 느낌이다.

한 해가 지나고 따뜻한 봄이 찾아오자 기분도 새롭게 1박 2일 시인대학이 열렸다. 전국의 유명한 시인들과 문인들이 이곳 세계문화유산 수원화성에 찾아주었고, 첫째 날 밤에는 재능장기자랑이 있을 예정이다. 팔달산 중턱에 자리한 산사에서 작가 사인회도 열리고 책도 무료로 받는다. 장기자랑을 준비하는 한 팀에선 아프리카, 일본, 중국 등의 복장과 인사말을 준비하고 세계 각국에서 시인대학에 초대되어 참여하는 주제로 준비가 한창이다. 종철이도 재능장기자랑 대상을 노리는데, 어떤 소재로 할까 생각하다가 어릴 적 군산역 광장에서 보았던 원숭이 약장수를 재현해보기로 정했다. 원숭이 역할을 해줄 사람은 동네의 연극배우 출신인데, 공방 하고 있는 연복성 사장을 섭외했다.

원숭이 인사하는 것도 기억나는 대로 가르쳐주고, 다도 강좌도 하며 찻집 하는 사장님한테 커다란 카세트도 빌려놓고 변사처럼 대사도 하고 마무리로 노래도 한 곡 하는 걸로 준비했다.

종철이는 직접 만든 까만 바바리코트에 팔달산소리꾼 이름을 하얀 천에 적어 실로 꿰매 붙이고 가죽장갑과 까만 모자, 선글라스를 썼다. 종철이 대사에 따라 원숭이 역할을 하는 연복성 사장이 앉은 자세로 재킷 중간 단추를 채우고 가슴 쪽은 어깨 뒤쪽으로 벌리고 왼손, 오른손 손바닥을 위아래로 치면서 나타나자 사람들은 법당 안이 떠나가라 소리치며 박장대소를 한다. 종철이는 법당 안에서 이래도 되는지 판단이 안 서는데, 준비한 공연을 차질없이 해낸다. 1960년대 군산역의 원순이가 오늘 법당 안에서 새로운 이야기로 다시 탄생한 것이다.

인사한다고 손을 절도 있게 머리에 올리는 동작들. 오늘 함께하는 문인들은 살면서 한 번도 본 적 없는 새로운 모습일 것이다.

이어서 종철이는 군산역 앞 레코드 가게에서 흘러나오던 1955년 한산도 작사, 백영호 작곡의 〈추억의 소야곡〉을 멋들어지게 뽑아냈다. 다른 팀들도 대학교수, 문인들답게 입담도 좋고 아이디어가 훌륭해서 종철이도 다른 팀들 재능장기자랑을 재미있고 유익하고 감동적으로 보았다.

종철이는 처음 하는 이번 시인학교 체험을 통해 시는 사람을 만들고 재능은 인간을 표현하는 것임을 느끼고 깨닫는 소중한 기회가 되었다. 이어지는 시 낭송과 시 특강을 통해 행복함을 만끽하며 이래서 사람은 오래 살고 싶어 하는구나 하고 느꼈다. 종철이가 재능장기자랑에서 잘해서인지, 열심히 한 점수인지 운 좋게 대상을 받았다. 여세를 몰아 다음 해엔 재능장기자랑에서 사회를 맡게 되었는데, 올해 사회를 보신 서울대학교 방민호 문학 교수님보다 사회를 더 잘 보았다는 격려의 호평도 들었다. 행복은 성적순이 아니라는 말처럼 종철이 학업은 피치 못하게 중단했지만, 더 많이 배우고 노력하여 사회의 일원으로 멋지게 함께하고 있으니 꾸준히 노력하면 안 될 일이 없다.

나의 하루

은향 정다운

하늘빛 고운 창가 내 하루가 빨랫줄에 걸렸디

따사로운 햇살이 젖은 마음을 말려주고
때 묻은 가슴 바람이 씻어준다

흔들리는 생각을 잠시 뒤로하고
상쾌하게 웃는 내 하루가 오늘은 춤을 춘다.

- 김종철 아내 정다운 시인의 "나의 하루" 시 한 편

김종철 정효예술단 창단

어릴 적 군산역 광장에서 약장사, 유랑극단, 차력사, 서커스단 등을 보고 자라서인지 수원 팔달문시장에서 봉사단들과 함께 공연을 할 때면 어릴 적 보았던 그것을 자신이 지금 하고 있구나 하는 생각에 감회가 새롭다. 이것이 DNA인가? 종철이는 중년에 접어드니 자신이 경험하고 보았던 영향에서 벗어나지 못한다는 걸 알았다. 그것들을 자신이 하고픈 생각에 갈증을 느끼며 또 하게 된다는 것도 알았다. 그래서 젊은 엄마들은 아이들에게 좋은 곳을 보여주려 여러 곳을 다니나 보다.

그동안 여러 단체, 동아리를 거절하지 않고 인연 따라 어울려왔다. 진도북놀이를 배우며 육지 끝 진도까지 1박 연수교육을 다녀오고 예술단, 기타 동아리, 웃음치료, 시조창, 노래교실, 레크연합, 실용음악, 수원문화원, 판소리, 민요수업, 연극, 이호섭노래교실, 한국무용평생교육원 등에서 공부하며 알게 된 예술인들과 함께 김종철 봉사예술단을 창단하게 됐다.

종철은 웃음치료사 1급 자격증, 레크리에이션 1급 자격증, 노래강사 1급 자격증, 한국무용 이수자 자격 등 셰프만큼 경험과 자격을 쌓아왔다. 그것은 공연하는 한식당의 꿈을 이루기 위한 연출, 기획력과 콘텐츠 개발, 인프라 등을 스스로 갖춰서 때가 되면 쓰임을 받기 위함이다. 그때까지는 단원들과 봉사로 소임을 다한다. 민요, 한국무용, 가요팀들은 주로 양로원, 복지관, 요양원에 방문한다. 노래와 춤과 웃음으로 소외되고 외롭고 무료한 어르신들의 눈과 귀 그리고 마음과 몸에 잠시나마 활력을 드린다. 어르신들은 이렇게 한 번씩 방문해서 공연을 해드리면 한동안 활력이 되고 마음에 위안이 된다고 하신다.

동네 행사 때 종철이가 노래하는 모습을 관객석에서 흥미 있게 지켜보다가 박수와 환호성을 제일 크게 보내준 사람이 있다. 행궁동 주민자치위원장을 역임했고 한문서당 훈장을 하시는 이용학 선생이다. 이 동네 행궁동의 상징은 세계문화유산 수원화성과 조선 22대 임금인 정조대왕이다. 정조대왕의 효심을 이어서 수원을 '효원의 도시'라고 했는데, 요즘은 효심이라는 말을 거의 들을 수 없다. 정조대왕의 효심을 이어가고 실천하자는 뜻에서 이용학 선생께서 '정효예술단'이라고 귀한 작명을 해주셔서 멋지게 이름을 알려나가고 있다. 그래서 양로원, 복지관, 경로당, 요양원 등에서 무료봉사 공연을 실천하고 있다. 종철이가 속해있는 한식협회에서 요청하는 문화예술공연은 고덕양로원, 수락양로원, 장애인센터 등에서 갈비탕 제공과 공연을 동시에 보여드릴 수 있어 공연팀들도 더욱 마음이 풍족하고, 공연 후 단원들과 함께하는 갈비탕과 떡, 과일은 그야말로 산해진미 부럽지 않은 꿀맛이다.

이러한 경험을 살려 드디어 한식협회에서 추진하는 광화문 한식의 날 대축제에 종철이는 예술총감독으로 위촉되어 행사 3일 동안 공연팀을 이끌었다. 개막식 공연과 오후 공연을 진행하게 되어 경험도 쌓고 그동안 갈고 닦은 기량을 맘껏 발휘하는 기회가 됐다. 한식협회 김준오 상임대표는 오후 시간 행사장이 조용하면 안 되니 김종철 한식협회 수원특례시 지회장이 노래 몇 곡 하면서 풍악을 울려달라고 주문했다. 약간의 행사비를 받고 종철이 자신이 자비를 들여서 게스트도 초대했다. 예술단원들과 열다섯 가지 작품을 무대에 올려 공부와 경험의 기회로 살려 멋진 공연이었다는 호평을 받았다.

첫 회에 했던 공연도 좋았지만, 해를 거듭할수록 실력 있는 공연팀들도 게스트로 초대해서 공연의 멋을 살리고 질을 높였다. 종철의 노래 세계에 영감을 많이 준 멘토 이박사도 초대하고, 수원에서 공연하며 알게 된 국내

세계인과 함께 하는 제5회 한식의 날 대축제 광화문 문화예술공연 예술총감독(2017년)

유일 팝가수 프레스리도 초대했다. 프레스리는 1970년대 국내 정상급 가수들과 함께 극장쇼에서 인기 절정의 가수였다. 그러나 방송 출연을 하지 않는 성향으로 대중에게 크게 알려지지는 않았다. 행궁동 실력파 알바트로스 바리톤 박무강 성악가도 초대하여 공연예술을 실험하고 공부하는 기회로 삼았다.

좀 더 수준 높은 공연을 하기 위해서는 중앙무대 예술단체와의 교류가 필요하다고 절감한 종철이는 훌륭한 예술인 스승을 찾게 됐다. 그러던 중 평안남도 무형유산 1호 평양검무 보유자 임영순 선생이 교육하는 한세대학교 평생교육원에 단원들과 함께 입문하게 되었다. 여기서 한국무용 공연 연출 기획 전반에 대해 교육도 받고 교류도 한다.

큰 행사 공연 때는 실력 있는 대학 전공자들의 지원을 받을 수 있으니 더 큰 물로 진출하게 된 것이다.

셰프, 평양검무 칼 잡다

이 남자가 30년 요리사 칼 팽개치고 평양 검무칼을 손에 쥔 까닭은 무엇일까?

종철이에게 한 발 더 도약하기 위한 또 한 번의 기회와 소중한 인연이 찾아왔다. 종철이 그동안 가게에서 죽기 살기 정신으로 가게를 살려보자며 앞만 보고 일한 3년 세월은 추운 겨울과도 같았다. 수원갈비집 개업 초 간간이 들어오던 강의도 오직 가게 일에만 전념하기 위해 모두 끊었다.

그러다가 개업 5년차부터 빚도 갚고 조금 여유를 찾고 보니 온몸에 아픈 것들

평안남도 무형유산 제1호 평양검무
남자 이수자 1호 김종철

이 슬슬 들고 일어난다. 스무 살부터 직업병으로 달고 다녔던 목디스크, 허리디스크, 무릎관절염 등 한우갈비 한 짝과 작업을 하며 사투를 벌일 때면 이러다 내가 죽겠다는 생각이 들어 좀 쉬엄쉬엄 일하자고 스스로 다짐했다. 그렇게 마음먹고 있다가 단원들과 좀 더 나은 교육을 받자는 데 의견이 일치하여 찾게 된 곳은 한세대학교 평생교육원이다.

군포에 있는 한세대학교 평생교육원으로의 진출은 다섯 살 적 엄마가

노점 하시던 군산역 광장에서 매일 봤던 악극단의 감성이 연결되는 순간이며, 종철에게는 문화예술 예능인으로서의 도약을 위한 기회였다.

한세대 평생교육원에서 교육하시는 임영순 선생님은 평안남도 무형유산 제1호 평양검무 예능보유자이시며 무용협회 상임이사로 활동하신다. 서울에도 전승관을 열어서 후학을 양성하시며 한국무용에 조예가 깊은 선생님이시다.

이곳에서는 고구려 대표무용인 평양검무를 비롯해 한량무, 장검무, 궁중기본, 버꾸춤, 장구춤, 진도북춤 등 수많은 우리 전통춤을 배울 수 있다. 전공자, 무용학 박사 등 실력 있는 제자들의 인프라, 국악원·문화예술회관 등에서의 공연과 연출, 기획 전반에 대한 수준 높은 공연을 배우고 인맥도 쌓을 수 있겠다는 판단에 종철은 어렵게 단원들과 이곳의 문을 두드린 것이다.

우리 전통문화인 고구려의 기상이 담겨있는 평양검무를 배우고 보유자 선생을 도와서 우리나라의 전통예술문화를 발전시키는 일에 동참할 수 있는 뜻깊은 기회를 찾게 된 것이다.

종철이 대한민국 한식협회에서 주관하는 광화문 한식의 날 대축제에 예술감독으로 위촉받아 3일 동안 트로트, 국악공연을 해주기로 했다. 이때 임영순 보유자 선생님께서 한국무용팀을 지원해주셨다. 종철이가 종횡무진 공연을 하는 모습과 사회를 보는 모습, 노래하는 모습을 보곤 깜짝 놀라신다. 평소 얌전하니 숫기가 없던 종철이가 공연에 돌입하자 딴사람으로 바뀌어 멋진 멘트와 노래를 보여주니 대단하다고 하신다. 이걸 계기로 임영순아트컴퍼니 기획사의 예술단 분과를 맡게 되고 종철이의 신곡 음반 작업도 진행하게 된다.

임영순 평양검무 무형유산
예능보유자

　우리 민족의 기상과 예술문화를 간직한 고구려는 '높고 큰 나라'라는 뜻을 가지고 있다. 고구려의 시조 주몽이 기원전 37년에 졸본, 오녀산성에서 시작되었으니 평양검무의 뿌리와 정신도 지금으로부터 2,060여 년 되었다고 할 수 있다. 위로는 중국, 몽골과 아래로는 백제, 신라의 중간에서 강인한 생명력과 민족정신으로 고구려를 지키고 부강시켜나간 것이다. 이러한 고구려 정신을 잘 간직하고 표현하는 것이 바로 평양검무다.

　평양성에서의 연회에는 빠지지 않고 이 평양검무가 추어졌고, 중국 등 외국 사신들의 환영 연회 때도 예와 도를 담아 추어졌으며, 춤이 계속되는 도중에는 모두 일어서서 관람할 정도로 격조 높은 춤으로 인정되었다.

　적군이 쳐들어온다는 첩보를 입수하면 출병에 앞서 전쟁에서의 승리와 병사들의 사기, 무사안녕을 기원하는 의식의 춤이었고 승리의 기쁨을 함께 하는 춤이었다.

　이러한 고구려의 강인한 애국정신과 충절, 예와 도, 무술과 무용이 담겨있는 평양검무가 조선 시대까지 이어져 내려왔고 일제 강점기에 겨우 평양 권번에서만 명맥을 유지하다가 해방 이후 평양검무는 어디에서도 추어지지 않았다고 한다.

　국가무형유산인 조선왕조 궁중음식도 조선 마지막 수라상궁인 한희순

평안남도 무형유산 제1호 평양검무 임영순 예능 보유자

에 의해 황혜성으로, 다시 한복려 선생으로 유일하게 이어졌듯 평양검무의 맥도 끊어질 듯 끊기지 않고 이어져왔으니, 그 강인하고 질긴 생명력은 고구려 말 연개소문으로 끊기는 듯하다가 대조영으로 이어지는 것처럼 극적인 감동을 준다. 조선 시대 이후 평양 권번에서 추어지던 평양검무가 지금은 북한에서도 사라졌으나 1980년대에 다시 복원되었고, 그 후 평양검무 예능보유자 임영순과 그 후인들에 의해 발전해 전국으로 해외로 알려지고 있다.

종철이는 한세대 평생교육원 한국무용에 입문해서 처음으로 아트홀에서 하는 정기공연에 참여하게 되었는데, 종철이의 역할은 맛집 탐방 때 썼던 카메라로 단원들 공연 사진을 찍어주는 일이다. 공연 포스터가 나오자 종철은 자진해서 포스터 돌리는 일을 하게 됐다. 예전에도 극단에서 제일 낮은 일이 포스터 벽보 붙이는 일이라고 생각해서 자청한 것이다. 유명한 연극인들도 신인 때는 공연이 잡히면 포스터와 풀통을 들고 나가 벽보를 붙였고 순경을 피해서 도망 다녔다는 일화가 지금에 와서는 왠지 낭만 있고 부럽게 들렸기 때문이다.

그리고 종철이는 밑바닥을 밟아야 떳떳하고 단단해지고 알차질 거라는 생각이 들었다. 공연장 주변 식당에 포스터를 붙이고 인근 경로당, 복지관, 관공서, 교회, 성당 등 사람이 많이 모이는 곳과 많이 다니는 길목 벽에 테이프로 포스터를 붙였다. 예전처럼 풀을 쑤어서 붓칠을 하진 못하지만, 이런 일을 해볼 수 있다는 게 즐겁다.

종철이는 동네에서 봉사예술단을 이끌 때는 꿈도 크고 생각도 많았다. 단원들을 일류 공연자로 기량을 키우는 일, 음향, 조명, 소품, 무대배경, 장치 등을 배우고 갖추는 일에 관심을 많이 가졌는데 아트홀에 와서 보니 그동안 고민해왔던 모든 일을 한순간에 깨우치게 된 것이다. 정상의 무대에 와서 공연하게 되면 모든 장비가 갖추어진 전문분야 스태프들의 도움을 받을 수 있고, 1급 전공자들로 구성하면 자연히 격조 높은 1급 공연을 할 수 있다는 것을 체험하고 배운 계기가 됐다. 종철은 그동안 한국무용이라면 진도북놀이, 살풀이, 장구춤, 태평무 등을 많이 보았지만 오늘 이곳에서 임영순 보유자를 통해 '풍류랑무'라고 하는 평양의 과거급제한 선비들의 춤이 있다는 것을 처음 알게 되었다.

본공연은 저녁 7시이고 2시에 리허설을 하는데, 임영순 보유자 선생님이 최근에 만드신 〈고구려 출진무〉는 신명 나고 경쾌한 가락과 율동이 그동안 보았던 한국무용 중에서 가히 최고로 박진감 넘치는 공연으로 보였다. 종철이는 무대 뒤에서 벌어지는 자연스런 스냅들도 사진기에 담으려 했다. 사람들은 무대 위의 장면만 보게 되지만 오히려 무대 뒤의 모습에 더 호기심을 가질 거란 생각에서다. 종철도 어릴 적 군산공설운동장에서 벌어지는 유랑극단의 〈춘향전〉 공연을 보면서 무희들이 연신 무대 옆 좁은 틈으로 들어왔다 나갔다 하는 모습을 볼 때면 무대 뒤가 신기하고 궁금했다. 이곳에서 공연자들이 간식도 먹고 수다도 떨고 웃고 즐거워하는 모습들은 아주 재미있는 공간과 시간이다.

오늘 공연은 평양검무 임영순 보유자 선생의 수제자인 이수자들로만 구성되었다. 임영순 선생께서는 평양검무를 재구성하여 〈고구려 출진무〉를 만드셨다. 몇 달을 연습해온 출진무의 첫선을 보이는 오늘, 공연 전 리허설을 마치고 기어이 사달이 났다. 출진무 멤버 중 한 사람인 은상희 이수자가 그만 무대에서 삐끗하는가 했는데, 대기실에 가보니 허리가 아파서 드러누웠고 많이 고통스러워한다. 〈고구려 출진무〉는 워낙 템포가 빠르고, 뛰고 돌고 동작이 크다 보니 힘의 중심이 조금만 흐트러지면 발목, 무릎, 허리 등 힘이 모이는 동작에 무리가 가서 삐끗하며 신경에 손상을 일으키게 되는 것이다. 은상희 이수자는 허리 통증은 참을 수 있는데 몸을 움직일 수 없으니 결국 눈물을 머금고 119를 부르게 되었다. 병원 응급실에 도착한 후 검사 결과 의사 선생님은 다행히 큰 부상은 아니고 신경이 놀라서 치료와 안정이 필요하다며 링거와 진통제를 투약했다. 공연 시간은 가까워지는데 허리 통증과 몸을 움직일 수 없으니 공연을 포기해야 하는 안타까운 상황이다.

공연 시작 7시가 다 되어가자 종철은 심각히 갈등했다. 혼자 병원에 남겨져 있는 은상희 이수자를 차에 태워 집에 바래다줘야 하나, 눈 딱 감고 모른 척 공연을 보고 사진을 찍어야 하나? 공연을 보고 배우고 사진도 찍으려고 새벽부터 왔지만, 결국 종철이는 공부를 포기하고 소외된 한 사람을 살펴야 한다는 데 마음을 정하고 은상희 이수자에게 병원으로 간다고 하려 전화를 했다.

"선생님, 저 지금 공연장 대기실에 와있어요."

"예?"

종철은 놀랐다.

공연 시작 20분을 남겨놓고 은상희 이수자는 아픈 몸을 끌고 공연장 대기실에 들어왔으니 보는 사람들 모두 눈시울을 핑 돌게 만든 사건이었다. 허리를 삐끗하여 한두 달 정말 꼼짝없이 직장에 나가지 못하고 고통스러워하던 후배 이광호라는 주방장을 본 적이 있기에 한동안 고생할 걸로 생각한 종철이는 감동에 가슴이 벅차올랐다.

공연이 시작되고 종철이도 카메라를 들고 관객석에 서있다. 무대에서 적당히 팀원들에게 보조만 맞춰주고 흉내만 낼 줄 알았던 은상희 이수자는 정말 아무 일 없다는 듯 팀원들과 똑같이 무대 위를 빠른 가락에 맞춰 신명 나게 뛰놀고 있다. 큰 파도 위에 나룻배가 되어 아슬아슬 파도를 타듯 온몸을 홍겨운 가락에 맞춰서 타고 논다. 축구 경기에서 부상 투혼이라는 해설자의 말은 들어봤지만, 실제로 전 과정을 지켜본 종철은 여자는 강하다는 생각과 평양검무 이수자의 책임감과 정신력에 새삼 어떤 무서운 힘을 느꼈다.

검무칼을 허공에 올렸다가 바닥에 내렸다가 역동적인 동작에서 어르고 달래는 동작들이 빠르게 이어지고 태평소와 꽹과리, 장구 소리는 발걸음을 쫓아갔다가 끌고갔다가, 주거니 받거니 잠시도 눈을 뗄 수 없는 공연이 휘몰아친다.

한 손은 카메라를 움켜쥐고 손가락은 신명으로 자신도 모르게 장단에 맞춰 셔터를 누르고 있다. 마치 산양 떼를 노리는 포수가 되어 셔터를 누르며, 종철이의 눈에서는 감동의 눈물이 쉴 새 없이 흘렀다. 공연자는 보는 사람을 의식하지 않고 스스로 신명 속으로 빠져들어야 한다. 마치 그 님이 오신듯! 그 님이 보인다, 보여!

5분 30초 출진무 공연을 신명으로 마치고 나자 관객석에서는 우레와 같은 박수가 터져 나왔다. 종철이는 하마터면 저 사람 중에 한 사람이 부상으로 병원에 실려 갔다가 링거를 빼고 와서 춤을 추었노라고 크게 소리칠 뻔한 충동을 가까스로 참았다.

이섯이 바로 고구려 평양검무의 힘이고, 나무뿌리처럼 질긴 우리 한민족의 힘이요 정신이라는 것을 확실히 보게 된 사건이었다.

임영순 평양검무 체험관
가는 길

　1973년 군산역 앞 대양극장에서 본 영화 속 웃통 벗은 사내 '부르스 리' 이소룡의 〈용쟁호투〉에서 쌍절곤은 통쾌했다. "오도~ 오!" 고양잇과 동물이 만만한 상대를 희롱할 때 내는 소리는 수련을 통해 힘을 갖고 상대보다 우위에 선 자만이 낼 수 있는 자신감의 발로이자 기를 끌어올리는 무한한 자연의 오묘한 소리다.

　평양검무 전승관에서 검무칼을 구사하는 임영순 보유자의 손목 스냅은 마치 악당을 향해 가련하다는 듯 입꼬리를 올리고 눈을 희번덕거리며 "오도~ 오!"를 외치며 선량한 사람들을 괴롭히는 악당을 물리치던 이소룡의 모습이 오버랩된다.

　신속하게 돌아가는 발사위와 샥샥 청량한 쇳소리를 내며 돌아가는 평양검무를 보고 있자니 고구려 을지문덕 장군이 살수대첩에서 당나라 200만 대군을 물리치고 평양성 전승 축하 연희장에서 평양검무를 당당히 추던 무희들의 멋진 모습이 이랬을 것이다.

　평양검무의 동작은 발목, 무릎, 허리, 손목, 팔목, 어깨 등을 힘 있게 다 사용해야 하는 무용이기 때문에 관절이나 근육을 강화하는 운동 효과가 있다. 종철이는 들숨과 날숨의 깊이까지 배우는 과정이지만, 무릎으로 숨을 쉰다는 굴신의 동작에서는 신체의 신진대사를 원활히 해주고 정신의 통로까지 뚫어준다는 임영순 보유자의 설명에 현대인이 일상에서 겪는 운동 부족과 비만, 스트레스에 아주 좋은 운동이자 무용이라고 생각된다.

종철이도 한세대학교 평생교육원에서 3년 개근을 하고 전수 자격을 얻었다. 평양검무 예능보유자 임영순 선생이 지도하는 서울 전승관에서 추가로 3년을 더 수련하여 이북5도청에서 열리는 평안남도 무형유산 제1호 평양검무 이수자 시험에 합격하고 이수자가 되었다. 이때 이북5도청 강당에서 열린 이수 자격 시험장에서는 많은 이수 시험자 중 유일하게 종철이가 무형유산위원회 위원이신 감독관으로부터 칭찬을 들었다.

"열정적인 춤 잘 봤습니다."

이렇게 종철이는 시험에 합격하여 평양검무 남자 이수자 1호로 이수증을 받았다. 한국무용을 배우고 보니 트로트와 한국무용의 원리가 똑같다는 것을 알게 되었다. 아랫배 호흡을 이용하여 목소리를 들었다 놓고, 꺾고, 굴리고, 늘이는 원리뿐만 아니라 표정, 눈빛, 감정을 표현하는 것도 춤과 같다는 것을 임영순 보유자 선생을 통해 배우니 세상 이치도 하나로 연결된다는 것을 알 수 있다. 앉았다 일어나는 앉은연풍 동작에서는 축구선수 못지않은 허벅지 강화 운동이 된다. 한 번 체험에 점점 허벅지가 당기기 시작하여 3일째 되는 날 최고조에 달해 계단을 오르내리기에 불편함을 느끼다가 서서히 풀어지며 허벅지 근육에 힘이 생기는 걸 느낄 수 있다.

이소룡이 호랑이 같은 자신감으로 상대를 농락했다면, 평양검무를 시연하는 임영순 보유자의 모습에서는 독수리 같은 눈빛과 '칼있으마(?)'를 느낄 수 있다. 또한 드라마 〈주몽〉의 소서노 또는 〈대조영〉에서 본 초린의 미모와 매서움, 그리고 양팔을 벌리고 쌍검이 돌아갈 땐 학 같은 고고함을 느낄 수 있다.

슥슥 묵직하면서 신속히 타고 넘는 발놀림과 깊은 호흡을 타고 내려가는 무릎 굴신, 희롱할 듯 내뿜는 독수리 눈빛, 우아하게 날개를 접었다 폈다 하듯 양팔에 쥔 검을 돌리는 모습을 보고 있자면 어느새 종철이는 삼국시대의 투구 쓴 졸개가 되어있다. 그저 헬렐레~ 바라보다가 어느새 추풍낙엽이 되어 입가에 옅은 미소를 흘리며 나무 그늘 아래 쓰러져 있을 졸개 모습으로 말이다.

몰입하여 검무를 추던 단호한 모습과는 반대로 춤을 가르칠 때는 어느새 자애로운 모습으로 한 사람 한 사람 세세히 챙겨주는 정성에 한국무용을 배우는 사람들은 체험에 집중하지 않을 수 없게 만든다. 자칫 경직되고 동적으로 흐를 수 있는 전통검무의 무게를 유머로 교육하는 배려에 전승관은 늘 화기애애하고 웃음이 떠나질 않는다.

한국무용과 전통예술은 특정 계층뿐만 아니라 사회 지도층이 먼저 나서서 아끼고 체험해야 한다. 단순한 홍보만으로는 전통문화를 알리기 어려우므로, 대통령과 국회의원, 장관, 공직자, 기업인 등이 직접 K-음악과 K-춤을 익히고 한 달에 한 번쯤 공연장을 찾아 문화의 가치를 몸소 실천하게 될 날을 꿈꿔본다.

평안남도 무형유산 제1호 평양검무 임영순 전승관. 김명비, 홍의진 등 이수자들과 함께 웃음꽃 핀다.

9
꿈꾸는 자의 꿈 이루다

나의 꿈의 무대 1편

　정효예술단을 창단하고 단장을 맡으면서 종철이 자신이 일약 유명해진다면 단원들을 이끌고 대기업 공연도 하고 청와대 찍고 평양대극장 찍고, 베이징, 모스크바, 호주 오페라하우스, 백악관에서 공연하는 목표를 세웠다. 우선 제일 서고 싶었던 무대는 〈전국노래자랑〉이었고 그 꿈을 1차 이루었는데, 슬슬 또 서고 싶은 무대는 KBS 〈노래가 좋아〉였다. 쌀쌀한 어느 날 오후, 방송국에서 종철이에게 전화가 왔다. 블로그에 올린 〈전국노래자랑〉 도전기를 본 모양이다. 방송 출연이 확정되고 종철은 아내와 함께 나가게 되었는데, 콘셉트는 '7전 8기 내 남편'이다. 음식 장사를 여러 번 실패한 끝에 이제 안정적으로 장사도 되고 노래하며 잘 먹고 잘산다는 이야기로 정했는데, 다섯 팀 중에 1번 출연자로 분위기를 띄우는 역할이다.
　종철이는 출연하여 부를 노래를 고향이 같은 부안 출신 가수 진성의 인생곡 〈안동역에서〉로 정하고 아내와 함께 노래방에서 연습했다. 노래는 혼자만 불러도 안 되고, 계속 함께 불러도 안 되고, 몇 소절씩 나누어서 불러야 한다고 했다. 아침 7시 KBS 〈노래가 좋아〉 스튜디오에 들어가니 장윤정, 도경환 부부가 반겨준다. 대기실도 따로 지정되어 있고 출연자 대기실 문 앞에 붙어 있는 자신의 이름을 보니 기분이 좋다. 트로트가 좋아서 트로트를 많이 듣고 부르고 수련해서 이런 좋은 일도 생기는 것이라는 생각이 든다.

방송국 대기실에는 고급 생수에 도시락도 있고 분장도 해주니 스타라도 된 듯 아내도 기분이 좋은 듯하다. 방송국에 와서 공짜로 분장도 해주니 왜 안 좋겠는가? 다섯 팀이 나온 노래 경연은 노래 실력 위주로 뽑는 줄 알았는데 사연과 이미지, 동정표가 많이 작용한다는 걸 알았다. 이것도 경험이고 세상 원리를 공부하는 좋은 기회가 됐다.

종철은 웃기는 역할만 하고 기대했던 1승을 하지 못하니 좀 실망감을 안고 내려와야 했다. 그렇다고 주저앉을 종철이가 아니다. 이번에는 KBS 〈아침마당〉 '도전 꿈의 무대'에 사연을 써서 신청했다. 방위 받을 때 내무반에서 46곡 연속 앵콜송을 불렀던 사연을 보냈다. 노래를 좋아하는 종철이는 도전하는 것도 좋아한다. 도전하는 시간만큼은 자신을 불태울 수 있고, 그때만큼은 정상에 선 자신을 상상하며 로또복권 당첨날을 기다리듯 설레고 열정이 살아나기 때문이다.

어느 날 가게 마당에 앉아서 갈비 작업을 하고 있는데, 핸드폰이 울리고 모르는 전화번호가 뜬다.

"여보세요."

"KBS 〈아침마당〉 '도전 꿈의 무대' 이헌희 PD입니다. 도전 꿈의 무대 신청하셨죠?"

"네, 김종철입니다."

"도전 꿈의 무대에 출연시켜드리겠습니다."

"감사합니다."

종철은 예능인으로 활동한 몇 년 동안 KBS 〈아침마당〉 출연이 꿈이었는데, 정성이 하늘에 닿았는지 드디어 꿈이 이루어지는 순간이다. 너무도 쉽게 갑자기 이루어지니 기쁘다기보다 정신이 멍하다. '도전 꿈의 무대' 이헌희 PD님은 대학 다닐 때 친했던 학교 선배가 마지막 방위였는데, 방위 얘기를 너무 많이 들어서 낯설지 않고 친근감이 있다고 한다.

"김종철 씨도 마지막 방위시죠?"

"네, 저까지 14개월 받았고 후배 기수들은 방위라는 명칭 안 쓰고 공익요원이라 하고 군복무도 18개월로 늘었습니다."

"자랑스런 방위십니다."

"저희 집은 삼형제가 모두 방위입니다."

"예? 이야! 삼형제가 방위를? 국내에서도 보기 드문 케이스입니다. 〈아침마당〉에 삼형제가 한번 출연하셔야겠네요. 지금 간단히 이야기 좀 들려주세요."

"네, 하하하."

종철이는 기분이 업되어 동네 mp3 노래방으로 향했다. 행궁동 공방거리는 정조 때부터 형성된 곳으로, 수원화성이 세계문화유산으로 지정된 뒤에는 문화관광지로 변모했다. 지자체에서 바닥을 대리석으로 깔고 관광객 유치에 힘쓰고 있는 거리였다. 엄마가 좋아하시는 남인수 선생의 〈추억의 소야곡〉은 이제 종철이에게도 애착이 깊다. 동네 행사나 요양병원 봉사 무대에서 늘 첫 곡으로 부르는 노래다. 반주가 울리면 굽 높은 반부츠를 신고 무대 위에 오르며, 마치 구름 위를 걷는 듯한 환상에 젖곤 한다. 이날도 엄마 생각이 나서 전화를 걸었다.

"엄마, 지금 노래방인데 '추억의 소야곡' 불러드릴게요."

전화기를 켠 채 노래방 기계에 선곡을 하고 한 곡을 정성껏 불렀다.

"엄마, 어때요?"

잠시 침묵이 흐른 뒤 엄마가 나직이 말씀하셨다.

"종철아, 노래는 가지고 놀아야 한다."

칭찬을 기대했던 종철이는 순간 멈칫했지만, 그 말이 오히려 새로운 자극이 되어 더 분발할 다짐을 하게 되었다.

방위 삼형제 이야기

　큰형은 종철이보다 여섯 살 많다. 종철이가 집에서 숙제를 안 하고 놀거나 산수 문제를 잘 풀지 못할 때는 가르쳐주기보다 이것도 못 푸냐고 폭폭한 인상을 쓰며 호되게 나무랐다. 통신표를 받아온 날은 '우'는 한 개도 없고 '미'는 미안해서 없고 거의 '양', '가'로 도배되어 있다. 통신표를 보면서 큰형이 제 성질을 못 이겨하니 부엌에서 일하시던 엄마는 듣다 듣다 안타까운 목소리로 한말씀 하신다.
　"종철이 너무 야단치지 말고 좋게 얘기하고 잘 가르쳐줘라아."
　큰형은 화가 나서 통신표를 박박 찢어버린다.
　"에잇! 야단도 못 치게 하고, 학교 가서 통신표 없다고 선생님한테 혼나봐라."
　큰형은 필체도 좋고 동네 아저씨한테 기타도 배우고 중학생 때는 아버지가 가정교사도 붙여줬다. 당시 큰형은 마당에서 슬리퍼를 들고 방 안에 있던 가정교사 선생님한테 집어던졌는데, 누가 그때 일을 거론하면 장난으로 던진 거라며 인상을 쓴다. 종철이는 큰형이 나름 공부를 잘한다고 생각했는데, 어찌 된 영문인지 이름도 없는 남녀 공학 야간고등학교를 다녔다. 큰형은 고등학교를 졸업하고 매일 간첩을 잡겠다며 태권도장만 드나들더니 어느 날 말없이 가방을 들고 "군대 간다" 한마디 남기고 떠났다.
　종철이 고등학교에 올라갔을 때 부모님은 외삼촌 권유로 전주에 올라가서서 식당을 차리셨고 종철이는 혼자 자취했다. 혼자 좀 외롭긴 했지만 부모님도 안 계시고 큰형도 없으니 내 세상이 된 듯 자유를 만끽했다. 그러던 어느 날 밤, 아버지가 미군 부대 다니시는 오덕용이라는 친구하고 미군 부대에서 흘러나온 야전침대를 방에 펼쳐놓고 한참 자고 있는데, 군대 갔던 큰형이 한 달도 안 되어 나타나서는 큰소리로 깨운다.

"야! 얌마, 일어나. 야전침대 치워!"

한밤중에 날벼락처럼 친구는 자기 집으로 쫓겨가고, 큰형은 씻지도 않고 아랫목을 차지하더니 눕자마자 코를 골며 잠들었다. 종철이는 망연자실 방구석에서 한참을 서 있었다.

큰형은 걸어서 5분 거리인 예비군 중대본부로 출퇴근하며 방위를 받았다. 그날부터 종철이는 큰형 빨래며 밥하기, 세탁소, 문방구, 점방, 담배 심부름 등 방위 보좌관 임무에 한 치도 빈틈이 없어야 했다. 큰형은 소위, 중위, 대위 위에 방위라고 했다.

종철이보다 세 살 많은 작은형은 다섯 살 때부터 동네 과수원에서 수박서리를 해서 혼자 몰래 먹었다고 엄마가 말했다. 먹성이 좋은 작은형은 낮에 엄마가 쪄서 소쿠리에 담아놓은 고구마를 꼬불쳐두었다가 한밤중에 식구들 불 끄고 자는데 혼자 이불 덮고 먹는다. 큰형이 쩝쩝 소리 시끄럽다며 밖에 나가 먹으라고 야단을 친다. 작은형은 엄동설한에 내복만 입고 마루에 쭈그리고 앉아 달달 떨면서 두 손을 모아 다람쥐처럼 고구마를 먹는다. 한기에 다리를 떨면서 뒤꿈치가 마룻바닥에 부딪치는 소리가 쿵쿵쿵 난다.

부모님은 집에서 콩나물을 길러 시장에 내다 팔았는데, 그 덕분에 맛있는 콩나물무침을 매일 먹을 수 있었다. 콩나물을 삶아서 건져 뜨거울 때 고춧가루, 소금, 참기름, 마늘, 대파, 통깨를 넣고 버무리면 꼬숩고, 매콤하고, 아삭하고, 매일 먹어도 질리지 않고 맛있다.

밥 한 숟가락에 콩나물무침을 한 번만 먹어야지 두 번 젓가락 내밀면 작은형이 많이 먹는다며 종철이에게 눈을 흘긴다. 종철이는 순간 겁이 나서 젓가락을 재빨리 거두어야 했다.

아침 밥상에서 작은형이 밥공기에 들어있는 검정콩을 씹지 않고 입으로 밥상 위에 뱉어놓으면 엄마는 한말씀 하신다.

"야, 종길아! 콩이 몸에도 좋고 맛있는 건데, 왜 골라내냐아~"

"아니에요. 학교 가서 먹을 거예요."

작은형은 밥에서 나온 검정콩을 신문지에 싸서 책가방에 넣고 학교로 간다.

작은형은 집에 먹을 게 없으면 생쌀을 한 주먹 편지봉투에 담아서 주머니에 넣고 동네 나가서 먹는다. 그러다가 아버지가 감춰둔 돈을 훔쳐서 집을 나가면 만화방에서 며칠이고 집에 들어오지 않고 돈이 다 떨어져야 들어온다. 아버지는 작은형을 팬다며 아주 커다란 기둥 같은 나무를 들고 방으로 들어오시고, 엄마는 때리더라도 밥은 먹이고 때리라며 밥상을 차려주면 작은형은 우걱우걱 밥을 해치운다.

작은형은 만화책을 좋아하고 수시로 가출하더니 초등학교 6학년 졸업식도 모르고 그냥 지나쳤다. 그러더니 중학교를 한 학년에 한 반만 있는 개인 사설 기술학교에 입학했다. 말만 기술학교지 기술은 안 가르친다.

중학교 졸업 후 이리역 앞 디왕나이트클럽 웨이터를 하다가 수색대 방위로 입대했다. 수색대 방위로 출퇴근하며 다닌 내내, 그리고 제대하고도 십수 년을 방위 때 얘기만 자랑한다. 해병대나 월남전 참전군인은 저리 가라로 방위 받을 때 무용담이 끊이질 않으니 방위 안 나오고 수색대 안 나온 종철이는 아무 소리 못 하고 얘기를 듣고 있어야 했다.

셋째인 막내 종철이는 중학생 때까지 공부하고는 바리케이드를 쳐놓고 친구들과 열심히 놀아주었다. 숙제는 바빠서 한 번도 하지 못했고 선생님의 사랑의 매로 대신해야 했다.

고등학교 1학년에 올라가서 한 달 정도 다니다가 자퇴하고 가출해서 중국집에서 배달일로 시작하여 식당 주방을 전전하다가 방위 소집 영장을 받았다. 운이 좋았는지 14개월 동사무소 방위를 무사히 마치고 소집 해제되었다.

당시 군대 갔다 왔다는 종철이의 말에 "방위도 군인이냐?"고 되묻는 사람들이 있지만, 방위도 군인 맞다. "방위도 군인이면 파리도 새냐?"라고 또 묻는 사람들이 있다. 제식, 사격, 수색, 유격, 사무 등 현역이 하는 일은 방위도 다 잘한다.

실제로 종철이 위병소에서 보았던 이런 일화가 있다. 방위들 4주 훈련을 마치는 훈련소 정문 앞에 걸그룹 빰치게 생긴 팔등신의 여자가 엉덩이가 바짝 올라간 청바지를 입고 누군가를 기다리는데, 주위에 있던 중대장, 위병소 경계병 현역들이 침을 흘리며 눈요기만 하고 있던 그때 4주 훈련을 마친 방위가 유유히 걸어나왔다. 그 멋진 아가씨는 방위의 애인이었다. 둘이 팔짱을 끼고 돌아서는데, 위병소 경계를 서던 현역병은 아쉬움에 한마디 했다.

"아니! 방위가 애인은 예쁘네!"

그 소리를 들은 방위 애인은 돌아서며 소리친다.

"그럼 옷이 방위지 마음도 방위냐?"

그렇다. 방위도 할 건 다 한다. 참새도 몸집은 작아도 새끼도 낳고 먹여 살리고 할 건 다 한다.

특히 방위 출신도 출세하고 사회를 위해 봉사하고 성공할 수 있다는 걸 보여주고 싶다는 게 종철의 바람이다. '마지막 방위 46곡 앵콜송의 신화'는 계속된다. 김종철이 간다! 아자!

나의 꿈의 무대 2편

그렇게 꿈꾸던 KBS 〈아침마당〉 방송 출연 일주일 전 미팅 때, 이헌희 PD는 절실한 사람이 도전하고 꿈을 이룬다고 한다. 당일 새벽 스튜디오에 도착하여 리허설을 마치고 아침 8시 30분이 되면 아나운서의 멘트가 나가고 이때 종철이는 무대 뒤에서 대기하다가 1번으로 튀어나가야 했다. 일반 공연 무대와는 다른 점이 생방송이니 자신이 짠하고 스튜디오로 나가는 순간 전국의 시청자가 일시에 볼 거라는 것을 상상하니 부담감이 엄청 밀려온다. 보통 즐기면서 한다는 말도 있는데, 터질듯한 긴장감에 정신줄을 제대로 잡고 있는 것도 무척 힘들다.

종철은 이번에도 방위 이야기로 시청자를 웃기는 데는 성공했지만 1승을 올리지는 못했다. 그렇지만 이헌희 PD의 "한번 인연으로 끝나지 않는다"는 말처럼 얼마 후 한 번 더 출연하여 최고인기상을 받는 영광을 누렸다. 이때는 종철이 노래의 모태이신 연로하신 어머니를 모시고 〈아침마당〉에 함께 출연할 수 있어서 더욱 기뻤다. 노래는 삶에 활력소와 즐거움도 주지만 이렇듯 생전 경험해보지 못한 신나는 일들이 많이 생기니 그 어떤 유산보다 부모에게 전축과 노래 감성을 물려받은 것에 종철은 한 번 더 감사의 마음을 갖게 된다.

종철은 본업인 요리사에서 오너셰프로 40여 년을 고생하며 치열하게 노력하며 때론 죽기 살기로 살아왔다. 수원갈비스토리 3년차여서 가게도 어려웠던 이때가 종철이에겐 가장 힘들고 오너셰프를 그만두고 계룡산에 들어가야 하나 심각히 고통받던 고비였다. 천신만고 끝에 그 고비를 넘기고 빚도 다 갚고 나니 이젠 신체에 한계가 왔다. 한우갈비 한 짝 손질하고 기계로 재단해서 1차 냉장고에 넣고 냉 좀 먹이고 나서 살이 꾸덕꾸덕해지면 기름 제거하고 칼집 넣고 2차 작업 마치고 나서 양념하면 갈비 한 짝을 손님께 제공할 수 있다.

건강할 때는 무리 없이 재미있게 즐길 수 있는 요리과정인데, 20세부터 목디스크에 주방에서 무거운 걸 많이 들다 보니 허리디스크에 오래 서 있다 보니 무릎관절염에 발목까지 아프고 뚝배기를 많이 들다 보니 손목도 아프다. 스트레스와 제때 밥을 못 먹어서 위장병까지 오고 선천성 심장병에 만성 두통까지 총체적 난국으로 이러다 죽겠다는 위기감이 왔다. 그래서 주방보조 한 명 두고 틈틈이 운동 삼아 한국무용을 배우기 시작한 게 이때다.

종철이는 가게를 지키다 보면 내 가게가 무대라는 생각이 든다. 음식을 만들고 손님들이 찾아주고 손님들을 친절히 대하고 설명하는 시간이 행복하다. 과거에 일이 없어 오갈 데 없을 때의 위기감을 생각하면 지금 시간이 더없이 소중하다. 할 일이 있고, 갈 데가 있고, 내 직장이 있다는 것이 얼마나 소중하고 중요한지 모른다.

전에는 수원왕갈비 요리사로서 한우갈비를 지켜나가고 등급 좋은 A++ 갈비만 고집하는 게 좋은 걸로 알았다. 시간이 날 때면 종철이도 유명한 갈비집에 가서 시식하고 벤치마킹을 한다. 삼원가든, 송추가마골, 벽제갈비, 우둘목, 가보정, 해운대갈비, 신식당, 국일갈비, 소복식당, 압강옥, 본수원 등 소갈비 요리사 40년 만에 터득한 것은 비싼 갈비만 좋고 유명해지는 건 아니라는 것이다. 3만 원대의 비교적 저렴한 소갈비도 대중적으로 잘만 하면 상류층 고객도 유치하고 얼마든지 유명한 소갈비집이 되고 유명한 셰프가 될 수 있다는 것을 이제 알았다. 고객은 가게의 크기나 화려함, 비싼 음식만 선호하는 것이 아니라 인간미 있는 가게와 주인장 그리고 진실한 음식을 원한다는 것이다.

그래서 종철이는 그동안 생각하던 양념갈비 한 가지를 전문으로 하는 것을 실행하게 되었다. 보통 소갈비집은 한우갈비 한 짝에서 3번, 4번, 5번, 6번, 7번 마블링 좋고 살밥 좋고 연한 고기를 생갈비로 빼서 양념갈비에 비해 1인분에 몇만 원씩 더 받고 판매한다. 전통 수원왕갈비는 소금으로 양념한 갈비가 제대로 된 원래 수원왕갈비다. 그래서 종철이는 과감하게 생갈비를 따로 빼지 않고 한 짝에서 나오는 갈비 전부를 양념갈비로 작업해서 좋은 고기를 손님께 제공하니 갈비맛이 좋아 손님들의 반응이 폭발적이다. 카운터에 앉아 있으면 손님들끼리 맛있다고 이구동성으로 대화하는 게 자연히 귀에까지 들린다.

"야, 나갈 때 악수하고 가자."

나가면서 종철이 손을 붙들고 잘 먹었다며 칭찬한다. 오히려 감사하다고 하면서 "오래오래 힘들겠지만 건강히 가게 지켜주세요" 하며 손님들은 종철이 손을 붙잡는다. 종철은 그동안 한번도 경험하지 못한 반응과 칭찬에 놀라면서 고객 입장에서는 식당 주인의 이익이 자신에게 돌아오니 그 순수함에 고마워하는 것 같다. 때론 바보같아 보일 만큼 순수함을 느낄 때 고객은 환호와 감동을 보낸다. 종철은 비로소 구상만 하던 제대로 된 양념 수원왕갈비를 제공할 수 있어서 기쁘다. 누군가 한 사람쯤은, 한 군데 식당만큼은 전통을 지켜가고 맥을 이어가야 한다는 게 종철이의 생각이다. 얼마 전 찾아준 어린이 단체 손님들은 자기가 먹어본 갈비맛 중에서 최고라서 다음에 가족들과 함께 오겠다고 해서 종철이 속으로 웃으며 흐뭇했다.

종철은 이제 자신이 바라던 꿈의 무대를 스스로 만들고 그 꿈의 무대에 매일 출연한다.

나의 꿈의 무대 후기

소갈비는 우리나라를 대표하는 뼈대 있는 전통음식이다. 인류가 불을 발견한 이후 고기를 불에 구워 먹는 바비큐가 생겨나고 인간의 두뇌가 커지고 문명이 발달했다. 1980년대에 들어서며 마이카 시대와 맞물려 소갈비를 단순히 먹는 것에서 꽃과 나무, 분수대가 있는 가든에서 즐기는 여가

문화가 되었다. 2020년대부터는 대형 쇼핑몰에서 여가와 음식문화를 즐긴다. 킴스클럽, 까르푸, 홈플러스, 이마트, 롯데몰, 스타필드 등 경쟁적으로 생겨나더니 더 대형화로의 고객 쏠림 현상이 일어나고 있다. 이로 인해 기존 쇼핑몰들은 매출 하락으로 폐점 위기에 놓여 있다. 국가적으로 이러한 대형 쇼핑몰을 활용한 외국 관광객을 겨냥한 K센터로의 전환이 된다면 좋겠다. 쪽갈비식 소규모 점포가 아니라 왕갈비 같은 초대형 바비큐 매장, 끝없이 펼쳐진 구이대와 고객들, 높은 천장으로 피어오르는 숯불구이 연기들, 층 전체 규모의 바비큐홀. 이러한 광경이 사진 한 컷이나 영상으로, 유튜브나 인터넷으로 세계에 퍼진다면 세계인의 K소갈비 바비큐 관광이 드디어 시작될 것이다. 인천공항에서 관광버스를 타고 K센터로 직행하는, K팝과 한류를 담은 K관광 전진기지의 출현을 기대해본다.

나의 멘토 나의 스승

　종철이는 살아오면서 일과 환경에 따라 많은 사람을 만났다. 우연히 만난 사람도 있고 일부러 찾아간 사람도 있다. 우연히 동네 축제에 참여하게 되면서 재능을 보여줄 기회가 있었다. 옛말에 '낭중지추'라는 말이 있다. 주머니 속의 송곳처럼 재능이 있는 사람은 언젠가 송곳이 주머니를 뚫고 나오듯 세상에 나와 빛을 낸다는 뜻이다. 동네 축제에서 각설이 공연을 본 시울림 회장의 추천으로 심 봉사 역을 맡아서 연극을 배우게 되는데, 이때 연출가이자 시나리오 작가인 유현서 선생을 만나서 연극을 기초부터 배우게 됐다.
　그 후 기타교실, 시조창, 진도북놀이, 레크리에이션, 웃음치료, 노래교실 등 인연 따라 예능을 배웠다.
　권성훈 선생에게 시와 수필 문학을 공부했고, 우리나라 5대 요정요리 대가인 도쿄호텔, 코리아하우스, 거구장 주방장 출신 최건호 주방장께 냉면, 곰탕, 갈비, 반찬 등 한식요리와 요리사 기본자세 정신을 배울 수 있었다.
　최건호 주방장님의 단짝이자 폐백 음식과 수박 카빙의 명인이신 임택 주방장 선배님과 한번은 사당에서 열린 단체장 모임에 함께했다. 임택 주방장님은 초면인 젊은 내빈들을 위해 직접 고기를 굽고 덜어주며 음식에 대한 상세한 설명을 해주셨다. 이 모습은 단순히 요리하는 것을 넘어, 손님을 대하는 주방장의 진정한 자세와 면모를 보여주는 귀한 배움의 기회가 되었다. 특히 종철이에게만 '오핵탄'이라는 처음 듣는 독특한 요리법을 만담가처럼 재밌게 말하셨다. 깊은 산속에서 산삼, 상황버섯, 지네, 백사 등 진귀한 약재를 먹여 기른 토종닭을 잡아 푹 삶아 만든 보양식으로, 그 가격이 무려 오백만 원에 달한다고 한다. 마치 무협지에 나올 법한 신비로운 이 요리법은 좁

60~70년대 오진암, 도쿄호텔, 한국의집, 요정음식 대가 최건호 스승님

은 주방에만 갇혀 있던 종철이에게 더 넓은 세상과 새로운 지식을 접하게 해준 소중한 시간이었다. 임택 주방장님 덕분에 종철이는 단순히 요리 기술을 넘어, 음식에 대한 깊이 있는 이해와 주방장으로서 손님을 대하는 서비스, 자세도 요리의 일부라는 걸 배우게 되었다.

전주대사습 판소리 명창 부문 장원인 대통령상을 수상하시고 국립국악원에서 18년 근속하신 최영길 명창께 〈사랑가〉, 〈쑥대머리〉를 사사했다. 어느 날 수업 중에 최영길 명창께서 종철에게 말씀하셨다.

"종철이는 임방울 선생과 닮았다."

종철이는 순간 깜짝 놀랍고 기분이 좋아진다. 임방울 선생이라면 조선팔도 최고의 명창 아니신가? 천구성과 수리성을 절묘하게 자유자재로 넘나들고 성음과 득음을 이룬 선생을 닮았다 하시니 말이다. 임방울 선생은 특히 〈쑥대머리〉 대목에서 인기가 최고여서 같은 소리 대목을 관객으로부터 제창, 삼창, 사창을 요청받고 소리 하셨다고 한다. 종철이도 지금 〈쑥대머리〉 대목을 5년째 배우고 있다.

"예?"

"임방울 선생도 종철이하고 비슷하게 키가 아담하셔."

종철이가 트로트를 운명적으로 좋아하게 되고 평생 자부심을 가지고

살아온 계기는 첫째가 어머니의 영향이다. 노래를 좋아하시고 노래자랑에 나가서 대상까지 받으신 부모로부터 DNA를 물려받고 뱃속에서부터 어머니의 생라이브를 매일 수십 곡씩 밭일하실 때 태교음악으로 들었으니 감수성을 자동 물려받은 것이다.

그리고 초등학교 4학년 때 아버지가 들고 오신 전축은 노래 가정교사였고 군 복무 시절 한자리 46곡 앵콜송은 트로트를 여태 놓지 않고 간직하게 만든 자부심이었다. 낙숫물이 바위를 뚫는 일념으로 트로트라는 소리 한길을 걷다 보니 이제 목표점이 보이는 듯 요즘은 노래가 입에 붙는다. 그전에는 혼자만의 생각에 갇혀 노래할 때는 감정과 창법으로만 가수를 따라서 흉내 냈다. 그럴 때는 자신이 가수와 똑같이 노래를 잘 부르는 것으로 착각했다. 동네에 있는 은영아 노래교실, 안성녀 노래교실에 나가서 여러 사람 앞에서 노래를 불렀다. 어찌 된 일인지 많이 불러보고 세월이 흐를수록 자신이 부족하다는 걸 알게 됐다. 그 후 '음치기 박치기' 실용음악 학원에 찾아가서 호흡과 발성을 배웠고 강남에 있는 이호섭 노래교실에서 창법을 배웠다.

옛날부터 소리꾼들이 산에 들어가서 소리 공부 하는 걸 산공부라 했다. 나는 추운 겨울에는 사람들이 잘 찾지 않는 서해 끝 제부도 바닷가에 가서 백사장을 걸으며 파도 소리에 맞서 소리 수련을 했다. 이름하여 바다 海 자를 붙여 해공부, 그렇게 목마른 사람이 물을 찾듯 소리길을 걷다 보니 세상에는 고수가 있다는 것도 알게 됐다.

노래를 좋아하는 사람들과 함께 한 서울 종로에서 남인수 선생 노래 일인자를 만나게 되는 놀라운 경험도 하게 됐다. 노래란 호흡, 발성, 감정, 창법, 분위기, 느낌 그리고 호흡에서 올라오는 몸짓과 표정으로 귀결된다는 것도 배우게 됐다. 이럴 때는 그저 세상에는 이런 고수가 있다는 것을 알게 된 것만으로도 크게 소리 내공이 깊어진 것 같아 이것도 행운이라 생각된다.

올해도 고복수 가요제에 도전했는데 코로나 기간 빼고 해마다 일곱 차례 오디션 도전이다. 주최 측에서 매년 안내 문자가 오는 영향도 있지만 도전을 준비하는 한두 달은 나의 재능을 온전히 불태울 수 있는 즐거운 시간이다. 그리고 배호가요제, 문경가요제, 미스터트롯 3에도 도전했다. 반복적인 노력과 경험만큼 좋은 스승도 없다.

건강을 위해 우연히 시작하게 된 한국무용은 평양검무 무형유산 예능보유자 임영순 선생을 스승님으로 믿고 따르고 있다. 한국무용도 호흡으로 동작과 표정이 표현되는 것이 노래와 원리가 같아서 서로 도움이 된다.

트로트는 추임새 메들리의 신화 신바람 이박사가 이끌어주어 나의 생애 첫 신곡인 〈수원성에서〉를 발표하게 됐고, 노래도 배우고 노래 공연을 함께 다니며 우정도 배웠다. 종철은 전국 요리강좌를 통해 인연이 된 대구의 장작더미 고진자 대표, 두근반 세근반 외식업 대표인 나호섭 선생, 가보정갈비 김외순 명인, 부산 요리모임 김판철 회장, 조명재 선배 등 그동안 열심히 살아오면서 인연이 된 모든 분이 멘토이고 스승님이시다. 그리고 종철이가 사는 마을에서 문화와 예술, 사람들과 어울리며 살아가는 법을 가르쳐준 용성통닭집을 운영하며 전통시장 방송국 DJ를 하는 한창석 회장, 한문서당 이용학 선생의 뒤를 따라가고 있다.

한문서당 이용학(80세), 용성통닭 한창석(70세), 정효예술단 김종철(60세) 동네 무형유산 보유자의 맥을 잇다.

2014년 수원연극제 '심봉사', 2015년 '맹진사' 종철이 연극 선생님 유현서

진흙 속 연꽃이 피운 연못

길가에는 무수한 풀들이 피어있고 또 이름 모를 작은 꽃들도 피어있다. 연꽃은 연못에서 피는 꽃이라지만, 정말 연못이 있어야만 연꽃이 피는 걸까? 아니면 연꽃이 피었기에 그곳이 연못이 되는 걸까?

이 질문은 단순한 자연의 이치가 아니라, 삶의 본질을 묻는 은유다. 좋은 환경이 성공을 만드는 것이 아니라, 누군가의 피나는 노력과 아름다운 마음이 그 환경을 변화시키기도 한다. 이 이야기는 바로 그런 사람, 진흙 속에서도 고귀한 연꽃을 피워낸 한 여인의 이야기다.

연못을 조성하려면 세 가지가 필요하다. 지형, 물, 식물. 장사도 마찬가지다. 지형은 상권이다. 처음엔 좋지 않았지만, 여사장은 스스로 상권을 만들어냈다. 물은 음식이다. 푸짐하고 신선한 반찬, 저렴한 갈비정식으로 고객의 마음을 사로잡았다. 식물은 인테리어와 분위기다. 삼파장 전등을 설치해 음식의 색감을 살리고, 화분과 소품으로 공간에 생기를 불어넣었다. 목이 좋지 않은, 장사 안 되는 갈비집을 장사가 잘되게 하여 손님들이 물밀듯 밀려오자 좋은 상권으로 바뀌었다. 꼭 연못에만 연꽃이 피지는 않는다. 연꽃이 피니 연못이 된다. 상권이 좋으면 장사가 잘되지만 상권이 안 좋아도 장사가 잘되게 하면 그곳은 좋은 상권이 된다. 그리고 좋은 자리처럼 보인다.

종철이 호텔에서 결혼한 다음 해 무렵 근처에 작은 갈비집이 하나 있었는데, 월급을 많이 받기로 하고 선배 주방장이 개업을 해주게 되었다. 이 가게는 장사가 안 되어 이전의 주인장도 두 손 들고 나간 갈비집이었는데, 종철이가 봐도 장사가 될 만한 위치가 아니었다. 주차장도 없고 뒤 배경도 없는 곳에 무대를 설치해서 좋은 공연도 흥행도 어렵지 않은가. 하물며 작은 도로변에 가게 입구마저 어긋나 있다.

장사가 안 되니 결국 고액의 월급을 받던 주방장은 6개월 만에 자진 사퇴하고 보조가 주방을 책임지게 됐다. 여기저기 돈을 융통하며 겨우겨우 유지하는 가게를 끌고 가는 주인장은 짐을 잔뜩 실은 리어카를 끌고 언덕길을 홀로 올라가는 것만큼 힘들고 지치는 일이다. 직원들조차 신출내기 주인장을 믿지 않으니, 혼자서는 외날개가 되어 힘만 들고 날아오르기 어렵다.

한낮, 여주인은 무작정 상경해 생계를 이어가던 시장길을 걷고 있다. 시골에서 태어나 자신의 선택보다는 운명에 이끌려 이 도시 저 도시를 떠돌며 살아온 삶. 마치 수초처럼 뿌리 없이 흔들리는 신세가 처량하고 슬프게 느껴진다. 산속에 홀로 핀 에델바이스처럼, 외롭고 고된 삶 속에서 여주인은 문득 생각한다. '잘되면 내 덕이고 안 되면 조상 탓이라던가?' 문교부 혜택도 받지 못했고, 배우처럼 눈에 띄는 외모도 아니며, 현실은 어둡고 힘겹기만 하다. 신세 한탄이 나오는 것도 어찌 보면 당연한 일이다. 하지만 여주인은 깨닫는다. 원망 속에 빠져서 잘된 사람은 없다. 현실을 탓하고 남을 탓하면, 원망이 친구 삼고 놀자며 계속 달려들게 된다. 사람들이 붐비는 시장통에서 길바닥에 엎져 구걸하는 장애인을 본 여주인은 그 처절한 모습에 안타까워 뜨거운 눈물을 훔친다. 그리고 자신을 돌아본다. '그래, 나는 건강하고 사지 멀쩡하지 않은가? 내가 가진 것은 부지런하고 웃는 얼굴이다.' 그날부터 여주인은 활짝 웃는 얼굴로 직원들과 고객, 가게를 찾아오는 상인들을 맞이했다. 마치 활짝 핀 연꽃처럼, 그녀의 얼굴이 피자 그곳은 어느새 따뜻하고 아름다운 연못이 되어 있었다.

여주인은 또 생각했다. 그동안 주방 사람들한테만 의존하던 방식에서 자신이 음식을 책임져야겠다고 마음먹은 게 이때다. 주방 사람들은 반찬을 많이 해놓고 하루 종일 내주고 남으면 다음 날까지 내주니 반찬 맛은 떨어지고 때깔도 죽었다. 여주인은 반찬을 조금씩 자주 양념하니 색도 살고 맛도 있다. 풍성하고 꽉 찬 숫자인 열두 가지 반찬으로 잔치상을 연성케 하는 갈비집 상차림이 완성되었다. 특히 단호박전, 양념 꽃게장, 백김치, 야채겉절이는 신선하고 맛있고 좋은 때깔로 상차림을 살려주니 보는 사람들은 감동한다. 거기에 소갈비는 비싸다는 인식을 깬 것이 저렴한 점심 정식이다. 푸짐한 반찬에 된장찌개, 밥, 갈비를 제공하니 고객층이 넓어져 연일 매장을 채우고 저녁 식사로 연결됐다. 이로써 개업 3년 만에 정상궤도에 오르게 되니 1차 비결은 푸짐하고 신선하고 맛있는 반찬이고 저렴하게 부담 없이 즐길 수 있는 정식 메뉴 개발이다.

요약하면 반찬과 갈비정식으로 기본 베이스를 찾았으니 연못의 3요소인 지형, 물, 식물이 갖추어진 것이다. 지형은 상권인데 스스로 만들었고, 물은 음식에 해당하고, 식물은 인테리어 소품에 해당한다.

개업 초기 20대 어린 종철이가 이 집을 찾을 때면 여주인은 활짝 핀 연꽃처럼 웃으며 "밥 먹고 가라"고 말해주었고 함께 밥을 먹었다. 종철이는 밥을 먹을 때 자신의 팔뚝이 불그스름한 것에 놀라서 술을 먹지도 않았는데 왜 팔뚝이 불그스름한지 물었다.

"아니, 제 팔이 왜 이렇게 불그스름하죠?"

연못의 여주인은 말한다.

"삼파장 전등을 달아서 그래요."

종철은 놀랐다. 당시 호텔에서도 쓰지 않는 비싼 삼파장 전등을 사용한 건데, 누군가에게 삼파장 전등을 달면 갈비, 반찬 때깔이 좋게 보인다고 들었을 것이다. 종철이는 비싼 삼파장 전등으로 설비한 점보다 누군가 조언을 해주면 좋은 것은 받아들이고 바로 실행하는 연못 주인을 외식 경영인으로서 마인드와 추진력을 남달리 높게 느꼈던 것이다.

종철이는 또 하나의 일화가 생각난다. 개업 초기 가게에는 홀서빙이 한 명뿐이었고 장사도 안 되고 자금 사정도 어려운 때 당시 홀 아가씨 월급이 같은 업종에서 60만 원이 시세인데 80만 원을 준다고 하여 아주 깜짝 놀란 적이 있다. 홀 아가씨한테 월급 3만 원만 더 줘도 이러저리 옮겨 다니던 시절이다.

"아니, 홀 아가씨 월급을 왜 그렇게 많이 줘요?"

그러자 연못 여주인이 대답한다.

"일 잘할 사람 뽑아서 월급 많이 주고 일 잘하게 하는 게 이익입니다."

종철이가 토씨 하나 안 버리고 가슴속에 여지껏 간직하는 보석 같은 명언이다. 종철이도 언젠가 이 명언을 제대로 사용하게 되길 간절히 꿈꾸고 있다.

연못갈비집은 처음엔 40평에서 시작하여 장사가 잘되자 같은 건물에 장사 안 돼서 내놓은 옆 가게를 한 칸 한 칸 확장하여 급기야 큰 건물 전체를 샀다. 그리고 길 건너 삼거리 코너를 다 사서 크고 멋진 건물을 짓고, 실내는 화려한 인테리어와 사람한테 기운 좋은 소품들로 채웠다. 사람들은 말한다. 연못갈비집의 성장을 두고 '운이 좋아서'라고. 종철이가 지켜본 연못갈비집 주인은 혹독한 노력 속에 좋은 것들은 받아들이고 좋은 연못으로 만드는 데 청춘과 생명을 바쳐서 이룩한 것이다.

연못 여주인은 시장에서 노점 할 때 앞 가게 보석상회에 비슷한 연배의 새댁이 시집왔는데, 홈드레스를 입고 살림하는 며느리가 부러워서 한마디 했다.

"새댁은 무슨 팔자를 타고나서 이렇게 부잣집에 시집왔어요?"

그로부터 30여 년의 세월이 흘러 보석가게 새댁은 이곳 연못 갈비집에 식사하러 와서 엄청난 규모와 화려한 인테리어, 그리고 외모도 멋지게 변신한 연못 여주인을 보고 말한다.

"사장님은 무슨 복을 타고나서 이렇게 돈을 많이 버셨어요?"

두 여인의 과거 시장에서부터의 인연과 그때 당시 했던 말이 뒤바뀐 것을 알고 서로의 얼굴을 보며 파안대소했다. 그것은 진정 상대의 좋은 모습을 보고 보내는 환호와 격려의 말과 웃음이었다. 팔자는 타고나지만 본인의 노력과 좋은 마음으로 살면 좋은 인연꽃이 핀다.

종철이 가게에서 일 마치는 시간인데 오늘따라 전화벨 소리가 정겹다. 연못갈비집 주인이시다.

"김 사장~ 국가에서 하는 식품명인 제도가 있는데, 내가 한번 신청해보려는데 김 사장이 좀 도와줄 수 있어요?"

"아! 네, 제가 작은 도움이라도 될 수 있다면 영광입니다."

식품명인 실사 때에 대비해서 갈비집에 관련된 자료들과 소품들을 전시하고 디스플레이하는 담당이다. 종철은 수원갈비 행사를 여러 차례 치뤄본 경험과 행사 소품들을 많이 준비하고 있다. 천만다행으로 실사 때 심사위원들의 좋은 반응을 얻고 후에 PPT 자료 발표회에 현장까지 함께 동행했다. 연못 주인께서 많은 공을 들인 노력의 결과로 천초갈비 개발자의 명예와 대한민국 식품명인 89호로 지정받으셨다.

외식업계의 신(神)
진흙 속에 피어난 꽃,
외신, 진꽃, 이야기다.

30년 전, 작은 길가 5층 건물 한쪽에 자리한 40평짜리 월세 상점에서 그녀의 이야기는 시작되었습니다. 홀 직원 한 명과 함께 상추를 닦고, 불판을 닦고, 방바닥에 엎드려 걸레질을 하면서 그녀는 '하루에 백만 원만 팔아봤으면' 하고 소박한 꿈을 꾸었습니다. 하지만 그 소박했던 꿈은 현실이 되었고, 이제는 연 매출 300억 원대의 기업을 일구어 200명이 넘는 직원들의 일자리를 책임지는 대한민국 식품명인이 되었습니다. 성공 비결을 묻는 질문에 그녀는 이렇게 답했습니다.

"직원들의 발을 씻겨준다는 마음으로, 고객을 섬기는 정성으로 삽니다."

그녀의 삶은 마치 진흙탕 속에서 피어난 연꽃과도 같습니다. 연약해 보이던 꽃 한 송이가 주변을 아름답게 물들이며, 이윽고 거대한 연못을 이루어낸 것입니다. 연꽃과 연못의 본래 이름은, 크고 아름다운 집, 가보정갈비의 이름처럼 말입니다. 이제 그녀는 명문대와 대기업에서 성공 사례를 강연하며 외식업계의 신(神)으로 불립니다. 당당하고 빛나는 이름, 김외순 명인. 그녀가 닦아온 길은 이제 또 다른 꿈을 꾸는 젊은이들에게 희망이 되었습니다. 진흙 속에서 피어난 연꽃처럼, 포기하지 않는 노력과 진심은 언젠가 활짝 꽃피운다는 것을 보여주면서 말입니다. 외신, 진꽃 이야기는 오늘도 계속됩니다.

LA 미주한인 117주년
교포 위문공연

종철은 20대 때부터 TV에서나 신문 등에 연예인들이 LA 교포 위문공연에 갔다 왔다는 소식을 많이 접했다. 배삼룡, 남진, 윤수일, 하춘화 등. 그럴 때면 종철이는 부럽고 한번 가보고 싶다는 생각을 해보지만, 곧 불가능한 일이라고 단념했다. 그랬는데 LA에 실제로 갈 수 있게 된 것이다. 평양검무 무형유산 예능보유자 임영순 선생님과 제자들과 한 팀이 되어 미주이민 117주년 기념 교포 위문공연에 가게 된 것이다. 종철이는 엄마로부터 트로트의 감성을 물려받았지만, 트로트의 재능은 초등학교 때 아버지가 들고 오신 전축 덕분이다.

"아빠 뭐예요?"

"전축. 미국으로 이민 가는 사람한테서 3천 원에 사온 거야."

종철이에게 전축은 노래 가정교사와 같은 것이었다. 전축을 남겨두고 미국으로 이민 가신 교포 덕에 트로트 공부를 많이 할 수 있었는데, 이제 그 덕으로 교포 위문 행사에 트로트 가수로 뽑혔으니 미국 동포에게 노래 선물을 하여 빚을 갚게 되어 종철은 감개무량하다.

LA한인재단에서 호텔을 잡아주고 숙식을 무료로 제공해주니 같은 대한민국 동포로서 초대하는 쪽이나 공연팀이나 모두 동포애를 가지고 서로 돕는 마음이 작동된 것이다. LA공항에 도착하니 천사와도 같은 하얀 버스가 마중 나왔고, 호텔에 도착하니 환영만찬도 열어주셨다.

6천 석이나 되는 큰 교회에서 미주한인 117주년 행사의 축하공연을 해드리고, 저녁에는 제1회 오스카상 시상식이 열렸던 유서 깊은 빌트모어호텔 연회장 만찬에서 한국무용 공연을 하고, 종철은 자신의 신곡 이박사 작곡의 〈수원성에서〉와 〈한많은 대동강〉, 〈정말 좋았네〉를 선물하여 큰 박수를 받았다. 현지 국악단체인 강대승 전승관에 초대되어 함께 만찬을 하며 공연도 주고받았는데, 이때 종철이는 어릴 적 레코드판으로 즐겨듣던 배호의 〈누가 울어〉를 독특한 음색과 창법으로 불러서 호평을 받았고, 함께 즐거운 시간을 가졌다.

종철은 LA에서 가까운 비버리힐즈, 스타거리, 유니버설스튜디오, 그리피스천문대, 할리우드, 산타모리 해변, 캘리포니아호텔 등 말로만 듣던 유명한 곳도 관광했다. 이것도 트로트를 사랑했기에 트로트가 종철에게 준 선물같다.

트로트는 종철에게 외롭고 힘들 때는 위안을 주고, 또 취미와 특기가 되어 사람들에게 즐거움을 주는 도구가 되었다. "조금은 외로워도 노래에 빠진 모습도 아름답다"는 안성녀 노래강사 말처럼 남은 인생도 트로트를 붙들고 함께 갈 것이다.

미주한인 117주년 빌트모어 호텔에서 울려퍼진 김종철 신곡 '수원성에서'

무거운 전통 예술을 지고 가시는 LA전통문화관 강대승 선생, 왼쪽 LA국악방송 PD

재석아

    종철이 식당 창업해서 망하고 보증금, 권리금 조금 되는 거로 빚잔치하고 나서 사무실 얻고 홈페이지 만들어 식당 창업 컨설팅 사업을 했다. 기술만 있으면 될 줄 알았으나 1차 대박 매장이 있어야 상담과 계약으로 연결된다는 것을 절감했다. 지하 셋방으로 내려가고 수입이 없을 때 두 딸은 고등학생, 중학생이었다. 학용품도 사야 하고 먹고 싶고 사고 싶은 것도 많았을 텐데 아이들은 한 번도 아빠한테 용돈 달라고 떼쓴 적이 없다. 종철이 하루 종일 일거리와 수입을 위해 돌아다니다가 집에 들어가면 아이들은 TV에 나오는 〈무한도전〉 팀을 보며 몸을 뒤로 넘기며 깔깔대며 즐거워했다. 종철이는 아이들을 보면 미안해서 속으로 '그래, 그렇게 웃어라' 하며 한편 마음을 놓았다.
    아이들은 특히 재석 아저씨를 좋아한다. 이제 수원갈비스토리가 자리도 잡혀가고 형편은 풀렸지만, 지나간 시간은 되돌릴 수 없고 지난 시간 어려울 때 아이들에게 잘해주지 못한 게 자꾸 생각난다. 수입이 조금 생겼을 때도 용돈 좀 챙겨주지 못했던 것을 생각하면 가슴속에 간장을 끼얹은 것처럼 마음이 아리고 아프다.
    문득 우리 가게에 재석이 아저씨가 온다면 얼마나 좋을까? 그래서 아이들에게 조금이라도 보상을 해주고 싶은 종철이다. 그런 생각을 하다가도 그런 일은 불가능한 일이라고 바로 체념하게 된다. 전에도 줄 서는 식당을 상상했다가 그때도 바로 그런 일은 일어나지 않을 거라고 생각했다. 전봇대에 붙은 요리대회 포스터를 보며 부러워하던 종철이 결국 요리대회에 나가서 대상도 받고 심사위원도 했다.

그때 종철의 또 하나의 꿈은 KBS 〈아침마당〉에 초대되어 노래도 하고 만담가로서 방송 출연하는 상상을 했다. 간절한 바람이 하늘에 닿았는지 KBS 〈아침마당〉 '도전 꿈의 무대'에 출연하여 간절함, 절실함을 가지고 최선을 다했고, 가장 자신 있는 〈고향역〉을 불렀다. 그 후 '도전 꿈의 무대' 이헌희 PD는 종철이의 열심히 하는 모습에서 간절함, 절실함을 보았는지 한 번 더 불러주어 최고인기상도 수상했다. 꿈을 갖는 건 좋은 것 같다. 그러나 항상 노력하고 준비하는 것은 필수인 것 같다.

몇 해 전 아름답고 큰 갈비집 가보정에서 일할 때 가게 3층에서 불이 난 적 있다. 몰려오는 손님들을 더 받기 위해 3층의 오래되고 망한 가게를 얻어서 급하게 가게로 꾸미고 장사를 하다 보니 전기선이 오래되어 누전으로 불이 난 것이다. 옛말에 불나면 장사가 더 잘된다는 말이 있듯이 워낙 잘되던 가게여서인지 변함없이 잘되었다. 그러다가 이번엔 야심 차게 길 건너에 신축 건물을 크게 짓는데, 은행에 대출을 많이 신청하고 노심초사하던 때 드디어 대출 결정이 떨어졌다. 김외순 대표는 이제야말로 오랜 세월 크고 멋진 갈비집의 꿈을 위해 새벽부터 불판 닦고 상추 씻고 무릎 꿇고 방 닦고 상 치우며 견뎌낸 세월의 답을 찾을 수 있는 출발점에 선 것이다. 김외순 대표는 주방에 들어서며 상기된 얼굴로 종철이에게 하이파이브를 건네며 좋아하셨다.

그러나 '호사다마'라 했던가? 2관 오픈식 하고 열흘이나 됐을까? 오전에 큰불이 난 것이다. 김외순 대표의 새끼 같은 새 가게 건물에서 연기가 꾸역꾸역 창밖으로 넘쳐 흘러나왔다. 김외순 대표는 다리를 동동 구르며 울부짖는다. 〈이별의 부산정거장〉 3절 "몸부림 치는 몸을 뿌리치며 떠나가는 이별의 부산정거장" 가사처럼.

"어머! 어쩌면 좋아. 어쩌면 좋아" 하시며 눈물을 흘리신다. 김외순 대표의 몸부림에도 아랑곳하지 않고 불길은 연기를 휘몰고 제 갈 길로 달려가고 있다. 종철이는 김외순 대표의 두 손을 잡고 힘이 되지 못한다는 걸 알면서도 안타까운 위로의 말씀을 드렸다.

"대표님, 더 큰일을 하시라는 하늘의 뜻입니다."

말은 쉽지만 온전히 한 여자의 몸으로 감당하고 다시 일으켜 세워야 하는 일이니 그 고생은 말로 다 할 수 없을 것이다.

돌아보면 2관 기공식 때도 축포를 쐈는데, 은박 꽃종이가 날아가 고압 전신주에 눌어붙으면서 천둥 번개 치듯 공중에서 펑펑 하며 일대가 정전이 되었다. 이때도 대형 소방차 몇 대가 출동하고, 한전의 고압선 복구 사다리 트럭이 출동하는 등 난리를 치렀다. 큰일에 평탄치 못하고 이렇게 큰 시험을 받으니 뜻을 이루어가는 것이 너무나 힘든 과정이다. 이 모든 어려움을 홀로 다 이겨내고 언제 그런 일이 있었냐는 듯 보란 듯이 연일 만석에 대기가 길어지고 있다.

종철이 가게도 말로만 듣던 화재 사건이 일어났다. 자기 집에 불이 나는 일은 생각만 해도 끔찍한 일이다. 새벽 3시에 불이 나서 건물 외벽을 타고 가스 배관에 불이 붙어 터질 수도 있는 일촉즉발의 상황. 그런데 모두 잠든 그 새벽 시간에 가게 앞을 지나가던 봉고차 기사가 119에 화재 신고를 해주고 흔적 없이 가버렸으니 천사 은인이 따로 없다. 종철이 새벽 3시에 집에서 잠자고 있는데 전화벨이 울린다. 건물주다.

"김 사장, 가게 불났어. 빨리 와봐."

터질 것 같은 심장을 누르며 가게 앞에 도착해보니 좁은 골목에 소방차가 5대나 와있고, 동네 사람들이 골목 가득이다. 종철이는 불난 것도 큰일인데, 많은 사람들 있는 데서 창피한 것이 버티기가 더 힘들다. 소방서 직원들에게 조서를 꾸미는 데 협조하고 과실로 처리하여 잘 마무리되었다.

그리고 보름 정도 지나 마음도 조금 추슬러질 무렵, 종철이 공연이 있어 서울로 올라가는데 전화벨이 울린다.

"응, 유진아."

둘째 딸 유진이다.

"아빠 〈유퀴즈〉 프로 재석 아저씨가 가게에 왔어요. 아빠 어디세요? 가게로 빨리 오셔요."

종철은 서울 행사가 있어 올라가는 길이라서 안타깝다. 우리 유진이가 좋아하는 재석이 아저씨가 제 발로 찾아서 유진이가 가게를 보고 있을 때 찾아와주었으니 얼마나 반갑고도 놀랐을까. 종철이가 가게에 없어서 방송국 제작진 사람들도 많이 서운해한다.

"대표님, 여기 가게에 와보니 엄청 유명하시고 여러 가지 하시는 일도 많고 재능도 많으시네요. 지금 시간이 안 되신다니 아쉽지만 활동한 자료들을 보내주시면 방송에 쓰겠습니다."

종철이 그동안 맛집 프로그램에도 많이 나갔지만, 이야기가 있는 휴먼 스타일의 프로에는 처음인 것 같다. 역시 방송을 보고 찾아주는 손님들도 가게와 종철이를 대하는 게 차이가 있다. 단순히 음식을 대하는 것에서 이젠 가게의 분위기와 주인장의 인물을 보는 것 같다.

그후 한 달 매출이 두 배로 뛰었으니 방송 덕을 톡톡히 보았다. 불나면 장사가 불 같이 잘된다는 말은 맞는 말 같다.

가게에 불이 난 후 얼마 전에는 또 TV에서 보던 탤런트 고두심 씨가 종철이 가게를 찾아주었다. 오랜 세월 한국적인 여성상으로, 어머니상으로 종철이도 무척 좋아했던 연기자인데 종철이를 보곤 오히려 열정이 대단한 사람이라며 칭찬하신다. 더욱 놀라운 점은 종철이 우리나라 전통 문화인 한국무용을 배우고 스승님을 도와드리며 맥을 이어가고자 어렵게 이수자격까지 취득했는데, 뜻밖에 고두심 선생께서도 어려서부터 한국무용을 하셨다고 한다.

그런 연유로 〈춤추는 가야고〉라는 국악 주제 드라마의 주연도 맡으셨다. 고두심 선생께선 종철이 손을 잡아주시며 한국무용 열심히 배우고, 또 앞으로는 더욱 발전하고 좋은 일이 많을 거라며 격려해주셨다. 종철이는 좋아하던 고두심 선생도 만나고 간절히 원하던 재석 아저씨가 가게에 방문하여 사랑하는 딸도 보았으니 또 한 번의 소원을 풀었다. 둘째 딸 유진이는 재석이 아저씨와 기념사진을 찍었는데, 예쁜 얼굴을 하고 손으로 승리의 V자를 하며 미소 짓고 있다.

그땐 몰랐네 '어삼트'
(어느 삼류 주방장의 트로트 이야기)

삼류의 재해석, 삼만필(三滿必) 삼류라도 괜찮았다. 나에게 삼류란 부끄러운 이름이 아니었다. '삼'류는 있어야 할 곳에서 '만'족하고, 사람들에게 '필'요하며 즐거움을 주는 사람.

나는 이 세 가지를 다 갖춘 사람을 '삼만필(三滿必)'이라 부른다.

열일곱 살, 군산 째보 선창. 그는 작은 보따리 하나를 들고 장항선 배에 올랐다. 그날, 바닷바람에 실려 들려오던 뱃고동 소리, 파도 소리, 갈매기 소리, 장사꾼의 고함 소리, 노랫소리까지, 가슴속으로 스며드는 그 화음이 그의 인생 영화의 첫 배경음악이 될 줄은 몰랐다. 서울에 도착하니, 세상은 낯설고 거칠고 막막한 곳이었다. 무허가 직업소개소꾼이 소개해준 곳은 세상과 단절된 식당 주방이었다. 세상 사람들과 가깝고도 멀리 떨어진 곳. 뽕짝이 흘러나오던 그 주방은 그의 학교였고, 청춘의 무대였다.

어린 시절의 그에게 주방은 피할 수 없는 운명이었고 그는 어쩔 수 없는 삼류였다. 어릴 적 전축에서 흘러나온 노래를 흥얼거리며 불 앞에서 땀을 흘렸고, 추운 겨울, 차가운 고기를 만지며 칼질했다. 애절한 뽕짝을 따라 부르던 소년은 조금씩 트로트 가수의 꿈을 품게 됐다. 그리고 깨달았다. "삼류라도 괜찮았다. 만족하고, 필요하며, 누군가에게 즐거움을 줄 수 있다면 그걸로 충분하다."

　시대는 변했다. 애조 띤 뽕짝은 힘 있는 트로트가 되었고, 삼류 주방장은 셰프가 되어 세상의 중심으로 불렸다. 그는 그렇게 변방에서 중심으로, 요리와 노래, 두 개의 삶의 쌍두마차를 몰았다. 그리고 이제, 그 길을 함께 걸어갈 사람을 기다린다. 노래와 공연, 요리와 봉사의 재능을 마음껏 펼치고 싶은 동료, 그리고 우리의 길을 믿어줄 후원자.
　그는 한때, 세상에서 제일 큰 갈비집의 주방장이 되기를 꿈꾸었다. 만약 그런 꿈마저 갖지 않았다면, 그 답답하고 척박한 주방에서 그는 이미 쓰러져버렸거나 다른 주방장들 따라서 도망쳤을 것이다.
　40여 년의 세월이 흘러 젊은 시절, 소년은 이젠 흰머리가 성성한 주방장이 되었지만 아직도 그 안에는 꿈을 품은 17세 소년이 살아있다. 결국 그의 '수원갈비스토리' 갈비집은 세계문화유산 수원화성 39만 평을 정원 삼아 세계인이 찾아주는 세상에서 제일 큰 갈비집의 꿈은 현실이 되었다.
　지금 그는 '세상에서 제일 큰 갈비집'의 주인이자, 세계인이 찾아주는 셰프이며, 지친 사람들의 마음을 노래로 위로하는 트로트 가수가 되었다. 이제 그는 요리와 노래를 통해 지친 사람들에게 1인 감성 힐링 콘서트를 선사한다.
　세상에서 배운 요리의 노하우, 진심이 담긴 노래를 아낌없이 나누며 종철은 자신이 꿈꾸던 삶의 완성을 이뤄가고 있다. 세상에서 제일 큰 갈비집에는 오늘도 감미로운 트로트가 흐르고, 종철의 따뜻한 마음이 담긴 행복의 맛이 익어가고 있다.

　세 살 무렵, 그는 군산역 앞에서 약장수 공연을 구경했다. 북소리와 트럼펫 소리에 홀린 듯, 사람들 사이를 헤집고 다니던 꼬마였다. 1960년대 군산역 앞에서 보던 약장수 공연은, 지금 돌이켜보면 현대의 아트홀 공연과 같다. 그 길에서 출발해 서울 국립국악원 무대에 오르기까지 꼬박 반세기가 걸렸다. 한 길을 묵묵히 걸어온 끝에, 국립국악원 한국무용 작품 발표회에서 마이크를 잡고 해설을 맡게 되는 감격의 날도 찾아왔다.

2024년 1월, 다시 미국으로 간다. 미주 한인 이민 121주년 기념 LA 축하 공연 무대에 서기 위해서다. 2020년 117주년 행사 때는 게스트로 따라갔지만, 이번에는 축하 사절단의 단장으로 공연팀을 이끌고 간다. 그리고 스무 살 시절, 꿈으로만 그리던 라스베이거스에도 들러 호텔 공연과 문화·관광 산업을 직접 눈에 담아올 계획이다. 이 길의 시작에는 초등학교 4학년 시절, 아버지가 얻어온 전축 한 대가 있었다. 미국으로 이민 가는 이웃에게서 받아온 전축이었다. 그 전축 덕분에 그는 마음껏 노래를 듣고, 배우고, 음악에 대한 취미와 재능을 몸에 장착할 수 있었다. 이제 미국 LA에서 교민들 앞에 서서 트로트 축하 공연을 하게 되었으니, 어린 시절 전축이 남긴 빚을 노래로 갚는 듯해 감개가 무량하다. 미국으로 떠나기 하루 전, 중학교 1학년 시절, 미국으로 이민 간 첫사랑 명숙이를 혹시나 만날 수 있을까 하는 설렘으로 마음이 두근거리기도 했다.

나는 오랫동안 안부를 전하지 못했던 외삼촌에게 전화를 걸었다. 1980년대 함께했던 친구가 LA 한인회에 있다고 들었기에, 안부 인사도 받아서 전하고 오래 묵힌 궁금증도 풀고 싶었다.

"삼촌, 예전에 정보부에 붙잡혀 갔을 때 무섭지 않으셨어요? 그리고 풀려난 뒤에도 계속할 수 있었던 용기는 무엇이었나요?"

잠시 침묵이 흐른 뒤, 삼촌의 목소리가 차분히 이어졌다.

"신념이지. 젊었을 땐 독재에 맞선다는 시대정신이 있었고, 이제는 용서와 화해야. 전 국민이 하나 되어 경제를 살리고, 남북통일을 이루어 대한민국과 세계평화를 위해 일해야 해. 건강히 잘 다녀와서 함께 소갈비 한번 먹자."

어린 시절 전축에서 시작된 길은, 이제 LA 무대에서 노래로 이어진다. 그리고 그 길 끝에는, 나를 어릴 적부터 움직여온 정신적 지주, 외삼촌, 민주화 투사로서의 신념과 꿈, 그리고 지난 세월이 남긴 깊은 울림이 있다.

"왔노라! 보았노라! 찍었노라!"

라스베이거스로 여행을 간다면 누구나 한 번쯤, '라스베이거스 웰컴 사인' 앞에서 사진을 남기고 싶어 한다. 나 또한 그곳에서 인증샷을 남기고, 유명한 호텔 쇼들을 보며 국내에서 공연할 때 필요한 연출과 기획, 음향과 조명에 대해 공부하는 시간을 가졌다.

오며 들른 그랜드캐니언은 자연이 20억 년에 걸쳐 빚어낸 장대한 지질의 서사시였다. 대지의 주름 하나하나가 시간을 품고 있었고, 그 침묵은 말보다 깊은 울림을 주었다. 그에 반해, 라스베이거스는 인간이 불과 백여 년 만에 사막 한가운데 세운 인공의 도시였다. 화려한 조명, 끝없이 펼쳐진 카지노와 공연, 전 세계 사람들이 몰려드는 유혹의 무대. 하나는 태고의 자연이 만든 위대한 조형물이고, 다른 하나는 인간 문명이 쌓아 올린 꿈의 도시다. 어느 하나가 더 대단하다고 단정할 수 없을 만큼, 서로 다른 방식의 경외감이 있었다.

라스베이거스를 떠나기 전, BTS가 다녀가며 유명해진 일곱 개의 돌, '세븐 매직 마운틴' 앞에도 섰다. 떠나기 아쉬운 마음을 사진으로 남기며, 다음에 다시 오게 된다면 라스베이거스 호텔에서 우리 국악 공연과 전통 가요를 선보이고 싶다는 꿈을 그려본다. 2조 원이 넘는 공사비로 새롭게 문을 연 '스피어 공연장'에도 꼭 가보고, 그 경험을 국내 공연예술에 녹여내고 싶은 마음이다.

해마다 1월이면 열리는 LA 한인의 날 행사에, 2025년 올해는 아쉽게도 참여하지 못했다. 하지만 벚꽃이 한창이던 봄날, 한인재단 이병만 회장 부부께서 내 가게를 찾아주셨다. 정성껏 차린 음식과 수원왕갈비를 함께 맛보고, 세계문화유산 팔달산의 활짝 핀 벚꽃을 배경으로 사진을 찍으며 즐거운 시간을 보냈다. 회장님은 앞으로 3년간 LA 미주 한인 행사를 더 맡아 봉사할 계획이라며, 내게도 다시 함께해 멋진 축하 공연을 보여 달라고 당부하셨다.

최근 몇 년 사이, 종철이 가게인 '수원갈비스토리'는 일본 관광객 사이에서도 큰 인기를 얻었다. '고토치구루메'(지역 특화상품) 캠페인을 통해 찾아온 일본 손님들은, 갈비를 맛보고 트로트를 듣는 색다른 경험에 열렬히 반응했다. 며칠 전에는 일본 방송국에서 취재 요청까지 들어왔다. 나는 처음 주방에서 트로트를 틀어놓고 요리를 배우던 시절을 떠올렸다. 그때 배운 칼질, 소스 만들기, 후라이팬 돌리기 등 일의 즐거움, 공부의 재미, 그리고 일본어와 일본 노래까지 익혔던 시간들이 이제 이렇게 이어지고 있다. 이제 나는 트로트를 부르며 수원왕갈비를 만든다. 일본 손님들 앞에서 노래를 들려드리고 싶은 내 마음을 방송국은 '트로트 듣는 갈비집'이라는 독특한 콘셉트로 담아내겠다고 했다. 촬영은 열흘 앞으로 다가왔고, 그날이 오면 수원왕갈비 한 상을 푸짐하게 차려, 맛과 노래와 이야기가 어우러진 특별한 시간을 만들고 싶다. 그날을 위해 나는 두 곡의 노래를 준비했다. 첫 번째 곡은 1981년, 열여덟 살 무렵부터 즐겨 부르던 이츠와 마유미의 〈고이비또요〉다. 당시 나는 일본 관광 시대의 흐름에 발맞춰 일어 회화를 공부하며, 이 노래를 들을 때면 낯선 설렘과 희망을 품곤 했다.

두 번째 곡은 최근 연습해온 나훈아의 〈사모〉다. 이 노래를 고른 이유는 단순히 연인 간의 사모하는 마음 때문만은 아니다. 1980년대부터 내 마음속에 품어온 국제화와 세계화, 그리고 언젠가 찾아올 '갈비관광'의 시대에 대한 간절한 염원이 이 노래 가사 속에 담겨 있는 듯했기 때문이다. 그런 마음을 담아 진심으로 노래하고 싶다. 이 무대는 20대 시절, '장미가든'과 '육송가든', '트라보호텔'에서 꿈꾸던 문화와 예술이 어우러진 갈비관광 음식점의 꿈이 현실로 이어지는 순간이기도 하다.

이른 아침, 종철이 집 근처 행궁광장 앞에는 버스 한 대가 기다리고 있었다. 오늘도 종철은 노란 단체 의상 가방을 챙겨 광장으로 향한다. 봉사예술단의 단원들이 하나둘씩 모습을 드러낸다. 양기철, 병삼이 형, 고윤선 누나, 육송가든 사모님, 한소정, 진미통닭 남상현, 박민정 부부, 고정생, 그리고 가수들, 한국무용 팀, 평양검무 무형유산 예능보유자 임영순 선생님까지. 모두 버스에 올라타고, 차는 천천히 출발한다. 창밖으로 한 여인과 아이가 손을 흔든다. 병삼이 형의 부인 지선 씨와 손녀였다. 버스 앞 에는 '정효봉사예술단'이라는 문구가 붙어 있다. 버스 안에서는 노래가 흘러나왔다. 순간, 나는 열일곱 살 군산 째보선창 시절을 떠올렸다. 그때 서울 가는 뱃머리에서 흘러나오던 백설희의 〈딸칠형제〉가 버스 안을 가득 채우며, 봄날 벚꽃처럼 흩날렸다.

"17세 소년 주방장이 다시 온다"

봄날 벚꽃처럼 흩날리며 가슴속으로 스며드는 노래.
그제야 그는 깨달았다. 삼류라 불리던 그 삶이
누군가의 마음속에 아름다운 트로트 이야기로 남았음을.
삼류라도 좋다. 그땐 몰랐네.
그 인생이 이렇게 노래가 될 줄은.

1)
플라타너스 향기 퍼지는 그늘을 거쳐서 달린다 달려간다
젊은 꿈을 싣고서 즐거운 일요일이여 꽃구름이 뭉게뭉게
떠오르는 지평선을 연분홍의 로맨스를 가슴에다 안고서
청춘의 꽃수레는 행복을 싣고서 달려서 간다

2)
아카시아가 줄지어 섰는 거리를 거쳐서 달린다 달려간다
검은 머리 날리며 숨 쉬는 젊은 가슴아 파랑새가 조잘조잘
노래하는 언덕길을 연보라색 블라우스 바람결에 날리며
사랑의 꽃수레는 희망을 싣고서 달려서 간다

3)
버들잎 푸른 맑은 시냇물 개울을 거쳐서 달린다 달려간다
젊은 꿈을 싣고서 즐거운 일요일이여 언니들도 즐거워라

동생들도 정다워라 다람쥐가 꿈을 꾸다 달아나는 숲속으로
청춘의 꽃수레는 행복을 싣고서 달려서 간다

— 〈딸칠형제〉(1958), 반야월 작사, 박시춘 작곡, 백설희 노래

세계문화유산 수원화성 행궁 광장에서 '정효사랑봉사예술단' 음식·공연 봉사 관광버스 출발

HIS'TORY

불꽃처럼 요리한 인생, 김종만의 이야기

어린 시절, 예술적 감수성과 고난의 시작
1964~1980년

* 출생과 태교: 1964년 전북 부안군 산내면 내소사 앞 과수원집 셋째 아들로 태어났습니다. 처녀 시절 노래 자랑 대상 출신이신 어머니의 트로트 태교 음악 속에서 예술적 감수성을 키우며 자랐습니다.

* 유년기의 문화적 자양분: 두 살 때 부모님의 선택으로 군산으로 진출했습니다. 세 살 때부터 어머니가 장사하시던 군산 역전과 공설운동장에서 유랑극단, 서커스, 차력사, 약장수 공연을 5천여 회 관람했습니다. 영화광이신 아버지를 따라 군산대양극장, 군산극장, 국도극장 등에서 1천여 회의 영화를 관람하며 다채로운 문화 경험을 쌓았습니다.

* 트로트와의 운명적 만남: 11세 때 아버지가 미국으로 이민 가시는 지인분께서 주고 가신 전축과 레코드판 3백 장으로 남인수, 이미자, 배호, 나훈아, 남진, 하춘화 등 당대 최고 가수들의 노래 3,600곡을 습득하고, 백남봉, 서영춘의 만담, 랩, 원맨쇼까지 익혔습니다. 이는 훗날 고된 요리사 생활을 이겨내게 해주었고 트로트 인생의 기반이 되었습니다.

* 식품과 조리의 환경: 아버지께서는 집에서 콩을 갈아 두부를 만드셨고, 콩나물도 기르고 우뭇가사리를 삶아서 우묵을 만드셨습니다. 아버지는 직접 음식을 만들어 동네 지인분들과 일꾼들과 함께 음식을 나누었고, 어린 종만은 아버지가 만들어 주신 음식을 맛있게 먹고 자랐습니다.

* 어린 나이의 가출: 17세, 군산상고 1학년 재학 중 아버지의 사업 부진으로 가정 형편의 어려움을 눈치채고 서울로 가출하며 고난의 홀로서기가 시작됩니다.

요리사의 길, 맨몸으로 일군 성공
1981년~현재

* 험난했던 조리 입문: 17세 서울 상경 후 직업소개소, 구로공단 등을 무작정 헤매던 중 서대문 냉천동 육교에 붙은 구인 벽보를 보고 영화장 중국집을 시작으로 충무로 분식, 남대문 국빈장, 이대 앞 코끼리분식, 무악재 한식당, 화곡동 기사식당, 성대 앞 풍미식당, 강서갈비 등 한식, 분식, 중식을 가리지 않고 3년 세월 설거지 직책과 허드렛일을 전전하며 요리의 기초를 닦았습니다.

* 소갈비 요리의 대가로 성장: 19세 되던 1982년, '입사를 행운'이라 말하던 신사동 '삼원가든'에 육부 보조로 입사하며 소갈비 요리사의 길에 본격적으로 뛰어들었습니다. 이후 한남동 별장갈비를 거쳐 수원으로 소갈비 기술자로 스카우트되며 수원과의 인연을 맺었고, 1983년 수원에 정착하여 수원 왕갈비의 큰 갈빗대와 천연 재료 양념법에 매료되어 '갈비 장인'의 한 길을 걷기 시작합니다.

* 전문성 강화 및 후학 양성: 1986년 방위병 동사무소 병무보조 행정 군 복무를 마치고 동수원관광호텔 한식부에 입사, 틈틈이 공부하며 조리사 단체 활동에도 참여하여 1987년 조리사 2급 자격을 취득합니다. 가보정갈비 조리이사로 근무했으며, 경기요리학원 창업반 원장으로서 미래의 요리사를 양성하는 데 힘썼습니다.

* 수상 및 공신력 인정: 한식대전, 국제요리대회 등에서 대상, 금상, 장관상 등을 다수 수상하며 그 실력을 인정받았고, 요리대회 심사위원으로도 활동했습니다. 한국음식관광협회 우수지도자상, 대한민국한식협회 수원왕갈비 고수 선정, 한식대상, 자랑스런 조리인상, 한식의달인 100인 선정, 농림부장관상, 문체부장관상, 경기도지사상, 서울시장상 등을 수상하며 최고의 요리사가 되기 위해 끊임없이 노력했습니다.

* 수원왕갈비 꼬치구이 무료시식회 개최, 전통 수원왕갈비 기능시연회, 경기농협 본부 우리 농산물 축제 무료시식회, 개최를 통해 새로운 음식 개발과 문화 알림.

* 《수원갈비를 만든 사람들: 수원 근현대사 증언 자료집》 – 수원갈비 전도사 김종만 (수원박물관 편찬)

* 대한민국 1호 스토리텔러: 월간《외식경영》에 '김종만의 소갈비 맛집 탐방'을 연재하며, 외식경영 김현수 대표에게 글을 그렇게 잘 쓴다는 칭찬과 '국내 1호 스토리텔러'라는 이름을 얻었습니다.

* 방송 출연: 유키즈 온 더 블록, 고두심이 좋아서, 죽기 전에 먹어야 할 101가지 음식 등 국내 주요 방송사(KBS, MBC, SBS, OBS, MBN, A채널, TVN, 아리랑)와 일본 니혼카이테레비 등 수많은 프로그램에 맛집으로 소개되며 대중적 인지도를 쌓고 있습니다.

* 오너 셰프: 2009년 수원 세계문화유산이 있는 행궁동에 '수원갈비스토리'를 창업하여 오너 셰프로서 자신의 요리 철학을 펼치고 있습니다.

예술혼과 끊임없는 도전
2000년대 후반~현재

* 다재다능한 예술가: 웃음치료사 1급, 노래강사 1급, 레크리에이션 1급, 펀리더십 1급, 한국무용 전수 자격 등 틈틈이 열정을 가지고 다양한 자격증을 취득했습니다. 팔달시장 상인대학, 로데오상인대학, 아주대 평생교육원(웃음치료), 경기대 평생교육원(시 창작), 한세대학교 평생교육원(한국무용) 등 평생 학습을 이어가고 있습니다.

* 트로트 스타: 2016년 KBS 전국노래자랑 수원시편에서 천 명 신청자 중 1등 및 최우수상을 수상하며 숨겨진 노래 실력을 뽐냈습니다. KBS 아침마당 '도전 꿈의 무대'에도 도전하여 최고 인기상을 수상하며 대중적 사랑을 받았습니다.

* 전통 예술 계승자: 제18회 전주대사습 명창부 판소리 장원 대통령상을 수상하신 최영길 명창께 〈쑥대머리〉, 〈사랑가〉를 사사하며 판소리 실력을 연마했습니다. 평안남도 무형유산 제1호 평양검무 남자 이수자 1호가 되었고, 진도 북놀이, 기타, 시조창, 한국무용, 가요, 댄스, 판소리, 레크리에이션 등 장르를 넘나드는 다양한 예능과 재능을 인연 따라 배우고 익혔습니다.

* 공연 예술 감독: 광화문 한식의 날 대축제(2015~2019년) 공연 예술 총감독으로 위촉되어 그동안 예술 활동을 하며 알게 된 예술인들과 공연 예술을 실험해 볼 기회가 되었고 한식과 K-POP의 융합을 시도했습니다.

* 예술단 창단 및 공연: 정조의 효심을 기리는 '정효예술단'을 창단하여 전통문화 예술 활동에 기여하고 있으며, 고덕양로원, 수락양로원, 경로당, 복지관, 요양원 등 500여 회의 공연 봉사를 통해 어르신들께 즐거움을 선사했습니다.

* 자작 신곡 음반 취입: 고향을 떠나 수원에서 아내를 만나 가정을 꾸렸습니다. 이제 자식들의 고향이 된 수원에 대한 각별한 애향심을 담아, 직접 가사를 쓴 〈수원성에서〉라는 노래를 취입했습니다. 이 곡은 '수원 길라잡이' 문화 해설사 활동을 통해 배운 수원의 역사와 문화를 공부한 지식으로 작사할 수 있었습니다.

* 연극 활동: 2014년, 2015년, 수원연극제 시민 참여 낭독극 '심봉사', '맹진사' 역으로 활동하며 연극 분야에도 도전했습니다.

* 고복수가요제, 추풍령가요제, 박달가요제, 문경가요제, 수원가요제, 화성가요제, 배호가요제, 미스터트롯, 불타는트롯맨, 내일은 국민가수, 무명전설 등 노래가 좋아서, 도전이 좋아서, 살아있는 한 될 때까지 노래 오디션에도 끝까지 도전!

사회 공헌 및 지역 사회 리더십
지속적으로

* 요리 봉사 및 나눔: 수원사랑요리동호회, 수원갈비문화원, 조리사 단체 등 동료들과 단체를 만들어 요리 행사, 수원갈비 홍보 행사, 팔달문시장 효도 급식 행사, 동광원 어린이집 급식 봉사, 에벤에셀의 집 방문 성금 전달 및 장애우 돌봐주기 봉사활동, 일제 피해 할머니 나눔의 집 방문 수원 왕갈비 시식 봉사활동 등 소외된 이웃을 위한 나눔을 실천했습니다.

* 지역 사회 참여: 제55회 화성문화재 프로그램 기획분과 위원, 화성행궁맛촌 상인회장, 행궁동 주민자치 문화관광 위원, 방위협의회 위원 등 지역 사회 활동에 적극적으로 참여하며 사회의 일원으로 더불어 함께하고 있습니다.

* 경로잔치 및 국제 교류: 2014년부터 행궁동 경로잔치 축하 공연에 참여했으며, 2023년부터 2025년까지 경로잔치 축하 공연 단장을 맡아 지역 어르신들의 즐거움을 위한 문화 행사를 주도하고 있습니다. 2020년 미주 한인 117주년 축하 공연에 참여하고, 2024년 미주 한인 121주년 축하 공연 단장을 맡는 등 해외 동포들에게 한국의 문화와 정을 알리는 데도 기여하고 있습니다.

* 대한민국한식협회 수원특례시 지부장으로 활동하며 한식 발전에 기여하고 있습니다.

삶의 철학과 청년들에게 전하는 메시지

김종만 주방장은 17세에 부모님을 떠나 45년간의 객지 생활을 돌아보며 "어느 것 하나 거저 얻은 것은 없다. 어린 나이부터 하나하나 맨몸으로 고생하고 노력해서 쌓고 온몸을 던져서 이루었다"고 회고합니다. 20살부터 갈비 작업으로 얻은 목 디스크, 위장병, 두통, 허리 디스크, 무릎, 손목, 발목 등 온몸의 고통은 '열심히 살아오고 경력이 쌓이는 흔적'이라며 오히려 자부심을 느낀다고 말합니다.

현재 두 딸이 백수라는 현실을 마주하며, 김종만 주방장은 오늘날의 청년들에게 진심 어린 메시지를 전합니다.

"청년들아, 지금은 아무것도 없어도 걱정 마. 지금부터 시작해!"

김종만 주방장의 삶은 어려운 환경 속에서도 포기하지 않고 꿈을 갖고 끊임없이 도전하며 자신만의 길을 개척해나가고 있습니다. 공연하는 한류 음식점의 꿈, 이젠 청춘들과 함께 나누고 싶다고 합니다.

"사람은 성공해서 강한 것이 아니라,
도전하고 실패하며 강해지고 위대해진다."

- 이 글은 2025년 7월 19일, 고복수가요제에 여덟 번째 도전 후 탈락하고 얻은 깨달음

김종만 swgalbi64@naver.com

삼류주방장의 트로트 3,600곡 소화 능력, 한자리 46곡 앵콜송의 신화 이야기

1964년 전북 부안의 과수원집 셋째 아들로 태어났다. 어머니는 처녀 때부터 노래 부르는 걸 좋아하셔서 광화문에서 열린 노래자랑에서 대상을 받기도 했다. 과수원 일을 하며 하루에 수십 곡의 노래를 불렀다 하시니 자연 태교가 된 것이다. 초등 4학년 때 아버지가 이민 가는 사람에게서 사들인 전축은 마치 노래 가정교사를 집에 들어 앉힌 격이었다. 아버지의 사업 실패로 고등학교 1학년 때 집을 떠나 서울로, 먹고 자는 식당 주방으로, 그곳에는 역시 먹고 살기 어려워서 고향을 떠나 흘러온 다양한 사연을 가진 주방 사람들이 포진해 있었다. 그들은 세상 사람들과 가까이 있는 듯하면서도 단절된 그들만의 언어와 문화를 가지고 있었다. 17세 소년은 사람 대우받지 못하는 열악한 환경 속에서도 카세트에서 흘러나오는 트로트를 들으며 노래를 불렀고, 때로는 불에 데고 칼에 베이면서도 힘든 주방 일을 이겨내며 요리를 익히고 꿈을 키웠다. 또한, 주방 속 그들만의 언어와 삶을 틈틈이 기록하여 훗날 소설이나 드라마로 세상에 알리고 싶다는 희망을 품게 되었다. 요리와 음악의 불꽃 같은 주방에서의 40년 한길 삶, 20여 년을 틈틈이 기록하고 코로나로 텅 빈 가게 주방에서 글을 완성했다. 그후 〈고두심이 좋아서〉 방영 후 북코리아 이찬규 대표의 방문으로 인연이 되어 2년의 수정을 거쳐 드디어 세상에 펼쳐 보이게 됐다. 인생 2막, 꿈을 향해 도전하는 그는 아직도 17세 소년이다.